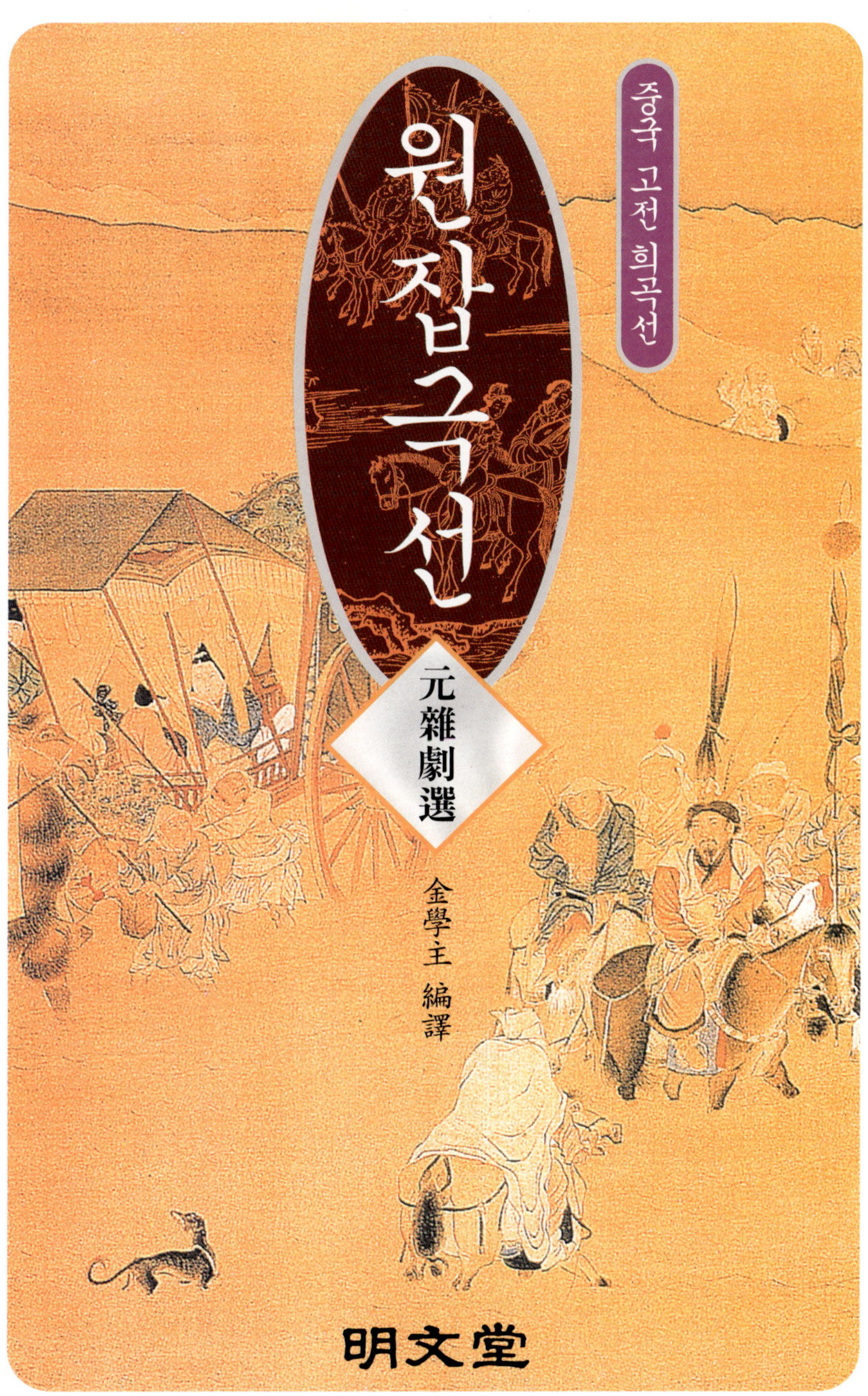

중국 고전 희곡선
원잡극선
元雜劇選
金學主 編譯
明文堂

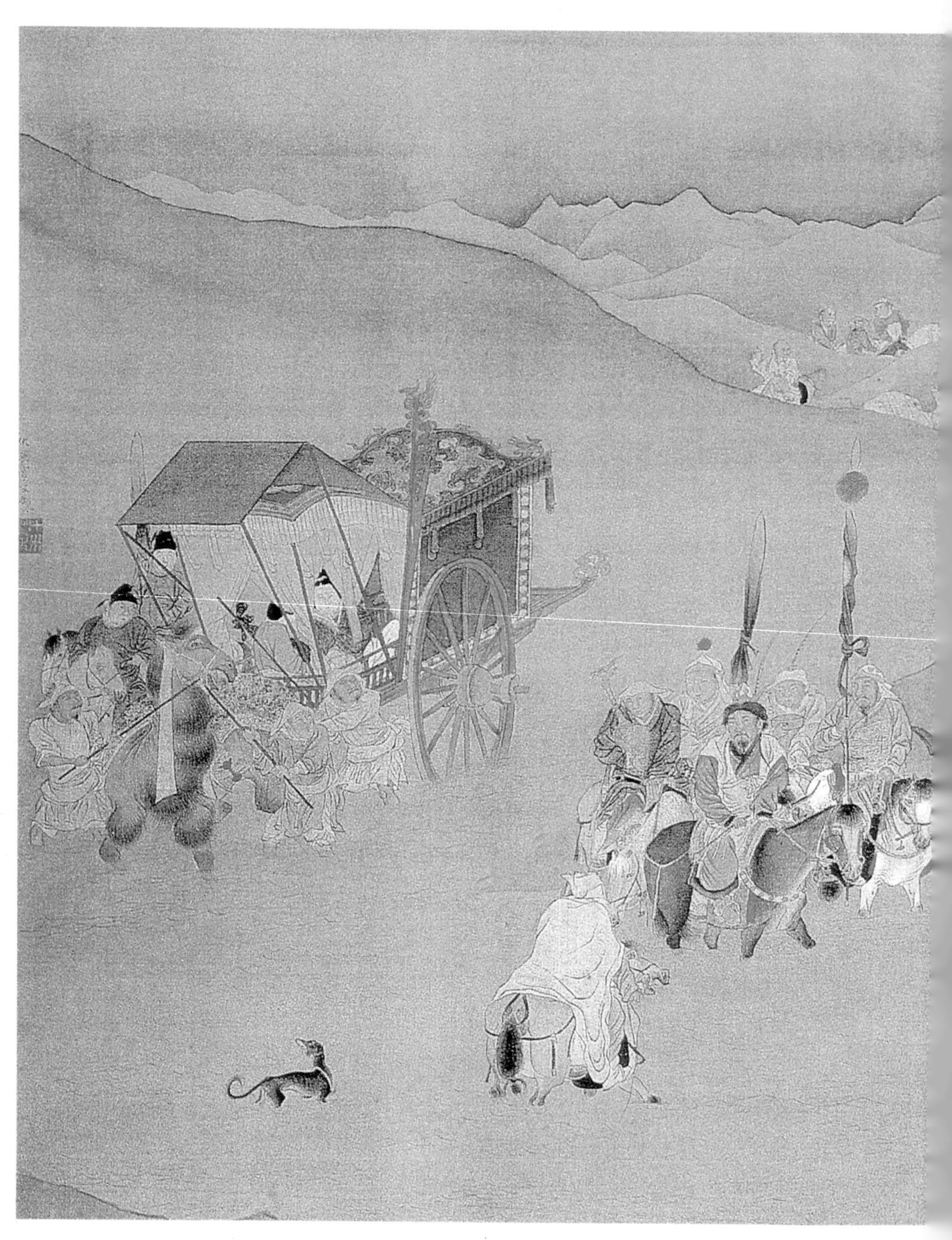

왕소군(王昭君)이 흉노 땅으로 시집가는 그림. 송대(宋代)의 그림이다.

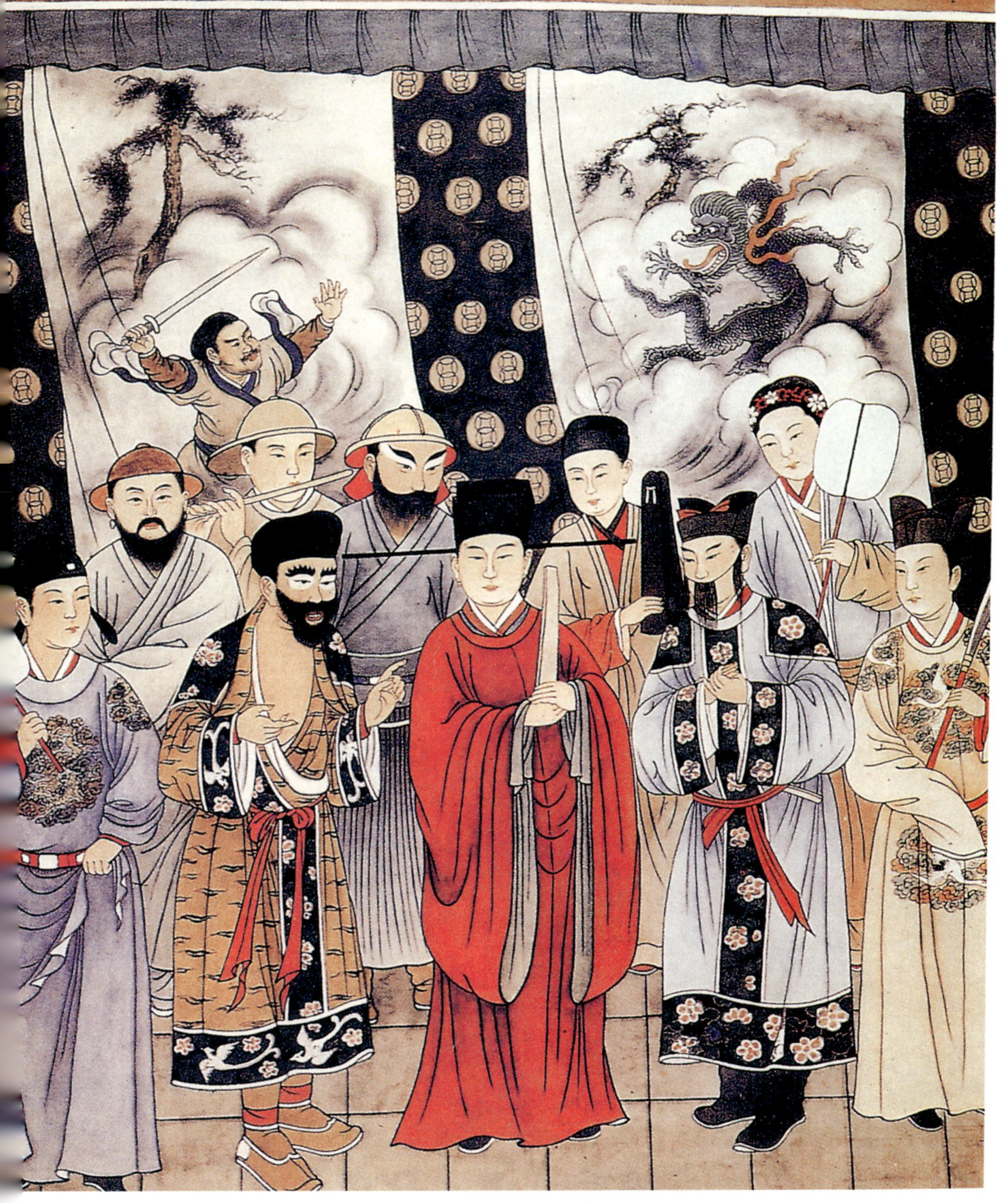

산서성(山西省) 홍동현(洪洞縣) 수신묘(水神廟)에 있는 원대(元代)의 희극을 하는
벽화의 모사(模寫).

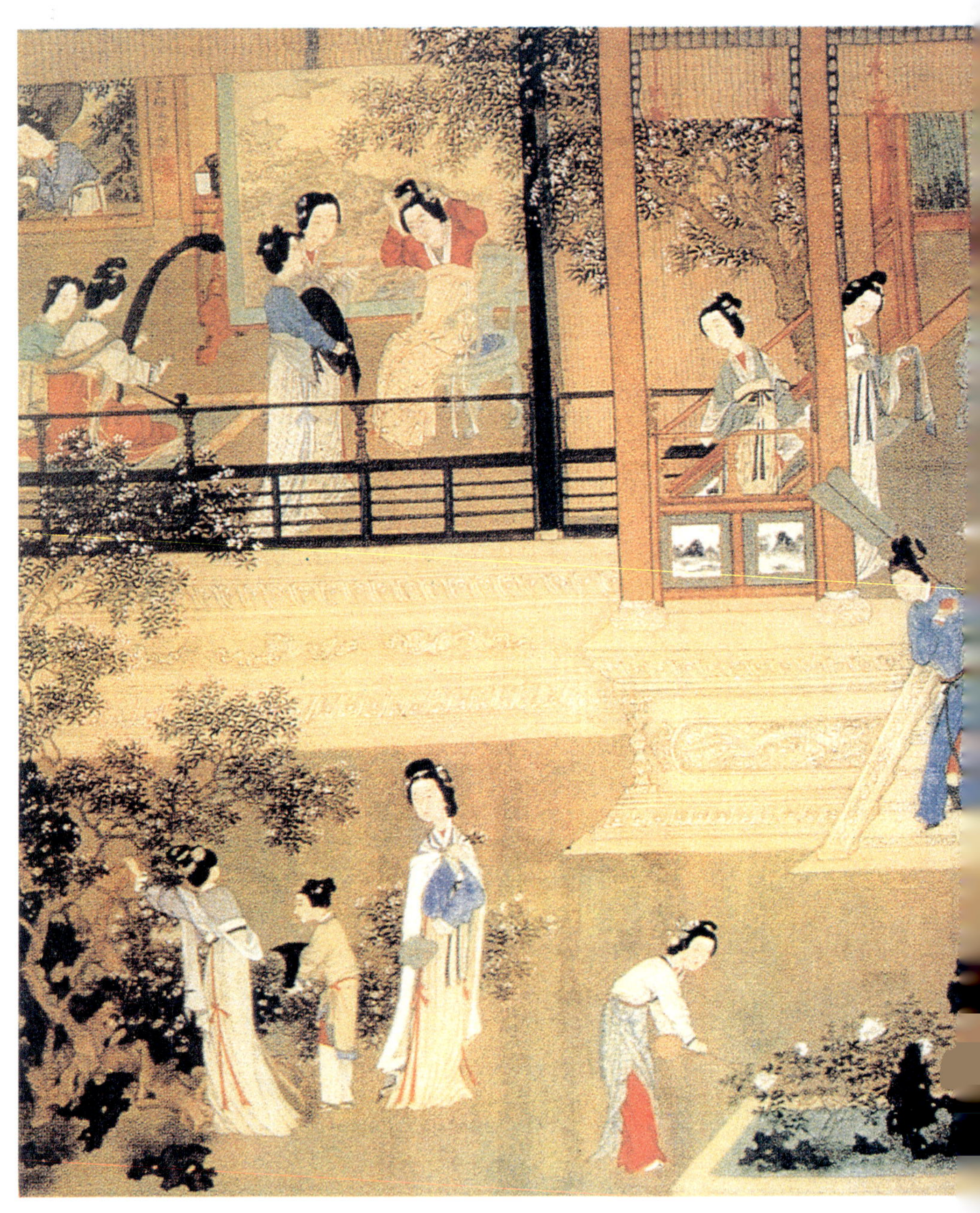

귀비효장도(貴妃曉妝圖)　명대(明代)　구영(仇英)　작.　고궁박물관(故宮博物館)
소장.

책머리에

1999년 서울대에서 정년퇴직을 하고 나서 그 동안에 쌓인 책과 서류 등을 정리하던 중 두툼한 원고뭉치를 하나 책장 구석에서 발견했다. 오래되어 쌓아놓은 종이와 묶어놓은 끈까지도 삭아빠진 그 뭉치를 풀어보니, 필자가 1956년 대학원으로 진학한 뒤 희곡을 전공하기로 마음먹고 원(元)대의 잡극들을 읽으면서 그 중 나름대로 대표작이 될만한 것들을 골라 번역해놓은 원고였다.

200자 원고지로 2천 장은 됨직한 분량이었다. 1958년 1월 중순에 군에 입대하였으니, 아마도 1957년에 만들어 놓은 원고인 듯하다. 처음엔 휴지통에 버릴까 생각도 했었으나 다시 펴 읽어보는 동안 미숙함투성이인 가운데 애착도 우러나고, 아직도 우리나라엔 전혀 소개도 안된 작품이 더 많다는 생각이 떠올라 전체적으로 다시 정리하기로 마음먹었다.

1950년대의 원고지는 종이질도 나쁜데다가 오랜 세월이 지나고 보니 만지기만 하면 삭아서 부서졌다. 원고 한 권을 갖다가 다시 손질을 하고 나면 책상 위에는 종이 부스러기가 수북히 떨어져 남았다. 그리고 원고지를 조심조심 넘기는데도 원고지를 묶은 노끈이 삭아 끊어져 버리어 원고지가 모두 흩어졌다. 한번 글을 컴퓨터로 옮기며 정리하고 난 원고지는 아직 버리지 않고 있지만 다시 묶을 수도 없어 결국은 버릴 수밖엔 없는 형편이다.

정리를 시작할 적에는 전문을 원문과 대조하여 교정할 작정이었으나, 그것은 완전히 새로 번역하는 것보다도 더 번거로운 일이었다. 게다가 우리말의 언어감각이며 작품의 내용에 대한 이해도 지금의 나와는 상당히 다르다는 점도 발견하였다. 중국문장에 대한 독해능력은 형편없는 수준이지만 지금보다 오히려 빼어난 감각이 느껴지는 경우도 더러 있었다.

그래서 결국 원고의 정리는 본래의 모습을 별로 바꿔놓지 않는 방향으로 진행하기로 하였다. 읽으면서 번역이 잘못되었다고 느껴지는 곳과 표현이 부적절하다고 여겨지는 곳만을 손대기로 한 것이다.

그 결과 틈틈이 정리에 손을 대었지만 비교적 작업이 빠른 속도로 진척될 수가 있었다. 지금 와서 책으로 이루어졌지만, 실상 이 책은 필자의 적지 않은 중국 고전과 문학작품의 번역 중 최초의 업적인 셈이다. 그 때문에 좀 시원찮더라도 되도록 본래의 모습을 남기도록 노력하였고, 첫사랑과 같은 미련을 갖게 된 듯하다.

여기에 실린 작품 중 〈두아원(竇娥冤)〉·〈한궁추(漢宮秋)〉·〈오동우(梧桐雨)〉 세 작품은 누구나가 고를만한 원 잡극의 대표작이다. 그러나 〈한삼기(汗衫記)〉·〈마합라(魔合羅)〉·〈기영포(氣英布)〉·〈진주조미(陳州糶米)〉의 선택은 모두 젊은이다운 개성이 뚜렷한 작품들이라 여겨진다. 번역의 치졸이 발견되더라도 독자들의 너그러운 양해와 지정(指正)이 있기를 고대한다.

2001년 8월 20일
인헌서실에서 김 학 주

일러두기

1. 여기에 번역 소개된 작품은 원(元) 잡극(雜劇) 중에서도 작자의 성격, 문장과 내용 및 구성 등을 참작하여, 대표적인 작품을 골랐다.
2. 작품의 원문은 보기로 맨 앞의 〈두아원(竇娥寃)〉 한 작품만을 실었다. 이를 통하여 원잡극 본래의 모습을 알 수가 있을 것이다.
3. 맨 앞머리에 원잡극 전체에 대한 간략한 해설을 실었고, 각 작품들 앞에는 작품해설 및 등장인물을 먼저 실었으니 참고 바란다.
4. 등장인물이 시(詩)나 사(詞)를 읊을 적에는, 〔시를 읊는다.〕 또는 〔사를 읊는다.〕 하고 표시하였다.
5. 창사(唱詞)는 그 노래의 곡조인 곡패(曲牌)를 〔노래〕라는 말 뒤에 한자(漢字)로 〔點絳脣〕 또는 〔太平令〕식으로 표시하였다. 따라서 〔노래〕 뒤에 곡패가 붙어있지 않은 것은 계속 앞에 표시된 곡조의 노래를 부르고 있는 것이다. 원잡극에 있어서는 주인공 남자나 여자 한 사람만이 노래부른다는 것에 주의해 주기 바란다. 따라서 앞에 노래부르는 사람 이름이 표시되어 있지 않은 경우에는 앞 곡조의 노래가 끝나고 같은 사람이 다시 다른 곡조의 노래를 부르는 것이다.
6. 작품의 각 절(折) 맨 앞의 노래에는 한자로 표기된 곡패(曲牌)뿐만이 아니라 그 절(折)의 노래의 궁조(宮調)까지도 한자로 〔仙呂〕 또는 〔黃鐘〕으로 표시하였으니 참고 바란다.
7. 등장인물은 원잡극에 사용되는 각색명(脚色名)을 쓰지 않고, 그들의

이름이나 직업명을 직접 사용하였다. 각색명을 그대로 쓰면 독자들은 오히려 혼란만을 일으키게 될 것이기 때문이다.

8. 사람들의 말이나 대화는 아무런 표기 없이 등장인물의 이름 뒤에 그대로 기입하였다.

9. 원문은 명(明)대 장진숙(臧晉叔)의 《원곡선(元曲選)》 및 대만(臺灣) 세계서국(世界書局)에서 낸 《전원잡극(全元雜劇)》 및 《원인잡극선주(元人雜劇選注)》 등을 바탕으로 하였다.

원잡극선 元雜劇選
-중국 고전 희곡선-

차   례

원잡극元雜劇이란 무엇인가?

1. 원잡극은 언제 어떻게 생겨났는가?

중국에 태곳적부터 민간에 유행하던 전통적인 연극은 노래와 춤 및 간단한 대화를 사용하여 서너 명의 배우들이 간단한 고사(故事)를 연출하는 놀이 형식의 가무희(歌舞戱) 또는 골계희(滑稽戱)가 그 중심을 이루며, 대개의 경우 여러 가지 기예(技藝)와 함께 연출되는 것이었다. 그러나 송(宋)대의 잡극(雜劇)과 금(金)나라의 원본(院本)은 그러한 소희(小戱)이면서도 연극으로서의 격식이 상당히 갖추어진 연예(演藝)였던 듯하다. 이를 바탕으로 북송(北宋) 말(1126년) 남송(南宋) 초의 짧은 동안에 중국 남방의 온주(溫州)를 중심으로 하는 지방에, 지금 중국에 유행하는 경희(京戱)처럼 연극의 규모가 커진 희문(戱文, 또는 南戱)이 생겨났다 한다.

그 희문은 〈왕괴(王魁)〉와 〈조정녀(趙貞女)〉 같은 작품이 있었다는 기록만 전할 뿐[1] 작품은 하나도 전해지는 것이 없다. 어떻든 중국 희곡학자들은 흔히 이전의 전통적인 놀이 형식의 가무희를 중심으로 하는 연극을 소희(小戱), 그리고 희문에서 시작되는 규모가 커진 이

---

[1] 明 葉子奇 《草木子》 卷4, 徐渭 《南詞叙錄》, 祝允明 《猥談》의 기록.

후의 연극을 대희(大戲)라 부른다. 이 희문은 극히 짧은 기간 극히 제한된 지역에만 유행했던 듯하다.

곧 중국 북쪽 지방에 원(元)나라가 칭기즈칸(1162?~1227년)의 출현으로 강성해지고, 금(金)나라가 망하면서 갑자기 잡극(雜劇)이란 새로운 극종(劇種)이 출현하여 크게 성행하기 시작한다. 이는 이름은 같지만 송의 잡극과는 완전히 다른 형식의 것이었다. 음악적인 특징을 바탕으로 하는 희문을 남곡(南曲)이라 부르는 반면 이 잡극을 북곡(北曲)이라고도 부른다. 이 잡극이 갑자기 원나라에 성행케 된 것은, 만주족(滿洲族)인 금나라가 중국 북부를 차지하고 있으면서 발전시킨 연극이 그대로 원나라로 들어와 연출이 이어졌기 때문인 듯하다. 여진족(女眞族)의 금나라는 본시 가무(歌舞)를 좋아해서, 가중명(賈仲名)의 〈금동옥녀(金童玉女)〉 잡극에는 "여진 사람들은 가무를 잘한다(女眞家多會歌舞)"란 말이 보이고, 《금사(金史)》 세종본기(世宗本紀)에는 여진가(女眞歌)를 창하는 기록이 보이는 등, 만주족인 여진족이 가무를 좋아함을 증명할만한 기록은 상당히 많다.

그밖에도 잡극에는 실지로 〈풍류체(風流體)〉·〈아나홀(阿那忽)〉·〈야부라(也不羅)〉·〈당올알(倘兀歹)〉·〈홀도백(忽都白)〉 등 여진곡(女眞曲)이 많이 쓰이고 있다. 주덕청(周德淸, 1314년 전후)의 《중원음운(中原音韻)》에서도 "또한 여진의 풍류체(風流體) 등 악장은 모두 여진인들의 음성으로 노래하였다."[2]고 말하고 있다. 여하튼 지배자인 원나라 왕족과 귀족들을 즐겁게 하기 위하여 금나라 유민(遺民)들과 지식인들이 잡극을 창작하여 공연하는 바람에, 잡극은 갑자기 크게 성행하였을 것이다.

한편 잡극은 이전의 전통적인 중국의 연극 모두가 그러하듯 주로

---

2) "且如女眞風流體等樂章, 皆以女眞人音聲歌之."

노래와 춤으로 고사(故事)를 연출하는 형식의 것인데, 그 중의 노래를 한 곡 따로 떼어놓으면 그 가사는 바로 새로운 시가 된다. 이 새로운 시를 보통 산곡(散曲)이라 부르고, 잡극과 산곡을 합쳐 곡(曲)이라고도 부른다. 이 〈곡〉은 원대에 갑자기 생겨나 크게 유행한 새로운 시가(詩歌)이며 연극이었던 것이다. 그리하여 문학사가들은 중국 각 시대의 문학적 특성을 요약하여, 한부(漢賦)·당시(唐詩)·송사(宋詞)·원곡(元曲)이란 말을 흔히 쓰기도 한다. 원잡극은 대체로 원 세조(世祖)가 수도를 지금의 북경(北京)인 대도(大都)로 정한 1271년부터 지순(至順) 말년(1333년)에 이르는 기간에 특히 좋은 작품들을 남긴 대표적인 작가들이 모두 나와 성행한다.

그러나 원나라가 약해진 말엽(1333~1368년)에서 명(明) 초(1368~1439년)에 이르는 기간에는 북곡에 대하여 염증이 생기기 시작한 데다가, 명나라의 왕족인 주권(朱權, ?~1448년)과 주유돈(朱有燉, ?~1439년)이 나와 잡극을 창작하면서 귀족의 놀이도구로서 봉건예교(封建禮敎)를 선전하는 용구로 전락하는 경향을 보여준다. 이에 따라 사람들이 잡극으로부터 머리를 돌리고 다시 옛 희문을 살리기 시작하였다. 이때 나온 대표적인 희문이 〈비파기(琵琶記)〉·〈백토기(白兎記)〉·〈배월정(拜月亭)〉·〈형차기(荊釵記)〉·〈살구기(殺狗記)〉 등 이른바 오대전기(五大傳奇)이다.

보통 이 남희는 앞에서 얘기한 남송(南宋) 초의 희문을 그대로 계승한 것처럼 생각하고 있지만, 실상은 많이 달라진 것이라 보아야 할 것이다. 명대로 들어와 이 희문의 연출양식이 규식(規式)으로 굳어지면서 명대 연극을 대표하는 전기(傳奇)라 불리게 된다. 원잡극과 명전기의 형식상의 가장 두드러진 차이는, 잡극은 보통 한 작품이 4절(折, 후세 연극의 幕에 해당함)로 이루어지는데, 희문이나 전기는 한 작품이 수십 척(齣, 折에 대신함)으로 이루어진다는 것이다.

　본시 희문은 향촌리곡(鄕村俚曲)에서 나온 서민들의 연극이었으나, 명대의 전기는 바로 귀족과 문인들의 관심 속에 발전하여 예교를 중시하는 형식성이 강한 연극으로 발전한다. 명대의 전기는 가정(嘉靖, 1522~1566년) 초에 음악에 있어 이른바 곤산강(崑山腔, 崑曲 또는 崑腔)이 성행하게 되고, 희곡의 곡률(曲律)을 중시하는 풍조가 거세지면서 전기의 창작은 더욱 형식화하는 경향으로 기울어진다. 이 때문에 전기는 원잡극에 비하여 자연스럽고 생동(生動)하는 맛이 훨씬 뒤진다.

　이 전기는 그대로 청(淸)대로 이어져 더욱 왕족을 위한 월령승응희(月令承應戲)와 경전승응희(慶典承應戲)를 중심으로 가공송덕(歌功頌德)하는 귀족적인 연극으로 발전하였다. 그러나 서민들의 연극에 대한 요구는 매우 강하여, 결국 청대 건륭 연간(乾隆年間, 1736~1795년)에 이르러는 각 지방에서 제각기 자기 지방의 토조(土調)를 바탕으로 한 지방희(地方戲)를 발전시키게 되었다. 이를 화부희(花部戲) 또는 난탄(亂彈)이라 부르는데, 이것이 각 지방에 발전하여 지금까지도 수십 종을 헤아리는 지방희가 중국 각지에 연출되고 있다. 그 중에서도 가장 유명한 대표적인 극종은 수도인 북경(北京)을 중심으로 발전한 경희(京戲) 또는 경극(京劇)이라 부르는 극종이다.

　중국의 연극은 이상 개략적으로 얘기한 것처럼 발전하여 왔으나, 중국문학사상 가장 중시되는 것은 여기에 일부를 번역 소개하는 원잡극이다. 북송 이전의 가무희를 중심으로 하는 중국 전통 연극이라 할 소희(小戲)는 완전한 대본이 남아 전하는 것이 없어 희곡 작품으로 다룰 수 있는 것들이 매우 적다. 남송 희문은 원잡극보다 먼저 생겨났으나 남아 전하는 작품이 없고, 원말 명초의 희문으로 오대전기(五大傳奇)를 중심으로 하는 여러 편의 작품이 있으나, 작품수도 적은 위에 아직 형식이 제대로 완비되지 못한 상태의 연극이라 할 수 있다.

명 청대의 곤곡(崑曲)을 중심으로 하는 전기는 몇편의 빼어난 작품이 나오기는 하였으나 대체적으로 귀족화하여 내용이며 문장이 형식화한 경향을 보여준다. 그리고 청대 이후의 여러 지방의 지방희와 경희는 대체로 내용이 옛 연극들을 재생시켜 놓은 듯한 형식의 것들이어서, 중국문학자들도 문학작품으로 다루는 것을 꺼리고 있는 지경이다. 그러니 중국문학사상 중국 고전희곡을 대표할 수 있는 작품으로는 원잡극을 내세우는 수밖에는 없을 듯하다.

원잡극은 민간에서 생겨난 연극이라 통속성(通俗性)을 지닌 반면, 중국을 지배한 몽고 통치자에게 봉사한 면도 있어 귀족성(貴族性)과 이족성(異族性)도 아울러 지닌, 전통문학의 관점에서는 생각하기도 힘든 전혀 새로운 희곡(戲曲)이다. 그래서 중국의 희곡사를 최초로 이룩한 왕국유(王國維, 1877~1921년)는 그의 명저 《송원희곡사(宋元戲曲史)》에서 원대의 잡극과 남희야말로 "순수한 희곡"(十六. 餘論) 또는 "진짜 희곡"(八. 元雜劇之淵源)이라 하며, 명청대의 희곡은 무시해 버리고 원잡극을 중심으로 희곡사를 썼다. 중국 희곡학자들은 이러한 왕국유의 편향(偏向)을 바로잡으려 무척 애를 써왔으나, 아직도 완전히 왕국유의 희곡관이 극복되었다 할 수는 없는 정도이다.

2. 원잡극의 작가와 작품

왕국유(王國維, 1877~1921년)는 그의 《송원희곡사(宋元戲曲史)》에서 원잡극의 시대를 다음과 같은 세 시기로 나누고 있다.

① 몽고(蒙古)시대(약 1234~1279년)

② 일통(一統)시대(약 1280~1340년)

③ 지정(至正)시대(약 1341~1367년)

첫째 몽고시대는 원잡극이 생겨났을 뿐만 아니라, 잡극의 대표적인 작가와 작품들이 쏟아져 나왔던 시기이다. 그리고 이중 몽고시대의 작가들은 대부분이 중국 산서(山西)·하남(河南)·산동(山東) 이북의 북방 사람들인데 비하여, 일통시대에 와서는 남방 출신의 작가들이 더욱 많아지게 된다. 잡극이 북곡(北曲)이라는 것을 전제로 할 때 이는 일통시대 이후로는 잡극이 쇠퇴하여 갔음을 뜻하는 사실로 받아들여도 좋을 것이다.

다시 이 시대의 작가들은 작품 경향에 따라 크게 둘로 나눌 수가 있다. 하나는 실지로 상연할 연극 대본으로 잡극을 쓴 사람들이고, 다른 하나는 무대상연보다는 읽는 희곡으로서의 성격을 보다 중시하며 작품을 쓴 사람들이다.

무대상연에 관심을 지닌 사람들은, 작품에 서민들의 생활과 감정을 반영하기에 힘써서 이들의 문장은 당시 사람들의 생동하는 구어(口語)로 이루어지고 속어나 방언의 사용도 피하지 않았다. 따라서 이들의 작품 속에는 민중의 애환이 그대로 담겨있고, 여러 가지 사회문제가 소재로 다루어지고 있다. 관한경(關漢卿, 1246년 전후)이 이들을 대표하는 작가이며, 그밖에도 양현지(楊顯之, 1246년 전후)·무한신(武漢臣, 1251년 전후)·고문수(高文秀, 1251년 전후)·정정옥(鄭廷玉, 1251년 전후)을 비롯한 많은 유명 무명의 작가들이 있다. 관한경은 극작뿐만이 아니라 직접 잡극을 연출하기도 하였는데, 이 시기의 잡극 연원(演員)으로 작품을 남기고 있는 이로는 장국빈(張國賓, 1279년 전후)을 비롯하여, 홍자이이(紅字李二)·화이랑(花李郎)·조경부(趙敬夫) 등도 있다.

읽는 희곡을 전제로 잡극을 지은 사람들은 비교적 고전문학에 대한 소양이 풍부한 사람들이다. 왕실보(王實甫, 1234년 전후)가 이들의 대표작가라 할 수 있으며, 그밖에도 백박(白樸, 1226~?년)·마치원

(馬致遠, 1251년 전후)을 위시하여 오창령(吳昌齡, 1251년 전후)·이수경(李壽卿, 1251년 전후)·석자장(石子章, 1279년 전후)·장수경(張壽卿, 1251년 전후) 등이 있다.

그리고 어느 편에 속한다고 딱 잘라 말하기 어려운 작가로 상중현(尙仲賢, 1260년 전후)·맹한경(孟漢卿, 1279년 전후) 등도 있다.

이 시기의 빼어난 대표작으로는 관한경의 〈두아원(竇娥寃)〉·〈구풍진(救風塵)〉, 무한신의 〈노생아(老生兒)〉, 기군상의 〈조씨고아(趙氏孤兒)〉 등과, 왕실보의 〈서상기(西廂記)〉, 백박의 〈오동우(梧桐雨)〉, 마치원의 〈한궁추(漢宮秋)〉, 장국빈의 〈한삼기(汗衫記)〉, 상중현의 〈기영포(氣英布)〉, 맹한경의 〈마합라(魔合羅)〉 등을 들 수 있다. 그리고 이름을 남기지 않은 작가들의 활동도 매우 활발하여, 여기에 소개하는 〈진주조미(陳州糶米)〉 같은 우수한 작품도 여러 편이 전한다.

흔히 〈원곡사대가(元曲四大家)〉라 하여 관한경·왕실보·백박·마치원의 네 사람을 들기도 하고, 〈육대가(六大家)〉라 하여 〈사대가〉에 뒤에 얘기할 일통(一統)시대의 정광조(鄭光祖, 1294년 전후)와 교길(喬吉, ?~1345년)을 보태기도 하는데, 모두 중국의 전통 문인들이 문장을 중시하는 입장에서 사조(辭藻)를 근거로 하여 말한 것이다. 연극이나 희곡의 입장에서 뽑는다면 〈사대가〉나 〈육대가〉는 다른 작가가 뽑힐 수도 있을 것이다.

둘째 일통시대는 원나라의 세력이 유럽 천지까지도 뒤흔들었던 시기이다. 그러나 잡극은 반대로 이속성(俚俗性)을 잃게 되어 오히려 더 발전을 하지 못하고 쇠퇴한 느낌을 갖게 하는 시기이다. 앞에 든 정광조의 〈한림풍월(翰林風月)〉·〈천녀리혼(倩女離魂)〉, 교길의 〈양주몽(楊州夢)〉·〈금전기(金錢記)〉 등을 대표작으로 들겠으나, 세련된 문장을 구사하고는 있으나 몽고시대의 잡극 같은 자연스럽고 생동하는 맛은 찾아보기 힘들다. 이들 이외에도 궁천정(宮天挺, 1294년 전후)·범강(范康, 1294년 전후)·증서(曾瑞, 1924년 전후)·김인걸(金人傑, ?~1329년) 같은 작가들이 잡극을 창작하였다.

셋째 지정시대는 잡극의 쇠멸기라고 할 수 있다. 진간부(秦簡夫, 1320년 전후)·소덕상(蕭德祥, 1331년 전후)·주개(朱凱, 1331년 전후)·왕엽(王曄, 1331년 전후) 등이 잡극의 명맥만을 유지했을 따름이다. 앞에서 얘기한 것처럼 잡극의 쇠멸에 따라 희문(곧 南戲)이 대두되기도 한다.

작품의 내용은 매우 다양하다. 명(明)대의 주권(朱權)은《태화정음보(太和正音譜)》에서 '잡극십이과(雜劇十二科)'라 하여 잡극의 내용을 1)신선도화(神仙道化) 2)은거낙도(隱居樂道) 등 12종류로 분류하고 있으나, 특히 두드러지는 것은 그 시대 봉건사회의 모순이나 고통받는 인민의 생활, 관리들의 횡포 등을 주제로 한 작품들이다. 그 시대를 반영하고 그 시대 사회문제를 제기하는 면에 있어서는 중국문학사상 원잡극만큼 철저한 작품들도 드물다 할 수 있기 때문이다.

3. 원잡극의 조직

1) 원잡극의 구성

원잡극의 형식상 가장 두드러지는 특징은 한 작품이 4절(折, 곧 4幕)로 이루어지는 것이 원칙이라는 것이다. 만약 극정(劇情)을 4절로 다 소화할 수 없는 경우에는 다시 4절을 더 보태어 2본(本)의 작품을 이룬다. 왕실보(王實甫)의 〈파요기(破窯記)〉·〈여춘원(麗春園)〉 등이 그 보기이며, 유명한 〈서상기(西廂記)〉는 심지어 5본으로 이루어져 있다. 4절 이외에 흔히 '설자(楔子)'라는 짧은 한 대목이 보태어지기도 한다. '설자'는 작품 앞머리에 붙어서 본제(本題)로 들어가기 전에 극정을 설명해 주는 것이 보통이나, 가끔 절과 절 중간에 끼어 앞뒤 절의 극정을 연결해 주는 역할을 하기도 한다. 어떻든 이러한 1본 4절의 구성을 벗어나는 작품은 매우 드물다.

중국의 연극은 "노래와 춤 및 대화를 이용하여 고사(故事)를 연출하는 것"이라고 앞에서 말하였다. 때문에 흔히 '창(唱)'·'과(科)'·'백(白)'을 중국 전통 연극의 3요소(三要素)라 한다. '창'은 배우들의 노래, '과'는 배우들의 동작(춤이 위주임), '백'은 말을 주고받는 것을 뜻한다. 이중 원잡극을 비롯한 중국의 전통연극에서는 '창'이 가장 중시된다. 그런데 원잡극에 있어서는 극의 주인공, 곧 남자 주인공일 경우에는 '정말(正末)', 여자 주인공일 경우에는 '정단(正旦)'만이 시종 혼자서 노래부르는 것이 원칙이다. 이 노래에 대하여 다른 출연자들은 모두 '백'으로서 응대한다. 한 절 중에 '정말'과 '정단'이 함께 등장하는 경우에도 어느 한 편만이 노래부른다. 따라서 '정말'이 노래하는 작품을 〈말본(末本)〉, '정단'이 노래하는 작품을 〈단본(旦本)〉이라 부른다.

2) 악곡(樂曲)

원잡극의 1절은 음악면에서 볼 때 짧은 노래인 〈소령(小令)〉이 여러 곡 모여 이루어진 조곡(組曲)인 하나의 〈투곡(套曲)〉으로 이루어진다. '설자'에서는 한두 곡의 〈소령〉만을 쓰는데, 거기에서는 노래부르는 사람은 주인공뿐만이 아니라 충말(冲末)을 비롯한 다른 각색(脚色)일 경우가 많다. 사용된 악조는 수당(隋唐)대의 연악28조(燕樂二十八調)를 근거로 하고 있으나, 원대에 실지로 쓰여진 궁조(宮調)는 그중 정궁(正宮)·남려궁(南呂宮)·선려궁(仙呂宮)·황종궁(黃鐘宮) 등의 12개 궁조이다. 그리고 거기에는 대략 335종의 곡조가 쓰였다(周德淸, 《中原音韻》 의거).

그리고 잡극의 각 절에는 관례상 가장 흔히 쓰이는 악곡들이 정해져 있었다. 곧 '설자'에는 선려궁(仙呂宮) 〈상화시(賞花時)〉나 선려궁 〈단정호(端正好)〉 한 곡을 쓰는 것이 보통이다. 제1절에서는 선려궁 투곡이 가장 많이 쓰이고, 제2절에서는 정궁(正宮)이나 남려궁(南呂宮) 투곡, 제4절에서는 쌍조(雙調) 투곡이 가장 흔히 쓰였다. 다시 모든 투곡에는 가장 흔히 쓰이는 소령의 배열 순서가 있고, 가장 흔히 연달아 사용되는 소령들도 모두 대체로 정해져 있다.

1절은 한 〈투곡〉으로 이루어지기 때문에, 거의 모두 처음부터 끝까지 한 운(韻)으로 압운(押韻)한다. 그 운은 하남(河南) 지방을 중심으로 한 중원(中原)의 음운을 사용했는데, 입성(入聲)은 없어지고, 평상거(平上去)의 삼성을 통압(通押)하였다. 그리고 악곡에는 정격(定格)의 자구(字句) 이외에 친자(襯字)라 불리는 글자들을 적지않게 덧붙여 써서 악곡의 형식이 매우 복잡하면서도 자유롭게 느껴진다.

3) 백(白)

빈백(賓白)이라고도 부르며, 연극에서의 대화와 독백을 총칭한 것이다. 매 절의 연극이 시작되자마자 등장인물은 먼저 자신의 인물성격을 암시하는 시를 한 수 읊는데, 이를 개장시(開場詩) 또는 상장시(上場詩)라 부른다. 그리고는 이어 독백으로 자기를 소개하고, 현재의 사정이나 심정 같은 것을 애기하는데, 이를 정장백(定場白)이라 한다. 그리고는 대화와 노래로 연극이 전개된다. 그리고 각 절은 수장백(收場白)으로 끝을 맺는데, 제4절은 거의 모두 사(詞) 한 수를 읊는 것으로 끝을 맺고 있다. 그러나 각 절 끝머리에 붙이는 사는 이속(俚俗)한 시구 중간에 몇 구절의 장단구(長短句)가 섞여있는 형식의 것이다.

어떻든 중국 고전극에 있어서는 창이 위주이고 백은 경시되는 경향이 있다. 장무순(臧懋循, 1595년 전후)은 《원곡선(元曲選)》 서문에서 "잡극의 작자가 지은 것은 오직 곡사(曲辭)뿐이며, 빈백은 연극을 할 때 배우들이 지어 하던 것이다."고 말하고 있다. 이것은 불합리한 이론이 분명하지만, 《영락대전(永樂大典)》 잔본(殘本)의 희문 〈소손도(小孫屠)〉와 〈환문자제착립신(宦門子弟錯立身)〉을 보면 곡사가 대부분이고 백은 극히 적으며, 가끔 "설관자개(說關子介)" 또는 "설관(說關)"이란 표기로 백을 생략한 곳도 보인다. 중국 고전극에서 백이 경시된 것은 사실인 듯하나, 관한경(關漢卿)처럼 생동하는 백의 운용을 통하여 극의 효과를 크게 올려 명작을 남기고 있는 작가도 있다.

4) 과(科)와 개(介)

원잡극에 있어서는 등장 배우들의 동작을 과(科) 또는 개(介)라 한다. 그런데 중국의 옛 연극은 무대에 있어서의 배우들의 동작도 음악과 부합하는 상징적인 동작을 썼으므로, 작품을 읽을 적에 주의를 요한다. 보기를 들면 극본에는 간단히 "見科(보는 동작)" "做驚科(놀라는 동작)" "看介(보면서)" 등으로 표현되고 있지만 실상 배우들의 동작은 그처럼 간단한 것이 아니다. 동작이 상징적이라는 것은 춤의 표현과 비슷한 성격의 동작이라고 생각하면 될 것이다.

따라서 번역 문장에는 "서로 만난다." 하고 간단히 적혀있다 하더라도 실지로 무대에서는 서로 가까이 가서 인사도 하고 반갑다거나 뜻밖이라는 등 여러 가지 사정도 표현했을 것을 상상해야 할 것이다. 무척 슬퍼서 울고 불고 탄식도 할 경우에도 "做悲科(슬픈 동작을 한다)" 한마디밖에 없다. 그리고 대군이 맞붙어 싸우게 된 경우에도 "做戰科(싸우는 동작을 한다)" 한마디로 끝난다.

그밖에 무대의 연출효과를 나타내는 경우도 있다. 보기를 들면 "雁

叫科(기러기가 운다)" "內做風科(안에서 바람이 인다)" 등이다.

5) 제목(題目)과 정명(正名)

잡극은 극본의 끝머리에 모두 두 구 또는 네 구 혹은 여덟 구의 대구(對句)로 이루어진 제목(題目)과 정명(正名)이 붙어있다. 이것이 각 극본의 정식 명칭이다. 보기를 들면 관한경(關漢卿)의 〈두아원(竇娥冤)〉과 〈구풍진(救風塵)〉 및 백박(白樸)의 〈오동우(梧桐雨)〉의 제목 정명은 다음과 같다.

題目　　秉鑑持衡廉訪法
正名　　感天動地竇娥冤

題目　　念彼觀音力
　　　　還着於本人
正名　　虛脾瞞俏倬
　　　　風月救風塵

題目　　安祿山反叛兵戈擧
　　　　陳玄禮拆散鸞鳳侶
正名　　楊貴妃曉日荔枝香
　　　　唐明皇秋夜梧桐雨

보통 이들 작품의 제명으로는 〈정명〉의 끝 구절을 사용하는 것이 보통이며, 다시 그 끝 구절의 뒤 서너 자를 따서 약칭으로 흔히 쓴다. 곧 위 작품들의 정식 제명으로는 〈감천동지두아원〉·〈풍월구풍진〉·〈당명황추야오동우〉를 쓰며, 약칭으로 〈두아원〉·〈구풍진〉·〈오동우〉라 부르는 것이다.

6) 각색(脚色)

잡극에서는 등장인물의 성격들을 몇 종류로 구분하여 독특한 각색명(脚色名)을 붙여 부른다. 그것은 이전의 송(宋) 잡극(雜劇)과 금(金) 원본(院本)에서 시작하여 지금의 경희(京戲)나 지방희(地方戲)에까지 쓰여지고 있는 중국 고전극의 특징 중의 하나이다. 원잡극에 쓰인 각색에는 다음과 같은 것들이 있다.

정말(正末) 남자 주인공. 남자 조연으로 그밖에 부말(副末)·외말(外末)·충말(冲末)·이말(二末)·소말(小末) 등이 있다.

정단(正旦) 여자 주인공. 여자 조연으로 그밖에 등장 인물의 성격에 따라 부단(副旦)·외단(外旦)·첩단(貼旦)·대단(大旦)·소단(小旦)·노단(老旦)·화단(花旦)·색단(色旦)·차단(搽旦)·내단(俠旦) 등이 있다.

정(淨) 특수한 성격의 남자 조연. '정'에도 또 부정(副淨)·이정(二淨)이 있다.

이밖에도 우스개짓을 전문으로 하는 축(丑, 二丑·三丑도 등장함)이 있고, 노인역으로 발로(孛老), 노파역으로 복로(卜老), 아이역으로 내아(俠兒)가 있고, 특수 각색으로 방로(邦老)·고(孤)·세산(細酸)·예랄(曳剌) 등도 있다.

이 중 '말'·'단'·'정'·'축'을 사대각색(四大脚色)이라 한다. 이들은 각색 성격에 맞는 분장을 하는 이외에도 대부분의 각색들이 도면(塗面)을 하여, 그 인물의 성격을 상징적으로 드러내었다.

4. 원잡극의 특징

원이라는 나라는 몽고족(蒙古族)이 중원에 들어와 온 중국을 지배

했던 나라이다. 원잡극은 외족의 지배라는 독특한 조건 아래 1백 년 도 못되는 짧은 기간 중국에 갑자기 나타났던 중국문학사상 전무후무 (前無後無)한 연극의 한 종류라는 것을 염두에 두어야 할 것이다.

그러나 이 기간에 나온 이름이 알려진 잡극의 작가는 2백여 명이나 되며, 알려진 잡극의 극본 수는 대략 7백 3, 40종이나 된다. 이밖에도 시대와 연극의 성격상 이름을 남기지 않은 작가와 전혀 제목조차도 남기지 않고 사라진 작품수는 더 많을 것이다. 이중 완전한 극본이 전하는 잡극은 208종뿐이며, 잔곡(殘曲)이 남아있는 29종을 합친다 하더라도 모두 237종이다.

그리고 이 시대의 작가들을 보면 거의가 벼슬도 하지 못한 무명인 (無名人)에 가까운 사람들이다. 지금 우리가 명작이라고 읽는 작품들 은 비교적 글을 많이 읽은 사람들에게서 쓰여진 작품일 터인데도, 마 치원이 한 성(省)의 무제거(務提擧), 관한경이 태의원윤(太醫院尹) 등의 어떤 벼슬인지 알기도 어려운 낮은 벼슬을 했다는 것이 알려져 있을 뿐이다. 잡극은 본시 민간 예술이었다는 것을 전제로 한다면, 지 금까지 이름도 알려지지 않은 무수한 작가들이 수많은 작품들을 창작 했을 것임을 짐작할 수 있다.

송대에는 도진(陶眞)·애사(涯詞)·제궁조(諸宮調)·복잠(覆賺) 등 여러 가지 강창문학(講唱文學)이라 부르는 민간 연예(演藝)가 성행하 였다. 그중에서도 제궁조 같은 것은 창사(唱詞)와 산설(散說)로 이루 어지는 짜임새가 원잡극 못지않고 할 작품을 남기고 있다. 특히 금 (金)나라에서 《오대사(五代史)》얘기를 근거로 한 〈유지원제궁조(劉智 遠諸宮調)〉 및 〈앵앵전(鶯鶯傳)〉 얘기를 쓴 동해원(董解元, 1190년 전후)의 〈서상기제궁조(西廂記諸宮調)〉라는 대작을 남기고 있다. 원 잡극이 금나라에서 먼저 개발된 연극인 듯하고, 또 극 중에서 주인공 한 사람만이 노래를 부른다는 사실을 전제로 따져보면, 원잡극의 공연 양식은 제궁조와 크게 다르지 않았을 듯도 하다.

어떻든 원잡극은 민간에서 발전한 연극이기 때문에, 그 내용은 서민들의 생활을 반영하고 속된 표현이나 속어도 많이 쓰여지고 있다. 그러나 한편 이 연극은 몽고족이 중국을 지배하게 되면서, 지배자들을 위한 오락용으로 쓰여서, 작품 내용뿐만이 아니라 음악 무용 및 배우들의 의상이나 화장 등에 이르기까지 이족(異族) 귀족의 냄새도 함께 느껴지게 되었다. 따라서 문장이나 구성에 다른 중국문학 작품에서는 접하기 어려웠던 자연스럽고 생동하는 일면이 있기도 하지만, 노래나 극의 구성에 부자연스런 일면도 느끼게 한다.

여기에는 원잡극 중에서도 대표적인 작품들을 골라 번역 소개하고자 하였다. 〈한궁추〉와 〈오동우〉는 아름다운 문장으로 제왕의 궁전생활을 주제로 하면서도, 이족의 중국 침략을 반영하는 뜻도 담겨있다. 그리고 〈두아원〉·〈한삼기〉·〈마합라〉·〈진주조미〉는 봉건정치의 여러 가지 모순과 관리들의 부패 및 서민들의 생활 고통 등을 표현한 작품이다. 〈기영포〉는 한(漢) 고조(高祖) 유방(劉邦)과 항우(項羽)가 싸우던 역사를 소재로 한 작품이다.

두아원 竇娥冤

······ 작품 해설

〈두아원〉의 정식 제목은 〈감천동지두아원(感天動地竇娥冤)〉으로, 원잡극(元雜劇) 초기의 대표작가 중의 한 사람인 관한경(關漢卿, 1246년 전후)의 작품이다. 〈두아원〉은 두아(竇娥)라는 여성의 생애를 중심으로 전개되는 그 시대 사회의 모순을 드러내 보여주는 중국의 소설이나 희곡에서는 보기 드문 비극(悲劇) 작품이다. 이 작품의 얘기 줄거리는 대강 다음과 같다.

어려서 어머니를 잃은 두아가 아버지와 둘이서 살아가고 있었는데, 아버지는 공부는 많이 하였으나 돈이 없어 전에도 빚을 졌던 채노파(蔡老婆)에게 딸 두아를 맡기고 여비를 빌어 서울로 과거를 보러 간다는 얘기가 전개된다. 이는 이 연극의 발단인 셈이다(이상 楔子).

채노파는 두아를 자기 외아들의 며느리로 삼는데, 얼마 못가 그 아들은 죽어 버리어 두아도 젊은 과부가 되어 시어머니 채노파와 둘이서 살게 된다. 채노파는 고리대금이 본업이어서, 어느 날 빌려준 돈을 받으러 노(盧)의원을 찾아간다. 노의원은 채노파를 꾀어 인적이 드문 곳으로 데리고 가 돈은 갚지 않고 채노파를 죽여 버리려 한다. 노의원이 막 채노파를 죽이려 할 때 마침 장노아(張驢兒)와 그의 아버지가 나타나 채노파를 위기에서 구해준다. 장노아 부자는 채노파가 젊은 과부 며느리와 단둘이 살고 있다는 얘기를 듣고는 살려준 은혜를 핑계로 채노파에게 그들 두 과부와 자기 부자가 결혼할 것을 강요한다. 채노파는 생명의 위협을 이겨내지 못하고 그들 부자를 자기네 집으로 데려온다. 그러나 젊은 두아는 장노아와의 결혼을 완강히 거부한다.(이상 第1折)

두아가 끝까지 말을 듣지 않자 장노아는 채노파만 죽여 없애면 두아는 자기 것이 되지 않을 수가 없다고 생각하고, 노의원에게 가서 협박하여 독약을 갖다가 음식에 섞어 채노파에게 먹이려 하던 중 자기 아버지가 그것을 잘못 먹고 죽어 버린다. 장노아는 자기 아버지를 두아가 독살하였다고 덮어씌우면서 두아에게 자기와 결혼할 것을 강요하여도 말을 듣지 않자 관청으로 끌고 가 고소를 한다. 재판관은 장노아의 뇌물을 먹고 엉터리 재판 끝에 두아를 처형한다.(이상 第2折)

두아는 처형을 당하기 직전에 자기가 정말로 억울하게 죽는다는 것을 증명하기 위하여 자기 목을 자르거든 피가 땅에 떨어지지 말고 깃발 위로 튀어 피로 기폭을 물들여 줄 것과, 유월이었지만 눈을 내려 줄 것과, 앞으로 3년 동안 그 고장에 가뭄이 들게 해줄 것을 하늘에 빈다. 두아가 처형을 당하자 두아가 빌었던 괴현상이 모두 실지로 나타난다.(이상 第3折)

두아의 아버지는 과거에 급제하여 염방사(廉訪使)가 되어 그 지방에 와서 행정을 감사하다가 자기 딸 두아가 원죄(寃罪)로 죽었음을 밝히고, 관계 범인들을 모두 처형한다.(第4折)

이처럼 이 작품은 그 당시의 사회 암흑상(暗黑相)을 잘 대변하고 있다. 공부하여 출세하기 위하여 딸과 여비를 바꾸는 가난한 선비, 은혜를 팔고 악한 짓을 행하는 장노아 부자, 돈을 위하여 살인도 감행하는 노의원, 뇌물을 먹고 무고한 여인에게 살인죄를 덮어씌우는 탐관오리, 일하지 않고 고리대금업으로 살아가는 애매한 성격의 채노파 등등, 이들 하나하나가 당시 사회의 전형적인 인물구성이다. 그러기에 올바르게 살아가려는 연약한 두아는 이들 사회악 밑에 짓밟히어 죽어가는 것이다.

작자 관한경(關漢卿)은 호가 기재수(己齋叟)이고 대도(大都, 지금의 北京) 사람이다. 벼슬은 태의원윤(太醫院尹)을 지냈다고도 하나(元 鍾嗣成 《錄鬼簿》 의거), 《금사(金史)》나 《원사(元史)》를 보면 태의원이란 기관은 있으나, 원윤이란 벼슬은 없으니, 그가 정말로 벼슬을 했는지 단정하기 어렵다.

그러나 그는 극작가였을 뿐만이 아니라 배우들과 함께 직접 잡극을 무대에 연출하기도 하였다. 따라서 그의 작품은 무대에서 연출하던 실제 극본의 성격을 보다 분명히 띠고 있다. 앞에 번역한 마치원(馬致遠)의 〈한궁추(漢宮秋)〉가 문장의 수사를 위주로 한 읽는 희곡의 성격이 짙었던 것과는 자못 다르다. 그러기에 그의 작품은 대부분이 당시 서민들의 생활을 반영하는 내용이고, 문장도 평이하고 서민들의 언어에 가까운 표현을 많이 쓰고 있다.

그의 작품으로는 〈두아원〉 이외에도 〈구풍진(救風塵)〉·〈망강정(望江亭)〉·〈노재랑(魯齋郎)〉·〈배월정(拜月亭)〉 등 60여종의 잡극이 있다는데, 지금 전해지고 있는 작품은 모두 17종이다. 그의 잡극이 도시 하층계급의 생활을 반영하고 있다는 점은, 지금 전하는 17종의 작품 중 약 3분의 2 이상의 작품이 여자를 주인공으로 하여 여자가 노래를 부르는 단본(旦本)이라는 것으로도 쉽게 증명이 된다. 이는 원잡극의 대부분의 작가들이 남자를 주인공으로 하는 말본(末本)을 주로 쓰고있는 것과 좋은 대조가 된다.

이 두아의 얘기는 지금도 경극(京劇)에서 〈유월설(六月雪, 일명 羊肚湯)〉이란 제목으로 상연되고 있어, 〈두아원〉은 중국 사람들에게는 매우 친숙한 극본이다. 그리고 이 작품은 유럽에도 일찍이 1835년에 Antoine Pierre Louis Bazin이란 프랑스 사람에 의하여 Le Ressentiment de Teou-Ngo라는 제명으로 번역 소개되었다 한다.

······ 등장인물

두아(竇娥) 여주인공. 아명은 단운(端雲), 두천장(竇天章)의 딸, 뒤에는 채노파(蔡老婆)의 며느리가 된다.

채노파(蔡老婆) 고리대금업을 하는 과부 노파, 두아의 시어머니.

두천장(竇天章) 가난한 선비요 홀아비이며, 두아의 아버지.

노의원(盧醫員) 새노의(賽盧醫)라 흔히 부르는 엉터리 의사, 돈 때문에 채노파를 죽이려다 미수에 그친다.

장로아(張驢兒) 그의 아비 장노인과 함께 채노파의 목숨을 구해준다. 그리고 그 은혜를 빙자하여 두아와 결혼하겠다고 행패를 부린다.

장노인(張老人) 장노아의 아버지.

태수(太守) 초주(楚州) 태수 도올(桃杌)로, 엉터리 재판으로 무고한 두아를 사형에 처한다.

사령(使令) 태수의 아래 관원.

감찰관(監斬官) 사형 집행의 지휘자.

망나니

관원(官員)

시종(侍從) 염방사(廉訪使)가 된 두천장의 부하.

후일 태수

포졸(捕卒)

설자 楔子

채노파 〔등장, 시를 읊는다.〕

꽃은 다시 피는 날 있는데
사람은 다시 젊어질 수 없네.
왜 늘 부귀만 추구하는가?
안락하면 신선인 것을!

저는 채노파입니다. 초주(楚州)[1] 사람으로, 본시 세 식구가 살아
왔는데 불행히도 영감께서 돌아가시어, 다만 여덟 살 먹은 아들 하
나만이 남았지요. 그래서 우리 모자 단둘이서 살아가고 있답니다.
집안에는 그래도 돈푼깨나 있는 셈이라오. 이 고장에 두수재(竇秀
才)라는 이가 살고 있는데, 작년에 돈 스무 냥을 빌려가 갚지 않아
이자가 늘어나 마흔 냥이 되었지요. 나는 몇 번 받으려고 독촉했는
데도, 두수재는 가난하다는 핑계만 대고 갚지 않고 있어요. 그 사람
에게는 일곱 살 난 딸이 하나 있는데, 아주 잘생기고 귀엽답니다.
내 마음에 꼭 들었어요! 그 애를 우리집에 며느리로 삼게 보내주
기만 하면 마흔 냥의 돈도 탕감해 줄 작정이지요. 양편 모두 좋은
일이 아니겠소?
　마침 그가 말을 전해오기를 오늘이 좋은 날이라 친히 자기 딸을
우리집으로 데려다 주겠다는구려. 그래서 저는 돈을 받으러 나가지

---

1) 초주(楚州) : 지금의 강소성(江蘇省) 회안현(淮安縣)임.

도 않고 집에서 지금 그를 기다리고 있는 중이라오. 이제 두수재
올 때가 거의 됐는데…….

두천장 〔딸 단운을 데리고 등장, 시를 읊는다.〕

> 경전 만 권을 다 읽었으나
> 가련하게도 찢어지게 가난했던 사마상여(司馬相如)2) 같네.
> 한(漢)나라 황제의 인정을 받게 되자
> 술장사 했던 일은 덮어두고 〈자허부(子虛賦)〉만 떠벌였네.

저는 성이 두씨이고, 이름은 천장입니다. 본시 조상은 서울 장안
(長安)에 살던 사람이지요. 어려서부터 공부를 하여 문장에 뛰어났
으되, 시운이 닿지 않아 공명을 이루지 못하고 있답니다. 불행히도
아내마저 죽어 버리고, 이 단운이라는 딸만을 데리고 살고 있지요.
애는 세 살 때 제 에미를 잃었는데, 지금은 일곱 살이 되었어요. 저
는 씻은 듯이 가난하여 지금은 초주로 흘러들어와 살고 있답니다.
이곳에 채노파라는 이가 있는데 집에 돈이 좀 있는 셈이지요. 저는
노자조차도 없던 판이라 그에게서 스무 냥의 돈을 빌린 일이 있는
데, 지금은 본전에 이자까지 합치면 그에게 마흔 냥을 갚아야 하게
되었습니다. 몇 차례 제게 빚을 갚으라 하였지만 갚을 게 있어야
갚지요! 그런데 뜻밖에도 채노파가 여러 번 제게 사람을 보내와

---

2) 사마상여(司馬相如) : B.C. 179년 무렵에 나서 B.C. 117년에 죽은 한(漢)
대의 대표적인 부(賦) 작가. 자는 장경(長卿)이며 사천(四川) 성도(成都)
사람. 그는 젊어서 벼슬도 제대로 하지 못하고 가난하기 짝이 없었으나, 부
잣집 젊은 과부인 탁문군(卓文君)을 유혹하여 가출케 한 덕분에 부자가 되
었다. 그리고 뒤에 그의 부인 〈자허부(子虛賦)〉가 무제(武帝)의 인정을 받
아 벼슬을 하기 시작하였고, 다시 무제를 위하여 〈상림부(上林賦)〉 등을
지어 바침으로써 더욱 무제의 신임을 받아 출세하였다.

제 딸을 며느리로 삼게 달라고 요구해 왔습니다. 더욱이 봄 과거를 본다는 방이 나붙어 나는 과거를 보러 서울로 가려 하는데, 노비가 없어 걱정중이지요. 저는 어찌하는 수가 없어 딸 단운을 채노파에게 보내어 며느리로 삼도록 해주려 합니다. [탄식을 한다.]

퓨! 이게 어디 며느리로 주는 건가, 분명히 팔아먹는 셈이지! 전에 빌린 마흔 냥의 돈을 면제받고 그 위에 얼마간의 과거보러 갈 노비나 받게 된다면 더 바랄 게 없지! 어느새 벌써 그의 집 앞에다 왔군. 할머니 계십니까?

채노파 [등장한다.] 선비님! 어서 들어가십시다! 오래 기다렸습니다. [서로 인사를 한다.]

두천장 저는 오늘 곧장 딸년을 데리고 할머니께 오기는 했습니다만, 어찌 감히 며느리를 삼으시라고 할 수 있겠습니까? 그저 할머니께서 두고 부리십시오! 저는 지금 서울로 과거를 보러 가겠습니다. 딸년은 이곳에 두고 가니 할머니께서 잘 돌보아주시기를 바랄 따름입니다!

채노파 이렇게 되면 우리는 사돈지간이지요! 갚을 돈이 본전에 이자를 합치면 마흔 냥이지요? 이것이 차용증서인데 돌려드리겠습니다. 그리고 열 냥을 더 드리겠으니 노자로 보태 쓰십시오! 사돈! 적다고 흉보진 마십시오!

두천장 [고맙다는 인사를 하며] 고맙습니다, 할머니! 전에 빌린 많은 돈을 면제해 주신 위에 노비까지 대주시니 이 은혜는 훗날 반드시 갚겠습니다! 할머니! 딸년은 아직 아무것도 모릅니다. 제 얼굴을 보아 이 애를 잘 돌보아 주십시오!

채노파 사돈! 그런 당부는 하실 필요도 없어요! 따님이 우리집에 왔으니 친딸처럼 여길 거예요! 안심하고 떠나가십시오!

두천장 할머니! 단운이를 때릴 일이 생기시거든 제 얼굴을 보아 대신 몇 마디로 혼이나 내주시고, 혼내야 할 일이 생기시거든 대신 몇 마디 훈계로 끝내 주십시오! 애야! 너도 내 앞에 있을 때처럼 굴어서는 안 된다. 나는 네 친애비라서 너를 감싸주었다. 이제부터 여기서는 언제나 바보 짓을 하면 혼나고 욕먹는다! 애야! 나도 어쩌는 수가 없어서 이러는 거다! 〔슬퍼한다.〕

〔노래 ; 仙呂 賞花時〕
　　살아갈 수도 없이 지독히 가난해서
　　친딸을 떼어놓고 헤어지게 되었네!
　　오늘 멀리 낙양 길 떠나가면
　　돌아올 기약 없으니
　　말없이 애만 태우게 되누나! 〔퇴장한다.〕

채노파　두수재는 자기 딸을 내게 며느리로 삼으라고 남겨두고는 곧장 서울로 과거를 보러 가버렸다오.
단운　〔슬퍼하며〕 아버지! 이 딸을 버리고 가버리시다니요?
채노파　아가야! 네가 우리집에 살게 되었으니, 나는 네 친어머니, 너는 내 친며느리가 될 것이니, 자기 골육이나 같은 거란다! 울 것 없다! 나와 함께 이것저것 집안일이나 돌보자! 〔함께 퇴장한다.〕

제 1 절

노의원　〔등장, 시를 읊는다.〕

　　치료는 짐작으로 하고

약은 본초(本草)따라 처방하면 그뿐.
죽은 자 살려내지는 못하지만
산 사람은 고쳐 죽게 한다네.

저는 성이 노(盧)가이고, 사람들은 내 의술이 너무 뛰어나다 하여 엉터리 노의원이라 부르는데, 이곳 산양현(山陽縣)3) 남문 앞에서 약방을 내고 있지요. 문 안에 채노파라는 할멈에게서 열 냥 돈을 빌려 쓴 일이 있는데, 본전에 이자를 합치면 스무 냥을 갚아야 할 처지가 됐습니다. 몇 번이나 돈을 받으러 왔었지만 갚을 돈이 있어야지요? 이제 다시 안오면 그뿐이지만 또 온다면 달리 방법을 강구할 작정이지요. 약방에 앉아서 누가 찾아오는가 지켜봐야지요!

채노파 〔등장〕 저는 채노파입니다. 저는 오래 전에 산양현으로 이사와 살고 있는데, 매우 안정된 곳입니다. 13년 전 두천장 수재가 그의 딸 단운을 내게 며느리로 삼도록 주고 떠나갔는데, 그 뒤로 저는 그 애 이름을 고쳐 두아라 부르고 있습니다. 제 아들과 결혼한 뒤 2년도 못되어 내 아들녀석은 갑자기 병이 나 죽어 버렸답니다. 며늘아이가 수절하게 된 지도 3년이 넘었으니 상복을 벗을 때도 되었습니다. 아가야! 나는 문밖 엉터리 노의원 집으로 돈을 받으러 갈란다! 〔길을 간다.〕

채노파 골목길 집 모서리 몇 번 돌아나오니, 벌써 그의 집 앞에 다 왔군요. 노의원 계십니까?

노의원 할머니! 어서 오십시오!

채노파 내 돈은 오래되었으니 이제 갚아 주셔야죠.

노의원 할머니! 우리집엔 마침 돈이 없습니다. 저와 함께 마을로 가시면 제가 받을 돈을 받아서 드리도록 하지요.

채노파 같이 가십시다! 〔함께 간다.〕

---

3) 산양현(山陽縣) : 초주(楚州)에 속하는 고을 이름임.

노의원 여기에 오니 사람이 동쪽에도 없고 서쪽에도 없구나! 이런 곳에서 해치우지 않고 무얼 기다리나? 밧줄도 가져오지 않았는가? 이봐요, 할머니! 누가 부르는 것 같은데요?

채노파 어디요? 〔노의원이 달려들어 채노파의 목을 조른다.〕

장노인 〔아들 장노아와 함께 갑자기 등장.〕〔노의원은 놀라서 도망치며 퇴장한다.〕〔장노인이 채노파를 구해준다.〕

장노아 아버지! 이 노파는 하마터면 목졸려 죽을 뻔했어요!

장노인 이봐요, 할멈! 당신은 어디 사람이고, 성명은 어떻게 되오? 무엇 때문에 그 자가 당신 목을 졸라 죽이려 하였소?

채노파 저는 성이 채가이고, 성안에서 단지 과부가 된 며느리와 둘이서 의지하며 살아가고 있어요. 노의원이란 자는 내게 스무 냥의 빚을 지고 있는데, 나는 오늘 그에게 돈을 받을까 하고 왔던 거지요. 그런데 그자는 나를 속여 아무도 없는 이곳으로 데려와 내 목을 졸라 죽이고 그 돈을 거저 먹으려 했던 거지요. 만약에 노인과 저분을 만나지 못했더라면 이 늙은 목숨은 부지를 못했을 것입니다!

장노아 아버지! 들으셨지요? 집에 또 며느리가 있다잖아요? 목숨을 구해 주었으니 어쨌건 우리에게 사례를 해야겠지요? 깨끗이 아버지는 이 노파를 가지시고, 저는 그 며느리를 달라고 하면 얼마나 서로 좋은 일이 되겠습니까? 노파에게 그렇게 말씀하시지요!

장노인 여보시오, 할멈! 당신은 남편이 없고 나는 아내가 없으니, 당신을 내 아내로 삼았으면 하는데 의향이 어떠시오?

채노파 무슨 말씀이세요? 집으로 돌아가 두둑히 사례하리다!

장노아 안되겠네요! 공연히 돈으로 우리를 속이려는 거지요? 노의원의 밧줄이 여기 있으니 먼저대로 당신을 목졸라 죽여 주겠소! 〔밧줄을 들고 덤빈다.〕

채노파 여보세요! 천천히 생각할 여유 좀 주세요!

장노아 무얼 생각하겠다는 거요? 할머니는 제 아버지에게 시집오고, 할머니 며느리는 제게 주기만 하면 그만인데!

채노파 [혼잣말로] 저 녀석 말을 듣지 않으면 저 녀석은 내 목을 졸라 죽일 거야. 에라, 모르겠군! 어떻든 두 분 다 나와 함께 우리집으로 가십시다! [함께 퇴장한다.]

두아 [등장] 저는 성이 두가이고 이름은 단운이며 본시 초주(楚州) 사람이었습니다. 제가 세 살 때 어머님이 돌아가셨고, 일곱 살 때에는 아버님과 이별을 하였죠. 아버지께서는 저를 채노파에게 며느리 삼으라고 주고 떠났지요. 그 후로 이름을 두아라 고쳤고, 열일곱 살이 되자 남편과 결혼하였는데, 불행히도 남편은 곧 죽어 버렸답니다. 죽은 지 벌써 3년이 되었고, 제 나이는 지금 스무 살이에요. 남문 밖의 엉터리 노의원이란 자가 저의 어머님에게 이자를 합치면 스무 냥이나 되는 빚을 졌는데, 여러 번 재촉을 해도 갚지 않아 오늘은 어머님께서 친히 받으러 가셨습니다. 두아야! 네 팔자도 어쩌면 이렇게 기박하단 말이냐!

[노래 ; 仙呂 點絳脣]

그 많은 근심 걱정을 여러 해 견디어 왔음을
하나님은 아시는지?
하나님도 내 사정을 아신다면
아마도 하나님조차도 나처럼 여위시리라!

[노래 ; 混江龍]

묻노니 밤이건 낮이건
언제까지나 식음 전폐하고 잠 못 이루며 걱정해야 하는가?
어쩌면 어젯밤 꿈속 일이 오늘의 이 심사로 이어지고 있는가!
비단처럼 곱게 만발한 문 앞 가로질러 뻗은 꽃가지는

남의 눈물 재촉하고,
둥그런 누각 위에 걸린 달은
남의 애를 끊어놓네!
언제나 안절부절 마음속의 초조함 가누지 못하고,
근심 가득한 미간의 주름은 펴질 때가 없네.
정회는 갈수록 착잡해지고 심사는 한없이 헝클어만지네!

두아 이러한 걱정근심은 어느 때에나 끝장이 날 것인가?

[노래 ; 油葫蘆]

팔자에 한평생 근심을 타고났단 말인가?
어쩌면 이처럼 끝이 없을까?
사람의 마음은 물처럼 흘러가 버리지는 못하는 것인가?
세 살 때는 어머니 여의고,
일곱 살 때에는 아버지 이별하고,
남편에게 시집갔지만 그는 또 단명이었으니,
어머니와 함께 이 며느리도 빈 방을 지키게 되었네!
정말 누가 있어 의논하고
누가 있어 돌보아 주겠는가?

[노래 ; 天下樂]

전생에 향불을 끝까지 태우지 않아
금생에 재난을 당하는 것인가?4)

---

4) 향불을…… : 중국의 옛날 민간에는, 전생(前生)에 불사(佛寺)나 묘당(廟堂)에서 향불을 피우다가 중도에 그만둔 일이 있어서 금생(今生)에 친한 사람과 이별을 하거나 부부가 함께 해로하자 못하게 되는 것이라 믿는 풍습이 있었다.

사람들에게 지금부터라도 내세를 위한 준비를 잘하라 권하고
싶네.
나는 어머님 잘 봉양하고, 정절을 잘 지킬 것이니,
말한대로 반드시 실천하리라!

두아 어머님은 돈을 받으러 가시더니 어째서 이제껏 돌아오시지 않
을까?

채노파 [장노인·장노아와 함께 등장] 두 분께서는 문앞에서 기다려 주
십시오. 제가 먼저 들어가 보겠습니다.

장노아 어머니! 먼저 들어가셔서 사윗감이 문앞에 와 기다리고 있다
고 말씀해 주십시오!
[채노파, 두아를 만난다.]

두아 어머니! 돌아오셨어요? 진지는 잡수셨습니까?

채노파 [울음을 터뜨린다.] 애야! 네게 뭐라고 말해야 좋을는지 모르
겠구나!

두아 [노래 ; 一半兒]
무엇 때문에 눈물을 줄줄 끊임없이 흘리시나?
빚을 받으려다 사람들과 다투기라도 하신 걸까?
내가 서둘러 영접하며 인사드리니
어머니는 까닭을 말하시려 하는 듯하시네.

채노파 부끄러워서 어떻게 말해야 좋을지 모르겠구나!

두아 [노래]
어머니는 한편으론 망설이며 한편으론 부끄러워하시네!

두아 어머니! 무슨 일로 걱정하시며 우십니까?

채노파 내가 엉터리 노의원에게 돈을 받으러 갔지 않았느냐? 그는

나를 속여 아무도 없는 곳으로 데려가서는 흉악하게도 나를 목졸라
죽이려 했단다. 그때 장노인과 그의 아들 장노아가 지나다가 내 목
숨을 구해 주었단다. 그 장노인이 내게 자기를 남편으로 맞아달라
고 하지 않겠느냐? 이것 때문에 걱정하고 있단다.

두아 어머니! 그건 안될 일이지요! 생각해 보세요! 우리집에 먹을
밥이 없는 것도 아니고 입을 옷이 없는 것도 아니며, 또 남에게 빚
을 져서 독촉을 몹시 받고 있는 처지도 아니잖아요? 더욱이 어머
님은 연세도 많으시어 예순이 넘으셨습니다! 어떻게 다시 남편을
맞아들인단 말입니까?

채노파 애야! 네 말이 틀릴 리가 있겠느냐? 그렇지만 내 목숨은 완
전히 이들 부자가 구해 준 거란다. 나는 집으로 돌아가 많은 돈으로
목숨을 구해 준 은혜에 사례하겠다고 말했지! 헌데 그들은 어떻게
우리집에 며느리가 하나 있다는 것을 알았는지, 그들이 말하기를 우
리 고부는 남편이 없고 자기들 두 부자는 마누라가 없으니 정말로
천생연분이라 하잖니? 그들 말을 따르지 않으려 하니, 그들은 먼저
대로 나를 목 졸라 죽이려 들더구나! 그때는 당황해가지고 나 자신
을 그들 말대로 하겠다고 한 것은 물론 너까지도 그들 말대로 하겠
다고 했구나! 애야! 이건 어쩔 수가 없이 그렇게 된 거란다!

두아 어머니! 제 말 좀 들어보세요!

〔노래 ; 後庭花〕
팔자를 고치려 하시니 어머님 위해 근심되고,
혼례를 올리시겠다니 어머님 위해 걱정이네요!
눈 서리처럼 흰 머리에 쪽을 틀어올리고
어떻게 금실로 수놓은 족두리 쓴단 말이에요?
'여자 나이들면 시집보내야 한다'는 속담 정말이네요!

　　그러나 어머니는 지금 나이 예순,

　　'늙으면 만사가 끝장'이라 말하지 않던가요?

　　옛정은 다 버리고 새 남편과 아기자기하게 지내시려 하지만,

　　공연히 사람들 웃겨 입만 찢어 놓을 거예요!

채노파 내 목숨은 오직 그들 두 부자가 구해 준 거란다! 일이 이쯤 되었으니 남이야 웃던말던 상관할 계제가 못된단다!

두아 〔노래 ; 靑哥兒〕

　　어머니는 비록 그들 덕분에, 그들 덕분에 목숨 건졌다지만,

　　절대로 새로 돋아난 죽순처럼, 죽순처럼 젊은 나이 아닌데,

　　부질없이 어여쁘게 눈썹 그리고 시집을 갈 건가요?

　　옛날 아버님의 정 생각하셔야죠!

　　어머님 위해 애쓰시며

　　전답과 아침저녁 먹을 양식과 춥고 더울 때 입을 옷가지 남기시며,

　　과부가 된 어머님과 고아가 된 아드님이 기댈 곳이나 의지할 곳도 없지만

　　모자가 머리 희어지도록 잘살기 바라셨어요!

　　아버님! 헛고생만 하신 셈이네요!

채노파 애야! 그들은 문앞에서 장가들겠다고 몸이 닳아있단다! 내 어떻게 그들을 돌려보낸단 말이냐?

두아 〔노래 ; 寄生草〕

　　그들이 장가들겠다고 몸이 닳아 있다지만

　　저는 어머님 때문에 여러 가지로 걱정이네요!

　　흥이 깨어져서 합환주(合歡酒)도 넘기지 못할까 걱정이고,

눈이 어두워 동심결(同心結)도 맺지 못할까 걱정이고,

뜻이 몽롱하여 부용 수놓인 자리 위에서 편히 잠드시지 못할까 걱정이네요!

어머님은 혼례 이루려 하시지만,

제 생각에 이 인연은 남 좋은 일만 하게 되는 거지요!

채노파 애야! 더 내게 말할 것 없다! 그들 두 부자가 모두 문앞에서 기다리고 있단다! 일이 이쯤 되었으니 너도 남편을 맞아들이는 것이 좋을 듯하다!

두아 어머님! 남편 맞아들이시려면 어머님이나 맞아들이세요! 저는 남편 필요없습니다!

채노파 누군 남편이 필요해서 그러는 줄 아느냐? 그들 두 부자가 자기들 멋대로 집으로 왔으니 낸들 어떻게 할 수가 있느냐?

장노아 우리 오늘 장가들러 왔다네! 사모는 번쩍번쩍, 오늘 신랑이 되었네! 옷소매 펄렁펄렁, 오늘 귀한 손 되었네! 좋은 신랑이지, 좋은 신랑이지! 틀림없지, 틀림없어! 〔장노인과 함께 들어와 절을 한다.〕

두아 〔모르는 체하면서〕 여봐요! 물러서요!

〔노래 ; 賺煞〕

여자들이여, 남자들 말 믿지 마소!

어머님은 수절할 곧은 마음 없으셔서,

오늘 촌영감 불러들이고

사형수 같은 놈 맞아들인 듯.

장노아 〔점잔을 부리면서〕 봐요! 우리 부자 모두 이만한 풍채라면 신랑감으론 잘 고른 거요! 당신도 좋은 시절 놓치지 말고 나와 어서 혼례를 치룹시다!

두아 〔못들은 체하며, 노래〕

    당신은 혼인하여 나를 망치려는가?

    어머님! 부끄러운 줄도 모르시나요?

    아버님께서는 이곳저곳 돌아다니시며 애써 두둑한 재산 마련해
주셨거늘!

    아버님 물려주신 것 생각해서라도

    어찌 차마 장노아가 이를 차지하게 하나요?

    〔장노아, 두아를 잡아끌어다 절을 시키려 한다.〕

두아 〔그를 밀어 넘어뜨리며, 노래〕

    이건 우리 같은 남편 없는 여자는 물러가야 할 자리가 아닌가!
    〔퇴장〕

채노파 영감님, 걱정 마세요! 어찌 목숨을 건져준 은혜 갚지 않을 리
있겠어요? 다만 저 우리 며느리의 성미는 어찌하는 수가 없네요.
그 애가 영감님 아들을 남편으로 맞아들이려 하지 않으니, 어찌 나
만 영감을 받아들일 수가 있겠소? 내 이제 좋은 술과 음식을 장만
하여 당신 부자를 집에 모시며 잘 대접하면서 내가 천천히 우리 며
느리를 설복하도록 해보지요! 그애 마음이 돌아선 다음에 다시 일
을 잘 처리하도록 합시다.

장노아 이 못된 계집! 처녀라 할지라도 조금 잡아당긴다고 해서 그
렇게 성질을 부리지는 못할 거야! 공연히 나를 밀어 넘어뜨렸잖아!
내 가만둘 줄 알아? 당장 맹세를 하지! 내가 죽기 전에 너를 마누
라로 삼지 못한다면, 나는 사내가 아니다!

    〔퇴장사(退場詞)〕

    아름다운 여자 천 명 만 명을 넘게 보았지만

이처럼 성깔있는 계집은 처음일세.
내가 네 어미 죽은 목숨 다시 살려 주었거늘
어찌 몸을 바쳐서라도 날 모시려 하지 않는가?〔함께 퇴장한다.〕

제 2 절

노의원 〔등장, 시를 읊는다.〕

나는 태의(太醫) 출신,
얼마나 많은 사람 병고치다 죽였는지?
그러나 사람들 고발이 두려워
가게 문 닫은 일은 하루도 없다네!
성안에 사는 채노파에게 스무 냥 빚을 졌었는데,
어찌나 자주 와서 빚을 독촉하는지
성화에 등골이 부러질 지경이었네.
내 한때 생각이 모자라
노파를 속여 으슥한 곳으로 데려가 일을 치르려 할 참에
어떤 두 남자에게 들켰다네.
그자들이
"광명천지에 어찌 감히 흉악하게도 행패부리며
함부로 양민을 목졸라 죽이는가?" 하고 소리치는 바람에,
놀라서 나는 밧줄도 팽개치고
걸음아 나 살려라 하고 도망쳤다네.
비록 지난 밤도 아무 일 없었지만,

아무래도 맥 빠지고 넋 나간 것만 같네.
비로소 알았으니 사람의 목숨은 하늘에 매인 것,
어찌 벽 위의 먼지처럼 가벼이 여기고 그런 짓 하려 했던가?
이제부터는 직업을 바꾸고 죄를 덜고 내세를 닦는 일 하려네.
전에 병 고치다 죽인 목숨 한 사람 한 사람 모두에게
왕생극락하라는 경문을 한 권씩 바치리라!

제가 바로 엉터리 노의원입니다. 채노파의 스무 냥 돈을 갚지 않으려고 그를 속여 외진 곳으로 데려다가 노파의 목을 졸라 죽이려 했는데, 마침 두 남자가 나타나서 노파를 구해가지고 데려갔소. 만약 그가 다시 빚을 받으러 온다면 무슨 낯으로 노파를 다시 대하겠소? 속담에도 "삼십육계 줄행랑이 제일이라" 하였소. 다행히도 홀몸이어서 집안에도 아무런 거리낌이 없으니, 자질구레한 물건들을 챙기어 보따리 싸가지고 몰래 딴 곳으로 도망쳐서 달리 살아가는 것이 훨씬 깨끗할 것만 같소.

장노아 〔등장〕 저는 장노아입니다. 두아는 아무리 달래보아도 내 말을 듣지 않으니 어쩔 수가 없군요. 그런데 마침 노파가 병이 났으니, 독약을 구해다가 그 노파에게 먹여 독살시켜 버리면 이 여자는 싫건 좋건 간에 내 처가 되고 말거요. 〔걸어가면서〕 가만있자. 문안은 사람들의 이목이 넓고 구설이 많은데, 만약 내가 독약을 구하는 것을 사람들이 본다면 큰일나겠지? 전날 보니 남문 밖에 약방이 하나 있던데, 그곳은 외져서 약을 구하는 데 안성맞춤이겠어! 〔약방을 찾아간다. 주인을 부른다.〕 의원양반! 약을 지으러 왔습니다!

노의원 무슨 약을 지으시려구요?

장노아 독약을 한 첩 주시오!

노의원 누가 감히 당신에게 독약을 지어 주겠소? 이 친구 간덩이도

크군!

장노아 정말 내게 약을 못 지어 주겠소?

노의원 안된다면 나를 어쩌겠소?

장노아 [노의원을 잡아끌면서] 좋소! 전번에 채노파를 죽이려던 자가 바로 당신 아니오? 내가 당신을 몰라볼 줄 알았소? 내 당신을 끌고 관가로 가리다!

노의원 [당황한다.] 여보시오! 나를 놓아주구려! 약 있어요! 약 있어요! [약을 지어준다.]

장노아 약을 구했으니 당신을 용서하리다! 속담에도 "손은 떼어야 할 때는 손을 떼고, 남을 용서해야 할 때에는 남을 용서하라"고 했지. [퇴장]

노의원 재수없군! 방금 약을 달라던 자가 바로 그 할멈을 구한 자이군! 오늘 그자에게 독약을 주어 보냈으니, 뒤에 일이 생기면 내게까지도 죄가 돌아오지! 빨리 약방문은 닫고 탁주(涿州)로 쥐약이나 팔러 가자꾸나! [퇴장]

[채노파 등장, 병이 들어 탁자 위에 엎드려 있다.]

장노인 [장노아와 함께 등장] 이 늙은이는 채노파 집으로 와서 본시 새 장가를 들려고 했는데, 그의 며느리가 전혀 말을 들어주지 않는군요! 그러나 노파는 줄곧 우리 부자 두 사람을 자기 집에 함께 머물게 하며 "좋은 일은 서두르면 안된다. 천천히 며느리를 달래어 보자."고 하네요. 그런데 뜻밖에도 노파가 병이 났어요. 애야! 너 우리 두 사람 사주팔자를 보았니? 언제가 장가들 운수라든?

장노아 무슨 운숩니까? 무슨 일이건 할 수만 있으면 자신이 하는 거지요!

장노인 애야! 채노파가 여러 날 앓고 있다. 우리 가서 문병이나 하자

꾸나! 〔가서 채노파를 만나 문병을 한다.〕 할멈! 오늘은 병환이 좀 어떻소?

채노파 몸이 매우 편치 않습니다!

장노인 무엇이건 먹고 싶은 것은 없소?

채노파 양곰탕 생각이 나네요!

장노인 애야! 두아에게 부탁하여 양곰탕을 끓여다가 할멈에게 잡숫도록 갖다드리게 하거라!

장노아 〔뒷문으로 가서〕 여보세요! 어머님께서 양곰탕이 드시고 싶답니다! 속히 만들어 드리도록 하시지요!

두아 〔곰탕을 가지고 등장〕 저는 두아입니다. 제 어머님께서는 몸이 불편하신데, 양곰탕이 잡숫고 싶으시답니다. 나는 손수 곰탕을 끓이어 어머님께 갖다드리려 합니다. 어머님! 우리 같은 과부는 무슨 일이나 남의 의심을 받지 않도록 조심해야 할 터인데, 어찌하여 장노아 부자 두 사람을 집안에 머물게 하십니까? 일가도 아니고 친척도 아닌데 한 집안에 함께 살고 있으니, 어찌 밖의 사람들이 수군대지 않겠습니까? 어머님! 어머니는 속으로 혼인을 응낙하여 놓고서, 나까지도 더러운 속으로 끌어들이려는 게 아닌가요? 여자들의 마음이란 정말 믿을 수가 없는 건가요?

〔노래 ; 南呂 一枝花〕
　여자란 일생 동안 원앙 장막 속에 님과 함께 자려하지
　하룻밤인들 독수공방하려 하지 않는 건가?
　어머님은 본시 이씨 부인이었는데
　다시 장가의 처가 되려는가?
　동리 부인네들은 서로 어울리어 집안 살림 얘기는 않고,
　쓸데없는 시비나 따지고

잘 알지도 못하는 뜬소문이나 떠벌이고,
터무니없는 얘기나 지어낼 터인데!

[노래 ; 梁州第七]
한 사람은 탁문군(卓文君)5)처럼 새 남편 위해 설거지 해주려 하고,
한 사람은 맹광(孟光)6)처럼 남편 정성으로 모시려 하는데,
말로는 머리 감추고 발 덮어 흠잡을 수 없이 영리하네.
말을 듣고는 알 수 없었지만
하는 짓 보니 잘 알게 되네.
옛 남편 은혜는 잊어버리고
새 사랑만 즐기려 하네!
무덤 위의 흙은 아직도 축축한데
옷걸이엔 벌써 새사람 옷 걸리네!
죽은 남편 찾아가 곡하여 장성을 무너뜨렸다는 맹강녀(孟姜女)7)

---

5) 탁문군(卓文君) : 서한(西漢)의 부(賦) 작가 사마상여(司馬相如)의 아내,
    성도(成都)의 부자 탁왕손(卓王孫)의 딸. 젊어서 결혼했으나 남편이 일찍
    죽었고, 뒤에 사마상여(司馬相如)가 집에 왔을 때 눈이 맞아 둘이서 야반
    도주하였다. 그의 아버지가 재산을 나누어 주지 않자 다시 성도로 돌아와
    대폿집을 내고 술을 팔았는데, 탁왕손은 직접 설거지 같은 궂은 일까지 하
    였다. 개가하려는 시어머니 채노파에 비유하고 있는 것이다.
6) 맹광(孟光) : 동한(東漢) 때 양홍(梁鴻)의 부인. 남편을 지성으로 섬기어,
    식사 때면 밥상을 눈썹 높이까지 받쳐들고[擧案齊眉] 올 정도로 잘 모시
    었다 한다. 정절을 지키려는 두아 자신에게 비유한 것이다.
7) 맹강녀(孟姜女) : 진(秦)나라 때 기량(杞梁)이란 사람의 처. 진시황(秦始
    皇)이 장성(長城)을 쌓을 때 동원되어 갔는데, 날씨가 추워지자 그의 처
    는 솜옷을 지어가지고 만리길을 멀다 않고 남편이 성을 쌓고 있는 곳을
    찾아갔다. 그러나 남편은 이미 일하다 지쳐 죽은 뒤였다. 맹강녀가 사실을
    알고 통곡하니, 성벽 한쪽이 무너지며 죽은 남편의 시체가 나왔다 한다.

는 어디 있나?

오자서(伍子胥) 구하려고 스스로 강물에 몸을 던진 빨래하던 여
인8)은 어디 있나?

집나간 남편 기다리다 망부석(望夫石)9)이 된 여인은 어디 있나?

슬픈지고! 부끄러운지고!

부녀자라도 이처럼 절조도 없이

음탕하기만 하고 의기는 없다니!

부끄러운지고! 옛분들은 어디 계신가?

사람의 본성은 바뀔 수가 없는 건가!

두아 어머니! 양곰탕 다 되었습니다. 좀 드셔 보시지요!

장노아 내가 갖다드리지요! [받아서 맛을 본다.] 소금과 초가 좀 모자
라는군. 좀 갖다주시오! [두아가 퇴장한다.] [장노아가 독약을 넣는다.]

두아 [등장] 여기 소금과 초가 있어요!

장노아 조금 넣으세요!

두아 [노래 ; 隔尾]

소금도 모자라고 초도 모자라 맛이 없으니

---

8) 빨래하던 여인 : 춘추(春秋)시대 초(楚)나라의 오자서(吳子胥)는 자기 아
버지와 형제들이 억울하게 죽자 도망쳐 오(吳)나라로 갔다. 도망가던 중
강가에서 빨래하던 여인이 오자서가 굶주린 것을 보고서 먹을 것을 주었
다. 오자서가 그곳을 떠나면서 자기 사정을 얘기하고 뒤에 쫓아오는 초나
라 군사들에게 자기를 만난 것을 말하지 말아 달라고 부탁하였다. 그 여인
은 오자서의 부탁을 확실히 실천하기 위하여 곧 몸을 강물에 던져 죽었다
한다.

9) 망부석(望夫石) : 중국에는 떠나간 남편을 기다리던 부인이 마침내 굳어져
망부석이 되었다는 전설과 함께 여러 곳에 망부석이 있다.

　　양념을 더 넣어야 맛이 난다네.
　　어머님 병환 속히 쾌유되시기를!
　　곰탕 한 그릇 마시는 것이
　　감로수(甘露水) 드신 것보다도
　　몸 더 편해져서 큰 기쁨 안겨주기를!

장노인　애야! 양곰탕 어떻게 됐니?
장노아　곰탕 여기 있어요! 갖다드리지요!
장노인　〔곰탕을 가지고 가서〕할멈! 곰탕 좀 드시지요!
채노파　폐를 끼치는군요!〔구토를 한다.〕저는 지금 구역질이 나서 이
　곰탕 못먹겠으니 영감께서 드시지요!
장노인　이 곰탕은 일부러 할멈 자시라고 만든 것이오. 못자시겠더라
　도 한 모금만 마셔보구려!
채노파　난 못먹겠어요. 영감이나 어서 드세요!

두아　〔노래 ; 賀新郎〕
　　하난 당신이나 드시라 하고
　　하난 할멈 먼저 드시라 하고,
　　정말 듣기에 거북하니
　　내 어찌 화 나지 않으리?
　　그들과 우리집이 무슨 친척이라도 되는가?
　　어찌하여 전날의 부부의 정은 생각도 않는가?
　　어디고 함께 다정히 다니지 않았던가?
　　어머니!"황금은 속세의 보배요, 백발이 되면 친구 적어진다"고
　한 속담 때문인가요?
　　그래서 옛 사랑은 새 사랑에 견줄 수도 없다는 건가요?
　　백 년 살고도 한 무덤에 묻히려 해야 할 것이어늘,

어찌하여 멀리 있는 남편에게 솜옷 보내줄 정절조차도 없나요?

장노인 곰탕을 먹고 나니 어찌된 셈인지 어질어질해 오는데! 〔넘어
진다.〕

채노파 〔당황하며〕 영감! 정신 좀 차리세요! 좀 움직여 봐요! 〔울면
서〕 이건 죽은 거 아냐?

두아 〔노래 ; 鬪蝦蟆〕
　　공연히 슬퍼하지만 모르기 때문,
　　인생의 죽음은 윤회(輪廻)라 했네.
　　이런 병에 걸리고 이런 형편이 되는 것이,
　　어찌 바람과 추위, 더위나 습기, 또는 굶주림 배부름과 수고로움
　　때문이겠는가?
　　각자의 징후는 각자 스스로 아는 것이고,
　　사람의 운명은 하늘과 땅에 매어있는 것인데,
　　딴 사람이 어떻게 대신해 주겠는가?
　　목숨이란 금세에 정해진 것이 아니라네.
　　사나흘 함께 지냈다고 어째서 한 집안 사람처럼 여기는가?
　　양고기와 술 차려놓고 비단 주고받으며 잔치한 것도 아니요,
　　혼인 예물 주고받은 일도 없으니,
　　손잡고 있을 적에는 함께 산다지만
　　손놓으면 버리듯 떨어지면 그뿐인 것을!
　　제가 어머니 뜻 거스르려는 게 아니라
　　이웃 사람들 말 많을까 두려운 거지요!
　　제가 권하는 대로
　　재수 없었다 치시고,
　　관이나 하나 마련해 주고 베필로 수습해 가지고

우리집 문에서 내보내어
그들 집안 묘지로 보내주는 게 상책이지요!
이분은 어머님이 젊었을 때 결혼한 부부 사이도 아니니,
저와는 실상 아무 혈연관계도 없어 한 방울 슬픈 눈물도 나지 않
네요!
술취한 듯 바보가 된 듯 이처럼 한탄하고 원망하며
울고불고 마세요!

장노아　좋아! 네가 우리 아버지를 독살했지? 어디 두고 보자!

채노파　애야! 이건 어찌된 일이냐?

두아　내게 무슨 독약이 어디 있겠어요? 틀림없이 저자가 소금과 초
를 달라고 했을 때 자기가 곰탕 안에 넣은 것이겠지요!

〔노래 ; 隔尾〕
　　이녀석은 우리 노모가 자기를 거두어 들여준 것을 이용하여,
　　자신이 친 애비를 독살하고는 누구를 큰소리쳐 놀라게 하려는
건가?

장노아　우리 아버지를 아들인 내가 독살했다고 해도, 사람들은 믿지
않을걸! 〔소리를 지른다.〕 사방 이웃 여러분! 두아가 우리 아버지를
독살했어요!

채노파　그만 좀 해요! 그렇게 법석 떨지 말구려! 정신 못 차리겠네!

장노아　겁이 나지요?

채노파　겁나잖구!

장노아　용서해 줄까요?

채노파　용서해 주면 그뿐 아닌가?

장노아　두아에게 내 말을 들으라고 하세요! 내가 친남편이라고 세

번만 말하면 바로 용서해 주겠소!

채노파 애야! 이 사람 말을 따르려무나!

두아 어머니! 무슨 말씀을 그렇게 하세요?

[노래]

나라는 한 마리 말에
두 안장을 올려놓을 수는 없지요!
전 남편과 이미 2년 동안 부부노릇 하였으니,
내게 다른 사람에게 개가하라지만
그렇게는 정말 할 수 없어요!

장노아 두아야! 너는 우리 아버지를 독살하였는데, 관가로 가서 해결할 거냐? 사사로이 해결할 거냐?

두아 어떻게 하는 것이 관가로 가서 해결하는 거고, 어떻게 하는 것이 사사로이 해결하는 거요?

장노아 네가 관가로 가서 해결하겠다면, 너를 관가로 끌고 가서 갖은 고문을 하면서 심문하는 거지! 너같이 연약한 몸으로는 고문과 매질을 견디지 못하여, 우리 아버지를 독살했다는 죄를 자백하지 않고는 못견딜 걸! 네가 사사로이 해결하겠다면, 바로 내 마누라가 되어 주면 그만이니, 네게는 아주 좋은 일이지!

두아 나는 당신 아버지 독살한 적 없어요! 차라리 당신과 함께 관가로 가겠소! [장노아가 두아와 채노파를 이끌고 퇴장한다.]

태수 [사령들을 이끌고 등장, 시를 읊는다.]

벼슬아치 노릇은 남들보다 잘하지!
고소장만 들어오면 금은이 굴러들고.
만약 상부에서 감사 나오면

집에서 병 핑계로 나오지 않는 거지!

나는 초주(楚州)의 태수(太守) 도올(桃杌)이외다! 오늘 아침 관아에 나와 일을 보려는 참이오! 여봐라! 시작을 알려라!
[사령, 소리쳐 시작을 알린다.]

장노아 [두아와 채노파를 끌고 등장] 고소합니다, 고소합니다!

사령 이리 오너라! [장노아가 와서 무릎을 꿇자, 태수도 무릎을 꿇는다.] 일어나십시오! 영감님! 저자는 고소인인데 어째서 그에게 무릎을 꿇습니까?

태수 너 모르느냐? 누구든 고소를 하는 자는 바로 나를 입혀주고 먹여주는 부모나 같으니라!
[사령, 소리쳐 재판 시작을 알린다.]

태수 누가 원고이고, 누가 피고인고? 사실대로 말하렷다!

장노아 소인이 원고 장노아입니다. 이 두아라 부르는 여인을 고발합니다. 양곰탕에다 독약을 넣어 저의 아버지를 독살했습니다! 이분은 채노파인데 바로 제 계모입니다! 바라옵건대 나으리께서 저를 위해 판결을 내려 주십시오!

태수 누가 독약을 넣었나?

두아 저는 모르는 일이옵니다!

채노파 이 늙은 것도 모르는 일입니다!

장노아 저도 모르는 일입니다!

태수 모두가 아니라면 내가 독약을 넣었단 말이냐?

두아 제 어머니는 저 사람의 계모가 아닙니다. 저 사람은 성이 장씨이고, 우리집은 성이 채씨입니다. 저의 어머님이 엉터리 노의원에게 돈을 받으러 갔었는데, 그에게 속아 교외로 끌려가 목졸려 죽게 되었었습니다. 그런데 저들 부자 두 사람이 나타나 목숨을 구해 주었습니다. 그래서 우리 어머니는 저들 부자 두 사람을 집안에 모셔두고 평생을 먹여살림으로써 저들의 은혜를 갚으려 했습니다. 그러나 저들 두 사람은 엉뚱하게도 불량한 마음을 품고, 억지로 어머님을 아비의 후처로 삼고는 저에게도 아들놈의 아내가 되라고 강요하였어요. 저는 본시 남편을 모셨던 몸이고 상복도 아직 벗지 않은 처지라 완강히 거부하였습니다. 그러던 중 마침 어머님이 병환이 나셨는데, 제게 양곰탕을 만들어다 잡숫도록 드리라 하였어요. 저 장노아는 어디서 난 독약인지는 알 수 없으나 그걸 몸에 지니고 있다가 곰탕을 받아들자 다만 소금과 초가 부족하다고 하며 저를 돌려보낸 다음 몰래 독약을 넣었던 것입니다. 그런데 천행으로 어머님은 갑자기 구역질이 나셔서 곰탕을 못먹겠다고 하며 그것을 그의 아비에게 먹으라고 주었습니다. 그걸 몇 모금 먹자마자 곧 죽어버린 거지요. 저와는 아무런 상관도 없는 일입니다. 바라옵건대 태수님께서 밝은 거울처럼 잘 살피시어 저를 위해 옳은 판결을 내려 주십시오!

〔노래 ; 牧羊關〕
　　나으리는 거울처럼 밝으시고 물처럼 맑으시니
　　제 속마음의 거짓과 진실 비추어 보소서!
　　그 곰탕에는 갖가지 양념이 넣어져 있었고,
　　그밖에 무엇이 더 들어갔는가는 전혀 모르옵니다.
　　저 사람이 맛을 보겠다고 핑계대며 트집부린 뒤,
　　그의 아비가 먹자마자 곧 정신 잃었지요.
　　제가 재판장에 와서 함부로 꾸며대는 것이 아니옵니다!
　　나으리! 저는 아무 잘못도 없는데 무슨 말을 하라는 것인가요?

장노아　나으리! 자세히 살펴주옵소서! 저 사람은 성이 채씨이고 우리는 성이 장씨입니다. 저 어머님이 우리 아버지를 새 남편으로 맞지 않았다면, 우리 두 부자를 무엇하려고 집안에 머물게 하였겠습니까? 이 며느리는 나이는 적사오나 대단히 고집이 세어서 매질도 두려워하지 않습니다.

태수 사람이란 천한 벌레 같아서, 때리지 않으면 불지 않느니라! 여봐라! 내 대신 큰 곤장으로 매우 쳐라!

[사령, 두아를 매질한다. 세 번이나 까무라쳐 물을 끼얹는다.]

두아 [노래 ; 罵玉郎]
　　이 무정한 몽둥이를 어떻게 견디란 말인가?
　　어머님! 모두가 당신이 저지르신 일!
　　누구를 원망하리까?
　　온 세상의 재혼하는 여인네들이여!
　　모두 우리를 본보기로 삼으시오!

[노래 ; 感皇恩]
　　아! 누가 이렇게 호령을 하는가?
　　나는 혼비백산할 지경이네!
　　잠깐 멈추어, 깨어나자마자, 다시 혼미해지네!
　　모진 매 다 맞으며 갖가지 강요를 다 당하는데,
　　곤장 한 대마다, 피 한 줄기 튀고,
　　살가죽 한 겹 터지네!

[노래 ; 采茶歌]
　　매질에 살점은 다 날아가고, 피는 홍건한데,
　　뱃속의 억울한 마음 누가 알아주랴?
　　나같은 여자가 독약을 어디서 구한단 말인가?
　　하나님! 어째서 밝은 햇빛 가리어 진실 밝혀지지 않게 하시나요?

태수 그래도 불지 못하겠느냐?

두아 정말 제가 독약을 넣지 않았습니다!

태수 저것이 하지 않았다면 저 노파를 쳐라!

두아 [허겁지겁] 잠깐 멈추세요! 우리 어머님 때리지 마십시오! 차라리 제가 불겠습니다. 제가 저 사람 아버지를 독살했습니다!

태수 이제 자백을 하였으니 자백서에 손도장을 찍게 하고, 칼을 씌워 사형수 감방에 처넣어라! 내일 참형을 선고하여, 장터로 끌어내어 형을 집행토록 한다!

채노파 [울면서] 두아야! 모두 내 잘못으로 네가 목숨을 잃게 되었구나! 정말 가슴이 째어지는구나!

두아 [노래 ; 黃鐘尾]
　　내가 머리도 없는 원귀(冤鬼)가 된다면
　　어찌 너같은 음란 호색한 도적놈을 그냥 두겠느냐?
　　인심은 속일 수가 없는 것이고
　　억울함은 하늘과 땅이 아실 텐데,
　　끝까지 버티다 이렇게까지 되었지만,
　　이제 와서 달리 어떻게 하는 수가 있겠는가?
　　차라리 저자 아비 독살한 것 인정하고
　　죄를 자백하는 수밖에!
　　어머님! 제가 만약 죽지 않는다면
　　어떻게 어머님 구할 수가 있겠어요?
　　[사령들이 압송하여 퇴장한다.]

장노아 [머리를 조아리며] 하늘 같은 나으리께서 판결해 주신 것 감사하옵니다! 내일 두아를 죽인다면 비로소 제 아버님 원한을 풀어 드리게 되겠습니다.

채노파 〔울면서〕 내일 장터에서 우리 두아를 죽인다니! 정말 가슴이 찢어지는 듯하구나!

태수 장노아와 채노파에게 모두 자인서를 받고, 관가의 처분을 따르게 하라! 여봐라! 재판 종결 북을 치고, 내 말을 끌어오거라! 난 집으로 돌아가겠다! 〔모두 퇴장한다.〕

제 3 절

사형감독관 〔등장〕 저는 사형감독관입니다. 오늘 범인을 처결할 것이니, 관원들로 하여금 골목을 지키어 사람들이 일없이 왔다 갔다 못하도록 단속시켜야 되겠습니다.

〔관원, 북을 세 번 치고, 징을 세 번 울린다.〕

망나니 〔깃발을 휘두르며 칼을 들고, 두아를 칼을 씌운 채 압송하여 등장〕 빨리 움직여! 빨리빨리! 감독관께서 형장에 나오신 지 오래란 말이야!

두아 〔노래 ; 正宮 端正好〕
터무니없이 국법 어겼다고
꼼짝 못하고 처형당하게 되었으니,
억울하다는 울부짖음에 땅도 흔들리고 하늘도 놀라네!
얼마 안있어 내 영혼은 염라대왕께로 갈 터이니
어찌 하늘과 땅까지도 원망하지 않으리?

〔노래 ; 滾繡球〕
해와 달은 아침 저녁으로 떠있고,

삶과 죽엄 다스리는 귀신 있으련만,
천지신명께서는 맑고 흐린 것을 분명히 가리셔야 할 터인데
어째서 도적놈과 군자를 잘 못 가리시나요?
착한 사람은 가난한 위에 목숨까지 짧고
악한 자는 부귀를 누리며 오래 살기까지 하다니요?
천지신명도 센 자는 겁을 내고 약한 자는 업신여겨
이처럼 흐르는 대로 배 밀고 가듯 내버려두긴가요?
땅이여! 착하고 악한 것도 분별 못한다면
어찌 땅이라 할 수 있겠는가?
하늘이여! 어짊과 어리석음도 잘못 가리면서
공연히 하늘노릇 하는군요?
아아! 두 줄기 눈물만이 줄줄 흐르네!

망나니 빨리 움직여! 시간 늦겠다!

두아 〔노래 ; 倘秀才〕
나는 칼에 눌려 왼쪽 오른쪽으로 뒤뚱뒤뚱,
사람들에 둘러싸여 앞도 막히고 뒤도 막혔네.
내 아저씨께 부탁할 말 있네!

망나니 무슨 할 말이 있다는 거냐?

두아 〔노래〕
한길로 가는 것이 마음에 한이 되니
뒷골목으로 가면 죽어도 한이 없으리이다!
길 멀다 말고 그리로 가십시다!

망나니 너는 지금 형장으로 가는 거야! 만나고 싶은 친척들이 있으면, 그들을 불러 잠깐 만나보아도 좋아!

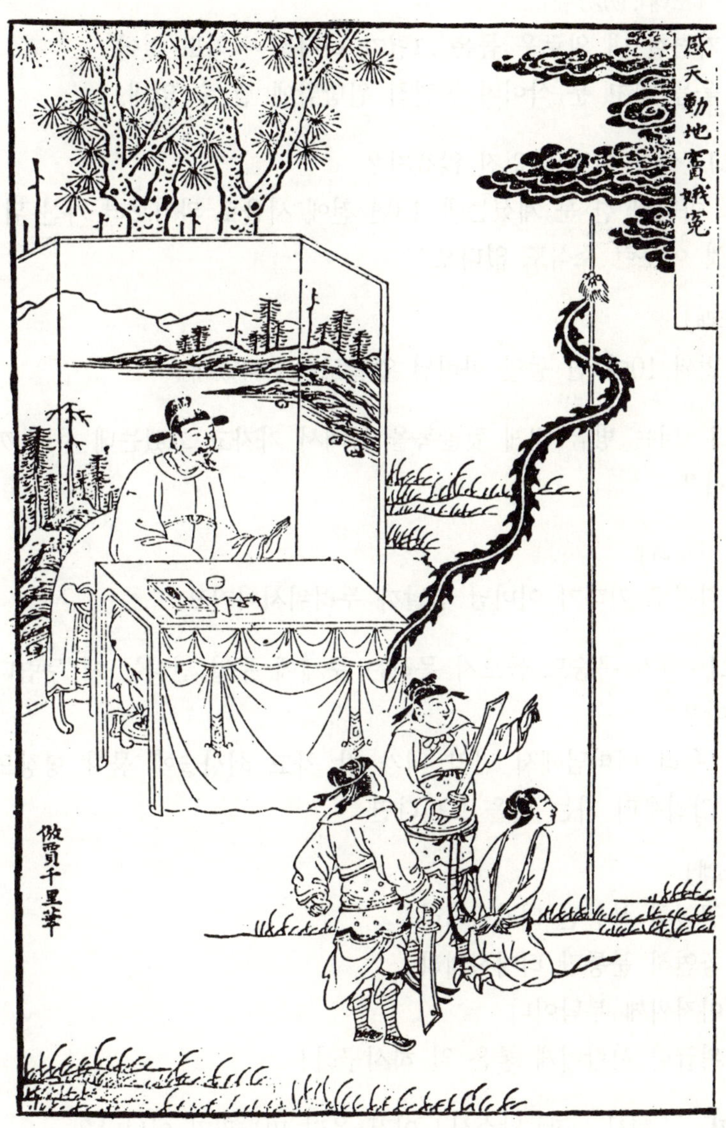

명간(明刊) 《원곡선(元曲選)》의 〈두아원〉 삽화

두아 〔노래 ; 叨叨令〕

　가련한 내 외로운 몸은 그림자 하나뿐 친척도 없어

　울음 참고 분 삭이며 공연히 원망밖엔 할 수 없네.

망나니 설마 친정도 없진 않겠지?

두아 아버님 한 분 계셨는데, 13년 전에 서울로 과거보러 가신 뒤 지금껏 아무런 소식도 없다오!

〔노래〕

　벌써 10여 년 동안 아버님 얼굴도 못 뵈었네!

망나니 너는 방금 내게 뒷골목을 통해서 가자고 그랬는데 무슨 까닭이지?

두아 〔노래〕

　한길로 가다가 어머님 만날까 두려워서이지요.

망나니 자기 목숨도 돌보지 못하는 주제에 무얼 만나는 게 두렵다는 거야?

두아 우리 어머님께서 만약 내가 칼 차고 쇠사슬에 묶여 형장으로 목 잘리우러 가는 것을 보신다면

〔노래〕

　공연히 분통만 터지시리라!

　공연히 분통만 터지시리라!

　아저씨께 부탁이니

　위급한 사람에게 좋은 일 하시구려!

채노파 〔울면서 등장〕 맙소사! 이건 우리 며느리가 아니냐?

망나니 할멈! 뒤로 물러나요!

두아 기왕 어머님께서 오셨으니 불러서 몇 마디 당부나 하게 해주세요!

망나니 할머니! 이리 오시오! 며느님께서 당부할 말이 있답니다!

채노파 애야! 가슴이 찢어지는 듯하구나!

두아 어머니! 장노아가 양곰탕에 독약을 넣은 것은 실은 어머님을 독살하고 저를 처로 차지하려 했던 짓입니다. 뜻밖에도 어머님이 그의 아비에게 먹으라고 주어 도리어 그의 아비가 독약으로 죽었던 것입니다. 저는 어머님에게까지 누를 끼치게 되는 것이 두려워 그의 아비를 독살하였다고 거짓 자백하여, 오늘 형장으로 끌려가 사형을 받게 됐습니다. 어머님! 앞으로 동지와 설, 매달 초하루와 보름날 제 올리고 남은 밥과 국이 있거든, 제게도 반 그릇만이라도 먹게 해주시고, 태우다 남은 지전(紙錢)10)이 있거든 이 두아를 위해서도 한 묶음 태워 주십시오. 오직 죽은 어머님 아들 체면을 봐서라두요!

[노래 ; 快活三]

두아가 어처구니없는 죄인 되었음 잊지 마시고,
두아의 몸과 목이 온전치 못함 잊지 마시며,
두아가 전날에 집안 살림 한 것 잊지 마시고,
어머님! 마누라도 없는 두아의 서방님 얼굴도 봐주십시오!

[노래 ; 鮑老兒]

두아가 이 몇 해 어머님 모신 것 잊지 마시고
명절 되면 한 그릇 찬 국이라도 주시고,

---

10) 지전(紙錢) : 중국 풍속으로 죽은 사람을 제사지낼 때, 저승의 노비로 쓰라고 종이로 돈처럼 만들어 그것을 불사른다. 이것을 지전(紙錢) 또는 예전(瘞錢)이라 부른다.

형을 받은 시체 위해 지전을 태우며
당신의 죽은 자식이라 여기고 제사지내 주십시오!

채노파 〔울면서〕 애야! 걱정마라! 내 모두 잊지 않을 테니. 하나님!
이 찢어지는 가슴 어이합니까?

두아 〔노래〕
어머님! 다시는 울고불고 하거나 걱정근심 하시거나
하늘에 사무치는 원망 마사이다.
이렇게 된 것 모두 이 두아가 때와 운을 잘못 타고나
까닭도 모를 원죄를 뒤집어쓰게 된 거지요!

망나니 〔소리를 치며〕 여봐요! 할멈! 이젠 물러나시오! 시간이 됐소!
〔두아, 무릎을 꿇는다.〕
〔망나니, 씌웠던 칼을 벗겨준다.〕
두아 감독관 나으리께 아뢰옵니다! 한 가지 제 소원을 들어주신다면
죽어도 한이 없겠습니다!
감독관 네게 무슨 일이 있다는 거냐? 말해 보거라!
두아 깨끗한 자리 한 장을 마련하시어 제가 깔고 서도록 해주시고, 또
두 발 되는 흰 무명자락을 구하시어 깃대 위에 걸어 주십시오! 만약
이 두아가 정말로 억울하다면, 칼로 목을 칠 때 뜨거운 핏줄기가 한
방울도 땅에는 떨어지지 않고 흰 무명자락 위로 날아오를 것입니다.
감독관 그런 건 들어주지! 어려울 것 없는 일이야!
〔망나니, 자리를 가져다가 두아를 그 위에 세우고, 다시 흰 무명을 가져다
가 깃대 위에 걸어놓는다.〕

두아 〔노래 ; 耍孩兒〕
두아가 이런 근거 없는 소원을 말하는 것은

정말 억울하기 짝이 없기 때문.
만약 세상에 전해질 영험한 일 일어나지 않는다면
푸른 하늘은 저렇게 맑지 못하리라!
반 방울의 뜨거운 피도 세상 먼지 적시지 말고
모두 여덟 자 깃대 위의 흰 무명에만 묻기를!
세상 사람들 모두가 보게 되면,
붉은 피가 벽옥이 되었던 장홍(萇弘)[11]이나
영혼이 두견새가 되었던 망제(望帝)[12]처럼 진실 알게 되리라!

망나니 더 할 말은 없소? 지금 감독관 나으리께 말씀드리지 못하면 또 언제 말할 기회가 있겠소?

두아 [다시 무릎을 꿇으며] 지금은 삼복 더위지만 만약 두아가 정말로 억울하게 죽는 것이라면, 이 몸이 죽은 뒤에 석 자의 흰 눈을 내리어 두아의 시체를 덮어줄 것입니다!

감독관 이런 삼복 더위에 네게 하늘에 사무치는 원한이 있다 하더라도, 눈은 한 송이도 내리게 하진 못할 거야! 허튼소리 말아!

두아 [노래 ; 二煞]
더위가 한창인 눈올 때가 아니라 하지만,

---

11) 장홍(萇弘) : 주(周)나라의 대부, 장숙(萇叔)이라고도 부름. 주나라 영왕 (靈王) 때 외국에서 베짜는 여인이 그려진 석경(石鏡)을 바쳐왔는데, 거울 안에서 그 여인이 움직이고 있었다. 장홍은 이것은 임금의 성덕(盛德) 탓이라 말하였는데, 일부 사람들이 그가 임금에게 아첨한다고 모함하여 죽여 버렸다. 칼로 그를 치자 몸에서 흐르는 피가 모두 벽옥(碧玉)이 되었다 한다.

12) 망제(望帝) : 촉(蜀)나라 임금 두우(杜宇). 그는 정치에 힘쓰며 특히 농잠(農蠶)을 장려했는데, 억울하게 죽은 뒤 두견새가 되어 봄이면 처절히 울게 되었다 한다.

　　추연(鄒衍)13) 때문에 유월에 서리가 날렸단 말 못들었나요?
　　만약에 한 줄기 원한이 불처럼 뿜어나온다면
　　반드시 하늘도 감응하여 솜 같은 눈송이 펄펄 내리어
　　내 시체 드러나지 않게 해주리라!
　　흰 수레에 흰 말이 끄는 상여로
　　황량한 산에 장사지낼 필요가 어디 있으랴!

두아 〔다시 무릎을 꿇으며〕 나으리! 이 두아의 죽음은 정말로 억울합
　　니다. 지금으로부터 이곳 초주에 3년 동안 큰 가뭄이 들기를!

감독관 입 닥쳐! 무슨 헛소리야?

두아 〔노래 ; 一煞〕
　　하나님은 믿을 수가 없고
　　사람들은 동정도 하지 않을 거라지만,
　　하나님은 우리 소원 들어주신다는 걸 모르리라!
　　옛날에 무엇 때문에 3년 동안 단비가 내리지 않았던가?
　　동해의 억울하게 죽은 효부14)의 원한 때문이 아니었나?
　　이번에는 당신들 산양현(山陽縣) 차례가 되었네.

---

13) 추연(鄒衍) : 전국(戰國)시대 사람. 그는 연(燕)나라 혜왕(惠王)을 섬겼
　　으나 소인들의 모함으로 처형되었다. 그가 하늘을 우러러 통곡하자 한여
　　름 오월이었는데도 서리가 내렸다 한다.

14) 동해(東海)의 효부(孝婦) : 한(漢)대에 동해(東海)라는 곳에 과부 주청
　　(周青)이 살고 있었는데, 그는 그의 홀시어머니께 극진히 효도를 다하였
　　다. 그러나 그의 시어머니가 다른 사고로 목매어 죽자 그의 시누이는 주
　　청을 살인죄로 고소하여 잡혀가 사형을 당하였다. 그가 처형당한 뒤로
　　동해 지방에는 3년 동안이나 비가 내리지 않았다. 뒤에 우공(于公)이란
　　사람이 그의 원죄(冤罪)를 밝혀내자 비로소 비가 내렸다 한다.

이건 모두 관원들이 법을 바로 지킬 뜻이 없어

백성들은 입이 있어도 말할 수가 없게 되었기 때문이네!

망나니 〔깃발을 휘두르며〕 어째서 갑자기 날씨가 흐려지나? 〔안으로부 터 바람이 불어온다.〕 정말 차가운 바람일세!

두아 〔노래 ; 煞尾〕

뜬 구름도 날 위해 어두워지고

슬픈 바람 날 위해 휘몰아치니,

세 가지 소원 분명히 이루어지리!

〔울면서〕 어머님! 유월에 눈이 날리고 3년 가뭄 드는 것을 두고보 십시오!

〔노래〕

그제서야 억울하게 죽은 두아의 원혼이 제대로 잠들리라!

〔망나니, 칼을 휘두르고, 두아는 쓰러진다.〕

감독관 〔놀라면서〕 어! 정말 눈이 내리네! 이런 변고가 있나!

망나니 보통 때 사람을 죽이면 온 땅이 선혈로 젖는데, 이 두아의 피 는 모두 저 열두 자 흰 무명으로 튀어 한 방울도 땅에는 안떨어졌 습니다! 정말 이상하네요!

감독관 이 사형은 틀림없이 억울한 거야! 이미 두 가지는 소원대 로 되었으니, 3년 가뭄이 든다는 말도 그대로 될는지? 어디 두고 보자! 여봐라! 눈 개는 것 기다릴 필요도 없이 시체를 메어다가 채노파에게 갖다주어라! 〔여러 사람들이 대답하고, 시체를 메고는 퇴 장한다.〕

제 4 절

두천장　[관복을 입고 장천과 시종을 거느리고 등장, 시를 읊는다.]

홀로 빈 관아에 섰으되 생각은 암담하고
높은 봉우리에 달떴으되 숲은 안개로 싸였네.
무슨 일 때문에 잠 못 이루는 게 아니요
스스로 놀라 깨어 잠 못 이루네!

나는 바로 두천장이외다. 내 딸 단운(端雲)과 이별한 지 벌써 16년이나 되었소. 나는 서울로 가서 단번에 과거에 급제하여 참지정사(參知政事)란 벼슬을 받았지요. 내가 유능하고 결렴한데다가 절조가 있어 꿋꿋하다 하여 황공하옵게도 성상께서 성은을 내리시어 제게 양회제형숙정염방사(兩淮提刑肅政廉訪使)15)란 직무를 맡기셨어요. 내게 어느 곳에서나 죄진 자를 심문하고 문서를 조사하여 탐관오리를 찾아내며, 먼저 목을 치고 뒤에 상주할 수 있는 권한을 주신 거지요. 그런데 내게는 한 가지 기쁨과 함께 한 가지 슬픔이 있소. 기쁨이란 내가 높은 벼슬을 하여 형벌과 명예를 관장하며 임금님께서 내리신 세검(勢劍)과 금패(金牌)16)로 만리에 위엄을 떨치

---

15) 양회제형숙정염방사(兩淮提刑肅政廉訪使) : 양회(兩淮)는 지명으로 회수(淮水) 남쪽과 북쪽 지방. 지금의 산동(山東)·강소(江蘇)·하남(河南)·안휘(安徽)의 네 성에 걸치는 지방임. 제형숙정염방사란 우리나라의 옛 암행어사(暗行御史)처럼 임금의 특명으로 여러 지방을 다니며 행정을 살피어 관리들을 벌주고 파면하기도 하고 상도 주는 특권을 가진 벼슬 이름. 곧 이는 양회 지방의 행정을 살피는 암행어사인 셈이다.

게 된 것이요, 슬픔이란 단운이라는 딸이 있었는데 일곱 살 때 채노파에게 며느리로 삼으라고 주었다가, 내가 벼슬을 한 뒤 사람을 내어 초주(楚州)로 채노파 집을 찾아가게 하였으나, 그의 이웃 사람들 말이 채노파는 옛날에 어디로인가 이사하여 사는 곳을 모른다 하여 지금껏 아무런 소식도 없는 것이오! 나는 딸 단운 때문에 울어서 눈이 어두워졌고, 걱정으로 머리가 희끗희끗해졌소.

　오늘 이 회남(淮南) 지방으로 들어왔는데, 웬일인지 이곳 초주(楚州)는 3년 동안이나 비가 안왔다 하오. 나는 지금 이 고을 관아에 머물고 있소. 여봐라! 고을의 대소 관속들에게 오늘은 쉬고 내일 일찍 모두 들라고 하여라!

시종 〔뒤로 돌아가〕 모든 대소 관속들은 오늘은 쉬고 내일 일찍 모두 들도록 하라!

두천장 여봐라! 육방(六房) 관속17)들에게 명하여 조사할 모든 문서들을 있는대로 가져오도록 하여라! 등불 아래 몇 가지라도 살펴보아야겠다!

〔시종, 문서들을 갖다바친다.〕

두천장 여봐라! 불을 좀 밝혀라! 그리고 너희들은 모두 고단할 터이니 가서 쉬도록 하여라! 내가 부르면 곧 오되, 부르지 않거든 오지 말아라!

〔시종, 등불을 밝혀놓고 다른 시종들과 함께 퇴장〕

---

16) 세검(勢劍)과 금패(金牌) : 세검은 황제가 특사에게 내리는 칼로, 재판을 거치지 않고도 먼저 사람을 벨 수가 있는 것이다. 금패란 호랑이가 엎드려 있는 모양이 새겨진 금호부(金虎符)로, 이를 가진 자는 사람들의 사생을 결정할 권한이 주어졌다.

17) 육방(六房) 관속 : 이(吏)·호(戶)·병(兵)·형(刑)·공(工)·예(禮)의 육부의 일을 관장하는 관원들.

두천장 이 문서들을 몇 가지 살펴보자! "첫째 범인 두아가 시아버지를 독살한 사건"이라. 첫번째 문서를 들추자마자 바로 나와 동성의 범인이 나오네! 이 시아비를 독살한 죄는 십악불사(十惡不赦)[18]의 큰 죄 중의 하나라! 나와 성이 같은 사람 중에도 법을 무서워하지 않는 사람이 있구나! 이건 모두 종결된 문서이니 보지 않기로 하자! 이건 밑으로 밀어넣어 놓고 딴 것을 보기로 할까? 〔하품을 하면서〕 어째서 잠이 오나? 모두 내가 나이를 많이 먹은데다가 여로에 지친 탓이겠지. 책상에 엎드려 잠깐 쉬기로 할까? 〔잠을 잔다.〕

두아의 혼 〔등장하여 노래 ; 雙調 新水令〕
　　나는 매일 울부짖으며 망향대(望鄕臺)[19]를 지키면서
　　초조하게 원수를 기다리네.
　　슬며시 어둠 속을 다니다가
　　주르르 회오리바람 타고 오기도 하네.
　　안개에 싸이고 구름에 묻혀있어도
　　안달이 난 영혼은 재빠르기만 하네!

　　〔바라보면서〕 문신(門神)들이 날 들여보내 주지 않네! 저는 염방사(廉訪使) 두천장의 딸인데, 아버님은 제가 억울하게 죽었는데도 모르고 계십니다. 아버님께 현몽하여 알려드리려는 것입니다!

---

18) 십악불사(十惡不赦) : 십악이란 옛날 중국 형법에 규정된 열 가지 대죄. 곧 모반(謀反)·모대역(謀大逆)·모반(謀叛)·악역(惡逆)·부도(不道)·대불경(大不敬)·불효(不孝)·불목(不睦)·불의(不義)·내란(內亂)의 열 가지이다. 이런 죄를 범한 자는 절대로 용서할 수가 없도록 규정되어 있다.

19) 망향대(望鄕臺) : 저승에 있는 누대 이름으로, 그 곳에 올라가면 자기가 살던 고향을 바라볼 수가 있다 한다.

[노래 ; 沈醉東風]

　　나는 저 염방사의 딸이며
　　세상의 요괴와는 다른 귀신이에요!
　　어째서 나를 저 등불 앞으로 가지 못하도록
　　문지방 밖에서 막나요?

[소리지른다.] 아버님!

[노래]

　　공연히 세검과 금패만 가지셨지
　　이 억울하게 죽은 지 3년 되는 썩은 시체를
　　어떻게 끝없는 고해(苦海)로부터 벗어나게 해주실 건가요?

[들어가 뵙고 운다.]

두천장　[역시 울면서] 단운아! 너 어디서 오는 거냐?

[두아의 혼, 짐짓 비켜선다.]

두천장　[잠에서 깨어난다.] 정말 이상하군! 내가 막 눈을 붙이자마자 단운의 꿈을 꾸었는데, 꼭 내 앞에 나타난 것 같았거니, 지금은 어디에 있는가? 나는 다시 이 문서나 보자!

[두아의 혼, 등장하여 등불을 희롱한다.]

두천장　이상도 하지! 막 문서를 보려는데 어째서 등불이 밝아졌다 흐려졌다 하는가? 시종 녀석들도 잠이 든 모양이니 손수 등불 심지를 돋구어보는 수밖에! [등불 심지를 돋군다.]

[두아의 혼, 문서들을 뒤엎는다.]

두천장　등불 심지를 돋우니 등불이 밝아졌군! 다시 문서 몇가지를 볼까? 첫째 범인 두아가 시아비를 독살한 사건이라…… [의아해하면서] 이 문서는 내가 첫 번째로 보고서 문서들 밑바닥에 넣어둔

건데 어째서 또 위에 와 있을까? 이것은 이미 검열이 끝난 것이니 다시 밑으로 밀어넣고 다른 문서를 보기로 하자!

〔두아의 혼, 다시 등불을 희롱한다.〕

두천장 어째서 또 등불이 밝아졌다 흐려졌다 하나? 다시 등불 심지를 돋구어 볼까? 〔등불 심지를 돋군다.〕

〔두아의 혼, 다시 문서들을 뒤엎는다.〕

두천장 심지를 돋구니 등불이 밝아졌군! 다시 문서를 보기로 하자! 첫째 범인 두아가 시아비를 독살한 사건이라……. 허! 정말 이상하네! 내가 이 문서를 방금 분명히 밑바닥에 넣고 등불 심지를 돋구었는데 어째서 또 위로 올라와 있나? 이곳 초주 뒤 청사 안에 귀신이 있는 게 아닐까? 만약에 귀신이 없다면 이 사건은 반드시 원죄일 것이다. 이 문서를 다시 밑바닥에 넣고 다른 문서를 보기로 하자!

〔두아의 혼, 다시 등불을 희롱한다.〕

두천장 어째서 등불이 또 흐려지나? 귀신이 등불을 희롱하는 것이 아닐까? 다시 등불 심지를 돋구어 보자! 〔등불 심지를 돋군다.〕

〔두아의 혼, 등장하여 서로 만난다.〕

두천장 〔칼을 빼어들고 탁자를 친다.〕 어흠! 귀신이 있군! 이봐! 귀신아! 나는 조정에서 어명으로 파견한 금패를 갖고 다니는 숙정염방사(肅政廉訪使)다! 앞으로 썩 나서라! 한 칼로 두 토막을 내버릴 것이야! 여봐라! 모두들 자고 있구나! 빨리 일어나거라! 귀신이 있다! 귀신이 있어! 정말 놀라 기절하겠구나!

두아의 혼 〔노래 ; 喬牌兒〕

　　얼떨결에 별 생각 다 하시지만

　　내 울음소리 들으시면 또 놀라시리라!

　　아아! 아버님은 이처럼 위풍이 당당하시니

당신 딸 두아의 절 받으셔요!

두천장 여봐! 귀신아! 너는 이 두천장을 보고 아버지라 부르고, 딸 두아의 절을 받으라는데, 잘못 본 건 아닌가? 내 딸은 이름이 단운이며, 일곱 살 때 채노파에게 며느리로 삼으라고 주었어! 너는 두아라면 이름도 틀리는데 어째서 내 딸이라는 거냐?

두아의 혼 아버지! 아버님께서 저를 채노파에게로 보내신 뒤 이름을 두아라 바꾸었습니다!

두천장 네가 바로 단운이란 말이냐? 다른 것은 다 그만두고 시아비를 독살한 두아가 바로 너냐?

두아의 혼 바로 저입니다!

두천장 닥쳐! 이 계집애야! 네 애비는 너 때문에 울어 눈이 어두워졌고 근심으로 머리까지 희었는데, 너는 십악대죄(十惡大罪)를 지고 처형까지 당했단 말이냐? 나는 지금 높은 벼슬에 올라 형명(刑名)을 관장하며, 이곳 양회(兩淮) 지방으로 와서 죄수들을 심문하고 문서들을 검열하며 탐관오리를 찾아내고 있다. 네가 내가 낳은 친딸이라면, 나는 너도 못 다스렸는데 어찌 남을 다스릴 수가 있겠느냐? 내가 전에 너를 그집으로 시집보낼 때에 삼종사덕(三從四德)을 가르치지 않았더냐? 삼종(三從)이란 집에서는 아버지를 따르고, 출가하여서는 남편을 따르고, 남편이 죽으면 자식을 따르는 것이다. 사덕(四德)이란 시부모를 섬기고, 남편을 공경하며, 시누이들과 화목하고, 이웃과 잘 지내는 것이다.

너는 삼종사덕은 온데 간데도 없이 도리어 십악대죄를 범하고 있구나! 우리 두씨 집안에는 3대 동안 법을 범한 남자가 없었고, 5대 동안 재혼한 여자가 없었느니라! 오늘에 와서 너로 인하여 조상 대대의 덕망을 욕되게 하고, 내 청백한 명성에까지 누를 끼치게 되었구나. 너는 어서 네 진정을 실토하거라! 거짓말로 꾸며대서는 안된다! 만약에 말하는 데에 조금이라도 어긋남이 있다면, 성황당(城隍堂)에 통첩을 내어 너로 하여금 영원히 사람의 몸은 갖지 못하고, 음산(陰山)에서 내내 아귀(餓鬼)로 지내도록 하겠다!

두아의 혼 아버님! 노여움을 거두시고 진정하십시오. 잠시 호랑이 같은 위엄도 거둬들이신 다음 천천히 말씀드릴 테니 제 말을 한번 들어주십시오! 저는 세 살 때 어머님을 여의고 일곱 살 때에는 아버님을 이별하였지요. 아버님께서 저를 채노파께 며느리 삼으라고 보내셨던 거지요. 열일곱 살에 남편과 혼인을 하였는데, 불행히도 겨우 2년 만에 남편이 죽어, 저는 어머님과 함께 수절을 하고 있었습니다. 그러던 중 산양현(山陽縣) 남문 밖에 노의원이란 사람이 있었는데, 그는 어머님께 스무 냥의 빚을 지게 되었지요.

어머님께서 어느 날 그에게 빚을 받으러 갔는데, 그는 속임수로 어머님을 교외로 데리고 가서 목을 졸라 죽이려 했습니다. 뜻밖에 장노아라는 사람 부자가 나타나 어머님 목숨을 구해 주었습니다. 그런데 그 장노아는 우리집에 수절하는 과부 며느리가 있다는 것을 알고는, "시어머니와 며느리 모두 남편이 없으니, 우리 부자 두 사람을 남편으로 맞는 것이 좋겠다"고 요구했습니다. 어머님이 처음에는 말을 듣지 않자 그 장노아는 "당신이 말을 듣지 않으면 나는 전대로 당신을 목졸라 죽이겠다"는 것이었어요. 우리 어머님은 두려운 나머지 우물쭈물 허락을 하고 말았어요. 그러니 다만 그들 부자 두 사람을 집으로 데려다가 먹여살려 주는 수밖엔 없었지요.

장노아는 여러 번 당신 딸에게 장난을 걸었으나 저는 굳건히 그의 말을 좇지 않았어요. 그러던 어느 날 어머님은 몸이 불편하게 되셔서, 양곰탕 생각이 난다 하시기에 저는 양곰탕을 마련했지요. 마침 장노아 부자 두 사람이 문병을 왔다가 "양곰탕 맛을 보겠다"는

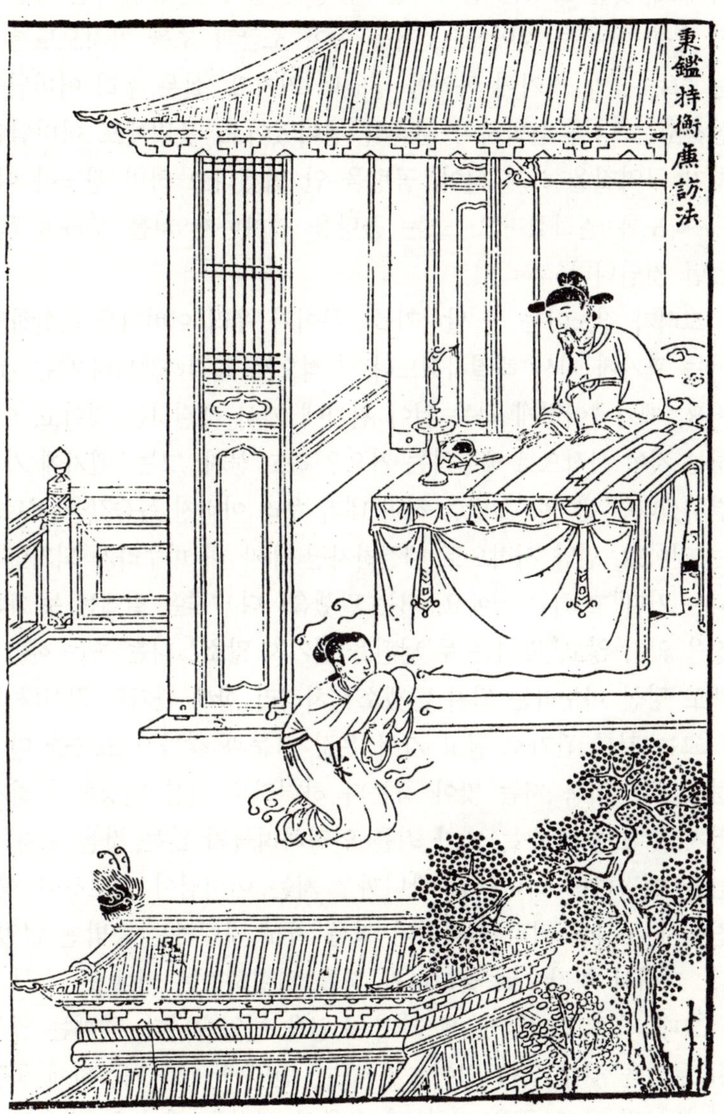

명간(明刊) 《원곡선(元曲選)》의 〈두아원〉 삽화

거예요. 맛을 보고는 말하기를 "곰탕은 잘 끓였는데 다만 소금과 초가 부족하다"는 것이에요. 저를 속여 소금과 초를 가져오도록 하고는 그는 몰래 거기에 독약을 넣었던 거지요. 실은 우리 어머님을 독살하고는 나를 협박하여 결혼할 셈이었어요. 뜻밖에도 어머님은 갑자기 구역질을 하게 되어, 곰탕을 안 먹겠다고 하며 장노아 아비에게 먹도록 권하셨지요. 그는 곰탕을 먹자마자 피를 토하며 독살되었던 것입니다.

그러자 장노아는 곧 말하기를 "두아가 우리 아버지를 독살하였다! 너는 관가에 가서 해결하겠느냐, 사적으로 해결하겠느냐?"는 것이었어요. 제가 "어떻게 하는 것이 관가에 가서 해결하는 것이고, 어떻게 하는 것이 사적으로 해결하는 거요?"하고 묻자, 그는 "관가에 가서 해결하겠다면 관가에 고발을 하여 네가 우리 아버지 목숨값을 치르게 하는 것이고, 만약 사적으로 해결하자면 네가 내 마누라가 되기만 하면 되는 거다"고 하는 거예요. 저는 말했습니다. "좋은 말에는 두 개의 안장을 얹지 않고, 열녀는 두 남편을 섬기지 않소! 나는 죽는 한이 있다 해도 당신 마누라는 되지 않겠소! 차라리 함께 관가로 갑시다!"

그는 저를 관가로 끌고 가서 온갖 심문과 갖가지 고문을 다 받게 하였으나, 비록 저는 맞아 죽는다 하더라도 죄를 인정하려 하지 않았지요. 고을 태수는 제가 죄를 인정하려들지 않는 것을 보자, 어머님을 매질하려 하니 어찌합니까? 저는 어머님이 연로하여 형벌을 견디지 못하실 거라 생각되어 죄를 거짓 자백하는 수밖엔 없었습니다. 그래서 형장으로 끌려나가 저를 처형하려는 거예요.

그때 저는 하나님께 세 가지 소원을 빌었습니다. 첫째는 열두 자 흰 무명을 깃대 위에 걸어놓게 하고, 만약에 제가 억울하게 죽는 것이라면 칼로 제 목을 자를 때 온몸의 뜨거운 피가 한 방울도 땅에 떨어지지 말고 모두 흰 무명자락으로 튀어올라가 달라는 것이었습니다. 둘째는 지금은 삼복 더위의 날씨이지만 석 자의 흰 눈을 내리어 제 시체를 덮어 달라는 것이었습니다. 셋째는 이 초주 땅에 3년 동안 큰 가뭄이 들게 해달라는 것이었습니다. 과연 제 피는 흰 무명 자락으로 모두 튀어올랐고, 유월인데도 눈이 내렸으며, 3년 동안 비가 오지 않았습니다. 모두가 당신의 딸 때문이지요!

[시를 읊는다.]
　관가에는 고하지 못하고 하나님께만 고한
　마음속의 원한 말로 다할 수 없으니,
　늙은 시어머니 형벌 받는 것 막기 위하여
　말없이 죄를 뒤집어썼지요.
　석 자의 흰 눈은 내 시체를 덮었고
　한 몸의 선혈은 깃대 위 무명으로 튀었으니,
　어찌 옛날 추연(鄒衍)의 억울한 죄만을 위하여 서리가 내리랴?
　오늘에야 비로소 두아의 억울함 밝혀졌어요!

[노래 ; 雁兒落]
　보세요, 이 문서! 말이나 됩니까?
　제 억울함 참을래야 참을 수 있겠어요?
　저는 다른 남자 말 듣지 않으려다
　도리어 사형장으로 끌려갔어요!
　저는 조상님들 욕되게 하지 않으려다
　도리어 제 남은 삶 망쳤어요!

[노래 ; 得勝令]
　아아! 오늘도 섭혼대(攝魂臺)20)에 엎드려

---

20) 섭혼대(攝魂臺) : 저승에 있는 영혼을 안정시켜 준다는 누대(樓臺).

이 영혼은 원통하여 슬퍼하네.
아버님! 아버님은 지금 형명(刑名)에 관한 일을 맡아
친히 성상의 부르심을 받으셨습니다!
이 문서를 잘 살피시어
법을 어지럽힌 그놈들은 마땅히 처치해야지요!
못된 놈들 만 번 목을 친다 하더라도
그래도 원수 갚음으로는 시원치 않을 거예요!

두천장 〔울면서〕 아이고! 내 억울하게 죽은 딸아! 너 때문에 가슴을 도려내듯 아프구나! 물어보자! 이 초주에 3년이나 비가 안온 것이 정말로 너 때문이란 말이냐?

두아의 혼 네, 이 딸 때문이지요!

두천장 이럴 수가! 내일 아침 내 너의 원한을 풀어주마!

〔시를 읊는다.〕
머리 흰 이 애비 괴롭고도 슬프구나!
내 젊은 딸이 억울하게 죽었다니!
날이 밝아오는 듯하니 너는 돌아가거라!
내일에는 문서로서 모든 것을 명백히 바르게 밝히겠다!

〔두아의 혼, 잠시 퇴장한다.〕

두천장 아아! 날이 밝았구나! 여봐라! 내가 어제 몇 가지 문서를 보고 있는 중에 한 귀신이 나타나 억울함을 호소하더구나. 여러 번 너를 불렀으되 너는 아무런 대답도 없더구나! 어떻게 그렇게 잠을 자니?

시종 소인은 이 두 콧구멍을 밤새도록 한 번도 닫은 일이 없는뎁쇼. 여자 귀신이 무슨 억울함을 호소하는 소리도 들은 일이 없사옵고,

대감님이 부르시는 것도 들은 일이 없는 걸요!

두천장 〔꾸짖는다.〕 예끼 이놈! 오늘 아침엔 관아에 나가 공무를 처리할 것이니, 여봐라! 일 시작을 알려라!

시종 〔소리를 지른다.〕 관아의 양반들과 말들 다 편안하시오? 서류를 가져오시오! 〔아뢴다.〕 태수 알현이오!

　〔태수, 들어와 뵙는다.〕

시종 담당 이방 알현이오!

　〔이방, 들어와 뵙는다.〕

두천장 〔심문한다.〕 당신들 초주 고을에는 3년 동안 비가 안왔는데 무슨 까닭이오?

태수 이건 하늘에서 내리는 가뭄이고 초주 백성들의 재난이옵니다! 저희들은 아무 죄도 없습니다!

두천장 〔노여워하며〕 당신들 죄가 없다고? 저 산양현에 자기 시아비를 독살한 범인 며느리 두아가 있는데, 그의 목을 치기 전에 소원을 빌기를 "만약 정말로 억울하다면 당신들 초주에 3년 동안 비가 내리지 않아 풀 한 포기 살지 못하게 해주십사!"고 하였다 들었소! 그런 일이 있었소?

태수 그 사건은 도주(桃州) 태수로 승진한 전임자가 처리한 것입니다. 문서가 여기 있습니다!

두천장 그런 엉터리 벼슬아치도 승진시켰단 말이냐? 당신은 그의 후임자요! 3년 동안에 그 억울한 부인을 제사지내 준 일은 있소?

태수 이 범인은 십악대죄(十惡大罪)에 속하는지라, 본시 사당도 있을 수 없는 것이어서 제사를 지내지 못한 것입니다.

두천장 옛날 한나라 시대에 한 효부가 있었는데, 그의 시어머니가 목매어 자살하자 그의 시누이는 효부가 시어머니를 죽였다고 고소하였다 하오. 동해(東海)의 태수는 곧 효부의 목을 잘랐다지요. 그러나 이 한 부인의 원한 때문에 3년 동안 비가 내리지 않게 되었다 하오. 뒤에 우공(于公)이 옥사를 다스리게 되었는데, 흡사 효부가 문서를 안고 관청 앞에서 울고 있는 듯한 환영을 보았다오. 이에 우공은 문서를 재심하여 죄를 바로잡고 친히 효부의 무덤에 제사를 지냈는데, 그러자 비로소 큰비가 내렸다 하오. 오늘날 초주에 큰 가뭄이 들고 있는 것이 어찌 바로 그 일과 비슷하지 않소?

　　여봐라! 형방(刑房)에 분부하여 체포영장을 갖고 산양현(山陽縣)으로 가서 장노아와 엉터리 노의원과 채노파 등 혐의자들을 속히 잡아다가 심문할 수 있게 하라! 일각이라도 지체해서는 안된다!

시종　알아모시겠습니다! [퇴장]

포졸　[장노아와 채노파를 압송하여 장천과 함께 등장, 아뢴다.] 산양현으로부터 혐의자들을 잡아왔사오니 점고하시옵소서!

두천장　장노아!

장노아　예!

두천장　채노파!

채노파　예!

두천장　어째서 엉터리 노의원은 중요한 혐의자인데 잡아오지 않았는가?

포졸　엉터리 노의원은 3년 전에 도망쳤다 하옵니다! 한편으로 널리 수배하여 잡으라 하였으니, 잡히는대로 심문하도록 대령하겠사옵니다!

두천장　장노아! 저 채노파는 너의 계모인가?

장노아　어머니를 거짓으로 어머니라 하겠습니까? 사실 그대로입니다!

두천장　너의 아비를 독살한 독약은 문서에 약을 지은 사람이 나타나 있지 않은데, 그것은 어디에서 난 독약인가?

장노아　두아 자신이 지어온 독약이옵니다!

두천장 이 독약은 반드시 약을 판 약방이 있을 것이다. 생각해 보건
대 두아는 나이 젊은 과부인데 어디 가서 이 약을 구했겠느냐? 장
노아야! 혹시 네가 지은 독약은 아니더냐?

장노아 만약에 소인이 지어온 독약이라면 다른 사람도 아닌 자기 아
버지를 독살하겠습니까?

두천장 내 억울하게 죽은 딸아! 이 긴요한 안건을 네 자신이 와서
밝히지 않는다면 어찌 분명히 가려낼 수가 있겠느냐? 너의 원통한
혼은 지금 어디 있느냐?

두아의 혼 〔등장〕 장노아야! 그 약은 네가 지은 것이 아니고 누가 지
었다는 거냐?

장노아 〔두려워하면서〕 귀신이다, 귀신이야! 소금물을 뿌려! 옥황상제
님! 영험을 나타내시어 귀신 좀 쫓아 주세요!

두아의 혼 장노아야! 네가 그때 독약을 양곰탕 안에 넣은 것은 본시
우리 시어머님을 독살하고 강제로 나를 마누라로 삼으려던 것이었
어! 뜻밖에도 우리 어머님은 드시지 않고 네 아비에게 먹으라고 양
보하시어 네 아비가 독살되었지! 너는 오늘도 아직 속이려는 거냐?

〔노래 ; 川撥棹〕
　　이 잡아먹어도 시원찮을 놈 만났으니,
　　물어보건대 그 독약은 어디에서 난 것이냐?
　　네 본뜻은 몰래 우리 시어머님 처치하고
　　내게 강요하여 멋대로 마누라 삼으려던 것인데,
　　도리어 네 친 애비를 독살한 거지?
　　어찌하여 네 대신 내게 그 죄 짐을 다 씌우는 거냐?

〔두아의 혼, 장노아를 때린다.〕

장노아 〔피하면서〕 옥황상제님! 속히 영험 나타내시어 귀신 쫓아 주

십시오! 나으리께선 그 독약은 반드시 약을 판 약방이 있을 것이라 하셨으니, 만약 그 약을 판 사람을 데려다가 소인과 대질시켜 주신다면, 죽이신다 해도 아무 말 않겠사옵니다!

포졸 〔노의원을 체포해 끌고 등장〕산양현에서 또 범인 엉터리 노의원을 체포하였습니다!

시종 〔소리친다.〕대령하라!

두천장 너는 3년 전에 채노파를 목졸라 죽이고 그의 돈을 떼어 먹으려 하였다는데, 그건 어찌된 일이냐?

노의원 〔머리를 조아리며〕소인이 채노파의 돈을 떼어먹으려 했다는 것은 사실이오나, 그 때 두 남자에게 구조되어 채노파는 죽지 않았사옵니다!

두천장 그 두 남자의 이름이 무엇인지 너는 알고 있는가?

노의원 소인은 그 사람들을 알아보기는 하겠으나, 황급한 처지라 그들의 이름은 물어보지 못하였사옵니다!

두천장 지금 섬돌 아래 한 놈이 있으니 너 가서 보고 오거라!

노의원 〔내려가 확인한다.〕이분은 채노파입니다. 〔장노아를 가리키며〕아무래도 독약 일이 들통난 모양이군! 〔올라와서〕바로 이자이옵니다! 소인이 사실을 아뢰게 해주십시오! 전에 채노파를 목졸라 죽이려 할 때 마침 저들 부자가 나타나 채노파를 구해 가지고 갔었사옵니다. 며칠이 지난 뒤 저 사람이 소인의 점방으로 와서 독약을 달라고 하였습니다. 소인은 부처님을 섬기면서 재계(齋戒)를 하는 처지라 감히 양심에 거리끼는 일은 할 수가 없어서 "우리 약방엔 관에서 허가한 약만 있지 독약 같은 건 없소"하고 대답했습지요. 그러자 저자는 눈을 부라리면서 말하기를 "너는 전날 교외에서 채노파를 목졸라 죽이려 했었지? 너를 끌고 관가로 가야겠다!"는 것입니다. 소인은 평생 동안 가장 두려워한 일이 관가에 끌려가는 일이옵니다!

하는 수 없이 독약을 한 재 저자에게 주어 보냈습지요!

소인이 보기에 저자는 생김새부터 흉악해서 틀림없이 그 약을 가지고 가서 사람을 독살할 거라 생각했사옵니다. 오랜 뒤에라도 들통이 나면 반드시 나도 연루될 거라 여겨져, 소인은 바로 탁주(涿州) 지방으로 도망쳐 쥐약 장사를 하였사옵니다. 방금까지도 쥐는 여러 마리 약을 먹여 죽였사오나, 사람을 독살하는 약은 정말로 다시는 지은 일도 없사옵니다!

두아의 혼 〔노래 ; 七兄弟〕

너는 오직 빚을 떼먹으려고 못된 짓 했으니

재앙 만나는 게 당연하지!

그 독약은 원래 엉터리 의원인 네가 지어 팔고 장노아가 사다가 아무 상관도 없는 내게 죄를 뒤집어씌웠구나! 오늘까지 그때 관원은 떠났어도 관아는 그대로 있네!

두천장 저 채노파를 데려오라! 보아하니 당신은 나이 육십도 넘었고 집안에는 돈푼이나 있다는데, 어째서 또 장가에게 시집을 가서 이런 일이 일어나게 하였소?

채노파 이 늙은이는 저들 두 부자가 제 목숨을 구해 주었기에, 그들을 집에 머물게 하며 잘 대접하려 했던 것이지요. 저 장노아가 늘 자기 아버지를 새 남편으로 삼으라 하였지만 이 늙은이는 허락한 적이 없습니다!

두천장 그렇다면 당신의 며느리가 시아버지를 독살했다는 것도 인정치 않아야 하잖소?

두아의 혼 그때 심문관이 어머님에게 매질을 하겠다는데, 저는 어머님이 연로하셔서 형벌을 견디지 못하실 거라 생각했습니다. 그래서 시아버지를 독살했다고 자백했사오나, 정말 억울하게 억지 자백한 것입니다!

〔노래 ; 梅花酒〕
  아버지는 내가 이 자백서에 분명히 죄를 인정하지 말았어야 한다
고 하시지만,
  본시는 효도 좀 하려던 심사가
  도리어 재난의 씨가 되고 말았던 거예요!
  저는 다만 관원들이 다시 바로 조사해 줄 것으로 알았는데,
  어째서 나를 억울하게 한길 가에서 목이 잘리게 했는지요!
  첫째로 깃대 위 흰 천으로 내 피가 모두 튀어오르기 바라고,
  둘째로 석 자 눈을 내려 내 시체를 덮어 주기 바라고,
  셋째로 3년 동안 가뭄이 드는 천재 내려주기 바랐는데,
  제 소원은 정말로 굉장한 것이었지요!

〔노래 ; 收江南〕
  아아! 관아 문은 예로부터 남쪽을 향해 열려 있는데,
  그 안에서 처리된 일 억울한 건 없었던가?
  애통하게도 내 아리땁고 약한 몸 무덤 속에 갇히어
  3년이 넘도록
  끝없는 한만이 저 회수(淮水) 물처럼 흐르게 되었구나!

두천장 단운아! 너의 원통함은 내가 이미 다 알고 있으니, 너는 이제
돌아가거라! 내가 이 범인들과 전에 너를 심문한 관리들에게 각기
정죄를 한 다음, 날을 잡아 네 넋을 위로하는 도량(道場)을 열어 너
를 좋은 곳으로 보내줄 거다!

두아의 혼 〔절을 하며 노래 ; 鴛鴦煞尾〕
  지금부터는 금패와 세검을 철저히 휘둘러

탐관오리들을 모두 죽여 없애시어,
천자님 걱정 덜어드리고
만 백성들의 피해를 제거하소서!

  한 가지 잊을 뻔했습니다! 아버님! 저의 어머님은 연세도 많으
시고 아무도 봉양할 사람이 없으니, 아버님께서 집에 모시고 이 딸
대신 봉양해 주고 장사지내는 예를 다하여 주옵소서! 그러면 저는
저승에서라도 편히 눈감을 수 있을 것입니다!

두천장 정말 효성스런 아이구나!

두아의 혼 〔노래〕
  아버님께 부탁드리어
  시어머님 봉양할 수 있게 했네.
  가엾게도 아버님은 어머님도 자식도 없으시니
  누가 노약해지는 만년 보살펴 드리나?
  다시 저 문서를 펴시어,
  아버님! 제 두아라는 이름 아래
  억울하게 죽게 되었던 억지 자백한 죄명을 바로잡아 주옵소서!

  〔퇴장〕

두천장 채노파를 불러 오거라! 당신은 나를 알아보겠소?

채노파 늙은 것이 눈이 어두워 알아뵙지 못하겠습니다.

두천장 내가 바로 두천장이오! 조금 전의 혼령은 바로 내 억울하게
죽은 딸 단운입니다.
  너희들 모두 내 판결을 듣거라! 장노아는 친애비를 독살하고 과
부를 강점하려 했으니 능지처참하여 마땅하다! 저자로 끌고가서 형
틀에 못박아놓고 120번 칼로 쳐서 죽인다! 승진한 태수 도올(桃杌)

과 형방(刑房)의 관원들은 형명(刑名)을 그르쳤으니, 각기 1백 대의 곤장을 치고 영원히 다시 벼슬 못하도록 파면한다! 엉터리 노의원은 남의 돈을 떼어먹고 평민을 목졸라 죽이려 했으며, 또 독약을 지어주어 사람의 목숨을 잃게 했으니 습기와 장기(瘴氣) 많은 지역으로 보내어 영원히 종군(從軍)케 한다! 채노파는 우리집에 모시기로 한다. 두아의 죄명은 분명히 바로 고쳐놓는다!

[사(詞)를 읊는다.]
　내가 죽은 딸 생각하고 그의 죄 없었다 말하지 마오!
　오직 초주 땅에 큰 가뭄 3년 든 것 걱정한 때문이라.
　옛날에는 우공(于公)이 동해효부(東海孝婦)의 결백을 드러내자
　과연 거기에 감응하여 샘솟듯 단비 내렸다네.
　어찌 천재는 어느 시대나 있던 것이라 핑계 댈 수 있으랴!
　사람의 뜻은 하늘까지도 감응하여 통하는 것임을 생각지도 못했던가?
　오늘에야 문서를 거듭 바르게 고쳐놓으니
　비로소 나라의 법은 백성들 억울하게 두지 않는 것임을 드러내었도다!

제목(題目) 거울처럼 밝고 저울처럼 공정히 시비 가리는 염방사의
　　　　　 법도(秉鑑持衡廉訪法)
정명(正名) 하늘을 감동시키고 땅을 움직인 두아의 원한(感天動地
　　　　　 竇娥冤)

竇娥冤

元：關漢卿

●楔 子

〔卜兒蔡婆上，詩云〕

花有重開日，人無再少年。不須長富貴，安樂是神仙。

老身蔡婆婆是也，楚州人氏，嫡親三口兒家屬。不幸夫主亡逝已過，止有一個孩兒，年長八歲，俺娘兒兩個，過其日月，家中頗有些錢財。這里一個竇秀才，從去年間我借了二十兩銀子，如今本利該銀四十兩。我數次索取，那秀才只說貧難，沒得還我。他有一個女兒，今年七歲，生得可喜，長得可愛，我有心看上他，與我家做個媳婦，就准了這四十兩銀子，豈不兩得其便。他說今日好日辰，親送女兒到我家來，老身且不索錢去，專在家中等候，這早晚竇秀才敢待來也。

〔冲末扮竇天章引正旦扮端雲上，詩云〕

讀盡縹緗萬卷書，可憐貧殺馬相如，漢庭一日承恩召，不說當壚說子虛。

小生姓竇名天章，祖貫長安京兆人也。幼習儒業，飽有文章；爭奈時運不通, 功名未遂。不幸渾家亡化已過, 撇下這個女孩兒, 小字端雲, 從三歲上亡了他母親, 如今孩兒七歲了也。小生一貧如洗, 流落在這楚州居住。此間一個蔡婆婆, 他家廣有錢財, 小生因無盤纏, 曾借了他二十兩銀子, 到今本利該對還他四十兩。他數次問小生索取, 教我把甚麼還他, 誰想蔡婆婆常常着人來說, 要小生女孩兒做他兒媳婦。況如今春榜動, 選場開, 正待上朝取應, 又苦盤纏缺少。小生出于無奈, 只得將女孩兒端雲送于蔡婆婆做兒媳婦去。

〔做嘆科, 云〕

嗨！這個那里是做媳婦？分明是賣與他一般。就准了他那先借的四十兩銀子, 分外但得些少東西, 勾小生應舉之費, 便也過望了。說話之間, 早來到他家門首。婆婆在家麼？

〔卜兒上, 云〕

秀才請家里坐, 老身等候多時也。

〔做相見科, 竇天章云〕

小生今日一徑的將女孩兒送來與婆婆, 怎敢說做媳婦, 只與婆婆早晚使用。小生目下就要上朝進取功名去, 留下女孩兒在此, 只望婆婆看覷則個。

〔卜兒云〕

這等, 你是我親家了。你本利少我四十兩銀子, 兀的是借錢的文書, 還了你；再送你十兩銀子做盤纏。親家, 你休嫌輕少。

〔竇天章做謝科, 云〕

多謝了婆婆, 先少你許多銀子都不要我還了, 今又送我盤纏, 此恩異日必當重報。

婆婆, 女孩兒早晚呆癡, 看小生薄面, 看覷女孩兒咱。

〔卜兒云〕

親家，這不消你囑付，令愛到我家，就做到親女兒一般看承他，你
只管放心的去。

〔竇天章云〕

婆婆，端云孩兒該打呵，看小生面則罵几句；當罵呵，則處分几
句。孩兒，你也不比在我跟前，我是你親爺，將就的你；你如今在
這里，早晚若頑劣呵，你只討那打罵吃。兒噤 我也是出于無奈。

〔做悲科〕〔唱〕

【仙呂·賞花時】我也只爲無計營生四壁貧，　因此上割舍得親兒在兩
處分。從今日遠

踐洛陽塵，又不知歸期定准，則落的無語暗消魂。

〔下〕

〔卜兒云〕

竇秀才留下他這女孩兒與我做媳婦兒，他一徑上朝應舉去了。

〔正旦做悲科，云〕

爹爹，你直下的撇了我孩兒去也！

〔卜兒云〕

媳婦兒，你在我家，我是親婆，你是親媳婦，只當自家骨肉一般。
你不要啼哭，跟着老身前后執料去來。

〔同下〕

●第一折

〔淨扮賽盧醫上，詩云〕

行醫有斟酌，下藥依本草；死的醫不活，活的醫死了。

自家姓盧，人道我一手好醫，都叫做賽盧醫。在這山陽縣南門開

着生藥局。在城有個蔡婆婆，我問他借了十兩銀子，本利該還他二十兩，數次來討這銀子，我又無的還他。若不來便罷，若來呵，我自有個主意。我且在這藥鋪中坐下，看有甚麼人來？

〔卜兒上，云〕

老身蔡婆婆。我一向搬在山陽縣居住，盡也靜辦。自十三年前竇天章秀才留下端雲孩兒與我做兒媳婦，改了他小名，喚做竇娥。自成親之后，不上二年，不想我這孩兒害弱證死了。媳婦兒守寡，又早三個年頭，服孝將除了也。我和媳婦兒說知，我往城外賽盧醫家索錢去也。

　〔做行科，云〕

蓦過隅頭，轉過屋角，早來到他家門首。賽盧醫在家麼？

〔盧醫云〕

婆婆，家里來。

〔卜兒云〕

我這兩個銀子長遠了，你還了我罷。

〔盧醫云〕

婆婆，我家里無銀子，你跟我莊上去取銀子還你。

〔卜兒云〕

我跟你去。

　〔做行科〕

〔盧醫云〕

來到此處，東也無人，西也無人，這里不下手，等甚麼？我隨身帶的有繩子。兀那婆婆，誰喚你哩？

〔卜兒云〕

在那里？

　〔做勒卜兒科。孛老同副淨張驢兒衝上，賽盧醫慌走下。孛老救

卜兒科〕

〔張驢兒云〕

爹，是個婆婆，爭些勒殺了。

〔孛老云〕

兀那婆婆，你是那里人氏？姓甚名誰？因甚着這個人將你勒死？

〔卜兒云〕

老身姓蔡，在城人氏，止有個寡媳婦兒，相守過日。因爲賽盧醫少我二十兩銀子，今日與他取討；誰想他賺我到無人去處，要勒死我，賴這銀子。若不是遇着老的和哥哥呵，那得老身性命來。

〔張驢兒云〕

爹，你聽的他說麼？他家還有個媳婦哩。救了他性命，他少不得要謝我，不若你要這婆子，我要他媳婦兒，何等兩便？你和他說去。

〔孛老云〕

兀那婆婆，你無丈夫，我無渾家，你肯與我做個老婆，意下如何？

〔卜兒云〕

是何言語！待我回家多備些錢鈔相謝。

〔張驢兒云〕

你敢是不肯，故意將錢鈔哄我？賽盧醫的繩子還在，我仍舊勒死了你吧。

〔做拿繩科〕

〔卜兒云〕

哥哥，待我慢慢地尋思咱。

〔張驢兒云〕

你尋思些甚麼？你隨我老子，我便要你媳婦兒。

〔卜兒背云〕

我不依他，他又勒殺我。罷罷罷，你爺兒兩個隨我到家中去來。

〔同下〕
〔正旦上，云〕

　　妾身姓竇，小字端雲，祖居楚州人氏。我三歲上亡了母親，七歲上
離了父親，俺父親將我嫁與蔡婆婆爲兒媳婦，改名竇娥。至十七
歲與夫成親，不幸丈夫亡化，可早三年光景，我今二十歲也。這南
門外有個賽盧醫，他少俺婆婆銀子，本利該二十兩，數次索取不還，
今日俺婆婆親自索取去了。竇娥也，你這命好苦也呵！
　　〔唱〕

【仙呂‧點絳唇】滿腹閑愁，數年禁受，天知否？天若是知我情由，怕
　　不待和天瘦。

【混江龍】則問那黃昏白晝，兩般兒忘餐廢寢幾時休？大都來昨宵夢
　　里，和着這今日心頭。催人淚的是錦爛熳花枝橫繡闥，斷人腸的
　　是剔團圞月色掛粧樓。長則是急煎煎按不住意中焦，悶沉沉展不
　　徹眉尖皺，越覺的情懷冗冗，心緒悠悠。
　　〔云〕

似這等憂愁，不知幾時是了也呵！
　　〔唱〕

【油葫蘆】莫不是八字該載着一世憂，誰似我無盡頭。須知道人心不
　　似水長流。我從三歲母親身亡後，到七歲與父分離久，嫁的個同
　　住人，他可又拔着短籌；撇的俺婆婦每都把空房守，端的個有誰
　　問，有誰偢？

【天下樂】莫不是前世里燒香不到頭，今也波生招禍尤，勸今人早將來
　　世修。我將這婆侍養，我將這服孝守，我言詞須應口。
　　〔云〕

婆婆索錢去了，怎生這早晚不見回來？
〔卜兒同孛老張驢兒上〕

〔卜兒云〕

你爺兒兩個且在門首等，我先進去。

〔張驢兒云〕

妳妳，你先進去，就說女婿在門首哩。

〔卜兒見正旦科〕

〔正旦云〕

妳妳回來了，你吃飯麼？

〔卜兒做哭科，云〕

孩兒，你教我怎生說波！

〔正旦唱〕

【一半兒】爲甚麼淚漫漫不住點兒流？　莫不是爲索債與人家惹爭鬥？

我這里連忙迎接慌問候，他那里要說緣由。

〔卜兒云〕

羞人答答的，教我怎生說波！

〔正旦唱〕

則見他一半兒徘徊一半兒醜。

　　〔云〕

婆婆，你爲甚麼煩惱啼哭那？

〔卜兒云〕

我問賽盧醫討銀子去，他賺我到無人去處，行起凶來，要勒死我。虧了一個張老并他兒子張驢兒，　救得我性命。那張老就要我招他做丈夫，因這等煩惱。

〔正旦云〕

婆婆，這個怕不中麼？　你再尋思咱：俺家里又不是沒有飯吃，沒有衣穿，又不是少欠錢債，被人催逼不過；況你年紀高大，六十以外的人，怎生又招丈夫那？

〔卜兒云〕

孩兒也，你說的豈不是？　但是我的性命全虧他這爺兒兩個救的，我也曾說道：待我到家，多將些錢物酬謝你救命之恩。不知他怎生知道我家里有個媳婦兒，道我婆媳婦又沒老公，他爺兒兩個又沒老婆，正是天緣天對。若不隨順他，依舊要勒死我。那時節我就慌張了，莫說自已許了他，連你也許了他。兒也，這也是出于無奈。

〔正旦云〕

婆婆，你聽我說波。

　〔唱〕

【後庭花】遇時辰我替你憂，　拜家堂我替你愁；梳着個霜雪般白鬢鬐，怎將這雲霞般錦帕兜？　怪不的女大不中留。你如今六旬左右，可不道到中年萬事休！舊恩愛一筆勾，新夫妻兩意投，枉教人笑破口。

〔卜兒云〕

我的性命都是他爺兒兩個救的，事到如今，也顧不得別人笑話了。

〔正旦唱〕

【青哥兒】你雖然是得他得他營救，須不是箇條箇條年幼，剗的便巧畫蛾眉成配偶。想當初你夫主遺留，替你圖謀，置下田疇，早晚羹粥，寒暑衣裘，滿望你鰥寡孤獨，無揸無靠，母子每到白頭。公公也，則落得乾生受。

〔卜兒云〕

孩兒也，他如今只待過門，喜事匆匆的，教我怎生回得他去？

〔正旦唱〕

【寄生草】你道他匆匆喜，　我替你倒細細愁：愁則愁興闌刪咽不下交歡酒，　愁則愁眼昏騰扭不上同心扣，　愁則愁意朦朧睡不穩芙蓉褥。你待要笙歌引至畫堂前，我道這姻緣敢落在他人後。

〔卜兒云〕

孩兒也，再不要說我了，他爺兒兩個都在門首等候，事已至此，不
若連你也招了女婿罷。

〔正旦云〕

婆婆，你要招你自招，我幷然不要女婿。

〔卜兒云〕

那個是要女婿的？　爭奈他爺兒兩個自家捱過門來，教我如何是
好？

〔張驢兒云〕

我們今日招過門去也。帽兒光光，今日做個新郎；袖兒窄窄，今日
做個嬌客。好女婿，好女婿，不枉了，不枉了。

〔同孛老入拜科〕

〔正旦做不理科，云〕

兀那廝，靠後！

〔唱〕

【賺煞】我想這婦人每休信那男兒口，婆婆也，怕沒的貞心兒自守，到
今日招着個村老子，領着個半死囚。

〔張驢兒做嘴臉科，云〕

你看我爺兒兩個這等身段，　盡也選得女婿過。你不要錯過了好時
辰，我和你早些兒拜堂罷。

〔正旦不理科，唱〕

則被你坑殺人燕侶鶯儔。婆婆也，你豈不知羞！俺公公撞府衝州，
閞閻的銅斗兒家緣百事有。想着俺公公置就，怎忍教張驢兒情受？

〔張驢兒做扯正旦拜科，正旦推跌科，唱〕

兀的不是俺沒丈夫的婦女下場頭。

〔下〕

〔卜兒云〕

你老人家不要惱燥，難道你有活命之恩，我豈不思量報你？ 只是我那媳婦兒氣性最不好惹的， 旣是他不肯招你兒子， 敎我怎好招你老人家？ 我如今拚的好酒好飯養你爺兒兩個在家，待我慢慢的勸化俺媳婦兒；待他有個回心轉意，再做區處。

〔張驢兒云〕

這歪刺骨便是黃花女兒，剛剛扯的一把，也不消這等使性，平空的推了我一交，我肯乾罷！ 就當面賭個誓與你：我今生今世不要他做老婆，我也不算好男子。

〔詞云〕

美婦人我見過萬千向外， 不似這小妮子生得十分憋賴；我救了你老性命死里重生，怎割舍得不肯把肉身陪待？

〔同下〕

●第二折

〔賽盧醫上，詩云〕

小子太醫出身， 也不知道醫死多人，何嘗怕人告發， 關了一日店門？ 在城有個蔡家婆子，剛少他二十兩花銀，屢屢親來索取，爭些捻斷脊筋。也是我一時智短， 將他賺到荒村， 撞見兩個不識姓名男子， 一聲嚷道：浪蕩乾坤， 怎敢行凶撒潑， 擅自勒死平民！嚇得我丟了繩索， 放開脚步飛奔。雖然一夜無事， 終覺失精落魂；方知人命關天關地，如何看做壁上灰塵。從今改過行業，要得滅罪修因，將以前醫死的性命，一個個都與他一卷超度的經文。

小子賽盧醫的便是。只爲要賴蔡婆婆二十兩銀子，　賺他到荒僻去處，正待勒死他，誰想遇見兩個漢子，救了他去。若是再來討債時節，教我怎生見他？　常言道的好：三十六計，走爲上計。喜得我是孤身，又無家小連累，不若收拾了細軟行李，打個包兒，悄悄的躲到別處，另做營生，豈不乾淨？

〔張驢兒上，云〕

自家張驢兒，　可奈那竇娥百般的不肯隨順我；如今那老婆子害病，我討服毒藥與他吃了，藥死那老婆子，這小妮子好歹做我的老婆。

　〔做行科，云〕

且住，城里人耳目廣，口舌多，倘見我討毒藥，可不嚷出事來？　我前日看見南門外有個藥鋪，此處冷靜，正好討藥。

　〔做到科，叫云〕

太醫哥哥，我來討藥的。

〔賽盧醫云〕

你討甚麼藥？

〔張驢兒云〕

我討服毒藥。

〔賽盧醫云〕

誰敢合毒藥與你？　這廝好大膽也。

〔張驢兒云〕

你眞個不肯與我藥麼？

〔賽盧醫云〕

我不與你，你就怎地我？

〔張驢兒做拖盧云〕

好呀，前日謀死蔡婆婆的，不是你來？　你說我不認的你哩？　我拖你見官去。

〔賽盧醫做慌科, 云〕

大哥, 你放我, 有藥有藥。

〔做與藥科〕

〔張驢兒云〕

既然有了藥, 且饒你罷。正是：得放手時須放手, 得饒人處且饒人。

〔下〕

〔賽盧醫云〕

可不悔氣！　剛剛討藥的這人, 就是救那婆子的。我今日與了他這服毒藥去了, 以後事發, 越越要連累我；趁早兒關上藥鋪, 到涿州賣老鼠藥去也。

〔下〕

〔卜兒上, 做病伏几科〕

〔孛老同張驢兒上, 云〕

老漢自到蔡婆婆家來, 本望做個接脚, 卻被他媳婦堅執不從。那婆婆一向收留俺爺兒兩個在家同住,　只說好事不在忙,　等慢慢里勸轉他媳婦,　誰想他婆婆又害起病來。孩兒,　你可曾算我兩個的八字, 紅鸞天喜幾時到命哩？

〔張驢兒云〕

要看什麼天喜到命！　只賭本事, 做得去自去做。

〔孛老云〕

孩兒也, 蔡婆婆害病好幾日了, 我與你去問病波。

〔做見卜兒問科, 云〕

婆婆, 你今日病體如何？

〔卜兒云〕

我身子十分不快哩。

〔孛老云〕

你可想些甚麼吃？

〔卜兒云〕

我思量些羊肚兒湯吃。

〔孛老云〕

孩兒，你對竇娥說，做些羊肚兒湯與婆婆吃。

〔張驢兒向古門云〕

竇娥，婆婆想羊肚兒湯吃，快安排將來。

〔正旦持湯上，云〕

妾身竇娥是也。有俺婆婆不快，想羊肚湯吃，我親自安排了與婆婆吃去。婆婆也，我這寡婦人家，凡事要避些嫌疑，怎好收留那張驢兒父子兩個？非親非眷的，一家兒同住，豈不惹外人談議？婆婆也，你莫要背地里許了他親事，連我也累做不清不潔的。我想這婦人心好難保也呵。

　　〔唱〕

【南呂·一枝花】他則待一生鴛帳眠，那里肯半夜空房睡；他本是張郎婦，又做了李郎妻。有一等婦女每相隨，并不說家克計，則打聽些閑是非；說一會不明白打鳳的機關，使了些調虛囂撈龍的見識。

【梁州第七】這一個似卓氏般當壚滌器，這一個似孟光般舉案齊眉；說的來藏頭蓋脚多伶俐，道着難曉，做出才知。舊恩忘卻，新愛偏宜；墳頭上土脈猶濕，架兒上又換新衣。那里有奔喪處哭倒長城？那里有浣紗時甘投大水？那里有上山來便化頑石？可悲可恥，婦人家直恁的無仁義，多淫奔，少志氣；虧殺前人在那里，更休說本性難移。

　　〔云〕

婆婆，羊肚兒湯做成了，你吃些兒波。

〔張驢兒云〕

等我拿去。
　　〔做接嘗科，云〕
這里面少些鹽醋，你去取來。
〔正旦下〕
〔張驢兒放藥科〕
〔正旦上，云〕
　這不是鹽醋？
〔張驢兒云〕
　你傾下些。
〔正旦唱〕
【隔尾】你說道少鹽欠醋無滋味，　加料添椒才脆美。但願娘親早痊濟，
　　飲羹湯一杯，勝甘露灌體，得一個身子平安倒大來喜。
〔孛老云〕
　孩兒，羊肚湯有了不曾？
〔張驢兒云〕
　湯有了，你拿過去。
〔孛老將湯，云〕
　婆婆，你吃些湯兒。
〔卜兒云〕
　有累你。
　　〔做嘔科，云〕
我如今打嘔，不要這湯吃了，你老人家吃罷。
〔孛老云〕
　這湯特地做來與你吃的，便不要吃，也吃一口兒。
〔卜兒云〕
　我不吃了，你老人家請吃。

〔孛老吃科〕

〔正旦唱〕

【賀新郎】一個道你請吃，一個道婆先吃，這言語聽也難聽，我可是氣也不氣！想他家與咱家有甚的親和戚？怎不記舊日夫妻情意，也曾有百縱千隨？婆婆也，你莫不爲黃金浮世寶，白髮故人稀，因此上把舊恩情全不比新知契。則待要百年同墓穴，那里肯千里送寒衣。

〔孛老云〕

我吃下這湯去，怎覺昏昏沉沉的起來？

〔做倒科〕

〔卜兒慌科，云〕

你老人家放精神着，你扎掙着些兒。

〔做哭科，云〕

兀的不是死了也！

〔正旦唱〕

【斗蝦蟆】空悲戚，沒理會，人生死是輪回。感着這般病疾，值着這般時勢；可是風寒暑濕，或是飢飽勞役；各人證候自知，人命關天關地；別人怎生替得，壽數非干今世。相守三朝五夕，說甚一家一計。又無羊酒段匹，又無花紅財禮；把手爲活過日，撒手如同休棄。不是竇娥忤逆，生怕旁人議論。不如聽咱勸你，認個自家悔氣，割舍的一具棺材，停置幾件布帛收拾，出了咱家門里，送入他家墳地。這不是你那從小兒年紀指脚的夫妻，我其實不關親無半點恓惶淚。休得要心如醉，意似癡，便這等嗟嗟怨怨，哭哭啼啼。

〔張驢兒云〕

好也囉！你把我老子藥死了，更待乾罷！

〔卜兒云〕

孩兒，這事怎了也？

〔正旦云〕

我有什麽藥在那里？ 都是他要鹽醋時，自家傾在湯兒里的。

〔唱〕

【隔尾】這厮搬調咱老母收留你，自藥死親爺待要唬嚇誰？

〔張驢兒云〕

我家的老子，倒說是我做兒子的藥死了，人也不信。

〔做叫科，云〕

四鄰八舍聽着：竇娥藥殺我家老子哩。

〔卜兒云〕

罷麽，你不要大驚小怪的，嚇殺我也。

〔張驢兒云〕

你可怕麽？

〔卜兒云〕

可知怕哩。

〔張驢兒云〕

你要饒麽？

〔卜兒云〕

可知要饒哩。

〔張驢兒云〕

你教竇娥隨順了我，叫我三聲嫡嫡親親的丈夫，我便饒了他。

〔卜兒云〕

孩兒也，你隨順了他罷。

〔正旦云〕

婆婆，你怎說這般言語？

〔唱〕

我一馬難將兩鞍鞴。想男兒在日，曾兩年匹配，卻教我改嫁別人，其實做不得。

〔張驢兒云〕

竇娥，你藥殺了俺老子，你要官休？要私休？

〔正旦云〕

怎生是官休？怎生是私休？

〔張驢兒云〕

你要官休呵，拖你到官司，把你三推六問，你這等瘦弱身子，當不過拷打，怕你不招認藥死我老子的罪犯！你要私休呵，你早些與我做了老婆，倒也便宜了你。

〔正旦云〕

我又不曾藥死你老子，情願和你見官去來。

〔張驢兒拖正旦卜兒下〕

〔淨扮孤引祗候上，詩云〕

我做官人勝別人，告狀來的要金銀；若是上司當刷卷，在家推病不出門。下官楚州太守桃杌是也。今早升廳坐衙，左右，喝攛廂。

〔祗候呟喝科〕

〔張驢兒拖正旦卜兒上，云〕

告狀，告狀。

〔祗候云〕

拿過來。

〔做跪見，孤亦跪科，云〕

請起。

〔祗候云〕

相公，他是告狀的，怎生跪着他？

〔孤云〕

你不知道，但來告狀的，就是我的衣食父母。

〔祗候呹喝科〕

〔孤云〕

那個是原告？ 那個是被告？ 從實說來。

〔張驢兒云〕

小人是原告張驢兒，告這媳婦兒，喚做竇娥，合毒藥下在羊肚湯兒里，藥死了俺的老子。這個喚做蔡婆婆，就是俺的後母。望大人與小人做主咱。

〔孤云〕

是那一個下的毒藥？

〔正旦云〕

不干小婦人事。

〔卜兒云〕

也不干老婦人事。

〔張驢兒云〕

也不干我事。

〔孤云〕

都不是，敢是我下的毒藥來？

〔正旦云〕

我婆婆也不是他後母， 他自姓張， 我家姓蔡。我婆婆因爲與賽盧醫索錢，被他賺到郊外勒死；我婆婆卻得他爺兒兩個救了性命，因此我婆婆收留他爺兒兩個在家， 養膳終身， 報他的恩德。誰知他兩個倒起不良之心，冒認婆婆做了接脚， 要逼勒小婦人作他媳婦。小婦人元是有丈夫的，服孝未滿，堅執不從。適值我婆婆患病，着小婦人安排羊肚湯兒吃。不知張驢兒那里討得毒藥在身，接過湯來，只說少些鹽醋，支轉小婦人，暗地傾下毒藥。也是天幸，我婆婆忽然嘔吐，不要湯吃，讓與他老子吃，才吃的幾口，便死了。與小婦人并無干涉，只望大人高抬明鏡，替小婦人做主咱。

〔唱〕

【牧羊關】大人你明如鏡，清似水，照妾身肝膽虛實。那羹本五味俱全，除了此百事不知。他推道嘗滋味，吃下去便昏迷。不是妾訟庭上胡支對，大人也，卻教我平白地說甚的？

〔張驢兒云〕

大人詳情：他自姓蔡，我自姓張，他婆婆不招俺父親接脚，他養我父子兩個在家做甚麼？這媳婦年紀兒雖小，極是個賴骨頑皮，不怕打的。

〔孤云〕

人是賤蟲，不打不招。左右，與我選大棍子打着。

〔祗候打正旦，三次噴水科〕

〔正旦唱〕

【罵玉郎】這無情棍棒教我捱不的。婆婆也，須是你自做下，怨他誰？勸普天下前婚後嫁婆娘每，都看取我這般傍州例。

【感皇恩】呀！是誰人唱叫揚疾，不由我不魄散魂飛。恰消停，才蘇醒，又昏迷。捱千般打拷，萬種凌逼，一杖下，一道血，一層皮。

【采茶歌】打的我肉都飛，血淋漓，腹中冤枉有誰知！則我這小婦人毒藥來從何處也？天哪！怎麼的覆盆不照太陽暉！

〔孤云〕

你招也不招？

〔正旦云〕

委的不是小婦人下毒藥來。

〔孤云〕

旣然不是你，與我打那婆子。

〔正旦忙云〕

　住住住, 休打我婆婆, 情願我招了罷。是我藥死公公來。

〔孤云〕

　旣然招了, 着他畫了伏狀, 將枷來枷上, 下在死囚牢里去。到來日判個斬字, 押付市曹典刑。

〔卜兒哭科, 云〕

　竇娥孩兒, 這都是我送了你性命, 兀的不痛殺我也！

〔正旦唱〕

【黃鍾尾】我做了個銜冤負屈沒頭鬼, 怎肯便放了你好色荒淫漏面賊！
　想人心不可欺, 冤枉事天地知, 爭到頭, 競到底, 到如今待怎的？
　情願認藥殺公公, 與了招罪。婆婆也, 我若是不死呵, 如何救得你？

　　〔隨祗候押下〕

〔張驢兒做叩頭科, 云〕

　謝青天老爺做主！明日殺了竇娥, 才與小人的老子報的冤。

〔卜兒哭科, 云〕

　明日市曹中殺竇娥孩兒也, 兀的不痛殺我也！

〔孤云〕

　張驢兒, 蔡婆婆, 都取保狀, 着隨衙聽候。左右, 打散堂鼓, 將馬來, 回私宅去也。

　　〔同下〕

●第三折

〔外扮監斬官上, 云〕

　下官監斬官是也。今日處決犯人, 着做公的把住巷口, 休放往來人閑走。

〔淨扮公人，鼓三通，鑼三下科，劊子磨旗，提刀，押正旦帶枷上，劊子云〕

行動些，行動些，監斬官去法場上多時了。

〔正旦唱〕

【正宮·端正好】沒來由犯王法，不提防遭刑憲，叫聲屈動地驚天。頃刻間游魂先赴森羅殿，怎不將天地也生埋怨。

【滾繡球】有日月朝暮懸，　有鬼神掌著生死權。天地也只合把清濁分辨，　可怎生糊突了盜跖顏淵：爲善的受貧窮更命短，　造惡的享富貴又壽延。天地也，做得個怕硬欺軟，卻元來也這般順水推船。地也，你不分好歹何爲地。天也，你錯勘賢愚枉做天！　哎，只落得兩淚漣漣。

〔劊子云〕

快行動些，誤了時辰也。

〔正旦唱〕

【倘秀才】則被這枷紐的我左側右偏，　人擁的我前合後偃。我竇娥向哥哥行有句言。

〔劊子云〕

你有甚麼話說？

〔正旦唱〕

前街里去心懷恨，後街里去死無冤，休推辭路遠。

〔劊子云〕

你如今到法場上面，　有甚麼親眷要見的，　可教他過來見你一面也好。

〔正旦唱〕

【叨叨令】可憐我孤身只影無親眷，則落的吞聲忍氣空嗟怨。

〔劊子云〕

　　難道你爺娘家也沒的？

〔正旦云〕

　　止有個爹爹，十三年前上朝取應去了，至今杳無音信。

　　　〔唱〕

　　早已是十年多不睹爹爹面。

〔劊子云〕

　　你適才要我往後街里去，是什麽主意？

〔正旦唱〕

　　怕則怕前街里被我婆婆見。

〔劊子云〕

　　你的性命也顧不得，怕他見怎的？

〔正旦云〕

　　俺婆婆若見我披枷帶鎖赴法場食刀去呵，

　　　〔唱〕

　　枉將他氣殺也麽哥，枉將他氣殺也麽哥。告哥哥，臨危好與人行

　　方便。

〔卜兒哭上科，云〕

　　天哪，兀的不是我媳婦兒！

〔劊子云〕

　　婆子靠後。

〔正旦云〕

　　旣是俺婆婆來了，叫他來，待我囑付他幾句話咱。

〔劊子云〕

　　那婆子，近前來，你媳婦要囑付你話哩。

〔卜兒云〕

孩兒，痛殺我也。

〔正旦云〕

婆婆，那張驢兒把毒藥放在羊肚兒湯里，實指望藥死了你，要霸占我爲妻。不想婆婆讓與他老子吃，倒把他老子藥死了。我怕連累婆婆，屈招了藥死公公，今日赴法場典刑。婆婆，此後遇着冬時年節，月一十五，有瀽不了的漿水飯，瀽半碗兒與我吃；燒不了的紙錢，與竇娥燒一陌兒。則是看你死的孩兒面上。

〔唱〕

【快活三】念竇娥葫蘆提當罪愆，念竇娥身首不完全，念竇娥從前已往幹家緣；婆婆也，你只看竇娥少爺無娘面。

【鮑老兒】念竇娥服侍婆婆這幾年，遇時節將碗涼漿奠；你去那受刑法屍骸上烈些紙錢，只當把你亡化的孩兒薦。

〔卜兒哭科，云〕

孩兒放心，這個老身都記得。天哪，兀的不痛殺我也。

〔正旦唱〕

婆婆也，再也不要啼啼哭哭，煩煩惱惱，怨氣衝天。這都是我做竇娥的沒時沒運，不明不暗，負屈銜冤。

〔劊子做喝科，云〕

兀那婆子靠後，時辰到了也。

〔正旦跪科〕

〔劊子開枷科〕

〔正旦云〕

竇娥告監斬大人，有一事肯依竇娥，便死而無怨。

〔監斬官云〕

你有什麽事？你說。

〔正旦云〕

要一領淨席, 等我竇娥站立, 又要丈二白練, 掛在旗槍上。若是我
竇娥委實冤枉, 刀過處頭落, 一腔熱血休半點兒沾在地下, 都飛在
白練上者。

〔監斬官云〕

這個就依你, 打甚麼不緊。

〔劊子做取席科, 站科, 又取白練掛旗上科〕

〔正旦唱〕

【耍孩兒】不是我竇娥罰下這等無頭願, 委實的冤情不淺。若沒些兒
靈聖與世人傳, 也不見得湛湛青天。我不要半星熱血紅塵灑, 都
只在八尺旗槍素練懸。等他四下里皆瞧見, 這就是咱萇弘化碧,
望帝啼鵑。

〔劊子云〕

你還有甚的說話, 此時不對監斬大人說, 幾時說那？

〔正旦再跪科, 云〕

大人, 如今是三伏天道, 若竇娥委實冤枉, 身死之後, 天降三尺瑞
雪, 遮掩了竇娥屍首。

〔監斬官云〕

這等三伏天道, 你便有衝天的怨氣, 也召不得一片雪來, 可不胡
說！

〔正旦唱〕

【二煞】你道是暑氣暄, 不是那下雪天；豈不聞飛霜六月因鄒衍？ 若
果有一腔怨氣噴如火, 定要感得六出冰花滾似錦, 免着我屍骸現；
要什麼素車白馬, 斷送出古陌荒阡？

〔正旦再跪科, 云〕

大人, 我竇娥死的委實冤枉, 從今以後, 着這楚州亢旱三年。

〔監斬官云〕

打嘴！那有這等說話！

〔正旦唱〕

【一煞】你道是天公不可期，人心不可憐，不知皇天也肯從人願。做甚
　　麼三年不見甘霖降？　也只爲東海曾經孝婦冤。如今輪到你山陽
　　縣。這都是官吏每無心正法，使百姓有口難言。

〔劊子做磨旗科，云〕

　　怎麼這一會兒天色陰了也？

〔內做風科，劊子云〕

　　好冷風也！

〔正旦唱〕

【煞尾】浮雲爲我陰，悲風爲我旋，三樁兒誓願明題遍。

　　　〔做哭科，云〕

　　婆婆也，直等待雪飛六月，亢旱三年呵，

　　　〔唱〕

　　那其間才把你個屈死的冤魂這竇娥顯。

〔劊子做開刀，正旦倒科〕

〔監斬官驚云〕

　　呀，眞個下雪了，有這等異事！

〔劊子云〕

　　我也道平日殺人，滿地都是鮮血，這個竇娥的血，都飛在那丈二白
　　練上，并無半點落地，委實奇怪。

〔監斬官云〕

　　這死罪必有冤枉，早兩樁兒應驗了，不知亢旱三年的說話，准也不
　　准？　且看後來如何。左右，也不必等待雪晴，便與我抬他屍首，
　　還了那蔡婆婆去罷。

　　　〔衆應科，抬屍下〕

●第四折

〔竇天章冠帶引丑張千祗從上, 詩云〕

獨立空堂思黯然, 高峰月出滿林煙, 非關有事人難睡, 自是驚魂夜不眠。

老夫竇天章是也。自離了我那端雲孩兒, 可早十六年光景。老夫自到京師, 一舉及第, 官拜參知政事。只因老夫廉能淸正, 節操堅剛, 謝聖恩可憐, 加老夫兩淮提刑肅政廉訪使之職, 隨處審囚刷卷, 體察濫官汚吏, 容老夫先斬後奏。老夫一喜一悲, 喜呵, 老夫身居臺省, 職掌刑名, 勢劍金牌, 威權萬里；悲呵, 有端雲孩兒, 七歲上與了蔡婆婆爲兒媳婦, 老夫自得官之後, 使人往楚州問蔡婆婆家, 他鄰里街坊道, 自當年蔡婆婆不知搬在那里去了, 至今音信皆無。老夫爲端雲孩兒, 啼哭的眼目昏花, 憂愁得須發斑白。今日來到這淮南地面, 不知這楚州爲何三年不雨？ 老夫今在這州廳安歇。張千, 說與那州中大小屬官, 今日免參, 明日早見。

〔張千向古門云〕

一應大小屬官, 今日免參, 明日早見。

〔竇天章云〕

張千, 說與那六房吏典, 但有合刷照文卷, 都將來, 待老夫燈下看幾宗波。

〔張千送文卷科, 竇天章云〕

張千, 你與我掌上燈, 你每都辛苦了, 自去歇息罷。我喚你便來, 不喚你休來。

〔張千點燈, 同祗從下。竇天章云〕

我將這文卷看幾宗咱。一起犯人竇娥，　將毒藥致死公公。我才看頭一宗文卷，　就與老夫同姓，　這藥死公公的罪名，犯在十惡不赦，俺同姓之人，也有不畏法度的。

這是問結了的文書，　不看他罷。我將這文卷壓在底下，　別看一宗咱。

〔做打呵欠科，云〕

不覺的一陣昏沉上來，皆因老夫年紀高大，鞍馬勞困之故，待我搭伏定書案，歇息些兒咱。

〔做睡科，魂旦上，唱〕

【雙調·新水令】我每日哭啼啼守住望鄉台，急煎煎把仇人等待，慢騰騰昏地里走，足律律旋風中來，則被這霧鎖雲埋，攛掇的鬼魂快。

〔魂旦望科，云〕

門神戶尉不放我進去。我是廉訪使竇天章女孩兒，　因我屈死，　父親不知，特來托一夢與他咱。

〔唱〕

【沈醉東風】我是那提刑的女孩，　須不比現世的妖怪。怎不容我到燈影前，卻攔截在門桯外？

〔做叫科，云〕

我那爺爺呵，

〔唱〕

枉自有勢劍金牌，把俺這屈死三年的腐骨骸，怎脫離無邊苦海！

〔做入見哭科，竇天章亦哭科，云〕

端雲孩兒，你在那里來？

〔魂旦虛下〕

〔竇天章做醒科，云〕

好是奇怪也，　老夫才合眼去，　夢見端雲孩兒恰便似來我跟前一般，

　　如今在那里？我且再看這文卷咱。

〔魂旦上，做弄燈科〕

〔竇天章云〕

　　奇怪，我正要看文卷，怎生這燈忽明忽滅的！張千也睡着了，我
　　自己剔燈咱。

〔做剔燈，魂旦翻文卷科，竇天章云〕

　　我剔的這燈明了也。再看幾宗文卷。一起犯人竇娥藥死公公。

〔做疑怪科，云〕

　　這一宗文卷，我爲頭看過，壓在文卷底下，怎生又在這上頭？這
　　幾時間結了的，還壓在底下，我別看一宗文卷波。

〔魂旦再弄燈科，竇天章云〕

　　怎麽，這燈又是半明半暗的，我再剔這燈咱。

〔做剔燈，魂旦再翻文卷科，竇天章云〕

　　我剔的這燈明了，我另拿一宗文卷看咱。一起犯人竇娥藥死公公。
　　呸！好是奇怪！我才將這文書分明壓在底下，剛剔了這燈，怎生
　　又翻在面上？莫不是楚州後廳里有鬼麽？便無鬼呵，這椿事必
　　有冤枉。將這文卷再壓在底下，待我另看一宗如何？

〔魂旦又弄燈科，竇天章云〕

　　怎生這燈又不明了？敢有鬼弄這燈？我再剔一剔去。

〔做剔燈科，魂旦上，做撞見科，竇天章擧劍擊桌科，云〕

　　呸！我說有鬼！兀那鬼魂，老夫是朝廷欽差帶牌走馬肅政廉訪
　　使，你向前來，一劍揮之兩段。張千，虧你也睡的着，快起來，有
　　鬼有鬼。兀的不嚇殺老夫也。

〔魂旦唱〕

【喬牌兒】則見他疑心兒胡亂猜，聽了我這哭聲兒轉驚駭。哎，你個竇
　　天章恁的威風大，且受你孩兒竇娥這一拜。

〔竇天章云〕

兀那鬼魂，你道竇天章是你父親，受你孩兒竇娥拜，你敢錯認了也！我的女兒叫做端雲，七歲上與了蔡婆婆爲兒媳婦。你是竇娥，名字差了，怎生是我女孩兒？

〔魂旦云〕

父親，你將我與了蔡婆婆家，改名做竇娥了也。

〔竇天章云〕

你便是端雲孩兒，我不問你別的，這藥死公公，是你不是？

〔魂旦云〕

是你孩兒來。

〔竇天章云〕

嗏聲，你這小妮子，老夫爲你啼哭的眼也花了，憂愁的頭也白了，你劃地犯了十惡大罪，受了典刑。我今日官居臺省，職掌刑名，來此兩淮審囚刷卷，體察濫官污吏，你是我親生之女，老夫將你治不的，怎治他人？我當初將你嫁與他家呵，要你三從四德：三從者，在家從父，出嫁從夫，夫死從子。四德者，事公姑，敬夫主，和妯娌，睦街坊。今三從四德全無，劃地犯了十惡大罪。我竇家三輩無犯法之男，五世無再婚之女，到今日被你辱沒祖宗世德，又連累我的清名。你快與我細吐眞情，不要虛言支對，若說的有半釐差錯，牒發你城隍祠內，着你永世不得人身，罰在陰山，永爲餓鬼。

〔魂旦云〕

父親停嗔息怒，暫罷狼虎之威，聽你孩兒慢慢的說一遍咱。我三歲上亡了母親，七歲上離了父親，你將我送與蔡婆婆做兒媳婦。至十七歲與夫配合，才得兩年，不幸兒夫亡化，和俺婆婆守寡。這山陽縣南門外有個賽盧醫，他少俺婆婆二十兩銀子。俺婆婆去取討，被他賺到郊外，要將婆婆勒死，不想撞見張驢兒父子兩個，救了俺婆婆性命。那張驢兒知道我家有個守寡的媳婦，　便道：你婆兒媳婦旣無丈夫，　不若招我父子兩個。俺婆婆初也不肯，　那張驢兒道：你若不肯，我依舊勒死你。俺婆婆懼怕，不得已含糊許了。只得將他父子兩個領到家中，　養他過世。有張驢兒數次調戲你女孩兒，我堅執不從。

那一日俺婆婆身子不快，　想羊肚兒湯吃，　你孩兒安排了湯。適値張驢兒父子兩個問病，道：將湯來我嘗一嘗。說：湯便好，只少些鹽醋。賺的我去取鹽醋，　他就暗地里下了毒藥，　實指望藥殺俺婆婆，要強逼我成親。不想俺婆婆偶然發嘔，不要湯吃，卻讓與老張吃，隨卽七竅流血藥死了。張驢兒便道：竇娥藥死了俺老子，你要官休要私休？　我便道：怎生是官休？　怎生是私休？他道：要官休，告到官司，你與俺老子償命。若私休，你便與我做老婆。你孩兒便道：好馬不備雙鞍，烈女不更二夫，我至死不與你做媳婦，我請願和你見官去。

他將你孩兒拖到官中，受盡三推六問，吊拷繃扒，便打死孩兒也不肯認。怎當州官見你孩兒不認，　便要拷打俺婆婆；我怕婆婆年老，受刑不起，　只得屈認了。因此押赴法場．將我典刑。你孩兒對天發下三樁誓願：第一樁要丈二白練掛在旗槍上，　若系冤枉，刀過頭落，一腔熱血休滴在地下，都飛在白練上；第二樁，現今三伏天道，下三尺瑞雪，遮掩你孩兒屍首；第三樁，着他楚州大旱三年。果然血飛上白練，六月下雪，三年不雨，都是爲你孩兒來。

〔詩云〕

不告官司只告天，心中怨氣口難言，防他老母遭刑憲，情願無辭認罪愆。三尺瓊花骸骨掩，一腔熱血練旗懸，豈獨霜飛鄒衍屈，今朝方表竇娥冤。

　　〔唱〕

【雁兒落】你看這文卷曾道來不道來，則我這冤枉要忍耐如何耐？　我不肯順他人，倒着我赴法場；我不肯辱祖上，倒把我殘生壞。

【得勝令】呀，今日個搭伏定攝魂台，一靈兒怨哀哀。父親也，你現掌着刑名事，親蒙聖主差。端詳這文冊，那廝亂綱常當合敗。便萬剮了喬才，還道報冤仇不暢快。

〔竇天章做泣科，云〕

哎，我屈死的兒，則被你痛殺我也！　我且問你：這楚州三年不雨，可眞個是爲你來？

〔魂旦云〕

是爲你孩兒來。

〔竇天章云〕

有這等事！　到來朝我與你做主。

〔詩云〕

白頭親苦痛哀哉，屈殺了你個青春女孩，

只恐怕天明了你且回去，到來日我將文卷改正明白。

〔魂旦暫下〕

〔竇天章云〕

呀，天色明了也。張千，我昨日看幾宗文卷，中間有一鬼魂來訴冤枉。我喚你好幾次，你再也不應，直恁的好睡那。

〔張千云〕

我小人兩個鼻子孔一夜不曾閉，并不聽見女鬼訴什麼冤狀，也不曾聽見相公呼喚。

〔竇天章做叱科，云〕

嗯，今早升廳坐衙，張千，喝攛廂者。

〔張千做吆喝科，云〕

在衙人馬平安，抬書案。

〔稟云〕

　州官見。

〔外扮州官入參科〕

〔張千云〕

　該房吏典見。

〔丑扮吏入參見科〕

〔竇天章云〕

　你這楚州一郡，三年不雨，是爲着何來？

〔州官云〕

　這個是天道亢旱，楚州百姓之災，小官等不知其罪。

〔竇天章做怒科，云〕

　你等不知罪麽！那山陽縣有用毒藥謀死公公犯婦竇娥，他問斬之時，曾發願道：若是果有冤枉，着你楚州三年不雨，寸草不生。可有這件事？

〔州官云〕

　這罪是前陞任桃州守問成的，現有文卷。

〔竇天章云〕

　這等糊突的官，也着他陞去！你是繼他任的，三年之中，可曾祭這冤婦麽？

〔州官云〕

　此犯系十惡大罪，元不曾有祠，所以不曾祭得。

〔竇天章云〕

　昔日漢朝有一孝婦守寡，其姑自縊身死，其姑女告孝婦殺姑。東海太守將孝婦斬了。只爲一婦含冤，致令三年不雨。後于公治獄，彷彿見孝婦抱卷哭于廳前，于公將文卷改正，親祭孝婦之墓，天乃大雨。今日你楚州大旱，豈不正與此事相類？張千，分付該房僉牌下山陽縣，着拘張驢兒、賽盧醫、蔡婆婆一起人犯，火速解審，毋得違悞片刻者。

〔張千云〕

理會的。

〔下〕

〔丑扮解子押張驢兒，蔡婆婆，同張千上，稟云〕

山陽縣解到審犯聽點。

〔竇天章云〕

張驢兒。

〔張驢兒云〕

有。

〔竇天章云〕

蔡婆婆。

〔蔡婆婆云〕

有。

〔竇天章云〕

怎麼賽盧醫是緊要人犯不到？

〔解子云〕

賽盧醫三年前在逃，一面着廣捕批緝拿去了，待獲日解審。

〔竇天章云〕

張驢兒，那蔡婆婆是你的後母麼？

〔張驢兒云〕

母親好冒認的？委實是。

〔竇天章云〕

這藥死你父親的毒藥，卷上不見有合藥的人，是那個的毒藥？

〔張驢兒云〕

　　是竇娥自合就的毒藥。
〔竇天章云〕

　　這毒藥必有一個賣藥的醫鋪，　想竇娥是個少年寡婦，　那里討這藥
　來？　張驢兒，敢是你合的毒藥麽？
〔張驢兒云〕

　　若是小人合的毒藥，不藥別人，倒藥死自家老子？
〔竇天章云〕

　　我那屈死的兒嚛，這一節是緊要公案，你不自來折辯，怎得一個明
　白，你如今冤魂卻在那里？
〔魂旦上，云〕

　　張驢兒，這藥不是你合的，是那個合的？
〔張驢兒做怕科，云〕

　　有鬼有鬼，撮鹽入水，太上老君，急急如律令，敕。
〔魂旦云〕

　　張驢兒，你當日下毒藥在羊肚兒湯里，本意藥死俺婆婆，要逼勒我
　做渾家，不想俺婆婆不吃，讓與你父親吃，被藥死了，你今日還敢
　賴哩！
　　　〔唱〕

【川撥棹】猛見了你這吃敲材，我只問你這毒藥從何處來？　你本意待
　暗里栽排，要逼勒我和諧，倒把你親爺毒害，怎教咱替你耽罪責？
〔魂旦做打張驢兒科〕
〔張驢兒做避科，云〕

　　太上老君，急急如律令，敕。大人說這毒藥必有個賣藥的醫鋪，若
　尋得這賣藥的人來，和小人折對，死也無詞。
〔丑扮解子解賽盧醫上，云〕

　　山陽縣續解到犯人一名賽盧醫。

〔張千喝云〕

當面。

〔竇天章云〕

你三年前要勒死蔡婆婆，賴他銀子，這事怎麼說？

〔賽盧醫叩頭科，云〕

小的要賴蔡婆婆銀子的情是有的，當被兩個漢子救了，那婆婆并不曾死。

〔竇天章云〕

這兩個漢子你認的他叫做什麼名姓？

〔賽盧醫云〕

小的認便認的，慌忙之際，可不曾問他名姓。

〔竇天章云〕

現有一個在階下，你去認來。

〔賽盧醫做下認科，云〕

這個是蔡婆婆。

〔指張驢兒云〕

想必這毒藥事發了。

〔上云〕

是這一個，容小的訴稟：當日要勒死蔡婆婆時，正遇見他爺兒兩個，救了那婆婆去。過得幾日，他到小的鋪中討服毒藥，小的是念佛吃齋人，不敢做昧心的事，說道：鋪中只有官料藥，并無什麼毒藥。他就睜着眼道：你昨日在郊外要勒死蔡婆婆，我拖你見官去。小的一生最怕的是見官，只得將一服毒藥與了他去。小的見他生相是個惡的，一定拿這藥去藥死了人，久後敗露，必然連累，小的一向逃在涿州地方，賣些老鼠藥。剛剛是老鼠被藥殺了好幾個，藥死人的藥，其實再也不曾合。

〔魂旦唱〕

【七弟兄】你只爲賴財，放乖，要當災。

　　〔帶云〕

　這毒藥呵，

　　〔唱〕

　原來是你賽盧醫出賣張驢兒買，　沒來由填做我犯由牌，　到今日官
　去衙門在。

〔竇天章云〕

　帶那蔡婆婆上來。我看你也六十外人了，　家中又是有錢鈔的，　如
　何又嫁了老張，做出這等事來？

〔蔡婆婆云〕

　老婦人因爲他爺兒兩個救了我的性命，　收留他在家養膳過世；那
　張驢兒常說要將他老子接脚進來，老婦人并不曾許他。

〔竇天章云〕

　這等說，你那媳婦就不該認做藥死公公了。

〔魂旦云〕

　當日問官要打俺婆婆，　我怕他年老受刑不起，　因此喈認做藥死公
　公，委實是屈招個！

　　〔唱〕

【梅花酒】你道是咱不該，這招狀供寫的明白。本一點孝順的心懷，倒
　做了惹禍的胚胎。我只道官吏每還復勘，　怎將咱屈斬首在長街！
　第一要素旗槍鮮血灑，　第二要三尺雪將死屍埋，　第三要三年旱示
　天災，咱誓願委實大。

【收江南】呀，這的是衙門從古向南開，就中無個不冤哉。痛殺我嬌姿
　弱體閉泉臺，早三年以外，則落的悠悠流恨似長淮。

〔竇天章云〕

端雲兒也，你這冤枉我已盡知，你且回去。待我將這一起人犯，并
原問官吏，另行定罪，改日做個水陸道場，超度你生天便了。

〔魂旦拜科，唱〕

【鴛鴦煞尾】從今後把金牌勢劍從頭擺，將濫官汚吏都殺壞，與天子分
憂，萬民除害。

〔云〕

我可忘了一件，爹爹，俺婆婆年紀高大，無人侍養，你可收恤家中，
替你孩兒盡養生送死之禮，我便九泉之下，可也瞑目。

〔竇天章云〕

好孝順的兒也。

〔魂旦唱〕

囑付你爹爹，收養我妳妳，可憐他無婦無兒誰管顧年衰邁。再將
那文卷舒開，

〔帶云〕

爹爹，也把我竇娥名下，

〔唱〕

屈死的於伏罪名兒改。

〔下〕

〔竇天章云〕

喚那蔡婆婆上來。你可認得我麼？

〔蔡婆婆云〕

老婦人眼花了，不認的。

〔竇天章云〕

我便是竇天章。適才的鬼魂，便是我屈死的女孩兒端雲。你這一
行人，聽我下斷：張驢兒毒殺親爺，奸占寡婦，合擬凌遲，押赴市
曹中，釘上木驢，剮一百二十刀處死。陞任州守桃杌，并該房吏典，

刑名違錯，各杖一百，永不敘用。賽盧醫不合賴錢勒死平民，又不合修合毒藥，致傷人命，發煙瘴地面，永遠充軍。蔡婆婆我家收養，竇娥罪改正明白。

〔詞云〕

莫道我念亡女與他滅罪消愆，　也只可憐見楚州郡大旱三年。昔于公曾表白東海孝婦，果然是感召得靈雨如泉。豈可便推諉道天災代有，　竟不想人之意感應通天。今日個將文卷重行改正，　方顯的王家法不使民冤。

題目　秉鑑持衡廉訪法
正名　感天動地竇娥冤

한궁추 漢宮秋

⋯⋯⋯ 작품 해설

한(漢)나라의 궁녀(宮女)인 왕소군(王昭君)이 흉노(匈奴) 왕의 강요에 의하여 한나라 원제(元帝)가 그의 미모를 사랑함에도 불구하고 거친 흉노 땅으로 시집간 얘기는 중국 역사상 매우 유명한 고사(故事)이다. 역대로 수많은 시인들이 왕소군의 얘기를 비극화하여 시로 노래하였고, 수많은 작가들이 소설과 희곡으로 그의 불운을 그려냈다.

〈한궁추〉의 본제는 〈파유몽고안한궁추(破幽夢孤雁漢宮秋)〉이다. 이 작품의 끝머리에서 한나라 원제(元帝)가 가을 밤 궁전에서 흉노의 강압에 못이겨 흉노 왕에게 시집보낸 아름다운 왕소군을 그리며 꿈을 꾸다가 날아가는 외기러기 울음소리에 잠을 깬다는 데에서 따온 제명이다. 왕소군의 얘기는 정사(正史)에도 보이는데, 〈한궁추〉의 내용과는 같지 않다. 《한서(漢書)》 흉노전(匈奴傳)에 의하면 경녕(竟寧) 원년(B.C. 33년)에 흉노 왕〔單于〕인 호한야선우(呼韓耶單于)가 한나라로 와서 통혼(通婚)으로 화친(和親)하기를 요청하였다.

한나라 원제는 왕소군을 선우에게 주었는데, 왕소군은 선우에게로 시집가서 아들딸 낳고 잘살았다는 것이다. 《후한서(後漢書)》 남흉노전(南匈奴傳)에도 왕소군이 흉노로 시집가서 잘살았다는 얘기가 쓰여 있다. 다만 왕소군은 궁중으로 뽑혀 들어와 임금의 그림자도 보지 못하고 지내다가 자원해서 흉노로 시집갔는데, 왕소군이 떠날 적에야 원제는 그의 아름다움을 발견하고 후회하였다 하였다.

마치원(馬致遠)은 이러한 정사의 기록을 개조하여 〈한궁추〉에서는 왕소군을 중국 여자로서의 절조를 지키는 미인으로 만들어 놓았다. 그리고 원제를 여색만 즐기는 무기력한 맥못추는 제왕으로 만들어 놓고, 원제와 왕소군 사이에 뜨거운 애정관계를 얽어놓고 있다. 그리고 마치원은 왕소군을 통하여 문약(文弱)과 안일(安逸) 때문에 나라를 외족에게 빼앗긴 울분을 토하면서, 원제를 빌어 중국 통치자들의 무능을 꾸짖고 있는 것이다.

작자 마치원(1251년 전후)은 호를 동리(東籬)라 하였고, 대도(大都, 지금의 北京) 사람이다. 원잡극의 대부분의 작가들이 그러하듯이 자세한 생평(生平)은 알려지지 않았고, 원대에 행하여진 곡과(曲科)에 장원(壯元)으로 급제하였다고도 한다. 벼슬은 강절성무제거(江浙省務提擧)를 지냈고, 원 성종(成宗)의 원정(元貞) 연간(1295~1296년)에는 이시중(李時中) 같은 사람들과 서회(書會)를 조직하기도 했다 한다. 서회란 그 당시의 극작가들의 모임으로, 극본을 써서 배우들에게 공급하는 한편 공동작업도 하던 문학단체이다.

마치원은 잡극뿐만 아니라 산곡(散曲)에 있어 특히 뛰어난 작가로 알려져 있다. 산곡에서 다져진 빼어난 서정이 잡극의 곡사(曲辭)도 청려(淸麗)하게 하였을 것이다. 마치원의 잡극으로는 〈한궁추〉 이외에도 〈청삼루(靑衫淚)〉·〈답설심매(踏雪尋梅)〉 등 8종이 전하고, 제명(題名)만 알려진 작품 4종이 있다.

만년에는 임야(林野)에 묻혀 술과 노래로 여생을 즐겼다 한다. 〈한궁추〉는 마치원의 대표작일 뿐만 아니라 원잡극의 대표작이라 할 수도 있다. 특히 곡사의 청려함은 여러 비평가들이 공인하는 바이다. 서양에도 일찍이 영국의 J. F. Davis가 The Sorrow of Han이란 이름

아래 이 작품을 번역 소개하였다 한다.

‥‥‥‥ 등장인물

원제(元帝) B.C. 48년부터 B.C. 33년까지 한(漢)나라를 다스린 제10대(代) 황제.

왕소군(王昭君) 18세의 양가 처녀로, 미인이라서 뽑히어 궁녀가 된다. 뒤에 원제의 총애를 받게 되나, 곧 흉노의 왕인 호한야선우(呼韓耶單于)의 강요에 못이겨 그에게로 시집가게 된다. 왕소군은 시집가는 길에 흉노 땅에 들어선 뒤 강물에 몸을 던져 자살한다.

호한야선우(呼韓耶單于) 흉노(匈奴)의 왕을 선우(單于)라 부른다. 그는 대군(大軍)을 몰고와 한나라를 위협하여 한나라 원제가 사랑하는 왕소군을 화친(和親)을 내세워 빼앗아간다.

모연수(毛延壽) 원제의 신임이 두터운 화공(畵工). 그는 돈을 받고 미인들의 초상화를 그려 임금에게 바치다가, 왕소군의 일로 뇌물을 받고 초상화를 엉터리로 그리기도 한 것이 탄로나 결국 목이 달아난다.

상서(尚書) **오록충종**(五鹿充宗) 모연수와 함께 모두 실제로 있었던 인물이다. 원제의 신임이 두터운 환관(宦官) 출신 권세가인 석현(石顯)의 패거리였다.

상시(常侍) **석현**(石顯)

오랑캐 사신

그밖에 문무내관(文武內官)·내시(內侍)·궁녀(宮女) 및 흉노의 병사 등 다수 등장.

설자(楔子)

호한야선우(呼韓耶單于) 〔부하들을 이끌고 등장, 시를 읊는다.〕

털 장막에 불어오는 가을바람은 마른 풀을 어지러이 흔들고,
궁려(穹廬)1) 위에는 달이 밝은데 피리 소리 애절하네.
백만대군 거느리는 임금이라 하지만
한(漢)나라에 머리 숙여 속국(屬國)으로 지내고 있네.

내가 바로 호한야선우입니다. 우리 집안은 오랫동안 북쪽 사막지방에 살면서 북쪽지방을 주름잡아 왔으며, 사냥으로 삶을 살고 전쟁으로 일을 삼고 있습니다. 일찍이 주(周)나라 문왕(文王)도 우리를 피하여 동쪽으로 옮겨갔고, 춘추(春秋)시대 진(晉)나라는 우리가 두려워 강화(講和)를 한 일도 있지요. 시대를 따라 부족의 이름을 훈육(獯鬻)이니 험윤(獫狁)이니 하고 불렀으며, 때에 따라 임금의 칭호는 선우(單于) 또는 가한(可汗)이라 불렀습니다. 진(秦)나라와 한(漢)나라가 싸우고 있는 동안 중원(中原)이 어지러워, 이 틈에 우리는 강대해져서 백만대군을 갖게 되었지요. 우리 할아버지 묵특선우(冒頓單于)께서는 한나라 고조(高祖)를 백등(白登)2)이란 곳에서 7일 동안 포위했었는데, 누경(婁敬)이란 사람의 계책에 따

---

1) 궁려(穹廬) : 흉노족이 사용하던 짐승 털가죽으로 만든 천막 집.
2) 백등(白登) : 산 이름. 산서성(山西省) 대동현(大同縣) 동쪽에 있고, 백등대(白登臺)라고도 부른다.

라 공주를 우리 임금에게 시집보낸다는 조건 아래 두 나라가 강화한 일도 있습니다. 혜제(惠帝)3) 때부터는 대대로 옛 약속을 꼭 지키어 한실의 종녀(宗女)를 우리 집안으로 출가시켜 왔습니다. 그러나 선제(宣帝)4) 때에 이르러는 우리 형제들이 왕위다툼을 벌이느라 국세가 조금 약해졌습니다. 지금은 여러 부족이 나를 왕으로 받들어 호한야선우가 되었는데, 실상 한나라 임금은 외조카가 되지요. 나는 군사 10만을 남쪽 국경 가까이로 이동시켜 한나라의 속국임을 자인하면서, 영원히 서로 인척(姻戚)이 되려고 어제 사신을 보내어 공물(貢物)을 바치며 공주를 달라고 요구했습니다. 한나라 임금이 맹약을 이행하려 들는지 모르겠군요.

　오늘은 하늘이 높고 날씨가 쾌청하니, 여러 두목들과 들판으로 나가 사냥이나 한바탕 벌일까 합니다. 멋진 일 아니오?

[시를 읊는다.]
　오랑캐 집안은 생업(生業)이란 없이
　활과 화살이 바로 삶일세. [퇴장한다.]

모연수 [등장, 시를 읊는다.]

　위인은 음험한 짐승의 마음,
　큰 놈은 속이고 작은 놈은 누르며,
　오직 아첨과 간사함과 잔꾀 및 탐욕으로 일하니
　평생을 마음놓고 지내지 못하네.

---

3) 혜제(惠帝) : B.C. 195년부터 B.C. 188년에 이르는 기간에 한나라를 다스린, 한나라 두 번째 임금임.
4) 선제(宣帝) : B.C. 74년부터 B.C. 49년에 이르기까지 한나라를 다스린 제9대 황제임.

　　제가 바로 모연수란 사람입니다. 지금 한나라 조정에서 중대부(中大夫) 벼슬을 하고 있는데, 여러 가지 간계(奸計)와 끊임없는 아첨으로 황제영감을 녹여 놓았기 때문에, 내 말 한마디면 안되는 일이 없지요. 조정 안밖을 막론하고 어느 누가 나를 존경하지 않으며 어느 누가 나를 두려워하지 않겠소? 나는 또 한 가지 법칙을 발견하였지요. 곧 임금으로 하여금 선비들은 만나지 않고 여색만을 즐기게 한다면 나에 대한 임금의 사랑은 더욱 굳어지게 된다는 것입니다. 말도 채 끝나기도 전에 상감께서 납시는군요.

원제　〔내관(內官)과 궁녀(宮女)들을 거느리고 등장, 시를 읊는다.〕

　　10대(代)를 이어온 한실(漢室)을 물려받아
　　천하 4백 고을을 한손에 쥐고 있네.
　　변경도 오랫동안 평화스러워
　　지금은 아무 걱정 없이 베개 높이 베고 자네.

　　내가 바로 한나라 원제(元帝)요. 할아버지 고조(高祖)께서 풍패(豐沛)5)에서 포의(布衣)6)를 떨치고 일어나, 진(秦)을 멸하고 항우(項羽)7)를 쳐 없애어 이 나라의 터전을 잡으신 이래, 짐에게 이르기까지 이미 10대가 되었소. 짐이 등극한 이래 온 천하가 태평한데, 이는 짐의 은덕이라기보다는 여러 문무백관들의 보필 덕분일 것이오. 선제(先帝)께서 돌아가신 뒤로 궁녀들을 모조리 궁밖으로 내보냈더니, 지금은 후궁(後宮)이 적적하여 어찌할 바를 모르겠소.

---

5) 풍패(豐沛) : 패현(沛縣)의 풍읍(豐邑), 지금의 강소성(江蘇省) 상가하(桑家河) 남쪽 기슭에 있는 풍현(豐縣), 한나라 고조 유방(劉邦)의 고향이다.
6) 포의(布衣) : 서민들이 입는 보통 옷, 벼슬 안한 평민을 가리키는 말로 쓰임.
7) 항우(項羽) : 항(項)이 성, 이름은 적(籍), 우(羽)는 그의 자임. 초나라 패왕(覇王)으로, 한나라 고조와 천하를 다투다가 결국은 패하고 말았다.

모연수 폐하! 시골 영감들도 보리를 열 섬 넘겨 수확을 하면 마누라를 바꾸려 듭니다. 하물며 폐하께서는 천자의 존귀하신 몸으로 부(富)는 온 세상 전부를 차지하고 계십니다. 어찌하여 관리를 파견하여 온 천하를 두루 다니며 궁녀를 고르도록 하시지 않으십니까? 왕후(王侯)·재상(宰相)·군(軍)·민(民) 어떤 집안의 사람을 막론하고 열다섯 살부터 스무 살까지의 사람으로 오직 용모만 단정하다면 모두 뽑아다가 후궁에 충당하심이 가할 줄로 아옵니다.

원제 경의 말이 옳도다. 이제 경을 선택사(選擇使)로 명하노니, 조서(詔書)를 한 통 갖고 천하를 두루 다니며 고르도록 하오! 뽑힌 자들은 초상화를 한 벌씩 그려 올리면 짐은 초상화를 보고 다시 고르도록 하겠소. 경이 성공하고 돌아오는 날에는 후한 상이 있을 것이오!

[노래 ; 仙呂 賞花時]
　　온 세상 평안하여 전쟁은 끊이고,
　　오곡은 풍년인데 싸움이란 없네.
　　과인이 궁녀를 새로 뽑아들이고자 하니
　　그대는 뛰어다니자면 고달플 터이지만,
　　이 제왕에게 잘 어울리는 여인을 찾아오게나! [퇴장]

제 1 절

모연수 [등장, 시를 읊는다.]

　　많은 황금을 멋대로 긁어모으니
　　지엄하다는 국법도 두려울 게 없네.

살아서는 오직 돈과 재물,
죽은 뒤에 남이야 욕하건 말건 알 바 아닐세.

저는 모연수입니다. 한나라 임금님의 성지를 받들어 온 천하를 두루 돌아다니며 궁녀를 고르고 있는데, 이미 아흔아홉 명이나 뽑았답니다. 여러 사람들이 모두 뇌물을 보내와서 거두어들인 재물도 적지않지요. 어제는 성도(成都) 자귀현(秭歸縣)8)에 가서 한 사람을 뽑았는데, 왕장자(王長者)란 사람의 딸로서 이름은 왕장(王嬙)이고 자는 소군(昭君)입니다. 외모가 눈이 부시도록 아름다워서 진실로 천하의 절색이라 할 만합니다. 그러나 이들은 농사짓는 집안이어서 별로 재물이 없는 모양이지요? 나는 그들에게 돈 백 냥만 내놓으면 첫째로 뽑아 올려주겠다고 했는데도, 살림이 가난한 데다가 자신의 용모가 출중한 것을 믿고 전혀 말을 듣지 않더군요. 그래서 그 여자를 퇴짜를 놓을까도 했는데……[생각하는 척하다가 다시 말한다.] 안될 일이죠! 도리어 그 여자에게 좋은 일이 되게요? 이맛살을 한 번만 찡긋 하면 계책이 마음에 떠오르지요! 그 여자의 초상화에다가 약간의 흠집만 더해 놓으면 장안으로 가서 반드시 냉궁(冷宮)으로 밀려나 일평생을 외로이 지내게 될거요. 정말로.

원한이 적으면 군자가 아니요,
악독하지 않으면 대장부가 못되네! [퇴장]

왕소군(王昭君) 〔두 궁녀를 이끌고 등장, 시를 읊는다.〕

칙명으로 하루아침에 궁전으로 들어왔으나,
10년이 넘어도 임금 얼굴 못뵙겠네.

---

8) 성도(成都) 자귀현(秭歸縣) : 지금의 호북성(湖北省) 자귀현. 여기의 성도는 사천성(四川省)의 성도가 아니다.

긴 밤은 적적한데 누구와 벗할고?
오직 비파(琵琶)가 있어 긴 시름을 타내네.

　저는 왕장(王嬙)인데, 자를 소군(昭君)이라 하는 성도 자귀현 사람입니다. 아버지 왕장자(王長者)는 평생을 농사짓는 일에 종사하셨고, 어머니는 저를 낳을 적에 달빛이 품안으로 들어왔다 다시 땅에 떨어지는 꿈을 꾸셨다 합니다. 나이는 열여덟 살이고, 칙명으로 후궁에 뽑혀와 있습니다. 임금님의 사신 모연수(毛延壽)가 제게 재물을 요구했는데도 주지 않았더니, 제 초상화에 흠집을 낸 다음 임금님께 바쳤답니다. 그래서 임금님은 뵙지도 못하고 지금껏 후궁에 갇혀 살고 있습니다. 저는 어려서부터 악기를 매우 좋아하여 비파 몇 곡조쯤은 탈 줄 알지요. 밤은 깊은데 외롭고도 괴로우니, 한 곡조 뜯어 시름이나 잊어 볼까요? [비파를 연주한다.]

원제　[등불을 밝혀든 내시들을 거느리고 등장] 내가 한나라 원제요. 후궁들을 뽑아 입궁시킨 이래 한 번도 내 사랑을 받아보지 못한 여자들이 많을 것이니 퍽이나 원망스러울 것이오. 오늘은 정사도 한가하니 한바탕 궁안을 돌면서, 이느 누가 연분이 있어 나를 맞이하게 되는가 보아야 하겠소.

[노래 ; 仙呂 點絳唇]
　수레바퀴는 떨어진 꽃잎을 짓이기며 굴러가는데,
　달빛 아래 고운 님이 불던 퉁소 소리도 그쳤네.
　나를 만나보지도 못한 궁녀들은
　얼마나 외로운 세월 보내고 있을까?

[노래 ; 混江龍]
　아마도 그녀들은 주렴도 걷어올리지 않고

지척의 소양궁(昭陽宮)9)을 천리처럼 바라보며,
바람 없는데도 흔들리는 듯한 대나무에도 놀라고
달 비치는 사창(紗窓)만 한하고 있으리라.
그녀들에게 풍악 울리며 거동하는 임금의 수레는
은하수 가에서 직녀(織女)가 기다리던 견우(牽牛)의 뗏목이렷다!

[왕소군이 연주하는 비파 소리가 들려온다.]

원제 이건 비파 소리가 아니냐?

내시 그렇습니다.

원제 〔노래〕
그 누가 슬며시 한 곡조 뜯어
시름을 쏟아내고 있는가?

내시 빨리 가서 성상을 마중하라고 알리겠습니다.

원제 그럴 것 없다.

〔노래〕
다급히 짐이 온 것을 전하지 마라!
갑자기 은총받게 되면 마음 설레이어
느티나무에 깃들어 있는 새들과
뜰 나무 위에서 자는 까마귀들 놀라 깨게 할가 두렵네.

원제 여봐라! 너 가서 어느 궁의 궁녀가 비파를 타고 있는가 알아보
고, 나와서 나를 맞이하라 일러라! 그녀를 놀라게 해서는 안된다!

내시 〔가서 알린다.〕 비파를 타시는 분은 어느 아가씨이신지요? 속히

---

9) 소양궁(昭陽宮) : 한나라의 후궁팔구(後宮八區) 중에 소양궁이 있는데, 이
곳에서는 천자가 늘 가서 후궁들과 자는 궁전을 가리킨다.

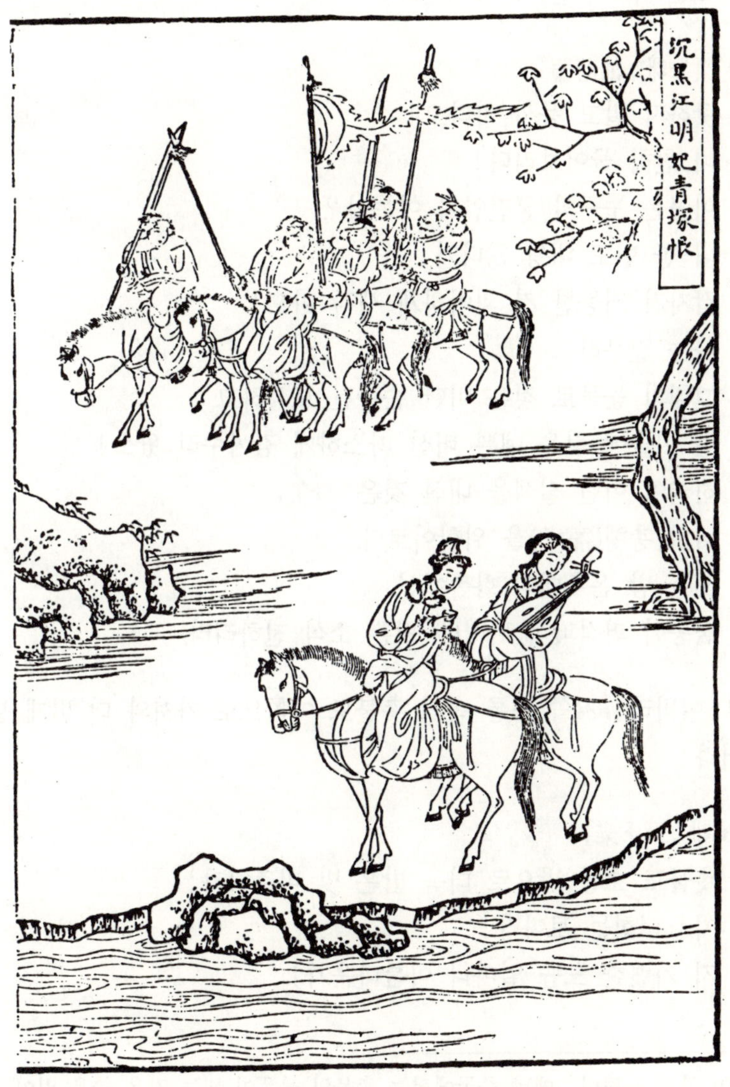

명간(明刊) 《원곡선(元曲選)》의 〈한궁추〉 삽화

나와서 성상을 맞이하시지요!
〔왕소군 나와서 임금을 맞이한다.〕

원제 〔노래 ; 油葫蘆〕

탓하지 말고 용서 바라오!
내 친히 물어보리다!
이곳은 누구의 궁전인지 아는가?
내 한 번도 내왕 않다가
갑자기 거동한 것 괴이하게 생각 마오!
나는 일부러
그대의 눈물로 젖은 비단 손수건 보상하고,
찬 이슬에 젖은 예쁜 버선 따스하게 감싸주러 왔소!
하늘이 이런 절색을 내신 것은
나의 총행(寵幸)을 위함이로다.
오늘 밤 은촛대의 화촉에선
불똥이 퍼적퍼적 튀며10) 기쁜 소식 전하리라.

원제 여봐라! 저쪽 초롱 속의 촛불도 이쪽으로 가져와 더 밝게 밝히
어라!

〔노래 ; 天下樂〕

촛불도 초롱 밖으로 더욱 밝은 빛 비추어라!
자! 너희들 보아라!
저 가련한 모습 얼마나 아름다운가!

---

10) 불똥이 튀다 : 옛날 중국에서는 촛불의 불똥이 튀는 것은 좋은 일이 있을
    것을 알리는 좋은 조짐이라 하였다.

왕소군 소첩(小妾)이 미리 폐하께서 납시는 것을 알았다면 멀리 나가 마중하였을 것인데, 마중이 늦었으니 만 번 죽어 마땅한 일이옵니다!

원제 〔노래〕

첫마디가 소첩이고
연이어 폐하라 부르는 품이
천한 백성 집안 출신 아님이 분명하구나!

원제 보아하니 용모 단정한 정말 아름다운 여인이로다!

〔노래 ; 醉中天〕

한 쌍의 궁전식의 눈썹 그리고,
한결같이 어우러진 빗은 머리, 입은 옷, 얼굴 화장,
이마 옆 비녀 끝에는 비취꽃 붙어있고,
한 번 웃기만 하면 온 성을 기울어지게 할 만하도다!
만약에 월왕(越王) 구천(勾踐)이 고소대(姑蘇臺)에서 저 여인을
보았더라면
서시(西施)11)도 꼼짝달싹 못하였을 것이고,
10년 이상 더욱 빨리 나라 망치고 신세 망쳤으리라.

---

11) 서시(西施) : 춘추(春秋)시대 월(越)나라의 미인. 월나라 왕 구천(勾踐)은 오(吳)나라와의 싸움에 패하여 회계(會稽) 땅에 명맥만 유지하고 있었는데, 오나라 왕 부차(夫差)가 여색을 좋아함을 알고 아름다운 여자를 바쳐 그를 망하게 하고자 하였다. 구천은 서시라는 미인을 발견하여 3년 동안 여러 가지 남자를 유혹하는 방법을 교육시킨 뒤 오나라 부차에게 바쳤다. 과연 부차는 서시에게 빠져 정사는 돌보지 않게 되자 몇년 뒤에 월왕 구천은 오나라를 쳐서 패망시켰다. 그 뒤 서시는 옛 애인에게로 되돌아가 잘살았다는 얘기도 있고, 강물에 몸을 던져 죽었다고도 한다.

원제 그대는 이토록 모습이 출중한데, 어느 집안 아가씨인고?

왕소군 소첩의 이름은 왕장(王嬙)이옵고, 자는 소군(昭君)이오며, 성
도(成都) 자귀현(秭歸縣) 사람입니다. 가친은 왕장자(王長者)이온
데, 조부 때부터 농사에만 힘써온 천한 백성이오라, 황실의 법도는
알지 못하나이다!

원제 〔노래 ; 金盞兒〕
그대의 까만 눈썹, 까마귀 깃 같은 머리,
버들가지 같은 허리, 노을 스친 듯한 얼굴 보니,
이 후궁엔 놓아두기 아깝도다!
누가 그대 집 농사짓던 생활 탓하겠는가?
이제부터 그대는 천자의 잠자리 모시게 되어,
하늘의 비이슬 같은 은총 듬뿍 누리게 되리라!
이 강산 천만 리, 초가 이삼 칸 작은 집에서
그대를 찾아내다니!

원제 그대의 이러한 용모로 어찌하여 이제껏 나를 만나지도 못했
을까?

왕소군 당초 미인으로 뽑혔을 때, 사신 모연수는 돈을 요구하였사오
나, 저의 집은 가난하여 돈을 마련할 수가 없었습니다. 그러자 소첩
의 초상화 눈 밑에 흠집을 붙여놓아 후궁에 외로이 밀려나와 있게
된 것이옵니다.

원제 여봐라! 가서 그 초상화를 가져오거라!
〔내시, 가서 초상화를 가져와 보여드린다.〕

원제 〔노래 ; 醉扶歸〕
모연수란 놈은 아무런 말도 없이
어째서 이렇게 제 모습은 다 그리지는 않고

흠집을 칠하여 이 아름다운 눈을 옥의 티로 만들어 놓았는가?
바로 이 짝눈은 그놈이 만든 것이구나!
이대로도 궁안의 온 궁녀들을 다 불러다가 견주어 본다해도
흠집 있는 그대의 초상화 모습 따르지는 못할 듯!

원제 여봐라! 금군(禁軍)에 명을 전하여 곧 모연수를 잡아다 목을 베도록 하라!

왕소군 폐하! 소첩의 부모는 성도(成都)에 있사온데 지금 민적(民籍)에 들어 있습니다. 바라옵건대 은전(恩典)을 베푸시어 부세(賦稅)를 면케 하시옵고, 약간의 은영(恩榮)을 내려주시옵소서!

원제 그야 아주 쉬운 일이오!

〔노래 ; 金盞兒〕
　아침에는 채소 뽑고 저녁에는 외밭 지키고,
　봄이면 씨뿌리고 여름이면 삼베 썻던 그대가
　관청에서 면세(免稅) 공문을 내리도록 만드는구려!
　그대가 궁안으로 시집온다는 것은 정말 영화로운 일!
　내 관직은 시골 마을 이장(里長)보다는 훨씬 높고
　이곳 저택은 고을의 관청보다는 매우 크니라.
　이 못난 사위 하늘과 땅에 감사드리나니,
　다시는 아무도 감히 내 처가를 얕보지 못하게 하리라!

원제 가까이 와서 과인의 명을 받으시오! 그대를 명비(明妃)로 봉하는 바이오!

왕소군 소첩이 어찌 폐하의 은총을 감당하리이까! 〔엎드려 절을 한다.〕

원제 〔노래 ; 賺煞〕
　이 밤의 정 있는대로 다 쏟고

내일 아침 얘기는 묻지도 마세!

왕소군 폐하께옵서 내일 아침 일찍이 납시오면 소첩은 여기에서 마중하겠나이다!

원제 〔노래〕
내일이면 아마도 소양궁(昭陽宮) 어탑(御榻) 위에 취해 누워 있을 것을!

왕소군 소첩의 몸 미천하온데, 비록 은총은 입었다 하나 어찌 감히 폐하와 잠자리를 함께 할 수가 있겠나이까?

원제 〔노래〕
걱정말지니, 내 그럼 그대에게 당장 진실을 알려주리라!
이젠 길도 잘 알았거늘
어찌 이곳 다시 찾지 않을 수 있으리!
내일 밤은 저쪽 궁문 앞에서 조용히 나를 맞이해야 할 것이니
온 궁안 사람들 그대 본받아 모두 비파만 뜯을까 두렵다네! 〔퇴장〕

왕소군 상감께서 돌아가셨으니 궁문을 닫아주시오! 나도 잠을 좀 자야지. 〔퇴장〕

제 2 절

호한야선우 〔부하들을 이끌고 등장〕 나는 호한야선우(呼韓耶單于)요. 어제는 사신을 한나라로 보내어 공주를 내게 시집보내라고 요구했는데, 한나라 임금은 공주가 아직 어리다는 핑계로 거절해 와서 내

마음이 매우 언짢소! 한나라 궁중에는 수많은 궁녀가 있다니, 그중에서 한 사람쯤 내게 준대도 안될 것 없을 것이오 그런데도 사신을 곧장 쫓아 돌려보내다니! 군대를 동원하여 남침을 하자니 몇 년 동안의 평화를 잃는 것이 두렵기도 하고,……형편 돌아가는 것을 보아 달리 도리를 강구하도록 해야겠소.

모연수 저는 모연수입니다. 궁녀들을 뽑아올리는 직책을 맡고는 여자들에게 재물을 강요하였고, 왕소군의 초상화에 흠집을 내어 올려서 그를 차가운 궁전으로 몰아넣은 일이 있습니다. 뜻밖에도 상감께서 친히 거동하시어 사실을 알아내고는 내게 형벌을 가하려 하기에 틈을 타서 도망은 쳤습니다만 갈 곳이 있어야지요? 결국은 이 미인도를 가져다가 흉노 왕에게 바치고, 그로 하여금 한나라 임금에게 그림에 있는 사람을 강요하게 하면, 한나라는 그 여자를 내놓지 않고는 못배길 거라 생각한 것이지요. 며칠을 걸어 이곳에 이르렀는데, 멀리 많은 인가가 보이니 아마도 저게 궁려(穹廬)12)인 듯합니다. [사람에게 다가가 물어본 다음 말한다.] 두목님! 선우님께 한나라 대신이 투항해 와서 뵙고자 한다고 아뢰어 주십시오!

[졸개가 가서 보고한다.]

선우 그를 이리 데려오너라!

[모연수, 와서 뵙는다.]

선우 그대는 무얼 하는 사람인가?

모연수 소인은 한나라의 중대부(中大夫) 모연수입니다. 우리 한나라 후궁에 왕소군이라는 미인이 있사온데, 생김새가 천하일색이옵니다. 전번에 대왕께서 사신을 보내시어 공주를 요청하셨을 때, 왕소군은

---

12) 궁려(穹廬) : 짐승 털가죽으로 만든 천막. 몽고를 중심으로 하는 유목민 족의 우두머리들이 거주하던 장막임.

자기가 가겠노라고 자원했으나 한나라 임금은 떼어보내기가 싫어서 놓아주지를 않았던 것입니다. 소인은 재삼 간절히 간하며 "어찌 여색을 중히 여기어 두 나라의 우호를 잃어서야 되겠느냐?"고 하였으나 한나라 임금은 도리어 저를 죽이려 들지 않겠습니까? 그래서 소인은 이 미인도를 가지고 와서 대왕께 바치는 바입니다. 사신을 보내시어 미인도에 있는 사람을 강요하시면 반드시 얻을 수 있으실 겁니다. 이것이 초상화입니다! [갖다바친다. 선우는 즉시 펴본다.]

선우 세상에 어찌 이런 여인이 있단 말인가? 만약 이 여인을 얻어 연지(閼氏)13)로 삼는다면 더 이상의 소원이 없겠다! 당장 관리를 한 사람 내어 군졸을 거느리고 한나라 천자에게 주는 글을 갖고 가서, 왕소군을 내게 주고 나와 화친하자고 요구해야겠다. 만약 말을 듣지 않는다면 곧 남침하여 강산을 쑥밭으로 만들어 주리라! 그리고 한편으로는 군사들을 이끌고 사냥을 하면서 국경 안으로 스며들어가, 한나라 동정을 정탐하는 것이 좋겠다. [퇴장]

왕소군 [궁녀들을 이끌고 등장] 저는 왕소군입니다. 전날 성은을 입어 상감님을 뫼시게 된 지가 어느덧 열흘이 넘나 봅니다. 상감께선 지나치게 사랑에 빠지셔서 오랫동안 조회(朝會)에도 나가지 않으셨습니다. 듣건대 오늘은 정전(政殿)에 나가셨다니, 나는 화장대 옆으로 가서 화장이나 하며 맵시를 가다듬어, 상감께서 드시면 잘 모실 수 있도록 해야겠습니다. [거울 앞으로 다가간다.]

원제 [등장] 후궁에 가서 왕소군을 만난 뒤로 나는 바보가 된 것도 같고 술취한 것도 같게 되어, 오랫동안 조회에 참석도 못하였소. 오늘에야 처음으로 정전에 나오기는 하였으나, 파하기가 무섭게 바로 후궁으로 가서 그를 만나겠다는 생각뿐이오!

---

13) 연지(閼氏) : 흉노(匈奴)임금의 정실 부인. 황후(皇后)에 해당하는 호칭.

〔노래 ; 南呂 一枝花〕

　사철따라 이슬비 고르게 내리고

　만리강산은 아름답기만 하네!

　충신들 모두 일 잘해주니

　아무 근심 없이 베개 높이 베고 지내는도다.

　그 위에 아름다운 여인 옆에 있으니

　어찌 한낮을 헛되이 보내랴!

　요새 생긴 새로운 내 병은

　한편으로 나라 위하고 백성 걱정하면서도

　한편으론 여자에 빠지고 술에 젖는 것이로다!

〔노래 ; 梁州第七〕

　내 비록 재상들 만나면 문왕(文王)처럼 예를 차리기는 하지만

　왕소군 곁을 떠나기만 하면 바로 마음 허전하고 쓸쓸하네.

　어찌 견디랴! 천향(天香) 뿜으며 용포자락 부여잡는 그의 모습!

　그의 모든 것 사랑스럽고 모든 움직임 마음에 드니,

　사람들의 근심 걱정 녹여주며 나와 더불어 한가히 노니는도다!

　달밤에 배꽃나무 밑을 지나 누각에 오를 때,

　연꽃 촛불 밑에서 놀이를 할 적이면 더욱 예쁠시고!

　몸맵시는 20년 걸려 다듬어 낸 온유함 지녔고,

　우리 인연은 5백 년을 두고 맞추어진 배필이며,

　얼굴에는 온갖 아름다운 멋 모두 갖추었도다!

　나는 그의 곁에 있기만을 바라노니,

　그는 저 낙가산(落伽山)14)의 관음보살처럼 버들가지15)도 손에

---

14) 낙가산(落伽山) : 보타낙가산(普陀洛迦山) 또는 보타산(普陀山)이라고도
　　하며, 절강성(浙江省) 정해현(定海縣)의 바다 속에 있다. 부처님이 그 산

들지 않았지만
　한 번 보기만 해도 장수할 것만 같도다.
　사람들 마음을 잇는 정은 언제고 시들 날이 있다지만
　우리는 목숨 다하더라도 시들지 않으리라! [멀리 바라본다.]

원제　그를 놀래키지 말고 내 슬며시 가보리라.

[노래 ; 隔尾]
　그처럼 후궁에서 원한을 품고 있던 궁녀가
　나와 함께 서궁(西宮)에서 꿈을 즐기게 될 줄이야!
　저녁 화장 마친
　형언할 수도 그릴 수도 없는 모습으로
　아직도 거울 앞에 앉아 스스로 부끄러워하고 있는,
　사랑스런 저 모습이여! [왕소군의 등뒤로 가까이 가서 본다.]

[노래]
　화장대 앞으로 와서 등뒤에서 보니
　광한전(廣寒殿)의 항아(嫦娥)가 밝은 달 속에 있는 듯!

[왕소군이 보고서 황제를 마중한다.]
상서　[상시(常侍)16)와 함께 등장, 시를 읊는다.]

　나랏일 보살피고 음양(陰陽)을 다스리며
　정전(政殿)에 앉아 대권을 행사하는 몸.

　에 내려오셨다는 전설이 전한다.
15) 버들가지 : 관음보살(觀音菩薩)의 손에는 버들가지를 든 부처가 있어, 그
　　를 양류관음(楊柳觀音)이라고도 부르며, 사람들의 소원을 이루어 준다.
16) 상시(常侍) : 벼슬 이름. 천자를 시종하는 직책을 맡았음.

재상자리에만 앉아 놀고먹으며
하루도 임금 위해선 일한 일 없네.

나는 상서(尙書)17)인 오록충종(五鹿充宗)이란 사람이고, 이 자는
내상시(內常侍) 석현(石顯)입니다. 오늘 조례(朝禮)가 끝나자 흉노
로부터 사신을 보내어 왔는데, 왕소군을 내어주고 화의를 맺자는 요
구를 하여왔으니, 성상께 아뢰어야 하겠습니다. 이곳이 서궁인가?
들어가 뵈어야지! 〔들어가 뵙는다.〕
　성상께 아뢰옵니다! 지금 북쪽 오랑캐 호한야선우가 사신을 보내
어 와, 모연수가 미인도를 갖고 와 바쳤노라고 하면서 명비(明妃)
마마를 자기에게 내어주고 화의를 맺어 전쟁을 없애기로 하자고 요
구해 왔습니다. 그러지 않으면 그 자는 대군으로 남침하여 강산을
쑥밭으로 만들겠노라고 엄포이옵니다!

원제　내 이제껏 군사를 길러온 것은 유사시에 쓰기 위함이다! 공연
히 조정엔 문무백관이 잔뜩 있단 말이오? 누가 나를 위해 오랑캐
군사를 물리쳐 주겠소? 모두들 칼과 화살이 무서워 이렇게 맥을
못추고 있는 거요? 어찌 명비를 내주고 오랑캐와 화친을 한단 말
이오?

〔노래 ; 牧羊關〕
　홍패는 옛부터 있어온 것이고
　전쟁은 어느 때고 있는 것.
　임금의 녹(祿)을 먹으면 목숨은 임금 입에 달린 것.
　태평시에는 재상의 공로 내세우더니,
　일이 생기니 내 애인을 내주고 해결하려 하네!

---

17) 상서(尙書) : 한나라 시대의 재상(宰相)에 해당하는 벼슬 이름.

그대들 임금의 녹을 거저 먹을 건가?
어떻게든 임금의 걱정은 덜어주어야지!
저쪽 겁쟁이는 꼼짝도 못하고 떨고만 있고
이쪽 겁쟁이는 머리 깨질까 겁부터 내고 있네!

상서 밖에서들은 말하기를 폐하께서 왕소군을 총애하시어 조정의 기강을 어지럽히고 나랏일을 그르쳤다 하옵니다. 만약 그자에게 내주시지 않으신다면 군사를 일으키어 정벌하겠다 하옵니다. 신의 소견으로는 옛날 주왕(紂王)도 달기(妲己)[18]를 총애하다 나라를 잃고 망신까지 하였으니, 이는 좋은 거울이 된다고 여기옵니다.

원제 〔노래 ; 賀新郞〕
　　나는 푸른 하늘 위로 높이 솟은 적성루(摘星樓)[19] 세우는 짓 같은 것 한 일 없거늘,
　　그대는 이윤(伊尹)[20]이 탕왕(湯王)을 보필했던 애기는 덮어두고,
　　오직 무왕이 주왕을 친 애기만 하는도다!
　　훗날 언제고 몸 죽어 황천(黃泉) 가서
　　만약에 장량(張良)[21]을 만난다면,

---

18) 달기(妲己) : 은(殷)나라 마지막 임금 주왕(紂王)의 비(妃). 외모는 아름다우나 성격이 잔인하여 주왕의 포악한 정치에 부채질을 하였다. 뒤에 주왕은 주(周)나라 무왕(武王)에게 멸망당하였는데, 달기도 이때 죽었다.
19) 적성루(摘星樓) : 주왕(紂王)이 달기(妲己)의 요구를 좇아 별을 따려고 백성들을 혹사하며 땅 위에 세운 높은 누각 이름.
20) 이윤(伊尹) : 은(殷)나라를 세운 탕왕(湯王) 때의 명신. 탕왕을 보필하여 하(夏)나라의 폭군(暴君) 걸왕(桀王)을 쳐부수고 은나라를 세우게 하였던 공신임.
21) 장량(張良) : 한나라 고조(高祖)를 도와 천하를 통일하는 데 크게 공헌한 공신 중의 한 사람.

그대 어찌 부끄럽지 않을 수 있겠는가?

그대는 두툼한 요 위에 누워 자고, 진수성찬 먹으며,

살찐 말 타고, 가벼운 갖옷 입고 살아왔지?

그대 봄바람에 춤추는 부드러운 버들가지 같은 그녀의 가냘픈 가는 허리 보았는가?

어찌 차마 그녀를 삭막한 북녘 땅으로 보내어 싸늘한 달빛 아래 환패(環珮) 그림자 흔들며

비파 소리로 흑룡강(黑龍江)의 가을을 애절하게 할 수 있겠는가?

상서 폐하! 저희 군사들은 아둔한 데다가 또한 날랜 장수도 없습니다. 그들과 다투다가 만약 잘못되기라도 하는 날이면 어찌하겠나이까? 바라옵건대 폐하께서 그자에게 성은을 나누어 주심으로써, 한나라 생령(生靈)들의 목숨을 구하여 주시옵소서!

원제 〔노래 ; 鬪蝦蟆〕

저 옛날엔 누가 영웅의 손 뻗치어 항우(項羽)의 목 베고,

이 강산을 우리 유씨 집안에 속하게 하였던가?

모두 한신(韓信)의 구리산(九里山) 앞 싸움22)과 그가 이룬 10대 공로(十大功勞)23) 덕분이지!

그대처럼 궁전 안에서 공연히 금인자수(金印紫綬)만 차고,

---

22) 구리산(九里山) 앞 싸움 : 한나라 고조의 명장 한신(韓信)이 구리산 기슭에서 항우(項羽)를 맞아, 육십사괘진(六十四卦陣)을 쳐 항우의 군대를 격파함으로써 그로 하여금 자결토록 압박을 가하였다 한다.

23) 십대공로(十大功勞) : 전하는 말에 의하면 한신은 고조를 위하여 평생 열 가지 큰 공로를 세웠는데, 그것은 1)명수잔도(明修棧道), 2)암도진창(暗渡陳倉), 3)제(齊) 역하군(歷下軍)의 습파(襲破), 4)전횡(田橫) 격주(擊走) 등의 열 가지라 한다.

그대처럼 대궐 안에서 노래와 춤이나 즐기고 있다가,

국경에 전쟁 터질까 두렵게 되면

여자 힘이나 빌고자 하였겠는가!

화살 꽂힌 기러기 주둥이처럼 아무도 기침 소리조차 내지 못하
는가!

아아! 괴로운지고!

저 나이 어린 여인 구해주려는 이 아무도 없는가!

왕소군이 그대들과 부모라도 죽인 원수란 말이냐?

아서라!

만조의 백관들 모두 모연수가 되었구나!

나는 부질없이 문무(文武) 3천대(三千隊)와 중원(中原) 4백 주
(州)를 쥐고 있으면서

맥없이 화의(和議)를 따라야 한단 말인가?

정말 천군(千軍)은 얻기 쉽지만 한 장수를 구하기는 어려운 일이
로구나!

상시 지금 오랑캐 사신이 궁전 밖에서 하회를 기다리고 있사옵니다!

원제 기가 막히는지고! 오랑캐 사신을 이리로 오게 하여라!

오랑캐 사신 〔들어와 뵙는다.〕 호한야선우께서 신을 남쪽으로 보내시어
대한(大漢) 황제께 아뢰는 바입니다. 우리 북국(北國)과 남조(南
朝)는 옛부터 혼인관계를 맺어 잘 지내왔사온데, 이미 두 번이나
사람을 보내어 공주를 달라고 요청하였으나 허락치 않으셨나이다.
이번에 모연수가 미인도 한 장을 갖고와 우리 선우께 바쳤사온데,
이번에 특별히 신을 보내신 것은 다만 그 미인도의 왕소군을 데려
다가 왕비로 삼음으로써 두 나라 사이의 전쟁을 없애도록 하자는
것이옵니다. 폐하께서 만약 허락치 않으신다면, 우리는 백만의 대군

으로 즉시 남침하여 승부를 결하도록 할 것입니다. 성상께서 굽어 살펴시어 그릇됨이 없기를 엎드려 비옵니다!

원제 우선 사신을 역관(驛館)으로 모시어 편히 쉬게 하여 주어라!

〔오랑캐 사신, 퇴장〕

원제 그대들 문무백관(文武百官)은 의논하여, 오랑캐 군사를 물리치고 왕소군으로 오랑캐와 화의를 맺지 않아도 될 방책을 강구하여 아뢰도록 하시오! 명비가 연약하고 착하다 하여 업신여기는 모양인데, 만약 옛날 여태후(呂太后)24)가 계시던 시절이라면, 누가 감히 한마디 명령인들 거역하였겠나? 이렇게 될 바에야 이 다음부터는 문무백관들은 쓸 것 없이 오직 미인들에 의지하여 천하를 다스리면 그뿐 아니겠는가!

〔노래 ; 哭皇天〕

그대들은 무슨 일이건 있기만 하면 멋대로 말하는데,
나는 그대들을 저 기름이 끓는 가마 속에 잡아넣지도 못하는구나!
내가 알기엔
그대들 문신(文臣)은 사직을 편안히 하고
무장(武將)은 전쟁에 이기는 게 임무인데,
그대들 문신과 무장들은 동서로 나뉘어 줄지어 서서
오직 굽신거리며 머리를 조아리고 황공하다는 말밖에 할 줄 모르는도다!
이제 양관(陽關)25) 길 따라

----

24) 여태후(呂太后) : 한나라 고조의 황후(皇后). 고조 유방(劉邦)이 죽은 뒤로 여러 해 동안 나라의 정권을 마음대로 주물렀다.

25) 양관(陽關) : 지금의 감숙성(甘肅省) 돈황현(敦煌縣) 서남쪽에 있던 관문 이름. 예로부터 옥문관(玉門關)과 함께 서북쪽으로 중국 땅을 벗어날

왕소군이 나라를 떠나가야 한다니!

옛날 우리 대궐 안에서도 여후(女后)가 정치를 보살핀 일이 있었지.

문무백관들이여!

그녀가 여태후였다 해도 감히 국외로 밀어내려 했겠는가?

앞으로 전쟁이 일어난다면 모두 내 사랑하는 이로 해결하려 하는가?

왕소군 소첩 이미 성상의 두터운 은총을 입었사오니, 이 한몸 죽어 성상께 보답함이 마땅하온 줄로 아옵니다. 소첩은 진심으로 오랑캐와 화의를 맺어 전쟁을 면하게 되기 원하옵니다. 그럼으로써 천한 이름이나마 청사(靑史)에 남기게 되리라 믿사옵니다. 다만 소첩과 성상의 사랑의 정만은 어떻게 저버릴 수 있겠나이까!

원제 내 절대로 그대를 버리지 않을 것이네!

상서 폐하! 은총을 접으시고 사랑을 끊으시고 사직을 생각하십시오! 속히 명비를 선우에게로 보내주심이 마땅한 줄로 아옵니다!

원제 〔노래 ; 烏夜啼〕

오늘 선우에게 시집보낸다면

재상은 속이 시원하리라!

우리 한나라 명비는 나라가 있는데도 몸둘 곳이 없도다!

오랑캐 고장은 구름 비낀 산봉우리도 없는 곳.

그곳으로 떠나가면 눈 빠지도록 가을하늘의 기러기 소식 전해주기만 바라게 되리라!

나는 다만 금년에 공연한 시름을 잃은 셈일지 모르나,

때에는 반드시 거쳐야만 하는 요충지였다.

왕소군은 운수가 비색하여
한나라의 비취 깃으로 장식한 관과 향그런 비단옷을
모두 오랑캐 털모자와 털가죽 옷으로 바꿔 입게 되었도다.

원제 경들은 오늘 우선 명비를 역관(驛館)으로 보내어 오랑캐 사신에게 넘겨주시오! 나는 내일 친히 패릉교(灞陵橋)까지 나가서 전송하리다.

상서 부당한 일로 아옵니다! 오랑캐들의 비웃음거리가 될 것이옵니다!

원제 나는 그대들의 말을 모두 들어주는데, 어째서 그대들은 내 뜻을 따르지 않소? 어떻든 나가서 전송을 하겠소. 갈수록 모연수란 놈이 미워지는구나!

[노래 ; 三煞]
　저 은혜 저버리고 주인을 물어뜯는 짐승 같은 도적놈이 원망스러운지고!
　그대들은 그를 공신으로 떠받들고 싶으리라!
　조정 안 사람들은 모두가 내 신하이니,
　무슨 일이나 경들과 의논하지 않은 게 있고
　무슨 일이나 경들 말 따르지 않은 게 있던가?
　어찌 차마 첫날밤 꿈이나 그리고 살게 만든단 말인가?
　이제 장안을 떠나 멀리 가면 북두칠성이나 바라보는
　억지 견우와 직녀가 될 것이로다!

상서 신들이 일부러 강요하여 명비를 보내어 오랑캐들과 화의하려 하는 것이 아니오라, 저 오랑캐 사신이 사람을 지명해 와서 데려가는 것이옵니다. 더욱이 자고로 여색에 빠져서 나라를 망친 사람들이 많습니다!

원제 〔노래 ; 二煞〕
　　왕소군과 같은 불행은 옛날에도 있었던 일이라 하겠지만
　　나처럼 천자가 되어 마음대로 일을 처리 못한 경우가 있었던가?
　　왕소군 싣고 호지로 달려갈 살찐 날랜 말을 멈추게 못하는구나!
　　언제나 비취 깃 장식한 향기로운 가마 타고
　　주렴(珠簾)도 손수 걷어올릴 필요가 없고
　　올라가고 내려올 적에는 모두가 부축하여 주던 그녀였는데!
　　달은 옛과 같이 밝고 물은 의연히 흐르는데
　　우리의 한과 그리움만이 끝없게 될 줄이야 뉘 알았으리!

왕소군 소첩이 이번에 떠나가는 것이 비록 나라의 대계(大計)를 위함
　　이라 하지만, 어찌 폐하를 잊을 수가 있겠나이까?

원제 〔노래 ; 黃鐘尾〕
　　아마도 우리 명비 배고파지면 소금뿌려 구운 고기 한 점 먹고,
　　목이 마르면 한 그릇 젖죽과 미음 마시게 되리라.
　　나는 한 가지 애끊는 버들가지 꺾고
　　그대 보내는 술 한 잔 부어주리라!
　　그대 갈 길과 머물 곳이 눈에 선하도다.
　　마음 아파와 거듭 머리 돌려도
　　그대 눈에서 높은 궁궐은 사라지게 되리라.
　　오늘 밤 벌써 그대는 패릉교(灞陵橋) 가에 머물게 되지 않았는
가! 〔퇴장한다.〕

제 3 절

[오랑캐 사신, 왕소군을 모시고 등장한다.]

[오랑캐 음악이 연주된다.]

왕소군 저는 왕소군입니다. 궁중에 미인으로 뽑혀들어왔으나 모연수가 제 초상화에 흠집을 내어 바쳤기 때문에 쓸쓸히 후궁에 밀려들어가 지내고 있었습니다. 그러다가 성은을 입어 성상을 모시게 되자마자 이번엔 모연수가 제 초상화를 오랑캐 선우에게 바쳐서, 오랑캐들이 군사를 몰고와 저를 달라고 요구하게 되었습니다. 가지 않으려니 나라 땅을 잃게 될까 두려워서, 할 수 없이 제 몸이 오랑캐 나라로 시집감으로써 오랑캐와 화의를 맺게 할까 하옵니다. 이번에 가게 되면 오랑캐 땅 바람과 서리를 어떻게 견디어낼 수 있을런지요! 옛말에 "얼굴이 출중하면 박명한 자 많으니, 봄바람 원망 말고 스스로를 한탄하라"한 말이 옳은 듯합니다.

원제 [문무 관원들과 내관을 이끌고 등장] 오늘은 패릉교로 나가 명비를 전송하려 하는데, 이제 당도한 모양이군!

[노래 ; 雙調 新水令]

한나라 복장 다 벗어버리고 오랑캐 털가죽 옷으로 갈아입었으니,

나는 오직 왕소군의 그린 모습만을 바라보며 살게 되었도다!

지난날의 사랑은 말재갈처럼 짧고

새로운 한은 말채찍처럼 길도다.

금전(金殿)의 한짝 원앙새가

서로 갈라져 날아가게 될 줄이야 뉘 알았으리!

원제 그대들 문무백관은 의논하여, 어떻게든 오랑캐 군사를 물리쳐서 명비를 내주고 오랑캐와 화의하지 않아도 좋도록 조치해 보시오!

[노래 ; 駐馬聽]

　　재상들이여! 의논해 주오!

　　오랑캐 사신들 그대로 돌아가면 많은 상 내리리다.

　　우리 부부는 마음 괴롭기만 하니,

　　천한 집사람도 떠나가게 되면 날 잡고 전송한다 했거늘!

　　위성(渭城)26)의 시든 버드나무는 처량함 더해주고

　　패교의 흐르는 물과 함께 슬픔 더해주는도다.

　　그대들은 애끊이지 않는가?

　　명비가 모든 시름 비파에 몰아 실어 뜯고 있던 그때가 생각나는도다!

[말에서 내린다.]

[왕소군을 붙들고 함께 서러워한다.]

원제 여봐라! 노래를 서서히 부르라! 내 명비에게 술 한 잔 따라주고 전송하리라!

[노래 ; 步步嬌]

　　그대들은 이 양관(陽關)의 노래27)를 빨리 불러 넘기지 말지니

---

26) 위성(渭城) : 진(秦)나라 때에는 함양(咸陽)이라 불렸으나, 한나라에 와서 위성이라 부르게 되었다. 지금의 섬서성(陝西省) 장안현(長安縣) 서북쪽에 옛 위성의 성터가 있다. 패교(灞橋) 또는 패릉교는 장안과 위성 중간에 놓여있다.

27) 양관(陽關)의 노래 : 옛 이별곡. 당(唐)대의 왕유(王維)에게 〈송원이사안서시(送元二使安西詩)〉가 있는데, 이 시에 곡을 붙여 이별가로 많이 쓰

우리는 지척에 있지만 이미 아득히 멀리 떨어진 듯,
천천히 옥 술잔 들어올리는 것은
이 술통 앞에서 조금이라도 시각을 지체시키려는 뜻일세.
가락에 맞지 않아도 상관없으니
그대들은 날 위해 반 구절이라도 더 늘여 서서히 노래불러 주게!

오랑캐 사신 마님! 어서 가십시다! 날이 저물겠습니다!

원제 〔노래 ; 落梅風〕
가련한 내게는 이별이 중한데
너희들의 돌아가려는 마음 바쁘기만 하누나!
내 마음은 이미 오랑캐 땅으로 가있나니,
이제부터는 오직 꿈속에서나 만나게 되는 건가?
"귀인들은 잊기를 잘한다"는 속담은 내게는 해당되지 않을 것이
로다!

왕소군 소첩 이제 떠나가면 언제 다시 폐하를 뵈올 수 있겠나이까?
제 한나라 옷은 모두 두고 가겠나이다.

〔시를 읊는다.〕
오늘까지 한나라 궁전 사람이었는데
내일 아침이면 오랑캐 여인 되네.
어찌 님이 주신 옷 입고
남 위해 아름다운 교태 지으랴! 〔옷을 남겨놓는다.〕

였고, 끝 구절이 "西出陽關無故人"이라 흔히 "양관곡(陽關曲)"이라 부
르게 되었다. 이 작품은 그보다 훨씬 옛날인 한대의 얘기이지만, 그대로
이별의 노래를 뜻하는 말로 쓴 것이다.

원제 〔노래 ; 殿前歡〕

　　무엇 때문에 춤옷은 남겨놓아

　　가을바람에 옛 향기 날리게 하는고?

　　내가 가장 두려운 것은 수레 돌려 다시 궁전으로 가

　　바로 내 침실로 갔을 때,

　　지난날 거울 속에 단장하던 멋진 모습이

　　갑자기 마음속에 떠오를 것일세.

　　오늘 왕소군은 오랑캐 땅으로 떠나가는데

　　언제건 다시 돌아올 수가 있을 건가?

오랑캐 사신 마님! 이제 가십시다! 신은 기다리기에 지쳤습니다!

원제 아아! 명비여! 그대 이제 떠나지만 나를 원망하지는 말아주오!

　〔이별한다.〕

원제 내가 무슨 한나라 황제란 말인가!

　〔노래 ; 雁兒落〕

　　이 몸은 우희(虞姬)[28]와 이별하는 항우(項羽) 꼴이 되었구나!

　　옥문관(玉門關) 지키는 정서장(征西將)[29]은 꼴도 보이지 않고,

　　오랑캐 임금 혼사나 이루어 주고

---

28) 우희(虞姬) : 초(楚)나라 패왕(覇王) 항우(項羽)의 애희(愛姬), 우미인
　　(虞美人)이라고도 부른다. 한나라 고조(高祖) 유방(劉邦)과의 전쟁중에
　　도 우희는 언제나 항우를 따라다녔는데, 항우는 해하(垓下)라는 곳에서
　　싸움에 패하자 "우여! 우여! 어찌하면 좋겠는가?"란 구절로 끝맺어
　　지는 〈해하가(垓下歌)〉를 부르고, 우희도 이에 화답하는 노래를 부르고
　　자결하였다 한다.

29) 정서장(征西將) : 중국 서쪽 지역의 방위와 정벌을 책임진 장수의 벼슬
　　이름.

신부(新婦) 호송이나 하는 자칭 명신들만 보이는구나!

상서 폐하! 너무 상심마시옵소서!

원제 〔노래 ; 得勝令〕
기어코 떠나가는데, 나라의 기둥되는 현신들은 어디 갔는가?
변경에 배치해 놓은 군사들도 모두가 헛것인가?
그대는 곁에서 누가 돌보아 주어야 할 터인데,
내 어쩌다 조강지처 같은 그대를 버리게 되었는고?
그대들은 칼과 창 얘기만 해도
가슴은 이미 놀란 사슴 새끼처럼 뛰나니,
오늘 나라의 위급을 명비에게 미루고도
어찌 떳떳한 남아라 하겠는가?

상서 폐하! 그만 궁전으로 돌아가시지요!

원제 〔노래 ; 川撥棹〕
말고삐 차마 돌리지 못하겠네!
내 어찌 채찍질하고 말발굽 소리내며 돌아갈 수 있으리!
그대들 소임은 음양(陰陽)을 다스리고 나라 기강(紀綱) 바로 세워
나라 편히 다스리고 국토를 넓히는 것.
만약에 황제가 그대의 하녀를 멀리 고향 떠나 눈서리 맞으면서
잠자게 했을 때,
그래도 그 하녀가 봄바람 따스한 살던 집 그리워하지 않는다면,
내 그대를 제후(諸侯)로 봉해 주리라!

상서 폐하! 억지로 명비를 잡지 마시고 그대로 보내주시지요!

원제 〔노래 ; 七弟兄〕
대왕은 왕소군을 사랑해선 안된단 말인가!

아아! 떠나면서 돌아보는 그녀 모습을 어이 보고만 있으랴!
풍설 속에 나부끼는 깃발 그림자 서글프고
관산(關山)에 울리는 북과 호각(號角) 소리 비장도 할씨고!

〔노래 ; 梅花酒〕

아아! 나는 이 쓸쓸한 들판 바라보며 슬퍼하노니,
풀은 이미 누렇게 시들고 벌써 서리가 내렸도다!
개들은 털갈이하느라 까칠한데,
사람들은 창을 곧추세우고 있고
말은 행장을 등에 지고
수레에는 식량을 싣고
마치 사냥하러 나가는 듯하도다.
그녀는 슬픈 마음으로 한나라 임금 이별하고
나는 팔짱낀 채 다리 위에 서있도다.
그녀는 오랑캐들 따라 멀리 떠나가고
나는 홀로 수레타고 장안으로 돌아가고 있도다.
장안으로 돌아가 궁전 담 옆을 지나,
궁전 담 옆을 지나서 복도를 따라 돌아,
복도를 따라 돌아서 침실 가까이 가,
침실 가까이 가면 으스름 달 비치고,
으스름 달빛 아래 밤바람 싸늘하고,
밤바람 싸늘한데 귀뚜라미 울고,
귀뚜라미 우는 방의 푸른 사창(紗窓) 보이고,
푸른 사창 두고 더 이상 생각 말자!

〔노래 ; 收江南〕

아아! 더 이상 생각 않으려니, 무쇠 심장 아닌 다음에야!

무쇠 심장이라 하더라도 슬픈 눈물 한없이 흘리리라!
오늘밤부터는 소양궁(昭陽宮)에 그녀 초상화 걸어놓고,
나는 그녀를 공양(供養)하며
은촛대 높이 밝혀 아리따운 그녀 모습 비추게 하리라.

상서 폐하! 그만 돌아가시지요! 명비께서는 멀리 가버렸사옵니다.

원제 〔노래 ; 鴛鴦煞〕
대신들 앞에 거짓말 하고파도
사관(史官)들이 글로 써서 역사에 남게 될까 두렵도다.
꽃 같은 모습도 사라졌으니
거친 들판을 달릴 기력도 없어졌도다.
노랫소리 들으며 멍하니 서있다가
한동안 머뭇거리고 있는데,
변새(邊塞)의 기러기 남쪽으로 날아가며 꺽꺽 처량하게 우는도다.
시야에는 온통 소와 양의 무리이고,
떠나가는 한을 실은 포장마차는 고개 중턱을 터덜거리며 넘고 있
도다. 〔퇴장〕

호한야선우 〔부하들을 이끌고 왕소군을 호위하여 등장한다.〕 오늘 한나라
는 옛 맹약을 저버리지 않고 왕소군을 우리에게 보내어 화친하였
소. 나는 왕소군을 영호연지(寧胡閼氏)에 봉하여 정궁(正宮)으로
들어앉히겠소. 두 나라 사이의 싸움도 없어졌으니 얼마나 좋은 일
이오! 듣거라! 명령을 내리어 모두 북쪽으로 걸음을 재촉하도록
하거라! 〔행군한다.〕
왕소군 이곳은 어디이옵니까?
오랑캐 사신 이것이 흑룡강(黑龍江)이온데, 우리와 한나라의 접경이

어서, 남쪽은 한나라에 속하고 북쪽은 우리나라에 속하는 땅이옵
니다!

왕소군 대왕님! 술을 한 잔 빌려주십시오! 남쪽을 향하여 잔을 올리
고 한나라를 떠나 멀리 가게 하여주시옵소서!
[술잔을 따라 올린다.] 한나라 황제님! 저의 이 삶은 마지막이오니,
다시 내생이나 기약하겠나이다!
[강물로 뛰어든다.]

호한야선우 [놀라서 구하려 하나 미치지 못한다. 탄식을 하며] 아아! 애
석하다, 애석하다! 왕소군이 오랑캐 땅으로 가지 않으려고 몸을 강
에 던져 죽다니! 쯧, 쯧, 쯧! 이 강가에 장사지내고 무덤을 청총
(靑塚)이라 부르기로 하자! 내 생각해보니, 사람은 죽어버렸으니
부질없이 한나라와 원수 사이만 만든 셈이로다. 모두가 모연수란
놈이 이렇게 만든 셈이지! 장사들 게 있느냐? 모연수를 잡아다가
한나라로 보내어 처치케 하여라! 나는 옛날처럼 강화를 맺고 오래
도록 생질과 외삼촌의 사이로 잘 지내도록 할 것이다.

[시를 읊는다.]
　　선과 악은 끝내 숨겨지지 않는 것,
　　얼마 가지 않아서 드러나는 것이로다! [퇴장한다.]

제 4 절

원제 [내시를 거느리고 등장한다.] 나는 한나라 원제요. 명비를 내주고
오랑캐와 화친한 이래 나는 백 날이 되도록 한 번도 조례(朝禮)를

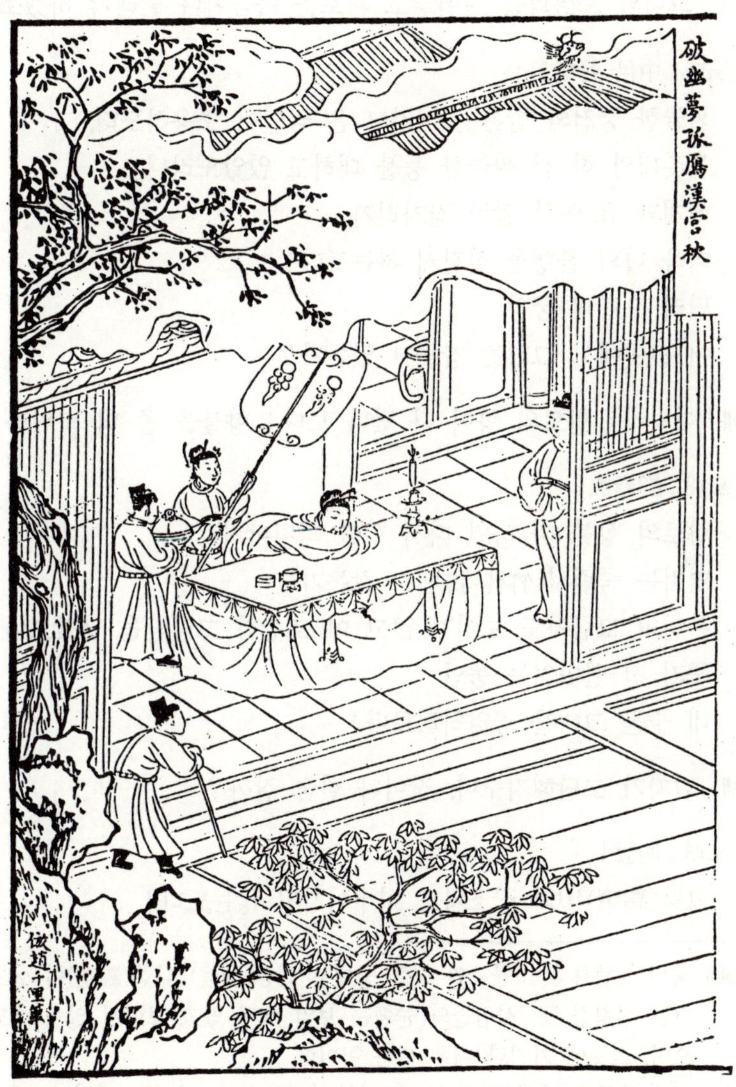

명간(明刊) 《원곡선(元曲選)》의 〈한궁추〉 삽화

행한 일이 없소. 지금 이 쓸쓸한 야경을 대하니 정말 괴로워만 지오. 그녀의 초상화를 걸어놓고 괴로운 마음이나 달래야 하겠소.

〔노래 ; 中呂 粉蝶兒〕

　　싸늘한 궁전의 밤은 깊어가고 온 궁안이 조용하도다.

　　은촛대의 한 점 싸늘한 등불 대하고 앉았노라니,

　　베개와 요 이불 깔린 잠자리가

　　더욱 나의 불행을 절감케 하는도다!

　　만리 오랑캐 궁정,

　　어느 곳에서 그녀는 잠들고 있는가?

원제 여봐라! 향로의 향이 다 탔나 보다! 향불을 좀 더 피워라!

〔노래 ; 醉春風〕

　　향로의 향불 다 타면 다시 향불 피워야지.

　　명비는 죽림사(竹林寺)30)로 갔는가?

　　본인의 그림자도 보이지 않고 이 초상화 그림만을 남겼으니,

　　죽기 전 살아있는 동안

　　내 줄곧 그녀를 공양하리로다!

원제 갑자기 고단해지누나. 잠이나 한숨 잘까?

〔노래 ; 叫聲〕

　　고당(高唐)31)의 꿈조차도 이루어지지 않는도다!

---

30) 죽림사(竹林寺) : 불교의 전설 중에서 신승(神僧) 나한(羅漢)이 살고 있
　　다는 신령한 곳. 사람들의 눈에는 보일 때도 있고 보이지 않을 때도 있
　　으며, 그곳에 가기란 매우 힘든 곳이다.

31) 고당(高唐) : 송옥(宋玉)의 〈고당부(高唐賦)〉에 보이는 애기임. 옛날 초
　　(楚)나라 회왕(懷王)이 운몽(雲夢)이란 곳의 고당(高唐)에 노닐다가 잠

이렇게도 그녀를 사랑하고 사랑하건만
어째서 전혀 영험이 없는가!
옛날 초나라 회왕처럼 꿈에라도 신녀(神女)를 만나볼 수가 없
는가?

［잠이 든다.］

왕소군 ［등장］ 제가 왕소군입니다. 오랑캐와 화의하기 위하여 북쪽 땅
으로 갔다가 몰래 도망쳐 오는 길입니다. 이거 우리 상감님 아니시
옵니까? 폐하! 소첩이 돌아왔사옵니다!

오랑캐 군사 ［등장］ 마침 내가 졸고 있는 틈에 왕소군이 슬며시 달아
나 버렸습니다. 나는 급히 뒤쫓아 한나라 궁전까지 들어왔습니다.
이건 왕소군이 아닌가! ［왕소군을 잡아가지고 퇴장］

원제 ［잠에서 깨어난다.］ 방금 명비가 돌아온 것을 보았는데, 어째서
여기에 보이지 않을까?

［노래 ; 剔銀燈］

마침 이곳에서 선우의 사신이
나의 왕소군 이름을 불렀겠다?
아무리 그녀를 불러도 등불 앞에 있으면서 대답이 없더니
알고 보니 그려놓은 초상화였구나!
갑자기 선음원(仙音院)32)에서 음악 소리 들려오는데
바로 소소구성(簫韶九成)33)인 듯하구나!

이 들었다. 왕은 꿈에 무산(巫山)의 신녀(神女)들을 만나 온갖 재미를 다
보았다 한다. 후세에는 여자와의 환락을 뜻하는 말로 이 고사를 인용하
여 "고당의 꿈"이라 일컫게 되었다.

32) 선음원(仙音院) : 선소원(仙韶院)이라고도 하며, 옛날 중국의 궁중에서
음악을 관장하던 기관임.

[노래 ; 蔓青菜]

　　낮에는 아무와도 만나지 않고

　　밤에는 날이 새도록 한잠도 이루지 못하니,

　　내 그녀와의 달콤한 꿈이라도 꾸려 하나 어이 이루리?

　　[기러기가 울며 간다.]

　　궁전 하늘에 기러기 우는 소리,

　　외로운 내가 여기 있는 줄이야 어이 알리? [기러기 우는 소리.]

[노래 ; 白鶴子]

　　혹시 나이 많이 먹어 근력 쇠하고,

　　식사 부실하여 몸 약해진 탓일까?

　　뒤로 물러서자니 어진 신하 없어 걱정이오,

　　앞으로 나가자니 국경 북쪽 오랑캐 군사가 두렵도다!

[노래 ; 么篇]

　　왕소군으로 인한 나의 상심은

　　전횡(田橫)34)을 곡하며 장사지낼 적처럼 슬프고,

　　한밤중에 듣는 초가(楚歌)35)처럼 처참하고,

---

33) 소소구성(簫韶九成) : 옛 순(舜)임금의 음악 이름. "구성"은 지금의 "9
　　장"이나 같은 뜻이다.

34) 전횡(田橫) : 진(秦)나라 말엽의 제(齊)나라 사람. 한나라 고조(高祖)에
　　게 제나라 임금이 잡히어 죽자 전횡은 스스로 제나라 왕이 되었다. 그러
　　나 고조에게 패하여 바다 속 섬으로 도망하였다. 한 고조가 사람을 보내
　　어 항복을 권하였으나 전횡은 자결하고 말았다. 그의 부하 5백 명도 전
　　횡이 죽자 뒤따라 자결하였다 한다.

35) 초가(楚歌) : 사면초가(四面楚歌)의 뜻. 해하(垓下)라는 곳에서 항우(項
　　羽)는 한나라 군사들과 싸우다가 그들에게 포위를 당하였다. 밤중에 사

　　삼첩(三疊)의 양관곡(陽關曲)을 부르는 것처럼 비절(悲切)하도
다. 〔기러기 우는 소리〕

원제　저놈의 짐승 소리 때문에 마음 더욱 처량해지는도다!

〔노래 ; 上小樓〕
　　이미 내 심사 편치 않은데
　　그리운 그녀가 마음속에 엉키는도다!
　　기러기 울음은 길었다가 짧았다가 하며
　　싸늘한 밤이 다 새도록 들리는도다.
　　너는 하늘 맴돌면서 같은 목소리로 울어대고 있는데,
　　사계절 돌아가는 것 잘못 안 건 아니냐?

〔노래 ; 么篇〕
　　너는 흉노에게 잡혀있던 소무(蘇武)와 이릉(李陵)36) 찾으려
는가 ?
　　은촛대 앞에 있는 나를 깨워놓으니
　　초상화 보고 그리움 사무치는도다!
　　나의 멀리 떠나간 명비는 운명 비록 기박하다고는 하나,
　　네 우는 소리만 들리지 않아도 귓전이나마 후련하겠도다!〔기러

　　방 한나라 진영으로부터 초나라 노래인 초가가 들려오니, 항우는 그 노
　　래를 듣고 자기의 초나라 군사들이 모두 한나라에 항복한 뒤 노래부르는
　　것이라 여기고 전의를 잃고 자결하였다 한다.
36) 소무(蘇武)와 이릉(李陵) : 소무는 한나라 사신으로 흉노에 갔다가 잡히
　　어 돌아오지 못하고 양을 치며 살았고, 이릉은 적은 군사를 거느리고 흉
　　노 땅 깊숙이 들어가 싸우다가 패하여 포로가 되었다. 이들은 한동안 함
　　께 흉노 땅에서 생활한 일이 있었다.

기 우는 소리]

원제 이놈의 기러기야!

〔노래 ; 滿庭芳〕
　　마음속으로 듣고 싶은 소리도 아니요,
　　숲속의 바람 소리나 골짜기 시냇물 소리 같은 것도 아니네.
　　산 멀고 물 넓은 거울 같은 하늘에서
　　너는 아무래도 갈 길을 잃은 것만 같구나!
　　너 때문에 나의 마음은 소상(瀟湘)[37]의 저녁 경치처럼 쓸쓸하고,
　　내 떠난 님 그리는 정만이 더해지는도다.
　　누가 기러기 지나가며 소리만 남긴다 했던가?
　　궁전의 긴긴 밤 어이 새리?
　　밝은 달은 원망스럽기만 하구나!

내시 폐하! 상심마옵시고 용체를 보중하옵소서!
원제 내 마음대로 상심치 않을 수만 있다면야!

〔노래 ; 十二月〕
　　나 정에 여리다고 말하지 마라!
　　그대 재상들도 원망스럽기만 하구나!
　　그놈의 소리는 들보의 제비 소리 같지도 않고
　　숲속의 꾀꼬리 소리에는 더욱 견줄 수도 없구나!
　　한나라 왕소군은 고향 멀리 떠나

---

37) 소상(瀟湘) : 호남성(湖南省)에 흐르는 강물 이름. 광서성(廣西省)으로부
　　터 흐르는 상수(湘水)가 호남성 영릉현(零陵縣)에서 소수(瀟水)와 합쳐
　　져 동정호(洞庭湖)로 흘러든다. 이 지방은 산수가 아름답고, 특히 소상에
　　비내리는 경치는 쓸쓸하여 시문에 많이 등장한다.

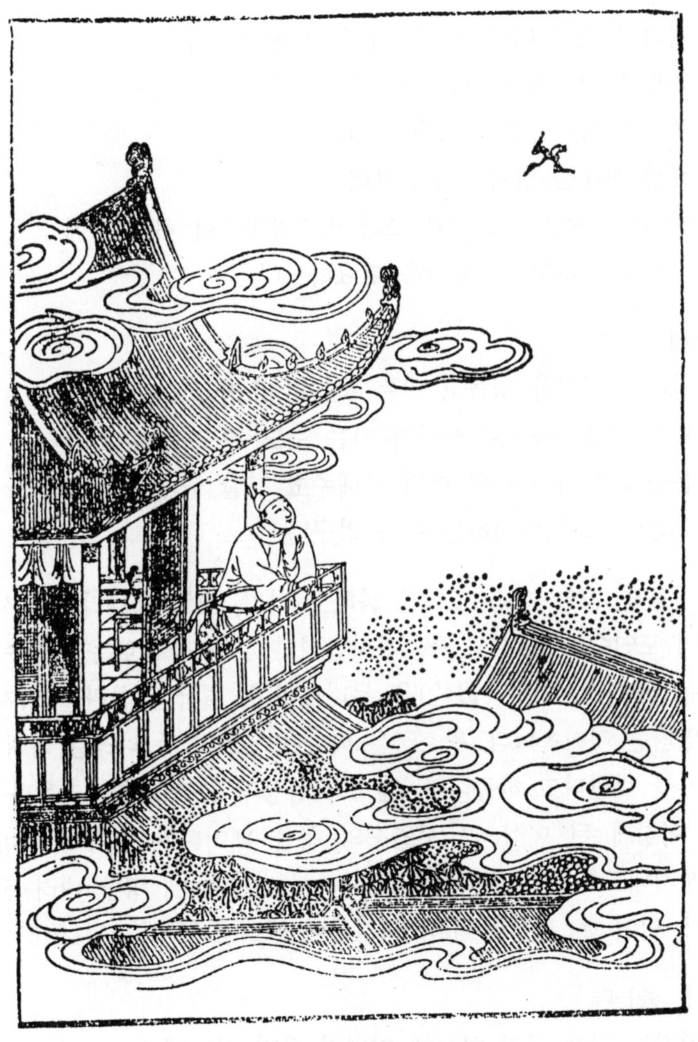

명(明) 만력(萬曆) 고곡재각본(顧曲齋刻本)
《원인잡극선》의 〈한궁추〉 삽화

　　어느 곳에서 처량한 이 소리 듣고 있는가? 〔기러기 우는 소리〕

〔노래 ; 堯民歌〕

　　꺽꺽 울며 갈대꽃 핀 물 가 위를 날으면서도
　　외로운 기러기 장안을 떠나지 못하는도다!
　　추녀에서는 풍경이 쟁쟁 울리고,
　　궁전 침대는 냉기로 쌀쌀한데,
　　밤 기운 싸늘하고 낙엽 소리 바스락바스락 하는 중에,
　　촛불 희미하고 온 궁안은 고요하도다.

〔노래 ; 隨煞〕

　　한나라 궁전을 맴돌고 있는 저놈의 소리,
　　위성(渭城) 쪽으로 사라져 가는 듯도 한 저놈의 소리!
　　은연중에 머리에 흰 머리 보태주고 사람 늙게 하는도다!
　　그놈의 소리 어찌하는 수가 없구나!

상서　〔등장〕 오늘 아침 조회를 파하고 나자, 오랑캐 나라에서 사신을
내어 모연수를 묶어 압송해 왔사옵니다. 그들의 말로는 모연수가 나
라를 배반하고 맹약(盟約)을 무너뜨리어, 결국은 환란을 가져오게
하였다는 것이옵니다. 왕소군은 이미 죽었으나 두 나라는 내내 강화
하기를 바란다고 하옵니다. 엎드려 성상의 분부를 기다리옵나이다!

원제　이렇게 된 이상 곧 모연수의 목을 베어다가 명비에게 바치며
제사지내도록 하시오! 그리고 광록시(光祿寺)에 명을 내려 잔치를
크게 벌여 온 사신을 후히 대접하여 돌려보내도록 하시오!

〔시를 읊는다.〕

낙엽지는 깊은 궁전 하늘에 기러기 울며 가는데
꿈깨어 외로운 베개 베고 누워 밤새도록 님 그리네.

청총(靑塚)에 묻힌 그녀 어디 있는가?
그래도 님 위하여 화공 목을 자르네.

제목(題目) 흑룡강에 몸 던진 명비의 청총한(沉黑江明妃靑塚恨)
정명(正名) 외기러기 소리에 그윽한 꿈을 깬 한나라 궁전의 가을
          (破幽夢孤雁漢宮秋)

오동우 梧桐雨

······ 작품 해설

〈오동우(梧桐雨)〉(원명 唐明皇秋夜梧桐雨)는 백거이(白居易, 772~846년)의 〈장한가(長恨歌)〉와 진홍(陳鴻, 806년 전후)의 〈장한가전(長恨歌傳)〉을 근거로 한 위에, 당현종(唐玄宗)과 양귀비(楊貴妃)에 관한 고사를 엮어 희곡으로 만든 것이다. 제명은 〈장한가〉의 "오동나무 잎 떨어지는데 가을비는 내리고(秋雨梧桐落葉時)"라는 구절과 관련이 있고, 또 제1절(折)에서 현종과 양귀비가 오동나무 밑에서 사랑을 맹서하고, 제2절에서 양귀비가 예상우의무(霓裳羽衣舞)를 출 적에 현종은 흥에 겨워 상아(象牙) 젓가락으로 장단에 맞추어 오동나무를 친다는 얘기에서 유도된 것이다. 물론 제4절에서 양귀비가 죽은 뒤 현종은 장안(長安)으로 돌아와 가을밤에 양귀비 생각하며 잠 못 이루고 오동나무 잎새 위에 소리내고 떨어지는 빗소리를 원망하는 대목에서 따온 제명이라 해야 옳을 것이다.

현종이 오동나무를 치면서 양귀비의 춤에 장단을 맞춘다는 얘기 같은 것은 출전(出典)이 분명치 않다. 송(宋)대의 《선화화보(宣和畫譜)》 권5에는 당(唐)나라 장훤(張萱)이 그렸다는 〈사명황격오동도(寫明皇擊梧桐圖)〉 두 점이 실려 있고, 원(元)나라 도종의(陶宗儀)의 《철경록(輟耕錄)》 권25 원본명목(院本名目) 중에는 〈격오동(擊梧桐)〉이란 작품명이 보인다. 이 원본은 금(金)대의 작품이라 여겨지므로, 〈오동우〉는 원본 〈격오동〉의 애기를 많이 참고한 듯 하다. 이 애기를 주제로 한 민간 곡예(曲藝) 작품으로는 《천보유사(天寶遺事)》 제궁조(諸宮調)도 있고, 〈마천귀비(馬踐貴妃)〉 등의 여러 가지 민간설화도 있음을 참조하기 바란다.

〈오동우〉의 애기 줄거리는 대체로 다음과 같다. 제1절에서는 양귀비가 칠월 칠석(七夕)날 장생전(長生殿)에서 잔치를 벌이는데, 현종은 그곳에 나타나 금비녀와 보석상자를 정표로 주고, 오동나무 밑으로 가서 사랑을 맹서한다. 제2절에서는 현종이 침향정(沈香亭) 가에서 잔치를 베풀고 양귀비에게 예상우의무(霓裳羽衣舞)를 추게 한다. 그리고 현종은 홍이 나자 젓가락으로 오동나무를 치며 장단을 맞추는데, 갑자기 안록산(安祿山)이 반란을 일으켰다는 보고가 들어온다.

제3절에서는 현종이 피난길을 나서서 성도(成都)로 향하던 도중 세자에게 왕위를 물려준다. 다시 임금을 호위하던 군사들이 병변(兵變)을 일으키어 양귀비와 그의 오빠 양국충(楊國忠)은 나라를 어지럽혔다 하여 죽음을 당한다. 제4절에서는 반란이 평정된 뒤 현종은 장안의 궁전으로 돌아왔으나 양귀비가 그리워 잠을 이루지 못한다. 가을밤 비가 내려 빗방울이 오동나무 큰 마른 잎새를 때리는 소리에 더욱 현종의 애간장은 끊어진다.

중국의 고전극에서 전체적인 구성이 이 작품 정도로 잘 짜여진 작품도 드물 것이다. 제1절에서는 사랑이 맺어지고, 제2절에서는 그 사랑이 극(極)에 달하고, 제3절에서는 갑자기 그 사랑을 잃게 되며, 제4절에서는 잃어버린 사랑을 끝내 잊지 못한다는 내용이다. 1절은 3절과 호응하고, 2절은 4절과 서로 호응하며 환락과 비애를 서로 대조시키어 극적 효과를 한층 더 돋구어 주고 있다.

이 작품은 명작이라는 명성 때문에 지금 우리에게는 여러 가지 판본이 전해지고 있다.

이 작품의 작가 백박(白樸, 1226~1312 ?년)은 자가 인보(仁甫)이고, 호를 난곡선생(蘭谷先生)이라 하였으며, 오주(隩州, 지금의 山西省 河曲縣) 사람이다. 그의 아버지 백화(白華, 자 文擧, 호 寓齋)는 금(金)나라 애종(哀宗) 밑에서 추밀원(樞密院) 판관(判官)을 지냈으니, 원잡극 작가 중에서는 특출한 좋은 집안 출신이라 하겠다.

그가 일곱 살 되던 해(1232년)에는 몽고의 군대가 금나라 수도였던 변경(汴京)을 포위 공격하였는데, 그의 아버지는 출장중이었고 혼란 속에 어머니조차 잃었다 한다. 마침 그의 집안과 대대로 가까이 지내던 당대의 대시인 원호문(元好問, 1190~1257년)이 백박을 데리고 산동(山東)으로 피난을 하였다.

다음 해 금나라는 원나라에게 멸망당하였으며, 원호문은 그의 아버지를 대신하여 백박을 정성껏 양육하고 공부시키어, 그는 풍부한 문화지식의 소유자로 자라났다. 몇 년 뒤에 그의 아버지 백화가 산동으로 찾아와 그들은 진정(眞定, 지금의 河北省 正定縣)으로 옮겨가 살게 되었는데, 진정은 원잡극의 중심지의 한 곳이어서 연극활동이 매우 활발한 곳이었다.

백박은 원호문 밑에서 시와 부(賦) 공부를 많이 하였는데, 원호문도 그의 재능을 매우 칭찬하였다 한다. 뒤에 백박이 뛰어난 원잡극의 작가가 될 수 있었고, 특히 〈오동우〉 같은 곡사(曲辭)와 문장이 아름다운 작품을 쓸 수 있었던 것은 원호문의 훈도 덕분이었다고 하여야 할 것이다. 그 후로 몇몇 유력한 인사들이 그를 원나라 조정에 천거하였으나, 그는 벼슬하지 않고 그의 아버지를 따라 시문(詩文)을 즐기며 살았다. 원나라가 중원(中原)을 통일한 뒤로는 집을 금릉(金陵, 지금의 南京)으로 옮겨 여러 유로(遺老)들과 산수(山水)와 시주(詩酒)를 즐기며 세상을 잊었다 한다.

그러나 뒤에 그의 아들이 큰벼슬을 하게 되는 바람에 가의대부(嘉議大夫)와 태상예의원태경(太常禮儀院太卿)이란 벼슬을 받았다 한다.

종사성(鍾嗣成)의 《녹귀부(錄鬼簿)》에도 백박의 잡극은 17종이 있다 하였으나, 지금 우리에게 전하는 것은 여기에 번역한 〈오동우〉와 함께 〈장두마상(牆頭馬上)〉 및 〈동장기(東牆記)〉의 세 가지가 있을 따름이다. 그밖에 산곡집(散曲集)으로 《천뢰집(天籟集)》 2권이 있다. 그의 산곡도 문채(文彩)가 전려(典麗)하고 호방(豪放)하며, 대부로서의 기품도 엿보인다.

······ **등장인물**

현종(玄宗) 서기 712년부터 756년 사이 당제국(唐帝國)이 가장 강성하던 때 나라를 다스린 천자. 젊어서는 영명(英明)하고 재략(才略)이 있어, 임금이 된 뒤 나라를 태평성세로 이끌었다. 그러나 말년에는 양귀비(楊貴妃)에게 정신이 팔려, 정사는 돌보지 않고 가무(歌舞)로 나날을 즐기다가, 안록산(安祿山)의 난을 당하여, 양귀비도 잃고 천자 자리도 잃었다.

양귀비(楊貴妃) 소자(小字)는 옥환(玉環), 이름은 태진(太眞)이었다. 본시 현종의 18번째 아들 수왕(壽王)의 비(妃)로 삼으려 맞아들였으나, 현종이 보고 혹하여 자신이 차지하게 된 것이다. 양귀비는 현종의 총애를 받아 온 집안이 영화를 누리었으나, 한편 나랏일을 그르치게 하여 결국은 안록산의 난 때 피난길에서 일생을 마치게 된다.

태자(太子) 현종을 뒤이어 서기 756년부터 762년 사이 당나라를 다스린 천자 숙종(肅宗). 그는 피난길에 현종으로부터 천자 자리를 물려받는다.

안록산(安祿山) 당(唐)나라 시대 영주(營州) 유성(柳城)의 오랑캐 출신, 본성이 강(康)씨였으나 어머니가 개가하여 안(安)씨로 성을 고쳤다. 성격이 강인하고 지혜가 많았으며, 여섯 가지 오랑캐 말에 능통하여 처음에는 장수규(張守珪)에게 발탁되어 편장(偏將)이 되었다. 현종 때에는 절도사(節度使)에까지 승진되어 임금의 총애와 신임을 받았고, 양귀비의 눈에 들어 그의 양자가 되었다. 그러나 그는 반역의 뜻을 품고 이족(異族) 출신을 중심으로 하여 군사를 길러 서기 755년에는 양국충(楊國忠)의 무리를 제거한다는 명목 아래 군사를 이끌고 중원(中原)으로 쳐들어왔다. 그는 곧 낙양(洛陽) 장안(長安)을 함락시키어 현종은 사천(四川) 땅으로 피난을 떠났다. 안록산은 웅무황제(雄武皇帝)라 자칭하고 국호를 연(燕)이라 하였다. 그러나 757년에는 자기 아들 안경서(安慶緖)와 이저아(李豬兒)에게 살해당하고 만다.

고력사(高力士) 환관(宦官)으로 예종(睿宗) 때에 내급사(內給使)가 되었으나 계속 공을 세워 우감문위장군(右監門衛將軍)이 되어 내시성(內侍省)의 일을 도맡아보았다. 현종이 즉위하여 총애는 극에 달하여 뒤에는 정사까지도 마음대로 요리할 정도가 되었다. 벼슬은 표기대장군(驃騎大將軍)이 되고 제국공(齊國公)에 봉해지기도 하였다. 그러나 숙종(肅宗) 때에는 이보국(李輔國)의 탄핵을 받아 무주(巫州)로 귀양갔고, 762년에 귀양에서 돌아왔으나 현종과 숙종이 연이어 죽는 것을 보고는 자기도 통곡하며 피를 토하고 죽었다 한다. 그때 나이 79세였다.

양국충(楊國忠) 양귀비의 사촌 오빠. 양귀비에 힘입어 현종 때 어사(御史)로부터 재상(宰相) 자리에 단숨에 승진하며 세도를 부렸다. 그는 안록산이 현종의 신임을 받는 것을 보고는 시기하여 여러 번 그가 모반할 것을 상소하였다. 뒤에 안록산이 난을 일으키자 양국충은 현종을 모시고 피난길을 떠났으나 중도에서 진현례(陳玄禮) 장군에게 양귀비와 함께 국정을 어지럽힌 죄로 죽음을 당하였다.

장수규(張守珪) 섬주(陝州) 사람. 개원(開元) 연간(713~741년)에는 과주자사(瓜州刺史)를 지내며 많은 공을 세운 장수이다.

장구령(張九齡) 곡강(曲江) 사람. 현종 때 좌습유(左拾遺) 중서령(中書令) 등의 벼슬을 지냈다. 기품이 있고 성품이 곧아서 바른 말을 잘 하였으며 선견지명이 있었다 한다.

이림보(李林甫) 당나라 종실(宗室)로서, 성격이 교활하고 권모에 능하였다. 현종 때에는 병부상서(兵部尙書) 겸 중서령(中書令)이 되어 19년 동안 재상노릇을 하며 권세를 잡고 나라를 어지럽혔다. 뒤에 난리가 연이어지자 걱정 속에 죽었다 한다.

진현례(陳玄禮) 현종 때 숙위궁금(宿衛宮禁)을 지냈고, 강직한 성격의 장군이다. 안록산의 난 때 양귀비와 양국충을 죽게 하는 주역이었다. 피난에서 돌아와 채국공(蔡國公)에 봉해진 뒤 죽었다.

곽자의(郭子儀) 화주(華州) 사람. 안록산의 난을 평정하는 데 많은 공을 세운 장군이다.

이광필(李光弼) 유성(柳城) 사람. 곽자의와 함께 숙종조에 절도사(節度使)를 지냈고, 안록산의 난을 평정하는 데 많은 공을 세웠다.

정관음(鄭觀音) 현종 때의 악공으로 비파(琵琶)의 명수였다 한다.

영왕(寧王) 예종의 맏아들. 태자를 삼고자 하였으나 사양하고 임금 자리를 현종에게 물려주게 하였다. 저(笛)의 명수였다 한다.

화노(花奴) 영왕의 아들. 갈고(羯鼓)의 명수였다 한다.

황번작(黃翻綽) 현종 때의 악공. 박판(拍板)의 명수였다 한다.

사신(使臣)

졸병(卒兵) 다수.

궁녀(宮女) 다수.

동리 노인 여러 명.

설자 楔子

장수규 〔군사들을 이끌고 등장, 시를 읊는다.〕

> 날랜 군사들 이끌고 북쪽 변경 지키나니,
> 싸움할 때마다 적장의 항복을 받는도다.
> 태평스런 시대에는 군문도 조용하니
> 활 들고서 줄지어 날아가는 기러기 헤아리는도다.

나는 성이 장(張)가이고, 이름은 수규(守珪)이며, 지금은 유주절도사(幽州節度使)[1]요. 어려서는 경서를 읽었고 겸하여 병서(兵書)에도 능통하여, 국경수비의 명신으로 천자의 두터운 신임까지 받고 있소. 기쁘게도 근년에는 줄곧 변경에 봉화가 오르지 않아 군사들도 한가히 쉬고 있소. 그런데 어제는 오랑캐 해거란부(奚契丹部)에서 반란을 일으키어 공주를 죽였다기에 나는 착생사(捉生使)로 안록산을 보내어 군사를 이끌고 가서 토벌케 하였는데, 아직것 아무런 소식도 없군요. 여봐라! 영문 앞에 지켜섰다가 보고가 오거던 내게알리도록 하여라!

졸병 알았습니다!

안록산 〔등장하여 시를 읊는다.〕

> 몸집은 크고 담력 또한 뛰어나며

---

1) 유주절도사(幽州節度使) : 유주는 지금의 하북성(河北省)을 중심으로 한 지역. 절도사는 그 지역의 군사(軍事)와 민정을 관장하였다.

여섯 가지 오랑캐 글 다 잘 아네.
남아로서 평생의 뜻 이루자면
하늘 땅 떠받치는 큰 공 세워야 하네.

내가 바로 안록산이오. 선조 때부터 영주(營州)[2]에 살아온 잡호(雜胡)지요. 본래의 성은 강(康)씨인데, 돌궐(突厥)의 무당인 어머니 아사덕(阿史德)이 알락산(軋犖山) 전투의 신에게 기도들이어 나를 낳았다 하오. 나를 낳을 적에 이상한 빛이 지붕 위를 비치고 들짐승들이 모두 울었다 하여, 뒤에 이름을 알락산이라 불렀다 하오. 다시 뒤에 어머니가 안연언(安延偃)에게 개가하여, 안씨 성을 따라 이름을 안록산이라 바꾸었다 하오.

당나라 개원(開元) 연간에 안연언이 나를 데리고 당나라로 왔는데, 마침내는 성은(聖恩)을 입어 장수규의 부하로 예속되게 된 거지요. 나는 여섯 가지 오랑캐 말에 능통한데다가 힘도 남들보다 세어서 지금은 착생토격사(捉生討擊使)란 직책을 맡고 있소. 어제 해거란(奚契丹)에서 반란이 일어나 나를 보내어 토벌하게 하였는데, 나는 내 용기와 힘만 믿고 깊이 쳐들어갔다 뜻밖에도 중과부적(衆寡不敵)이라 참패하고 말았소. 오늘은 어떻든 장수님에게 돌아가 뵙고 달리 조처를 해야겠소. 이미 영문 앞에 당도했군. 여봐라! 착생사 안록산이 뵈러 왔다고 아뢰어라!

〔졸병, 보고한다.〕

장수규 그를 들여보내어라!

〔안록산, 들어와 뵙는다.〕

장수규 가서 토벌한 결과는 어떻게 되었소?

안록산 적의 수는 많고 아군 수는 적어, 군사들이 겁을 먹어 패배하

---

2) 영주(營州) : 지금의 열하성(熱河省) 조양현(朝陽縣).

고 말았습니다!

장수규 군을 손상시키고, 기회를 잃었으니, 군법에 분명히 용서 못하게 되어 있소! 여봐라! 끌고 나가 목을 자른 다음 보고하라!
[졸병, 밀어낸다.]

안록산 [크게 소리친다.] 장군께서는 해거란을 멸하지 않으시럽니까? 어째서 장사를 죽이십니까?

장수규 그를 이리 데려오거라!
[안록산, 되돌아온다.]

장수규 나도 그대의 힘과 용기는 아끼는 바이오. 그러나 나라에는 정해진 법이 있으니 나는 감히 법을 어기며 은혜를 베풀 수는 없소! 그대를 서울로 보내어 성상의 결단을 바라는 것은 어떻겠소?

안록산 장군님의 죽이지 않으신 은혜에 감사드리옵니다! [압송한다.]

장수규 안록산이 떠났구나! [시를 읊는다.]

죽이고 살리는 것은 법을 따라야 함을 알지만
다만 군중의 장수 재목 아끼기 때문이라.
그렇지 않다면 오랑캐 놈 목 하나 자르는데
어찌 성상의 결단까지 번거로이 하겠는가? [퇴장]

현종 [양귀비·고력사·양국충과 궁녀들을 이끌고 등장, 시를 읊는다.]

고조(高祖)께서 때맞추어 진양(晉陽)3)에서 일어나시고
태종(太宗)께서는 용병에 뛰어나 국토를 안정시키셨네.
유서(遺緒) 이어받아 왕업 발전시키니
만리강산이 위대한 당나라 떠받드네.

———————————

3) 진양(晉陽) : 지금의 산서성(山西省) 태원현(太原縣). 이곳에서 당(唐)나라 고조(高祖)가 기의(起義)하였다.

과인이 바로 당나라 현종이외다. 우리 고조(高祖) 신요황제(神堯皇帝)께서 군사를 진양에서 일으키신 뒤, 태종황제의 힘으로 예순네 개의 성과 열여덟 개의 부족을 쳐부순 이래, 연호가 거듭 바뀜에 따라 위대한 당나라 천하를 이룩하였소. 고종(高宗)과 중종(中宗)으로 왕위가 전하여졌으나 불행히도 궁위지변(宮闈之變)4)이 일어났지요. 과인은 임치군왕(臨淄郡王)으로 있다가 군사를 거느리고 난리를 평정하여, 큰형님 영왕(寧王)께서 과인에게 왕위를 양보하였던 거요. 즉위한 이래 20여 년 동안 기쁘게도 태평무사하고, 요숭(姚崇)·송경(宋璟)·한휴(韓休)·장구령(張九齡) 같은 어진 재상들이 한마음으로 나라를 다스려 준 덕분에 과인은 편히 지낼 수가 있었소.

다만 후궁(後宮)에는 궁녀들이 많다고는 하나 무혜비(武惠妃)5)가 죽은 뒤로는 마음에 드는 여자가 하나도 없었소. 작년 팔월 추석에 꿈속에 달나라로 가서 항아(姮娥)의 모습을 보았는데, 세상에선 볼 수 없었던 미인이었소. 그런데 지난번에 아들 수왕(壽王)6)의 집에 갔다 양비(楊妃)를 보니 마치 항아 같기에 여도사(女道士)로 만들어 궁중으로 데려와 뒤에 귀비(貴妃)로 책봉하고 태진원(太眞

---

4) 궁위지변(宮闈之變) : 705년 중종(中宗)이 측천무후(則天武后)의 전정(專政)에서 벗어나 복위(復位)되었으나 황후 위씨(韋氏)는 여러 간신들에게 둘러싸여 대신 장간지(張柬之)·환언범(桓彦範) 등을 죽였다. 태자인 중준(重俊)은 이를 바로잡으려고 군사를 일으켰으나 도리어 패사하였다. 그 뒤 위후는 중종까지도 죽이고 직접 정사를 돌보았는데, 이때 예종(睿宗)의 아들 이융기(李隆基, 뒤에 현종이 됨)가 군사를 거느리고 쳐들어와 위후를 죽이고 예종을 왕으로 복위시켰다. "궁위지변"이란 위왕후가 중종을 시해한 사건을 가리킨다.
5) 무혜비(武惠妃) : 현종의 총애를 받았던 왕후로, 수왕(壽王)의 어머니이다.
6) 수왕(壽王) : 현종의 열여덟 번째 아들. 양귀비는 본시 수왕의 비로 삼으려고 데려온 것이었다.

院)에 머물도록 하였소. 과인은 태진(太眞)이 궁 안으로 들어온 뒤부터는 밤낮으로 하루도 빠짐없이 잔치판이오. 고력사! 빨리 가서 잔치를 벌이고 이원자제(梨園子弟)[7]들에게 음악을 연주케 하여 과인을 즐겁게 해주구려!

고력사 알아모시겠습니다!

장구령 〔안록산을 압송하여 등장, 시를 읊는다.〕

천하의 조화따라 나라 다스리는
조신(朝臣)의 으뜸인 재상일세.
온 세상 평화롭고 아무 일도 없으니
매일 관복입고 임금만 모시도다.

나는 장구령이외다. 남해(南海) 사람으로 일찍이 과거에 급제하여 성은을 입어 지금은 승상직에 있소이다. 며칠 전에 국경을 지키는 장수인 장수규가 싸움에 패하여 일을 그르친 오랑캐 출신 장수 안록산을 잡아 보내왔는데, 내가 보니 몸은 뚱뚱하고 말은 청산유수인데다가 외양이 특이하여 이런 자를 남겨두었다가는 반드시 천하를 어지럽히게 될 것 같았소. 나는 지금 성상을 뵙고 이 일을 직접 아뢰려 하오. 벌써 궁문 앞에 다 왔구려. 〔들어가 뵙는다.〕

신 장구령 알현이오!

현종 경이 어쩐 일이오?

장구령 며칠 전에 변경을 수비하고 있는 장수 장수규가 싸움에 패하여 일을 그르친 오랑캐 출신 장수 안록산을 잡아 보내왔사온데, 국법에 따른다면 목을 자를 것이로되 멋대로 처결할 수가 없어 압송하여 성상의 처분을 바라고자 한다 하옵니다.

---

7) 이원자제(梨園子弟) : "이원"이란 현종 때 악공(樂工)들과 영인(伶人)들을 기르던 기관이며, "자제"란 거기에 있던 악공들과 영인들의 총칭이다.

현종 그 오랑캐 출신 장수를 데려와 보시오!

장구령 〔다시 안록산을 끌고 와서 뵙는다.〕 이 사람이 바로 싸움에 패하여 일을 그르친 오랑캐 장수 안록산이옵니다!

현종 좋은 장수 재목이로다! 그대 무술은 어떠한가?

안록산 신은 양 손을 다 써서 활을 쏘고, 열여덟 가지 무예 중에 못하는 것이 없사오며, 여섯 가지 오랑캐 말에 능통하옵니다.

현종 그대는 이렇게 뚱뚱한데 배 속에는 무엇이 들었는고?

안록산 오직 성상 위하는 붉은 마음뿐이옵니다!

현종 승상! 이 사람 죽이지 마시오! 살려두고 벼슬 없는 장수로 쓰십시다.

장구령 폐하! 이 사람은 외양이 괴이하니, 살려두면 반드시 후환이 될 것이옵니다!

현종 경의 관상이 꼭 맞는 것은 아니겠지요? 살려둔다 해도 무엇이 두렵겠소? 저 사람을 풀어주어라! 〔풀어준다.〕

안록산 〔일어서서 절을 하며〕 성상께서 죽이지 않으신 은혜 감사하옵나이다! 〔춤을 춘다.〕

현종 이건 무슨 춤인고?

안록산 호선무(胡旋舞)라 하옵니다!

양귀비 이 사람 뚱뚱한데다가 빙빙 도는 춤도 출 줄 아니 이곳에 머물게 하고 즐기는 게 좋겠습니다.

현종 귀비! 당신의 수양 아들로 삼구려! 당신이 데려가시오!

양귀비 성은에 감사드리옵니다! 〔안록산과 함께 퇴장〕

장구령 대감! 이 사람은 괴이한 상이니 후일에 틀림없이 당나라 왕실을 어지럽히어 사대부들이 적지 않은 화를 받게 될 것만 같습니다. 이 몸은 늙었으니 그만이지만 대감께서는 그 일을 당하시게 될런지도 모르는데, 어찌하시겠소?

양국충 내가 내일이라도 다시 상주하여 그자를 없애 버리도록 하는 게 좋겠군요.

현종 후궁에서는 어째서 이처럼 떠들썩한고? 여봐라! 좀 가보고 오너라!

궁녀 귀비 마님께서 안록산을 양자로 삼는 세아회(洗兒會)8)를 베푸시고 계시다 하옵니다!

현종 세아회를 한다면 돈 백 냥을 가져다가 하례금으로 주어라! 그리고 안록산을 이리로 불러오너라! 그에게 관직을 내려주리라!
   〔궁녀, 돈을 가지고 퇴장〕

안록산 〔다시 등장하여 현종을 뵙는다.〕 폐하의 하례금 황공하옵니다! 무슨 일로 신을 부르셨나이까?

현종 경을 오라고 한 것은 다름이 아닐세. 경이 이미 귀비의 아들이 되었다면 또 짐의 아들도 되는 셈이니라. 벼슬 없이는 궁중을 출입하기 불편할 터이니, 경에게 평장정사(平章政事) 벼슬을 내리노라!

안록산 성은에 감사드리옵니다!

양국충 폐하! 안되옵니다! 안되옵니다! 안록산은 법을 어긴 변방의 장수이니 참하는 것이 마땅한 일이옵니다! 폐하께서 저자의 목숨을 살려준 것만도 족한 일이옵니다! 지금 궁중에 머물도록 하시는 것도 옳지 않은 일이거늘, 무슨 공훈이 있다고 또 평장정사 벼슬을 내리시옵나이까? 하물며 오랑캐는 이리 같은 야심을 품고 있는 법이니, 가까이 머물게 하셔서는 아니되옵니다! 폐하께서 굽어 살피시옵소서!

---

8) 세아회(洗兒會) : 세삼(洗三)이라고도 한다. 아이를 낳은 뒤 부모가 사흘만에 목욕을 시켜주는 법인데, 양자를 맞아들일 적에도 부모가 되었음을 증명하기 위하여 목욕을 시켜주는 풍습이 있었다.

장구령 양대감 충언을 폐하께선 따르셔야 하옵니다!

현종 경들 말에도 일리는 있도다! 안록산! 그러면 경을 어양절도사(漁陽節度使)9)에 봉하노니, 오랑캐와 당나라 병마를 거느리고 국경을 지키면서 속히 공로를 이루기 바라오! 그러면 바로 불러들여 승진시킬 것이니라!

안록산 성은에 감사드리옵니다!

현종 경은 과인을 원망하지는 않겠지? 이건 나라의 법도라 가벼이 처리할 수가 없는 일이네!

［노래 ; 仙呂 端正好］
  그대는 아무런 큰 공도 세운 게 없어,
  그대를 대신으로 삼으려 해도
  만조 백관들이 모두 과인을 반대하는도다!
  평장정사로 있기는 어려우니
  과인은 경에게 다른 벼슬 내리네.

［노래 ; 么篇］
  이제 그대를 어양절도사로 삼나니,
  강한 적들을 무찔러
  변경을 영원히 안정시킬지니라.
  나라가 위급하게 된 뒤에야 방비하려들지 말고,
  언제나 먼저 계략을 세우고
  날랜 장수들을 모아 나라 땅을 지킬지니라.

---

9) 어양절도사(漁陽節度使) : 어양은 지금의 하북성(河北省) 계현(薊縣) 일대. 절도사는 그 지방의 군권과 민정을 장악한다. 현종 때에는 열 개 지방에 절도사가 있었으나 곧 안록산의 세력이 가장 강해졌다.

부절(符節)을 쪼개어 주고 칙명을 내리나니,
그대의 공로에 보응(報應) 있으리라! 〔모두 퇴장〕

안록산 성상께선 궁궐로 돌아가셨네. 나도 나가야지. 양국충이란 놈의 새끼, 정말 치사하군! 성상께 상주하여 나를 어양절도사로 만들다니! 겉으로는 승진 같지만 실은 내치는 것이지! 다른 것은 그만두고, 나와 양귀비는 사적인 특별한 관계가 있는데, 이제 멀리 떠나가게 되었으니, 어떻게 마음을 놓을 수가 있겠는가? 에라, 빌어먹을 것! 이번에 내가 어양으로 가게 되면 군사를 조련하고 군비를 갖추어 달리 해결방법을 찾으리라! 옛말에 "호랑이 그리다 못 그렸다고 그대는 비웃지 말게, 이빨과 발톱은 다 그리었으니 사람들 놀라리라!"고 하였다네! 〔퇴장〕

제 1 절

양귀비 〔궁녀들을 이끌고 등장〕 저는 양(楊)씨이옵고 홍농(弘農)10) 사람입니다. 아버지는 촉주사호(蜀州司戶)를 지낸 양현염(楊玄琰)이온데, 개원(開元) 22년(734년)에 성은을 입어 수왕(壽王)의 비(妃)로 뽑히었습니다. 개원 28년 팔월 보름날에는 바로 성상의 생신이어서 하례를 드리러 갔었는데, 성상께서 보시고 제 모습이 마치 항아(姮娥) 같다 하여, 고력사에게 명하여 저를 여도사(女道士)로 만들어 궁궐 안 태진궁(太眞宮)에 머물게 하고 태진(太眞)이란 호를

---

10) 홍농(弘農) : 지명. 지금의 하남성(河南省) 낙양(洛陽) 서쪽에서 섬서성(陝西省) 상현(商縣) 동쪽에까지 뻗혀 있던 군(郡) 이름.

하사하셨습니다. 그 뒤 천보(天寶) 4년(754년)에는 저를 귀비로 책봉하시어 반은 왕비(王妃)의 대우를 받도록 하시고, 심히 각별한 총애를 하시게 되었습니다. 제 오빠 양국충에게는 승상(丞相) 벼슬을 내리시고, 저의 자매 셋을 모두 부인(夫人)으로 봉하셨으니, 우리 집안이 대단한 영화를 누리게 된 것입니다.

며칠 전에는 변경으로부터 이름을 안록산이라 부르는 한 오랑캐 출신 장수를 보내왔는데, 사람이 영리한데다가 남의 비위를 잘 맞춰주고, 호선무(胡旋舞)를 잘 추었습니다. 성상께서는 그를 저의 양아들로 삼아주시어 대궐을 출입할 수 있도록 하셨는데, 뜻밖에도 오빠 양국충이 우리의 좋지 못한 관계를 눈치채고는 성상께 아뢰어 그를 어양절도사로 삼아 변경으로 쫓아 버렸습니다. 저는 마음속으로 그를 못 잊고 있는데, 다시는 그를 볼 수가 없으니 정말 괴롭습니다! 오늘은 칠월 칠석, 하늘에서는 견우와 직녀가 만나고 땅에서는 사람들이 자기의 소원을 비는 명절입니다. 이미 궁녀들에게 분부하여 소원을 비는 잔칫자리를 장생전(長生殿)에 마련하도록 하였습니다. 저도 소원을 빌어볼 작정입니다. 애들아! 소원 빌 잔치 준비는 다 되었느냐?

궁녀 이미 다 준비되었습니다!

양귀비 그럼 내 소원을 빌어볼까?

현종 〔궁녀들에게 등불을 밝혀 들게 하고 등장〕 과인은 오늘도 조회에서 돌아와 보니 할 일이 없어 오직 양귀비 생각만 하고 있었소. 그런데 이미 장생전에 잔치를 베풀고 칠석을 즐기기로 하였다 하오. 애들아! 거동 준비하거라!

〔노래 ; 仙呂 八聲甘州〕
　　조정 일 돌보기도 싫어졌으니

> 소양전(昭陽殿)에 가서 술 실컷 마시고
> 화청궁(華淸宮)에 가서 마음껏 취해볼까?
> 그래도 과인은 행복하니,
> 절세미인 양귀비가 있어
> 산호 베개 위에 그와 뜻이 함께 녹고
> 비취 발 아래 온갖 아리따움 즐기는도다.
> 밤에는 함께 자고, 낮에는 함께 다니고,
> 마치 봉황새 울음으로 화창하며 노니는 듯.

과인이 양귀비를 만난 뒤로는 정말 아침마다 늦잠이오, 밤마다 정월 보름처럼 즐기고 있소.

〔노래 ; 混江龍〕
> 저녁이 되어 흥이 나
> 시원한 한 줄기 바람에 술이 깨면,
> 용포의 비단 옷고름 풀어헤치고
> 봉황새 무늬 붉은 띠 느슨히 늦추네.
> 시녀들은 일제히 벽옥 연(輦)을 메고,
> 궁녀들은 쌍쌍이 등불 밝혀 들고 앞서네.
> 바람결에 실려 풍류가락 들려오네.

〔안에서 악기를 연주하고 웃고 떠드는 소리가 들린다.〕
현종 어디서 이렇게 떠들고 웃는 건가?
궁녀 태진마마께서 장생전에 소원 비는 잔치를 벌였사옵니다!
현종 애들아! 조용히 가자! 과인이 슬며시 가서 보련다!

〔노래〕
> 아마도 아름다운 여인들 모여 예쁜 모습 뽐내겠지.

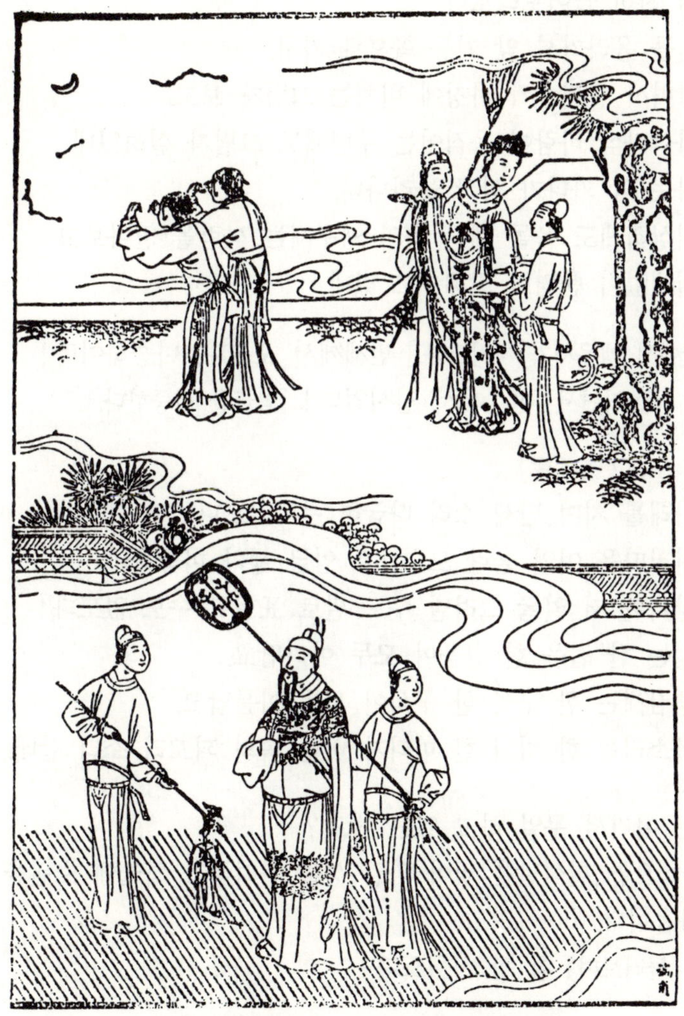

명(明) 만력(萬曆) 고곡재각본(顧曲齋刻本)
《원인잡극선》의 〈오동우〉 삽화

[노래 ; 油葫蘆]

　행차 알리는 궁녀는 천천히 가거라!

　내 친히 들어보리로다.

　섬돌 올라가서 앞 기둥 쪽으로 가서,

　살며시 슬쩍슬쩍 사창에 비치는 그림자 보고,

　바삭바삭 바람에 움직이는 주렴에도 그림자 실려있네.

　나는 막 가다가 깜짝 놀라나니,

　이상하게도 옥돌 새장 속의 앵무새는 사람을 알아보고

　쉴새없이 분명히 말해주고 있네.

　[안에서 앵무새가 지저귄다.] 만세께서 오셨다, 마중하여라!

양귀비 [놀라면서] 성상께서 납시었다! [임금을 마중한다.]

현종 [노래 ; 天下樂]

　나래를 치며 만세 소리 다급히 부르짖으니,

　아리따운 여인 놀란 모습으로 임금 행차 마중하네.

　상기한 저 얼굴 그려낼 수도 말로 표현할 수도 없도다!

　걷는 한 걸음 한 걸음이 모두 아리땁고,

　생김새는 한 구석 한 구석이 모두 아름답고,

　목소리는 한 마디 한 마디가 버들 속의 꾀꼬리 소리 같네.

　경은 여기서 무얼 하고 있는 게요?

양귀비 오늘 칠석날을 맞아 과일 상을 차려놓고 하늘에 소원을 빌고
있사옵니다.

현종 [둘러보며] 참 잘 차렸도다!

[노래 ; 醉中天]

　금향로에선 사향(麝香) 피어오르고,

은병엔 꽃이 꽂혀 있고,
작은 금화분엔 오곡(五穀)11)이 심겨 있고,
오작교에서 견우 직녀가 만나는 그림폭이 걸려 있고,
통 속에는 커다란 거미12)가 한 마리 갇혀 있도다.
육궁(六宮)의 총애를 한 몸에 지니고도
무엇이 모자라 이처럼 마음을 쓰는가?

현종 [양귀비에게 물건을 건네주며] 이건 금비녀 한 쌍과 보석상자 하
나인데, 경에게 주는 것이오!

양귀비 [받으면서] 성은에 감사드리옵니다!

현종 [노래 ; 金盞兒]
빨간 비단으로 덮고 비취 쟁반에 담은
이 두 가지 예물은 사람들 모두가 부러워할 것이라.
이 초가을 명절을 맞아 경에게 내리노니,
칠보 금비녀는 두터운 뜻을 맹세하는 것이요,
꽃무늬 보석상자는 깊은 정의 표시라오.
이 금비녀는 그대 머리 위에 꽂고,
이 보석상자는 그대 손으로 높이 바쳐 드오!

양귀비 가을빛이 상쾌하와 성상을 모시고 산책을 하고 싶사옵니다!

---

11) 오곡(五穀) : 중국의 옛 풍속으로는 칠월 칠석 며칠 전에, 녹두·콩·팥
   등의 곡식을 물에 담궈 싹을 틔운 다음 붉고 푸른 색실로 묶어 칠석날
   견우성에게 바치는 제물로 썼다. 이것을 종생(種生) 또는 종오생(種五生)
   이라 불렀다.
12) 거미 : 옛날 칠월 칠석날 여인들이 소원을 빌 적에, 거미를 작은 통 속에
   잡아 넣었다가 다음날 거미가 친 줄의 많고 적음을 보고, 소원이 얼마나
   이루어질 것인가 가늠하는 풍습이 있었다.

현종 〔함께 걸으며 노래 ; 憶王孫〕
　　　옥섬돌의 달빛은 창살에까지 비치이고,
　　　은촛대의 가을빛은 그림 병풍에 싸늘하게 비치는도다.
　　　이때의 이 밤 풍경 즐기려
　　　달빛 아래 한가히 뜰을 거니나니,
　　　이끼의 이슬은 사뿐사뿐 걷는 버선발에 싸늘하도다.

　　이 가을 경치는 사철 중 제일이라!
양귀비 무얼로 사철 중 제일임을 알 수가 있사옵니까?
현종 내 말을 들어보구려!

　　〔노래 ; 勝葫蘆〕
　　　이슬 내리는 하늘은 높고 밤기운은 맑으며,
　　　바람이 얇은 비단옷 가벼이 스치면
　　　향기 일 때마다 패옥 소리 딸랑거리고,
　　　푸른 하늘 맑고 깨끗하고 은하수는 맑게 빛나
　　　오직 몸이 봉래(蓬萊) 영주(瀛洲) 같은 선경에 있는 듯하기 때문
이오.
양귀비 오늘 밤은 견우와 직녀가 만나는 날이라는데, 1년에 오직 한
　번 만나고는 어째서 또다시 떨어지는 것이옵니까?

현종 〔노래 ; 金盞兒〕
　　　그들은 오늘 저녁 구름길을 봉황이 끄는 수레 타고
　　　은하수에 평평히 놓인 오작교에 와서,
　　　오늘 밤의 기쁨을 누리자 마자
　　　베갯머리에 문득 새벽닭 우는 소리 들리면
　　　바로 떠날 시름에 정을 가누지 못하고

이별의 눈물 비오듯 흘리는데,
새벽의 긴 탄식은
하룻밤의 짧은 사랑 때문이렸다!

양귀비 그들은 하늘의 별이온데, 1년 동안 만나지 못한다면 서로 그
리워하지는 않을런지요?

현종 그들이 어찌 그리워하지 않겠는고?

〔노래 ; 醉扶歸〕
그들 직녀의 운수와 견우의 운명 생각해보면,
늙지 않고 오래 산다고는 하지만
그들은 은하 양편으로 갈라져 소식도 없이
한 해 동안 외로이 지내는 것이니,
하늘에 물어보구려,
그들은 틀림없이 상사병(相思病)에 걸려있을 것이오!

양귀비 소첩은 폐하를 모시게 되면서 총애를 듬뿍 받고 있사옵니다!
다만 몸은 날로 늙어갈 것이니, 직녀처럼 사랑이 오래 가지는 못할
까 두렵사옵니다!

현종 〔노래 ; 後庭花〕
하늘의 별이 되지 못하고
이 세상에 태어났도다.
하늘 위의 인연은 중하고
인간 세상의 인연은 가볍게 여기지만,
누구나 진정으로 사랑한다면
하나님 마음도 반드시 호응할 것이니,
저들에 비하여 무엇이 부족하겠소?

양귀비 소첩 소견으로는 견우와 직녀는 해마다 만나고 하늘 땅처럼 오래도록 변함이 없사오나, 세상 사람들이야 어찌 그들처럼 사랑이 오래 갈 수 있사오리까?

현종 〔노래 ; 金盞兒〕
나는 매일 선주(仙酒)에 취하고
밤마다 은병풍 안에서 잠자는데,
저들은 한 해 하루의 오늘만을 기다리고 있소.
만약 자주 많이 만날수록 좋은 것이라면
내 편이 훨씬 나으리라.
나는 임금으로서 더 사랑을 탐내고
그대는 왕후로서 아직도 사랑이 가볍다 탓하나니,
그대가 앞날을 묻는 심사는 이해할 만하도다.

양귀비 소첩은 비할 데 없는 성상의 은총을 입고 있사오나, 다만 젊음이 다 가고 나이 먹으면 성상의 은총 쇠하여 딴 곳으로 옮아가, 소첩이 사랑을 잃은 슬픔과 님에게 버려진 원망을 하게 된다면 어찌하리이까?
현종 귀비! 그게 무슨 소리요?
양귀비 폐하! 맹세를 하시어 끝까지 변함없을 거라 언약해 주십시오!
현종 우리 저쪽으로 가서 얘기하십시다! 〔저쪽으로 간다.〕

〔노래 ; 醉中天〕
내가 그대 가냘픈 어깨에 기대면
그대는 말할 수도 없는 귀여운 얼굴로 나를 쳐다보는도다.
대궐 서쪽 문을 열고 나가
슬며시 고요한 복도를 지나

어울리어 춤추는 한 쌍의 봉황새처럼
우물 가 오동나무 그늘 아래에서,
아무도 엿듣는 이 없다지만
소곤소곤 바다 같고 산 같은 맹서를 하나니.

귀비! 짐과 경은 이 삶이 다하도록 해로하고, 백 년 뒤에도 영원한 부부가 될 것이로다! 천지신명께서 굽어살펴시옵소서!

양귀비 누가 맹서의 증인이 되지요?

현종 〔노래 ; 賺煞尾〕
언제나 보석상자 통과 뚜껑처럼 어울리고
두 가닥 비녀처럼 갈라지지 말기를!
원컨대 영원토록 우리 인연 맺어져,
하늘에서는 원앙 되어 언제나 나란히 날고
땅에서는 연리지(連理枝)되어 자라기를!
달은 맑고 은하수 고요히 흐르는 아래
천추만대의 사랑 맹약하도다.
우리 모두 진정으로 사랑하는데,
당신은 누가 맹세의 증인이 될건가 묻는가?
오늘밤 운하수 건너 서로 만나는 견우와 직녀가 있지 않나!
〔함께 퇴장〕

제 2 절

안록산 〔여러 장수들 이끌고 등장〕 내가 안록산이오! 어양(漁陽)으로 부임한 이래 오랑캐와 한족의 병사들을 조련하여, 지금은 정병 40

만에 천 명의 장수가 있게 되었소. 지금 현종은 나이를 먹은데다 양국충과 이림보(李林甫)가 조정을 주름잡고 있으니, 나는 이제 이 역적들을 토벌한다는 명분 아래 군사를 몰고 장안으로 쳐들어가 양귀비를 빼앗고 당나라를 가로채어 내 평생 소원을 이루어야 하겠소. 여봐라! 군마(軍馬)는 다 준비되었느냐?

여러 장수 다 준비되었습니다!

안록산 군정사(軍政司)에서는 먼저 격문(檄文)을 한 장 내걸어, 나는 비밀히 칙명을 받아 양국충 무리를 치게 되었노라고 알리어라! 그런 뒤에 사사명(史思明)13)은 군사 3만을 거느리고 먼저 동관(潼關)을 점령한다. 그리고 곧장 장안으로 쳐들어가면 대사를 이루는 것은 손바닥을 뒤집는 것처럼 쉬우리라!

여러 장수 알았습니다!

안록산 오늘은 날이 저물었으니 내일 군사를 일으킨다!

[시를 읊는다.]
　　정병을 거느리고 동관을 들이치면
　　아마도 당나라는 막는 재주 없으리라.
　　양귀비 하나 뺏는 것이 주목적이고
　　금수강산은 그 다음 일이라!

---

13) 사사명(史思明) : 돌궐(突厥) 출신의 영주(寧州) 태생 오랑캐. 용감하고 지략이 있어 현종이 그에게 사명(思明)이란 이름을 내려주었고, 안록산의 부장(副將)이었다. 안록산의 난에는 하북(河北)을 쳤으며, 안록산이 그의 아들 안경서(安慶緒)에게 죽자 뒤에 다시 안경서를 죽이고 스스로 대연(大燕) 황제가 되었다. 그러나 그도 뒤에 아들 사조의(史朝義)에게 죽음을 당하였다. "안록산의 난"을 흔히 역사가들은 "안사(安史)의 난"이라고도 부른다.

[함께 퇴장]

현종 〔고력사, 비파(琵琶)를 든 정관음(鄭觀音), 저(笛)의 명수 영왕(寧王), 갈고(羯鼓)의 명수 화노(花奴), 박판(拍板)을 든 황번작(黃翻綽) 등을 이끌고, 양귀비를 부축하여 등장〕 오늘은 새 가을 날씨인데다가 조회에서 돌아와 아무 할 일이 없구려. 마침 양귀비가 요새 예상우의무(霓裳羽衣舞)14)를 배웠으니, 궁 안 침향정(沈香亭) 밑으로 데려가 한바탕 즐겨야겠소. 벌써 다 왔군. 가을 경치란 정말 상쾌하도다!

〔노래 ; 中呂 粉蝶兒〕

하늘은 맑고 구름 한가히 떠있는데,
높은 하늘 저쪽으로 몇 줄 기러기 날아가네.
궁전 뜰 안의 여름 풍경은 사라져 가고 있나니,
버드나무엔 누런 빛 보태지고,
연잎은 푸르름 사그라지고,
가을 연꽃은 꽃잎이 떨어졌도다.
고요한 난간에 기대앉으니
맑은 향기 뿜는 옥잠화가 피어있도다.

뜰 안에 와보니 작은 잔칫자리라지만 깨끗이 차려져 있도다.

〔노래 ; 叫聲〕

양귀비와 한바탕 즐기려는데,
뜰 안에는 벌써 술안주 벌여있고
술은 노란색의 신선주

---

14) 예상우의무(霓裳羽衣舞) : 현종이 꿈에 달나라에 가서 선녀들이 춤추는 것을 보았다. 꿈을 깬 뒤 꿈에 들은 가락을 살려 작곡한 것이 예상우의 곡이고, 그 춤을 재현시킨 것이 예상우의무라 한다.

차는 귀한 자고반(鷓鴣斑)15)이 갖춰져 있도다.

〔노래 ; 醉春風〕
금잔엔 자주색 술빛 넘치고
벽옥잔엔 차향기 떠오르는데,
침향정 가는 저녁 기운 쌀쌀하고
한 패 한 패 자리 정해 앉았도다.
여인들 짙은 화장이요,
악기들 벌여있는 사이에 남녀들 섞여 앉았도다.

사신 〔등장, 시를 읊는다.〕

장안을 둘러보니 비단을 깔아놓은 듯,
높다란 대문들은 줄지어 열려있고,
한 필 말 먼지 일으키며 양귀비 웃음 위해 달려오는데
여지(荔枝)16) 날라오는 줄은 아무도 모르네.

저는 사천(四川)에서 파견한 사신입니다. 귀비마마께서 신선한
여지 자시기를 좋아한다 하여, 칙명을 받들어 특히 신선한 것을 갖
다 바치는 것입니다. 벌써 대궐 문 밖일세!
여보세요! 사천 땅 사신이 여지를 갖고 왔다고 아뢰어 주시오!
〔문지기, 들어가 아뢴다.〕

현종 그를 들여보내라!

사신 〔임금을 뵙는다.〕 사천 땅 사신이 여지를 진상하러 왔사옵니다!

---

15) 자고반(鷓鴣斑) : 복건(福建)에서 나는 고급 차 이름.
16) 여지(荔枝) : 중국 남쪽에 나는 맛있는 과일 이름. 양귀비가 이 과일을
    좋아하여 좋은 말을 골라 역전(驛傳)을 시키어, 과일이 상하기 전에 장
    안으로 날라왔다 한다. 그 덕분에 역마(驛馬) 제도도 발달했다 한다.

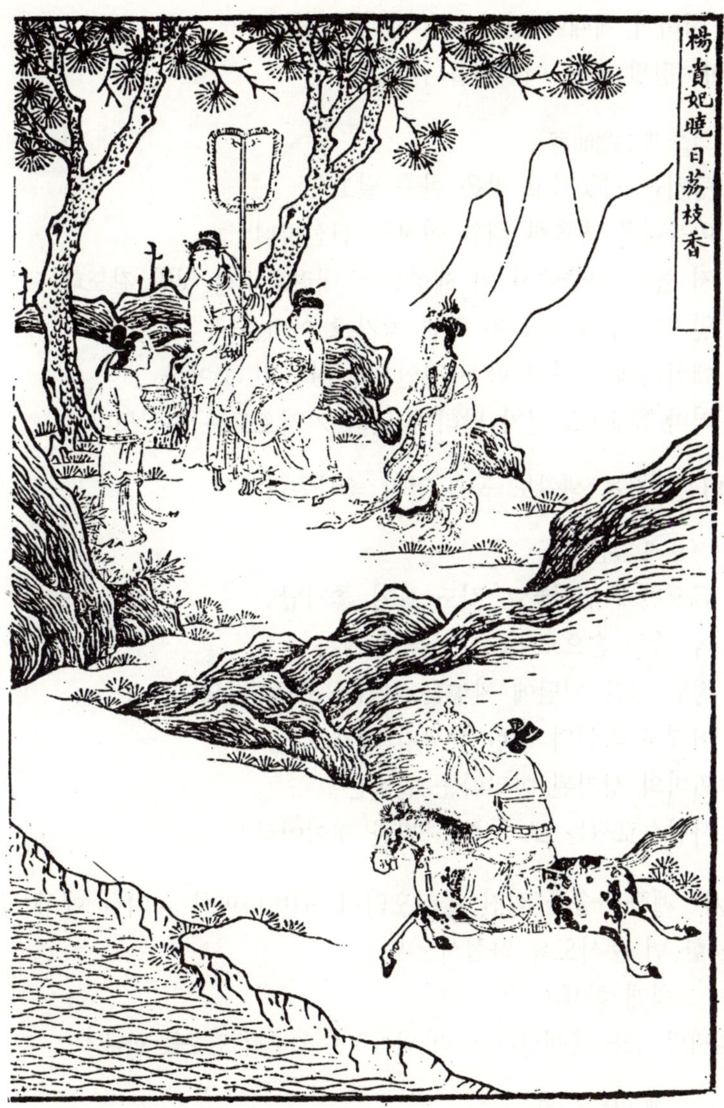

명간(明刊) 《원곡선(元曲選)》의 〈오동우〉 삽화

현종　〔들여다보고서〕 귀비! 당신이 이 과일을 좋아하기에 짐이 특명
을 내리어 제때에 진상토록 한 것이오!

양귀비　정말 좋은 여지이옵니다!

현종　〔노래 ; 迎仙客〕
향기는 향긋하고 맛은 아주 달고
아름다운 촉촉한 색깔 여전히 신선하니,
저 높은 하늘에서 이 세상으로 내려보내진 것만 같도다.
얻기는 힘들고 얻은 뒤엔 먹기도 아까운데,
애석하게도 사천 땅은 장안으로부터 먼 곳이라
역마(驛馬)로 먼지 날리며 달려 가져오도록 하였도다.

양귀비　여지는 색깔도 곱고 정말 좋사옵니다!

현종　〔노래 ; 紅繡鞋〕
금쟁반에 담아놓은 것도 보기 좋지만
옥 같은 손으로 들고 먹을 적에는
정말 붉은 비단에 싸놓은 차가운 수정 같도다.
어째서 과인의 취한 눈까지 깨게 하는가?
귀비의 상기된 아리따운 얼굴은
사람으로서는 보기 힘든 귀한 것이어라!

고력사　폐하! 술을 석잔 올리오리니, 귀비마마로 하여금 예상우의무
를 한 번 추시도록 하십시오!

현종　그렇게 하세!
〔양귀비, 춤을 준비한다. 여러 악기들은 일제히 연주를 한다.〕

현종　〔노래 ; 快活三〕
그대 선음원(仙音院) 악공들은 게을리 말고

교방(敎坊)의 악공들에게도 준비하라 이르고,
귀비를 잔디밭으로 부축해 드리고
속히 치장을 잘 끝내도록 할지니라!

[노래 ; 鮑老兒]

귀비의 두 금빛 옷소매가 휘둘리면
달나라의 예상우의곡이 연주되리니,
정관음은 비파를 타려고 벌써 손수건을 옆에 꺼내들었고,
영왕의 옥저(玉笛)와 화노의 갈고(羯鼓)는
아름다운 음률 고르고,
수녕(壽寧)의 금슬(錦瑟)과 매비(梅妃)의 옥소(玉簫)도
아름다운 소리 내고 있도다.

[노래 ; 古鮑老]

따다닥 자단(紫檀) 박판(拍板) 들고
황번작(黃翻綽)은 나아가 박자를 잡는데,
옥환(玉環)17) ! 하고 나직히 귀비를 부르면
귀비가 웃을 적에 꽃이 눈에 피어나는 듯.
상아 젓갈로 가락에 맞추어 오동나무 두드리면
부드러운 가지엔 물기가 있어
요금(瑤琴)을 타는 듯한 맑은 소리 울리는도다.
그대는 몇 방울 구슬 같은 땀 흘리게 되었도다.

[양귀비, 춤을 추기 시작한다.]

현종 [노래 ; 紅芍藥]

장고 소리 두둥둥,

---

17) 옥환(玉環) : 양귀비의 본 이름.

비단버선코 활처럼 굽었고,
패옥(佩玉)은 딸랑딸랑 쩔렁쩔렁,
구름 같은 머리는 점차 춤에 흘러내리고,
허리는 벌 허리처럼 하늘하늘
몸은 제비처럼 날래고,
양 소매에선 향그런 바람 풍기는도다.

그대 고단할 것이오! 술 한 잔 들고 하시오!

[노래]
과인이 친히 한 잔 달콤한 옥로(玉露) 주나니
그대는 한 방울도 남기지 말지어다.
술에 맘껏 취하여 이 밤이 다 새도록 마셔보리라!

[양귀비, 술을 마신다.]

이림보 [등장] 내가 이림보인데, 지금 좌승상(左丞相)직에 있소이다. 오늘 아침 속보가 날아오기를 안록산이 반란을 일으켰는데, 군세가 대단하여 대적할 수가 없는 형편이라 하오. 성상을 뵙고 아뢰야지요. [현종을 뵙는다.]

현종 승상은 무슨 일로 이처럼 허둥대시오?

이림보 변경에서 속보가 오기 안록산이 반란을 일으키어 굉장한 군세로 쳐들어오고 있다 하옵니다! 폐하! 오랫동안 태평을 누리어 사람들은 군사를 모르오니 어찌하면 좋겠나이까?

현종 그렇게 허둥대어 어쩌자는 게요?

[노래 ; 剔銀燈]
변경에 반란이 일어난 것 아뢰는 일쯤이라면
마땅히 틈을 보아 서두를 일인가 서서히 할 일인가 따져 해야 할

터인데,
　내 잔칫자리의 풍악이 끝나기를 기다리지도 못하고
　어찌 허둥지둥 당돌히 내게 달려드는가?
　무슨 놈의 어진 재상이라고
　감히 거짓 충성을 보이려 하는가?

이림보　폐하! 지금 적병들은 이미 동관(潼關)을 쳐부수었고, 가서한(哥舒翰)[18]은 성을 버리고 도망쳐 왔사오니, 곧 장안으로 들이닥치게 될 것이옵니다. 장안은 텅 비어 있어서 절대로 지킬 수가 없사옵니다. 어이하는 게 좋겠습니까?

현종　〔노래 ; 蔓菁菜〕
　하마터면 주공(周公) 같은 어진 재상 허둥대다 죽겠도다.

이림보　폐하께선 여인을 너무 사랑하시고 간신들을 들끓게 하시어, 이런 변란이 일게 된 것입니다!

현종　〔노래〕
　그대는 내가 노래와 춤으로 나라를 망쳤다니,
　그대야말로 간사한 자로다!
　제갈량(諸葛亮)처럼 깃부채 들고 윤건 쓰고
　웃으며 강적 30만을 쳐부술 수 있다는 거요?

　이미 적병이 변경을 무너뜨렸다면 그대들 대신들이 의논하여, 장수를 골라 군사를 거느리고 나가 싸우게 하면 될 것이 아니오?

이림보　지금 장안 병영의 군사들은 만 명도 못되는데다가 장수들은

---

18) 가서한(哥舒翰) : 안서(安西) 출신의 돌궐족(突厥族) 장군. 전쟁에 많은 공을 세웠으며, 안록산의 난 때에는 동관(潼關)을 지키고 있었다.

모두 늙었사옵니다. 가서한 같은 명장도 버티어내지 못하는 형편이온데, 어느 사람을 보낼 수가 있겠습니까?

현종 〔노래 ; 滿庭芳〕
　　그대들 문무백관은
　　공연히 까만 신에 상아 홀(笏)만 들고 찬란한 관복만 입고 줄지어 섰을 뿐,
　　그 중에는 먼지 깨끗이 쓸어낼 영웅 한 사람 없는가?
　　건방진 무뢰한 안록산이
　　불시에 동관을 쳐부수고
　　벌써 가서한을 무찔렀다고?
　　어제 밤에 평안을 알리는 횃불이 안 오른 게 이상하더라니!

　　경들은 적병을 물리칠 만한 무슨 계책이 있소?

이림보 안록산의 부하는 오랑캐와 한족이 섞인 군사가 40여 만인데다가, 모두가 일당백(一當百)의 군사들이라 하니, 어찌 그들을 대적할 수 있으리이까? 폐하께서는 촉(蜀) 땅으로 행차하시어 그들의 예봉(銳鋒)을 피하셨다가, 천하의 병사들이 모이는 것을 기다리어 다시 계략을 세우심이 좋을 줄로 아옵니다!

현종 경의 말을 따르리다. 바로 칙명을 전하라! 온 궁안의 비빈(妃嬪)과 궁녀들 및 여러 황족과 관원들은 내일 아침에 촉 땅으로 가기로 한다!

양귀비 〔슬퍼하며〕 소첩은 어이하면 좋으리이까?

현종 〔노래 ; 普天樂〕
　　한은 무궁하고 근심도 무한하나니,
　　어이할 수도 없이 창졸지간에
　　고개 넘고 산 오르지 않을 수 없게 되었도다.

수레를 몰아 성도(成都) 향해 가노라면
산수(滻水) 서쪽으로 날아가는 기러기들만이
소리소리 울부짖으며 수레 말 재촉할 것을!
옛 동산 서글프게 하는데
위수(渭水)에 가을바람 불고 장안에 해지는도다.

양귀비　폐하께서 여로의 고생을 어이 견디리이까?
현종　과인도 어찌할 수가 없어서라오!

［노래 ; 啄木兒尾］
그대의 말 위의 아리따운 모습 바라보면서
촉 땅으로 가는 어려운 길 어이 견디랴!
까마득한 높은 고개며 구름에 연이어진 사다리길이
그대 때문에 걱정이로다.
본시 말달리는 일엔 익숙하지 않은 그대,
며칠이면 검문관(劍門關)19)을 지나가게 될 건가? ［함께 퇴장］

제 3 절

진현례　［등장, 시를 읊는다.］

대를 이어 임금의 은총으로 금군(禁軍)을 통솔하니
천자의 기쁨 걱정 먼저 알게 되네.
태평시대의 군비란 전혀 쓸데없는 것이나,

---

19) 검문관(劍門關) : 검각(劍閣)이라고도 부르며, 섬서성(陝西省)에서 사천
　　성(四川省)으로 넘어가는 경계에 있는 험난한 관(關) 이름.

미친 오랑캐 놈이 난리 일으킬 줄이야 뉘 알았으리?

나는 우룡무장군(右龍武將軍) 진현례(陳玄禮)요. 얼마 전 역적 오랑캐 안록산이 반란을 일으키어 동관을 잃게 되자, 어제 대신들이 회의를 열어 임금님은 잠시 촉 땅으로 행차하여 그 예봉을 피하기로 하였소이다. 오늘 아침 날아온 속보에 의하면 적병은 장안으로부터 멀지 않은 곳에 와있다 하오. 성상께서는 나에게 금군을 통솔하여 행차를 호위하라고 명을 내리셨소. 나는 오래 전에 군마를 점검하고 임금님이 떠나시기만을 기다리고 있소이다.

〔현종, 양귀비와 양국충·고력사를 이끌고 태자와 함께 곽자의와 이광필의 호위를 받으며 등장〕

현종 과인은 사람을 잘 못 알아보는 바람에 미친 오랑캐로 하여금 난리를 일으키게 하였소. 일이 급박하여 서쪽으로 난을 피할 수밖에 없게 되었으니 정말 가슴아픈 일이로다!

〔노래 ; 雙調 新水令〕
오방기(五方旗)는 무리진 햇빛 아래 펄럭이고,
단출한 행차는 쓸쓸하기만 하도다.
채찍도 힘없이 하늘거리기만 하고
발걸이도 힘주어 밟기 싫고,
장안 되돌아보며
한 발 한 발 내치지 않는 길 가도다.

과인은 궁궐 안에 깊이 묻혀 지내기만 하였으니, 민간의 가난과 고통이야 어이 알았으랴!

〔노래 ; 駐馬聽〕
아득한 하늘 저쪽엔

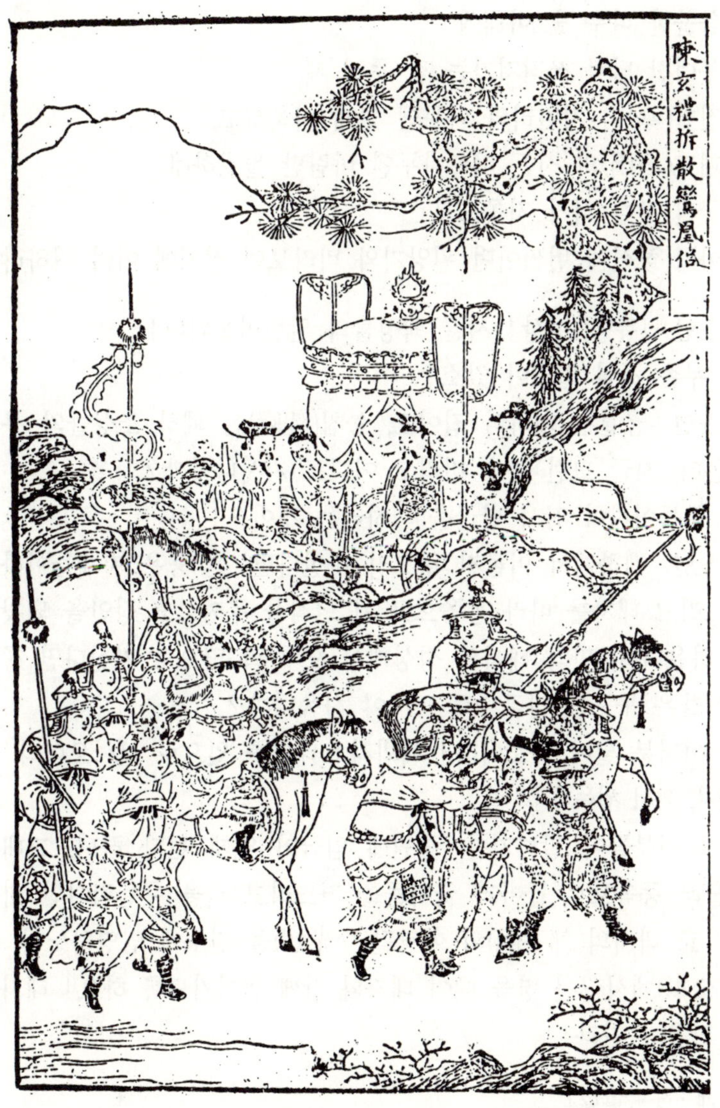

명간(明刊) 《원곡선(元曲選)》의 〈오동우〉 삽화

건너야 할 물과 넘어야 할 산 대여섯 겹,
쓸쓸한 나무 숲 아래엔
무너진 담과 쓰러져가는 집 두세 채.
진천(秦川) 저멀리의 나무엔 안개 자욱하고,
패교(灞橋)의 시든 버드나무엔 바람만 쌀쌀하네.
궁전 푸른 사창 저쪽으로
아침 햇살에 번쩍이던 원앙기와 바라보던 경치에 어이 비하랴!

여러 노인 〔등장〕 성상! 시골 백성들의 알현이옵니다!

현종 무슨 하실 말씀이 있소?

여러 노인 궁궐은 폐하의 집이오, 능침(陵寢)은 폐하 조상들의 무덤이온데, 지금 그런 곳을 버리고 어디로 가시나이까?

현종 부득이하여 잠시 난군을 피하려는 것이오!

여러 노인 폐하께서 머물지 않으려 하신다면, 신 등은 자제들이라도 거느리고 태자를 따라 동쪽으로 가 난적을 무찌르고 장안을 되찾을까 하옵니다. 만약 태자와 성상께서 모두 촉 땅으로 가신다면 중원 백성들은 누구를 임금으로 모셔야 하옵니까?

현종 여러분 말이 옳소이다! 여봐라! 태자를 앞으로 모셔오너라!
〔태자, 와서 뵙는다.〕

현종 여러분들이 말하기를, 중원에 임금이 없게 된다 하니, 그대는 머물러 동쪽으로 돌아가 군사들을 거느리고 적을 무찔러야만 하겠다! 또 곽자의(郭子儀)와 이광필(李光弼)을 원수에 임명하노니, 후군(後軍)에서 3천 명을 떼어 태자와 함께 돌아가도록 하오! 태자는 내 말을 듣거라!

〔노래 ; 沈醉東風〕
부로(父老)들의 충언을 받아들이어

　　태자에게 반군 토벌을 위임하노라.
　　그대는 사직의 걱정을 책임져야 할 것이니,
　　어찌 남이 강산을 차지하게 버려 둘 수 있으랴!
　　이 국새(國璽)를 그대가 보존할지라!

태자　저는 오직 군사들을 거느리고 적을 무찌르기만 하겠사옵니다.
　어찌 감히 천자 자리에 오르겠나이까?

현종　〔노래〕
　　적의 무리를 쳐서 없애고
　　나라를 구한다면
　　천자 자리를 피할 게 무언가?

태자　국가의 대사를 위한 것이오니 소자는 아버님의 뜻을 받들어, 곽
　자의와 이광필을 데리고 되돌아가겠습니다. 〔현종을 작별한다.〕
　〔군사들, 앞으로 나아가지 않는다.〕

현종　〔노래 ; 慶東原〕
　　전군(前軍)은 빨리 나아가야지,
　　어째서 가지를 않는고?

군사들　〔아우성친다.〕

　　일행 모두 놀라 둘러보니
　　군사들 성이 나서 소리치며 말을 세우고
　　갑옷 위로 험한 얼굴들 내어 밀고
　　번쩍번쩍 하는 칼을 빼어들고
　　죽 줄지어 늘어서서
　　바싹바싹 빈틈없이 밀려오도다!

진현례 군사들이 말하기를 나라에 간사한 자들이 있어, 성상께서 피
난길에 오르도록 만든 거라 하옵니다! 성상 곁의 화근을 없애지 않
는다면, 군사들의 뜻을 수습할 수가 없을 줄로 아옵니다!

현종 그건 무슨 말이오?

　　〔노래 ; 步步嬌〕
　　　과인이 만리 길 피난하게 되었으니,
　　　그대들도 서러워해야 옳겠거늘
　　　세력을 믿고 나를 위협하다니!
　　　국가는 그대들에게 손톱만치도 해를 끼치지 않았거늘
　　　어째서 군사들 마음 달라졌는가?
　　　경에게 묻나니,
　　　어째서 한 마디도 솔직한 말은 해주지 않는가?

진현례 양국충은 권세를 멋대로 휘둘러 나라를 그르쳤고, 지금은 또
토번(吐蕃)의 사신과 내왕이 있으니 반역할 뜻이 있는 듯하옵니다.
그를 처단하여 천하에 이 일을 알리옵소서!

현종 〔노래 ; 沈醉東風〕
　　　그렇다면 양국충은 만 번 죽여도 마땅할 것이라.
　　　안록산이 나라 안에 내란을 일으키게 하였다 하니,
　　　과인의 중신이라 하더라도 버리기 어렵지 않으나,
　　　각별히 귀비의 골육이라 마음에 걸리는도다!
　　　죽여 버린대야 공연히 법만 더럽힐 따름이리라!
　　　그의 관직을 박탈하고
　　　궁한 백성으로 내치면
　　　죽이는 거나 마찬가지리라!

내 말 들어줄 거요?
진장군! 헤아려 주시구려!

〔군사들, 성이 나서 고함친다.〕

진현례 폐하! 군심이 이미 변하여 신으로서는 막을 수가 없습니다!
어이하리이까?

현종 마음대로 하시오!

〔군사들, 양국충에게로 달려든다.〕

현종 〔노래 ; 鴈兒落〕
몇 겹의 창이 빽빽이 둘러싸고
고함 치니 산도 무너질 듯,
진장군 군령에 따라
양국충을 처단하시오!

〔군사들, 칼을 들고 몰려온다.〕

현종 〔노래 ; 撥不斷〕
와자지껄 떠들썩
군사들 나아가지 않고 창칼 세운 채
마외파(馬嵬坡)20)를 둘러싸고 있는데,
또 무얼 하려는 건가?
놀라움에 몸이 떨리고 온몸에 소름이 끼치는도다.
정말 군대란 명령 따라 움직이는 것인데,
장군은 병권 손에 쥐고 있어 명령에 위엄이 있으니,

---

20) 마외파(馬嵬坡) : 지금의 섬서성(陝西省) 흥평현(興平縣) 서쪽에 있는
지명.

임금은 약하고 신하가 강하도다!
경이여! 생각해 보구려!
과인이 겁이 나겠는가 안 나겠는가?

양국충을 죽이고도 군사들이 나아가지 않으니 어이된 일이오?

진현례　양국충이 모반을 하였으니 귀비가 성상을 모시는 것이 합당치 않사옵니다! 폐하께서 은애(恩愛)를 떼어내시어 국법을 바로잡으시옵소서!

현종　〔노래 ; 攬箏琵〕
고력사여!
진현례에게 위아래를 분별하라 일러다오!
어찌 귀비가 형벌을 받도록 할 수가 있겠는가?
그는 지금 황후의 대접을 받고 있고
과인의 침상에 함께 자는 몸.
그는 저지른 죄도 없거니와
매우 현숙하여,
봉화를 장난 삼아 올리게 하고 웃던 주(周)나라의 포사(褒姒)21)나
사람의 다리를 잘라본 은(殷)나라의 달기(妲己)22)와는 다른 사

---

21) 포사(褒姒) : 주(周)나라 유왕(幽王)의 애희(愛姬). 그는 평소에 여간해서 웃지 않아, 유왕은 그의 웃음을 보기 위해 거짓 급변(急變)을 고하는 봉화를 올리게 하였다. 여러 고을에서 군사들이 달려왔다가 아무 일도 없음을 알고 돌아가는 것을 보고서야 포사는 웃었다 한다. 뒤에 정말로 적군이 쳐들어왔을 적에는 봉화를 올렸으나 아무도 달려오지 않아 그는 적군 손에 죽었다 한다.

22) 달기(妲己) : 은(殷)나라 주(紂)임금의 애희. 겨울에 어떤 사람이 맨발로 개울을 건너는 것을 보고서, 이상히 생각하고 사람을 보내어 그 사람을

람이라.
　　방금 그의 오라비 죽였으니
　　비록 만천 가지 죄 졌다 하더라도,
　　과인을 보아서 용서해 줄 일이지
　　똑같이 함부로 잡으려 들다니!

고력사　귀비께서는 진실로 죄는 없으나, 군사들이 이미 양국충을 죽였으니 귀비를 폐하 곁에 남겨둔다면 어찌 그들이 안심할 수가 있겠사옵니까? 폐하께옵서 깊이 통촉하옵소서! 군사들이 안정되어야 폐하께서도 안정되시옵니다!

현종　〔노래 ; 風入松〕
　　다만 퉁소와 갈고(羯鼓)에 비파도 함께 연주하고
　　박판(拍板) 두드리고 상아 젓갈로 장단치며 놀았을 뿐,
　　설사 그 위에 요화십팔곡(么花十八曲)[23]까지 즐겼다 하더라도,
　　그것으로 나라를 망쳤단 말인가?
　　진(陳)나라 후주(後主)가 패멸을 당한 것은
　　후정화(後庭花)[24] 같은 노래 즐긴 때문임을 어이 알겠는가?

양귀비　소첩이 죽는 것은 아깝지 않사오나, 성상의 은애에 보답해 드리지 못하였으니, 몇 년 간 맺은 사랑을 소첩이 어이 떨쳐 버리리이까?

　　잡아다 그의 발을 칼로 잘라 그에게 피와 살과 뼈가 있는 사람임을 확인했다 한다.
23) 요화십팔곡(么花十八曲) : 육요(六么)라는 당(唐)대에 유행했던 악곡. 앞뒤로 십팔박(十八拍)이 있어 그렇게 부른다. 무곡(舞曲)이며 변화가 많고 화려한 곡이라 한다.
24) 후정화(後庭花) : 진(陳)나라 후주(後主)가 지었다는 퇴폐적인 노래. 이런 노래를 즐기어 나라를 망쳤다 한다.

현종 귀비! 다 글렀소! 군사들 마음이 변했으니, 과인 자신도 보전 못하겠구려!

[노래 ; 胡十八]
　　이처럼 내게 덤벼드는 걸 보니
　　아마도 마음이 변한 때문이리라!
　　내가 그에 대한 미련을 버리지 못하는 것을 알면서도,
　　석 자 장검을 손에 들고 있으니
　　그를 찔러 죽이지 않는다 하더라도
　　그가 놀라 죽을 것만 같도다.
　　이제 폐하는 다 무엇하겠는가?
　　이 임금을 존중해 줄 줄 안단 말인가?

진현례 폐하께옵서 속히 은애를 잘라 버리시고 법을 바로 집행케 하소서!

양귀비 폐하! 소첩을 어떻게든 살려 주시옵소서!

현종 과인은 어찌해야 한단 말인가?

[노래 ; 落梅風]
　　눈앞에 합환수(合歡樹)25)를 심어 놓은 지 얼마 되지 않았는데,
　　손에 아름다운 그를 받쳐들고
　　이 삶 다하도록 함께 취란(翠鸞) 타고 날지 못함을 한하노라!
　　얼마나 사랑하고 아낀 그인데
　　차마 마외파(馬嵬坡) 아래 죽어 눕게야 어찌하리!

진현례 안록산이 반역을 한 것은 모두 양씨 남매 때문이옵니다! 만

---

25) 합환수(合歡樹) : 남녀의 깊은 사랑을 상징하는 가상적인 나무.

약 바르게 법을 집행하여 천하에 보여주지 않는다면 변란은 언제나 끝나게 되는지 모를 일이옵니다! 바라옵건대 폐하께서 양씨를 내어 주시어 군사들로 하여금 말발굽으로 그의 시체를 짓밟도록 하여야만 군사들은 비로소 믿게 될 줄로 아옵니다!

현종 그를 어이 그렇게 하오? 고력사! 귀비를 불당으로 끌고 가서 자살토록 한 연후에 군사들로 하여금 점검케 해주게!

고력사 흰 무명자락 여기 대령하였사옵니다!

현종 〔노래 ; 殿前歡〕
　　그는 아리따운 한 송이 해당화,
　　어찌 어마어마한 망국의 화근이 될 수 있으랴?
　　다시는 먼 산처럼 구부러진 눈썹 그리지 못하게 되고,
　　구름 같은 검은 머리 흐트러져 있는데,
　　어찌 차마 무지한 말발굽 그 얼굴 짓밟게 하랴!
　　가늘고 가냘픈 목 조르기 위하여
　　이미 길고 흰 무명도 준비되어 있도다.
　　그는 저쪽으로 가서 죽을 몸이 되었는데,
　　원통하게도 나 혼자의 힘으로는 어이할 수 없게 되었도다!

고력사 마마! 가시옵소서! 행군을 그르치겠사옵니다!

양귀비 〔돌아보면서〕 폐하! 어이하리이까?

현종 그대는 과인을 원망 마시오!

　〔노래 ; 沽美酒〕
　　함부로 죽이는 것을 어이 구하랴?
　　어이할 수 없거늘 어이 그를 살리나?
　　죽음 시각이라도 조금 늦추려 해도

　무지막지하게 죽일 것을 강요하며
　진현례는 아우성 치는도다!

［고력사, 양귀비를 데리고 퇴장］

현종 ［노래 ; 太平令］
　어쩌다 아무도 모르는 새에 그의 이름 들며 욕하게 되었고,
　등 뒤에 무기를 든 무사들이 따라가게 되었는가?
　몇몇 초라한 궁녀들이 압송해 가는데
　그 연약한 귀비를 놀라게 하지 말지어다!
　여봐라! 그에게 말 전하라! 당나라 천하를 가련히 여겨 달라고!

고력사 ［양귀비의 옷을 들고 등장］ 마마께서는 이미 돌아가셨습니다.
　군사들은 들어와 보십시오!
　［진현례, 여러 말탄 사람들을 데리고 시체를 짓밟는다.］
현종 ［통곡한다.］ 귀비! 과인을 버리고 떠났구려!

［노래 ; 三煞］
　뜻밖에도 그대는 오늘 마외파의 이슬로 사라졌으니,
　장생전에서의 지난날 언약은 헛되이 되었고야!

［노래 ; 太淸歌］
　한스러운 무정한 땅 위를 휩쓰는 모진 광풍은
　어째서 내 궁전의 영화만을 날려 떨어뜨렸는가?
　가련한 그의 영혼은 저쪽 하늘가로 사라져
　몇 가닥 채색 노을이 되어 버린 듯.
　하늘이여! 한(漢)나라 명비(明妃)26)가 멀리 선우(單于)에게 시

---

26) 명비(明妃) : 한(漢) 원제(元帝) 때 흉노(匈奴) 선우(單于)에게 시집갔던

집갈 때에도
　가을바람에 흐르는 눈물이 날려 호가(胡笳)를 적시었을 뿐이었
으니,
　온 군사들의 말발굽이 시체를 짓밟아
　외로운 시신이 누런 모래밭에 버려진 일이 언제 있었던가!

현종 〔수건을 들고 통곡하면서〕 귀비는 어디로 갔단 말인가? 오직 이
수건만이 남게 되었다니! 정말 가슴 아프도다!

〔노래 ; 二煞〕
　비단 덧신과 좁은 비단 버선은 누가 수습하였는가?
　이 눈물에 얼룩진 목에 두르던 수건은 공연히 가슴만 아프게 하
는도다!

〔노래 ; 川撥棹〕
　불쌍하도다! 그의 관 속에는 수은도 부어 주지 못하고,
　또 아무런 부장품도 없고, 상복 입는 자도 없고, 장례와 제사도
없이,
　다만 얕게 흙속에 임시로 묻나니,
　묘자리 골라 무덤도 만들어 주지 못하도다!

〔노래 ; 鴛鴦煞〕
　누런 먼지 날리며 슬픈 바람 불어오고,
　푸른 구름은 암담한데 해는 저물고 있도다.
　가는 길마다 물은 파랗고 산은 푸른데,
　검령(劍嶺)과 파협(巴峽)이 한발 한발 가까워지도다.

　왕소군(王昭君). 앞의 〈한궁추(漢宮秋)〉 참조.

정말 통탄하는 정은 착잡하여
슬픈 눈물만 뿌리나니,
일찍 죽어 버리어
이 삶 끝맺었더라면 그만이었을 것을!
이 아무런 능력도 없는 황제는
울면서 흔들흔들 말 위에 앉았도다. 〔함께 퇴장〕

제 4 절

고력사 〔등장〕 저는 고력사입니다. 어려서부터 내궁(內宮)에서 심부름하여 왔는데, 주상(主上)의 은총을 입어 육궁제독태감(六宮提督太監)이 되었습니다. 전날에 주상께서는 양씨의 용모에 반하시어, 제게 명하여 그를 궁중으로 끌어들이게 하시고, 비길 데 없는 총애를 하시어 그를 귀비로 봉하시고 태진(太眞)이라는 호를 내리셨습니다. 뒤에 역적인 오랑캐가 반군(叛軍)을 일으키어 양국충을 처치한다는 거짓 명분 아래 주상을 촉(蜀) 땅으로 피난케 하였습니다. 가다가 중도에 군사들은 나아가지 않고, 우용무장군(右龍武將軍) 진현례가 상주하여 양국충을 죽였는데, 그 화는 귀비에게까지 미치게 되었습니다. 주상께서도 어찌지 못하고 따르는 수밖에 없어서, 마외역(馬嵬驛) 안에서 목매어 죽게 하였던 것입니다.

지금은 역적들이 평정되어 아무 일도 없으며, 주상께서도 궁전으로 돌아오셨지만 태자께서 황제가 되어 계십니다. 주상께서는 서궁(西宮)으로 물러나 양로(養老)하고 계신데, 주야로 오직 귀비마마만을 생각하고 계십니다. 지금도 제게 귀비 초상을 걸어놓도록 하시고, 아침저녁으로 곡하고 제를 드리고 계십니다. 준비를 제대로 잘 갖추어 놓고 여기에서 납시기를 기다리는 중입니다.

현종 〔등장〕과인은 촉 땅의 피난으로부터 돌아왔는데, 태자가 역적들을 쳐부수고 황제 자리에 올라 있소이다. 과인은 서궁으로 물러나 양로하고 있는데, 매일 오직 귀비만을 생각하고 있소이다. 화공에게 한폭 초상화를 그리게 하여 모셔놓고, 매일 바라보고 있노라니, 번뇌만 더욱 늘어갈 따름이외다!〔곡을 한다.〕

〔노래 ; 正宮 端正好〕
    촉 땅 피난에서 장안으로 돌아왔으나,
    달뜨는 저녁 꽃피는 아침도 아무 보람 없도다.
    이 반 년 동안에 흰머리만 늘었으니,
    수심에 찬 얼굴 바로잡을 길 없도다.

〔노래 ; 幺篇〕
    날씬한 모습 여러 신하들 비웃음 가리지 않고,
    옥고리로 그의 화축 높이 걸어놓고,
    여지와 꽃과 과일을 향단(香檀) 탁자 위에 차려놓으니,
    눈에 보이는 것 모두가 가슴 아프게 하도다.

〔화상을 바라보면서 노래 ; 滾繡毬〕
    기가 막혀 졸도할 뻔하다가
    몸 겨우 부지하고
    태진비(太眞妃)를 목놓아 큰 소리로 불러 보는도다.
    불러도 대답없으니
    눈물만 비오듯 흘리며 흐느끼는도다.
    화공은 재주도 좋지,

그린 모습이 조금도 그와 다름없도다.
비록 잘 그렸다고는 하나
침향정(沈香亭) 곁에서 난(鸞)새처럼 춤추던 모습,
화악루(花萼樓) 앞에서 말에 오르던 아리따운 모습,
여러 가지 매력적인 모습은 그려내지 못하누나!

〔노래 ; 倘秀才〕

귀비여! 천추절(千秋節)의 화청궁(華淸宮) 잔치,
칠석 저녁 장생전(長生殿)에서의 걸교(乞巧) 모임,
함께 연리지(連理枝) 되고 비익조(比翼鳥) 되자던 맹서,
모두 잊지 못하는데,
뜻밖에도 그대 홀로 채색 봉황새 타고
하늘로 날아올라 일찍 가버릴 줄이야!

과인은 보고 있을수록 더욱 가슴만 아파지나니, 어이해야 좋을꼬?

〔노래 ; 呆骨朶〕

과인은 양비묘(楊妃廟)라도 세우고 싶지만
제위를 떠나 조정을 나와 권세가 없으니 어이하랴!
나의 이 외로운 밤도 견디기 어려운데
더욱 그리는 마음은 사무치기만 하도다!
살아서는 한이불 속에 함께 베개 베고 잤는데
죽어서는 같은 관 속에 들어가지 못하는도다.
마외파의 흙먼지 속에
애석하게도 한 송이 해당화 떨어져 묻힐 줄이야!

이제 몸이 고단해지누나. 이 정자를 내려가 한가히 거닐어나
볼까?

〔노래 ; 白鶴子〕

　　궁전을 떠나와

　　발걸음 내키는대로 정자 밑 못 가를 걷노라니,

　　버드나무는 푸른 가지를 살랑거리고

　　연꽃은 붉은 봉우리를 터뜨리고 있도다.

〔노래 ; 么〕

　　연꽃을 보니 아름다운 얼굴 떠오르고

　　버드나무 가지는 가는 허리 생각케 하도다.

　　여전히 이것들은 궁전을 장식해주고 있는데,

　　그의 영혼만이 장안길 찾아 헤매고 있으리라！

〔노래 ; 么〕

　　벽오동 그늘 아래 서서

　　상아 젓가락 들고 장단 맞추던 옛날 그립도다！

　　그는 웃음 띠고 금실로 수놓은 옷 매만지며

　　예상우의곡(霓裳羽衣曲)에 맞춰 춤을 추었거니！

〔노래 ; 么〕

　　이제는 그옛날 잔디밭에 잡초만 우거지고

　　향기롭던 오동나무 밑엔 향기 사라졌도다.

　　공연히 우물 가 오동나무 그늘에 서있나니

　　온 성을 기울게 할 아름다운 모습은 보이지 않도다.

〔탄식을 하면서〕 과인 홀로 걸어보아도 속이 편치 않으니 돌아가야
겠도다.

〔노래 ; 倘秀才〕

　　수심을 풀고 옛 추억이나 즐기려던 것이

도리어 묵은 한을 되불러일으키어
하늘 무너지고 땅 꺼지는 듯하도다.
수심 속에 돌아와 보니 봉황새 수놓인 장막 더욱 적막한데,
이 밤 어이 새며 이 오뇌 어이 견디리!

침전으로 돌아와 보니 모두가 슬픔만 더해주는 것뿐이로다!

〔노래 ; 芙蓉花〕
엷은 향불 연기 하늘거리며 오르고
은촛대의 불빛은 깜박거리는데,
시각 알리는 북소리 은은히
이제서야 초저녁을 알리는도다.
슬며시 맑은 하늘 쳐다보며
꿈에라도 그가 오기를 비나니,
입은 마음의 문이라 하지 않던가?
쉴새없이 그의 이름만 부르는도다.

나도 모르게 머리가 혼미해 오니 잠이나 자볼까?

〔노래 ; 伴讀書〕
마음은 초조하기만 한데
사방에서는 가을벌레 시끄럽게 울고,
가을바람에 펄럭이는 발 틈으로 바라보니
아득히 하늘에는 먹구름 가득 덮였도다.
이렇게 나는 옷 걸친 채 괴로움에 병풍에 기대어도
원수 같은 눈은 감길 줄 모르는도다.

〔노래 ; 笑和尙〕
후두둑 한가한 섬돌 위엔 낙엽이 떨어져 날리면,

스르륵 낙엽들을 가을바람이 쓸어가고,

투두득 은촛대 촛불은 하늘거리며 심지가 튀는데,

절렁절렁 궁전의 요령(搖鈴) 소리 울리고,

바삭바삭 붉은 발 움직이고,

땡강땡강 지붕 처마에선 풍경 소리 울리는도다.

　[잠을 자면서, 노래 ; 倘秀才]

　괴로움에 옷 입은 채 쓰러져,

　축 늘어진 채 이제사 잠들었도다.

양귀비 〔등장〕 소첩은 양귀비입니다. 오늘 궁전 안에 잔치를 차렸으
니, 애들아! 성상을 이 곳으로 오시도록 하여라!

현종 〔노래〕

　갑자기 궁녀가 달려와 아뢰기를

　귀비가 나를 불러 잔치하며 즐기려 한다네.

현종 〔양귀비를 만난다.〕 귀비! 당신 어디 있다 오는 거요?

양귀비 지금 장생전에 잔칫자리를 벌였사오니, 성상께옵서 납시지요!

현종 이원(梨園) 자제들에게 분부하여 준비를 잘하도록 하시오!

　〔양귀비, 퇴장〕

현종 〔놀라 잠을 깬다.〕 아! 꿈이었나 보군! 분명히 꿈에 귀비를 만났
는데 또 없어졌군!

　〔노래 ; 雙鴛鴦〕

　비스듬히 꽂힌 비취새 깃 머리장식,

　갈데없이 목욕 끝내고 나오던 옛모습이었나니,

　구름 병풍에 비친 옆모습 아리따웠거늘!

　좋은 꿈 이루어지려다 다시 놀라 깨고 보니,

앞가슴에 흘러내리는 눈물만이 손수건 적시는도다.

〔노래 ; 蠻姑兒〕
오뇌 속에 헤아려 보니,
나를 놀라 깨게 한 것은 누각 위를 지나가는 기러기도 아니요,
섬돌 아래 귀뚜라미도 아니요,
처마 밑의 풍경 소리도 아니요,
횃대 위의 수탉도 아니요,
바로 저 창밖 오동나무 위에 부슬부슬 내리는 빗방울 소리였도다.
한 방울 한 방울 마른 잎에 떨어지고
한 점 한 점 차가운 가지를 때리니
수심에 겨운 사람을 더욱 괴롭히는도다.

〔노래 ; 滾繡毬〕
이 비는
가뭄에 곡식 싹 구해 주거나 마른 풀 적셔주거나
꽃망울을 적셔 피게 해주는 것도 아니요,
기름 같은 가을비가 푸른 나뭇가지 벽옥 같은 나무줄기에
후둑후둑 부서지는 소리가 파초잎에 떨어지는 것보다 십배 백배
더 시끄러울 줄 뉘 알았으랴?
연이어 놓은 구슬 같은 방울들이 몇천 알로 흩어져 날리니,
공연히 독물을 쏟고 대야물을 뒤엎는 듯 한밤 내내 비 쏟아져,
사람 마음을 불태우는도다.

〔노래 ; 叨叨令〕
잦은 소리가 날 적에는
옥쟁반 안에 만 알의 진주를 쏟는 듯,

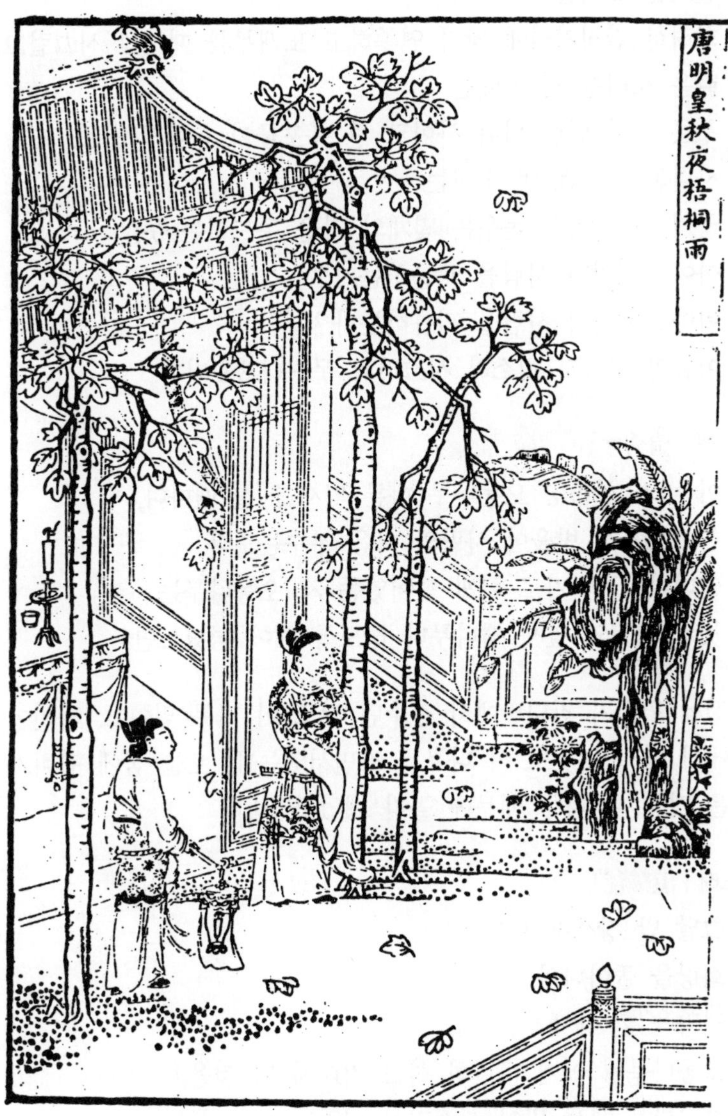

명간(明刊) 《원곡선(元曲選)》의 〈오동우〉 삽화

울리는 소리를 낼 적에는
화려한 잔칫자리에 악기 연주하고 노래부를 때처럼 시끄럽고,
맑은 소리를 낼 적에는
푸른 이끼 덮힌 바위 사이로 찬 폭포물이 쏟아지는 듯,
사나운 소리를 낼 적에는
군기 아래 싸움 돋우는 몇개의 북을 두드리는 듯,
아아! 얼마나 사람을 괴롭히는가?
아아! 얼마나 사람을 괴롭히는가?
이놈의 갖가지 빗소리 시끄러워 못견디겠도다!

〔노래 ; 倘秀才〕

이 비가 한바탕 오동나무 마른 잎새를 칠 때마다,
한 방울 한 방울이 사람의 마음 부수는도다.
쓸데없이 샘 가로 길게 뻗어있는 저 오동나무는
못된 가지와 잎새 땔나무나 하도록 베어 넘겼으면!

전에 귀비가 잔디밭에서 춤추던 것도 이 나무 밑이요, 과인이 귀
비에게 맹세한 것도 이 나무를 보면서였는데, 오늘 꿈에 귀비가 찾
아온 것도 이 나무 때문에 놀라 깨었구려!

〔노래 ; 滾繡毬〕

그날 밤 장생전에서
회랑을 돌아나와
언약을 할 때에
오동나무에 어깨 나란히 하고 기대지 말 것을!
주고받은 모든 말이 헛소리가 되었도다.
그날 침향정에서

예상우의무를 출 적에는
붉은 상아 젓가락으로 장단을 쳤는데,
가락 어지럽히면서 요란히 줄겼거늘,
바로 그때의 기쁨들이 오늘의 처량함을 마련한 것이었나?
마음속으로만 헤아려 보는도다.

고력사 상황마마! 여러 가지 초목들이 다 빗소리를 내는데, 어찌 오
동나무만이 내는 듯 탓하시나이까?
현종 네 어찌 알겠느냐? 내 말 들어보아라!

〔노래 ; 三煞〕
버드나무를 자욱이 적시는 비는
쓸쓸한 뜰 안으로 들이쳐 발과 장막까지 적시고,
매실 익을 때 내리는 보슬비는
누각 난간 앞의 강 풍경 장식하고,
살구꽃에 내리는 비는 난간을 붉게 물들이고,
배꽃에 내리는 비는 님의 얼굴을 적막하게 하고,
연꽃에 내리는 비는 푸른 잎새를 펄렁이게 하고,
콩꽃에 내리는 비는 푸른 잎새를 쓸쓸하게 하는데,
모두가 혼을 내고 꿈을 깨고 한을 돋구고 시름을 더해 주는
밤새도록 내리는 이 비 같지는 않도다.
수선(水仙)을 아리땁게 팔락이게 하고
바람에 휘날리는 버들가지 적시는 비는 아니로다.

〔노래 ; 二煞〕
콸콸 상서로운 짐승 입에서 쏟아지는 분수와도 같고,
사박사박 잠박(蠶箔) 가득한 누에가 뽕잎 먹는 것과도 같고,

옥섬돌에 함부로 뿌려지고,
궁전 물시계에 물방울 떨어지듯.
지붕 처마 위에 휘날리는 소리는
새 술단지에서 술을 쏟는 듯하도다.
밤이 다 새도록 비는 계속 내리어
베개는 차갑고 이불은 싸늘한데,
촛불도 꺼지고 향불도 다해지는도다.
여름에 보리 널어놓고 말리다가 공부에 정신 팔려
소낙비에 보리 다 떠내려보냈다는 고봉(高鳳)27)의 처지 알 만하
도다.

〔노래 ; 黃鐘煞〕
가을바람에 날리어 사창(紗窓)은 나직히 울며
찬바람 보내며 창문을 쉴새없이 두드리는도다.
하늘도 일부러 사람의 수심을 더 헤집는 것은 아닐까?
문득 촉 땅 사다리길에 울리던 말방울 소리 울리는 듯도 하고,
화노(花奴)의 갈고(羯鼓) 가락과도 같고,
백아(伯牙)의 수선조(水仙調) 같기도 하도다.
국화를 씻어 주고
울타리를 적시며,
푸른 이끼 적시고
담 모퉁이 무너뜨리며,
축산(築山)을 물로 적시고

---

27) 고봉(高鳳) : 동한(東漢) 때 사람. 어느 날 부인의 부탁으로 마당에 널어
  놓은 보리를 지키게 되었는데, 그는 공부에 정신이 팔리어 보리가 비에
  다 떠내려가는 것도 몰랐다 한다.

바윗돌 사이를 씻어 주며,
마른 연잎을 물에 잠기게 하고
연못물 넘치게 하는도다.
나비는 빗물에 나래 젖어 색깔이 퇴색하고,
날아다니던 반딧불이 불이 꺼질 지경이로다.
푸른 창 앞에서는 귀뚜라미 울고
기러기 소리는 멀리서부터 가까워오는데,
이웃집에서는 다듬이질 소리 요란하게 들리고,
너무 이른 싸늘한 기운을 돋구어 주는 듯하도다.
생각할수록 이 밤은 비와 내가 서로 겨루며
똑똑 떨어지는 누각(漏刻)을 벗하고 있도다.
비는 더 오고 눈물도 적잖이 흘렸도다.
비는 차가운 나뭇가지 적시고
눈물은 용포를 적시며, 서로 지지 않으려는 듯
오동나무 한 그루를 사이에 두고 밤새도록 비와 눈물 뿌리는도다.

제목(題目)　안록산은 병란을 일으키고(安祿山反叛兵戈擧)
　　　　　　진현례는 사랑하는 한 쌍을 떼어놓았네(陳玄禮拆散
　　　　　　鸞鳳侶)
정명(正名)　양귀비는 새벽부터 여지의 향기 즐기고(楊貴妃曉日
　　　　　　荔枝香)
　　　　　　당 명황은 가을밤에 오동나무 잎에 떨어지는 빗소리
　　　　　　로 잠 못 이루네(唐明皇秋夜梧桐雨)

한삼기 汗衫記

······ **작품 해설**

〈한삼기(汗衫記)〉의 본 제목은 〈상국사공손한삼기(相國寺公孫汗衫記)〉이며, 명(明)대 장진숙(藏晉叔)의 《원곡선(元曲選)》에는 〈합한삼(合汗衫)〉이라 되어 있다.

이 작품의 줄거리는 대략 다음과 같다. 제1절(折)에서는 전당포(典當鋪)를 경영하는 장의(張義)라는 사람이, 눈오는 겨울날 추위와 굶주림에 지친 진호(陳虎)라는 사람을 발견하고 집으로 데려와 함께 살게 된다. 그리고 장의의 아들 장효우(張孝友)는 그와 의형제를 맺는다. 제2절에서는 진호가 장효우의 부인의 미모에 반하여, 장효우 부부를 거짓말로 유인해가지고 집안 재산을 꾸려가지고 함께 도망을 친다. 장의 부부는 뒤에서야 이 사실을 알고 뒤쫓아가지만, 장효우는 그때까지도 진호를 완전히 믿고 있어 데리고 돌아오지 못하게 된다. 이에 뒷날에 표적이 될 것을 남기기 위하여, 장효우의 속적삼[汗衫]을 벗어 반을 찢어 가지고 서로 한 쪽씩 갖는다. 그 뒤에 장의의 전당포가 불에 타버리자 그들은 하루아침에 알거지가 되어 구걸하러 다니는 신세로 전락한다.

제3절에서는 진호가 배를 타고 가다가 장효우를 강물에 밀어 넣어버리고, 그의 처와 재물을 모두 횡령한다. 장효우의 처는 그 후에 유복자를 낳는데, 이름을 진표(陳豹)라 부른다. 진표는 자라면서 무예

(武藝)를 닦아 서울로 가서 무과(武科)에 급제하고, 절에서 옛날 찢어 나누어 주었던 속적삼을 인연으로 거지가 된 그의 조부모를 만나 집으로 데려온다. 제4절에서는 드디어 진호의 죄상이 드러나 그는 처형되고, 장효우는 다행히도 죽지 않고 금사원(金沙院)이란 절에서 중노릇을 하고 있다가 온 가족이 다시 만나 잘살게 된다.

이처럼 이 작품은 당시의 사회상을 배경으로 전개되는 사회극이다. 목숨을 살려준 은인을 배신하고 자기 이익을 위하여 그 가족을 멸망시키는 진호는 땅에 떨어진 그 시대의 윤리를 대표한다 할 것이다. 종말에 가서는 착한 사람들이 단원(團圓)을 이룬다고는 하지만, 착한 일가족이 20년 가까운 세월 동안 악인에 의하여 짓밟혔다는 것은 이미 단원으로도 보상할 수 없는 커다란 희생을 치르고 있는 것이다.

더욱이 착한 장의와 그의 아들 장효우는 자기들에게 은혜를 입은 진호에게 그토록 당하면서도 어디 가서 한 마디 호소도 못하고, 아버지는 거지로 늙고 아들은 중으로 늙고 있는 것이다. 이는 바로 외족(外族)의 통치 아래 입이 있어도 말 못하던 한인(漢人)들의 실상이었던 것 같다. 작자는 이러한 작품의 창작과 그 상연을 통하여 시대를 고발하고 시대에 항거하였던 것이다.

〈한삼기〉의 작자는 장국빈(張國賓, 1279년 전후)인데, 혹은 이름을 장국보(張國寶)라고도 한다. 빈(賓)자와 보(寶)자는 글자 모양이 비슷하여 혼동이 생겼을 것으로 여겨지는데, 그의 이름에 혼동이 생길 정도로 그는 하류계층의 인물이었다. 그는 희곡 작가이기도 하지만 이름난 희곡배우이기도 하였다는데, 그 당시 배우란 매우 천대를 받던 직업이었다. 그는 대도(大都, 지금의 北京) 사람인데, 예명을 혹빈(酷貧)이라 했다니 실제로 그의 생활도 매우 어려웠던 게 아니었을까 한다. 그러나 뒤에는 교방구관(敎坊勾管)이란 벼슬을 하였다는데, 역시 배우들이 맡는 낮은 벼슬이었다.

원대 전기(前期 : 元 鍾嗣成의 《錄鬼簿》 卷上에 실린 작가들이 활약하던 시기, 元나라가 中原을 통일하던 1280년 이전)에는 배우로서 잡극을 창작하던 작가로는 장국빈 이외에도, 조경부(趙敬夫)·화리랑(花李郞)·홍자리이(紅字李二) 등이 있었다. 그러나 이들 중에서도 장국빈의 작품이 가장 뛰어나고 개성이 있다.

〈한삼기〉는 장국빈의 대표작이다. 무대의 연극에 직접 출연하던 배우의 작품이므로, 문장의 수식보다도 상연효과와 관객의 반응 등에 신경을 쓰면서 극이 엮어졌다는 특징이 있다. 사회에서 멸시를 받던 배우에 의하여 이처럼 훌륭한 작품이 쓰여졌다는 것은 몽고족(蒙古族)의 통치하에 있던 원대 사회의 특징을 말해 준다고도 할 수 있다.

그리고 곡사(曲辭)보다도 대사(臺詞)를 더 중시하여, 대부분의 극정(劇情)이 대사를 통하여 이끌리어가고 있고, 그 대사들은 등장인물들의 성격이나 심리를 잘 나타내는 싱싱한 서민들의 일상용어로 이루어져 있다. 이것은 앞에 소개한 마치원(馬致遠)이나 백박(白樸) 같은 작가들의 작품과는 현저히 대조적인 특징을 이루는 것이다. 간혹 쓰여진 곡사(曲辭)도 모두 평이한 글로 이루어져 있다. 모두 배우의 작품으로서의 특징을 보여주는 것이라 할 것이다.

장국빈에게는 〈한삼기〉 이외에도 4종의 작품이 더 있었다는데, 지금은 〈설인귀(薛仁貴)〉와 〈나리랑(羅李郞)〉의 두 가지만이 전한다.

〈한삼기〉는 일찍이 1835년에 프랑스 사람 Antoine Pierre Louis Bazin에 의하여 La Tunique Confrontée란 제명으로 번역되어 유럽에 소개되었다. 현재 전하여지는 이 작품의 판본은 세 가지가 있는데, 이곳의 번역은 원곡선본(元曲選本)을 중심으로 하고 맥망관초교본(脈望館抄校本, 臺灣 世界書局 影印)을 대조하며 참고하였다. 원각고금잡극삼십종본(元刻古今雜劇三十種本)도 있으나 읽기에는 오히려 불편하여 참고하지 않았다.

······ 등장인물

장의(張義) 전당포 주인으로 본시 부유한 생활을 하였고, 마음이 어질다.

조씨(趙氏) 장의의 처.

장효우(張孝友) 장의의 아들. 자기 아버지처럼 역시 마음이 선량하다.

이옥아(李玉娥) 장효우의 처.

진호(陳虎) 추위와 굶주림에 지쳐 길바닥에 쓰러져 있는 것을 장의 일가가 구해준다. 장효우는 그와 의형제를 맺는데, 뒤에 진호는 도리어 장의 일가를 망쳐놓고 자기 야욕만을 추구한다.

진표(陳豹) 장효우의 유복자. 이옥아가 진호에게 강점된 뒤에 낳아 진씨 성을 갖게 된 것이다.

조흥손(趙興孫) 노인을 때리는 젊은 사람을 보고 그를 잘못 때려 죽이고 귀양가는 죄수. 그는 장의에게 신세를 지고 일생 동안 그 은혜를 잊지 않는다.

흥아(興兒) 장의 집안에서 심부름하는 아이.

여인숙(旅人宿)**의 사동**(使童)

상국사(相國寺)**의 주지승**(主持僧)

건달 여러 명

하인 2, 3명

포졸(捕卒) 여러 명

잡부(雜夫) 2, 3명

병사 여러 명

부윤(府尹) **이지**(李志) 암행어사로 등장

관원(官員) 부윤의 부하

제 1 절

장의 〔부인 조씨, 아들 장효우, 며느리 이옥아, 머슴 홍아와 함께 등장〕 나는 성이 장씨이고 이름은 의(義)이며 자는 문수(文秀)라 부르는 남경(南京)[1] 사람입니다. 집안에는 처 조씨와 아들 장효우, 며느리 이옥아의 네 식구가 있습니다. 나는 이 죽간항(竹竿巷) 마행가(馬行街)에 살면서 전당포(典當鋪)를 경영하고 있는데, 금사자(金獅子)라는 간판을 내걸어 사람들은 모두 나를 금사자장원외(金獅子張員外)라 부르고 있습니다. 때는 지금 초겨울인데 함박눈이 펄펄 내리고 있군요. 효우야! 이 길거리 쪽 이층 방에 술상을 차려다오! 우리 두 부부는 눈구경이나 하면서 술 좀 마시련다!

조씨 영감! 이런 함박눈은 정말 나라의 상서(祥瑞)라지요?

장효우 아버지, 어머니! 오늘 눈경치는 정말 볼 만합니다. 제가 길거리가 잘 보이는 2층에 술상을 차려 올릴 것이니, 아버지 어머니는 눈구경 잘하십시오! 홍아야! 술을 가져오너라!

홍아 술 예 있습니다!

장효우 〔술을 따라 올리며〕 아버지, 어머니! 한 잔 쭉 드십시오!

장의 정말 굉장한 눈이로구나!

〔노래 ; 仙呂 點絳脣〕
　　고운 구름 하늘을 가리고
　　옥가루 같은 눈송이는 펄펄,

---

1) 남경(南京) : 지금의 하남성(河南省) 개봉현(開封縣). 금(金)나라 때에 남경이라 불렀으며, 지금의 남경과는 전혀 다른 곳이다.

삭풍은 매서운데 온 세상이 은빛일세.

시인 맹호연(孟浩然)[2] 같은 사람 있다면 곧 나귀 타고 매화 찾아 나서리라.

장효우 이처럼 때에 알맞는 상서로운 눈은 정말 좋은 겨울 풍경의 하나지요!

장의 〔노래 ; 混江龍〕
지금은 마침 첫 겨울
너희들은 동지라지만
나는 봄이 오는 듯하구나!

장효우 이런 동짓달에 어찌 봄이 되겠습니까?

장의 〔노래〕
그렇지 않다면 어째서
배꽃잎이 펄펄 날리고
버들솜 어지러이 날리느냐?
배꽃잎 떨어져 은세계 이루고
버들솜 날려서 옥세상 꾸며졌잖느냐?
나는 지금 아름다운 경치 좋은 철을 만나,
비단장막 드리우고
꽃방석에 앉아
많은 금쟁반에 귀한 음식 늘어놓고
은병을 기울여 좋은 술 따르고 있네.

---

2) 맹호연(孟浩然) : 당(唐)대의 시인. 풍설 속에 나귀타고 매화를 찾아 헤맸다는 얘기가 전한다. 원(元) 잡극에는 이 얘기를 극화(劇化)한 마치원(馬致遠)의 〈답설심매(踏雪尋梅)〉라는 작품이 있다.

　　내 본디 서울의 낮은 백성이지만
　　정말로 서울의 의젓이 사는 백성 되었네.

장효우　술을 가지고 오너라! 아버지, 어머니! 다시 한 잔 드십시오!
장의　나는 여기서 길거리 구경이나 하자! 2층에서 저 길거리를 어지
러이 시끄럽게 왕래하는 사람들을 구경하면서 천천히 술이나 마셔
보자!

여관집 사동　[등장, 시를 읊는다.]
　　심부름하고 돌아와도 땀 마를 사이조차 없고,
　　잠자리에 들어가서도 내일 아침 일 생각해야 하네.
　　어째서 집안 일 하면 머리 먼저 희어지는지 아는가?
　　매일 생각느니 여러 가지 할 일 때문이라네.

　　저는 이 여관의 사동이에요. 우리 여관에 한 젊은이가 묵고 있는
데, 방값 밥값을 모두 미루고 주지 않는군요. 이제는 주인이 나를
의심하게 되었으니, 나는 그를 불러내어 쫓아 버려야겠네요. 그럴
수밖엔 없어요. [소리지른다.] 여봐요! 젊은 양반! 이리 나와요!
진호　[등장] 형씨! 나를 불렀소? 내가 묵은 방값과 밥값을 형씨에게
내지 못한 것 알고 있어요!
사동　일도 없이 당신을 부르겠어요? 문밖에 어떤 사람이 당신을 일
가라며 찾고 있어요!
진호　날 놀리지 말아요!
사동　내가 왜 당신을 놀려요? 문이나 열고 봐요!
진호　정말이오? 어디?
사동　[그를 밀어낸다.] 당신 나가요! 이 문은 잠그겠어요! 큰 바람 불
고 눈 오는 속에 얼어죽든 굶어죽든 내 알바 아니요! [퇴장]

진호 형씨! 문 좀 열어줘요! 내 형씨에게 방값 밥값 내지 못한 것 알고 있소. 이처럼 모진 바람 불고 눈 내리는 추운 날씨에, 날 밀어 쫓아내면 난 얼어죽지 않겠어요? [소리지른다.] 여봐! 형씨! 어찌 나를 문밖으로 내쫓는단 말이오? 몸에는 홑옷만 걸쳐 춥고, 배 속은 또 텅 비어 있는데, 어떻게 견디어 내라는 거요?

   저기 커다란 집은 필시 호인들이 사는 집이렷다! 하는 수 없다! 내 장타령 한 가락 불러 밥이나 빌어 먹자! [타령을 시작한다.] 에 ―, 얼씨구씨구 들어간다아, 절씨구씨구 들어간다아. 작년에 왔던 각설이, 죽지도 않고 또 왔네에. ……머리가 핑핑 돌고 쓰러지겠네! [쓰러진다.]

장의 효우야! 봐라! 저 아래 한 사람이 얼어 넘어졌다. 참 불쌍하구나! 너 가서 저사람을 2층으로 데려와 목숨이나 살려주자! 이것도 음덕(陰德)이 될거야!

장효우 알았습니다! 제가 가보겠습니다. 정말 한 젊은이가 얼어 넘어져 있군요! 아래 방에 홍아 있니? 저사람을 2층으로 데려오너라! [홍아, 부축하여 올라온다.]

장의 효우야! 불을 피워 저 사람을 녹여 주어라!

장효우 알았습니다!

장의 저 따끈한 술을 따라다가 저사람에게 먹여 보아라!

장효우 여봐요! 젊은이! 따끈한 술 한 잔 마셔봐요!

진호 [술을 마신다.] 술 따끈하고 아주 좋네요!

장의 한 잔 더 마시게 주어라!

장효우 한 잔 더 마셔 봐요!

진호 좋은 술이네요! 좋은 술이에요! 한 잔 더 마실까요?

장의 여보, 젊은이! 이제 조금 전 얼어 넘어졌을 때에 비하여 좀 괜찮소?

진호 이제 살아나 정신이 들었습니다!

장의 여보, 젊은이! 당신은 어디 사람이오? 성은 무엇이고, 이름은 무어라 부르오? 무엇 때문에 이 함박눈이 내리는 속에 얼어 쓰러졌소? 어디 한번 말해 보시오! 들어봅시다!

진호 저는 서주(徐州) 안산현(安山縣) 사람이고, 성은 진, 이름은 호라 부릅니다. 장사를 하러 나섰다가 겨울철 유행병에 걸리어 노자를 한 푼도 없이 다 써버렸습니다. 제가 묵던 여관집에서 방값과 밥값을 내지 않는다고 저를 쫓아내어, 이렇게 영감님 댁 앞에 얼어 쓰러지게 되었던 것입니다. 만약 영감님께서 저의 목숨을 구해주시지 않으셨다면 어찌 제가 지금껏 살아있겠습니까?

장의 정말 가엾은 사람이군!

〔노래 ; 油葫蘆〕

　저사람의 누더기 옷은 몸도 다 가리지 못했으니,
　매우 살림이 궁했던 모양일세.
　내 어째서 따끈한 술을 연거푸
　저 사람에게 석 잔이나 마시게 했는지 아는가?

　젊은이! 예로부터 당신만이 가난했던 것은 아닐세!

장효우 아버님! 그러면 어떤 옛사람들이 또 가난했었단 말씀이십니까?

장의 〔노래〕
　본시는 소진(蘇秦)³⁾도 출세 전엔 가난했었으나,

---

3) 소진(蘇秦) : 전국(戰國)시대 낙양(洛陽) 사람. 본시 가난했으나 귀곡자(鬼谷子)에게 종횡가(縱橫家)의 이론을 배워, 여러 나라들을 유세(遊說)하여 제(齊)·초(楚)·연(燕)·조(趙)·한(韓)·위(魏)의 여섯 나라가 힘을 모아 강한 진(秦)나라에 대항토록 하였다. 그 결과 소진은 여섯 나라의 상인(相印)을 한몸에 차게 되었다 한다.

훗날 그가 때를 만나게 된 뒤에야
바로 허리에 황금의 재상인(宰相印)을 차게 되었던 것이라네.
세상 사람들은 인정머리없고 마음 약하여,
저 먼지 구덩이 속에 수많은 인재들을 묻어 죽인 셈이라네!

너 저 사람을 보아라! 시운을 아직 만나지 못한 거지!

〔노래〕
저 사람도 어찌 한평생 남만 못하게 살겠느냐?

효우야! 솜옷을 한 벌 내오너라!
장효우 〔가서 옷을 가져온다.〕 솜옷 여기 있습니다!
장의 젊은이!

〔노래 ; 天下樂〕
내 당신에게 옷 한 벌 주나니,
헌 것 벗어 버리고 새 것으로 갈아입으오!

또 돈 다섯 냥을 갖고 오너라!
장효우 〔돈을 가져온다.〕 다섯 냥의 돈 여기 있습니다!
장의 이 돈은,

〔노래〕
내 당신에게 노비로 주는 것이니,
바로 우리집을 떠나도록 하오!

진호 소인의 목숨을 구하여 살려주시고, 또 이렇게 많은 돈까지 주시
니, 이 은혜 어떻게 갚아야 할는지 모르겠습니다!
장의 젊은이! 이 옷과 돈은,

〔노래〕

　다만 한때의 위급을 구해 주고
　당신의 기개(氣槪)를 북돋아주려는 것뿐이니라!

진호　고맙습니다! 영감님!
장의　젊은이! 당신 마음에 새겨두시오!

〔노래〕

　장래에 불같이 붉은 수실 목에 맨 말을 타고,
　머리 위엔 구름 같은 양산 펴고 다니도록,
　젊은이 속히 벼슬하여 출세하기 바라오!

　효우야! 네가 저 사람을 부축하여 아래층으로 가거라!
진호　영감님 덕분에 제 목숨 구하였으니, 이승에서 못하면 저승에 가
　서라도 나귀가 되든 말이 되든 하여, 영감님 은덕 빚을 갚겠습니다!
장효우　훌륭한 젊은이군! 우리집은 안팎으로 언제나 돈을 다루는데,
　호위하는 사람이 모자란다. 나는 저 사람과 의형제를 맺고 싶은데
　저 사람 생각은 어떤지 모르겠군. 어디 한번 물어볼까?
　　여봐요! 젊은이! 당신은 지금 나이가 얼마나 되었소?
진호　저는 스물 다섯입니다.
장효우　내가 당신보다 다섯 살이 많군! 나는 갓 서른이오! 나는 당
　신과 의형제가 되고 싶은데, 당신은 어떻게 생각하시오?
진호　제가 먹는 것은 고사하고 입고 있는 것만이라도 보십시오. 저를
　놀리지 마십시오!
장효우　나는 당신을 놀리는 게 아니오!
진호　형제는 그만두고 나귀 몰이나 마부 노릇을 하라 한데도 기꺼이
　고삐를 잡겠습니다! 〔절을 한다.〕

장효우 절하지 말아요! 내가 정말 조심성이 없었군! 아버님과 어머님께 여쭈어보지도 않고 어떻게 이 사람과 의형제를 맺을 수가 있겠는가? 젊은이! 나는 아직 부모님께 여쭈어보지 않았소. 만약에 승낙하신다면 정말 말할 수 없는 기쁨이겠지만, 만약에 승낙하시지 않으신다면 당신에게 더 많은 노비를 보태어 주리다! 당신은 아래층에서 좀 기다리시오!

[가서 장의를 만난다.] 아버님, 어머님! 제가 한 가지 여쭈어보고 싶은 일이 있습니다. 부모님 승낙 없이는 감히 멋대로 결정치 못하겠습니다!

장의 애! 무슨 일인데?

장효우 방금 얼어 쓰러졌던 그 사람 말입니다. 제가 생각하기로는 저의 집은 늘 안팎으로 돈을 만지게 되는데, 호위하는 사람이 없습니다. 저는 그 사람을 의형제로 삼고자 하는데, 부모님의 뜻은 어떠하신지 모르겠습니다!

장의 방금 그 사람은 이름이 진호라는데, 생김새가 나쁜 상이다. 그에게 노비나 좀 더 얹어주어 돌려보내는 것이 좋을 것이다.

장효우 아버님! 그렇지 않습니다! 제 눈에는 좋은 사람으로만 보이는데요?

장의 이미 네 마음속으로 작정하였다면, 그를 2층으로 데려오거라!

장효우 아버지, 어머니! 고맙습니다!

[가서 진호를 만나보며] 동생! 아버님 어머님도 모두 응낙하셨네! 2층으로 가서 아버님과 어머님을 뵙기로 하세!

[진호, 와서 뵙는다.]

장의 여봐요, 젊은이! 우리 효우가 자네를 의형제로 삼으려 하는데, 자네 생각은 어떠한가?

진호 나귀를 몰라시든 말을 끌라시든 기꺼이 고삐를 잡겠습니다!

장의 묻는대로 대답 잘하는군!

장효우 동생! 아버님과 어머님께 절을 해야지!

　[진호, 절을 한다.]

장효우 아버님, 어머님! 처도 불러다 동생과 상면을 시키면 어떨까요?

장의 애! 그건 온당치 않은 듯하다.

장효우 아버지! 괜찮습니다! 제가 보기에 이 사람은 좋은 사람입니다!

장의 네가 알아서 해라! 네가 알아서 해!

장효우 여보! 와서 동생과 상면하오! 동생! 형수에게 인사해요!

진호 〔장효우의 처에게 절을 하며〕 형수님! 처음 뵙습니다!

이옥아 쯧쯧! 저 눈길이 흡사 도적놈 같네!

진호 〔혼잣말로〕 참 멋진 여잘세!

장의 효우야! 데려다 옷을 갈아입혀라!

장의 우리 가서 옷을 갈아입자!

　〔진호, 퇴장〕

조흥손 〔칼을 목에 차고 포졸과 함께 등장〕 저는 조흥손(趙興孫)인데, 서주(徐州) 안산현(安山縣) 사람입니다. 장사를 하고 다니다가 이곳 한길 가에서 한 젊은 사람이 늙은 사람을 때리는 것을 보았어요. 제가 가서 말렸는데도 그자는 들은 체도 않더군요. 하는 수없이 저는 그 젊은 사람을 단지 한 주먹 갈겼는데 뜻밖에도 그자는 맞아 죽어 버렸습니다. 그 자리에서 저는 관원에게 잡히어 관가로 끌려 갔지요. 본시 사형을 당할 것이었으나 다행히도 그곳 형방(刑房) 덕분에 목숨을 건지어, 과실치사죄로 죄목이 바뀌어 곤장 예순 대를 맞고 사문도(沙門島)4)로 귀양가는 중이에요.

---

4) 사문도(沙門島) : 산동성(山東省) 봉래(蓬萊) 서북쪽 바다 가운데 있는 작은 섬. 옛날에 죄인을 유배(流配)보내던 섬이다.

　　마침 겨울철에 큰눈이 이렇게 내리고 있는데, 몸에 걸친 것은 홑옷이고 배는 몹시 굶주리고 있습니다. 포졸형! 이집은 필시 부잣집인 듯하니, 먹다 남은 밥과 국이라도 동냥하여 먹은 다음에 천천히 가기로 하십시다! 문앞에 다 왔군. 아저씨, 아주머니! 동냥 좀 주십시오!

장의　효우야! 저 아래를 봐라! 한 칼을 쓴 사람이 있구나! 불쌍하지. 저 사람에게 밥을 좀 주어라!

장효우　알았습니다! 내려가 알아보지요!

　　[아래층으로 내려가 조홍손을 만난다.] 여보! 젊은이! 당신은 어디 사람이며, 이름은 무어라 부르오? 무엇 때문에 이렇게 칼을 쓰고 사슬에 매어있소?

조홍손　저는 서주 안산현 사람이고, 이름은 조홍손이라 합니다. 장사를 하느라고 한길을 가는데 한 나이 젊은 사람이 늙은 사람을 때리고 있더군요. 저는 창졸간에 길가다 옳지 못하다 여기고 그 나이 젊은 녀석을 한 주먹 때렸는데 죽어 버렸습니다. 관가로 끌려가 과실치사라는 판결을 받고 곤장 60대를 맞고 사문도로 귀양가는 중입니다. 철은 눈이 내리는데, 몸에는 걸친 옷 변변찮고 배 속은 텅 비어 하는 수 없이 아저씨 아주머니께 남은 밥과 국을 구걸하게 된 것입니다.

장효우　그랬었군요. 좀 기다리시오!

　　[올라가 장의에게] 아버지! 제가 물어보니 이 사람은 사람을 때려 죽이고 귀양을 가는 중이랍니다.

장의　어! 저자는 죄진 사람이군! 그렇지만 관가에서 얼마나 많은 고통을 겪었는지 모를 일이지. 내가 은덕을 베풀 상대는 못되는 듯하다만, 애야! 그 사람을 2층으로 데려오너라! 내 좀 물어보자!

장효우　[소리친다.] 여봐요! 죄수! 2층으로 올라오시오!

　　[포졸, 조홍손과 함께 와서 뵙는다.]

장의　물어봅시다! 당신은 어디 사람이며, 이름은 무어라 부르오? 무엇 때문에 칼을 쓰고 쇠사슬에 매어있소? 한번 얘기해 주시오!

조흥손 저는 서주 안산현 사람이고, 이름은 조흥손이라 합니다. 장사
를 하느라 저자 옆 큰길을 가는데, 한 나이 젊은 사람이 늙은 사람
을 때리고 있었습니다. 저는 창졸간에 길에서 옳지 못하게 여기고
그 젊은이를 단지 한 주먹 때렸는데 죽어 버렸습니다. 바로 관가로
끌려가 과실치사라는 판결을 받고 곤장 60대를 맞은 다음 사문도로
귀양가는 중입니다. 겨울 눈오는 날인데 몸에는 걸친 것도 변변치
않고 배 속은 텅 비어 하는 수 없이 남은 국과 밥이라도 동냥하려
고 왔던 것입니다.

장의 허! 내 마누라도 조가요! 5백 년 전에는 한집안이 아니었는지
모를 일이오! 효우야! 돈 열 냥과 솜옷을 한 벌 갖고 오너라!

장효우 돈과 솜옷 다 여기 있습니다!

조씨 여보, 젊은이! 주인은 당신에게 돈 열 냥과 솜옷을 한 벌 주는
데, 나는 별로 줄 것이 없구려! 여기 금비녀 한 개가 있으니 노비
에 보태시오!

조흥손 고맙습니다! 아저씨, 아주머니! 간 큰 짓인 줄 아오나, 감히
아저씨와 아주머니의 성함을 알고 싶습니다. 소인이 뒷날 결초보은
(結草報恩)이라도 해야겠습니다!

장의 젊은이! 나는 금사자 장원외라 부르고, 아주머니는 조씨이며, 이
아들놈은 장효우이고, 또 며느리 이옥아가 있소. 잘 기억해 두구려!

조흥손 아저씨는 금사자 장원외시고, 아주머니는 조씨, 아드님은 장
효우시고, 며느님은 이옥아십니다. 소인은 마음속에 새겨놓은 듯 잊
지 않겠습니다. 소인이 앞으로 그냥 죽어 버린다면 저승에 가서 나
귀나 말이 되어서라도 이 은혜는 꼭 갚겠습니다! 만약에 죽지 않고
목숨만 부지된다면 이 은혜는 틀림없이 갚겠습니다! [절을 하고 아
래층으로 내려간다.]

진호 [쫓아 나오며] 피! 내 눈으로 이런 궁상은 아직도 못 보았다. 너는 무얼 하는 녀석이냐?

조흥손 저는 조흥손입니다.

진호 너 나를 알아보겠니?

조흥손 뉘신데요?

진호 바로 나는 둘째 주인이야!

조흥손 [큰 소리로] 둘째 주인님!

진호 닥쳐! 소리치지 말아! 네가 갖고 있는 건 무엇이지?

조흥손 영감님께서 제게 준 돈 열 냥과 솜옷 한 벌입니다. 아주머님께서도 금비녀 한 개를 주어 제게 노비에 보태 쓰라 하셨습니다!

진호 아버님과 어머님은 정말 손이 작으시네. 겨우 이런 것들을 주다니! 당신 이리 와요! 내 당장 아버님과 어머님께 말씀드려 더 많은 돈을 내어 당신 노비에 보태 쓰도록 하리다! 당신은 이 아래층에서 기다리시오!

진호 [가서 장의에게] 아버지! 아래층 칼을 쓰고 쇠사슬에 매여있는 자에게 아깝게도 그렇게 많은 물건을 주십니까? 제게 일할 밑천이나 하라고 주는 게 더 좋지 않으십니까?

장의 여보! 이것 좀 보오! 진호야! 내 이 살림을 벌써 네 맘대로 하려는 거냐?

진호 그놈 낯짝을 보니 평생 출세하기는 글렀습니다. 그놈은 눈썹 밑에 눈까풀이 없고, 입가에는 굶주림의 주름살이 있습니다. 앞으로 얼어죽지 않는다면 굶어죽을 자입니다!

장의 닥쳐!

[노래 ; 後庭花]
　　너는 그의 눈썹 밑에 눈까풀이 없고

그의 입가에는 굶주림의 주름살이 있다지만,
사람은 두고봐야 알게 된다 하였느니라!

진호야! 나는 가난한 사람들끼리는 마음속으로나마 서로 친할 줄
알았는데!

진호 아깝게도 너무 많은 돈을 그자에게 주었어요. 그자가 돈이라도
벌게 될 줄 아십니까?

장의 〔노래〕
너는 그 사람을 헐뜯고 있는데,
그 사람은 지금 몸이 궁지에 빠져 있으니,
네가 그에게 나쁜 말을 한다면
그는 너에게 죽도록 원한을 품을 것이라.
은인이 되든 원수가 되든
너의 둘의 일이라지만,
옳고 그름은 이 제삼자에게도 관계가 있느니라.
어째서 잽싸게 그의 돈을 빼앗아 왔느냐?

허! 진호야! 내가 방금 그에게 몇푼 준 돈을 네가 잽싸게도 빼앗
아 왔구나! 네가 빼앗았다는 것을 아는 사람은 모르지만, 그걸 모르
는 사람은 이 장원외가 사람들에게 돈을 주었다가는 잽싸게 다시 빼
앗아 갔다고 말할 것이 아니냐?

〔노래 ; 靑哥兒〕
진호야!
내가 말에 신용 없는 인간이 되겠다.

효우야!

[노래]

　너는 정말 눈이 삐었구나!

여기의　두 사람아!

[노래]

　그는 지금 쇠사슬 몸에 감고 귀양가는
　때를 못 만나 먼지 구덩이 속 곤경에 빠진 사람.
　너는 말하기를 그는 한평생 살아가는 동안
　반평생을 외롭고 가난하게 살며
　쪽도 못 피고 살 것인데 언제 은혜를 갚게 되겠냐고 했지?
　너도 조금 전까지는 친한 사람 하나 없고
　넋을 잃은 채
　남의 집 대문 찾아다니며
　목청 높이어 각설이타령 부르지 않았던가?
　진호야!
　너도 그토록 궁한 때가 있었지 않으냐?

　진호야! 그 물건들을 그 사람에게 돌려주어라!
장효우 동생! 어째 이러는 거야? 이리 내! 내가 갖다 줄게!
　[조흥손에게 가서] 이것들을 왜 갖고 가지 않소?
조흥손 방금 저 둘째 주인님께서 노비를 뺏어갔던 것입니다!
장효우 젊은이! 그 사람은 둘째 주인이 아니오! 그는 진호라는 사람
　인데, 역시 눈 속에 얼어 넘어져 있던 사람을 내가 구하여 준 다음
　의형제를 맺은 것이오! 섭섭히 생각치 마시오! 노비는 모두 여기
　있으니 갖고 가시오!
조흥손 [고맙다고 인사하며] 진호야! 너도 눈더미 속에 얼어 넘어졌던

사람이라는데, 내 돈과 옷을 뺏어갔었지? 내가 은혜를 입은 것은 장원외 한집안 식구들이오, 원수를 지게 된 것은 진호 네 놈이다! 내 한길에서 그자를 만나게 된다면 말 한마디도 안할 것이고, 뒷골목에서 만나게 된다면 한 손으로는 멱살을 움켜잡고 다른 주먹으로는 볼기짝과 콧잔등을 요절낼 거다! 아이고! 악을 썼더니 곤장 맞은 자리가 아프구나! 진호야! 우리 둘은 언제건 다시 만나게 될 거다! 〔포졸과 함께 퇴장〕

장의　여보! 진호란 녀석이 방금 내가 저에게 몇 마디 말했다고, 나를 언짢게 생각하고 있는 눈치요. 내 훈계를 하여 그 녀석을 눌러 놓아야겠소!

　진호야! 내가 방금 네게 몇마디 말했다고 나를 언짢게 생각해서는 안된다! 내가 네게 무어라 말하지 않았다면 그 사람이 어떻게 우리집 문을 나갔겠느냐? 진호야! 너는 "친한 사람은 원망하되, 소원한 사람은 원망치 않는다"는 속담을 아느냐?

진호　저는 바로 집안 일을 돌볼 심복입니다. 그렇게 많은 돈을 그 궁한 녀석에게 주신 것이 아깝습니다!

장의　〔노래 ; 賺煞尾〕
　한 끼 밥이라도 은혜는 잊지 말고,
　눈 흘겼다 해도 원한은 갖지 말라는 말 못들었는가?
　이 녀석은 남의 작은 잘못은 새겨두면서도 남에게 진 큰 은혜는 잊어버리니,
　자기 겨드랑이에 장작 끼고 스스로 사서 고생하는 꼴이네.
　노인 공경하고 가난한 사람 동정할 줄은 전혀 모르고,
　성을 내며 잽싸게 그의 돈을 빼앗았네.

네가 탈취해 왔기 때문에,

〔노래〕
　　나도 무안하였고
　　그는 창피했을 것이니,
　　진호야! 너는 고약하구나!

　진호야! 옛날에 두 어진 사람이 있었다. 너는 그 중 한 사람은 본받고, 다른 한 사람은 본받지 말아라!

진호　아버지! 저는 어떤 사람을 본받아야 합니까?

장의　〔노래〕
　　너는 오직 진(晉)나라 영첩(靈輒)5)처럼 은혜 갚는 일을 본떠야 하느니라!

진호　어떤 사람을 본받지 않아야 합니까?

장의　〔노래〕
　　위(魏)나라 방연(龐涓)6)처럼 원한을 품는 것을 본떠서는 안되느니라!
　　아서라, 아서라!
　　네게 권하노니 때를 만난 사람이 방금처럼 때 못만난 것을 비웃어서는 안되느니라!

---

5) 영첩(靈輒) : 춘추(春秋)시대 진(晉)나라 사람. 진나라의 정경(正卿) 조순(趙盾)이 어느 날 사냥을 나갔다가 영첩이 굶고 있는 것을 보고는 먹을 것을 보내준 일이 있었다. 뒤에 진나라 영공(靈公)이 군사들을 시켜 조순을 잡아죽이려 하였는데, 영첩이 나서서 조순을 결사적으로 보호하여 조순이 죽음을 면할 수 있었다 한다.

6) 방연(龐涓) : 전국(戰國)시대 위(魏)나라의 장군. 손빈(孫臏)과 함께 병법(兵法)을 배웠는데, 늘 손빈의 재능을 질투하고 있다가 마침내는 계책을 써서 손빈의 두 다리를 모두 잘라 버렸다 한다.

[퇴장]

장효우 동생! 아버님께서 방금 몇 말씀하셨대서 언짢게 생각 말게!
진호 아버님 말씀이 옳아요! 형님! 저는 돈을 받으러 가겠어요!

[시를 읊는다.]
　　장원외는 돈이 많은데
　　나와 의를 맺어 가족이 되었네.
　　내 마음은 그래도 부족하여
　　조흥손을 원망하고 있네. [퇴장]

제2절

장효우 [홍아와 함께 등장] 기쁨이 다하기도 전에 걱정이 찾아오네요. 의형제를 맞아들인 뒤로 내 마음은 매우 즐거웠어요. 그런데 뜻밖에도 제 처가 임신을 하였는데, 다른 여자들은 임신한 지 열 달이면 아이를 낳는 데 비하여, 우리집 마누라는 18개월이 넘도록 분만을 못하고 있으니 정말 걱정이네요. 동생은 돈을 받으러 나갔고, 나는 이 전당포를 지키고 앉아있는 거지요.

진호 [등장] 나가서나 들어와서나 이름이 같은 나는 바로 진호라는 자외다. 여긴 아무도 없으니 말 좀 바로 해볼까? 나는 평소에 좋지 못한 못된 짓을 많이 하여, 내 고향 어른들이 "진호야! 넌 여기를 떠나라!"고 하잖겠어요? 나는 그때 말하기를 "어르신네들! 나는 이번에 떠나가서 장사를 하여 한밑천 단단히 잡지 못하면 돌아오지 않을 것이고, 꽃 같은 어여쁜 마누라를 얻지 못하더라도 돌아오지 않겠습니다!"고 잘라 말했지요. 그런데 뜻밖에도 이곳에 이르러 추위 때문에 유행병에 걸렸는데, 노비는 한 푼도 없이 다 써버렸고, 묵고 있던 여관집 주인에게 방값 밥값을 내지 못하여 쫓겨났었지요. 다행히도 이집 문앞에 얼어 쓰러졌는데, 이집 사람이 내 목숨을 구해 준 위에 나와 의형제를 맺어 주었지요. 한집안 착한 식구들이 모두 내 손아귀에 들어왔다 이겁니다! 그런데 저 많은 금은과 양식도 별 게 아니고, 마음으론 오직 우리 형수 생각만을 하게 된 것이오.

　　나는 지금 돈을 받으러 갔다 돌아오는 길이니 형님을 가서 만나야지요. 애들아! 형님 어디 계시니?

흥아　전당포 안에 계셔요.

진호　〔가서 만난다.〕 형님! 돈을 받으러 갔다 왔습니다!

장효우　아우! 밥은 먹었나?

진호　전 아직 밥 안 먹었는데요.

장효우　그럼 넌 가서 밥 먹어라! 나는 속이 좀 편치 않구나.

진호　〔문을 나간다.〕 가만있자! 진호야, 생각을 해봐라! 무슨 파탄이 생긴 것이 아니겠느냐? 보통 때엔 우리 형이 나만 보면 무척 기뻐했는데, 오늘은 나를 보고도 걱정이 있는 듯하지 않았느냐? 진호야! 너는 총명한 녀석이 아니냐? 틀림없이 아침저녁으로 내가 밥먹고 옷입는 것을 보고는 매우 속이 언짢아진 것이야! 그래서 은혜가 클수록 원한도 깊어진다고 했지! 내 이제 이 기회에 우리 형을 떠나 다른 곳으로 가서 한바탕 장사를 벌이는 게 좋지 않겠느냐?

　　〔가서 장효우를 만난다.〕 형! 은혜가 더 커져서 원한도 더 깊어지지 않도록 해야지요! 우리집에서 편지를 보내어 와 나를 집으로 돌아오라 하는군요. 당장 오늘 형을 작별하고 서주로 돌아가야겠어요!

장효우　동생! 혹 아이들이 동생에게 무슨 말을 한 것은 아닌가?

진호　누가 감히 내게 뭐래요?

장효우 아무도 동생에게 뭐라 하지 않았다면 어째서 갑자기 집으로 돌아가겠다는 건가?

진호 형님! 군자는 맞대놓고 솔직히 말하는 것을 꺼리지 않는다 했습니다. 매일 이 동생이 돈을 받아 돌아오면 형님은 저를 보고 퍽 기뻐하셨는데, 오늘은 저를 보면서 걱정을 하였습니다. 이 동생이 돈에 대하여 분명하지 않다고 생각하는 듯하니, 돌아가는 것이 좋을 듯합니다.

장효우 동생! 동생은 내 마음속의 일을 모르지. 이곳에 딴 사람은 없으니 동생에겐 말해 주지. 다른 여자들은 임신을 한 뒤 열 달이 차면 아이를 낳는데, 네 형수는 아이를 밴 지 열여덟 달이 되었는데도 아이를 낳지 못하여 걱정하고 있는 거네.

진호 그래서였군요. 형이 일찍이 내게 말하였더라면 지금쯤은 형수께서 이미 분만을 오래 전에 하셨을 겁니다.

장효우 무어라고?

진호 우리 서주의 동악묘(東岳廟)는 지극히 영험하고 지극히 신성합니다. 거기에 옥돌잔이 하나 있는데, 던져서 위로 젖혀지면 대길(大吉)하여 아들을 낳고, 던져서 옆으로 뉘어지면 딸을 낳고, 던져서 엎어지면 귀태(鬼胎)랍니다. 그곳은 또 장사하기도 좋은 곳이어서 이익을 열 배는 볼 수 있을 것입니다.

장효우 그렇다면 우리 둘이 옥돌잔을 던져 보러 가자!

진호 우리 둘이 가서는 되지 않습니다. 임신한 분이 친히 가서 옥돌잔을 던져야 영험하다고 합니다.

장효우 내 가서 아버님께 말씀드리지.

진호 가만, 가만! 형과 형수와 나 이외의 또 다른 사람이 알아도 영험이 없습니다.

장효우 동생 말이 옳다면, 돈과 재물을 많이 꾸려 가지고 한편으로

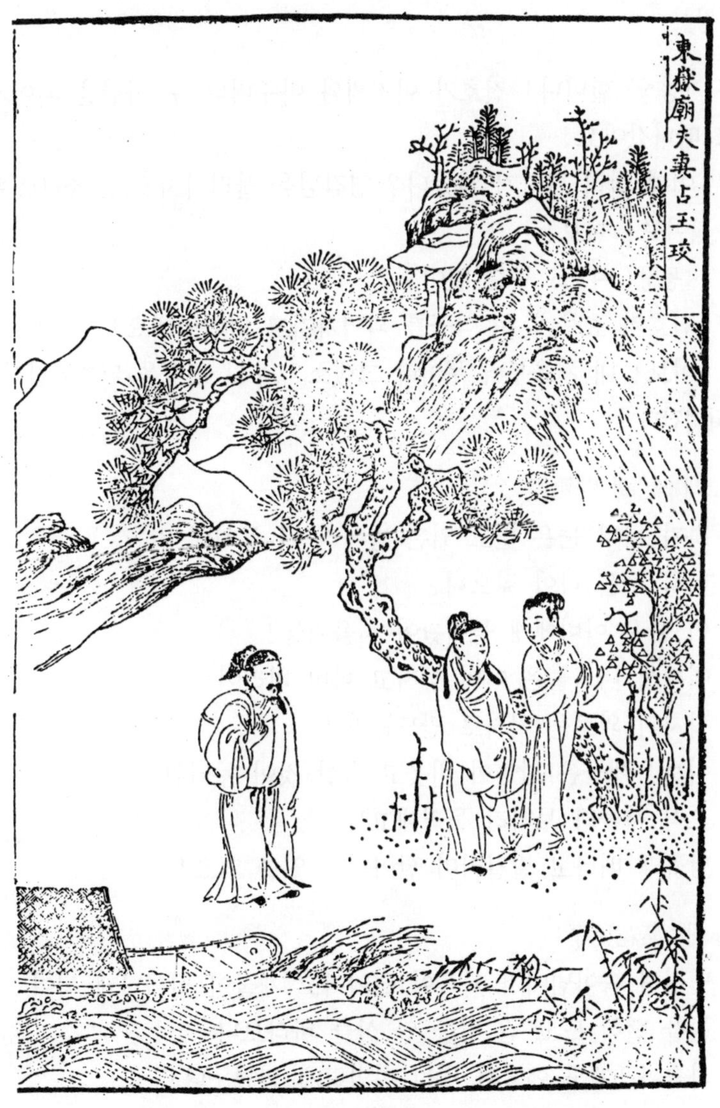

명간(明刊)《원곡선(元曲選)》의 〈한삼기〉 삽화

옥돌잔도 던지고 또 한편으로는 장사도 할 겸 함께 가보자! 〔함께
퇴장〕

흥아 〔등장〕 할머니! 진호가 아저씨와 아주머니 두 사람을 꾀어가지
고 떠나갔어요!

조씨 어째 빨리 말하지 않았니? 영감님을 불러야지! 〔큰 소리로 부른
다.〕 여보! 여보!

장의 〔등장〕 여보! 무슨 일이오?

조씨 진호가 효우네 두 식구를 꾀어가지고 달아났대요!

장의 여보! 내 처음부터 무어라 그랬소? 우리 애들을 뒤쫓아갑시다!
〔달려간다.〕

〔노래 ; 越調 鬪鵪鶉〕
　　화가 나니 눈은 멀고 입은 벙어리 된 듯하네.
　　너희 둘은 나이 젊으니
　　이 늙은 아비에게 물어봤어야 옳거늘!
　　어째서 너희들은 어미 등지고 아비 버리어
　　갑자기 외로운 처지로 만드는가?
　　여보! 애들은 남들이 비웃고 욕할 것이 두려워
　　오직 서둘러 보따리 둘러메고서
　　남몰래 배타고 말달리며 달아나고 있을 거요!

〔노래 ; 紫花兒序〕
　　멀쩡히 속아넘어가 가족이 흩어지고 재물이 달아나게 되어,
　　눈을 뻔히 뜨고 긴 강물 먼 산들 바라보니
　　가슴아프게도 애들과 멀리 이별하게 되었구나!

〔울면서〕 하나님! 어째서 이런 변고가 생겼나요? 애야! 너희들 때

문에 내 얼마나 걱정인지 아느냐?

조씨 효우가 며늘아이까지 데리고 그렇게 많은 돈까지 갖고 떠났다니, 아마도 장사를 하려고 나간 것이겠지요?

장의 〔노래〕

알고 보니 그애가 값나가는 물건들을 꽤 갖고 갔는데,

돈이야 무엇이 그렇게 대단하오?

〔노래〕

하나님!

어떻게 나이 젊은 자기 처까지 데려간단 말인가?

만약에 가다가 잘못이라도 생기는 날이면

애야! 너희 이 두 늙은 부모들은 무얼 바라고 살란 말이냐?

정말 무모하고 담이 크구나!

만약 네가 집 등지고 고향 떠나 버린다면

누가 우리를 봉양하겠느냐?

조씨 여보! 우리 어서 그애들을 뒤쫓아가 봅시다!

장의 〔달려가면서〕 황하 가에 오기는 하였는데, 저렇게 많은 배들이 있으니, 어디로 가서 그애들을 찾는단 말인가? 우리 여기에 꿇어앉아 있습시다! 만약 효우녀석이 하루 종일 지나도 배에서 내려오지 않는다면 우리도 하루 종일 꿇어앉아 있고, 이틀이 지나도록 배에서 내려오지 않는다면 이틀 꿇어앉아 있습시다. 그러면 천 사람 만 사람이 보고 그를 욕하여 그 녀석은 욕 때문에도 견디지 못할 거요!

장효우 〔이옥아와 함께 등장〕 이분들은 아버지와 어머니 아니신가?

조씨 너희들 어디 가는 거냐? 속상해 죽겠다!

장의 아이구! 효우야! 너 때문에 얼마나 걱정했는지 아느냐?

〔노래 ; 小桃紅〕
이처럼 좋은 아들 좋은 며느리 모두가 눈앞의 꽃일 뿐,
차라리 이들을 기르지 않음만도 못하구나!

장효우 아버님! 어머님! 걱정 마십시오! 저는 가서 옥돌잔을 던져 보고는 바로 돌아오겠습니다!

장의 〔노래〕
그 옥돌잔 던진다는 건 누구 말을 믿는 거냐?
아무 까닭도 없이 집을 나가려 하다니!
네 부모는 나이가 얼마나 많으냐?
어째서 슬하에서 봉양할 생각은 않고
갑자기 점을 치러 떠난단 말이냐?

이옥아 아버님, 어머님! 저희는 옥돌잔만 던져 보고는 바로 돌아옵니다!

장의 〔노래〕
닥쳐라!
며늘아이까지도 어질지 못하구나!

여보! 당신이 애들에게 좀 물어보오! 애들이 어디로 가서 무슨 옥돌잔을 던진다는 거요?

조씨 〔이옥아에게〕 아가! 너희들은 지금 어디로 가서 무슨 옥돌잔을 던진다는 거냐?

이옥아 어머님은 모르시나요? 저는 임신한 지 열여덟 달이 되도록 아이를 못 낳고 있는데, 진호가 그이에게 말하기를 자기의 고향인

서주의 동악묘는 대단히 영험해서, 거기에 옥돌잔이 있는데 그것을 던져 위로 젖혀지면 크게 길한 것으로서 아들을 낳고, 던져서 옆으로 눕게 되면 곧 딸이요, 던져서 엎어지면 귀태(鬼胎)라 합니다. 그래서 옥돌잔을 던지러 가는 것입니다.

조씨 정말이냐? 내 아버님께 얘기해 보마!

〔장의에게 가서〕 여보! 쟤들이 무엇 때문에 진호를 따라가는가 했더니, 며늘아이 몸의 기쁜 일 때문이군요. 진호가 효우에게 말하기를 그의 고향 서주의 동악묘는 대단히 영험하여, 그곳에 옥돌잔이 있는데 그걸 던져서 위로 젖혀지면 크게 길하여 바로 아들이요, 던져서 옆으로 놓이면 딸이요, 던진 것이 엎어지면 곧 귀태(鬼胎)라 한답니다. 그래서 옥돌잔을 던지러 가는 것이라오.

장의 닥쳐요!

〔노래 ; 鬼三台〕
　　내가 이제 말을 듣고 보니
　　이건 모두가 허황한 일이로다!
　　애! 효우야!
　　너처럼 총명한 아이가
　　어째서 그의 거짓말을 믿느냐?
　　저 자식이나 후손이 없는 사람들이
　　푸닥거리를 하고
　　금종이 은돈을 태운다고 해서
　　곧 효자나 어진 자손이 될 아들 딸을 점지해 주겠느냐?
　　어찌 귀신도 간사함은 용납하지 않는다 하지 않았느냐?
　　하늘이 굽어살피시느니라!

장효우 아버님! 음양의 변화는 안 믿을 수가 없는 것입니다.

장의 〔노래 ; 紫花兒序〕

　　음양의 조화나

　　동악묘의 신이 그처럼 위대하다 말하지 마라!

아가! 너는 뒤로 물러서거라!

〔노래〕

　　그것들이 네 배 속의 아기와 무슨 상관이 있단 말이냐?

　　내가 알기로는 콩 심은 사람은 콩을 거두고,

　　팥 심은 사람은 팥을 거둔다.

　　우리는 착한 일을 많이 한 집안,

　　하나님이 무심치 않으시니 버리지 않으신다!

　　네 말은 세상 풍속을 해치는 것이다!

장효우 진호가 동악의 신은 매우 영험하다고 하니, 옥돌잔만 던지고
는 바로 돌아오겠습니다!

장의 〔노래〕

　　너는 그 녀석이 이러쿵 저러쿵하고

　　그처럼 번드름하게 늘어놓는 말 믿지 말아라!

장효우 아버지! 저는 어떻든 간에 한 번 가보겠습니다. 아버님께서
저를 보내주시지 않는다면 저는 바로 이 품속의 칼로 자결하고 말
겠습니다!

조씨 효우야! 어떻게 우리를 버리고 가겠다는 거냐? 〔슬퍼한다.〕

장의 이미 너희들이 떠나기로 하였다면, 속담에 말하기를 "마음이 떠
나면 뜻도 머물기 어려우니, 억지로 머물게 하면 원수가 된다" 하였
으니 어쩔 수 없다! 여보! 당신이 가서 효우가 살에 닿게 입던 내

복이 있는가 물어보고 있는 것 하나만 가져오도록 하시오!

조씨 〔이옥아에게로 가서〕 아가! 네 남편이 살에 닿게 입던 내복이 있 거든 한 벌 가져오너라!

이옥아 어머니! 짐을 모두 보내버려, 오직 있는 건 그이의 속적삼 한 벌뿐입니다.

조씨 영감! 짐을 모두 보내버려, 오직 있는 건 이 속적삼 한 벌이랍 니다.

장의 이 속적삼을, 여보, 당신이 등설기를 따라 쭉 찢어 주구려!

조씨 몸에 지닌 칼이 있으니, 내 쭉 자르지요!

장의 효우야! 너희 둘은 이 반쪽을 갖고, 우리 둘은 나머지 반쪽을 갖 기로 하자! 효우야, 넌 내가 무엇 때문에 이러는지 아느냐? 혹시 너희 둘이 1년이고 반년이 지나도 돌아오지 못하게 된다면, 우리 생 각이 나거들랑 이 반쪽 속적삼을 바로 우리 둘을 보듯이 대하거라! 우리 두 늙은이도 몹시 걱정이 되고 너희들이 생각날 때면 이 반조 각 속적삼을 바로 너희 둘을 보듯 하련다. 효우야! 네 손 좀 보자!

장효우 이 손 말입니까?

〔장의, 입으로 깨문다.〕

장효우 아야! 아버지! 저를 이렇게 깨무시면 아프잖아요?

장의 네가 아프냐?

장효우 이렇게 꽉 깨무셨는데 어떻게 안 아프겠어요?

장의 내가 너를 한입 물었다고 너는 아프다는데, 우리 둘이서 너를 어렸을 때부터 고생하며 네가 어른이 되도록 키워놓은 것을 생각해 보아라! 네가 오늘 갑자기 우리를 버리고 떠나겠다니, 너는 네가 아프다지만 우리 둘은 그보다도 훨씬 더 아프단다!

조씨 영감! 우린 이 속적삼이나 갖고 있다가 저애들 보듯이 하여야 겠군요!

장의　〔노래 ; 調笑令〕

　　　이 조각난 속적삼으로
　　　저 애 피를 닦아 둡시다!
　　　아아! 효우야!
　　　세상엔 자식 사랑하지 않는 부모란 없다 하였다.
　　　나는 이제 아무런 형제나 식구도 없으니,
　　　만약에 내 몸이 흙속에 묻히게 된다면
　　　오직 이 속적삼 반 조각만이 관 위에 덮히게 되겠구나!
　　　아아! 효우야!
　　　그때에는 네가 곡을 하며
　　　상입고 상주노릇 해야 하는데!

진호　저기 봐요! 이건 불이 난 게 아니요? 빨리 배를 출발시킵시다!
장효우　우린 배를 타야지! 빨리 가요, 빨리 가! 〔이옥아, 진호와 함께
　퇴장〕
장의　애들은 떠났구나! 아이고! 정말 마음 아프구나!

　〔노래 ; 絡絲娘〕

　　　좋은 살림 형편없이 되고,
　　　자식과 애비는 모래알처럼 흩어지니,
　　　절 문 양편의 금강역사(金剛力士)가 서로 싸운 꼴 되었네!
　　　허, 참! 여보!
　　　부처님이라 하더라도
　　　이해할 수가 없는 일이오!

여보! 누구 집에선가 불이 난 것 같지 않소?
〔안에서 소리친다.〕 장원외 집에 불이 났다! 불이야!

조씨 영감! 이걸 어떻게 하지요?
장의 여보! 정말 큰 불이오!

　[노래 ; 么篇]
　　장원외 집에 불이 났다는 소리 들리니,
　　아이고! 하나님!
　　놀라서 나는 한참이나 멍청히 서있네.
　　가보려니,
　　길거리에는 병마(兵馬)가 늘어섰네!
　　아이고! 여보!
　　얼마나 두려운지 아시오?

조씨 영감! 보아하니 온 집안이 깨끗이 다 타버렸구려! 우리는 어떻게 살아가야 한다지요?

장의 [노래 ; 耍三臺]
　　씽씽 미친 듯 광풍이 불고
　　불꽃은 훨훨 타오르는데,
　　길거리엔 가득히 쇠꼬챙이와 물독 널려있고,
　　두 줄로 갈고리와 사다리가 늘어 세워져 있네.

　[안에서 소리친다.] 거리의 여러분! 맨 먼저 불을 일으킨 사람을 잡읍시다!

장의 [노래]
　　포졸들은 큰 소리로 외치면서
　　맨 먼저 불을 일으킨 사람을 잡자고 하네.
　　맙소사! 내 고래등 같은 큰집이
　　가슴아프게도, 가슴아프게도,

어쩌면 다 타버리고
서까래 기왓장 하나 남지 않았는가!

［노래 ; 靑山口］
내가 보니 이집 저집 서로 다투며
거리 사람들이 불을 끄누나.
내가 보니 높이 솟았던 큰집들이 우지끈 소리 내며
불끄는 사람들에게 끌려 넘어지는도다.
살림살이 살림살이 하고 자랑 말지니
따져보면 따져보면 모두가 헛것이로다.
진정하지도 못하고 억누르지도 못하고
공연히 서두르고 공연히 욕심만 부렸으니
모두가 천벌(天罰)이라.
다른 사람들은 아무도 나를 거들떠보지 않는데
나만이 그들을 동정하고 있는가?
내 장씨 집을 보라!
옛날의 호화로움은
지금 어디에 있는가?
잠깐 사이에
나를 곤경에 몰아넣었도다!

조씨 영감! 우리의 그처럼 크던 살림살이가 모두 사라졌구려! 아이구, 내 가슴이야!

장의 불에 집안 살림살이가 다 타버린 것도 그뿐이라 할 수 있소. 그렇지만 우리 효우 녀석아! ［운다.］

［노래 ; 收尾］
나는 너를 낳아 고생하며 그처럼 길러놓았는데,

너는 우리 두 식구를 박절하게 버리고 떠났구나!
장안 부잣집이란 것도 부질없는 것이었구나!

조씨 우리는 이제 어디로 가야 한단 말이오?

장의 허! 여보! 당신과 내가 이제 어디로 가겠소? 다만 길거리를 돌아다니며 빌어먹기 위해서 타령이나 배우는 수밖에!

조씨 영감! 무슨 타령이에요?

장의 여보! 당신은 거지들이 구걸할 때 부르던 타령도 들어보지 못했단 말이오? 내 당신에게 가르쳐 줄까요? 아저씨, 아주머니! 적선 좀 하시오!

〔노래〕
거지 수용소로 들어가
아저씨 아주머니, 적선 좀 하시오 하는 타령이나 배우는 수밖에.
〔함께 퇴장〕

제 3 절

진호 〔등장〕 사람이란 횡재를 못하면 부자가 될 수 없고, 말은 들풀이 아니라면 살찔 수가 없다네. 이 진호는 이옥아에게 반하여 그의 남편을 황하 물속에 밀어넣어 죽여 버렸지요. 그런데 이옥아는 삼년상을 치른 후에야 내게 시집오겠다는군요. 그렇지만 내가 어찌 그처럼 참을성이 있나요? 나는 "3년은 고사하고 사흘도 기다리지 못하겠다"고 우겼지요. 그러자 "당신이 3년은 기다리지 못한다 하더라도, 아이를 낳을 때까지는 기다려 주어야 당신과 결혼할 수 있을 거 아니예요? 어찌 내가 이처럼 큰 배를 안고 있는데도, 당신은 다른 수작만 생각하고 있다는 거예요?"하고 말하더군요. 그런데 하늘이 내 소원을 잘 들어 줄 줄이야 뉘 알았겠어요? 우리집에 도착하여 사흘도 못되어 바로 탐스런 아들놈을 낳더군요.

그 녀석이 어느새 열여덟 살이 됐어요. 그 녀석은 무예를 잘 닦은데다가 나보다도 힘이 센 것 같아요. 나는 오직 그놈만은 보고만 있을 수가 없어서, 언제나 한 번 때리기 시작하면 그놈을 반쯤은 죽여놓아요. 그저 그놈을 때려 죽여야만 마음이 흡족해질 터인데. 왜냐구요? 속담에도 "풀을 깎아 버리려면 뿌리채 뽑아 버려야만 싹이 나지 않는다"고 했어요. 그 녀석은 언제건 내 손에 맞아죽을 거요! 여보! 돈을 좀 가져와요! 난 친구들과 가서 술 좀 마셔야겠소! [퇴장]

이옥아 [등장] 저는 이옥아입니다. 세월의 흐름은 참 빠르군요! 이 도적놈이 우리 남편을 강물에 밀어넣어 죽인 지도 벌써 18년이나 지났네요. 저는 아들을 하나 낳았는데 자라서 열여덟 살이 되었고, 그 도적놈의 성을 따라 이름을 진표(陳豹)라 부릅니다. 매일 호랑이를 잡으러 산으로 가는데, 어째서 이때까지도 아직 밥먹으러 집으로 돌아오지 않는지 모르겠군요.

진표 [건달들과 함께 등장, 시를 읊는다.]

매일 산으로 가서 호랑이 사냥,
활과 살은 언제나 몸에 지니네.
남아의 의기는 3천 장(丈)이나 솟아있으니
큰벼슬 안하고는 못배기리라!

저는 진표인데, 나이 열여덟 살입니다. 힘이 남보다 장사이고, 갖가지 무예를 모르는 게 없고 못하는 게 없습니다. 매일 산속으로 가서 화살로 호랑이 사냥을 하면서 놀고 있지요. 오늘은 마침 산속에서 무예를 익히고 있는데 갑자기 저쪽 산비탈에 소만한 호랑이가 지나가는 것을 발견했지요. 저는 손에 활을 들고 화살을 매어 날쌔게 쏴서 바로 호랑이를 맞혔어요. 제가 그 호랑이를 가지러 가자 어디선가 몇놈의 건달들이 달려나와 그들이 호랑이를 때려잡았다고 말하네요. 참! 어디 물어보자! 너희들이 어떻게 저 호랑이를 때려잡았다는 거냐?

건달 내가 한 손으로는 머리를 잡고 다른 한 손으로는 꼬리를 잡은 뒤 허리를 꽉 물어 죽였어! 너는 힘도 안쓰고 우리 물건을 가로채려 드는구나! 너희 집으로 가서 네 어머니께 일러야겠다!
아주머니!

이옥아 누가 문밖에서 부르나? 문을 열어볼까? 무슨 일이냐?

건달 아주머니! 우리가 간신히 한 마리 호랑이를 때려잡았는데, 이놈의 가죽 한 장만 하더라도 여러 냥 값어치가 될 겁니다. 그런데 까닭도 없이 댁의 아드님이 우리 것을 뺏으려 하네요!

이옥아 젊은이들! 당신들이 가져가오!

건달 이놈아! 네 어머니 체면을 보지 않는다면 우린 너를 용서하지 않을 거다! [퇴장]

이옥아 진표야! 집에 왔으니 꿇어앉아라! 네게 말썽을 일으키지 말라고 했는데도 너는 또 말썽을 일으켰다! 엎드려라! 너를 때려 잊지 않도록 해주마!

진표 어머님! 때리시겠으면 때리십시오! 손을 멈추지 마시고!

이옥아 가만있자. 혹시 때리다가 이 애가 머리가 아프게 되거나 열이 나게 된다면, 누가 이 애 아비 원수를 갚아 준다지? 진표야! 내 너를 때리지 않고 이번만은 용서해 주겠다!

진표 어머니가 때리는 게 더 좋아요! 어머니가 때리지 않고 아버지께 이르신다면, 이번에도 또 반은 죽도록 맞을 테니까요!

이옥아 너를 때리지도 않고 네 애비에게 얘기하지도 않겠다!

진표 아버지께 말씀하시지 않겠다니, 어머님, 고맙습니다!

이옥아 애야! 너는 갖가지 무예를 다 익혔는데, 어찌하여 나가서 출세하려 들지 않느냐?

진표 저는 무과(武科)를 보러 가고는 싶으나, 갈 노비가 없는 걸 어떻게 합니까?

이옥아 네가 과거를 보러 가겠다면, 내 너에게 얼마간의 돈과 금비녀 한 쌍을 줄 터이니 노비로 쓰거라!

진표 오늘은 일진도 좋고 하니, 어머님을 작별하고 바로 떠나야 할까 봅니다. 〔절을 한다.〕

이옥아 진표야! 넌 잊지 말아라! 만약 서울에 가거든 마행가(馬行街) 죽간항(竹竿巷)의 금사자 장원외 노인 내외를 찾아보아라. 찾게 되거든 모시고 오너라!

진표 어머니! 그분들과 우리는 무슨 일가라도 되나요?

이옥아 애야! 그분들에게는 묻지 말아라! 그집과 우리는 일가간이란다.

진표 마음속에 잊지 않고 꼭 새겨두겠습니다! 어머니! 그럼 저는 떠나겠습니다!

이옥아 표야! 잠깐 이리 와라!

진표 어머니! 무슨 하실 말씀이 계세요?

이옥아 만약에 그 노인 부부를 뵙게 되거든 네가 꼭 모셔 오너라!

진표 잘 알겠습니다. 저는 떠나갑니다!

이옥아 표야! 이리 돌아오거라!

진표 어머님! 무슨 하실 말씀이 계시면 다 말씀하십시오!

이옥아 네게 이 헝겊 조각을 줄 것이니, 네가 그 노인 부부를 뵙게 되거든 오직 그분들께 이 헝겊 조각을 내어드려라! 그러면 그분들은 곧 우리가 일가임을 아실 것이다.

진표 알았습니다!

이옥아 그럼 가거라! 눈으로는 장원급제 알리는 깃발 보고, 귀로는 좋은 소식 듣게 되기를! [퇴장]

주지승 〔등장, 시를 읊는다.〕

절 가까이 사람들은 중을 존경하지 않지만
멀리서 온 중들은 경 읽기를 좋아하네.
출가했다고 모두가 계율 지키는 것 아니니
어느 고양이가 비린 고기 안 먹는다던가?

저는 상국사(相國寺)의 주지승이외다. 지금 진상공(陳相公)께서 대법회(大法會)를 열려고 하는데, 이곳에 오는 모든 사람들에게 재물(齋物)을 나누어 주기로 하였습니다. 저희들은 이미 준비를 다 갖추고 있는 참이지요. 이제 상공(相公)께서 오실 때가 되었는데……

진표 [하인을 데리고 등장] 저는 진표입니다. 서울에 도착하여 연무장(演武場)에서 활쏘기를 겨루었는데, 내 화살 세 개만이 모두 표적 중간에 적중하여 무장원(武狀元)에 급제하였습니다. 그래서 제게 서주(徐州)의 제찰사(提察使)라는 벼슬이 주어졌습니다. 어머님께서 제게 마행가 죽간항의 금사자 장원외 노인 부부를 찾아보라고 분부하셨는데, 찾을 방도가 없더군요. 이제 상국사로 가서 재물(齋物)을 나누어 주어 가난한 사람들을 구제하려는 참입니다. 며칠 전에 제가 주지에게 돈을 주어 저를 위해 재물을 마련토록 하였으니,

향불을 피우러 가보아야만 하겠습니다. 벌써 도착했군요.
[주지승을 만난다.] 스님! 폐가 많습니다!

주지승 상공! 잿밥을 좀 들어보시지요!

진표 저는 잿밥을 먹지 않아도 괜찮습니다. 어려운 사람들이 오거든
스님께서 제 대신 재물을 나누어 주십시오!

장의 [조씨와 함께 쪽박을 들고 등장] 적선하십시오! 적선하십시오! 우
리는 큰 살림살이를 하루아침에 불에 홀랑 태워 버리고, 지금은 의
지할 곳도 없고 어찌할 수도 없이 되었습니다! 길거리의 자비로우
신 부자 어른들! 우리 두 늙은이를 구제해 주십시오! 부처님!

[노래 ; 中呂 粉蝶兒]
　　우리는 뒷골목과 큰 거리 두루 돌아다니며
　　먹다 남은 국과 반찬 동냥하면서,
　　눈보라 모진 풍상 모두 겪고 있다네.
　　문득 10년 전 생각해 보니
　　까마귀도 단번에 날아 지나가지 못할 논밭 지닌 부자였는데,
　　무슨 액운이 끼었었길래
　　바로 눈앞에서 잠시 동안에 다 없어져 버렸던고?

조씨 영감! 어쩜 동정해 주는 사람 하나 없소?

장의 [노래 ; 醉春風]
　　가난한 자를 도우세요, 시주(施主)님들!
　　고난을 구제하십시오, 관음보살님!
　　제게 은덕을 베푸시어
　　재물을 좀 나누어 주십시오!
　　어쩐 일로 아무도 나를 거들떠보는 이조차도 없는가요?

조씨 영감! 저 시루 위의 김이 무럭무럭 나는 떡을 한 개만 먹어봤
　으면 좋겠소!

장의 여보! 무슨 망령이오?

조씨 나는 저 시루 위의 김이 무럭무럭 나는 떡을 보자마자 한 개만
　먹고 싶은 걸요!

장의 여보! 저 시루 위의 김이 무럭무럭 나는 떡을 한 개만 먹고 싶
　다지만, 당신만 먹고 싶은 게 아니라오! 당장 내 손에 돈이 없으니
　어찌하오? 무엇으로 산단 말이오?

　〔노래〕
　　부처님!
　　오직 반 조각의 양가죽이나
　　돗자리 한 장만 있다 해도,
　　아아! 할멈과 함께
　　우린 바로 천당에 온 듯할 겁니다!

　여보!

조씨 영감! 왜 부르시오?

장의 나는 온종일 거리를 구걸하고 다녔더니 지친 듯하오. 당신이 내
　대신 구걸 좀 하구려!

조씨 누굴 보고 구걸하라는 거요?

장의 당신보고 구걸하라잖소?

조씨 날보고 구걸하라니 창피하지도 않소? 나는 어떻든 부잣집 마
　님인데, 이제와선 내게 구걸까지 하라는 거요? 나도 잘 먹고 잘 입
　어 보았어요! 나도 수레 타고 오고 가마 타고 가고 해봤지요! 어느
　누가 내가 금사자 장원외의 마님이라는 것을 몰랐겠소? 이제와서
　내게 구걸을 시키다니? 나는 구걸 못하오!

장의 당신 뭐라고 했소?

조씨 나는 구걸 못하오!

장의 당신은 당신이 좋은 집 자식이고 좋은 집 마님이며, 일찍이 수레 타고 오고 가마 타고 가고 했으니 어찌 구걸을 할 수 있는가고 하였소! 그러면 나는 금사자 장원외가 아니고, 배 속에서 태어나면서부터 구걸을 하였단 말이오? 당장 내 손에 돈이 없기 때문에 당신에게 구걸하라고 한 거요!

조씨 난 구걸 못해요! 난 구걸 못해요!

장의 내 당신에게 구걸하라 하였소! 구걸하라 했어요!

조씨 난 구걸 못하오! 난 구걸 못해요!

장의 당신이 구걸 못하겠다면 나도 구걸하지 않겠소! 누가 굶게 되나 봅시다!

〔조씨, 슬퍼한다.〕

장의 여보! 당신 말도 옳소! 당신은 좋은 집안 자식이오 좋은 집안 마님이었는데, 당신이 어찌 길거리에서 구걸하겠소? 그만둡시다! 내가 당신 대신 구걸하지요!

조씨 당신이 구걸해요!

장의 아아! 우리는 화재로 집안 살림을 다 태워 버리고 의지할 곳도 없게 되었으니 동정해 주십시오! 길거리의 가난한 사람을 도와주는 어르신들! 동냥 좀 주십시오!

〔노래 ; 快活三〕

　아아!

　바람이 불어 머리조차 들지 못하겠고,

　눈이 내리쳐 눈조차 뜨지 못하겠네!

　한 번의 화재로 집안살림 다 날아가다니!

내 젊은 시절 지금은 어디 갔는고?

조씨 아이고! 우리는 나이도 늙었구려!

장의 〔노래 ; 朝天子〕
아아!
어찌하여 우리 두 사람은 늙어가면서
이꼴이 되었는가?
하나님! 하나님!
역시 우리 팔자에 이처럼 굶주리고 헐벗는 빚을 타고난 건가요?
우리는 지금 요도 이불도 없으니
이 추위를 어떻게 견디라는 건가요?
마침 눈발은 짙고 바람은 거세어,
밤이 되자 몸도 뒤척이지 못하고
한덩이로 뭉쳐 있네요!
하나님! 하나님!
우리 두 부부는 지금 눈 지옥의 고난을 겪고 있는 건가요?
나는 한길 가에 꿇어앉아
아저씨 아주머니들의 동정을 바라면서 절하고 있네!

조씨 영감! 이처럼 바람도 세고 눈발도 밭은데, 우린 지금 몸에 옷도 제대로 못 걸치고 배 속엔 먹은 것도 없으니, 바로 얼어죽지 않으면 굶어죽을 게 틀림없소!

장의 〔노래 ; 四邊靜〕
아이고!
이같은 엄동설한에
허술한 움막 안에는

쌀도 땔나무도 없으니,
곧 얼어죽은 시체가 될 것인데
아무도 거들떠보지도 않을 것이네.
뉘라서 한줌의 흙인들 덮어주랴?
우리 시체는 분명히 이 거친 들판에 버려지리라!

잡부 〔등장〕여보세요! 노인네들! 여기에서 구걸하고 있느니보다는, 상국사에서는 재물을 나누어 주고 있으니, 그곳으로 가서 재물을 동냥하는 게 좋지 않겠소?

장의 고맙습니다, 형씨! 상국사에서 재물을 나누어 주고 있군요? 여보! 갑시다! 갑시다!

조씨 영감! 어디로 구걸하러 간다는 거요?

장의 〔노래 ; 普天樂〕
알려주는 말 듣고 나니
웃음이 하하 저절로 나오네.
빨리 달려 빨리 가려고,
내 온몸의 힘을 모아
내 발걸음 바삐 내딛네.

나으리! 동정 좀 해주시오!
잡부 재물(齋物)이 없어요!

장의 〔노래〕
아이고!
굶주림의 주름살이 입가에 있어서
음식 귀신이 저 멀리 달아났다는 말대로일세!
그러나 우리 두 늙은 부부처럼

궁한데도 이처럼 운 나쁘고 때 못 만날 수는 없으리라!

나으리!

〔노래〕
남은 국 반 그릇만이라도
우리 오장(五臟)에 채워 주시오!

다 틀렸는가, 다 틀렸는가?

〔노래〕
아이고! 여보!
우리 갑시다!
그저 전날처럼 이 거리 저 거리 돌아다니는 수밖에!

잡부 한 발자국만 빨리 왔더라도 좋았을 터인데, 잿밥을 다 나누어 줘 버렸어요!

장의 나으리! 불쌍히 여기시어 동냥 좀 주십시오!

잡부 잿밥이 없다니깐요!

진표 무슨 일로 떠들썩한고?

잡부 문앞에 두 늙은이가 와서 재물을 구걸하는데, 늦게 와서 잿밥이 없습니다!

진표 스님! 제 몫의 재물을 그 두 노인들에게 먹도록 주십시오!

잡부 알았습니다! 여봐요, 노인들! 당신들이 늦게 와서 잿밥이 없는데, 이건 상공 몫의 잿밥을 노인들께 주는 거라오! 이걸 먹고 나서 저 상공에게로 가서 고맙다고 인사드리세요!

장의 고맙습니다! 여보! 당신 어서 먹구려! 나도 좀 먹겠소! 이 만두 두 개는 남겨두었다가 우리 움막으로 가져가서 먹기로 합시다! 여보! 당신이 이 그릇을 돌려주구려!

조씨 내 이 그릇 돌려주고 오겠소!

장의 그리고 그 어른께 고맙다는 인사도 하시오!

조씨 알아요!

〔가서 진표를 보고 절을 한다.〕 복을 쌓으시는 어른! 이생에서 큰 벼슬하고 녹을 받으시고, 저승에 가서서도 또 벼슬을 하십시오! 〔진표를 자세히 바라본다.〕

진표 이 노파가 어째서 나를 쳐다보나?

조씨 나으리는 벼슬에 벼슬을 더하시고, 녹 위에 녹을 더 받으시고, 대대로 모두 벼슬을 하십시오!

〔문을 나오면서〕 이 나으리가 정말 우리 장효우와 닮았구나! 자세히 살펴보아도 완전히 우리 아이 모습이야! 내 영감님께 말하여 이 녀석을 때려주라고 그래야지!

〔장의를 만나서〕 영감! 기뻐하구려!

장의 무슨 일이오? 여보!

조씨 한 번 웃어 보오!

장의 무얼 웃으라는 거요?

조씨 웃어보구려!

장의 그래? 웃어 보지. 〔웃는다.〕

조씨 크게 웃어요!

〔장의, 크게 웃는다.〕

조씨 당신도 꽤나 어리석은 노인이구려! 저 효우녀석이 나타났소!

장의 어디에?

조씨 잿밥을 나누어 준 그 벼슬아치가 바로 효우란 놈이었소!

장의 여보! 정말이오?

조씨 내 아들을 어찌 몰라보겠소? 내 이 눈이 눈이 아니고 유리알이라 하더라도 분명한 일이오!

장의　정말이오? 내 가서 이 녀석을 때려줘야겠소! 여보! 그렇지만
　딴 사람 아닐까요?

조씨　내 눈이 유리알이라면!

장의　아니면 당신 눈이 유리알이란 말 기억해두겠소!

조씨　틀림없어요!

장의　〔가서 진표를 만난다.〕 이 무도한 도적놈아!

진표　스님! 저분이 스님에게 무어라 하는데요!

주지승　상공! 저분은 상공에게 말하는 겁니다!

장의　〔노래 ; 上小樓〕
　　무슨 바람이 불었기에 저 녀석이 왔는가?
　　역시 언제건 고향으로 다시 돌아오는구나!
　　나는 그저 분하고 원통하여
　　울고 눈물 흘리며,
　　내 아들이라 하더라도 죽이고 싶도록
　　원망스럽고 슬프네!
　　지금 와선 그러나 기쁘고 사랑스럽기만 하고
　　기분 산뜻하여져서
　　아무런 딴 생각 없게 되었네!

진표　여보세요! 영감님! 무슨 말씀이시오?

장의　이 무도한 도적놈아!

　〔노래〕
　　아이고!
　　어째서 이 두 늙은 부모를
　　남 보듯 대하는가?

조씨 저 애는 바로 우리 아들이오!

진표 여보세요! 할머니! 누가 할머니의 아들이라는 겁니까? 그럼 좀 물어봅시다. 할머니의 그 아드님은 성이 무엇입니까?

장의 내 아들은 성이 장가요! 장효우라 부르지요!

진표 아드님이 장씨이고 장효우라 하시는데, 저는 성이 진가이고 진표라 부릅니다. 어째서 제가 노인들의 아들이라는 겁니까?

조씨 아! 성을 갈았군!

진표 아드님이 떠나갈 때 나이가 몇 살이었습니까?

장의 그 애가 떠나갈 때 나이가 서른 살이었는데, 떠난 지 18년이 되었으니, 지금 마흔여덟 살일 거요!

진표 할아버지 아드님이 떠나갈 적에 서른 살이었고, 18년이 지나서 지금은 마흔여덟 살이라는 거지요? 그렇다면 노인들의 그 아드님이 떠나갈 적에는 나는 아직 세상에 나오지도 않았었습니다.

장의 여보! 아니구먼요!

조씨 내가 아닐지도 모른다 했지요.

장의 어찌 당신 눈은 유리알이란 말이오?

조씨 유리알은 방금 문앞에서 깨어져 버렸어요!

진표 여보세요! 할아버지! 그 아드님이 어떻게 저와 모습이 닮았는가 말씀해 주십시오!

장의 나으리! 제 말씀 좀 들어보십시오!

［노래 ; 么篇］
　　당신과 그 애는
　　흡사 한 개의 도장으로 찍어놓은 것과 같소!
　　당신과 그 애는
　　얼굴 모습도 같고

　　겉맵시도 같고
　　몸집도 같소.
　　허! 정말 얼떨떨합니다!
　　좀더 참았어야 했을 것을!

　상공! 이 늙은이들 늙었으니 용서하여 주시오!

　〔노래〕
　　우리 늙은이들 눈이 어두워
　　상공을 잘못 알아보았으니 탓하지 말아주오!
　〔장의, 무릎을 꿇고 절하며 죄를 용서해 줄 것을 빈다.〕

진표　저 노인이 절을 하니까 마치 내 뒤에서 누가 나를 밀어 일으켜
　　세우는 듯하구나. 이 노인의 음덕(陰德)이 오히려 나보다도 큰 때문
　　이 아닐까? 내 영감님을 책망치 않겠습니다. 돌아가십시오!
장의　고맙습니다! 나으리!
진표　잠깐, 이리 오시오!
장의　나으리께서는 아직도 이 늙은이를 책망하고 계십니까?
진표　나는 책망 않겠다고 했는데, 어찌 또 무어라 하겠소? 보니 노
　　인장 옷이 다 해어졌군요. 이 헝겊 조각을 드릴 터이니, 옷을 기워
　　입으시지요. 자, 가져가세요!
장의　고맙습니다, 나으리! 이 나으리는 나를 때리지도 않고 또 욕하
　　지도 않으면서, 내게 이 헝겊을 주어 내 옷을 기워 입으라 하시네!
　　어디 보자! 〔울면서〕 무언가 했더니, 우리 아들놈이 떠날 적에 남겨
　　주었던 그 반조각 속적삼일세! 아이구! 이건 무어 이상할 게 없지!
　　이건 우리 할멈이 방금 와서 나으리께 고맙다는 인사를 드리다가
　　허둥지둥하면서 떨어뜨린 걸 테지. 내 이제 할멈에게 물어보아서,

만약에 그걸 갖고 있다면 이건 저 나으리의 것일 터이지만, 만약 갖고 있지 않다면 할멈을 그냥 용서할 수가 없지!

　여보! 저 우리 아이 것 어디 있소?

조씨　아이의 무엇을요?

장의　아이가 떠날 적에 남겨두었던 그 반조각 속적삼이 어디 있느냐는 거요!

조씨　난 겨우 잊었는데, 당신이 또 들먹이는구려! 나는 그 속적삼을 잃어버릴까 겁이 나서 단단히 내 품속에 감고 있어요! 〔끄집어 내면서〕 이게 우리 아이 것 아니요?

장의　나도 여기 반 조각이 있소!

조씨　당신 어디서 났소?

장의　우리 대어봅시다! 정말로 우리 아이의 속적삼인가 아닌가. 〔서러워한다.〕 아이구! 바로 우리 그 아이놈은 죽었구려! 아아! 가슴이 빠개지는 것 같구나!

〔노래 ; 脫布衫〕

　　속적삼 보고 있으려니 두 볼에 눈물이 주르륵,
　　자꾸만 서럽고 가슴아파지는도다!
　　너는 너의 이 애비 에미를 아주 버려 버렸구나!
　　할멈! 가봅시다!
　　우리 그 녀석이 살아있는가 물어봅시다!

〔진표에게 가서〕 나으리! 이 반 조각 속적삼은 대단한 게 못되지만, 여기에는 두 사람의 목숨이 달려있는 물건입니다!

진표　이 노인 좀 보게! 어떻게 두 사람의 목숨이 달려있다는 겁니까? 한 번 말씀하여 보십시오! 들어봅시다!

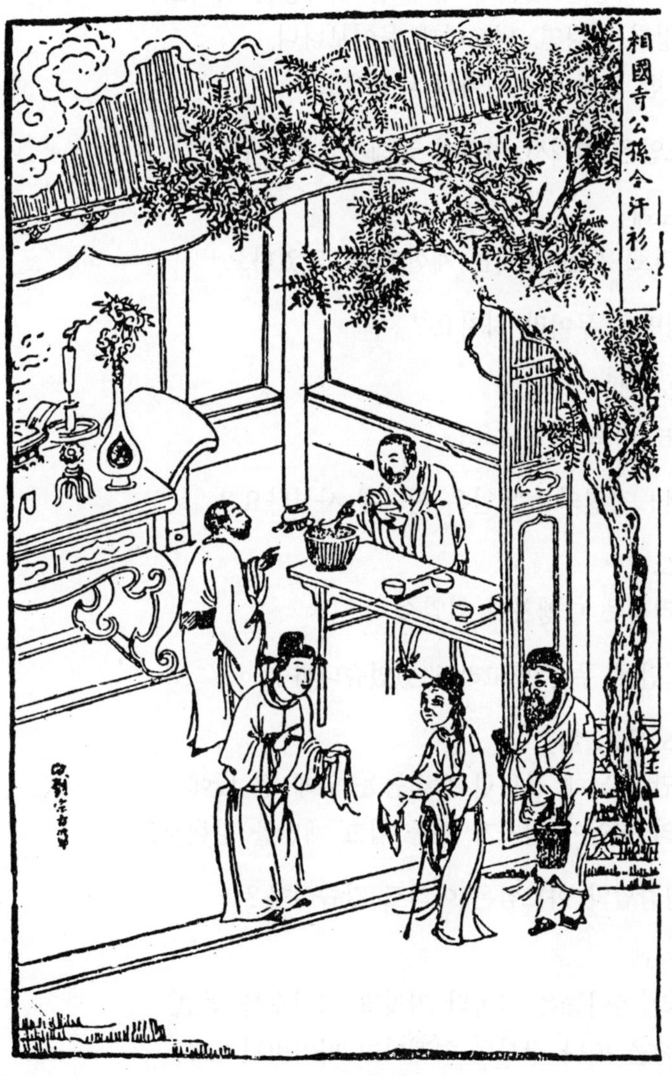

명간(明刊) 《원곡선(元曲選)》의 〈한삼기〉 삽화

장의 〔노래 ; 小梁州〕
　　이 속적삼은 옛날에 내가 반 찢어놓은 것이오!
　　그렇지 않다면, 나으리께 물어보나니,
　　이 반 조각이 어디에서 나왔겠소?

진표　노인은 어째서 이렇게 궁해지셨습니까?

장의 〔노래〕
　　우리도 20년 전에는 재산이 꽤 있었다오!

진표　성명은 무어라 하지요?

장의 〔노래〕
　　나는 바로 장원외요!

진표　어! 장원외? 노인은 어디에 사셨나요?

장의 〔노래〕
　　우리집은 마행가에 있었소.

진표　집안에 무슨 변고라도 있었습니까?

장의 〔노래 ; 么篇〕
　　다만 옛날에 불량한 도적놈을 알게 된 탓에,
　　우리 집안이 갑자기 화를 입고 재난을 당했지요!

진표　영감님의 아드님은 어디로 갔습니까?

장의 〔노래〕
　　우리 아이놈은 그놈의 거짓말 꾀임수를 믿고,
　　고향을 떠나 장사를 하겠다고 나가버렸지요!

진표　편지는 왔었습니까?

장의 우리 아이놈은 떠나간 지 18년이 되었는데,

　〔노래〕
　　한 번 가서는 소식조차도 없소!

진표 여보세요! 노인양반! 할아버지가 혹시 금사자 장원외가 아닌
　가요?

장의 내가 바로 금사자 앙원외고, 할멈은 마누라 조씨요! 나으리는
　혹시 진호라는 사람을 아시오?

진표 저의 아버지 성함을 어디서 들으셨습니까?

장의 당신은 그럼 이옥아도 아시오?

진표 바로 우리 어머님의 성함인데, 할아버지가 어떻게 아시지요?

장의 우리는 모두 한 혈육일세!

조씨 영감! 내 생각이 났어요! 이 녀석이 바로 며느리가 열여덟 달
　이나 임신하고 있으면서도 낳지를 못하던 그 녀석을 낳은 놈이오!

진표 한 혈육이시라면 두 노인께서는 저를 따라 가기로 하시지요!

장의 여보! 저 사람이 우리를 데려가겠다는데, 가야 할까요?

조씨 가지 맙시다!

장의 왜요?

조씨 길에는 강도도 많다 하지 않소?

장의 무슨 강도가 있겠소? 나으리! 우리를 데려가시겠다면, 우리는
　어디 가서 기다리고 있으면 될까요?

진표 내 돈을 좀 드릴 터이니, 서주(徐州) 안산현(安山縣) 금사원
　(金沙院)으로 가서 기다리고 계십시오! 두 분께서는 조심하셔야
　합니다!

장의 〔노래 ; 耍孩兒〕
　　당신은 이 속적삼 반조각을 친히 가지고 가서,

마행가의 할아버지 할머니는 모두 늙어 꼬부라졌다고 하오!

이 말 당신 아버지께 알리면 안되오!

진표 어째서 아버지께는 알리지 말라는 겁니까?

장의 〔노래〕

오직 가서 어머님께만 자세히 말씀드리시오!

오직 당신의 한 마디 말이 천년의 일 밝혀준다면,

나는 열 번 일하려다 아홉 번 실패한대도 두렵지 않을 것이니,

그 도적놈은 하늘의 벌 받게 될 것이기 때문이네.

여보! 이게 바로 "재소복장(災消福長), 고진감래(苦盡甘來)"라는 게요!

우리 갑시다! 갑시다!

〔노래 ; 煞尾〕

내 다시 부처님께 가서 불공드리지 않는다면

내 이 머리 깨어지리라!

하나님! 하나님!

제 이 손을 잡아 끌어 주소서!

우리는 오직 며느리를 만나 지각없는 이 시애비 시어미에게 절하는 꼴 보기 바랄 뿐!

우리가 오늘 먼저 저 손자를 만나게 된 것은 더없는 행운일세!

〔조씨와 함께 퇴장〕

진표 노스님! 폐 많이 끼쳤습니다! 저는 오늘 바로 짐을 꾸려가지고 집으로 돌아가 보겠습니다.

〔시를 읊는다.〕

친히 어머님 명 받들어

속적삼 지니고 왔었네.
상국사(相國寺)가 바로
망향대(望鄕臺)일 줄이야 뉘 알았으랴? [퇴장]

제 4 절

진호　[이옥아와 함께 등장] 내가 바로 진호요! 나는 요새 술을 좀 많이
　먹느라 바빴는데, 그 아이놈은 제 어미의 사주를 받아 어디로 갔는
　지 지금껏 돌아오지도 않는구면. 도적놈이 되어 나간 것은 아닌가?

이옥아　그 애는 무과(武科)를 보러 갔어요!

진호　무과를 보러 갔다면, 벼슬을 하기 전에는 나를 와서 볼 생각도
　말라고 하오! 오늘은 할 일이 있어서, 와궁욕(窩弓峪)으로 가서 사
　람을 찾아봐야겠소. 여보! 집 잘 봐요! [퇴장]

이옥아　이 도적놈이 나갔으니, 문앞으로 나가 찾아오는 사람은 없는
　가 보아야겠어요.

진표　[등장] 제가 진표요. 상국사에서 만난 그 두 노인을 내가 모셔왔
　지요. 저는 먼저 집으로 가서 어머니를 뵈어야겠어요. 이제 우리집
　문앞에 왔네요.
　[이옥아를 만나 절을 하면서] 어머니! 이 아들이 단번에 무과에 장원
　으로 급제하여 이 고장의 제찰사(提察使) 벼슬을 받았습니다.

이옥아　네가 벼슬을 하였다니 정말 기쁘기 짝이 없구나! 애야! 그런
　데 마행가의 장씨 두 노인은 뵈었느냐?

진표　그 두 노인분들 찾았습니다. 뒤에 곧 오실 것입니다. 어머니!
　그분들과 우리는 어떻게 되는 일가인가요?

이옥아 넌 물을 것 없다. 그분들과 우리는 한 집안이란다!

진표 일가라 하더라도 가까운 일가도 있고 먼 일가도 있는데, 어머님은 어째서 덮어놓고 일가라고만 하고 제게 분명히는 말씀하시지 않으세요?

이옥아 애야! 얘기는 하겠다만 상심하지는 말아라!

진표 저는 상심 않습니다!

이옥아 표야! 너는 모르고 있는데, 저 진호는 네 애비가 아니고, 나도 이곳 사람이 아니란다. 본시는 서울의 마행가 죽간항 사람으로, 금사자 장원외 집의 며느리였단다. 18년 전에 진호는 너의 아비 장효우를 황하 물에 밀어넣어 빠져죽게 하였단다. 너는 내가 낳은 유복자야! 그 두 노인분들이 바로 금사자 장원외 부부란다!

진표 어머님이 말씀해 주지 않으셨으니 제가 어찌 알았겠어요? [기절을 한다.]

이옥아 표야! 정신차려라! 네가 죽어 버린다면 누가 네 아비 원수를 갚아 주겠느냐?

진표 [깨어나면서] 이 도적놈은 본시 내 친아버지가 아니었구나! 어머니! 그 도적놈은 어디 갔습니까?

이옥아 그는 와궁욕으로 누구를 찾으러 간다고 갔다.

진표 이 도적놈은 죽어야 한다! 그는 호랑이 같은 놈이다. 와궁욕에 들어갔으면 살아서 나올 줄 아느냐?

[시를 읊는다.]
　　말씀 듣고 나니 미간에 주름 잡히고
　　두 볼엔 눈물 흐르고 있네.
　　오늘은 와궁욕으로 가서
　　도적놈 잡아 아버지 원수 갚으리라! [퇴장]

이옥아 아들놈은 진호를 잡겠다고 갔네요! 듣건대 금사원(金沙院)에서는 대법회(大法會)를 열어 죽은 사람의 영혼을 초도(超度)케 해준다고 하네요. 저도 그곳으로 가서 불공을 드려 저의 죽은 남편 장효우의 넋을 위로해 주어야겠네요. [퇴장]

조흥손 [순검(巡檢)이 되어가지고 등장] 제가 바로 조흥손입니다. 옛날 장원외 댁에서 저에게 노비를 보태주어, 사문도(沙門島)까지 귀양길을 잘 갔습니다. 다행히도 그곳의 상관이 나는 길가다가 불공정한 일을 보고 칼을 빼어 들고 도와준 의사라 하여, 여러 번 제게 도적을 잡도록 일을 시켰습니다. 여기에서 공을 세워 순검이란 직책을 맡게 되었지요. 이곳 와궁욕은 강도들이 출몰하는 소굴이기 때문에, 제게 5백 명 관병(官兵)을 주어 이 와궁욕 어귀를 지키며 수상한 자들을 검문하며 도적들을 잡게 하고 있습니다. 옛날에 만약 장원외께서 나를 구해주지 않았다면 사문도로 가기도 전에 벌써 죽어 버렸을 것입니다. 내게 은혜를 입힌 분들은 마행가 죽간항의 금사자 장원외와 그분 부인 조씨, 그분 아들 장효우, 그집 며느리 이옥아렸다! 그리고 원수는 진호란 놈이다! 마음속에 언제나 새겨두고 잊어서는 안된다!

[시를 읊는다.]
　　내 고난을 구해준 은인에게 감사드리고,
　　원수진 진호도 잊지 않네.
　　어느 때면 내 소원 이루어져
　　은혜와 원수 갚고 만고에 이름 남기랴!

졸병 [장의와 조씨를 데리고 등장] 두 노인이 보따리 한 개를 짊어지고 이 와궁욕을 지나고 있네요. 저희들이 보기에 이분들은 낮도 설고 수상하여 심문하려고 잡아왔습니다.

장의 두목님! 목숨만 살려주십시오!

졸병 〔소리친다.〕 두목이 아니라 순검 나으리시오! 상사의 명을 받고 와궁욕을 지키며 수상한 자들을 검문하고 있는 거요!

장의 〔노래 ; 雙調 新水令〕

당신들이 뺏어야 할 것은 옷 잘 입고 살찐 말 탄 자들의 불공정한 돈이오!

나는 지금 가난함이 옛날의 범단(范丹)⁷⁾과 원헌(原憲)⁸⁾ 같소!

조흥손 당신들 두분은 어디로 가시는 겁니까?

장의 〔노래〕

난 금사원이 어디 있는가 알고 싶소이다.

멋모르고 와궁욕의 당신들 산밑을 지나게 된 거요!

졸병 사례를 나으리께 조금 하면 바로 보내줄 거요!

장의 〔노래〕

불쌍하게도 난 빈 손 빈 주먹,

장군님 잘 보아주십시오!

조흥손 여보세요, 노인장! 어디 분이고, 성함은 어떻게 되십니까?

---

7) 범단(范丹) : 동한(東漢)시대 사람. 많은 공부를 하였으나 어머니 병환으로 벼슬을 하지 않고, 뒤에도 여러 사람들이 조정에 그를 추천하였으나 나아가지 않았다. 그는 사람들의 병을 고쳐주며 가난하게 살았지만 언제나 태연자약하였다 한다.

8) 원헌(原憲) : 춘추(春秋)시대 사람, 공자(孔子)의 제자. 그는 움막 속에서 해어진 옷을 입고 가난하게 살았으나 조금도 개의치 않고 공부에 힘썼다 한다.

장의 나는 금사자 장원외고, 할멈은 조씨요!

조흥손 누가 금사자 장원외라는 겁니까?

장의 바로 이 늙은이요!

조흥손 저를 알아보시겠습니까?

장의 당신은 뉘신데?

조흥손 내 어딜 간들 찾지 않았겠습니까? 어딜 가나 원외님을 찾았
답니다!

〔시를 읊는다.〕
말을 듣자마자 웃음이 벙글벙글,
다급히 대은인을 부축해 일으키네.

노인께선 18년 전의 장원외님이고, 저는 바로 칼 지고 쇠사슬에
매어 지나던 조흥손입니다! 여봐라! 할아버지 할머니를 부축해 드
려라! 이 조흥손의 절을 받으십시오!

장의 장군, 절하지 마세요! 이 늙은이들은 영문을 모르겠소!

조흥손 원외님! 어째서 이처럼 갑자기 가난해지셨습니까?

장의 장군님! 그저 진호란 놈 때문에 우리 한 집안이 망하였다오!

조흥손 아드님과 며느님은 모두 어디로 갔습니까?

장의 〔노래 ; 小將軍〕
그 원수 같은 아들놈은 말도 마시오,
그 녀석이 우리집 살림 다 망쳐 버렸소!

조흥손 원외님의 그처럼 큰 저택은 아직도 있으시겠지요?

장의 〔노래〕
밭은 다 팔아먹었고,
우리집은 불에 타버렸다오.

조홍손 허! 정말 딱하게 되셨습니다!

장의 〔노래〕
　　우리 두 늙은이를 버렸으니 지나치게 탓한다고는 말하지 못하리라!

조홍손 원외님! 지금은 어떻게 살아가시고, 무얼 자시고 지내셨습니까?

장의 〔노래 ; 淸江引〕
　　저녁이 되어 베고 자는 것은 반조각 벽돌장이요,
　　매일같이 길거리 돌아다니며 입으로 동정을 구걸하고 있소.

조홍손 동정해 주는 사람들이 있습디까?

장의 〔노래〕
　　아무도 동정해 주지 않습디다.

조홍손 진호 그놈의 자식 정말 흉악하구나!

장의 〔노래〕
　　진호야!
　　내가 네게 무슨 부모라도 죽인 원수라도 되던가?

조홍손 그놈 보기에 외양은 멀쩡하던데, 어쩌면 그처럼 마음이 흉악할까요?

장의 〔노래 ; 碧玉簫〕
　　그놈 외양은 착한 듯하지만
　　솜처럼 부드러운 도적놈이어서,
　　마음은 간계(奸計)에 뛰어나고
　　도적 간보는 말할 수 없이 크다오!

조홍손 그놈은 본시 아드님이 의형제를 맺었던 놈이지요?

장의 〔노래〕
  우리 아이놈은 그놈의 말을 믿고
  그놈 말을 믿고 배를 타고 떠나갔지요!

조흥손 아드님이 떠난 지는 얼마나 되었나요? 편지는 있었습니까?

장의 〔노래〕
  그 녀석 떠나간 지 18년,
  그 녀석 구경도 못하였소!

조흥손 원외님! 이 몇년 동안 어디서 사셨습니까?

장의 〔노래〕
  아이고! 하나님!
  우리 둘은 쭉 거지 움막에 살면서 구걸을 해왔지요!

조흥손 진호가 이처럼 악독한 놈일 줄이야! 원외님! 그 진호는 본시
서주 사람이라 했습니다. 이 와궁욕도 서주 땅이니, 저는 어떻게 해
서든지 이 도적놈을 잡아 원수를 갚고 한을 씻겠습니다! 제가 우선
노비로 돈을 좀 드릴 터이니, 우선 금사원으로 가셔서 저를 기다리
고 계십시오! 〔함께 퇴장〕

장효우 〔중이 되어 등장, 시를 읊는다.〕
  사람의 한평생은 모두가 운명,
  조금도 사람 뜻대로 되지는 않는 것.

  저는 바로 장효우입니다. 옛날 진호란 놈이 저를 황하 물속으로
밀어넣었으나 다행히도 고기잡이배가 제 목숨을 구해 주었습니다.
지금은 벌써 18년이란 세월이 흘렀으니, 정말 세월 빠르군요! 저는
지금 이 금사원에서 속세를 버리고 출가하였습니다. 요 며칠은 시

주들이 찾아와 법회를 하고 있읍지요. 이제 염불이나 해야지요!

장의 〔조씨와 함께 등장〕 할멈! 금사원에서는 법회를 하고 있군요! 우리도 아이를 위하여 한몫 끼입시다! 〔서로 만난다.〕 스님! 우리도 불공드리려 합니다!

장효우 어디서 온 두 거지인지 몰라도 낯이 퍽 익은데?

장의 우리가 어째서 거지라는 게요?

장효우 거지가 아니라면 무엇하는 분이십니까?

장의 우리는 집집이 돌아다니며 남은 밥을 얻어먹는 사람이오!

장효우 어떻든 같은 말이군요!

장의 옛날에는 괜찮은 집안 사람이었다우!

장효우 옛날에는 얼마나 괜찮은 집안이었다는 겁니까?

장의 스님! 내 말 들어 보실래요?

〔노래 ; 沽美酒〕
　우리 조상들로 말할 것 같으면
　택택한 살림살이 천지에 널려 있었소!

장효우 영감! 감히 큰소리로 내 기 죽이려는 거요?

장의 〔노래〕
　나는 바로 돗자리 깔고 앉아 큰소리만 쳤었지요!

장효우 영감님! 사시던 곳은 어디며, 고향은 어디입니까?

장의 〔노래〕
　우리 고향으로 말할 것 같으면,
　여기서 멀지도 않은 곳,
　대대로 서울에 살아 왔다오!

장효우 전에는 무슨 사업이나 장사를 하셨나요?

장의 〔노래 ; 太平令〕
나는 마행가에서
가게를 내고 있었지요!
스님! 이 돈을 드리겠으니
경 읽는 값으로 써주십시오!

장효우 어! 저분도 마행가에 사셨어? 영감님! 무슨 경문을 읽어 드
릴까요?

장의 〔노래〕
양무제(梁武帝)가 죽은 황후를 위해 지었다는 경을
몇 권 읽어 주십시오!

장효우 그 다음엔요?

장의 〔노래〕
재앙 없애는 경도 몇번 읽어 주십시오!
스님!
비명에 간 우리 아이를 가엾고 가엾게 여겨주십시오!

장효우 어떤 사람을 천도(薦度)해 달라는 겁니까?

장의 〔노래〕
우리 죽은 아이 장효우를 천도해 주십시오!

장효우 누구를 천도해 달라고요?
장의 스님! 죽은 장효우의 망령(亡靈)을 천도해 달라는 것입니다!
장효우 이분들이 바로 내 아버님 어머님이시구나! 다시 여쭈어보겠

습니다. 어떤 사람을 천도해 달라고요?

장의 죽은 장효우의 망령을 천도해 달라는 것입니다!

장효우 어떤 사람을 천도해 달라구요?

장의 내 돈 도로 내놓으시오! 다른 귀가 있는 중을 찾아가 경을 읽어 달라 하겠소!

장효우 어떤 중이 귀가 없어요? 이분들은 정말로 내 아버님 어머님이시다! 〔절을 하면서〕 아버지! 어머니! 제가 바로 장효우입니다!

조씨 아이고! 귀신이야! 귀신이야!

장의 〔노래 ; 鴈兒落〕

이놈의 악귀야! 달라붙지 말아라!
너의 넋을 이 금사원에서 천도하려는 거다!
불쌍히도 우리는 매일 천만 번 너를 생각하였고,
10여 번씩 네 얘기를 하여왔단다!

장효우 아버지! 어머니! 저는 귀신이 아니라 사람입니다!

장의 〔노래 ; 得勝令〕

야! 이 스님들은 모두 선술(仙術)에 통하였구나!
내 일흔 넘도록 살아왔지만
이런 일은 처음일세!
네 시체는 어디에 있는고?
효우야! 너는 오늘 네 저승의 혼을 눈앞에 보여주는구나!

네가 만약 사람이라면, 내가 너를 세 번 부를 터이니 너는 대답할 적마다 더 큰 소리로 대답하거라! 네가 만약 귀신이라면, 내가 너를 세 번 부를 터이니 너는 대답할 적마다 더 작은 소리로 대답하거라!

장효우 어서 부르십시오! 대답하겠습니다!

장의 장효우!

장효우 네!

장의 사람인가? 사람인가? 효우야!

장효우 네!

장의 사람인가? 사람인가? 효우야!

장효우 하필이면 목이 메이는구나! [낮은 소리로] 네!

장의 귀신이닷!

장효우 아버지! 어머니! 저는 귀신이 아닙니다! 사람입니다!

장의 [노래]
  역시 내 마음은 오로지
  너만을 생각하였으니 다시 살아서라도 나타나리라!
  네 삶 온전히 남겨두어
  우리 두 늙은이 걱정 면하게 하여다오!

장효우 아버지! 어머니! 저는 사람입니다!

장의 효우야! 넌 어째서 여기에 출가해 있는 거냐?

장효우 아버지 어머니는 모르실 것입니다. 전에 집을 떠난 후에 진호란 놈이 저를 황하 물속으로 떠밀어넣었는데, 다행히도 고기잡이배가 저의 목숨을 구해 주었습니다. 그래서 바로 이곳에서 속세를 버리고 중이 되었던 것입니다!

장의 오늘은 아들을 만났으니, 정말 기쁘지 않겠는가!

이옥아 [등장] 이곳이 바로 금사원이로구나. 들어가서 우리 죽은 남편 장효우의 넋을 천도해 드려야겠다. [장의를 만난다.] 이건 아버님 어머님이 아니세요?

장의 이건 며늘아기가 아닌가!

조씨 아이고! 아가야!

장효우 나무아미타불! 이건 누구요?

조씨 이건 바로 네 처가 아니냐!

장효우 [알아보고] 여보!

조씨 아가! 너는 18년 동안 어디에 있었느냐?

이옥아 어머님! 진호란 그 도적놈에게 잡히어 이곳에 와있었습니다!

장의 너의 아들은 집으로 돌아갔더냐?

이옥아 그 애는 그 도적놈을 잡으러 갔는데, 곧 올 겁니다!

진호 [등장] 내가 진호요! 이 와궁욕에 오니 웬일인지 눈까풀이 연달아 뛰기만 하네. 재물이 생기려고 뛰는 건지 재앙이 닥치려고 뛰는 건지 모르겠네. 뒤쪽에 다급히 뒤쫓아오는 자들이 있는데, 무엇 하는 자들일까?

진표 [등장] 이 아버지를 죽인 도적놈아! 꼼짝 말아라!

진호 너 이 도적놈, 줄곧 어디 숨어 있었느냐? 누가 네 아비를 죽였다는 거냐?

진표 넌 그래도 속이려는 거냐? 우리 아버지 장효우를 네 이 도적놈이 물에 떠밀어넣어 빠져죽게 하지 않았느냐? 내 너를 잡아 갈기갈기 찢어놓지 못한다면 내 이 원한을 어떻게 갚겠느냐? [때린다.]

진호 이놈은 못당해내겠으니 삼십육계 줄행랑이 제일이겠다. 그저 뛰자! 그저 뛰어!

진표 이 도적놈! 어디로 도망치려는 거냐?

조홍손 [졸병들을 이끌고 달려나오면서] 이건 진호가 아닌가? 여봐라! 저놈을 잡아라!

진호 재수없네! 하필이면 또 칼 지고 사슬에 묶여가던 녀석을 만났잖아! 난 죽었구나!

진표 〔조홍손에게〕 어른은 뉘신지요?

조홍손 저는 조홍손이라는 사람인데, 현재 이 고장의 순검으로 와궁욕 어귀를 지키고 있습니다. 제가 은혜를 진 분은 금사자 장원외이고, 나와 원수를 진 놈은 이 진호입니다. 조금 전에 장원외님을 뵙고 그분과 금사원에서 만나기로 약속을 하였는데, 마침 진호를 붙잡게 되었습니다. 저는 은혜를 갚는 일과 원수를 갚는 일을 모두 오늘 하루에 하게 되나봅니다.

진표 대감! 나는 이곳 제찰사로 부임한 사람으로, 바로 장원외님의 친손자입니다.

조홍손 그러시면 나으리는 이 조홍손의 상관이십니다.

진표 기쁘게도 진호를 잡았으니, 함께 금사원으로 가십시다! 〔이옥아를 만난다.〕 어머님 아니세요?

이옥아 표야! 할아버지 할머니께 절하거라!

진표 할아버지 할머니 앉으십시오! 손자의 절을 받으시지요!

장의 오늘 손자까지 만났으니 정말 기쁜 일이 아닌가!

이옥아 표야! 아버님께도 절하거라!

진표 어머니! 어느 분이 제 아버님이세요?

이옥아 바로 이 스님이시다!

진표 어머니! 정말 염치도 없으세요! 도적놈을 버리시고는 또 까까중을 얻으셨어요?

이옥아 표야! 이 스님이 바로 너의 아버지 장효우란다!

진표 아버님! 앉으십시오! 이 아들의 절을 받으시지요!

장의 표야! 그 진호란 놈은 잡았느냐?

진표 다행히도 이곳의 순검 조홍손이란 사람이 저를 도와 잡았습니다. 지금 밖에 있습니다.

장의 아아! 과연 조흥손이 붙잡았군! 빨리 들어오도록 하여라!

조흥손 〔와 뵈면서〕 노원외님과 노마님은 벌써 뵈었지요. 이 스님과 아주머니는 뉘신지요?

장의 바로 아들 장효우와 며늘아이라오!

조흥손 바로 저의 은인이시군요! 올라오셔서 이 조흥손의 절을 받으십시오!

장의 표야! 이리 오너라! 저분이 너를 위해 진호를 붙잡았으니, 고맙다는 인사를 드려야지!
〔진표, 고맙다는 인사를 한다.〕

조흥손 황송합니다! 나으리는 저의 상사이십니다! 여봐라! 진호 도적놈을 묶어 끌고와서 나으리 앞에서 죽여 버려라!

장효우 죽이지는 마십시오!

장의 어째서 죽이지 말라느냐?

장효우 제 눈에는 좋은 사람으로만 보입니다!

조흥손 천하의 기쁜 일에 부부와 자손들이 모두 만나는 것보다 더한 일은 없겠습니다. 오늘은 양을 잡고 술을 걸러 큰 잔치를 베풀어 경축합시다!

장의 〔노래 ; 殿前喜〕
　　한집안 식구들이 모두 다시 모였으니,
　　이런 기쁜 일은 흔치 않은 일.
　　양 잡고 술 걸러 크게 잔치 벌이자!
　　오직 하늘이 굽어살피시고
　　우리 장원외 집안 사람들은 착하고
　　가난과 고난을 구제하는 데에
　　많은 돈을 썼다고 하여

오늘 그의 자손들을 다시 귀하게 해주시는 것이리라!

부윤(府尹) 〔관원들을 거느리고 등장〕 저는 성이 이(李)가이고 이름은 지(志), 자는 국용(國用)이며, 벼슬은 부윤이란 관직을 맡고 있소이다. 천자께옵서 세검(勢劍)과 금패(金牌)9)를 내리시어, 저로 하여금 온 천하를 돌아다니며 억울하고 불공정한 일들을 찾아 바르게 처리하도록 하셨습니다. 지금 금사자 장원외가 도적놈 진호에게 재물을 빼앗기고 해를 입은 사실이 드러났습니다. 저는 사실을 직접 조사하여 천자님께 아뢰었고, 오늘은 친히 이곳으로 와서 이 사건을 판결하려는 것입니다. 모두들 금사원에 모여 있다는군요. 이제 다다랐나 봅니다.

장의 영감! 향을 피우시오! 그리고 여러분 모두 대궐 방향으로 꿇어앉아 내 판결을 들으시오!

〔시를 읊는다.〕
천자의 뜻 받들어 민심을 살피면서
백성들 억울함 풀어주고 원한 바로잡아 주는 것이 내 일.
장원외 집안 온 식구 다시 모여 환락하고,
이옥아는 다시 인연을 바로잡았다네.
진호는 갈기갈기 몸을 찢어 죽이고,
그의 목은 길거리에 내어 걸도록 하라!
이부윤이 지금 판결하였으니,
땅처럼 두텁고 하늘처럼 높은 임금님 은혜에 감사할지라!

---

9) 세검(勢劍)과 금패(金牌) : 〈두아원(竇娥兔)〉에도 보였음(주 21 및 22 참조). 옛날 중국에서 암행어사가 가지고 다니던 물건이다.

제목(題目)　동악묘에서 부부가 옥돌잔으로 점을 치려 하고(東岳廟
　　　　　　夫妻占玉玟)
정명(正名)　상국사에서 할아버지와 손자가 속적삼을 맞춰 보네(相
　　　　　　國寺公孫合汗衫)

마합라 魔合羅

······ 작품 해설

〈마합라〉란 옛날 중국에서 칠월 칠석날 여자들이 소원을 비는 걸교(乞巧)라는 의식을 행할 때 장식용으로 쓰던 인형이다. 이 작품의 작자는 맹한경(孟漢卿)인데, 간혹 익한경(益漢卿)이라고도 부르며, 박주(亳州, 지금의 河南省 商丘縣) 사람이고 원(元)나라 초기의 사람이라는 것 이상은 그의 생애에 대하여 알려진 것이 없다. 그의 잡극도 오직 〈마합라〉 한 가지만이 알려졌는데, 다행히도 지금까지 작품이 전해지고 있다.

명(明) 초의 저명한 극작가이며 비평가인 영헌왕(寧獻王) 주권(朱權, ?~1448년)은 《태화정음보(太和正音譜)》에서 그를 평하여 "그의 글의 기세는 필설(筆舌)로 표현할 수 없는 정도이니, 사림(詞林)의 걸작이라 할 수 있다."고 하였다. 이를 통하여 그는 극작가로서 상당한 명성을 지니고 있었음을 짐작하게 된다.

〈마합라〉는 정명(正名)이 〈장공목지감마합라(張孔目智勘魔合羅)〉이며, 원잡극에는 드문 재판극의 걸작이라 할만한 것이다. 그 내용은 하남부(河南府, 洛陽)의 육안도공목(六案都孔目), 곧 부청(府廳)의 육과(六課) 사무를 총괄하는 직책을 맡은 관리인 장정(張鼎)이, 남편을 독살하였다는 억울한 죄명을 뒤집어쓰고 처형당하려는 여인을 다시 심리하여 마합라(魔合羅, 칠월 칠석날 쓰는 인형)를 근거로 단서를 잡아 진짜 범인을 찾아낸다는 얘기이다.

여기에서도 재물이 탐나서 자기 사촌 형을 죽이고 죄를 그의 형수에게 뒤집어 씌우는 이문도(李文道)를 중심으로 하여 그 시대 사회의 암흑상을 드러내 보이는 데 힘쓰고 있다. 그리고 장정(張鼎)이란 사람의 활약으로 뒤에 잘잘못이 제대로 가려지기는 하지만 극에 등장하는 관리들의 언행을 통하여 관계의 부패상도 들추어 보여주고 있다.

장정의 재판을 애기 줄거리로 한 잡극으로는 또 〈하남부장정감두건(河南府張鼎勘頭巾)〉, 곧 〈감두건(勘頭巾)〉이라 약칭되는 작품이 있다. 이 잡극은 두건을 증거물로 이용하여 범인을 제대로 가려낸다는 애기이다. 원잡극 중에는 재판극이 모두 14종이 전해지고 있는데(羅錦堂 〈現存元人雜劇之分類〉 의거), 그 중의 여섯 종은 포증(包拯)이 활약하는 내용이고, 나머지는 송(宋)대의 전대윤(錢大尹), 금(金)대의 왕소연(王翛然) 및 이곳의 장정 등이 활약하는 내용이다.

이처럼 포증은 재판극(公案劇이라 흔히 부름)의 판사로서 가장 유명한 인물이다. 송나라 인종(仁宗, 1022~1063년) 때에 용도각대제(龍圖閣待制)의 벼슬을 한 일이 있기 때문에 포용도(包龍圖) 도는 포대제(包待制)라고도 부른다. 이곳에 함께 번역 소개한 〈진주조미(陳州糶米)〉에도 포증이 탐관오리를 처단하는 강직하고도 청엄(淸嚴)한 관원으로 등장하고 있다.

왕소연(王翛然)은 금나라 희종(熙宗, 1135~1149년)대의 진사(進士)로 대흥(大興)의 부윤(府尹)을 지낸 사람이다. 다만 이곳에 나오는 장정만은 포증이나 왕소연 같은 고관이 아니라 극 중에서도 부(府)의 한 속관(屬官)으로 공로에 의하여 현령(縣令)으로 승진하고 있는 사람이다. 그에 관한 실제 사적도 그다지 분명하지 않다. 청(淸)나라 초순(焦循, 1763~1820년)은 《역여약록(易餘籥錄)》 권17에서, 《원사(元史)》 세조본기(世祖本紀) 중통(中統) 14년에 장정(張鼎)

이 참지정사(參知政事)에 임명되었다가 다음해에 그만두었다는 기사가 실려있는데, 원잡극에 나오는 장정이란 바로 이 사람일 것이라 하였다. 참지정사라면 바로 재상을 보좌하는 높은 벼슬이므로, 장정이란 실제인물은 미관말직(微官末職)으로 그쳤던 사람은 아닐 가능성이 많다.

'마합라'란 중국 옛날의 옛 풍속에 여자들이 칠월 칠석날 저녁 걸교(乞巧)라는 소원을 비는 의식을 행할 때 공양하던 아이 모양의 인형이다. 나무나 흙으로 만드는 것이 보통이나, 상류계층에서는 퍽 화려하게 이것을 장식하였고, 뒤에는 아이들의 장난감으로도 쓰였다. 본시는 인도로부터 들어온 것이어서 불전(佛典)에서는 마후라(摩睺羅)라고도 부르는 신명(神名)이었다.

간혹 마갈락(磨喝樂)이라고도 하며, 맹원로(孟元老, 1126년 전후)의 《동경몽화록(東京夢華錄)》 권8, 오자목(吳自牧, 1270년 전후)의 《몽량록(夢粱錄)》 권4, 주밀(周密, 1232∼1308년)의 《무림구사(武林舊事)》 권3 등에 송대의 이 습속에 관한 자세한 기록이 있다. 송대의 화본(話本) 〈연옥관음(碾玉觀音)〉에는 마후라아(摩侯羅兒)라고 보인다. 여러 가지 방식으로 인도말이 음역(音譯)되었음을 알 수 있다.

극중에서는 이문도(李文道)가 칠월 칠석날 자기 형을 죽이는데, 그 형으로부터 자기집에 소식을 전하여 달라고 그 전에 부탁을 받은 '마합라' 장수가, 그의 집에 소식을 전해주러 와서 그의 아들에게 주고 간 '마합라'를 실마리로 장정이 사건을 해결하게 된다. 그래서 제목을 〈마합라〉라 한 것이다.

이 작품은 착상이 기발할 뿐만이 아니라 재미도 있다. 극으로서의 구성도 짜임새가 있고 곡사(曲辭)가 유려(流麗)하며 생동하는 대사를 활용하고 있다. 특히 중국의 옛 희곡은 노래를 중심으로 연출이 이루어지므로 특히 대본은 창사(唱詞) 위주로 이루어지는 게 보통인데,

이 작품은 대화인 빈백(賓白)이 중심을 이루고 있다고 할 수 있을 정도로 많은 대화가 동원되고 있다. 아무래도 이 작품의 작자가 잡극의 연출을 상당히 중시하는 작가였기 때문인 듯하다.

그리고 잡극에서는 남자나 여자 주인공 한 사람이 전 작품을 통하여 노래부르는 것이 보통인데, 이 작품은 앞의 1·2절에서는 남자 주인공인 정말(正末)이 이덕창(李德昌)이어서 그가 노래를 부르는데, 3·4절에서는 이덕창이 죽고 나서 정말이 장정(張鼎)으로 바뀌어 그가 노래부르고 있다. 이런 파격도 원대 잡극에선 보기 드문 일이다.

지금 우리에게 남아 전하는 〈마합라〉 판본으로는 아래와 같은 것들이 있다.

1) 원각고금잡극삼십종(元刻古今雜劇三十種) 본.
2) 명(明) 만력간(萬曆刊) 맥망관교고명가잡극(脈望館校古名家雜劇) 본.
3) 속고명가잡극(續古名家雜劇) 본.
4) 명(明) 뇌강집(酹江集) 본.
5) 명(明) 장진숙(臧晉叔) 편 원곡선(元曲選) 본.

《원곡선(元曲選)》은 원간본(元刊本)과 비교할 때 곡문(曲文) 및 대사(臺詞)에 많은 차이가 있고, 멋대로 고친 듯한 곳도 보이지만 일반 사람들이 읽기에는 가장 편리한 판본이다. 따라서 이곳의 번역은 《원곡선》본을 중심으로 하고 맥망관교고명가잡극본(臺灣 世界書局 영인)을 참조하였다.

####### 등장인물

이덕창(李德昌) 실가게 주인. 멀리 가서 장사를 하고 오다가 병이 나는데, 사촌 동생 이문도(李文道)에게 독살된다.

유옥낭(劉玉娘) 이덕창의 처. 남편 살해범으로 잡혀가는데, 뒤에 장정(張鼎)에게 구제를 받는다.

불류(佛留) 이덕창의 아들.

이언실(李彦實) 이덕창의 숙부이며, 이문도의 아버지.

이문도(李文道) 이언실의 아들. 자기 사촌 형 이덕창의 재물이 탐이 나 형을 죽인다.

고산(高山) '마합라' 장수.

장정(張鼎) 하남부(河南府)의 육안도공목(六案都孔目).

소령사(蕭令史) 하남부의 영사(令史), 탐관오리의 표본이라 할만한 인물임.

하남부(河南府) **현령**(縣令) 무능한 적당주의의 지방장관임.

부윤(府尹) **완안씨**(完顔氏) 황제의 명을 받들어 지방행정을 감사하러 하남부로 내려온다.

사령(使令) 2명 이상.

설자 楔子

이언실 〔이문도를 데리고 등장, 시를 읊는다.〕

> 달도 보름 지나면 달빛 엷어지고,
> 사람은 중년 지나면 만사 끝장이라네.
> 자손들은 자손들의 복 타고나는 것이니,
> 자손들 위하여 소와 말이 되지 말게.

이 늙은이는 이언실인데, 하남부(河南府)[1] 녹사사(錄事司) 초무항(醋務巷)에 살고 있소이다. 한 가족 다섯 식구인데, 이 녀석은 아들 이문도예요. 또 조카 이덕창과 조카며느리 유옥낭과 함께 그들이 낳은 불류라 부르는 아이놈이 있지요. 조카녀석은 이제 남창(南昌)[2]으로 장사하러 가겠다고, 오늘 내게 떠날 인사를 하러 오겠답니다. 그런데 어째서 이제까지 오지를 않는가?

이덕창 〔그의 처 유옥낭과 아들 불류를 데리고 등장〕 저는 이덕창입니다. 이 사람은 처 유옥낭이고, 이 녀석은 아들 불류입니다. 저는 실 상점을 내고 있지요. 맞은편 쪽에 이언실 숙부가 살고 있고, 이문도라는 사촌 동생이 있는데 바로 의원(醫員)이랍니다. 저는 마침 이 길거리에서 운수점을 쳐 봤는데, 백 일 동안의 재난이 있어서 천 리 밖으로 가야만 그것을 면할 수가 있답니다. 그래서 지금 저는 우선

---

1) 하남부(河南府) : 지금의 하남성(河南省)에 있던 부(府) 이름, 낙양(洛陽)을 비롯하여 10현(縣)이 여기에 속해 있었다.
2) 남창(南昌) : 지금의 강서성(江西省)에 있는 고을 이름.

　　재난도 피하고 장사도 할 겸 남창으로 가려고 합니다. 여보! 우리
　　세 식구 다같이 가서 숙부님께 인사드립시다!
유옥낭　예! 가시지요!
이덕창　〔이언실에게로 가서 뵙는다.〕 숙부님! 저는 남창으로 가서 장사
　　를 하면서 재난을 피하려 합니다! 오늘은 일진(日辰)이 좋기에 숙
　　부님께 인사를 드리러 왔습니다.
이언실　애야! 네가 가겠다니 가는 것이지만, 여로에 조심해야 한다!
이덕창　〔이문도에게〕 문도야! 우리집 좀 잘 보살펴 다오!
이문도　형님! 속히 다녀오세요!
이덕창　숙부님! 저는 오늘 멀리 떠납니다! 〔문을 나온다.〕
유옥낭　여보! 당신은 오늘 장사하러 떠나시는데, 하고 싶은 말을 그
　　대로 해도 될까요?
이덕창　무슨 말이오?
유옥낭　도련님이 늘 나를 놀려요!
이덕창　〔성을 내며〕 닥쳐요! 내가 집에 있을 적에는 아무 말도 없다가
　　오늘 떠나는 마당에 이런 말을 한단 말이오? 여보! 두 번 다시 그
　　런 말 마오! 당신은 집안이나 잘 지키며 조심만 하고 있으면 그만
　　이오!

　　〔노래 ; 仙呂 賞花時〕
　　　그대들 두 사람은 그전부터 뜻이 안맞아,
　　　나는 그대들을 타이르기도 했었지.

유옥낭　〔슬퍼하면서〕 당신이 가면 저는 어떻게 하란 말이에요?

이덕창　〔노래〕
　　　당신은 괴로워하거나 상심하지 마오!

당신이 이집 살림 안팎으로 잘 돌봐야지요!

다른 것은 다 그만두고

〔노래〕
당신은 어린애만은 잘 돌봐야 되오!

유옥낭 그건 저도 알고 있어요! 당신은 돈이나 많이 벌어오세요!

이덕창 〔노래 ; 么篇〕
우리 남자들은 집사람 위하여 돈 잘 벌어야 되니,
나는 그래서 먼 타향으로 장사하러 가는 거요.

유옥낭 당신 빨리 돌아와야 되오!

이덕창 〔노래〕
눈물만 그렇게 흘리지 마오!
길어야 1년이나 반 년,
돈 좀 벌리면 바로 돌아오리다! 〔유옥낭과 함께 퇴장〕

이언실 문도야! 네 형은 장사하러 갔다. 넌 일없이 형수 집에 가지
말아라! 간 것을 알게만 되면 절대로 용서 않겠다!

〔시를 읊는다.〕
옛부터 시동생과 형수는 자리를 피해야 하는 법,
하물며 형이 강남으로 여행을 떠났을 때랴!
너 만약 일없이 형수 집에 가면
틀림없이 잡아다가 매를 치리라! 〔함께 퇴장〕

제 1 절

유옥낭　[등장] 제가 유옥낭입니다. 남편 이덕창은 남창(南昌)으로 장사하러 갔어요. 오늘은 별일이 없으니, 우리 실가게 문 열어놓고 누가 오는가 보기로 할까요?

이문도　[등장] 내가 바로 이문도요! 약방을 경영하고 있는데, 사람들은 모두 되는대로 나를 돌팔이라 부르네요. 내게는 형 이덕창이 있는데, 장사하러 떠나 오직 우리 형수만이 집에 있어요. 나는 형수에게 잔뜩 반해 있는데, 우리 아버지가 내게 그집에는 가지 말라고 하시니 어찌하겠어요? 지금 우리 아버지를 속이고 슬쩍 형수를 찾아가 농을 걸어볼 참이지요. 말을 들어주든 안 들어주든 간에 밑져야 본전이니깐요. 문앞에 왔네요. 어디 들어가 보자.
[유옥낭을 만난다.] 형수님! 형님이 떠난 뒤로 한 번도 찾아뵙지 못했네요!

유옥낭　형님도 집에 계시지 않는데 무엇하러 오세요?

이문도　저는 형수를 찾아뵙고 차나 한잔 마시려는 건데 뭣이 어때요?

유옥낭　이자가 온 뜻이 좋지 못한 듯하니 가서 작은아버님을 불러와야겠다. 작은아버님!

이언실　[등장] 거 누구냐?

유옥낭　저입니다!

이언실　애! 네가 어쩐 일이냐?

유옥낭　도련님이 집으로 찾아오셔서서 제게 농을 거시기에 작은아버님께 여쭈려고 왔습니다!

이언실 〔이문도를 보고〕 너 무엇하러 여길 왔느냐? 〔이문도를 때린다. 이문도 퇴장〕

이언실 만약 저 녀석이 또 오거든 바로 나를 부르거라! 다시는 용서 않을 것이니. 나는 가서 그 녀석을 좀 더 때려주어야겠다! 〔퇴장〕

유옥낭 이렇게 언제까지 견딜 건가! 이 가게문도 닫아야겠다. 여보! 당신은 언제 집으로 돌아오실 건가요? 정말 속상하네! 〔퇴장〕

이덕창 〔짐을 지고 등장〕 정말 억세게 오는 비일세!

〔노래 ; 仙呂 點絳脣〕

칠월 초순,
초가을철이라 더위는 아직 남아있어,
이처럼 홑옷을 입고 있으니
이 억수 같은 비 어찌 견디리!

〔노래 ; 混江龍〕

궂은 날씨 연이어지니
거친 들은 온통 물로 흐릿하네.
오직 보이는 것은 비 속에 흐릿한 산봉우리이고,
하늘은 구름으로 메꿔져 있네.

이 비 어떻게 된 거야?

〔노래〕

비구름은 짙기가 동쪽 큰 바다를 매어 달아놓은 듯,
비오는 기세는 세기가 동정호(洞庭湖)를 뒤엎는 듯,
눈 크게 뜨고도 돌아갈 길 찾지 못하겠네!
검고 어두운 구름은 온 뜰을 뒤덮었고,
뿌연 물은 먼길을 다 잠겨놓고 있네!

비는 갈수록 더 거세지네!

〔노래 ; 油葫蘆〕

마치 소상(瀟湘)3) 풍경 그린 수묵화(水墨畵)처럼

빗물로 내 몸은 흠뻑 젖었네.

더욱이 빗물은 모여 흘러 철싹철썩 물결치는 냇물을 사방에 이루네.

저기 콸콸 흐르는 물은 길 따라 구비치고,

그 위에 씽씽 부는 바람은 나무를 뒤흔들고 있네.

철벅철벅 어리는 진흙에

텀벙텀벙 빠지는 웅덩이.

조심조심 걸어가는데도 쭐적쭐적 미끌어지니,

깜짝 놀라며 넘어질까 몸을 다시 추스르네.

〔노래 ; 天下樂〕

정신 못 차리는 중에 신발 총은 다 끊어져

나를 걸을 수도 없게 하네!

궁하여 임시변통으로

가마니 새끼를 뜯어 얽어매네.

흠뻑 젖은 내 머리는 어찌 들어야 하며,

걸어야 할 내 다리는 어찌 펼쳐야 하나?

정말 눈 멀쩡히 뜨고도 어쩌는 수가 없네!

저 멀리 낡은 묘당(廟堂)이 한 채 있네. 묘당 안으로 들어가 비

---

3) 소상(瀟湘) : 중국의 호남성(湖南省)에 흐르고 있는 강물 이름. 상수는 광
서성(廣西省)으로부터 호남성 쪽으로 흘러와 영릉현(零陵縣)에서 소수와
합쳐져 장사(長沙)를 거쳐 동정호(洞庭湖)로 흘러든다. 이곳은 경치가 아
름다운데, 특히 비올 적의 쓸쓸한 풍정을 안겨주는 것으로 유명하다.

를 피하자! 〔들어가 짐을 내려놓으며〕 짐부터 내려놓자! 알고보니
오도장군묘(五道將軍廟)[4]로구나! 여러 해 허물어진 채여서 정말
처량하구나!

〔노래 ; 醉中天〕

부러진 제상(祭床) 다리로 문을 받치고,
들판의 잡초가 섬돌 위에 무성하네.

오도장군님! 저는 이덕창이라는 사람입니다! 장사하고 돌아오는
길이온데, 장군님의 보호를 비나이다!

〔노래〕

흙을 비벼 향불에 대신하고 향로는 땅에 그리고,
절을 하고는 다급히 올려다보며
신령님의 가호에 감사드리네.
바라옵건대 장군님께서 금채찍 들어 갈길 일러주시고,
다만 아무런 재난도 없이 향리로 속히 돌아가게 해주옵소서!

정말 큰비로군! 옷이며 짐이 모두 다 젖었으니, 옷이라도 벗어
말려봐야겠군!

〔노래 ; 醉扶歸〕

나는 여기서 내 홑바지 비틀어 짜고,
내 젖은 옷을 널어 말리네.

어쩌면 이렇게 빗물이 새나? 허! 지붕도 다 허물어졌군! 그러
니 이렇게 새지! 내 짐은 어떻게 되었는가 보자!

---

4) 오도장군(五道將軍) : 중국 민간의 신. 동악(東嶽)의 속신(屬神)으로 사람
   의 생사를 관장한다 한다.

〔노래〕

내가 걱정되는 건 짐을 싼 기름종이가 샌 곳이 있는 것,
자세히 뒤져보아야겠네.

다행히 전혀 젖지 않았군! 허! 어쩌면 이렇게 심하게 비가 샌담!

〔노래〕

이상하게도 이렇게 계속 닦아내고 또 닦아내어도 이마는 마르지
않네!

그런데 왜 그러나? 바보야! 무얼 그렇게 덤빈담?

〔노래〕

어쩌면 이 흠뻑 젖은 두건 벗는 것도 잊었단 말이냐?

옷이나 다 벗어 널어 말리자! 〔옷을 벗는다.〕 묘당 문을 나가 하
늘빛이 어떤가 보자!
〔문밖으로 나간다.〕 아이고! 갑자기 으슬으슬해지고 몸에 열이 나네!
어떡한다?

〔노래 ; 一半兒〕

흡사 새끼사슴이 펄떡펄떡 내 가슴에 부딪히듯,
불덩이처럼 활활 내 폐부(肺腑)를 태우는 듯하네.

혹시 내 몸이 부정하여 신령님을 범한 것은 아닐까? 바라옵건대
금채찍으로 갈길을 인도하시고, 성스런 손으로 병을 막아주사이다!

〔노래〕

혹시 비린내나 더러운 냄새가
이 신령님을 건드린 것은 아닐까?

덕창아! 네가 잘못 생각한 거지! 신령님이신데 어찌 우리 중생의 과실을 그토록 책하시랴!

[노래]

그렇지만 다시 한 번 생각해 보자!

이 병의 원인을 알았다!

[노래]

아마도 반은 바람 때문이고 반은 비 때문일 거야!

제발 누구든 한 사람 와서 내 처에게 편지를 전해주어, 나를 보러오게 해주면 좋으련만! 우선 쉬기나 하자!

고산 〔짐을 지고 등장〕 이 늙은이는 고산이외다. 용문진(龍門鎭) 사람이며, 단 두 식구로 마누라가 하나 있을 뿐이지요. 해마다 칠월 칠석 때가 되면 성안으로 마합라를 지고 들어와 팔고 있습니다. 오늘 집문을 나서자마자 사방으로 구름이 번지더니, 항아리 물을 쏟는 것처럼 비가 쏟아지네요. 우리집 마누라가 내게 유지(油紙) 두 장을 마련해 주기는 하였지만, 물건들이 다 못쓰게 되지나 않았는지 모르겠네요. 어디 보자! 아이고, 하나님! 하나도 버리지 않았네요! 이 북은 나를 입혀주고 먹여주는 밥통인데 비를 맞아 가죽이 늘어졌네! 어디 두드려 볼까? 그래도 소리는 나네.

이덕창 어라? 사람이 왔잖아? 잘됐다!

[노래 ; 金盞花]

　말할 수도 없이 흠뻑 젖어 있는데,

　인기척 들으니 찌푸려 있던 이맛살이 펴지네.

　어디서 이처럼 동동동 뱀가죽 북소리가 나는가?

문앞으로 나와 보니
그는 재빨리 북을 놓고 짐을 챙기고 있는데,
머리를 틀어올린 위에 놋쇠 비녀를 꽂았으며
뼈 빗으로 옆머리를 눌러놓은 모습이고,
칠석날 쓰는 여자 흙인형과
밤에 가지고 노는 오뚜기를 갖고 있네.

이덕창　[고산에게 가서 잡아당기며 인사를 한다.] 노인장! 인사드립니다!

고산　앗! 귀신이다!

이덕창　저는 귀신이 아닙니다, 사람이예요!

고산　당신이 사람이라면 이렇게 경솔할 수가 있소? 먼저 말부터 한 마디 건넸으면 바로 사람인 줄 알았을 터인데, 당신은 갑자기 다가와 끌어당기며 인사를 하지 않았소? 오래 묵은 낡은 묘당 아무도 없는 곳인데, 나니까 괜찮았지 다른 사람이라면 놀라 뻗었을 거외다! [흙을 짚는다.]

이덕창　무얼 하시려는 겁니까?

고산　놀란 내 머리를 식히는 비방(秘方)이라오.

이덕창　노인장! 저도 역시 보따리 장사꾼입니다. 노인장! 들어가서 좀 쉬시지요!

고산　그럼 좀 앉았다 갈까? 당신은 머리에 수건을 동여매고 무얼하는 게요?

이덕창　노인장! 저는 이 묘당에서 비를 피하고 있는데, 옷을 서둘러 벗었더니 감기가 좀 들었습니다. 노인장! 지금 어디로 가시는 길이십니까?

고산　나는 성안으로 장사하러 가는 길이오.

이덕창　노인장! 그러시면 제발 제 편지 좀 전하여 주십시오!

고산 여보시오! 내겐 세 가지 계율(戒律)이 있는데, 첫째는 남의 중
매 서주지 않는 것이요, 둘째는 남의 보증 서주지 않는 것이요, 셋
째는 남의 편지 전해주지 않는 것이라오!

이덕창 저는 하남부(河南府) 성안의 초무항(醋務巷)에 사는 이덕창
이라는 사람입니다. 집에는 전부 세 식구가 있는데, 마누라 유옥낭
과 아들 불류가 있습니다. 저는 남창으로 가서 장사를 하고 오는 길
인데 백 배의 이익을 남겨가지고 돌아오는 길입니다.

고산 [몸을 일으키면서] 쉬이!
[문밖으로 가서 둘러보고] 여기에 비를 피하고 있는 분들 있으면 모두
와서 함께 얘기나 합시다! 아무도 없습니까?
[다시 들어와 이덕창에게] 이런 사람이 있나! 누가 당신에게 그런 것
물었소? 그런 얘기를 하게. 만약에 어떤 사람이 듣고서 당신 재물
을 탐내어 당신 목숨을 없애 버린다면 공연히 한바탕 큰일만 나지
않겠소? 당신은 내가 어떤 사람인지 아시오? 범은 껍질은 그릴 수
있어도 뼈는 그리지 못한다는 속담이 있소. 사람은 얼굴이나 알지
속은 알지 못하는 법이오!

이덕창 여기 무슨 도적이 있겠습니까? 노인장! 저는 지금 감기가
들어 일어날 수가 없습니다. 오직 영감님께서 편지를 저의 처에
게 전해주시어, 그가 와서 저를 간호하게 해주시기를 바랄 따름
입니다! 만약 편지를 전해주지 않으셔서 제게 무슨 일이 생긴다
면, 바로 노인장께서 제 목숨을 그르쳐 놓은 거나 같은 셈이 될
겁니다.

고산 어디 남에게 부탁을 하면서 도리어 협박을 하는 법이 있소? 오
늘은 내 계명을 깨뜨리고 당신 편지만은 전해 주겠소! 당신 어디
산다고 했지요? 무슨 가게라는 표식이라도 있나요? 양편 이웃과
맞은편 집은 어떤 집인지? 내게 모두 말해 주시오! 당신은 당신의

병이나 잘 조리하구려!

이덕창 〔노래 ; 後庭花〕

우리집은 새 대문을 달은
두 칸의 높은 기와집이며,
바로 옆은 음식점이고
맞은편은 생약방입니다.
혹 노인장께서 찾기 힘드시면
어디가 이덕창의 실가게인지 묻기만 하시면
거리 사람들이 모두 얘기해 줄 겁니다.

고산 알았소! 안심하시오!

이덕창 노인장! 잊지 마시고 꼭 가주셔야 합니다!

〔노래 ; 賺煞〕

당신 마음속에 꼭 새겨두시고,
제발 이상한 생각은 말아 주십시오!
부탁하고 또 거듭 부탁하는 것 하고 싶어서가 아니라,
자기 몸에 병이 나 움직이기도 어려워 하는 수가 없어서입니다!
가시거든 제 처에게 말을 빌리거나 노새를 구하여 바로 오라 일
러주시오!
종이도 붓도 없으니
평안하냐는 안부인들 어찌 쓸 수 있으랴?
노인장! 조금도 지체 마시고
저희집을 보고 있는 처에게 말씀하시어
속히 와 이 병든 사람을 부축해 주라고 하십시오! 〔퇴장〕

고산 묘당 문을 나섰는데, 비도 그쳤어요! 이제 오늘은 성안으로

가서 마합라도 팔고 겸하여 이덕창의 소식도 전해주러 가봐야겠
소이다!

제2절

이문도 [등장] 제가 이문도요. 오늘은 별일이 없으니, 이 약방 문앞에
앉아서 어떤 사람이 오는가 보아야겠소.

고산 [등장] 이 늙은이는 고산이외다. 이 하남부 성안으로 들어오기
는 했는데, 어디가 초무항인지 모르겠군요. 짐이나 내려놓고 누구에
게 물어봐야겠소!

[이문도를 보고서] 형씨! 어디가 초무항입니까?

이문도 그건 왜 묻나요?

고산 내가 만난 이덕창이라는 사람이 남창으로 가서 장사를 하여 크
게 돈을 벌어가지고 돌아오다가, 지금 성 남쪽 오도장군묘에 병이
나서 드러누워 있어요! 내게 자기 집에 소식을 전해달라고 부탁을
해서라오!

이문도 [돌아서서] 잘됐군! [다시 몸을 돌려] 노인장! 여기는 소초무항
인데 또 대초무항이 있어요! 여기서 동쪽으로 가다가 서쪽으로 돌
아가고, 다시 남쪽으로 가다가 북쪽으로 돌아가면서, 한 바퀴를 쭉
돌면, 문앞에 큰 느티나무가 서있는 높다란 집이 있는데, 붉은 칠을
한 대문에 녹색 칠한 창문이 달렸고, 문에는 반죽(斑竹) 발이 쳐져
있는데, 그 발 밑에는 발바리 개 한 마리가 누워있을 것입니다! 그
곳이 바로 이덕창의 집이랍니다!

고산 고맙소, 형씨!

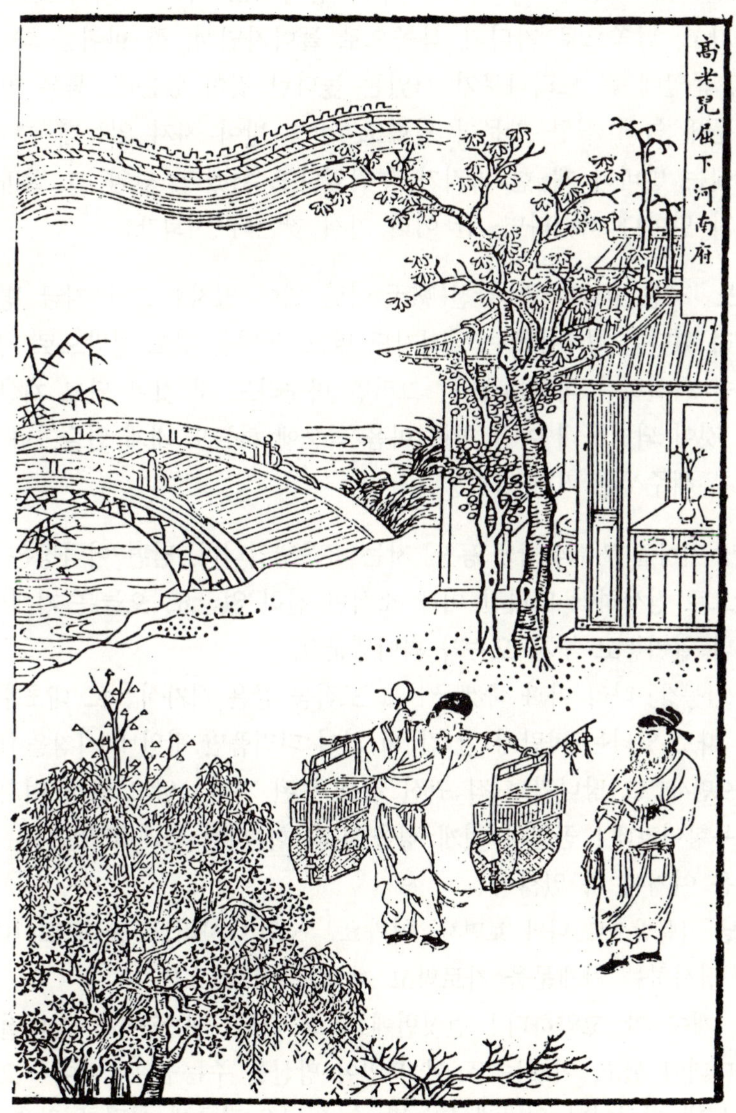

명간(明刊) 《원곡선(元曲選)》의 〈마합라〉 삽화

[짐을 지고 가면서] 이 착한 친구가 동쪽으로 가다가 서쪽으로 돌아가고, 남쪽으로 가다가 북쪽으로 돌아가면서, 한 바퀴를 쭉 돌면, 문앞에 큰 느티나무가 서있는 높다란 집이 있는데, 붉은 칠한 대문에 녹색 칠한 창문이 달렸고, 반죽 발이 쳐져 있는데 그 발 밑에는 발바리 개 한 마리가 누워있다고 했겠다. 만약 그 발바리 개가 달아나 버렸다면, 난 어디 가서 찾는다? [퇴장]

이문도 지성(至誠)이면 감천(感天)이란 말이 있지! 그가 지금 병에 걸려 있다니 형수에게는 알리지도 말고, 독약을 갖고 성밖으로 가서 그를 독살하여 버려야겠다! 그러면 마누라도 내 것이 되고 재산도 내 것이 되고! 내 이런 착한 마음 덕분에 하늘도 내게 밥술이나 먹도록 해주시는 거지! [퇴장]

유옥낭 [아들 불류와 함께 등장] 저는 유옥낭입니다. 남편 이덕창은 남창으로 장사하러 떠나간 이래 소식이 전혀 없군요. 오늘은 가게 문이나 열어놓고 누가 오는가 봐야겠군요.

고산 [등장] 다리 아파 죽겠군! 그 도적놈 같은 개자식! 또 대초무항이 따로 있다는 바람에 안 간 데 없이 다리품만 팔았네! [짐을 내려놓으면서] 그 당나귀 도적 귀신 같은 못된 자식! 알고 보니 여기가 초무항이라네! 공연히 내게 성을 따라 한 바퀴 돌게 하였는데, 결국은 여기에 와 있잖아!

유옥낭 [문밖으로 나와 보면서] 여봐요! 노인! 사리도 참 모르시네! 남 장사하는 가게문을 가로막고 계시면 어떡해요?

고산 재수 참 고약하다! 먼젓번에는 그 녀석한테 속아서 한나절을 쏘다녀야 했고, 이제는 또 이 부인이 망신을 주는구나! 아아! 고산아! 네 자신이나 원망해야지 별 수 있나? 당초에 이덕창 같은 사람의 소식 전해주는 일을 맡지 않았으면 이런 일도 없었을 터인데!

유옥낭 여보세요! 할아버지! 어디에서 이덕창이란 사람을 만나셨습니까? 집으로 들어오셔서서 차나 좀 드시지요!

고산 댁의 장사에 폐가 될걸요?

유옥낭 할아버지! 어디서 이덕창이란 사람을 만나셨습니까?

고산 아주머니, 혹시 유옥낭이란 분이 아니신지요?

유옥낭 바로 저인데요?

고산 이 아이는 그럼 불류겠군요?

유옥낭 바로 그렇습니다! 할아버진 어떻게 아시지요?

고산 아주머니! 지금 이덕창씨는 돈을 많이 벌어가지고 오다가 성밖의 오도장군묘에서 병이 나 있습니다. 속히 말을 한 필 구해가지고 가서 그분을 모셔오십시오!

유옥낭 여러 가지로 할아버지께 신세졌네요! 이덕창이 집으로 돌아온 뒤에 서서히 할아버지께는 사례토록 하겠습니다!

불류 엄마! 나 마합라 갖고 싶어!

유옥낭 [불류를 때리며] 이 녀석아! 우린 반찬 살 돈도 없는데 어디서 돈이 나니?

고산 아이를 때리지 말아요! 내 마합라를 하나 주지! 너 잘 갖고 있거라! 깨트리면 안된다! 이 밑바닥에 "고산 조각"이라고 내 이름이 새겨져 있단다. 너희 아버지가 집에 와서 이 마합라를 보면 내가 소식을 전해주었는가 안 전해 주었는가 뒷날에 큰 증거물이 될 거다! [퇴장]

유옥낭 제 남편이 오도장군묘에 병이 나 있을 줄이야 뉘 알았으랴? 아이는 이웃집에 맡겨놓고, 가게문을 닫고서 말을 빌려 가지고 남편을 보러 달려가야지! [퇴장]

이덕창 [병든 몸으로 등장] 남창으로부터 돌아오는 길에 감기가 들어

몸져 누워 일어나지 못하고 있네요. 나는 고산에게 부탁하여 소식을 전하여 마누라에게 나를 보러오도록 일러달라고 하였는데, 어째서 지금껏 오지를 않나? 이덕창! 이것이 시(時)요 명(命)이요 운(運)이요, 정말 틀림이 없는 걸세!

〔노래 ; 黃鐘 醉花陰〕
남창에 가서 장사하여 번 돈도 헛되이
급히 돌아오다 병마에 걸렸네.
바라보면 지척인 듯 한 우리집 문도 하늘끝처럼 멀어
정말 내 애간장 태워서,
억누를 수도 없이 가슴은 노루새끼처럼 펄떡펄떡 뛰네.
정말 가장 견디기 어려운 것은
한바탕 머리가 아파지면
마치 머리가 빠개지는 듯한 거네!

〔노래 ; 喜遷鶯〕
누구라도 와서 병을 치료해 달라고 하려 해도
사람 없는 쓸쓸한 낡은 묘당에서야 어이하랴?
생각해보면
악한이라도 나타날까 두렵기만 하여,
나도 모르게 마음속엔 걱정만 쌓여가고,
나도 모르게 눈물만 비오듯하네.
하늘하늘 혼은 날아갈 듯, 간담은 설렁,
부르르 살점 떨리고 몸 흔들리네!

〔노래 ; 出隊子〕
이처럼 꼼짝달싹 못하고 있으니

더욱 괴로움만 늘고,
한동안은 싸르르 송곳으로 찌르듯 배가 아팠다가
한동안은 활활 불태우듯 열이 났다
한동안은 으슬으슬 물을 끼얹는 듯 추워지네!

여보! 당신은 지금 어디 있는 거요?

〔노래 ; 刮地風〕
　바라는 마누라 소식은 감감하니,
　조급한 마음 가려워도 긁을 수 없는 듯하네.

묘문 밖으로 나가 보기로 하자!

〔노래〕
　나는 천천히 신령스런 신의 묘당 밖으로 걸어나가
　눈들어 슬며시 바라보네.
　겨우 섬돌을 내려가
　처마 밑에 섰더니,
　어지러움에 가까스로 문에 몸을 기대네.
　나는 꼭 닫혀있는 줄로만 알았는데,
　사실은 빗장이 걸려있지 않아
　몸을 기대자마자
　끽하고 문이 열리며
　내 몸이 벌렁 나가떨어지네.

〔노래 ; 四門子〕
　이건 뿌리조차 마른풀에 된서리가 내린 꼴,
　아이고!

> 넘어져서 이 병든 허리 또 삐었네!
> 한참은 아팠다가
> 한참은 화끈거리네!
> 돈과 재물 생각해 보니
> 누릴 복도 다했나 보네!
> 한참은 아팠다가
> 한참은 화끈거리니,
> 이곳 신령님께 빌어보는 수밖에 없네!

이문도 〔다급히 등장〕 묘당에 다 왔구나! 형님! 어디 계세요?

이덕창 〔그를 보고서 노래 ; 古水仙子〕

> 아이고!
> 갑자기 나타나
> 후다닥
> 놀라 내 혼 멀리 달아나네!
> 종이돈으로 황급히 얼굴 가리고,
> 신상(神像)에 바싹 달라붙어
> 다급히 내 몸 숨기며 보려 하네.

이문도 저 형님 뵈러 왔어요! 동생의 절 받으세요!

이덕창 〔노래〕

> 그는 달려와 다리 뻗고 허리 펴는 사이에
> 나는 앞으로 나와 자세히 얼굴 살펴보니,
> 이건 바로 오랫동안 이별했던 동생의 무고한 모습!
> 절 그만두거라! 문도야!

동생! 나는 남창으로부터 돌아오다가 감기가 들어 집에 가지를

　못하고 있다. 네 형수는 어디 있느냐?

이문도　형수는 곧 올 겁니다. 형님! 편찮으신지 며칠이나 됐습니까?

이덕창　〔노래 ; 寨兒令〕
　　어제 밤도 아니고
　　바로 오늘 아침
　　비바람에 감기가 들었네.

이문도　형님의 맥 좀 짚어 보십시다! 〔맥을 짚고서〕 형님! 이 병을 저는 알겠습니다. 제가 약을 미리 갖고 왔지요! 〔약을 조제하여 이덕창에게 먹으라고 준다.〕

이덕창　동생! 잠깐 기다려! 네 형수가 온 뒤에 먹지!

이문도　기다릴 것 없어요! 드시면 바로 나을 건데!

이덕창　〔약을 삼키면서 노래〕
　　약을 삼키자
　　뜨거운 기름을 쏟아붓는 듯
　　화끈화끈 오장이 불타오르고
　　훨훨 위장이 타는 듯하네!

　동생!

　〔노래〕
　　이건 감기약이 아니잖나?

　〔노래 ; 神仗兒〕
　　그가 물에 탄 약을
　　흔들어 마셨더니,
　　갑자기 아찔해지는데도

　　그는 억지로 내게 약을 다 먹이네.
　　콧구멍 귓구멍에선 연기가 나오고
　　사지는 얼음에 담근 듯,
　　뉘 알았으랴, 웃음 속에 칼이 숨겨져 있을 줄이야!
　　눈 뻔히 뜨고 거친 들에서 죽어가네! 〔쓰러진다.〕

이문도　약에 쓰러졌군! 물건이나 챙겨 가지고 집으로 돌아가자! 〔퇴장〕

이덕창　〔노래 ; 節節高〕
　　이놈은 남 해치고 자기 이익만 취하는
　　천도(天道)에 어긋나는 짓 했네!
　　돈과 재물 대단치도 않은데
　　필요하면 내놓고 달라 하지
　　어찌 차마 자기 형을 죽인단 말인가!
　　돈에 마음이 가려지면
　　인정도 없다더니,
　　우애란 말을 욕되게 하였네!

　〔노래 ; 者刺古〕
　　몸은 병에 묶이어
　　달아나지도 못하고,
　　목구멍은 약에 잡히어
　　소리치지도 못하네.
　　푸른 하늘이 사실 밝혀주기 바라고
　　신령님께서 악을 벌해 주기 빌 뿐.
　　선을 행하면 선에 대한 보답 받고
　　악을 행하면 악에 대한 보답 받네.

하나님!
올해는 재난이 깃든 해인가요?

[노래 ; 掛金索]
감기 고쳐주는 줄 알았지
몰래 독약 섞었을 줄이야?
목숨을 빼앗고 재물조차 가져갔으니,
집안에 잡놈을 길러온 셈이네!
올 적에
어째서 제 형수와 함께 안 왔는가 의심스러웠지.
후세까지 만 년을 두고
사람들이 비웃을 못된 짓 하였네!

[노래 ; 尾]
모든 금은보화와 재물은
하나하나 조금도 남기지 않고
말에 단단히 싣고서 가버렸네! [탁자 밑으로 쓰러진다.]

유옥낭 [등장] 이제 다 온 모양이군. 말을 내려 안으로 들어가 보자. 어째서 그이가 보이지 않을까? 아! 저 제상 밑에 계시는군. 병환이 대단하신가봐? [가서 이덕창을 부축하여 일으킨다.] 여보! 말을 타고 집으로 돌아가셔요! [퇴장]

유옥낭 [다시 등장] 뜻밖에도 그이는 집에 도착하자마자 코 입으로 선혈을 흘리며 돌아가셨습니다! 도련님께 기별해서 의논을 해봐야겠어요. [이문도를 부른다.] 도련님!

이문도 [등장] 이 여자가 겁이 나서 나를 부르는구나. 형수님! 왜 부르십니까?

유옥낭 형님이 집으로 돌아오셨어요!

이문도 그럼 형님 좀 나오라고 하세요!

유옥낭 형님은 집에 도착하자마자 코 입으로 피를 흘리며 돌아가셨어요!

이문도 돌아가셔요? 형님! 짐작이 가는군요. 형님이 장사 나가시자 형수는 간부를 집안으로 불러들였고, 형님이 돌아오시자 형수는 간부와 공모하여 우리 형님을 독살하였군요!

유옥낭 우리는 어려서부터 함께 자라 결혼한 사이인데, 어떻게 그이를 독살해요?

이문도 우리 형님은 이미 돌아가셨어요! 당신은 관가로 가서 해결하고 싶소, 그렇지 않으면 사사로이 해결하고 싶소?

유옥낭 어떻게 하는 것이 관가로 가서 해결하는 거고, 어떻게 하는 것이 사사로이 해결하는 건데요?

이문도 관가에 가서 해결한다는 것은 내가 관가에 고발하여 당신으로 하여금 우리 형님을 위하여 목숨을 바치도록 하는 것이고, 사사로이 해결하려면 당신이 내 마누라가 되어주면 그뿐인 거요!

유옥낭 무슨 말을 그렇게 하세요? 난 죽는 한이 있더라도 당신 마누라가 될 순 없소!

이문도 그럼 함께 관가로 갑시다!

유옥낭 관가에 가구 말구요! 여보! 당신은 어째서 나를 이렇게 가슴 아프게 하오? [이문도가 유옥낭을 이끌고 퇴장]

현령 [사령을 이끌고 등장, 시를 읊는다.]

내가 벼슬하는 건 오직 돈을 위한 것,
원고 피고 따지지 않고 모두 돈만 주면 되네.
만약 상부에서 감사 나오면,

청사에서 꼬끼오 닭 울음소리나 내지.

저는 하남부의 현령이올습니다. 오늘 아침 사무를 시작해 볼까?
여봐라! 고소장 낸 자가 있거든 들여보내어라!

사령 알았습니다!

이문도 [유옥낭과 함께 등장] 다시 잘 생각해 봐요!

유옥낭 관가로 갑시다!

이문도 그럼 관가에 고소하겠어요! 억울한 일이옵니다!

현령 이리 데려오너라!

사령 나가 뵈시오!

[현령, 그들 앞에 무릎을 꿇는다.]

사령 대감! 저들은 고소하러 온 자들입니다. 어째서 저들에게 무릎을
꿇으십니까?

현령 너는 모르느냐? 고소하러 온 사람이라면 모두가 나를 먹여주고
입혀주는 부모 같은 분들이니라!

[사령, 소리쳐서 유옥낭을 꿇어앉힌다.]

현령 너희들 두 사람은 무얼 고발하러 왔는고?

이문도 소인은 본 고장 사람이온데 다섯 식구가 있습니다. 이 부인은
소인의 형수이고, 저는 이문도라 합니다. 형님 이덕창이란 분이 계
셨는데, 남창으로 장사하러 가서 돈을 많이 벌어가지고 왔습니다.
집으로 돌아온 날 형수는 간부와 짜고 독약을 먹여 친남편을 죽여
버렸습니다. 나으리께서 불쌍히 여기시어 소인을 위하여 잘 처결해
주시기 바랍니다!

현령 내 물어보겠다! 네 형이 죽었단 말이냐?

이문도 죽었습니다!

현령 죽었으면 그뿐이지 또 무얼 고소하는가?

사령 대감! 잘 처리해 주셔야죠!

현령 내가 어떻게 처리한단 말인고? 가서 영사(令使)를 불러오너라!

사령 영사 영감님! 부르십니다!

영사 〔등장, 시를 읊는다.〕

현령은 물처럼 맑은데
영사는 국수처럼 희네.
물에다 국수를 넣고 저으면
무엇이든 적당히 이루어지네.

저는 소령사(蕭令使)입니다. 마침 사무실에서 문서를 꾸미고 있는 중이었는데, 나를 부르는 소리가 들리니 아마도 또 현령이 어떤 소송을 처결할 수가 없는 모양입니다. 가봐야지요.
〔가서는 고소인을 보고〕 이 녀석! 내가 어디서 저자를 봤더라? 옳아! 이놈이 그 돌팔이 의원이구나! 내가 어제 저 녀석 집 문앞에서 걸상을 잠간 빌리려다 못 빌렸지? 오늘 우리 관청 안을 잘도 들어왔구나! 여봐라! 이놈을 끌어내다 매우 쳐라!
〔사령, 가서 이문도를 잡는다.〕

이문도 〔세 손가락을 펴 보인다.〕 영사님! 제가 이 정도 바치겠습니다!

영사 네 놈 나머지 두 손가락은 병신이라 안 펴지냐?

이문도 형님! 이 일 처리나 잘해 주십시오!

영사 알았다! 더 말하지 마라! 너는 무얼 고소한다는 거냐? 원고는 누구냐?

이문도 소인이 원고입니다!

영사 네가 원고라면 그 까닭을 말하렷다!

이문도 소인은 이 고장 사람으로 이문도라 합니다! 제게는 이덕창이라는 형님이 한 분 계셨는데, 남창으로 가서 장사를 하여 돈을 많이 벌

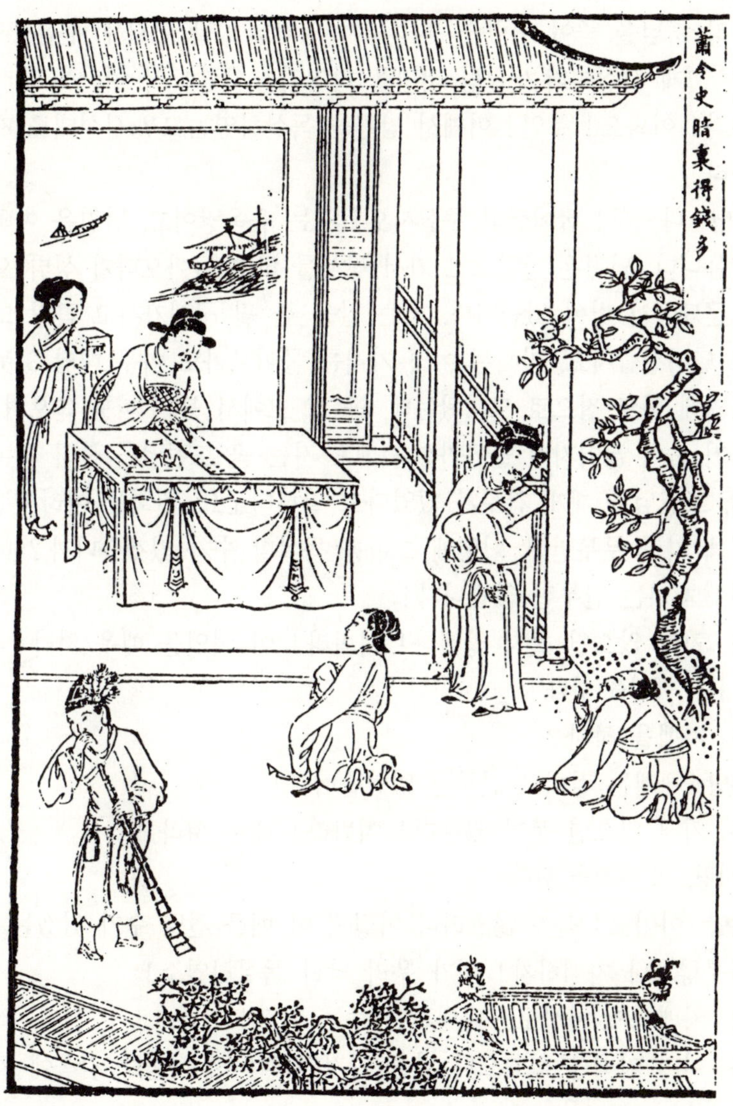

명간(明刊) 《원곡선(元曲選)》의 〈마합라〉 삽화

었습니다. 형이 집으로 돌아오자 우리 형수는 간부와 짜고 독약으로 우리 형님을 죽여 버렸습니다. 영사 영감님! 잘 판결해 주십시오!

영사 그게 사실이냐? 그럼 서명을 하거라! 사령! 저 여인을 데려오거라! 여봐요! 부인! 어째서 남편을 독살하였는고? 사실대로 자백하라!

유옥낭 나으리! 굽어살펴 주십시오! 저는 유옥낭이고, 남편은 이덕창이옵니다. 남편은 남창으로 가서 장사를 하고 돌아오다가 성밖 오도 장군묘에서 병이 났습니다. 저는 말을 한 필 구해가지고 곧장 그리로 달려갔습지요. 가서는 여러 가지를 물어보아도 아무 대답도 못하시기에 바로 집으로 모셔왔는데, 곧 입 코에서 붉은 피를 쏟으며 갑자기 숨이 끊어지며 돌아가셨습니다. 저는 곧 도련님을 불러 의논하니, 도련님은 제게 간부가 있었다고 말하더군요. 저희는 어려서부터 함께 자란 부부인데, 어떻게 그이를 독살할 수가 있겠습니까? 나으리! 제게는 간부란 없습니다!

영사 치지 않으면 불지 않겠다! 여봐라! 이 여인을 매우 쳐라!
〔사령, 매질을 한다.〕

영사 자백을 하지?

유옥낭 제게는 절대로 간부란 없었습니다!

영사 치지 않으면 불지 않는다! 여봐라! 매우 쳐라!
〔사령, 또 매질을 한다.〕

유옥낭 아이고! 불지 않으려니 어떻게 이 매를 견딜 수가 있겠는가? 아무렇게나 자백하자! 내가 우리 남편 독살하였소!

현령 자백하지 마시오! 자백하면 죽는 거요!

영사 이미 자백을 하였으니 칼을 가져다 씌워서 사형수 감옥에 처넣으라!

현령 여봐라! 칼을 가져오너라! 칼을 씌워라!

사령 칼을 씌웠으니, 감옥으로 보내겠습니다!

유옥낭 하나님! 누가 내 억울함을 풀어 줄까? [퇴장]

현령 영사영감! 이리 좀 오오! 방금 저자가 손을 펴서 당신에게 돈
 을 얼마나 주겠다고 한 거요? 사실대로 알려주오!

영사 사실대로 아룁지요! 다섯 개의 은자(銀子)를 주겠다는 것입니다!

현령 그럼 두 개는 내게 나누어 주어야 하오! [함께 퇴장]

제 3 절

부윤 [사령을 이끌고 등장, 시를 읊는다.]

분에 넘친 높은 벼슬하니 살찐 말에 자주 비단실 고삐 매고,
교활한 관리의 봄옷은 부드럽고 기네.
곡식 농사지은 것 누가 망치나?
어찌 비바람만이 농사 버려놓겠는가?

이 사람은 완안씨(完顔氏)로 여직(女直)5) 사람이외다. 완안씨(完
顔氏)는 성이 왕씨(王氏)이고, 보찰(普察)은 이씨(李氏)6)이지요.

---

5) 여직(女直) : 여진(女眞). 거란(契丹)왕 흥종(興宗) 종진(宗眞)을 휘(諱)하
   여, 진(眞)자를 직(直)으로 바꾸어 썼다. 대략 지금의 흑룡강성(黑龍江省)
   에서 길림성(吉林省)에 걸친 지역이 이들 종족의 본 고장이다.

6) 완안씨(完顔氏)는 성이 왕씨(王氏)요, 보찰(普察)은 이씨(李氏) : 본문은
   "完顔者, 姓王 ; 普察, 姓李."이다. 원잡극에서 여진(女眞) 출신 대관들의
   등장백(登場白) 중에 늘 쓰여지는 문구이다. 확실한 뜻은 알 수가 없으나
   자기 가계(家系)를 자랑하는 말임에는 틀림이 없다. 원(元) 도종의(陶宗
   儀)의 《철경록(輟耕錄)》 권1에도 금(金)나라 사람의 성씨를 열거하고 "完

이 늙은이는 어려서부터 공부를 하였고, 뒤에는 무예(武藝)까지 닦
았습니다. 우리 할아버지께서 나라에 많은 공을 세우셨기 때문에
자손들은 그대로 벼슬을 물려받아, 문관(文官)도 되고 무장(武將)
도 되고 하였어요. 이곳 하남부(河南府)는 관리들이 부패하여 가끔
양민들을 죄인으로 몰아넣고 있다 하여, 임금님께서는 친히 이 늙
은이를 부윤(府尹)으로 임명하시고, 부정을 바로잡기 위하여 세검
(勢劍)과 금패(金牌)[7]를 내리시어, 먼저 목을 베고 뒤에 아뢰어도
되는 권리를 하사하셨습니다. 오늘은 내가 부임한 지 사흘째 되는
날이지요.

오늘도 관청에 나와 일을 시작하였는데, 어째서 문서를 관장하는
관원은 이제껏 나타나지 않는가?

사령 담당 관원을 나으리께서 부르십니다!

영사 〔등장〕 왔습니다! 왔습니다! 〔뵙는다.〕

부윤 그대가 문서 담당관이오?

영사 제가 바로 그렇습니다!

부윤 잘 들으시오! 성상께서는 그대들 하남부 관리들이 부패하였대
서 내게 세검과 금패를 내리시고, 먼저 목을 베고 뒤에 아뢰도 되는
권한을 주셨소! 만약에 그대들 문서상에 조금이라도 그릇된 점이
발견된다면 세검과 금패를 써서 당장 그대들 목을 벨 것이외다! 내
가 서명하여야 할 문서가 있으면 먼저 가져와 서명하게 하시오!

영사 예, 예, 예. 나으리! 이 문서를 좀 보아주십시오!

부윤 〔문서를 들여다본다.〕 이것은 어떤 사건이오?

顔漢姓曰王, 蒲察曰李.(완안씨는 한성을 왕이라 하고, 포찰은 이씨라 한
다.)"고 적고 있다.

7) 세검(勢劍)과 금패(金牌) : 우리나라 옛 암행어사(暗行御史)가 갖고 다니던
마패(馬牌)와 비슷한 성격의 물건. 〈두아원(寶娥寃)〉 제4절에도 보였음.

영사 그건 유옥낭이라는 여인이 자기 남편을 독살한 사건입니다. 자백서도 사실대로입니다. 나으리께서는 그저 참(斬)하라고 서명만 하시면 됩니다!

부윤 유옥낭이 간통을 하고 남편을 독살하였다면 십악(十惡)의 죄8)를 범한 것이로다! 어째서 전임 관장(官長) 손으로 종결을 하지 않았소?

영사 나으리께서 오시기를 기다린 것입니다!

부윤 죄수는 지금 어디 있소?

영사 지금 사형수 감방에 있습니다!

부윤 이리 데려오시오! 내 다시 심문해 보리다!

영사 여봐라! 옥에 가서 유옥낭을 데려오너라!

사령 알았습니다!

유옥낭 〔등장〕 아저씨! 나를 왜 불러내나요?

사령 부윤 대감을 뵈러 가는 거요!

영사 여봐, 부인! 지금 새 부윤이 부임하셨는데, 무얼 묻더라도 쓸데없는 말하면 안돼! 함부로 입 놀리면 내 바로 널 쳐죽일 테다! 여봐라! 대청으로 끌고 올라가거라!

사령 죄수를 끌고 왔습니다!

　〔유옥낭, 무릎을 꿇는다.〕

부윤 이 여인이 그 미결수요?

영사 바로 그렇습니다!

부윤 여봐라! 그대가 유옥낭인가? 그대는 어째서 간통을 하고 남편

---

8) 십악(十惡)의 죄 : 봉건시대 형률(刑律)에 걸리는 열 가지 큰 죄. 곧 모반(謀反)·모대역(謀大逆)·모반(謀叛)·악역(惡逆)·부도(不道)·대불경(大不敬)·불효(不孝)·불목(不睦)·불의(不義)·내란(內亂)의 열 가지 죄.

을 독살하였나? 혹시 먼저 관원이 그릇 판결한 것인지도 모를 일이니, 다하지 못한 말이 있으면 사실대로 고하라! 내가 다시 판결해 줄 것이로다!

유옥낭 저로서는 더 할 말이 없습니다!

부윤 죄수로서 변명할 말이 없다면 더 이상 볼 것도 없다! 붓을 가져오거라! 참(斬)하라는 서명을 할 것이니 시장으로 끌어내다 죽여 버려라!

〔사령, 유옥낭을 끌고 나간다.〕

유옥낭 하나님! 누가 내 이 원한을 풀어 준단 말입니까?

장정 〔등장〕 이 사람은 성이 장(張)가요, 이름은 정(鼎), 자는 평숙(平叔)이며, 이 하남부의 육안도공목(六案都孔目)으로 부(府)의 육방(六房)9) 사무를 총괄하고 있습니다. 대감의 명을 받들어 농사일을 돌보고 돌아왔지요. 오늘에야 관청에 나와보니 몇 가지 결재를 받아야 할 서류가 밀려 있군요. 대감께 결재를 받으러 가야겠습니다. 생각해보면 벼슬아치들이 붓 한 자루로 함부로 법을 어기고 엉터리 문서를 만드는 바람에 얼마나 많은 사람들이 목숨까지도 잃게 되는지 알 수 없는 일입니다.

〔노래 ; 商調 集賢賓〕

　요새 관청 안에 일이 생기어
　나는 이곳으로 결재를 받으려고 사무실을 나왔네.
　나는 공사간(公私間) 이해관계를 책임지고 있는 몸,
　붓끝에 사람의 목숨이 왔다 갔다 하네.

---

9) 육방(六房) : 옛날 관청은 여섯 부서로 나뉘어 있었는데, 이를 육방(六房) 또는 육조(六曹)라 불렀다. 송(宋)대에는 병조(兵曹)·형조(刑曹)·공조(工曹)·예조(禮曹)·호조(戶曹)·이조(吏曹)가 있었다.

이 못된 여자 자세히 조사해 보니
그릇된 나쁜 일 저질렀고,
더욱이 이 무도한 남자와 어울리어
못된 짓을 하였네.
윗분의 명 받들어 육방(六房)의 모든 일 보살피는 몸이니,
공무를
어찌 경솔히 다룰 수 있으랴?
북소리 둥둥 울리고
예, 예, 대답하며 공무 시작하는 소리 들리네.

〔노래 ; 逍遙樂〕

머리 들어 바라보니
관장(官長)께서도 등청하셔서
조용히 보고 듣고 있는 듯.
옷깃을 가다듬고
발길을 옮기며 자세히 살펴보니,
호랑이와 이리 같은 시끌시끌한 사령들이
한 여죄수를 끌고 가고 있네.
여인의 슬픈 눈에는 눈물 홍건하고
쇠사슬에 매이고 칼 목에 찼으니,
땅이나 곡식 가지고 다투기라도 한 것일까?

저쪽 담밖에 한 여죄수가 있는데, 무슨 죄인지는 모르지만 어쩌
면 저렇게 처참해 보일까?

〔노래 ; 金菊香〕

내가 보니 낡은 옷은 홍건히 피로 물들었으니,

아마도 호되게 요새 온몸을 맞았나 보네.
더욱이
사형수 목 칼은 몸을 짓눌러 등이 구부정하고
흰 목 길게 늘어뜨린 채
상심으로
눈물만 줄줄 흘리네.

내가 보기에 저 죄진 여인은 필연 억울한 곡절이 있는 듯하네.
칼과 사슬에 억매어 눈물만 하염없이 흘리고 있구나! 옛말에 "사
람을 말해주는 것으로는 눈보다 더 확실한 것은 없다. 눈은 그 사
람의 악(惡)을 감추지 못한다."하였고, 또 "그의 말을 듣고 그의 행
동을 살피어 그의 죄를 잘 살피어야 정사(政事)가 안정된다."고도
하였지!

〔노래 ; 醋葫蘆〕
내가 한동안 자세히 보고
한참동안 분명히 살펴보니,
저 여인은 불평 속에 억울한 심사는 숨기고 있는 듯.
여자 몸으로
어쩌다가 이렇게 억울한 죄망에 걸려
매를 맞고 칼을 쓰게 되었는가?
아서라! 아서라!
쓸데없는 일에는 상관말렷다!

〔노래 ; 么篇〕
내가 천천히 복도를 따라 돌아가
서서히 청(廳) 안으로 들어가니,

여인은 울면서 입으로 속마음 호소하고 있네.
나는 몇번이고 모르는 체하려 했으나…….

사령 아주머니! 도공목(都孔目) 영감님께 말씀드려 보세요! 잘 처리해 주실 겁니다!

유옥낭 〔와서 장정의 옷자락을 부여잡는다.〕 나으리! 저 좀 살려주십시오!

장정 〔노래〕
이 여자 옷을 부여잡고 놓지 않으니
말을 들어보지 않을 수가 없네!

여봐라! 이 여자를 내 앞에 앉혀라! 내 몇 마디 물어보겠노라!

사령 아주머니! 이쪽으로 오세요!
〔유옥낭, 앞으로 와서 무릎을 꿇는다.〕

장정 여봐요, 부인! 내게 실상을 얘기해 보시오!

유옥낭 〔호소한다.〕 잠시 노여움을 거두시고 제가 자세히 말씀드릴 것이니 들어주십시오!

제 남편 이덕창은 본시 액운을 피하려고 남창으로 장사를 하러 가서 많은 돈을 벌어가지고 돌아오는 길에 장군묘(將軍廟)에서 쉬다가 갑자기 병이 났습니다. 제가 가서 집으로 데려왔는데 오자마자 코 입으로 피를 토하여, 어쩌다가 독약을 먹은 듯하였습니다. 방안으로 들어오자마자 돌아가 어쩔 줄을 모르고 있다가 가서 도련님을 불러왔습니다. 도련님은 내가 남몰래 간부와 내통하고 있다가 남편에게 독약을 먹여 죽게 했다고 하지 않겠어요? 무슨 일인지 알지도 못하면서 관가로 끌려와 무수히 매를 맞고 고문을 당했습니다. 저는 여자인데 어찌 그 모진 고문을 견뎌내겠습니까? 아무렇게나 자백하고 서명했지요. 저와 남편은 어릴 적부터 함께 자란 부

부인데, 어찌 차마 그런 짓을 할 수가 있겠습니까? 이건 도련님 이
문도가 계책을 쓴 것입니다! 정말 억울하기 짝이 없습니다!

장정　부인! 그럼 내 부윤 대감께 가서 말씀은 드려 보리다! 일이 잘
된대도 기뻐할 것 없고, 잘 안된다 하더라도 상심 마시오! 여봐라!
이 여자를 잠시 기다리게 하여라!

사령　알았습니다!

장정　〔가서 부윤을 뵙는다.〕 대감! 소인은 장정이옵니다! 대감님 명으
로 시골에 내려가 농사일을 독려하고 돌아왔습니다. 대감께서 등청
하셔서 집무를 하신다기에 몇 가지 결재서류를 갖고 왔습니다. 결
재를 해주십시오!

부윤　이건 육안도공목(六案都孔目) 장정이로군! 자넨 참 능리(能吏)
지! 무슨 상신(上申)할 말이 있으면 하시오!

〔장정, 문서를 내놓는다.〕

부윤　이건 무슨 문서요?

장정　〔노래 ; 金菊香〕
이것은 민가의 강도사건으로 모두 심리 완료,
이것은 차(茶)와 소금의 밀매사건으로 자세히 조사 판결,
이것은 우리 지방에 관한 공무,
이것은 새로 보내온 부절(符節),[10]
이것은 먼 곳의 창고 양곡(糧穀) 운송을 위한 관원 출장 건.

부윤　이쪽 것은 무슨 문건이오?

---

10) 부절(符節) : 옛날 신분을 증명하기 위하여 쓰던 물건. 본시는 나무쪽이
나 대쪽 같은 데에 글을 적은 다음 둘로 쪼개어 반쪽은 이쪽에서 나머지
는 다른 쪽에서 보관하였다. 신분을 확인할 필요가 있을 적에는 그 두
쪽을 맞추어 보았다.

장정 〔노래 ; 醋葫蘆〕

　　이것은 강변도로의 교량 가설의 건,

　　이것은 수주성(隨州城)에 새 창고 짓는 건,

　　이것은 왕수(王首)와 진립(陳立)이란 자들이 타인의 전지(田地)

　를 횡령한 건,

　　이것은 사령(使令)이 이만(李萬)을 때려 상해한 건.

대감께서 믿지 않으실까 하여,

〔노래〕

　　모두 심문에 대한 자백서 만들었고,

　　이것은 왕가가 장가를 여러 번 길거리에서 욕한 건.

부윤 더 이상 문서는 없소?

장정 대감! 더는 없습니다!

부윤 모두 관계 관원들로 하여금 처결토록 하시오! 도공목! 당신에
　게 열 장의 출근면제표(出勤免除票)를 주어 열흘 동안 휴가를 갖도
　록 하겠소. 휴가를 다 보낸 다음 다시 나와 일을 처리하시오!

장정 고맙습니다! 대감! 〔문밖으로 나온다.〕

사령 도공목 형님! 그 건 말씀드렸습니까?

장정 내가 잊고 있었군!

〔노래 ; 麼篇〕

　　공무가 그렇게 바쁜 것도 아닌데

　　어쩐지 내 마음이 어수선했네.

　　만약에 큰 공무라면

　　잘못 잊어버리면 큰일이 나는 것.

　　이런 정도의 일을

벌써 기억 못하다니?

어떻든 귀한 사람은 잊기도 잘한다는 속담대로는 아닐 터인데.

여봐라!

그 여자에게 잠시 참고 조바심 내지 말고 기다리라 하라!

내가 아뢸 일을 잊어먹었어! 다시 가서 대감님께 말씀드려야지!

사령 형님! 불쌍타 여기시고 잘 말씀드려 주십시오!

〔장정, 다시 가서 뵙는다.〕

부윤 도공목! 무슨 얘기를 하고 싶어 또 왔소?

장정 대감! 방금 관아 문을 나서다가 청 밖에 죄지은 부인이 서서 억울함을 호소하고 있는 것을 보았습니다. 잘 아는 사람들은 여자가 죽기 두려워서 그런다는 것을 알겠지만, 잘 모르는 사람들은 우리 관아에서 판결을 잘못 내렸다고 할 것 같습니다. 대감! 다시 한 번 생각해 주시지요!

부윤 이건 전임 관원이 판결한 것으로, 소령사(蕭令使) 담당이었소!

장정 소령사! 나는 이곳의 육안도공목이오! 이건 인명에 관한 중대한 일인데, 어째서 내게는 알리지 않았소?

소령사 도공목께선 시골로 농시일을 장려하러 가셨습니다. 어쩌다 1년이나 돌아오지 않는다 해도, 나는 도공목을 기다리고만 있어야 합니까?

장정 조서를 가져와 보시오!

소령사 조서를 보십시오!

장정 〔읽는다.〕 "공술자(供述者) 유옥낭, 현재 나이 35세, 하남부 녹사사(錄事司)에 사는 민간인. 남편 이덕창은 밑천으로 은 열 냥을 가지고 남창으로 장사하러 갔었음. 가서는 1년 동안 아무 소식도 없었다. 지난 칠월에야 이름모를 남자가 한 사람 와서 소식을 전하고, 남편 이덕창이 오도장군묘에서 병이 나 꼼짝도 못하고 있음을 알려주었다. 유옥낭은 말을 듣고는 황급히 말을 빌려가지고 곧장 성 남쪽의 묘당으로 가 남편을 부축하여 집으로 데려왔다. 문안으로 들어서자마자 숨이 끊어졌는데, 코 입에서는 피가 흘러나왔다. 유옥낭은 즉시 시동생 이문도에게 알렸다. 시동생은 유옥낭이 간부와 짜고서 독약을 사다가 그의 남편을 독살하였다고 하였다. 이상 자백은 사실이며, 전혀 거짓이 없다."

　　영감! 이 자백서는 아무짝에도 쓸 수가 없습니다!

소령사　아무 물건도 살 수 없는 것이니, 아무짝에도 쓸 수가 없는 물건이지요!

장정　사방에 담벽이 없어요!

소령사　대감께서 노천(露天)에서 심문하신 걸요?

장정　위는 구멍투성이요!

소령사　모두 쥐가 쏧어서 난 거지요!

장정　대감께서도 믿지 않으신다면 제가 천천히 설명드리지요!

부윤　말해 보오!

장정　"공술자 유옥낭, 나이는 35세, 하남부 성안 녹사사에 사는 민간인. 남편 이덕창은 밑천으로 은 열 냥을 가지고 남창으로 장사하러 갔음." 이 열 냥의 은은 관아에서 몰수했소, 원고가 가졌소?

소령사　몰수 안했는데요?

장정　그건 그렇다 치고. "가서는 1년 동안 아무 소식도 없었다. 지난 칠월이 되어서야 이름도 알 수 없는 남자가 찾아와 소식을 전해 주었다." 영감! 이 소식을 전한 사람은 나이가 얼마나 되었지요? 관아로 구인한 적이 있나요?

소령사　구인한 적 없습니다.

장정　그 사람도 관아로 구인치 않고 어떻게 심문을 했다는 거요? 또 말하기를 "남편 이덕창은 오도장군묘에서 병이 나서 꼼짝도 할 수 없었다. 유옥낭은 그 말을 듣자마자 황급히 말을 빌려가지고 곧장 성 남쪽의 묘당으로 가 남편을 부축하여 집으로 데려왔다. 문 안으로 들어서자마자 숨이 끊기었는데, 코 입에서 피가 흘러나왔다. 유옥낭은 즉시 시동생 이문도에게 알렸다. 시동생은 유옥낭이 간부와 공모하였다고 하였다." 영감! 그 간부는 성이 장가요, 이가요? 조가요, 왕가요? 관아로 구인한 일이 있나요?

소령사 만약 간부가 없었다면 제가 간부라 해도 좋습니다.

장정 "독약을 사다가 남편을 독살했다." 영감! 그 독약은 어디서 사 온 것입니까? 그 약은 어떻든 나온 데가 있어야 합니다!

소령사 아무도 약을 지어준 사람이 없다면 그것도 저라고 하지요!

장정 영감! 생각해보오! 은도 행방을 모르고, 소식을 전해준 사람도 없고, 간부도 없고, 독약을 지어준 사람도 없고, 공모자도 없어요! 이런 사람들 하나 없이 어떻게 이 부인을 죽이겠다는 거요?

부윤 소령사! 도공목은 이 문서가 소용없는 거라 하는데?

소령사 도공목님! 쓸데없는 참견이십니다! 무슨 상관이 있는 일입니까?

장정 소령사! 내 말하리다! 사람의 목숨은 하늘에 달려 있는 것, 함부로 다룰 일이 아니오! 옛사람 말에 "감옥 속 죄수의 하루는 3년보다 길다. 밖으로는 몸의 고통, 안으로는 마음의 근심. 매도 맞고 볼기도 맞고, 옥살이도 하고 귀양도 가고. 법을 다루는 군자는 마땅히 신중해야만 하니, 상벌은 나라의 기틀이요, 기쁨과 노여움은 사람들의 상정(常情)이라. 기쁘다고 하여 상을 늘여 주지 말 것이며, 노엽다 하여 벌을 더 내리지 말지니라. 기쁘다고 상을 늘였다가는 뒤에 후회하게 될 것이며, 노엽다 하여 벌을 더 내리면 사람의 목숨은 어쩌란 말인가?"고 하였소. 그 때문에 "오뉴월에 서리가 내린 뒤에야 비로소 절부(節婦)의 고통을 알게 되고, 여름에 눈이 날린 뒤에야 여인의 원한이 드러나게 된다"는 말도 있게 된 거요!

〔노래 ; 么篇〕
　　본시 내 성질은 매우 꼿꼿한데
　　그대는 관리로서 견식이 모자라니,
　　이 사건은 황당하게 처리되었음이 드러났네.
　　그 소식 전해줬다는 사람은 어째서 자세히 조사하지도 않았으며
　　간부의 자백서도 전혀 없지 않은가?

　　영감! 한번 생각해 보오!

〔노래〕
　　어찌 차마 엉터리로 한 부인을 저승으로 보낸단 말이오?

소령사　부윤 대감! 장정이 대감을 엉터리라 욕하고 있습니다!
부윤　도공목! 누가 엉터리라는 거요?
소령사　도공목은 대감이 엉터리라 했습니다!
부윤　도공목! 누가 엉터리라는 거요?
장정　〔무릎을 꿇으며〕 제가 어찌 감히?
부윤　도공목! 이 유옥낭의 간통살부 사건은 전임관이 판결한 문건이니 잘못은 소령사가 책임져야 할 일이오! 도공목은 어째서 내가 엉터리라는 거요? 나는 부임한 지 사흘밖에 안 되었는데 나를 엉터리라 하는군요? 그전에는 나는 이곳의 관원이 아니었소! 도공목! 이리 가까이 오시오! 이 사건은 도공목에게 위임하니, 사흘 안에 재심하여 바로잡아 놓으시오! 바로잡아 놓지 못할 시에는 내 당신을 용서 않을 것이오! 으흠!

[사(詞)를 읊는다.]

그대는 무단히 남을 헐뜯는 교활한 관리,
나를 덮어놓고 능멸하는도다!
유옥낭의 간통살부 사건은
전임관이 심문하여 판결한 것,
그대는 문서에 하자가 있고,
그 속에는 속임수가 있다고 하면서,
독약을 지어준 자는 이가냐 장가냐?
간부는 조가냐 왕가냐?
소식 전해준 사람 이름은 무어냐?
공모자는 많은가 적은가고 따졌지?
그런 것은 이 부윤이 할 일이 아니라
바로 그대들 관원의 할 일!
그대는 누구에게 큰소리인가?
공공연히 아무런 두려움도 없이!
내 이 문서를 그대에게 책임지우노니,
꼭 3일 기한 안에
그대는 상세히 모두 재심해야지,
멋대로 문서나 다시 꾸며서는 안되오!
만약에 바로잡아 놓는다면
내 그대를 표창하는 글을 써서
역마(驛馬)에 부쳐
도성으로 보내어 상감님께 아뢰어
후한 상과 벼슬을 내리게 하리라!
재심하여 바로잡지 못한다면
너같은 가짜 모사(謀士)가 번드름한 능변으로

> 관아에 맞서서 판결을 뒤엎으려 한
> 원숭이 같은 머리를 잘라 버릴 것이니,
> 내 번쩍번쩍하는 세검의 예리한 맛을 보게 되리라! [퇴장]

소령사 좌우간 도공목의 머리는 딱딱하니 예리한 칼맛을 한 번 보는 것도 괜찮을 것이오!

[시를 읊는다.]
> 그만두랄 때 그만두지 않더니
> 짧은 기한 안에 사형수를 재심케 되었네.
> 정말로 시비는 입이 싸서 일어나고
> 번뇌는 고집에서 생겨나네! [퇴장]

장정 장정아! 이건 네가 잘못한 게 아닌가?

[노래 ; 後庭花]
> 이 분명치 않은 애매한 사건을 파헤쳐,
> 오늘 무고한 사람을 무사하게 해결해 주리라!
> 소령사여! 그대는 복이 있는 셈인 듯하나,
> 그대 때문에 유옥낭은 목숨 잃을 뻔하였네.
> 내 가만히 생각해 보니,
> 부윤대감도 분명한 판결을 바라는 듯.
> 살인했다면 상처를 보아야 하고,
> 도적질을 했다면 장물이 있어야 하고,
> 간통을 했다면 남녀를 다 심문해야지.
> 이런 것들을 어찌하면 합당하게 심문한다?

[노래 ; 雙鴈兒]
> 아마도 근거가 없으니

아무렇게나 변명들 하리라.
못하겠다 사양하고 싶지만
이미 맡겨진 일이네.
눈앞의 사흘이란 눈 깜박할 사이,
내가 당황하지 않으려 해도 어찌 당황하지 않을 수 있나?
서두르지 않으려 해도 어찌 서두르지 않을 수 있나?

여봐라! 유옥낭을 사형수 감옥으로 데려가거라!

사령 알았습니다!

장정 〔노래 ; 浪裏來煞〕
유옥낭의 죄는 근거 없이 씌운 것,
소령사는 입으로만 억지쓰지만.
나는 억울하게 죄를 뒤집어쓴 법정 판결에서,
집을 떠나 횡사한 이덕창이
어떻게 하여 죽게 되었는지 밝혀
죄 없는 사람은 무사하고 죄진 자는 죄값 받도록 하리라! 〔퇴장〕

제 4 절

장정 〔등장〕 이 사람은 장정입니다. 부윤의 명으로 사흘 동안이라는
기한 안에, 사건을 바로잡아 놓으면 상을 받고, 바로잡지 못하면 내
가 유옥낭을 대신하여 목숨을 바치게 되었습니다. 장정아! 이건 네
가 잘못한 거지!

〔노래 ; 中呂 粉蝶兒〕
강도를 취조하여 잡아내야 할 이마당에

근심으로 창자는 마디마디 끊어지는 듯하고,
걱정으로 잠 못 이루고 밥맛조차 잃었네.
어떻게 추궁하면 좋을까?
결단하기 어렵네,
이 사건의 상세한 실상!
지혜와 기지를 다 써서
온갖 꾀를 다 찾아내야지!

〔노래 ; 醉春風〕
나는 호의로 부윤에게 권한 것인데
이 고약한 일에 내 자신이 말려들어갔네!
본시 입이란 화의 근원이라 했으니,
이 장정은 후회하고 또 후회하네!
오직 한 길, 너는 모든 법을 밝히어
여러 사람을 무사히 구해내야지!
모두가 너의 밝은 마음에 달린 일이네!

여봐라! 유옥낭을 압송해 오라!
사령 알았습니다! 죄인 대령하였습니다!
〔유옥낭, 무릎을 꿇는다.〕

장정 〔노래 ; 叫聲〕
호랑이나 이리처럼 무지한 사령놈이
함부로 끌어다가 뜰 앞에 꿇어앉히네.
내 보니 여자는 기가 죽어
숨을 죽이고
고개를 떨구네.

여봐라! 저 칼을 벗겨주어라!

사령　예! 〔칼을 벗겨준다.〕

유옥낭　〔일어나 절을 하며〕 고맙습니다, 도공목님! 제가 훗날 떡이라도 한 그릇 만들어다 올리겠습니다! 〔걸어나간다.〕

장정　어딜 가는 거요? 부인이 가버리면 내가 당신의 간부 대신 목숨을 바쳐야 해요!

유옥낭　저는 저를 용서해 주시는 걸로 알았습니다!

장정　여봐요, 부인! 부인의 하고 싶은 말을 들어봅시다! 만약 말하는 게 옳다면 모든 일이 그뿐이겠지만, 만약 말하는 게 옳지 못하다면, 애들아, 큰 몽둥이를 준비해 두어라!

〔노래 ; 喜春來〕
　부인은 억울하게 죄를 뒤집어썼다 하는데,
　그러면 남의 목숨 뺏고 재물 뺏은 자는 누구요?
　두드려 맞고 살갗이 째지고 살이 터진 뒤에는 후회해도 뒤늦을 것,
　나는 억지로 덮어씌우지는 않을 것이니
　어서 사실을 말하는 게 좋을 게요!

유옥낭　도공목님! 저를 때려죽인다 하더라도 역시 억지 자백입니다!

장정　〔노래 ; 紅繡鞋〕
　내게 주어진 엄한 기한이
　하루 아침 이틀인데,
　그대는 자꾸 여러 번 이리저리 말을 바꾸어
　묻고 또 묻게 만들고 있네.
　그대의 말 다 들어보았으되
　전혀 아무런 새 사실이 드러나지 않으니

나는 앞으로 어떻게 해야 한단 말인가?

〔노래 ; 迎仙客〕

　손가락에 각지 끼워 틀고

　몽둥이질하게 되면,

　매 치는 팔에 힘주라 하여

　붉으락푸르락, 푸르락붉으락 하도록

　매우 치게 하리니,

　공연히 몽둥이가 떨어지게 되면

　후회할래야 할 새도 없을 거라!

유옥낭　저를 쳐죽인다 하더라도 역시 억지 자백이었습니다!

〔노래 ; 白鶴子〕

　그대는 죽는 한이 있더라도 거짓 자백이라 하면서

　완강히 부인하며 사실을 인정치 않는구나!

　내 다른 것은 묻지 않고,

〔노래〕

　오직 물으려 하는 것은, 그대가 성밖으로 나갈 적에

　무슨 마음을 지녔으며,

　남편이 집으로 돌아오자마자 죽은 것은

　무슨 때문이라 생각하는가?

　여봐요! 부인! 내 당신에게 묻겠는데

〔노래 ; 么篇〕

　소식 전해준 자는 함께 장사를 하기 시작한 새 동업자는 아니었는가?

유옥낭 저는 모릅니다!

장정 〔노래〕

전부터 함께 차 마시고 술 마시던 옛 친구였는가?
그가 어떻게 집에 와서 소식을 전했으며,
어째서 소식을 알고 있었던 것인가?

유옥낭 도공목님! 저는 그 사람에 대하여 잊어버렸습니다!
장정 앞으로 더 다가오시오! 내 사람의 모습을 말해보리다!
유옥낭 날짜가 오래되어 다 잊어버렸습니다!

장정 〔노래 ; 么篇〕

그 사람 몸집은 키가 큰가 작은가?
몸이 뚱뚱한가 말랐는가?
얼굴빛은 검은가 누런가?
수염은 있는가 없는가?

유옥낭 조금 생각이 나옵니다!
장정 그렇지! 성인의 말씀에도 "그의 하는 짓을 보고, 그 동기를 살
피고, 그가 안락히 여기는 것을 관찰하면, 사람됨이 어찌 숨겨지겠
는가?"고 하셨지!

〔노래 ; 么篇〕

범인의 한 일을 상세히 추구하여
사건을 완전히 처결하기까지,
애가 타서 내 머리 희어지고
걱정으로 내 창자 부숴지겠네!

여봐요, 부인!

〔노래 ; 么篇〕

　그 사람은 동쪽 골목에 사는가,
　서쪽 한길 가에 사는가?
　무슨 거리 어느 동리인가?
　성은 무엇이고 이름은 무엇인가?

　내 다시 묻겠소!

〔노래 ; 么篇〕

　명절 쉬려고 기름이나 국수 사지 않았는가?
　가을옷 지으려고 옷감을 끊지는 않았는가?
　무슨 일로 자기 집을 떠나왔는가?
　무엇하러 성안으로 들어왔는가?

　여봐라! 내일이 며칠이냐?

사령　내일이 칠월 칠석이옵니다!

유옥낭　도공목님! 생각이 났습니다! 그 해 바로 칠월 칠석날 어느 마합라를 파는 사람이 소식을 전해주었습니다. 그리고 우리에게 마합라를 한 개 주었습니다!

장정　여봐요, 부인! 그 마합라를 어찌하였소? 지금 어디 있지요?

유옥낭　지금 저희집 대청 선반 위에 놓여있을 것입니다!

장정　여봐라! 가서 그것을 가져오너라!

사령　알았습니다! 〔나간다.〕

　관아 문을 나와 사람들에게 초무항이 어딘가 물어가지고 유옥낭의 집에 갔지요! 그리고 문을 열고 들어가 대청 선반 위에 놓여있는 마합라를 발견했네요. 나는 그걸 가지고 문을 나와 관아로 돌아왔어요!

도공목님! 여기 마합라가 있습니다!

장정 참 잘 만든 마합라로다! 여봐라! 향을 피워라! 마합라야! 누가 재물을 가로채려고 사람을 죽인 거냐? 이덕창은 어째서 집안으로 들어오자마자 죽었느냐? 내게 말 좀 해다오!

〔노래 ; 叫聲〕

너는 유치한 어린아이들을 가르치어
깨우쳐 총명하게 해주잖니?
이 억울한 사건 내용을
재판관에게 얘기해 주려무나!

〔노래 ; 醉春風〕

어린 계집아이들에게 바느질 가르치고
처녀들에게 수놓는 것 배우라 하는 것보다11) 좋은 일 아니냐?
이 불분명한 중죄의 진상을 가려내는 일은
마합라야! 완전히 너에게, 네게 달려있도다!
만약 이 부인이 원죄를 벗어나게 해주면
사람들에게 너를 제사지내 주도록 하리라!
아이들 장난감 노릇보다 훨씬 낫지 않은가?

마합라야! 말해다오! 어째 말이 없느냐? 옛날에 개는 자기 꼬리에 물을 적셔다가 풀밭에 누워있는 주인을 구하였고, 말은 고삐를 늘어트려 주어 물에 빠진 주인을 구해 주었단다. 짐승들도 이러하거늘 너는 어째서 주인을 모르는가? 너는 남에게 향을 피

---

11) 수놓는 것 배우라 하는 것보다 : 중국의 칠월 칠석은 처녀들의 명절이다. 저녁에 간단한 음식을 차려놓고 처녀들은 수를 놓으면서 견우와 직녀에게 자기 소원을 빌었다 한다.

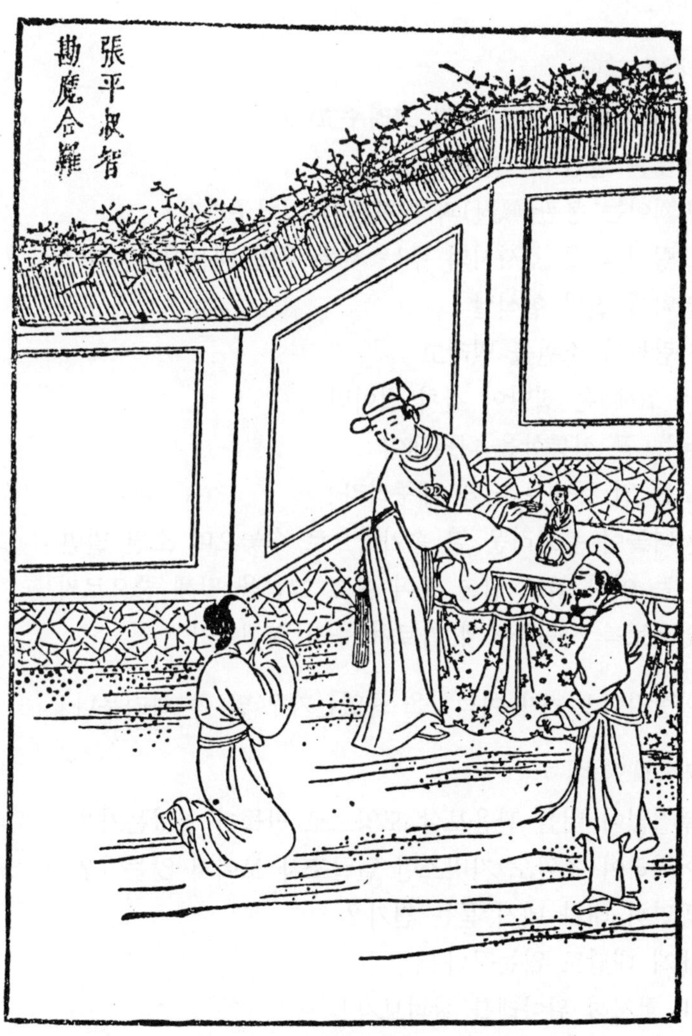

명(明) 숭정각본(崇禎刻本) 《뇌강집(酹江集)》의 〈마합라〉 삽화

우게 해놓고는 어째서 영험을 나타내지 않는가? 억울한 원죄로 귀신될 사람 불쌍히 여겨, 재물 가로채려고 사람 죽인 자를 가리켜 다오!

〔노래 ; 滾繡毬〕
　네게 예쁘게 푸른 눈썹 그려주고
　폭넓은 빨간 옷 입혀주고,
　번쩍이는 봉관(鳳冠)과 어깨걸이 얹어주리라!
　그렇게 너를 호사시켜 주는 것은 무엇 때문이겠는가?
　만약에 칠월 칠석날
　사람들이 소원을 빌려고
　너 위해 온 집안이 잔치 벌이면
　너는 곧 신통함을 나타내어
　모든 일 뜻대로 되게 해주리라!
　처녀들이 부드러운 열 손가락으로 수놓으며 소원 빌면
　너는 어찌 붉은 입술 열어 옳고 그름을 말해 줌으로써
　만세토록 사람들에게 가르쳐 주지 않겠는가?

　마합라야! 누가 이덕창을 죽였는가? 말 좀 하려무나!

〔노래 ; 倘秀才〕
　부질없이 너를 관음보살 모양으로 만들어 놓았는가?
　어찌하여 조금도 자비스런 얼굴조차 보이지 않는가?
　공연히 내가 네게 묻는 건가?
　내게 대답도 않는구나!
　내 철저히 위아래를 살펴보자!

장정 〔글씨를 발견한다.〕 여기 있다!

〔노래 ; 蠻姑兒〕
　어디 있는가 했더니
　바로 여기 있었구나!
　이 밑바닥에 살인범이 숨겨져 있을 줄이야?
　여봐라!
　모두 뜰 위로 올라오라!
　누가 고산(高山)이란 자를 아는가?

　여봐라! 네가 고산을 아느냐?

사령　제가 알고 있습니다.
장정　너 가서 그놈을 매로 치면서 잡아오너라!
사령　알았습니다! 관아 문을 나가 찾아보기로 하자!

고산　〔등장〕 성안으로 마합라 값을 받으러 가야겠다.
사령　〔그를 체포한다.〕 빨리 갑시다! 관아에서 당신을 기다리고 있소!
고산　아이구! 사람을 막 치려 하네!
　〔사령, 장정 앞으로 데려와 무릎을 꿇린다.〕
장정　당신이 고산이오?
고산　그렇습니다. 무슨 죄를 졌는지 모르오나 이 자에게 막 얻어맞으면서 끌려왔습니다.
장정　여봐요, 노인! 당신은 전에 어느 사람에게 소식을 전해준 적이 있지요?
고산　저는 어려서부터 삼계(三戒)가 있습니다. 첫째는 남의 중매를 서지 않는 것, 둘째는 남의 보증을 서지 않는 것, 셋째는 남의 편지나 소식을 전해주지 않는 것입니다.
장정　이 늙은이에게 서명을 하게 하라!

고산 저는 소식을 전해준 일이 없사온데, 왜 서명을 하라는 것입니까?

장정 이 늙은이! 이 마합라는 누가 만든 것인가?

고산 제가 만든 것입니다!

장정 저 부인을 데려오너라!

유옥낭 [고산을 보고서] 할아버지! 저를 아시겠어요?

고산 아주머니! 혹시 유옥낭이 아니십니까? 주인 이덕창씨는 잘 있습니까?

유옥낭 바깥 사람은 죽었어요!

고산 죽어요? 좋은 친구 같았는데?

장정 너는 소식을 전해준 적이 없다 하지 않았는가?

고산 저는 딱 그때 한 번 전했습니다!

장정 이 늙은이야! 너는 어째서 이덕창의 재물을 탐내어 그를 죽였는가? 바른대로 말하라!

고산 [호소한다.] 제가 자세히 사실대로 말씀드리겠습니다! 나으리께서 잘 살펴주십시오! 지난 해 칠월 칠석을 맞아 문안으로 밥벌이를 하러 떠났는데, 성 남쪽의 오도묘(五道廟)에 이르러 합장하고 참배하려고 들어가니, 뜻밖에 이덕창이 마침 묘안에서 병을 앓고 있었습니다. 그 사람이 눈물을 흘리면서 애걸하기에, 그를 위해 소식을 전해주기로 했습니다. 일생에 파계(破戒)는 이 한 번뿐이었는데, 그가 집으로 돌아가 죽을 줄이야 뉘 알았겠습니까? 제 짐 속에는 오직 마합라뿐이며, 비상이나 쇳조각 같은 것은 전혀 없습니다! 어찌 마을을 돌아다니며 물건을 파는 장사치가 감히 남의 재물을 탐내어 사람을 죽이는 짓을 할 수가 있겠습니까?

장정 이 늙은이야! 실상을 바른대로 말하지 못할까?

고산 가운데 있는 놈은 머리에 봉황새 깃 투구를 쓰고 몸에는 쇠 갑옷을 입고 손에는 칼을 들고 있습니다. 왼편 놈은 검은 높다란 투구

를 쓰고 몸에는 녹색 긴 옷을 둘렀고 손에는 붓을 한 자루 들었고
장부를 하나 끼고 있습니다. 오른편 놈은 푸른 얼굴에 이빨을 드러
내고 붉은 머리에 손에는 가시방망이를 들고 있습니다.

장정 그건 마합라가 아닌가?

고산 실제 모양을 말하라 하시지 않으셨습니까?

장정 여봐라! 이 늙은이를 매우 쳐라!

〔사령, 고산에게 매질을 한다.〕

장정 〔노래 ; 快活三〕

　　마합라는 네가 만든 것,

　　여기의 고산이란 글씨는 네 이름.

　　오늘 증거와 함께 범인이 잡혔는데 누구에게 죄를 다시 미룰 건가?

　　그대는 공연히 꿋꿋한 체 버티는도다!

〔노래 ; 鮑老兒〕

　　틀림없이 네가 그 남자를 독살하고

　　또 그의 처까지 걸려들게 한 것이로다!

　　아! 너는 멋진 계략을 쓴 듯하지만,

　　기왓장을 허공에 던진 것 같은 짓,

　　어찌 견디어 내겠는가?

　　아! 사실이 다 드러났으니,

　　너는 함부로 거짓말이나 하며

　　발린 입술과 혀 놀리며

　　되는대로 버티어 보았자 소용없는 짓.

　　차근차근 자세히

　　사실대로 자백하라!

고산 나으리! 자백서는 고사하고 실물 크기의 초상화라도 그려드리
겠습니다! 〔서명을 한다.〕

장정 여봐요, 노인! 앞으로 더 다가와요! 내 다시 물어보리다!

〔노래 ; 鬼三台〕
　　그를 만나서 소식을 전해주기까지
　　도중에 누구든 만난 사람이 있소?

고산 아무도 만나지 않았는데요.

장정 여봐요, 노인! 유옥낭을 만나기 전에 성안에서 누구를 먼저 만
나지 않았느냐 말이오?

고산 이제 생각이 납니다! 저는 성안으로 들어와 오줌을 한바탕 쌌
지요.

장정 누가 그런 것 물었더냐?

고산 성안으로 들어와서 길을 물은 일이 있사온데, 그 사람 집 문앞
에 거북껍질이 매달려 있었습니다.

장정 자라 껍질이 아니구?

고산 어쨌든 되게 골탕을 먹어 자라껍질처럼 납작해졌었습니다. 그집
문앞에는 또 돌로 만든 배가 한 척 있었습니다.

장정 약재를 가는 돌절구가 아니었나?

고산 그놈으로 갈면 뼈도 다 부숴질 것 같았습지요. 제가 보니 안에
한 사람이 앉아있었는데, 그놈은 짐승 의원이었어요!

장정 그냥 의원은 아니구?

고산 틀림없이 짐승 의원입니다!

장정 어째서 그를 짐승 의원으로 알았는가?

고산 짐승 의원이 아니라면 어떻게 당나귀처럼 사람을 골릴 수가 있
겠습니까? 그녀석을 돌팔이라고들 부르더군요!

장정 유옥낭! 당신은 이 돌팔이가 누구인지 알겠소?

유옥낭 바로 저의 시동생 같습니다.

장정 부인은 시동생과 잘 지내는 사이였소?

유옥낭 그와 잘 지내지 못했습니다.

장정 〔노래〕

　　말을 듣고 나니
　　걱정 점점 사라지고
　　기쁨이 더해지네!
　　이 사건은 이제사 사실로 접근하네.
　　여봐라! 묻노니
　　그 의원을 누가 아느냐?

장정 여봐라! 이 늙은이에게 매 80대만 치거라! 마합라를 잘못 만들
　　었다고 치는 거다!

사령 〔매질을 하면서〕 60, 70, 80대! 나가시오!

고산 형씨! 어째서 나를 매 80대나 치는 게요?

사령 마합라를 잘못 만들었다는 거요!

고산 마합라 만들었다고 80대나 치니, 만약 금강상(金剛像)을 만들었
　　더라면 머리를 쪼갤 뻔했군요! 〔퇴장〕

장정 여봐라! 유옥낭은 저쪽으로 데려다 놓고 돌팔이 의원을 데려오라!

사령 관아 문을 나와서 여기에 와보니 그집이로구나. 돌팔이 집에 있
　　느냐?

이문도 〔등장〕 누가 부르나? 문을 열어보자! 형씨! 왜 나를 부르지요?

사령 나는 관아의 사령이오! 도공목께서 부르는 거요!

이문도 함께 가봅시다!

사령 도착했소! 내가 먼저 들어가리다! 〔보고한다.〕 돌팔이 데려왔습

니다!

장정 그를 들여보내라! 〔그를 본다.〕

이문도 도공목 형님! 무슨 일로 저를 부르셨습니까?

장정 부윤님 부인께서 병환이 나셨소. 이건 다섯 냥의 돈이오. 약값으로 주는 거요. 적다고 탓하지 마시오!

이문도 무슨 약을 쓰시려구요?

장정 〔노래 ; 剔銀燈〕

　　여러 해 묵은 병이 아니라

　　다만 찬 음식으로 배탈이 좀 난 것.

　　당신의 건중탕(建中湯)으로도

　　잘 나을 수 있으리라 믿지만

　　부자(附子)와 당귀(當歸)를 좀 더 넣어 주시오!

이문도 제가 몸에 지니고 다니는 약이 있으니, 노부인께 드시도록 갖다드리지요!

사령 이리 주시오! 내가 갖다드리겠습니다! 〔약을 갖다주고 다시 온다.〕

장정 〔사령에게 귓속말을 하고 나서〕 여봐라! 노부인께서 약을 드시고 경과가 어떠신가 보고 오너라!

사령 예! 〔퇴장〕 〔곧 다시 등장해서〕 도공목님! 노부인께서 약을 드시자마자 코 입으로 피를 쏟으면서 돌아가셨다 합니다!

장정 돌팔이야! 너 들었느냐? 노부인께서 약을 드시자마자 코 입으로 피를 쏟으면서 돌아가셨단다!

이문도 〔당황한다.〕 도공목님! 저를 살려주십시오!

장정 내 네 죄를 벗게 해주지! 네 집에는 또 누가 있는가?

이문도 아버님이 계십니다.

장정 나이는 얼마나 되었느냐?

이문도　저의 아버지는 여든이옵니다!

장정　늙은이에게는 벌을 가하지 않고 다만 벌금을 물리겠다. 돌팔이야! 네가 만약 네 아비를 버리기만 한다면 내 너를 죄에서 벗어나게 해주지. 그러나 네가 만약 버리지 못하겠다면 너는 죄를 면할 길이 없을 것이다!

이문도　고맙습니다, 형님!

장정　내 그럼 네게 일러둔다! 내가 "돌팔이야!"하고 부르면 너는 "예 있습니다!"고 대답한다. 내가 "누가 독약을 지었는가?"고 물으면 너는 "제 아버지가 지었습니다!"하고 대답한다. 내가 "누가 이런 나쁜 계책을 생각해 냈는가?"고 물으면 "그건 제 아버지입니다!"하고 대답한다. 내가 "누가 은은 가졌는가?"고 물으면 너는 "제 아버지입니다!"하고 대답한다. 내가 다시 "네가 아니냐?"하고 다그치면 너는 곧 "저는 전혀 상관없는 일입니다!"하고 대답한다. 네가 이렇게 대답하여야만 비로소 네 죄를 면하게 된다.

이문도　고맙습니다, 형님!

장정　여봐라! 이 자는 관방(官房)으로 데려가거라! 그리고 그 늙은이를 한 발자국에 매 한 대씩 치면서 이리 끌고 오너라!

〔노래〕

그 늙은이 내가 친히 심문하여 사실을 밝히리라!

여봐라!

〔노래〕

너는 가서 다만 지금 어떤 사람이 관아에 그를 고발했다고만 말하라!

〔노래 ; 蔓靑菜〕

너는 가서 새로 문건을 조사하는 도공목이

즉시 당신을 가서 잡아오라고
나를 급히 보내어 당신을 데리러 왔노라고 말하라!
만약 조금이라도 말을 잘 듣지 않거든
그를 잡아다가 옥에 가두어라!

사령 이제 다 왔군! 이영감 댁에 계세요?
이언실 〔등장〕 누가 나를 부르나?
사령 관아에서 당신을 부릅니다!
이언실 그럼 가봐야지!
 〔들어와 정정을 뵙고〕 이 늙은이를 무슨 일로 부르셨습니까?
장정 이 늙은이! 어떤 사람이 당신을 고발했소!
이언실 누가 나를 고발합니까? 늙은 것이 무슨 죄가 있기에?
장정 바로 당신 아들 이문도가 당신을 고발했소! 당신 못 믿겠으면
 그의 목소리를 들어보시오!

 〔노래 ; 窮河西〕
 누가 관아에 당신을 고발했는지 아는가?
 그건 당신의 증삼(曾參) 같은 효자 돌팔이지!
 조금 전에 의붓아들로 받아들인 자도 아니고
 틀림없는 당신의 친혈육이요!
 아이고! 추한 늙은이야!
 어찌 그런 못된 짓을!

이언실 저는 못 믿겠습니다. 문도는 어디 있습니까?
장정 당신이 못 믿겠다면 내 부를 것이니 들어보시오! 돌팔이야!
이문도 여기 있습니다!
장정 누가 독약을 지었는가?

이문도 저희 아버지가 지었습니다!

장정 누가 그런 계책을 생각해 냈나?

이문도 제 아버지입니다!

장정 은은 누가 가졌는가?

이문도 저희 아버지입니다!

장정 모두 누가 한 짓이냐?

이문도 저와는 상관없는 일입니다. 모두 저희 아버지가 했습니다!

장정 이 늙은이야! 속히 사실대로 불지 못할까?

이언실 나으리! 이건 모두 저자가 한 짓입니다! 어째서 모두 이 늙은이에게 뒤집어씌우는 것입니까?

장정 저자 짓이라면 그걸 증명한다는 서명을 하시오!

　[이언실, 서명을 한다.]

사령 서명을 했으니 문을 열어줄까?

이언실 [이문도를 보고 그를 때리면서] 형을 독살한 것도 네 놈이고, 재물을 횡령한 것도 네 놈이고, 형수에게 사사로이 해결하자고 강요한 것도 네 놈 아니냐? 모두가 네 놈 짓이지! 모두가 네 놈 짓이야!

이문도 아니예요! 제가 분 것은 노부인을 독살한 건인데요!

이언실 아이구! 내가 네 형을 독살한 일까지도 다 불었구나!

이문도 다 불었어요! 나는 죽어요! 늙은 주책바가지야!

장정 [노래 ; 柳靑娘]

　　오직 약간의 기지를 써서

　　이 무지한 늙은이를 속였으니.

　　네가 천만 번 후회해 봐야

　　땅에 쏟은 물 어찌 주워 담으랴?

　　놀라서 얼굴은 흙빛이 되었는데,

말은 한 번 입에서 나오면
네 마리 말을 몰아 뒤쫓아도 따라잡을 수 없다 하지 않던가?
이미 자백했으니,
어이 말을 바꾸리?
죄값을 받아야지!

〔노래 ; 道和〕
비로소 진상을 알아냈네,
진상을 알아냈네!
거짓이 진실이 될 수는 없는 것.
매우 처음엔 까다로워
나는 나는 종잡을 수도 없어서
나는 나는 어쩔 줄 몰랐으나,
기지를 써서
진실을 유도해 냈네.
이제는 부인도 못할 테고
항변도 못할 테고
변명도 못할 테고
핑계대지도 못하리라!
그래서 그래서 나는 기쁘네,
나는 영리해서
모든 사람들이 하나하나 사실대로 죄를 인정하게 하였네!
만약에 만약에 천리(天理)가 아니었다면
이 엄한 기한은 겨우 3일이었으니
아마도 세검(勢劍)의 맛을 내가 먼저 보았으리라!

모두들 한 사람도 빠짐없이 나를 따라 부윤 대감을 뵈러 가자!

부윤 [등장] 도공목! 심문하던 일은 어찌 되었소?

장정 심문 완료되었습니다! 대감께서 결판을 내려주십시오!

부윤 이 사건의 경과를 나도 이미 잘 알고 있다. 모두들 내 결판을 들으라! 이곳의 무능한 관원들은 곤장 백 대를 치고 관직을 파면한다! 이언실은 집안을 올바로 다스리지 못한 죄가 곤장 80대에 해당하나 나이 늙었으니 벌금형으로 대신한다! 유옥낭은 억울한 고문을 당하였으니, 집안을 표창하는 정표(旌表)를 세우게 한다! 이문도는 자기 형을 죽였으니 시장으로 끌고 나가 목을 자른다! 그리고 나는 석달치 봉급을 털어 장정에게 상을 내리도록 하겠다!

[사(詞)를 읊는다.]
　성상께 아뢰어 상을 내리고 승진시키어
　장도공목은 형명(刑名)을 관장케 될 것이며,
　유옥낭은 혐의 모두 밝혀졌으니
　살림하는 집안에 정표 세워 주리라!
　인륜을 어기고 교화를 해친 무뢰한은
　시장으로 끌어내어 엄한 형벌로 법을 바로잡으리라!

유옥낭 [엎드려 절을 하며] 감사합니다, 대감님!

장정 [노래 ; 煞尾]
　형제의 정은 손발처럼 가까운 것,
　어찌 차마 형의 목숨 빼앗을 생각을 하나?
　나는 이 살인귀를 운양문(雲陽門) 안으로 끌어내다 목을 참하여
　억울한 귀신의 원한을 풀어 주리라!

제목(題目) 이문도는 독약으로 형을 죽이고(李文道毒藥擺哥哥)
　　　　　소령사는 뒤로 많은 돈 받았네.(蕭令使暗裏得錢多)
정명(正名) 고산은 하남부 관아에 꿇어앉히고(高老兒屈下河南府)
　　　　　장정이 마합라로 사실을 밝혀냈네.(張平叔智勘魔合羅)

기영포氣英布

······ 작품 해설

이 작품은 한(漢)나라 고조(高祖)의 장수 영포(英布)의 얘기를 잡극(雜劇)으로 엮은 것이다. 영포는 한고조 유방(劉邦)이 초(楚)패왕(覇王) 항우(項羽)와 천하를 놓고 다툴 적에 많은 공을 세웠던 한나라의 장수이다. 젊어서 죄를 지어 얼굴에 문신을 하는 경형(黥刑)을 당하였기 때문에 경포(黥布)라고도 부른다. 처음에는 초나라 항우의 장수로 활약하였으나, 한나라에 투항하여 한고조를 도와 천하를 통일하는 데 큰 공을 세웠다. 그리고 그 공로에 의하여 회남왕(淮南王)에 봉해졌으나, 천하를 통일한 뒤에 고조가 팽월(彭越)·한신(韓信) 등 공신들을 하나하나 죽여 없애는 것을 보고 화가 자기에게도 미치리라 짐작하고 반란을 일으켰으나 실패하여 싸우다 죽었다.

이 〈기영포〉의 작자는 상중현(尙仲賢, 1260년 전후)이다. 그는 진정(眞定, 지금의 河北省 正定縣) 사람으로 강절성무제거(江浙省務提擧)란 벼슬을 지냈다는 것 이외엔 그의 생애에 대하여는 알려진 게 별로 없다. 그러나 그가 원대의 중요한 잡극 작가 중 한 사람이었다는 것은 그의 작품이 증명해 주고 있다.

그의 잡극 작품은 11종이 있는 것으로 알려져 있는데, 그 중 〈기영포〉를 비롯하여 〈유의전서(柳毅傳書)〉·〈삼탈삭(三奪槊)〉·〈단편탈

삭(單鞭奪槊)〉의 네 작품만이 지금까지 전해지고 있다. 그밖의 작품 중 일부분의 글이 전하는 것이 3종이 있고, 나머지 4종은 완전히 없어졌다. 그의 문장은 흔히 "온윤명려(溫潤明麗)"하다고 할 정도로 깨끗하고 아름다운 특징을 보이고 있으며, 주권(朱權, ?~1448년)은 《태화정음보(太和正音譜)》에서 그의 글을 "산화헌소(山花獻笑)"라 평하고 있다.

〈기영포〉 얘기는 사마천(司馬遷, B.C. 145~B.C. 86년?)의 《사기(史記)》 권91 열전(列傳) 제31 경포전(黥布傳)에서 따온 것인데, 작가가 허구로 덧보탠 부분도 있다. 이 잡극의 줄거리는 다음과 같다.

제1절에서는 초(楚) 패왕(覇王) 항우(項羽)와 한(漢)고조(高祖) 유방(劉邦)이 영벽(靈壁)이란 곳에서 싸워, 한나라 군사들은 크게 패하여 형양(滎陽)이란 곳에 주둔하게 된다. 그때 영포는 당양군(當陽君)으로 40만 대군을 거느리고 구강(九江)에 주둔하고 있었다. 항우는 영포에게 군사를 끌고 와서 자기를 도와 한나라를 칠 것을 명하나, 영포는 초나라 장수 용저(龍且)와 사이가 나빠 병을 핑계로 명령에 따르지 않는다.

한편 한고조는 장량(張良)·조참(曹叅) 등의 신하들과 중요한 위치에 있는 영포를 자기네 편으로 끌어들일 계교를 의논하는데, 전알관(典謁官)이던 수하(隨何)가 자청하여 나서서 20기(騎)의 군사를 이끌고 구강으로 영포를 꾀러 간다. 수하는 영포를 찾아가 온갖 교언(巧言)을 다하여 그를 설복시키려 하나 영포는 결단을 못 내리는 태도였다. 이때 마침 항우의 사신이 영포에게로 오는데, 수하는 숨어있다가 뛰쳐나가 그 사신을 죽여 버린다. 그리고 수하는 영포에게로 가서, 이제는 항우에게 반란을 일으키려 한다는 의심을 면할 길이 없으니 한나라로 가자고 달랜다. 영포는 결국 수하를 따라 한나라에 투항한다.

제2절에서는 영포가 수하의 말을 좇아 한나라로 왔으나 아무도 마

중하는 이가 없다. 뒤에 그는 고조를 만나는데, 유방은 영포의 지나친 예기(銳氣)를 꺾으려고 발을 씻으면서 냉담한 태도로 영포를 대한다. 영포는 속은 것이 분하여 자결까지 시도하지만 수하의 만류로 죽지는 않는다.

제3절에서는 한고조가 영포의 군영에 크게 잔치를 벌이게 하고는 여러 장수들을 거느리고 직접 와서 영포를 수레에 태우고 손수 밀고 다니며 그의 분노를 풀어준다. 그리고는 그를 구강후(九江侯)에다 파초대원수(破楚大元帥)에 봉하고는 항우를 치게 한다.

제4절에서는 영포가 군사를 거느리고 외황(外黃)으로 가서 항우와 싸워 그를 격파한다. 영포가 개선하자 유방은 그를 삼제왕(三齊王)에 봉하고, 수하는 영포를 달랜 공으로 어사대부(御史大夫)란 벼슬을 받게 된다.

이 작품의 정명(正名)은 〈한고조탁족기영포(漢高祖濯足氣英布)〉 곧 "한나라 고조가 영포가 찾아왔을 적에 발을 씻으면서 그를 대하여 영포를 화나게 하였다"는 뜻이며 〈기영포〉는 그 약칭이다. 작자 상중현은 《사기》 열전의 기록 중에서, 수하가 영포를 설복시켜 한나라에 투항케 한다는 얘기와, 한나라 유방이 영포의 지나친 예기를 미리 꺾으려고 발을 씻으면서 그를 만나 영포로 하여금 머리끝까지 화가 나도록 했다는 얘기 및 뒤에는 영포가 한나라를 위하여 항우를 치게 된다는 중요한 얘기 줄거리만을 딴 후에 자신이 살을 붙여 이 작품을 만든 것이다.

이 희곡의 가장 두드러진 특징은 완전하게 잘 짜여진 결구(結構)와 깨끗하고 아름다운 문장에 있다. 특히 선비인 수하의 교묘한 언변과 억세면서도 어리숙한 면이 있는 영포나 번쾌(樊噲) 같은 무장(武將)들의 언행은 멋진 대조를 이루면서 재미를 보태어 준다. 따라서 전쟁 얘기임에도 불구하고 시종 경쾌한 기분으로 독자들을 작품 속으로 끌려 들어가게 한다. 뛰어난 묘문(妙文)은 보이지 않지만 이처럼 구성이나 문장에 있어서 빈틈이 없고 깨끗한 작품이 희곡으로서의 상연효과를 생각할 때 성공적인 작품이 아닐까 한다.

창법에 있어서도 처음부터 끝까지 주인공 한 사람이 노래부르는 원잡극의 격식을 깨고 있다. 곧 주인공 영포만이 노래부르지 않고 제4절에서는 영포의 전승을 알리러 온 전령도 앞부분에서 여러 곡의 노래를 부름으로써, 연극 효과를 크게 제고(提高)시키고 있다.

이 작품의 현존 판본으로는 원각고금잡극삼십종본(元刻古今雜劇三十種本)과 원곡선본(元曲選本)의 두 종류가 있다. 이 중 원각본(元刻本)이 원작에 가까울 것은 말할 것도 없으나, 다만 거기에는 대부분의 빈백(賓白)이 생략되어 있고, 그 체재도 전체적인 면에서 볼 적에 완정(完整)하다고 할 수가 없다. 그래서 이곳의 번역은 주로 《원곡선(元曲選)》에 의존하였으며, 원간본(元刊本, 臺灣 世界書局 影印, 鄭騫 校注)은 옆에 놓고 참고만 하였다.

······ 등장인물

한왕(漢王) 한(漢)나라 고조(高祖) 유방(劉邦). 자는 계(季)이며, 패현(沛縣) 풍읍(豐邑, 지금의 江蘇省 銅山縣 서북쪽) 사람. 사상(泗上)의 정장(亭長, 洞里에서 도적 잡는 일을 맡았던 낮은 벼슬)이란 작은 벼슬을 하고 있었으나, 진(秦)나라 말에 패현 사람들이 그를 세워 패공(沛公)이라 하였다. 항우(項羽)와 함께 진나라를 쳐서 항우보다 먼저 입관(入關)하였으나 항우가 그를 한왕(漢王)에 봉하였다. 그러나 뒤에 항우와 싸워 마침내 그를 격파하고 천하를 통일하여 한(漢)나라를 세웠다. B.C. 195년 그가 죽기까지 12년 동안 왕노릇을 하였다.

영포(英布) 경포(黥布)라고도 부르며 이 극의 주인공. 본시 항우 휘하에 있었으나 뒤에 유방(劉邦)에게 항복하여 그를 섬겨 천하를 통일하는 데 큰 공을 세운다(작품해설 참조).

수하(隨何) 한고조의 신하로서, 영포를 유인하여 한나라에 투항케 한 사람. 뒤에 그 공로로 호군중위(護軍中尉)가 되었다(이 잡극에서는 御史大夫가 된다).

장량(張良) 자는 자방(子房). 한고조를 도와 천하를 통일하는 데에 큰 공을 세워 뒤에 유후(留侯)에 봉해진다. 만년에는 신선술(神仙術)을 좋아하여 산속에 숨어 살다가 죽었다.

조참(曹參) 한고조와 같은 고향 사람으로, 한고조를 도와 천하를 통일하고 뒤에 평양후(平陽侯)에 봉해졌다.

주발(周勃) 한고조와 동향 사람. 한고조를 도와 천하를 통일하고 강후(絳侯)에 봉해졌으며, 문제(文帝) 때에는 벼슬이 우승상(右丞相)에 이르렀다.

번쾌(樊噲) 역시 한고조와 동향 사람. 고조를 도와 천하를 통일하는 데 큰 공을 세웠으며, 특히 홍문연(鴻門宴)에서 용기를 발휘하여 고조의 목숨을 구하여 유명하다. 뒤에 무양후(舞陽侯)에 봉해졌으며, 벼슬이 좌승상(左丞相)에 이르렀었다.

초나라 사신 한 명.

선칙관(宣勅官) 한 명.

전령(傳令) 한 명.

기마병(騎馬兵) 여러 명.

병사(兵士) 여러 명.

시녀(侍女) 두 명 이상.

기녀(妓女) 여러 명.

숙수(熟手) 여러 명.

제 1 절

수하 〔등장, 시를 읊는다.〕

임금은 무슨 일로 선비를 업신여기나?
넓은 띠에 허술한 옷 입고 점잔만 피기 때문일까?
한 번 역이기(酈食其)[1]를 불에 태워 죽인 뒤로는
한나라에는 아무도 와서 유세(遊說)치 않게 되었네.

나는 이름이 수하인데, 한(漢)나라 임금 휘하에서 전알(典謁)이
란 벼슬을 하고 있습니다. 우리 한왕(漢王)은 정장(亭長) 출신으로
서 풍패(豐沛)라는 곳에서 군사를 일으켰으므로, 무사(武士)들만을
존중하지 문신(文臣)들은 귀히 여기지를 않습니다. 그분은 유생(儒
生)들을 보기만 하면 곧 그의 유관(儒冠)을 벗기어 땅바닥에 내동
댕이치고 거기에 오줌을 갈기며 함부로 욕까지 한답니다. 그래서
저는 그분을 모신 지 여러 해가 되지만 벼슬은 겨우 전알(典謁)이
어서 월급으로 겨우 좁쌀 한 자루를 받고 있으니 정말 말이 아니
지요.

---

1) 역이기(酈食其) : 한(漢)나라 고양(高陽) 사람. 한고조가 고양에 들렀을 때
   역이기는 진류(陳留)를 공격할 계책을 올리어 성공함으로써 광야군(廣野
   君)이 되었다. 뒤에 제(齊)나라를 설복하여 제나라 70여 성(城)을 얻었으나,
   그때 마침 한신(韓信)이 제나라를 공격하여 왔으므로 제나라 임금은 역이
   기가 자기를 속였다고 격분하여 그를 끓는 가마솥에 넣어 죽였다 한다.

  그러나 그분은 생김새가 콧날이 우뚝하고 용의 얼굴이며, 마음이 활달하고 너그러워 그가 있는 곳에는 언제나 오색의 상서로운 구름이 위에 덮히어 있어요. 제 생각에 이것은 제왕(帝王)의 기상임에 틀림없으니 그저 꾹 참고 그분 밑에 머무르며, 백관(百官)들의 조알(朝謁)과 여러 나라에 사신 보내는 일을 맡고 있는 것이지요. 그 밖에 책략이나 지휘는 장량(張良)이 맡고 있고, 군사들을 이끌고 싸움하는 일은 한신(韓信)2)이 책임지고 있어서, 나와는 모두 상관없는 일입니다.

  초(楚)나라를 다 쳐부수고 난 뒤에 공훈을 세워 나랏일을 함께 이룩하여 놓음으로써, 그때 벼슬을 받고 작위(爵位)에 봉해지게 된다면, 안될 것도 없는 일이 아닌가요? 오늘 한왕께서 납시어 여러 신하들을 소집하고 일을 의논하려 하시니, 여기에 대령하고 있어야지요.

〔한왕, 부하들을 이끌고 등장〕

수하 〔뵙는다.〕 신 수하 알현이오!

한왕 잠시 저쪽에 서있거라!

〔시를 읊는다.〕

  어지러이 서로 다투며 자웅을 겨루는 마당에
  칼을 친히 들고 풍패(豐沛)에서 일어났네.
  여러 나라 제후들 모두 굴복하였으되

---

2) 한신(韓信) : 회음(淮陰) 사람으로 한나라 고조의 대장. 항우를 쳐부수어 천하를 통일하는 데에 많은 공을 세워, 장량(張良)·소하(蕭何)와 함께 한흥삼걸(漢興三傑)이라 불리운다. 그러나 뒤에 모반하려 한다는 모함을 받고 끝내는 고조에게 죽임을 당한다.

초나라 항우(項羽)3)만은 아직 어쩌지 못하고 있네.

나는 성이 유(劉)가요 이름은 방(邦)이며 자는 계(季)이고, 패현 (沛縣) 사람이오. 진시황(秦始皇)이 죽은 뒤, 제후들이 들고일어나 진나라를 멸망시켰는데, 그때 나는 항우(項羽)와 함께 초(楚)나라 회왕(懷王)을 섬기고 있었소. 회왕은 나를 패공(沛公)에 봉하고 항 우는 노공(魯公)으로 봉해 주어, 각기 3만의 군사를 거느리고 제후 들과 함께 관중(關中)4)으로 쳐들어가게 하였소. 회왕은 이때 약속 하기를 먼저 관중으로 들어가는 사람을 그곳의 왕으로 삼겠다 하였 소. 그런데 내가 먼저 관중을 격파하였으니 내가 그곳의 왕이 되어 야 할 것인데, 항우는 자기의 눈동자가 두 겹이오 산을 뽑을 만한 힘이 있음을 믿고, 거짓으로 회왕을 의제(義帝)라 받들고 스스로 서초패왕(西楚覇王)이라 일컬으며, 여러 제후들의 봉지(封地)를 모 두 나쁜 땅으로 바꾸고, 나는 한왕(漢王)으로 옮겨놓아 남정(南 鄭)5)에 도읍을 정하게 되었소.

얼마 되지 않아 항우는 영포(英布)에게 명하여 의제(義帝)를 침 현(郴縣)6)에서 몰래 죽여 버리게 하였지요. 이에 여러 제후들은 일

---

3) 항우(項羽) : 우(羽)는 자이고, 이름은 적(籍). 진(秦)나라 하상(下相) 사 람. 어려서부터 힘이 장사였고, 숙부 항량(項良)을 따라 군사를 일으켰으 나 뒤에는 자신이 대장이 되어 진(秦)나라를 쳐부수었다. 진나라 임금 자 영(子嬰)을 죽이고는 스스로 서초패왕(西楚覇王)이 되었다. 그러나 뒤에 한고조 유방과의 싸움에 몰리어, 해하(垓下)라는 곳에서 포위당하여 오강 (烏江)까지 도망하다가 결국은 자결하고 말았다.

4) 관중(關中) : 지금의 섬서성(陝西省) 일대를 가리키는 말. 진나라는 그곳 의 함양(咸陽)에 도읍하고 있었다.

5) 남정(南鄭) : 지금의 섬서성(陝西省) 포성현(褒城縣) 동남쪽에 있던 현 (縣) 이름.

시에 반기(反旗)를 들게 되었지요. 나는 한신(韓信)의 계책을 따라 겉으로는 잔도(棧道)를 수리하는 체하며 실제로는 슬며시 진창(陳倉)7)을 지나 삼진(三秦)8)을 공략하고 여러 제후들의 나라9)를 공략하고서, 팽월(彭越)10)로 하여금 팽성(彭城)11)을 쳐서 격파케 하였으니, 항우가 망할 날도 얼마 남지 않았다고 여기고 있었소. 그러나 뜻밖에도 항우는 먼저 군사를 출동시켜 대장 용저(龍且)12)로 하여금 팽월(彭越)을 막게 하고, 자신은 직접 나를 영벽(靈壁)13) 동쪽에서 공격하여, 인마(人馬)가 거의 모두 그에게 전멸을 당하여 수수(睢水)14)는 시체로 말미암아 물이 흐르지 못할 지경이었소. 다행

---

6) 침현(郴縣) : 지금의 호남성(湖南省) 계양현(桂陽縣) 동쪽 침강(郴江) 서쪽 기슭에 있던 고을 이름.

7) 진창(陳倉) : 지금의 섬서성(陝西省) 보계현(寶鷄縣) 동쪽에 있던 고을 이름. 거기에 진창산(陳倉山)도 있다.

8) 삼진(三秦) : 나라가 망한 뒤 항우는 관중(關中)을 옹(雍)·새(塞)·적(翟)의 셋으로 나누어 임금을 각각 봉해 주었는데, 이를 삼진이라 한다.

9) 여러 제후들의 나라 : 본문에는 오국(五國)이라 하고 있는데, 이는 삼진(三秦)과 한(漢)·초(楚)를 제외한 그때의 제후들의 나라인 위(魏)·한(韓)·은(殷)·제(齊)·조(趙)의 다섯 나라를 가리킨다.

10) 팽월(彭越) : 처음에 항우를 섬기다 뒤에 한고조에게로 옮겨와서 천하를 평정하는 데 큰 공을 세웠다. 후에 양왕(梁王)에 봉해졌으나, 결국은 모반 혐의로 고조 손에 처형을 당하였다.

11) 팽성(彭城) : 지금의 강소성(江蘇省) 동산현(銅山縣)에 있던 고을 이름으로, 그때에는 항우의 도읍지였다. 항우가 제(齊)나라를 치러 간 동안에 팽월이 이곳을 쳤던 것이다.

12) 용저(龍且) : 초나라 항우의 장수. 뒤에 한나라의 장수 한신(韓信)이 제(齊)나라를 치자, 이를 구해 주려다 한신에게 패배하여 전사하였다.

13) 영벽(靈壁) : 지금의 안휘성(安徽省)에 있던 현(縣) 이름. 그 동남쪽에 뒤에 항우가 참패한 해하(垓下)가 있다.

히도 큰 바람이 일어 돌과 모래가 날리어 앞을 분간할 수 없는 지경이 되어 나는 겨우 빠져나와 패졸(敗卒)들을 다시 모아 형양(榮陽)15)에 머물고 있는데, 지금은 군세(軍勢)가 다시 떨쳐지게 되었소. 그러나 여러 제후들은 내가 패하자 다시 항우에게로 붙고 있으니 어찌하면 좋을지 모르겠소. 어떻든 군신(群臣)들이 다 모이면 초나라를 쳐부술 계책을 상세히 의논해야겠소.

장량 〔조참 · 주발 · 번쾌와 함께 등장〕 나는 장량(張良)인데 한(韓)나라 사람입니다. 이분은 조참(曹叅)이고, 이분은 주발(周勃)이며, 이분은 번쾌(樊噲)인데, 모두 패현(沛縣) 사람들로 현재 한왕의 대장들입니다. 오늘 아침 한왕께서 납시어 회의를 여시겠다니, 우리 모두 들어가 봐야지요.

번쾌 군사(軍師)님! 어서 가십시다!

〔수하, 도착을 아뢴다.〕 〔여러 사람들이 들어와 모두가 서로 만난다.〕

한왕 나와 항우는 지금 광무산(廣武山)16)을 사이에 두고 대치하고 있는데, 내 생각으로는 우리 여러 장수들도 모두 그의 적수가 못되는 듯하오. 군사(軍師)께 항우를 격파하고 다시 여러 제후들을 거둬들여 천하를 차지할 무슨 묘책은 없으신지요?

장량 제 생각으로는 제(齊)나라 임금 전광(田廣)은 본시부터 항우가 미워하던 사람이라 그가 비록 일시 항우에게 귀순했다고는 하지만 절대로 끝까지 화해할 수는 없을 것입니다. 오직 팽월(彭越)을 보내

---

14) 수수(睢水) : 수하(睢河)라고도 부르며, 옛날에는 안휘성(安徽省) 숙현(宿縣) 영벽(靈壁)을 거쳐 사수(泗水)로 합쳐졌다. 지금은 옛날과 물길이 달라졌다.

15) 형양(榮陽) : 지금의 하남성(河南省) 성고현(成皐縣) 동북쪽에 있던 고을 이름.

16) 광무산(廣武山) : 하남성(河南省) 성고현(成皐縣) 동북쪽에 있는 산 이름.

어 초나라 군사들의 양도(糧道)를 습격토록 하면 항우는 반드시 직접 그와 싸우게 될 것입니다. 그리고 팽월을 치고 나서는 반드시 군사들을 이끌고 제나라를 공격할 것입니다. 아무리 항우의 위세라 하더라도 수십 일을 넘기지 않고 일을 끝내고 돌아오지는 못할 것입니다.

항우의 부하에는 영포(英布)란 사람이 있는데, 그의 용맹성과 힘은 항우에 견줄 만합니다. 그는 지금 40만의 정병(精兵)을 거느리고 구강(九江)17)에 머물고 있습니다. 바로 요전의 영벽(靈壁) 싸움 때에 항우는 사신을 보내어 영포를 불렀으나, 마침 영포는 용저(龍且)와 사이가 좋지 못하여 병을 핑계로 출병하지 않았습니다. 만약 말을 잘하는 사람이 있다면 그를 달래어 이쪽으로 귀항(歸降)시킬 수가 있을 것입니다. 그렇게만 되면 만약 항우가 달려든다 하더라도 우리는 한신으로 그의 앞을 막게 하고, 팽월로 하여금 뒤에서 공격토록 하고, 대왕께서는 친히 영포를 거느리고 곧장 그의 한복판을 들이친다면 틀림없이 항우도 격파될 것입니다.

한왕 군사님의 계책은 매우 훌륭하오! 그러나 내가 듣건대 항우의 군사가 적은 수로 많은 수의 적을 칠 수 있는 것은 오로지 영포가 옆에서 돕고 있기 때문이라 하오. 그는 지금 군사 40만을 거느리고 구강에 주둔하고 있는데, 대단한 항우의 신임을 받고 있을 것이오. 한 입의 혓바닥으로는 그를 달래어 귀항(歸降)시키기 어려울 것이라 생각되오. 한신의 군사를 옮겨오게 하여 그를 치는 것이 좋을 듯한데 어떨런지요?

번쾌 한신까지 보내실 게 무어 있습니까? 대왕께서 이 번쾌에게 80

---

17) 구강(九江) : 강소성(江蘇省) 안휘성(安徽省) 두 성의 장강(長江) 북쪽 기슭으로부터 강서성(江西省) 전부가 포함되던 군(郡) 이름.

만 군마(軍馬)만 빌려주신다면 제가 틀림없이 영포를 사로잡아 오겠습니다.

조참 지금 당장 어디 가서 그렇게 많은 군사를 마련해다 장군께 드리겠소?

번쾌 영포의 팔다리가 힘세고 날래다고 하니, 두 사람이 힘을 합쳐 그 하나를 잡지 못한다면 결국은 나도 그에게 잡히게 될 것 아니오?

수하 신과 영포는 같은 고향 사람이며, 어릴 적에 의형제를 맺고 친하게 지냈던 사이입니다. 20명만 신에게 딸려주신다면 구강으로 가서 틀림없이 영포로 하여금 군사들을 이끌고 한나라로 귀항토록 하여, 대왕의 명령에 어긋남이 없도록 하겠습니다!

한왕 〔수하의 관을 벗겨 땅바닥에 내던지면서〕 맹꽁이 같은 녀석의 허튼 소리! 그대는 내 부하 중에 외양도 남을 놀래킬 정도가 못되고, 재주도 출중하지 못하여 이미 여러 해 동안 이름도 내지 못하였지 않은가? 이제 20명을 데리고 구강으로 가서 영포를 달래겠다고 하니, 이것이야말로 똥파리를 미끼로 큰 거북을 낚으려는 것과 무엇이 다른가? 어디 그 녀석이 입질이나 한 번 해보겠는가?

수하 어찌 대왕께서는 전에 보시지 않으셨단 말씀입니까? 대왕께서 격문을 발하시고 항우를 공격하실 적에, 친히 한신에게는 30만의 대군을 맡기시고 또 장이(張耳)[18]로 하여금 그를 돕도록 하였으나, 반 년 동안에 겨우 조(趙)나라의 50여 성(城)을 무찔렀을 따름입니다. 그러나 역이기(酈食其)는 세 치의 혀만을 써서 군사들의 수고도 전혀 없이 며칠 사이에 제(齊)나라 70여 성을 달래어 항복받았

---

18) 장이(張耳) : 진(秦)나라로부터 귀항(歸降)한 한고조의 장군. 한신의 군사를 빌어 조(趙)나라를 쳐부수어 조왕(趙王)에 봉해졌다.

고, 그들로 하여금 방비를 않도록 하였으므로 한신은 역하(歷下)[19]의 군사들을 격파할 수가 있었습니다. 이로써 본다면 선비들도 한나라를 위하여 한 일이 없다고는 하지 못하실 것입니다. 신 수하는 재주는 없다 하오나 역이기만 못할 것도 없사옵니다! 만약에 영포를 달래어 한나라에 귀항케 못한다면 신은 화형(火刑)을 자청하겠습니다!

장량 수하가 지금 큰소리를 쳤으니, 이번에 보내면 반드시 사명을 욕되게 하지는 않으리라 여겨집니다. 대왕께서도 의심치 마시기 비옵니다!

한왕 그렇다면 조참은 군중으로 가서 20명의 날랜 군사들을 정선(精選)하여 수하를 따라 구강으로 가도록 조처하시오!

조참 알았습니다!

번쾌 전알(典謁)! 당신이 이번에 가서 만약 성공을 못하고 온다면 내 당신의 얼굴에 경형(黥刑)을 가하고 수염을 한움큼 뽑아다가 대왕님께 보이도록 할 것이오!

수하 〔인사를 하고 물러나와서〕 20명 군사들은 명령을 들으라! 대왕의 명을 받들어 나와 함께 구강으로 가게 되었느니라!

〔시를 읊는다.〕
　　영포를 달래어 군사를 이끌고 한나라로 귀항케 하려 하니,
　　틀림없이 그를 이반(離叛)케 함으로써,
　　절대로 역이기가 제(齊)나라를 설복할 때처럼
　　기름 가마에 잡혀 넣어져 곤죽이 되지는 않으리라! 〔퇴장〕

---

19) 역하(歷下) : 지금의 산동성(山東省) 역성현(歷城縣)에 있던 고을 이름으로, 제(齊)나라의 도읍이었다.

한왕 수하가 떠나갔군! 나는 한편으로는 팽월을 몰래 보내어 초나라 군사들의 양도(糧道)를 쳐서 끊도록 하고, 다른 한편으로는 군마를 정비하여 형양(滎陽) 남쪽에 머물면서 항우와 싸우도록 해야겠소. 〔모두 함께 퇴장〕

영포 〔부하들을 이끌고 등장〕 나는 성이 영(英)이고 이름은 포(布)이며, 수주(壽州) 육안현(六安縣)20) 사람이오. 어렸을 적에 어느 관상쟁이가 나를 보고 말하기를, 나는 형벌을 당하고 왕이 될 것이라 하였는데, 나이 스무 살에 법을 어기어 경형(黥刑)을 받아, 사람들이 모두 나를 경포(黥布)라고도 부르고 있소. 진시황 말년에 나의 고을에서 내게 죄수 수천 명을 여산(驪山)21)으로 노역(勞役)을 시키러 보내도록 한 일이 있는데, 중도에 비가 와서 제대로 갈 수가 없었어요. 그런데 율법(律法)에는 기일에 늦은 자들은 모두 참(斬)하도록 되어 있어, 나는 마침내 그들의 쇠사슬을 풀어주고 모두 도망가도록 놓아주었지요. 그러나 그들 수천 명은 내 용감한 행동을 보고서 모두가 나를 임금으로 추대하고, 군사를 일으키게 하여 모반을 하게 되었지요.

　뒤에 항왕(項王)의 군사들을 거록(鉅鹿)22)에서 만나, 군사들과 함께 그에게 예속되어 함께 진나라 군사를 쳤지요. 그때 진나라 장수 왕리(王離)를 베고, 조헐(趙歇)을 사로잡고, 장한(章邯)을 항복받은 것은 모두 내 힘이외다. 항왕은 이 때문에 나를 신임하게 되어

---

20) 수주(壽州) 육안현(六安縣) : 지금의 안휘성(安徽省)에 있던 고을 이름.

21) 여산(驪山) : 섬서성(陝西省) 임동현(臨潼縣) 동남쪽, 서안(西安) 가까운 곳에 있는 산 이름. 이 산 기슭에는 유명한 온천이 있다.

22) 거록(鉅鹿) : 지금의 하북성(河北省) 신하현(新河縣) 서쪽에 있던 고을 이름.

나를 당양군(當陽君)에 봉하고 정병(精兵) 40만을 거느리고 구강(九江)에 주둔케 하였소.

근래에 한왕 유방(劉邦)이 여러 제후들의 군사를 무찌르고 팽성을 격파한 뒤 영벽 동쪽에서 항왕과 크게 싸운 일이 있었지요. 항왕은 사신을 보내어 와 내 병력을 불러들여 함께 한나라 군사를 치려하였으나 나는 병을 핑계로 가지 않았지요. 왜냐구요? 초나라 장수 용저(龍且)는 남을 시기하는 마음이 많아, 여러 번 항왕에게 내가 반란을 일으키려 한다고 모함하였소. 항왕이 비록 믿지는 않는다 하더라도 내게 의심이 전혀 없지는 않은 모양이어서, 여러 번 사자(使者)를 이곳으로 보내와 동정을 살핀 일이 있지요. 이 때문에 나는 용저와 사이가 벌어져 둘이 함께 병존(倂存)할 수가 없는 형편이 된 거지요. 조금 뒤에 들으니 항왕은 한왕의 군대를 격파하여 그들 46만 군사들을 수수(睢水)에서 전멸시키어 온 강물이 빨갛게 물들었었다 하는군요. 내 생각에 항왕의 성난 호령은 천 사람이라도 맥을 못추게 하는 위세가 있으니, 유방은 아무래도 적수가 못될 듯하오.

〔노래 ; 仙呂 點絳脣〕
　초나라엔 장수가 많은데
　한나라 군사는 미약하니,
　정말로 가벼이 봐도 되지.
　십합(十合)의 싸움도 하기 전에
　이미 수수 가에서 전멸되었다네.

〔노래 ; 混江龍〕
　이제부터는
　다시는 싸움을 걸지 말지니,

　　우리 항왕은

[노래]

　　범증(范增)23)과 이 영포를 의지하고 있으니,
　　한신(韓信) 소하(蕭何) 따위야 무엇이 두려우랴?
　　나는 오직 한마음으로 초나라 사직 일으키려 하나니,
　　어찌 반조각 땅이나마 한나라가 차지하도록 둘까 보냐!
　　언제나 위풍 더욱 떨치고
　　예기(銳氣) 조금도 꺾이지 아니하리라.
　　목숨을 거는 한이 있더라도
　　그들의 화해 구하는 사신조차도 받아들이지 않으리라!

[기마병, 등장]

병사　[와서 보고한다.] 원수(元帥)님께 아룁니다! 기마전령(騎馬傳令)
　이 군정(軍情)을 보고하러 왔습니다!

영포　[노래]

　　타박타박 기마병이 영문 안으로 달려오는 것 보니
　　어느덧 내 얼굴엔 긴장의 빛 떠오르네.

[탁자를 치면서] 전령이냐? 무슨 긴급한 군정인지 어서 보고하라!

기마병　한왕이 보낸 수하라는 사신이 20기(騎)의 병정을 거느리고 와
　서 원수님을 맞이하러 왔다고 하기에 삼가 보고드립니다!

---

23) 범증(范增) : 나이 70세에 항우를 따라 군사를 일으키어 기계(奇計)로
　　항우의 패업(覇業)을 도와주어 많은 공을 세웠다. 항우는 그를 존경하여
　　아부(亞父)라 불렀다. 그러나 뒤에 한나라의 이간으로 항우는 범증을 의
　　심하여 그의 모든 권한을 뺏어 버렸다. 그러자 그는 쫓겨나 화병으로 곧
　　죽었다.

영포 〔노래〕

그저 냉소(冷笑)만이 허허하고 나는구나!

수하는 한나라의 신하요 이곳은 초나라의 군영(軍營)인데, 그가
무슨 일로 나를 맞이하러 왔다는 거냐? 그놈 참 대담한지고!

〔노래 ; 油葫蘆〕

그 녀석이 나를 세 살 먹은 아이로 얕보는가?
감히 이런 짓을 하다니!
그 녀석은 생각도 없이 이곳엘 와서 어떻게 벗어날 작정인가?
마치 시퍼런 칼날과 창끝 위에 드러눕는 격이요,
마치 번쩍번쩍하는 도끼 사이를 지나가려는 것 같구나!
그가 어찌 그런 짓을 하나?
그는 어쩌면 그렇게도 건방진가?
마치 한 마리의 나방이 급히 날아와 불에 뛰어드는 듯하니,
이는 그 스스로가 자기 머리를 바치는 것이네!

〔노래 ; 天下樂〕

어찌 내가 그자를 당장 죽이지 않고 놓아두랴?
설사 내가 산 부처가 된다 해도 어찌 그대로 두랴?

〔깊이 생각해보고 말한다.〕 아! 그가 온 뜻이 짐작이 되는군!

〔노래〕

내 이미 그가 온 뜻을 짐작하였으니,
그는 아직 속마음을 입으로 말하지는 않았지만
내 마음속에는 치밀어오르는 불꽃 누를 길이 없구나!

한 편에다 칼과 도끼를 준비해 놓고 기다려라!

병사 알았습니다!

영포 〔노래〕

　　내가 먼저 준비할 것은
　　사람 죽이는 칼문을 만들어 놓는 것이네.

　　수하를 잡아들여보내거라!

병사 예!

　〔수하, 칼을 차고 부하들을 거느리고 등장〕

　〔병사, 수하를 잡아끌고 들어와 뵙는다.〕

수하 동생! 나와 동생은 같은 고향 사람인데다가 또 어렸을 적에 의
　형제를 맺은 사이인데, 다만 각기 다른 임금을 섬기게 되어 여러 해
　헤어져 있었소. 오늘 일부러 동생을 만나러 왔으니 뜰로 내려와 맞
　아들여야 옳거늘 어째서 칼과 도끼를 든 병정들로 하여금 나를 둘
　러싸고 들어오게 하오? 이런 예법이 어디 있소?

영포 〔노래 ; 那吒令〕

　　내가 사실을 말하지,
　　이 낯이 익은 선생이 나를 만나러 온 것이
　　무슨 의형으로서 나를 찾아왔다는 건가?
　　틀림없이 건달 수하가 나를 꾀러 온 것이지!

수하 나는 호의로 동생을 만나러 왔거늘, 동생은 말하는 품이 어째서
　이처럼 나를 경계하오?

영포 〔노래〕

　　그대는 죽지 못하여
　　공을 세워보려고
　　함부로 입을 놀리는 건가?

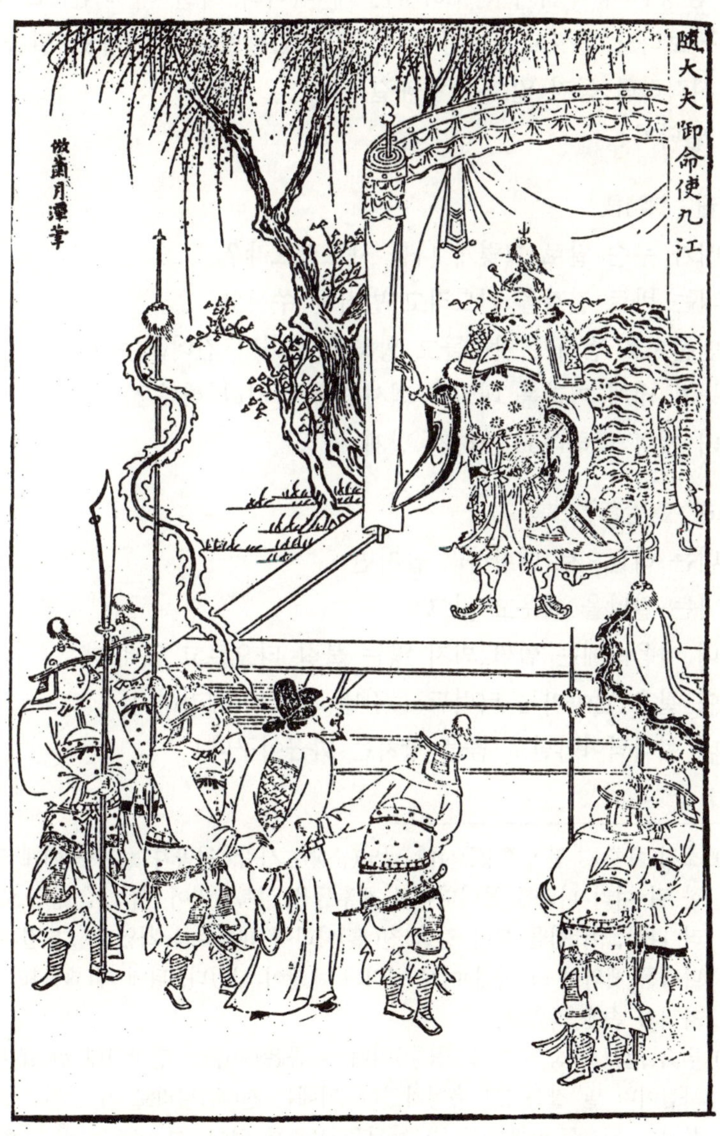

명간(明刊) 《원곡선(元曲選)》의 〈기영포〉 삽화

수하 동생! 이 수하가 큰소리치는 게 아니라 사실 내 혀는 소진(蘇秦)24)보다도 잽싸고 말재주는 범숙(范叔)25)보다 뛰어나오. 말을 하기 시작하면 듣지 않고는 못배길 걸요?

영포 입닥쳐!

[노래 ; 鵲踏枝]

네가 무슨 말로 그렇게 나를 사로잡으랴?

너는 바로 전갈을 건드리고 벌집을 쑤시고,

맨손으로 범에게 달려들고 황하를 걸어서 건너려는 거네.

누가 네게 머리를 내밀어 쇠사슬에 걸리라 했나?

내 옛정 박하다고 탓하지 말게나!

[노래 ; 寄生草]

너는 혀끝으로 대항하려 들지만

나는 칼날을 세우고 있고

내 마음속에는 벌써 뵈지 않는 불길 타오르고 있네.

이 칼은 날아가는 터럭도 동강낼 정도로 예리하니

네 혓바닥이야말로 몸을 망치는 화근이구나!

---

24) 소진(蘇秦) : 전국(戰國)시대 낙양(洛陽) 사람. 귀곡자(鬼谷子)에게 공부한 뒤 여러 나라를 돌아다니며 제후들을 설복시키어, 합종(合從)으로 여러 나라들이 힘을 모아 강한 진(秦)나라에 대항토록 하였다. 그 결과 진나라를 제외한 그 시대 여섯 나라의 재상이 되었다. 뒤에 제(齊)나라에서 자객의 손에 죽었다.

25) 범숙(范叔) : 숙은 그의 자(字)이며, 이름은 저(雎). 전국시대 위(魏)나라 사람이며 말 잘하기로 유명하였다. 뒤에는 진(秦)나라로 가서 임금을 설복하여 원교근공(遠交近攻) 정책을 쓰도록 하여, 그 공으로 응후(應侯)에 봉해졌다.

수하 동생! 동생의 몸을 망치게 될 화근이 도리어 눈앞에 다가와 있
소. 이 수하는 일부러 동생을 구해 주러 온 거라오!

영포 〔소리친다.〕 입닥쳐!

〔노래〕
　　너는 일부러 내 눈앞의 걱정을 덜어 주러 왔다지만
　　어찌 자신이 바로 흙구덩이 속에 앉아있음을 모르는가?

　　여봐라! 묶은 것을 풀어 주어라!
〔병사, 수하를 풀어 준다.〕

영포 이리로 와서 인사 받으세요! 〔절을 한다.〕 형! 놀랐지요? 서로
　　각기 다른 임금을 섬기고 있기 때문이니 개의치 않으면 좋겠어요!

수하 이까짓 걸로 무얼 놀라오? 다만 애석한 것은, 동생! 동생에게
　　화가 곧 닥칠 거라는 것이오!

영포 내게 화가 어디에서 온단 말이오?

수하 그럼 동생은 화가 안 온다고 세 번 맹서할 수 있겠소?

영포 세 번은 그만두고 120번이라도 내 맹서하리다! 내게 무슨 화가
　　어디서 온단 말이오?

수하 동생! 동생은 무장(武將)이라 그저 싸움하고 사람 죽일 줄이나
　　알았지 자세한 사람의 심리는 모르는구려! 동생은 항왕의 신임을
　　받고 있다고 생각하고 있지만, 범증(范增)과 견주어 볼 적에 어떻다
　　고 생각하오?

영포 그 범증은 항왕의 모사(謀士)로서 항왕이 아부(亞父)라 불렀었
　　는데, 나를 어찌 그에게 견줄 수가 있겠소?

수하 그러한 범증이 무슨 일로 쫓겨나 길거리에서 죽었는지 아오?

영포 그는 진평(陳平)26)의 이간책 때문이었지요. 범증(范增)의 사신
　　에게는 크게 음식을 차려 대접하고, 항왕의 사신에게는 거친 풀로만

대접하여, 항왕으로 하여금 범증이 한나라로 귀순치 않을까 의심케
하였기 때문에, 결국 그는 쫓겨나 길거리에서 죽었지요.

수하　동생! 범증이 의심을 받은 이유를 안다면, 동생이 당면하고 있
는 오늘의 화도 짐작이 갈 거요.

영포　형은 항왕이 나를 의심하고 있다고 여기는 모양인데 무엇 때문
이오?

수하　전번 우리 한왕이 팽성(彭城)을 격파했을 때 항왕은 제(齊)나라
로부터 급히 돌아왔소. 그러나 나아가려니 그의 성을 한왕에게 점
령당하였고, 물러가자니 팽월(彭越)에게 그의 양도(糧道)를 끊기었
는데, 군사들은 지치고 군량은 떨어져서 스스로 이제는 싸워야 이기
지 못하리라 여기고 있었소. 그래서 특히 동생을 불렀던 것이오. 그
목적은 첫째는 동생의 힘을 빌리자는 것이오, 둘째는 싱싱한 군사들
을 빌어 그의 군사들의 사기를 돋구자는 것이었소. 정말 굶주린 아
이가 젖꼭지를 찾고, 가뭄에 나무 싹이 비를 기다리는 심정이었지.
그런데 동생은 병을 핑계로 가지 않았으니 항왕이 의심을 안할래야
안할 수가 있겠소?

　그뒤 만약에 항왕이 한나라와 싸워서 불리해졌다면, 정세로 보아
항왕은 동생을 의지하여 다시 군사를 정비하는 수밖에 없었을 것이
니, 도리어 아무 일도 없었을 것이오. 그러나 한왕이 다시 크게 패
하였으니 항왕은 의기가 충만해졌고, 더욱이 용저(龍且)가 매일 궛
전에서 동생을 모함하고 있을 터이니, 반드시 곧 사신을 파견하여
동생 죄 꼬투리를 엿보려 할 거요. 이것은 범증 정도의 화로 그칠

---

26) 진평(陳平) : 한고조의 신하. 계략으로 한고조를 도와 많은 공을 세워 곡
　　역후(曲逆侯)에 봉해졌다. 그리고 효문제(孝文帝) 때에는 벼슬이 승상
　　(丞相)에 이르렀다.

일이 아니니 동생은 잘 생각해 보도록 하오.

병사 〔보고한다.〕 원수(元帥)님께 아룁니다! 초나라 사신이 도착했습니다!

영포 〔깜짝 놀라서, 노래 ; 玉花秋〕

이 골칫덩이를 어디에 처치한다?

이렇게 되고 보니 어찌하는 수가 없네!

만약에 초나라 사신이 저자를 본다면

정말 의심을 피할 수 없는데 어떻게 수습한다?

여봐라! 속히 향안(香案)을 갖다놓고 영접하거라!

〔노래〕

나는 한편 그를 마중할 것이니

형은 한편에 숨어 있으시오!

형! 형은 가만히 병풍 뒤에 숨어있어요!

사신 〔등장〕 초왕의 칙서가 왔소! 영포는 무릎을 꿇고 들으시오! 〔칙서를 읽는다.〕

"하늘이 우리 초나라를 세우셨으니, 과인은 친히 만기(萬騎)를 거느리고 영벽(靈壁)의 동쪽에서 유방(劉邦)을 쳐서 그의 군사 46만을 쳐부수어 한때 수수(睢水)는 그들의 시체로 흐름이 막히었었도다. 그대는 비록 병 때문에 오지 못하였다고 하지만 역시 그대에게 합당한 구실은 되지 못하는도다. 이에 특히 첩서(捷書)를 보내어 그대에게 알리는 바이다. 그대는 훗날 만날 때까지 몸 조심하고 잘있기 바라노라."

영포 〔무릎을 꿇고 칙서를 받는다. 그리고 돌아서서 홀로 중얼거린다.〕 나는 그 녀석의 말을 듣고는, 다만 초나라 사신이 오는 것은 틀림없이

죄를 따지고 목을 잘라 가려는 것인줄 알았더니 전승(戰勝)을 알리
는 사신이었군! 일찌감치 그 녀석을 숨기어 사신이 보지 못하도록
하기를 잘했지.

[노래 ; 後庭花]

　　이 초나라 사신이 사실을 밝혀주어
　　그대 한나라 수하가 거짓말을 하였음이 드러났네.

　　나는 사신이 돌아간 다음,

[노래]

　　내 바로 그를 불러내어 철저히 심문하리라!
　　그가 교묘히 꾸며대며 무어라 말하는가 보자!
　　내가 풍파를 일으킨 것이 아니라
　　모두 자신이 불러들인 재난이니,
　　그가 이번에는 어떻게 꾸며대고
　　다음에는 어떻게 결말이 나게 하는가 보자!

수하　[나와서 초나라 사신을 만난다.] 영포는 벌써 한나라로 귀항했는
　　데, 너는 여길 무엇하러 왔느냐?

사신　영장군! 이건 누구요?

　　[영포, 바로 대답을 못한다.]

수하　나는 한왕의 사신 수하이다! 너의 항왕이 용저(龍且)의 참언을
　　믿어 영포로 하여금 편안히 지낼 수가 없도록 하였기 때문에 이미
　　구강(九江)의 군사를 거느리고 한나라로 귀항한 것이다. 그래서 일
　　부러 나에게 직접 20여 기(騎)를 거느리고 이곳에 와서 마중토록
　　한 것이다! 내 너를 용서할 것이니 속히 돌아가거라!

사신　영장군! 어찌 한나라에 귀항하셨단 말씀입니까?

〔영포, 대답을 못한다.〕

수하 동생! 동생은 한나라로 귀항하였으니, 초나라를 등져야만 하게
되었소. 두 필 말을 한꺼번에 탈 수는 없는 일이 아니오? 지금 이
미 초나라 사신이 보았으니 저놈을 죽이어 그의 입을 막는 게 좋
겠소. 〔칼을 빼어 초나라 사신을 죽인다.〕

영포 〔칼을 뺏으려 하나 때가 늦는다.〕 형! 형 때문에 내가 큰일났소!

〔노래 ; 金盞兒〕

놀라서 내 얼굴엔 핏기 가시고
어안이벙벙하네!
그대의 마음 이처럼 악독하고 대담할 줄이야?
공연히 이리와 호랑이 같은 자를 집안으로 끌어들였네!
이 전승(戰勝) 알리는 사신 무슨 죽을 죄가 있는가?
이 칼을 들고 있는 자는 살인마가 아닌가?
네가 초나라 사신을 죽였으니
나는 달리 어찌하는 수가 없게 되었네, 한나라 수하야!

여봐라! 수하를 체포하거라! 내 이 자를 데리고 직접 가서 항왕
을 뵈어야겠다!

〔병사, 대답을 하고는 수하를 잡아 묶는다.〕

수하 묶을 것까지도 없소! 내가 동생을 따라 항왕을 만나러 가지!
동생과 으르렁거리고 있는 용저(龍且)가 바로 항왕 곁에 있고, 나는
또한 변사(辯士)이니 동생이 군사를 들어 한나라로 귀항하려 했다
고 잘라 말할 거요. 내게 20기(騎)를 거느리고 마중하러 오게 한 것
도 동생이고, 내게 초나라 사신을 죽이어 입을 막도록 한 것도 동생
이라는 것이지. 동생이 한 마디 하면 나는 열 마디로 대응할 것이
오. 항왕의 입장이라면 나를 의심하겠소, 그렇지 않으면 동생을 의

심하겠소? 그 용저는 나를 모함하겠소, 그렇지 않으면 동생을 모함하겠소?

영포 [한숨을 지으면서] 허, 참! 저자를 잡아가지고 항왕을 가서 만난다면, 저자는 입이 잽싸고 말 잘하는 선비여서 입안에는 여자의 혓바닥을 갖고 있는데 반하여, 나는 무지막지한 무장(武將)이라 거기 가서는 화가 나서 한 마디도 제대로 말을 못하게 될 것이다. 아서라! 그만두자! 형! 난 가지 않겠소! 여봐라! 묶은 것을 풀어 주어라!
[병사, 결박을 풀어 준다.]

영포 [노래 ; 鴈兒]
　　초왕이 만약 내게 묻는다 합시다.

　　항왕이 묻기를, 저자는 한나라 사람이요, 그대는 초나라 사람인데, 만약 그대가 편지를 보내어 저자를 데려오지 않았다면,

[노래]
　　저자가 어떻게 감히 20기를 거느리고
　　군영 안까지 들어와 행패를 부렸겠는가?
　　그럴 때에, 형!
　　나는 어떻게 대답해야 되겠소?

수하 동생! 오직 이미 군사를 들어 한나라에 귀항했다고 하면 그뿐인 걸 무얼 그러오?

영포 사태가 이쯤 되고 보니 한나라에 귀항하지 않을 수가 없게 되었군! 단 한가지만 약속해 주시오! 나는 초나라에서 항왕에게 퍽 후한 대접을 받고 있었으니, 이제 한왕은 나를 항왕보다 못지않게 대접해야 한다는 것이오! 나는 그래야만 기꺼이 초나라를 등지고 한나라로 돌아가겠소!

수하 항왕이 동생에게 무얼 후히 대접했다는 건가? 동생은 그를 거록(鉅鹿)에서 구하여 주었고, 진관(秦關)27)을 격파하였으며, 의제(義帝)를 죽였으니, 그 공로는 대단한 것인데 겨우 동생을 당양군(當陽君)에 봉했을 뿐이 아니오? 우리 한왕은 마음이 넓고 대범하여, 모든 싸워서 뺏는 고을들은 바로 그에게 상으로 봉해 주며, 조금도 아까워하지 않는다오. 그래서 영웅들은 모두 한나라를 따르려는 마음을 갖게 된 것이 아니오? 동생! 동생은 한신(韓信)을 보지 못했소? 그는 본시 한낱 도망쳐 온 장수에 불과한데, 소하(蕭何)의 천거를 받아들여 당일로 대(臺)를 쌓고 대원수(大元帥)로 봉하지 않았소? 그러니 동생이야 더 말할 게 있겠소? 영웅이란 명성을 오래 전부터 떨치고 있으니 한왕은 틀림없이 중용(重用)할 거요. 왕후(王侯)쯤 되는 것은 손바닥을 뒤집기보다 쉬운 일이지요. 동생은 이미 귀항할 마음을 굳혔으니, 스스로 그르치는 일이 없도록 하기 바라오!

영포 〔노래 ; 賺煞〕

당신은 내게 너무 재촉하고 강요하지 마시오!
이 영포가 이번에 그리로 간다면
이제껏 항왕을 섬겨온 것
아무런 열매도 맺지 못하게 되는 것이니,
바로 며느리가 시부모를 싫어서 버린 것 같은 일이니
어떻게 살아가야 하나?
마치 눈을 번히 뜨고서 황하물에 뛰어든 꼴이네.
당신은 내게 한왕의 마음이 보다 넓다고 귀항케 하면서

---

27) 진관(秦關) : 하남성(河南省)으로부터 섬서성(陝西省)으로 들어가는 요지에 있던 관문(關門) 이름.

당신은 지금 여러 가지로 꾀었지만,
일시적으로 나를 속이어
나를 오도 가도 못하게 만드는 거나 아닌지 두렵네!
［병사들을 데리고 퇴장］

수하 영포가 한나라로 귀항했네요. 만약 내가 그 초나라 사신을 죽이지 않았더라면 그는 어떤 일이 있더라도 귀항하려 들지 않았을 거예요. 나는 이미 한왕 앞에서 큰소리를 치고 왔는데, 이제는 모두 내 말대로 되었으니 유생(儒生)들을 위하여도 다소간의 광채(光彩)가 된 것 같네요. 오직 영포가 군사를 이끌고 출발하는 날을 기다리고 있다가, 나는 20기(騎)를 이끌고 뒤따라 가기만 하면 되게 되었네요.

［시를 읊는다.］
군대에서 하는 일이란 누가 짐작이나 할 수 있으랴?
영포가 한 마디 말에 바로 불려오게 되었네.
이제부턴 유관(儒冠)도 마음놓고 쓰리니
다시는 임금의 오줌에 적셔지지 않게 되었네. ［퇴장］

제 2 절

영포 ［병사들을 이끌고 등장］ 이 영포는 줄곧 항왕 밑에서 40만 군사를 이끌고 구강(九江)을 지키고 있었소. 다만 왕으로 봉해 주지 않아서 늘 마음이 편치 않던 중, 뜻밖에도 한 때 수하의 말을 듣고 초나라를 등지고 한나라로 돌아오게 되었어요. 지금 한나라로 가는 중인데, 성고관(成皐關)28)이 가까워졌네요. 어째서 한나라에서는 군량(軍糧)과 마초(馬草)도 공급하지 않고 마중나오는 인마(人馬)도 없을까? 혹시 수하가 제멋대로 나를 속이어 공을 세우려는 것이어서, 한왕은 아직도 모르고 있는 것은 아닐까?

[탄식을 하고서, 시를 읊는다.]
　허, 참! 내가 임금을 잘 모시지 않으려 했던 게 아니라,
　한때 동료 사이에 원수를 져서 이렇게 되었네.
　일찍이 낚시꾼 손에 걸릴 줄 알았더라면
　어찌 또 다른 낚싯밥 탐낼 필요 있었으랴?

　여봐라! 수하를 내게로 모셔오너라!
병사　수대부님! 장군께서 뵙자고 하십니다!
수하　[병사들을 이끌고, 등장] 일에는 마음 너무 쓰지 말아야 하는 법, 마음 너무 쓰면 어지러워진다네! 이 수하는 세 치 혓바닥을 놀리며 구강(九江)으로 가서, 영포를 설복하여 40만의 군사를 이끌고 한왕에게 귀항케 했소이다. 이미 성고관 아래 도착하였는데, 그 영포가 사람을 시켜 나를 부르는 걸 보니, 틀림없이 한왕이 와서 영접을 하지 않기 때문인 듯하오. 내가 그가 먼저 말하는 것을 기다리고 있다가는 바로 내 말이 먹혀들어가지 않을 듯하오. 내 가서 그를 만나면 할 말을 따로 마련해 놓아야지요.
[가서 만난다.] 동생! 동생은 어제 초나라와 한나라가 싸운 일을 아오?
영포　나는 모르는데.

---

28) 성고관(成皐關) : 남쪽으로부터 형양(滎陽)으로 들어가는 어귀에 있는 관문. 이 때 한 고조는 하남성(河南省) 형양에 머물고 있었다.

수하 우리 한왕은 항왕과 광무강(廣武江)29)을 사이에 두고 대진(對陣)을 하였는데, 그때 항왕이 우리 한왕에게 나와서 둘이 힘을 겨루자고 하였다오. 우리 한왕은 지혜는 겨룰지언정 힘은 겨루지 않겠다고 하시며, 항왕의 열 가지 큰 죄를 들어 꾸짖었다오. 그러자 항왕은 크게 노하여 궁수(弓手)를 몰래 숨기어 놓았다가 활을 쏘게 하여 발가락을 맞히었다오. 이 뒤로 한왕은 영문(營門)을 굳게 닫고 안에서 상처를 치료하고 계시다 하오. 이로 인해 긴요한 군정(軍情)이 있다 해도 모두 통보도 되지 않는다오.

영포 그래요? 이제 알만하군요. 내가 지금 성고관 코앞에 다 왔는데, 한나라에서는 어째서 우리 군마(軍馬)에게 양식과 풀을 보내주지 않는가 하였지요. 그건 그렇다 치고, 보통 귀항하는 사람을 마중하는 예로 말하더라도 마땅히 사람이라도 내보내어 마중해야 하지 않나요?

수하 동생! 내가 먼저 들어가 한왕에게 보고하여 친히 나와 동생을 맞아들이도록 합시다. 동생 생각은 어떻소?

영포 다만 형이 너무 수고하는 것 같아요.

수하 〔작별을 하며〕 이건 전알(典謁)이란 내 벼슬로서는 본래의 임무요!

〔시를 읊는다.〕
　잠깐 말 달려가서
　바로 임금님이 마중토록 하리라. 〔퇴장〕

영포 수하는 갔군요. 한왕은 화살 상처 때문에 친히 나와서 마중할 수 없다지만, 장수라도 몇 사람 내어 나를 마중해야 될 게 아닌가?

---

29) 광무강(廣武江) : 하남성 성고현(成皐縣)에 흐르고 있는 강물 이름.

여봐라! 여러 군사들에게 영을 내리어 천천히 가도록 하여라!
〔여럿이 대답한다.〕

영포 〔노래 ; 南呂 一枝花〕

　제왕의 명을 받거나
　장군의 영을 받은 것보다도 더 꼼짝 못하고,
　어쩔 수 없이 나는 배반하게 되었고,
　어쩔 수 없이 처신을 바꾸었네.
　지금 두 나라가 서로 삼키려 하고 있는 이 마당에,
　폭풍과 우레 같은 성질도 부려보지 못하고
　멍하니 한나라로 들어왔으니,
　역시 내가 그러한 알 수 없는 허튼 말 믿지 말고
　찾아온 수하의 목을 칼로 쳤어야 옳았던가?

〔노래 ; 梁州第七〕

　이제 나는 한나라를 일으키고 초나라를 멸하게 되었으니,
　웃으면서 어둠을 등지고 밝음을 찾아나서야지.
　태평(太平)이란 본시 장군 손에 달린 것,
　설사 그들은 머리를 부딪치어 둘 다 깨어지고
　뜨거운 피를 쏟으며 함께 쓰러지는 한이 있더라도,
　형세는 웅장하게 성패(成敗)를 가려야만 하고
　위세는 거창하여 승패(勝敗)를 가려야만 하는 형편이라,
　빈틈없이 벌여있는 장병들을 거느리고
　요란하게 호랑이와 용이 다투듯 싸우는 판이네.
　나는 일찍이 축축한 눈 위에 서리 맞으며 자기도 하였고,
　나는 일찍이 험난한 산에 오르고 고개를 넘기도 했으며,
　나는 일찍이 빈틈없는 적의 성과 적진을 쳐부수었네.

　　수하여!
　　나는 당신의 총각 때의 의형제,
　　어째서 한왕은 나와서 내게 경의를 표하지 않는가?
　　한왕은 용의 얼굴을 지닌 진짜 황제라기에
　　초나라 항우를 가벼이 보고 배반한 것이네.
　　아아! 수하여!
　　틀림없이 당신 말은 진심이어야 하오!

군사　〔와서 보고한다.〕 원수(元帥)님께 아룁니다! 이미 우리는 성고관 안으로 들어왔습니다!

영포　수하가 간 지 오래되었는데, 어째서 한왕은 아직도 마중나오지 않는가? 이거 이상한걸? 〔깊이 생각하고서〕 어째서 수하까지도 오지 않는가? 여봐라! 이제 머물러 진영을 갖추도록 하여라!

군사　알았습니다!

영포　〔노래 ; 隔尾〕
　　나는 이곳에 진영을 갖추고 마음 가라앉히고 기다리며
　　눈 부릅뜨고 이맛살 찌푸리고 귀 기울이고 있나니,
　　마침 큰 소리로 수하를 부르려는데
　　허둥지둥하는 발소리가 들리고
　　소리쳐도 대답이 없으니
　　나는 그들이 사람을 보내어 내 동정을 살피는 게 아닌가 싶네.

　　〔사방을 살펴보며〕 그렇지 않다면,

　　〔노래〕
　　나는 그들이 사람을 보내어 내게 용건을 전하려는 게 아닌가 싶네.

　　〔사방을 둘러보며〕 그렇지 않다면,

［노래］

　사실은 영문 앞에 펄렁펄렁 나부끼는 수놓인 군기의 그림자였나?

　［수하, 등장］

영포　［그를 보고 성을 낸다.］ 내 물어봅시다. 당신의 임금 수레는 지금 어디 와 있는 거요?

수하　동생! 내 불찰로 말을 잘못하였구려. 한왕의 화살 상처가 나았다면 수레는 말할 것도 없고 벌써 친히 나와서 마중했을 것이오. 다만 아직 상처가 아물지 않아서 거동하기 불편하시다오. 게다가 주발(周勃)과 번쾌(樊噲) 같은 장수들은 모두가 기고만장(氣高萬丈)한 사람들이라, 한왕 앞에서 동생은 이제 처음으로 귀항하는 터이라 화살 반 가지도 꺾은 공로가 없다는 게요. 자고로 어디에 임금이 친히 귀항해 오는 장수를 나가 맞는 예가 있느냐는 것이오. 이 못난 사람은 말하기를 동생은 호랑이 같은 위세를 지니고 있어서, 다른 장수들과는 견줄 바가 아니라고 하였소. 내 짧은 혓바닥이 다 닳을 정도로 말하였으나 끝내 한왕은 번쾌 등에게 저지당하여, 내가 거짓말을 한 꼴이 되었으니 어떡하면 좋겠소?

영포　일이 이쯤 되었는데, 어찌 그는 나를 마중하러 오지 않는단 말이오? 이제는 구강으로 돌아갈 수도 없게 되었으니, 지금 한왕이 어디 있는지 알려주시오! 내 가서 만나야겠소!

수하　한왕께서는 지금 장막 안에 누워계시오. 나와 함께 군영 안으로 들어가 뵙기로 합시다!

　［영포, 안으로 들어가 한왕을 뵙는다.］

　［한왕, 두 궁녀를 데리고 등장, 발을 씻고 있다.］

영포　［노한다. 노래 ; 牧羊關］

　분명히 유방은 두 발을 씻고 있으면서

이 당양군(當陽君)은 거들떠보지도 않는구나!
화가 치밀어 올라 후당땅 뛰는 우레 같은 가슴 누를 길 없고,
눈은 이글이글 부릅 떠지고,
숨길은 가빠져서 헛소리가 거듭 나오네.
나도 모르게 분노는 마음속으로부터 치솟고,
증오는 간담 속에서 우러나네!
속담에
"손님 대접은 손님처럼 하라!
남을 업신여기면 자기도 업신여김 받는다" 하였거늘!

[천장을 우러르고 수염을 쓰다듬으면서 숨을 몰아쉰다.] 분하다! 유방이란 저놈이 발을 씻으며 나를 대하는 것은 분명히 나를 티끌이나 흙처럼 가벼이 보기 때문이리라! 이곳에 온 것은 정말 내 잘못이었구나! 여봐라! 영을 전하여 즉시 군영을 거두고 출발하여 구강으로 다시 돌아가도록 하자!

수하 동생! 동생이 지금 돌아가면 다시 항왕을 만날 수가 있다고 생각하오?

영포 왜 못 만나?

수하 동생! 동생이 만약 항왕을 만나게 되면, 항왕은 이렇게 말할 거요. 영포야! 너는 내 사신을 죽이고 군사를 이끌고 한나라로 투항하였다가, 한왕이 써주지 않는다고 다시 우리 초나라로 돌아오는가? 우리 초나라엔 귀신을 제사지내는 제단도 없는 줄 아는가? 네 멋대로 갔다가 멋대로 돌아오는데, 법도 없는 줄 아는가? 게다가 용저가 옆에 있다가 몇 마디 더 보태면, 그 항왕 성미가 아무리 착하다 하더라도, 오직 한 마디로 소리칠 거요. 칼잡이야! 저놈을 영문 밖으로 끌어내어 목을 자른 다음 보고하거라! 그때 가서는 동생

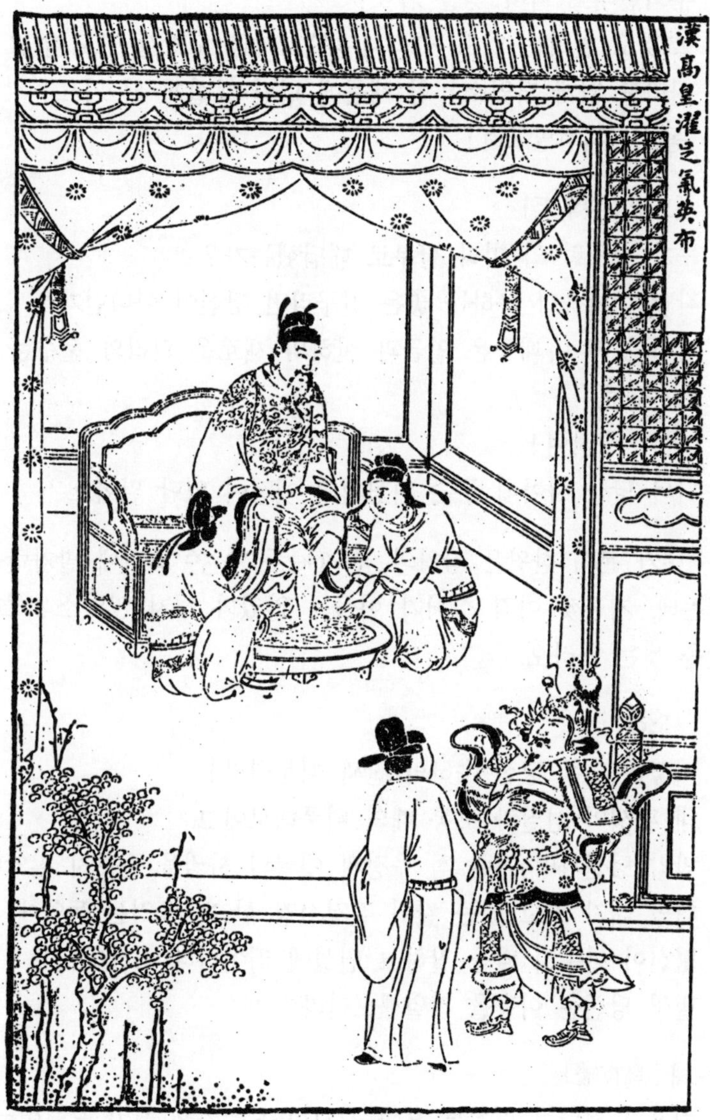

명간(明刊)《원곡선(元曲選)》의 〈기영포〉 삽화

이 후회한대도 이미 늦을 거요!

영포 그것도 일리는 있소, 그러니 나는 지금 도망갈 집도 없고 몸담 을 나라도 없게 되었소! 형 때문에 나만 못살게 된 거요!

수하 동생! 걱정말구려!

영포 〔노래 ; 哭皇天〕

누가 그처럼 입 따라 함부로 대답했는가?
각별히 마음이 통하는 좋은 친구라던 당신이 아니던가?
당신의 저 유패공은 임금과 신하의 새로운 의리와 분수는 전혀
모르는구려.
아아! 수하여!
나와 당신 사이에 무슨 의형제의 옛정이 있단 말이오?

수하 내가 본시 한왕은 항왕의 궁수(弓手)가 쏜 화살에 발가락을 다 쳤는데, 지금껏 아직 상처가 아물지 않았다 하지 않았소? 그래서 발을 씻는 거라오.

영포 〔노래〕

어떻든 모두 당신 수하의 잔꾀 때문이라!
내 평생의 성질과 보통 때의 위풍대로이고,
만약 당신과의 어릴 적 우정과 옛날의 사귐을 돌보지 않았다면,
다만 내가 차고 있는 칼이 절겅절겅 한 번 울리는 동안에
당신이 아무리 말을 잘하고 변설에 뛰어나다 하더라도
벌써 당신은 이승을 작별했으리라.

〔노래 ; 烏夜啼〕

좌우간 한나라 수하는 우리 사신의 목숨값을 하지 못하였고,
너희들 유패공은 만나보니 소문만 못하네.

당신은 신하들을 잘 대접하고 잘 등용한다 했는데,
내 날랜 군마(軍馬)와 뛰어난 무예도 쓸 줄을 모르네.
이제는 너희들이 초나라 강산을 넘보는 것은
불 위에서 얼음 갖고 노는 것같이 될 것이고,
한나라 천지가 침략당하는 것은
그릇 안에 쪄놓은 떡을 집어가듯 하게 되리라.
아아, 수하여!
당신은 어째서 받아주지 않을 것을 말하지 않았는가?
이제 이 장군은 말에서 내리지도 않고
내 갈 길을 달려가리라!

수하 동생! 동생은 마음을 넓게 먹고 기다려요. 우리 한왕은 틀림없이 동생을 중용할 거요.

영포 그분의 발씻는 속뜻은 내 이미 다 알았소! 속담에도 "첫 숟갈 초가 시지 않으면, 둘째 숟갈 초도 시원치 않다" 하였소. 내 무얼 더 그에게 기대하겠소? 다만 초나라로는 또 돌아갈 수가 없게 되었구나! 이 넓은 천하 어디에서 내 일곱 자 몸을 받아주겠는가? 칼을 빼어 자결하는 수밖엔 없겠구나! [칼을 뽑는다.]
[수하, 칼을 쥔 손을 부여잡는다.]

영포 [노래 ; 罵玉郞]
아아! 누가 내 시퍼런 칼 손잡이를 부여잡는가 했더니,
또 이 수하라는 선생이구려!

수하 동생! 잘못일세! 개미조차도 삶은 탐하거늘 사람으로서 어찌 목숨을 아끼지 않나? 동생은 세상에 알려진 영웅이니, 오른편으로 가면 오른편에서 중히 여기고, 왼편으로 가면 왼편에서 중히 여길

것일세. 어디 간들 공로를 세우지 못하고, 어디 간들 왕후(王侯)가 되지 못하겠는가? 그런데도 이처럼 자결하려는 것은 필부필부(匹夫匹婦)의 소견이 아니랄 수 있겠나? 정말 앞을 못보는군!

영포 〔노래〕

당신은 내가 세상에 둘도 없는 영웅이라,
어느 나라에 가든 어느 나라나 중히 받들고,
공로를 이룩하려면 공로가 이루어지며,
왕후(王侯)가 되려 하면 왕후가 된다 하는가?

〔노래 ; 感皇恩〕

그러나 나는 어리석은 사람들처럼
도랑에서 자결을 하려 했으니,
목숨을 아낄 줄 아는 개미만도 못한가?
다 버리고,
붉은 갓끈 잘라 버리고,
소가죽 갑옷 찢어 버리고,
피로 군복 물들게 하면,
그때부터는
함성 올리며 적의 땅 공략하고 적의 성 공격하는 일 없게 되고
격렬하게 이익을 뺏고 명성을 다투는 일 안하게 될 것이나,
계속 떠다닐 혼은 언제 안정될 것이며,
남은 시체는 누구에게 장사지내 달라고 부탁하랴?
이 왕의 상이 있어 경형(黥刑)을 받는다던 관상쟁이 말도 공연한 말이 되네.

당신이 내게 자결하지 말라고 말렸으나, 나는 이제 한나라 신하

가 될 수도 없고 초나라로 되돌아갈 수도 없으니, 40만 대군을 거느리고 옛날처럼 파양호(鄱陽湖)30)로 들어가 도적이 되는 수밖에 없네요.

수하 동생! 동생이 왕으로 봉함을 받는 것은, 조만간 항우를 쳐부수게 될 것이니, 주머니 속에 맡겨둔 것이나 같은 일이오. 그런데도 도둑 두목이 가서 되겠다니, 정말 의기가 없는 사람이오!

영포 닥쳐요!

[노래 ; 採茶歌]

나는 이제 군사들을 빨리 몰아
속히 이곳 군영을 떠나,
오직 저 파양호 가로 가기만 하면 기운이 솟아오를 것이고,
황새와 조개가 서로 싸우며31) 버티는 것 구경하고 있다가
둘이 다 죽게 되었을 적에
기다리고 있던 이 어부는 웃으면서 다시 중흥(中興)하리라.

수하여! 당신의 입을 빌어 한왕에게 말을 전하시오! 내가 이번 떠나가면 20명의 초패왕을 대적하는 것보다 더 막기 힘들 것

---

30) 파양호(鄱陽湖) : 팽호(彭湖)라고도 하며, 강서성(江西省) 북쪽으로부터 장강(長江) 이남까지 펼쳐있는 호수. 중간 허리가 가늘어 북호(北湖)와 남호(南湖)로 구분된다. 중국 오대호(五大湖) 중의 하나.

31) 황새와 조개의 싸움 : 휼방상지(鷸蚌相持) 또는 휼방상쟁(鷸蚌相爭)이라 보통 말함. 조개[蚌]가 물가에 나와 햇볕을 쬐고 있었는데 황새[鷸]가 지나다 보고서 조갯살을 먹으려고 입을 벌리고 있는 조개를 부리로 쪼았다. 그 순간 조개는 입을 꼭 다물어 황새의 부리를 물었다. 이렇게 된 뒤 조개와 황새가 서로 양보하지 않고 물고 버티어 둘이 다 움직일 수 없도록 지쳐 버렸다. 이때 지나던 어부가 발견하고 이들을 함께 잡아갔다 한다(《戰國策》). 여기에서 어부지리(漁父之利)란 말도 생겨났다.

이라고!

〔노래 ; 煞尾〕

　　유패공의 이번 무례한 행동 하나로,
　　한나라는 10년 이상 태평할 수가 없게 되었네!
　　그는 자기만이 존귀하다 하고 자기만 능력 있는 줄 알고,
　　남은 티끌이나 먼지처럼 더럽고 지푸라기처럼 가볍게 여기어,
　　나를 격노케 하여 대군을 이끌고 옛 고장으로 돌아가게 하였네!
　　땀은 물 끓듯 흐르고
　　노여움은 우레와 같으니,
　　20명의 패왕을 당해낼 수 있다 하더라도
　　나를 견디어내지는 못하리라!
　　나를 꾀어내었던 수하 당신도 깨끗치는 못할 것이네!

수하　동생! 내 말을 믿어요! 좀 더 기다리면 틀림없이 중히 쓰일 날
　이 있을 거요!

영포　〔소리친다.〕 닥치래두!

〔노래〕

　　누가 당신의 무도한 임금을
　　성왕(聖王)이라 믿고 기다리겠는가? 〔병사들을 이끌고 퇴장〕

수하　방금 한왕이 발을 씻으며 영포를 만난 것은 진심으로 그를 경
　시해서가 아닙니다. 이처럼 심한 욕을 하는 행동을 하게 한 것은,
　다만 영포가 자신이 용맹(勇猛)스럽기 무적이라 생각하고 있으므로
　한나라를 멸시하는 마음이 있을까 걱정되었기 때문이에요. 그러므
　로 이렇게 대함으로써 그의 예기(銳氣)를 꺾어놓으려는 것이었지요.
　더욱이 그는 파양호의 대도(大盜) 출신이라 무슨 뛰어난 높은 식

견이 있는 것도 아니예요. 그가 자기 군영으로 돌아간 뒤에 또 그를 주물러 주는 술법이 따로 있어요. 이것이 바로 한왕이 호걸들에게 성의를 다 기울이고 있는 증거지요. 이때쯤이면 영포는 이미 자기 군영에 도착했을 듯하군요. 나는 다시 그를 만나러 가야겠어요. [퇴장]

제 3 절

한왕 [장량·조참·주발·번쾌와 병사들을 이끌고, 등장] 내가 한왕이오. 전번에는 수하를 구강으로 보내어 영포를 설복하여 우리나라로 귀항케 하였소. 나는 고의로 두 궁녀들에게 발을 씻도록 하면서 그를 만났지요. 듣자니 그는 큰 분노를 참지 못하고 거의 칼을 뽑아 자결을 할 뻔했다는구려. 지금 그는 자기 군영으로 돌아갔는데, 대군을 이끌고 다시 파양호로 돌아가 도적이 되려 한다 하오. 그건 그의 옛 직업인 셈이오.

내 생각으로는 임금이 맹장(猛將)을 다루는 술법은 매를 기르는 방법과 같아서, 배고프면 따라붙고 배부르면 날아간다 믿소. 지금 영포가 내게 귀항하여 왔는데, 초나라와는 이미 손이 끊이었고 한나라와는 아직 관계가 굳어지지 않았으니, 마침 그가 배고픈 때나 같아서 내게 달라붙을 시기요. 나는 먼저 광록시(光祿寺)32)를 파견하여 잔치를 차리도록 하고, 교방사(敎坊司)33)로 하여금 악공과 무녀

---

32) 광록시(光祿寺) : 궁중의 음식을 마련하는 직책을 맡고 있던 기관 이름.
33) 교방사(敎坊司) : 궁중의 가무(歌舞)를 주관하는 기관의 우두머리. 교방 (敎坊)에는 많은 악공(樂工)과 예인(藝人)들이 거기에 소속되어 있었다.

(舞女)들을 뽑아 그의 군영 안으로 보내도록 하였소. 그도 기뻐하고 있을 것이오. 다시 장량에게 조참 등 여러 장수들을 데리고 함께 가서 대접을 하여 내 은근한 뜻을 보여주려 하오. 그도 틀림없이 기뻐할 거요. 만약 노여움이 아직도 가라앉지 않았다면, 내게는 또 다른 방법이 있소. 틀림없이 그는 마음을 달리 먹고 바로 나와 함께 초왕을 쳐부수게 될 것이오. 자방(子房)께선 어떻게 생각하시오?

장량 대왕의 고견(高見)은 저의 생각과 같습니다. 듣건대 항왕은 용저를 보내어 위(魏)나라를 구하고 한신(韓信)을 가로막으며, 자신은 친히 대군을 거느리고 외황(外黃)34)의 팽월(彭越)을 치려 한다 하옵니다. 제 소견으로는 팽월은 항왕을 당해내지 못할 것이니, 외황은 틀림없이 무너집니다. 외황이 무너지면 초나라 군사는 더욱 불어납니다. 이제 영포가 귀항하여 왔으니, 후인(侯印)을 하나 골라 그에게 채워 주시고, 바로 그로 하여금 본부(本部)의 군사들을 이끌고 가서 팽월을 구해 주는 한편 두 사람이 항왕을 협공토록 하심이 좋을 것 같습니다. 이 기회를 놓치지 마십시오!

한왕 나의 뜻도 바로 그와 같소! 이제 자방께서는 여러 장수들과 함게 영포의 군영으로 가십시오! 나도 곧 뒤따라가리다!

장량 조장군! 우리 다같이 영포의 군영으로 가서 자리를 함께하십시다!

번쾌 저 영포는 무슨 재주가 있다고 저기에 버티고 있는 거야? 얼굴에 경형(黥刑)을 받은 데 불과한 녀석인데! 조금 전에 우리 대왕님께서 저자를 만나실 때, 먼저 저 녀석 투구를 벗기어 그 안에 오줌이나 한 버럭지 갈겨주실 게지 무얼하려고 두 발로 저자에게 꼬린 냄새만 피워 주셨을까? 저자는 코가 헐어 냄새는 조금도 못맡을런

---

34) 외황(外黃) : 지금의 하남성(河南省) 기현(杞縣) 동쪽에 있던 현 이름.

지도 모르는데, 그런다고 저자가 머리를 숙이고 들어올까? 그런데 우리가 이번엔 저자의 군영으로 가는군! 군사(軍師)님! 군사님은 우리만 믿으시는 거지요? 내가 먼저 선수를 써 그놈의 발을 잡아 젖힐 터이니 조장군이 나서서 우리 집안 본때를 좀 보여주시구려!

조참 번장군! 쓸데없는 말 마시오! 그곳에 가서는 그저 군사님 말씀만 따르면 되오! 〔함께 퇴장〕

영포 〔군사들을 이끌고 등장, 시를 읊는다.〕

　　뜻대로 안되는 일 언제나 십중팔구(十中八九),
　　남의 말 믿어도 되는 건 십중이삼(十中二三)뿐.

　　이 영포는 제 딴엔 구강(九江)의 40만 대군을 이끌고 한왕에게 귀항하면 틀림없이 중히 쓰이게 될 줄로만 알았소. 그런데 한왕은 발을 씻으면서 나를 만났으니 분명히 나를 티끌이나 먼지처럼 가벼이 여기고 있는 것이오! 자칫하다간 화가 나서 죽을 뻔했다오. 이젠 다시 대군을 이끌고 파양호(鄱陽湖)로 들어가 도적이 되려 하오. 여봐라! 군령을 전하라! 군영을 거두어 가지고 온 길로 다시 되돌아간다!

〔여러 군사들, 대답한다.〕

영포 다만 저 수하놈은 내 어렸을 적의 의형제인데 나를 찾아와 속이다니! 그자를 죽여 없애지 않고는 내 입안의 구린내가 가시지 않을 것만 같구나! 〔숨을 몰아 내뿜는다.〕

수하 〔잔칫상을 둘러멘 숙수들과 기녀들을 데리고 등장〕 동생! 잘 있었소? 내가 한왕은 틀림없이 동생을 후하게 대접할 거라 말하지 않았던가요? 지금 광록시(光祿寺)로 하여금 잔칫상을 마련토록 하시고, 교방사에게 명하여 악공과 무녀(舞女)들을 뽑아 보내게 하셨소.

영포 내가 이런 음식 못먹어 봤을까 그러시오?

〔노래 ; 正宮 端正好〕

  나는 강회(江淮) 지방35)에 주둔하며 싸울 일도 별로 없어,

  대단히 편히 잘 놀고 지냈네.

  오직 그대 수하의 터무니없이 놀리는 거짓말 믿지 말아야 했는데!

  그대는 내가 바로 후왕(侯王)에 봉함받게 될 거라 말했겠다?

〔노래 ; 滾繡毬〕

  아무리 그대들이 미인 시켜 노래하고 금슬(琴瑟)을 뜯게 하고,

  아름다운 기녀들 두 줄로 늘어세우고,

  다시 진수성찬을 벌여논다 하더라도,

  더욱 내 꼴만 사납게 만드는 것!

  오직 입만을 위해 주려 하는데

  술과 고기 먹어보지도 못한 줄로 아는가?

  그대 때문에 나는 몸담을 나라도 없게 되었으니,

  아무리 고기와 음식을 산처럼 쌓아놓는다 하더라도

  내 마음속의 불길은 누르지 못하리라!

  술과 감주로 바다를 만들어 놓는다 하더라도

  내 얼굴의 수치는 씻어 줄 수 없으리라!

  어쩌다가 초나라의 도망수(逃亡囚)가 되었나?

장량 〔조참·주발·번쾌와 함께 등장, 들어와 만난다.〕 우리 대왕께서는
발의 상처가 다 아물지 않아서 조금 전에는 대단히 큰 실례를 범하
셨다 하여, 특히 저와 대장들을 보내어 찾아뵙고 우선 대왕을 대신
하여 사과드리고 다시 장군을 모시고 잘 대접하도록 하셨습니다.
너무 탓하지 마시기 바랍니다!

---

35) 강회(江淮) 지방 : 장강(長江)으로부터 회수(淮水)에 이르는 지방, 중국
    에서 가장 물산이 풍부한 지방이다.

[영포, 대응도 하지 않는다.]

번쾌 [걸쳐놓은 나무때기를 빼어든다.] 아직도 화를 내고 있는 모양이 네. 이 번쾌 형님이 저자의 머리에서 별똥이 풀풀 날도록 먹여주지!

장량 술을 가져오너라! [술을 들어 바친다.] 장군! 이 잔을 쭉 비우십 시오!

영포 [받지 않고, 노래 ; 倘秀才]

나와 당신들은 원수지간!

누가 쓸데없는 차나 술을 마시랴?

수하 동생! 이분이 바로 군사(軍師) 장자방(張子房)이시오!

영포 [노래]

아아! 이분이 사다리길을 태워 퇴로를 차단했던 분이시군!

당신의 그때 계략과 전략은 아주 훌륭했소!

수하 이분은 건성후(建成侯) 조참(曹參)이시오!

영포 그렇습니까? 조참이라. 옛날에는 감옥 문지기였다지오?

수하 이분은 위무후(威武侯) 주발(周勃)이시오!

영포 그렇습니까? 주발이라, 옛날에는 퉁소 불며 상여 뒤 따라다녔 다지요?

수하 이분은 평음후(平陰侯) 번쾌(樊噲)시오!

영포 그렇습니까? 번쾌라. 옛날에는 개 돼지 백정이었다지요?

번쾌 [화를 내면서] 저자가 나를 개 백정이었다고 비웃는 거야? 쳇! 너는 경포지? 나는 그렇지만 너처럼 사람 죽이고 불지르는 강도노 릇은 안했다!

영포 [노래 ; 滾繡毬]

정말 이 번쾌도 만호후(萬戶侯)가 되었는가?

그는 나보다 개나 더 잘 잡는 정도인데
다만 임금의 옛 친구라는 데 힘입어
지금은 백만의 용병(勇兵)을 거느리게 됐네.
그와 나는 옛 친구도 아닌데
공연히 싸워보았자
당장 임금에게 나를 천거하지도 않을 것을!
아아, 본시는 이 장자방도 촌사람이었겠다?
당신은 푸른 연못을 모두 다 차지하고,
어째서 딴 사람은 낚싯배도 띄우지 못하게 하는가?
그러니 난 어디 가서 미끼를 문단 말인가?

장량 대왕께서 저를 보내시어 장수들과 함께 장군을 대접토록 하셨
는데, 만약 드시지 않는다면 대왕님 체면에 관한 문제가 됩니다!

영포 이 영포는 40만 대군을 거느리고 멀리 구강으로부터 이곳으로
한왕에게 귀항하러 왔는데, 한왕이 예로 사람을 대해주지 않을 줄이
야! 걸상 위에 앉아 발을 씻고 있었으니 나를 티끌이나 먼지처럼
가벼이 본 것이오! 지금 이 술이 정말로 금파옥액(金波玉液)이라
하더라도 영포와는 인연이 없는 것이니 마시지 못하겠소!

수하 동생! 동생은 너무 화가 났구려! 우리 한왕께서는 아직도 발의
화살 상처가 덜 아물어서 깨끗이 씻고 고약을 바르려던 참이었소.
그리고 어렸을 적부터 각기병(脚氣病)을 앓으셔서, 그분은 사람들
을 만나실 때 십중팔구는 발을 씻고 계신다오!

영포 〔노래 ; 脫布衫〕

　옛날 풍패현(豐沛縣)에 있을 적엔 거지 대장이었고,
　언제나 새벽 이슬 맞으며 소 따라 다녔으며,
　여산역(驪山驛)의 감부(監夫)가 되어서는 이리저리 뛰어다니다가

개가죽 덮어쓰고 돌절구 베고 취해 누워 잤었거니!

［노래 ; 小梁州］

이건 어렸을 적부터 들린 병인 듯한데,

좋은 약을 쓰기보다는 신하들의 간하는 말 그대로 들어주어야 한다네.

어디에 이렇게 현명하고 빼어난 인물을 가벼이 예없이 대하는 법 있는가?

나를 화나게 하여 원수진 도적으로 만들었네!

이제는 모두 쏟아진 물이니 어이 주워 담으랴?

［한왕, 선칙관(宣勅官)과 병사에게 패검(牌劍)을 받들고 수레를 밀도록 하고 등장］

병사 ［알린다.］ 성상께서 납시십니다!

선칙관 ［가운데 와서 서서 칙서를 읽는다.］ 한왕의 칙서가 왔으니, 영포는 무릎을 꿇고 들으라! ［칙서를 읽는다.］

"과인이 듣건대, 좋은 새는 나무를 가리어 깃들고, 충신은 임금을 가리어 섬긴다 하였도다. 그대 당양군(當陽君) 영포는 본시 초나라 장수였으나 과인에게로 돌아왔으니, 임금을 옳게 가리는 밝은 눈이 아니면 어찌 그렇게 할 수 있었으리오? 지금 항왕은 용저를 보내어 위(魏)나라를 구하고 우리 한신(韓信)을 막도록 하고는, 자신은 친히 20만 기(騎)를 거느리고 외황(外黃)의 팽월(彭越)을 치려 하고 있도다. 특히 그대를 구강후(九江侯)에다가 파초대원수(破楚大元帥)로 봉하노라! 곧 본부의 군사들을 거느리고 가서 팽월을 도와 함께 항왕을 칠지어다! 공을 이루는 날에는 다시 봉상(封賞)을 가할 것이니, 그대는 공경히 행동할지니라!"

성은에 감사드리시오!

〔영포, 꿇어앉아 조서를 받는다.〕

〔군사, 패검을 받쳐들고 영포 앞에 와 선다.〕

한왕 〔허리를 굽혀 패검을 준다.〕 원수께선 패검을 받으시오!

〔군사, 수레를 밀고 나온다.〕

한왕 원수께선 수레에 오르시오! 과인이 친히 수레를 밀어드리리다!

〔영포, 수레에 오른다.〕

한왕 〔꿇어앉아 수레를 잡으면서〕 하늘 밑 땅 위에서, 진실로 한실의 이익을 위하여 원수께서는 힘써 주시오!

〔군사는 패검을 받쳐들고 앞서 가고, 한왕은 수레를 밀고 둘레를 세 바퀴 돈다.〕

〔영포, 수레에서 뛰어내려 한왕에게 엎드려 절한다.〕

한왕 술을 가져오너라!

기녀 〔술을 따라 올린다.〕 여기 있사옵니다!

한왕 〔무릎을 꿇고 잔을 바친다.〕 원수님! 이 잔을 쭉 비우십시오!

영포 〔무릎을 꿇고 잔을 받아 마시고 일어선다.〕

〔노래 ; 么篇〕

　기녀와 술만을 보내주는 줄 알았더니,

　유패공께서는 친히 금술잔을 손에 받들어

　정중히 술을 권하시네!

　내 조금 전까지만 해도 한왕을 만나기만 하면 몇 마디 욕을 해주려 했는데, 이제는 아무 말도 못하게 되었구나!

〔노래〕

　어느새 하늘 같은 위엄에 눌리어 나는 말없이 입 다물고 있네.

　아아! 영포야!

너는 겉만 그럴싸한 인간이구나!

[돌아서서 혼잣말] 오늘 이 한 잔 술이야말로 기가 막힌 게 아닌가? 후세 사람들이 한왕이 몇년 몇월 몇일에 영포의 군영으로 와서 무릎 꿇고 술을 한 잔 따라 올렸다는 것을 알게 될 것이니, 이 영포는 당장 죽으라면 죽을 수도 있을 것 같구나!
[몸을 돌이켜 엎드려 절한다.] 대왕께서 술을 내리시니 황공하옵니다!

[노래 ; 叨叨令]
한왕께서는 용상에 의젓이 앉아 절을 받아도 될 것이니,
조금 전의 장자방의 말은 거짓이 아니었네.
광록시에서는 번갈아 가며 음식 나르고
교방사는 줄곧 생가(笙歌)를 연주케 하니,
이건 정말 즐거운 일이 아닌가!
이건 정말 즐거운 일이 아닌가!
이런 대접이야
누가 또 받을 수가 있겠는가?

사람들이 말하기를 한왕은 신하들을 만나기만 하면 걸핏하면 욕을 하는 전혀 예모가 없는 사람이라더니, 오늘 뵙고서야 그건 모두가 뜬소문이었음을 알게 되었네.

[노래 ; 剔銀燈]
나는 그가 입으로는 투덜투덜 함부로 되지도 않는 말이나 지껄이고,
거칠게 호령하며 무지한 두 손이나 휘두르고,
제후들에게도 함부로 욕하는 사람인 줄 알았더니,
그분이 욕한 것은 시골 무지한 작자들,

영웅들에게는 적대적(敵對的)이 아닐세.

〔노래 ; 蔓青菜〕

그분은 허심탄회(虛心坦懷)하게 용포자락 젖히고

옛 고향의 가을 타작마당에서처럼

하하 웃으며 스스럼없으시네!

비록 명사를 모시기 위하여 토포악발(吐哺握髮)36)까지는 안하셨지만

내게는 굉장한 예우였네!

〔한왕, 술에 취하여 잠이 든다.〕

장량 대왕께서 취하셨습니다. 수대부(隨大夫)! 모시고 영 안으로 들어가시지요!

〔수하, 한왕을 부축하고 퇴장〕

장량 원수께서는 언제 군사들을 일으키시어 팽월을 구해 주러 가시겠습니까?

영포 대왕께선 본영으로 돌아가셨군요? 팽월을 구하는 일은 불을 끄는 일처럼 급한데, 어찌 잠시인들 지체할 수가 있겠습니까? 저는 오늘로 영을 내려 군사들을 이끌고 한왕을 치러 가겠습니다.

번쾌 그 원수(元帥)의 패인(牌印)은 이 번장군에게 넘겨주는 게 좋을

---

36) 토포악발(吐哺握髮) : 옛날 주(周)나라 주공(周公)은 어진 사람을 구하기에 급급하여, 사람들이 찾아와 한 끼 밥을 먹는 사이에 세 번이나 입에 물었던 음식을 토해놓고〔吐哺〕 서둘러 달려나가 방문객을 맞았고, 한 번 목욕한 뒤 머리를 빗을 겨를도 없이 세 번이나 젖은 머리를 손으로 움켜쥔 채〔握髮〕 서둘러 달려나가 방문객을 맞았다 한다. 이에 나중에는 자기 밑에 어진 사람들을 모으기 위하여 성의를 다하는 것을 "토포악발"이라 말하게 되었다.

듯싶소. 옛날 홍문연(鴻門宴)37)에서 이 번장군은 투구를 벗어던지고 달려가 영문을 지키는 군졸들을 단번에 때려눕히어, 항왕으로 하여금 놀라서 자리 위에서 굴러떨어지게 했었지! 당신 알겠소?

장량 옛날 한신은 원수로 임명되자 곧 단 위로 올라가서 군사들을 점검하고 먼저 영개(英盖)라는 대장을 참하였지! 지금 영원수께도 역시 우리 대왕께서 친히 내리신 패인(牌印)을 갖고 계시니, 당신의 목을 자르려 한다면 아주 쉬운 일일 것이오!

번쾌 저 사람도 목을 잘라요? 그럼 차라리 가서 개백정 노릇이라도 하는 게 낫지!

영포 〔노래 ; 柳青娘〕
　　지금 대왕께서는 약주에 취하셨으니,
　　아뢰기 위하여 깨우지 마시오.
　　내 부탁하노니 장자방님은 아무 걱정 마시고
　　영포의 전쟁솜씨나 구경하십시오.

---

37) 홍문연(鴻門宴) : 전에 한고조가 관중(關中)을 먼저 평정하고 함곡관(函谷關)을 지키고 있을 때, 항우는 하북(河北) 지방을 평정한 뒤 제후들의 군사를 거느리고 함곡관에 이르렀다. 들여보내주지 않자 항우는 함곡관을 격파하고 한왕을 치려 하였다. 먼저 항우는 홍문(鴻門)에 잔치를 벌이고 한왕을 초청하여 거기에서 죽이려 하였다. 항우의 숙부 항백(項伯)은 마침 장량(張良)과 각별한 사이라 가서 이 사실을 알려주었다. 한왕은 항우의 초청을 거절할 길이 없어 항백에게 중간에서 잘 조정해 줄 것을 부탁하고, 다음날 홍문으로 갔다. 잔칫자리에서 범증(范增)은 항장(項莊)에게 칼춤을 추다가 틈을 타 한왕을 죽이도록 하였다. 항백이 춤을 추며 한왕을 죽이려 하였으나 이 기미를 알아차린 번쾌가 방패를 들고 잔치하는 영문을 부수며 달려들어가 한왕은 위기를 모면할 수가 있었다. 이 사건을 후세에 "홍문연"이라 부르게 되었다.

지금 큰소리치는 게 아니라,
초나라 항우는 천하를 잃고
한나라 유왕은 온 세상 제패토록 할 것이니,
그들은 참새가 매를 만난 듯 양이 범을 만난 듯
당장 꼼짝도 못하게 되리라!

〔노래 ; 道和〕
군사들을 수습하라!
군사들을 수습하라!
곧 강산은 안온하게
애쓰지 않더라도 모두 한나라에 속하게 되리라!
내게 내려준 두터운 은전(恩典) 생각하니
나로 하여금 가만히 있지 못하게 하네.
이 보답은 가벼이 할 수가 없는 것이라서
그대로 있지 못하고 후다닥 군사들을 동원하네.
보라, 보라! 내 싸움을!
모두 내 그림자만 번득여도 도망가게 하리라!
보라! 보라! 내 싸움을!
모두가 내 손에 죽게 되리라!
모래밭은 피로 물들고 시체가 널리며,
곧장 진격하여 말발굽 닿는 곳마다
댕강댕강 데굴데굴 죽어 나자빠진 사람의 머리가 굴러다니리라!

〔노래 ; 啄木兒尾〕
팽월은 걱정말지니
수수(睢水)의 원수 갚아주리라!
곧장 적을 무찔러 시체가 강을 메워 강물 흘러넘치게 하고,

이제부터는 세상의 경계가 둘로 나뉘지 않게 하리라! 〔군사들과 함께 퇴장〕

장량 영포는 군사를 거느리고 초나라를 치러 떠났소. 항왕이 평소에 의지하던 대장은 영포와 용저 둘뿐이었지요. 내가 따져보건대, 용저는 덤벙거리는 사람이라 틀림없이 한신의 손에 죽게 되리라 믿소. 항왕이 용저가 죽었다는 소식을 들으면 바로 자신도 겁이 날 터인데, 다시 영포가 한나라로 귀항하여 도리어 자기를 치러 온다는 것을 알게 된다면, 틀림없이 싸움도 하지 못하고 외황(外黃)의 포위를 스스로 풀을 것이오. 그리고 팽월이 이렇게 하여 놓여나면 그의 군사들과 영포가 항왕을 협공할 것이니, 항왕은 틀림없이 패하여 달아나게 될 것이오. 그때 한편으로 한신에게 통지하여, 그로 하여금 하양(夏陽)38)으로 돌아나가 그의 도망가는 길을 막게 하면 항왕을 틀림없이 사로잡을 수 있을 것이오.

번쾌 군사님께서 이처럼 다 계획을 세우셨으면, 저도 군사들을 챙겨 가지고 함께 항왕을 치러 가겠습니다. 어찌 군영 안에만 틀어박혀서 개고기나 잡아먹고 있으란 말입니까?

장량 〔시를 읊는다.〕

경포라는 영웅이 싸우러 나갔으니

하늘이 초나라 망치시는 것이 바로 이때인 듯.

영문 안에는 전승연(戰勝宴)을 준비시키고

아이들에게는 대풍가(大風歌)39)를 가르쳐 놓으리라. 〔조참 등과

---

38) 하양(夏陽) : 지금의 섬서성(陝西省) 한성현(韓城縣)에 있던 고을 이름.

39) 대풍가(大風歌) : 한고조가 일찍이 영포(英布)의 군사들과 싸워 이기고 자기 고향인 패현(沛縣)을 지나다가 고향사람들을 모아놓고 잔치하는 자리에서 불렀다는 다음과 같은 노래이다.

함께 퇴장]

제4절

한왕 〔장량·조참·주발·번쾌·수하 등과 부절(符節)을 든 시녀를 이끌고 등장, 시를 읊는다.〕

> 패왕이 옛날에 장강(長江)을 건너올 적엔
> 검은 추(騅)40) 한 기(騎) 앞에 백만 대군도 무너졌다지만,
> 패현에서 정말 천자가 나왔으니
> 해하(垓下)41)의 대전이 이를 증명하리라!

나는 군사의 계책을 따라 영포로 하여금 팽월을 구하고 함께 항왕을 치도록 하였는데, 여러 날이 되도록 아직 첩보(捷報)가 오지 않고 있소. 정말 궁금하도다!

장량 신이 이미 발빠른 군사를 내어 밤을 도와 전장으로 나가 사정을 알아보고, 지든 이기든 바로 와서 보고하라 일렀습니다. 방금 한 줄기 동북풍(東北風)이 지나가면서 신의 소매 속으로 들어왔으니,

---

> 큰 바람 일어 구름 드날리는데(大風起兮雲飛揚)
> 위세를 온 세상에 떨치고 고향에 돌아왔네(威加海內兮歸故鄉)
> 어찌하면 맹사들을 구하여 사방을 지킬꼬?(安得猛士兮守四方?)《史記》

40) 추(騅) : 항우의 애마(愛馬) 이름.

41) 해하(垓下) : 지금의 안휘성(安徽省) 영벽현(靈壁縣) 동남쪽에 있던 지명. 뒤에 한고조의 군대가 항우를 이곳에서 포위하게 된다. 여기에서 항우는 사면초가(四面楚歌)를 듣게 되며, 그곳을 빠져나와 오강(烏江)까지 도망하였으나 결국은 자결하고 만다.

아무래도 희소식이 올 것 같습니다.

수하 팽월도 본시 한나라의 맹장인데 그 위에 영포를 보태어 놓았으니, 두 사람이 항왕을 협공한다면 항왕이 아무리 용맹하다 하더라도 앞뒤의 적을 당해낼 도리가 없을 것입니다. 이번 싸움은 제가 보증을 할 수 있습니다. 오직 승리만이 있을 뿐 패배란 없습니다.

번쾌 또 허튼 소리 하는구려! 옛날 우리가 팽성(彭城)을 격파했을 때, 항왕은 제(齊)나라로부터 밤낮 사흘을 달려와 군사들은 지칠대로 지쳤었소. 그리고 우리 여러 장수들은 성안으로부터 쳐나가고 팽월은 밖으로부터 쳐들어왔었으니, 항왕은 그때도 앞뒤로 적을 맞은 것이 아니었소? 그런데도 그가 한 필의 말을 타고 한 자루 창을 들고 쳐들어와 공격하자, 모든 사람들이 움츠러들고 모든 군사들이 도망을 쳐서, 한나라 46만 인마(人馬)가 모두 수수(睢水) 안으로 떨어졌었소. 다행히도 죽은 자들이 많아서 수수가 막히어 흐르지 않아 우리는 모두 죽은 시체더미 위로 말을 달려 겨우 목숨을 부지할 수가 있었소. 지금 생각만 하여도 내 가슴은 펄떡펄떡 뛰고 있소. 그래 얼굴에 경형(黥刑)을 받은 녀석 하나 더 늘었다고 이렇게 하기 쉬운 말만 한단 말이오? 군대 앞에서 보증을 하는 것이라면 당신 같은 잽싼 입은 보증할는지 모르지만 이 번쾌는 보증 못하오!

전령 〔깃발을 등에 꽂고 등장〕 이번 싸움은 정말 굉장하였습니다!

〔노래 ; 黃鐘 醉花陰〕

초나라와 한나라 군사들이 창칼을 맞대고 천하를 다투는데,
그 초패왕이 쉽사리 질 리가 있겠는가?
이번 한바탕 싸움은 대단했는데,
한나라 영포의 용맹은 아무도 따르지 못할 정도,

뛰어난 의기도 대단했지만
병법도 잘 알아 전략에도 뛰어났었다네.

말을 달려가자! 말을 달려가자!

〔노래〕
얼마 가지 않아 초나라 항우의 군사는 다 무너졌네!

〔들어와 뵙는다.〕 보, 보, 보고드립니다!

장량 전령이로구나! 전진(戰陣)으로부터 왔을 터인데, 그의 얼굴엔
기쁜 빛이 넘치고, 가을달같이 굽은 활과 별처럼 반짝이는 두 개의
화살과 함께 등에는 한 폭의 금빛 영자기(令字旗)를 꽂았으며 머리
에는 팔각(八角) 붉은 수실 달린 모자를 썼구나. 아홉 겹의 포위망
속을 왔다갔다하기를 베틀 북처럼 하고, 부대의 군영 속을 오르락내
리락하기를 달리는 말처럼 하였겠다!

살기는 등등하게 하늘을 덮고 있는데
한 마디 급보 전하는 소리 금종 울리듯 하네.
두 나라의 전쟁 승패가 갈리는 것은
오직 달려온 전령이 열 입에 달려 있도다.

전령! 너는 두 군진(軍陣) 중에서 어느 나라가 이기고 어느 나라가
졌는지 숨을 돌리고 차근차근 말해 보아라!

전령 〔노래 ; 喜遷鶯〕
후당탕 영문이 열리더니
초나라 항우가 달려나와 진전(陣前)에서 높이 소리치기를,
무뢰한아! 사람 죽인 건 용서할 수 있으되
정리 어긴 건 용서할 수 없다!

이놈이 두 번이나 내게 욕을 뵈는구나!
모두들 너를 중히 대해 줬다고 하는데,
네게 무얼 잘못했다고 이러느냐?

장량 흠! 그 항왕이 진두(陣頭)에서 영포를 보았으니 어찌 화가 나
지 않았겠나?

[사(詞) 서강월(西江月)을 읊는다.]
　　두 진의 군사들이 맞서서
　　진전(陣前)에 각기 창끝을 세우고 있는데,
　　큰 소리로, 초나라 도망수(逃亡囚)야!
　　어찌 감히 나와 싸우려 하나? 하고 소리친 거지.
　　결국은 맞서서 싸웠을 것인데
　　누가 이겼다는 것이냐?
　　대왕께서도 귀기울이어 결과 들으시려 하시며
　　오직 첩보 아뢰기만을 기다리시네.

　　전령! 숨을 돌린 다음 다시 한 번 말해다오!

전령 〔노래 ; 出隊子〕
　　우리의 선봉부대 앞쪽은
　　갈라졌다 합쳐졌다 잘 대응하고,
　　씽씽씽, 울리며 전진(戰陣)으로부터 화살이 날고,
　　와와와, 일제히 진 앞에 군사들 늘어서서 함성 올리고,
　　아아아, 가운데로 한 필 기마(騎馬)가 달려나가더이다!

장량 양편 군사들이 진을 벌이고 싸움을 돋우고 있을 때, 우리 쪽에
선 영원수가 달려나간 거지? 어떻게 차리고 있었을까?

머리에는 별이 그려졌고 해와 달이 반짝이며, 닭털 꽂고 봉의 깃으로 장식한 영롱한 세 가지 뿔이 달린 조양자금(棗穰紫金) 투구를 썼고, 몸에는 칼도 튕겨나고 화살도 들어가지 않는 쇠사슬을 고기 비늘처럼 얶고, 밝은 달과 버드나무 잎새 모양 쉿조각 붙여서 만든 귀배당예(龜背搪猊) 갑옷 입었고, 그 밑에는 사람의 넋을 빼앗고 사람 눈을 부시게 하는 붉은색 물들인 바탕에 교묘한 솜씨로 온갖 무늬 수놓은 무봉금정포(無縫錦征袍)를 받쳐 입었고, 허리에는 풀리지도 않고 끊이지도 않으며 향면(香綿)으로 싸고 오채(五彩) 실을 엮어 만든 몸을 꽉 동여주는 팔보사만대(八寶獅蠻帶)를 매었고, 발에는 사람을 밟아 죽이고 말 발걸이를 차는 가시 달린 물소 가죽으로 만들고 짐승머리가 그려있고 나무뿌리로 바닥을 댄 탄운말록화(呑雲抹綠靴)를 신었고, 손에는 한 자루의 눈처럼 희게 빛나고 바람 처럼 빠르며 보는 이의 마음을 싸늘하게 하고 이를 시리게 만드는 순강(純鋼)으로 만든 선화잠금부(宣花蘸金斧)를 들고 휘두르며, 한 마리의 두 귀는 작고 네 발굽은 가볍고 꼬리는 가늘고 가슴은 넓으며 물속을 평지처럼 다니는 권모적토마(捲毛赤兎馬)에 올라앉아 있겠다.

그런데 항우인들 어찌 이기지 못하겠느냐? 전령! 숨을 돌리고 다시 한 번 말해 보아라!

전령 〔노래 ; 刮地風〕

둥, 둥, 둥, 연달아 세 번 북소리 울리자,

펄렁펄렁, 두 폭의 깃발 펄럭이며,

후다닥, 두 필 말이 한데 엉키니,

오직 들리는 건 천지를 진동하는 함성.

이리 밀리고 저리 밀리고

승패를 분간할 길 없이
두 필 말과 두 장수는 유성처럼 빠른데,
화첨창(火尖槍)을 쓰는 바로 그 초나라 항우가
갑자기 상대방 가슴을 날쌔게 찌르더이다.

장량 우리편의 영원수도 범같은 장수이거늘 어찌 항왕의 창을 당해
내지 못했단 말인가?

〔시를 읊는다.〕
전장의 먼지 일으키며 두 말이 엉켜 싸웠는데
창이 오고 도끼가 가고 막상막하라.
한나라를 위해 천하를 다투는 데 한몫하려고
목숨걸고 선봉에 선 오늘이거늘!

전령! 숨을 돌리고 정신을 가다듬고 천천히 다시 한 번 애기해
보거라! 듣고 싶구나!

전령 〔노래 ; 四門子〕
우리 영포도 정말 영웅다웠으니
창이 오는 것을 보자 가벼이 피하더이다.
두 장수는 각기 자기 자리를 다시 잡고
몸을 가누며 무기를 휘두르고
허(虛) 속에 실(實)을 찾고
실 안에 허를 찾으며
서로 눈을 피하며 각기 무술을 쓰는데,
허 속에 실을 찾고
실 안에 허를 찾으니,
오직 들리는 건 천지를 진동하는 함성뿐이더이다.

〔노래 ; 古水仙子〕

　　펄펄, 모래는 비오듯 날리고

　　자욱이 검은 구름과 누런 먼지는 하늘을 가리고

　　펄썩펄썩, 말이 움직이는데 따라 전진(戰塵) 날리고

　　아득히 두 사람은 살기 서린 안개 속에 엉켜있는데,

　　헉, 헉, 헉, 사람이나 말이나 모두 숨 헐떡이며,

　　쟁그렁 쟁그렁, 창과 도끼만이 사람의 몸 감싸는데

　　찰각찰각 도끼가 창을 막아내는대로 몇 가닥 불꽃 튀고

　　철겅철겅 창이 도끼 막아내는대로 만 가닥 노을빛 번쩍이고,

　　털걱털걱 갑옷 잘리우고 투구 조각 떨어지더이다.

〔노래 ; 尾聲〕

　　성난 한쪽 말이 바싹 달려들며 들이치자

　　항우는 후다닥 북쪽으로 급히 달아나더이다.

〔빙글 몸을 돌리면서〕 우리 영원수님께선,

〔노래〕

　　번쩍번쩍하는 키처럼 넓적한 도끼를 번쩍 들어올리더이다.

장량 우리 편이 이기고 저쪽 편이 졌구나! 전령! 네게 상으로 세 병의 술과 양 한 마리를 주고 열흘 동안은 심부름을 시키지 않겠다! 〔전령, 머리를 숙여 감사드린다.〕

번쾌 항왕이 어디로 도망을 쳤을까? 우리도 군사를 거느리고 뒤쫓아가서 그를 한바탕 들이칩시다! 그의 공로를 좀 나누어 가져야지! 그 얼굴에 경형(黥刑)을 받은 친구가 혼자 공을 다 차지하면 안되지요!

수하 항왕이 패하였으니 제업(帝業)은 이루어 놓은 거나 다름없습니다.

신 등은 대왕님께 천추지연(千秋之宴)을 베푸시기 앙청하옵니다!

한왕 오늘의 승리는 모두가 군사(軍師)님의 묘한 전략과 수사자(隨使者)의 유세의 공과 여러 장수들이 잘 보필해 준 힘 덕분이오. 영원수가 개선하기를 기다려서 나는 공이 큰 사람은 왕(王)으로, 공이 좀 작은 사람은 후(侯)로 봉하겠소. 조금도 아끼지 않겠소!

영포 〔군사들을 이끌고 말을 타고 등장, 노래 ; 側磚兒〕

몸을 던져 목숨걸고 전장에서 싸운 것은

오직 한나라를 일으켜 세우려는 붉은 마음에서라.

내가 공을 세우고 겸손할 줄 모른다 말하지 말지니,

나는 본시 하늘이 낸 나라의 벽옥(碧玉) 기둥이오 자금(紫金) 들보로다!

〔노래 ; 竹枝兒〕

만약 영포에게 어떻게 외황(外黃) 구했느냐고 묻는다면

항우가 싸움에 져 하양(夏陽)으로 달아난 덕분이라 말하리라.

오강(烏江)42)까지 끝내 추격하지 못했음이 한이로다.

이제 징 울려 군사들 거두어 임금 뵙고 전승 아뢰려 하는데,

이번에도 이런저런 핑계대며 발씻고 있을까 두렵구나.

한나라 본영에 다 왔구나. 여봐라! 말을 잡아라! 〔말에서 내린다.〕

군사 〔아뢴다.〕 대왕님께 아뢰옵니다! 영원수가 영문 밖에 당도했습니다!

한왕 수대부! 나가서 데리고 들어오시오!

---

42) 오강(烏江) : 뒤에 항우가 자결한 곳. 안휘성(安徽省) 화현(和縣) 동북쪽, 지금의 오강포(烏江浦)라 부르는 곳이다.

〔수하, 나가서 영접한다.〕

영포 〔들어와 뵙는다.〕 저는 군사를 이끌고 외황성(外黃城) 밑으로 가서 항왕과 결전을 하여 다행히도 작은 공을 세웠습니다. 다만 명을 받들지 못하여 끝까지 추격할 수 없었사오니, 대왕께서 허물 마시기 바라옵니다!

한왕 항왕은 이번 패배로 그의 의기가 다 꺾이어 버렸을 것이오. 더욱이 그의 용저(龍且)와 주란(周蘭)43)이 이미 한신에게 죽임을 당하였으니, 여러 장수들이 다 모이기를 기다렸다가 그때 항우를 추격한다 해도 늦지 않을 것이오. 내가 알기로 전쟁에 대한 시상은 하루를 넘기지 않는다 하였소. 그전에 한왕(韓王)은 제(齊)나라를 쳐부수어 바로 삼제왕(三齊王)에 봉하였는데, 오늘 경은 이런 큰 공을 세웠으니 회남왕(淮南王)으로 봉하는 바이오. 구강(九江)의 여러 고을도 모두 거기에 예속되오. 수하는 경을 설복하여 귀항토록 하였으니 공은 경의 다음이라 어사대부(御史大夫)에 봉하오. 그밖의 여러 장수들은 항왕을 사로잡기를 기다려 달리 봉상(封賞)을 행할 것이오. 한편으론 고깃간의 술안주를 다 끄집어내다 놓고 군영 앞에서 경공연(慶功筵)을 베풀고, 군사들에게도 잔치를 베풀어 주어 이틀 동안 크게 먹고 마실 수 있도록 해주시오!

영포 〔수하와 함께 성은에 감사드리고, 노래 ; 水仙子〕

넓고 넓은 하늘과 같은 은혜에 감사드리나니,

이 영포도,

〔노래〕

한신의 삼제왕과 비등하게 되었네.

---

43) 주란(周蘭) : 항우 휘하의 대장 중의 한 사람.

수하야말로 어찌 감히 바랐으랴?
오직 현명한 사람 추천한 덕분에 큰 상으로
자수금장(紫綬金章)44)을 받게 되었네.
내가 만약 한나라를 도와 항우를 치지 않았다면
아직도 저 여우무리 개떼를 뒤쫓고 있을 것이니,
어찌 이 경형(黥刑)을 받은 얼굴로 왕이 될 수 있었으랴?

　　　제목(題目) 수대부는 어명을 받고 사신으로 구강에 갔고(隨
　　　　　　　　　大夫銜命使九江)
　　　정명(正名) 한나라 고조 황제는 발씻으면서 영포를 성나게
　　　　　　　　　함(漢高皇濯足氣英布)

---

44) 자수금장(紫綬金章) : 한나라 시대의 승상(丞相)은 자줏빛 수실이 달린
　　허리띠에 금인(金印)을 차고 있었다. 금인자수(金印紫綬)라고도 하며, 극
　　히 높은 벼슬을 상징한다.

진주조미陳州糶米

······ **작품 해설**

　이 잡극은 작자가 누구인지 알려져 있지 않다. 극본은 명(明)대의 장진숙(臧晉叔)이　편찬한《원곡선(元曲選)》갑집(甲集)에　실려있는데, 거기에서도 '원(元)　○○○ 지음'이라 작자를 표시하고 있다.
　이 〈진주조미〉의　정명(正名)은 〈포대제진주조미(包待制陳州糶米)〉이다. "포대제(包待制)"란　이미 〈마합라(魔合羅)〉의　작품 해설에서 애기한 것처럼 원잡극(元雜劇)뿐만이 아니라 공안소설(公案小說)에 있어서도 명판관(名判官)으로 유명한 송(宋)대의 포증(包拯)이다. 포증은 북송의 명신으로《송사(宋史)》에 그의 전기가 실려있으며, 인종조(仁宗朝 : 1022~1063년)에　용도각직학사(龍圖閣直學士)라는 벼슬을 하였고 뒤에 개봉부윤(開封府尹)을 거쳐 우사낭중(右司郎中)　벼슬에까지 올랐었다.
　그는 매우 청렴강직(淸廉剛直)하여 당시의 권세가들도 모두 두려워하였고, 특히 부정한 관리들에 대한 처결(處決)이 엄격하여 많은 관리들이 그를 꺼려하였다 한다. 그러나 백성들은 모두 그를 정의의 화신(化身)처럼 믿어 그를 포대제(包待制) 또는 포용도(包龍圖)라 부르며, 어린아이로부터 부녀자에 이르기까지 그의 이름을 모르는 이가 없었다 한다. 따라서 그가 소설과 희곡의 주인공으로 등장하면서, 그는 더욱 백성들의 영웅처럼 받들어졌다.

　원잡극에는 그가 등장하는 재판극(裁判劇)으로 〈분아귀(盆兒鬼)〉·〈후정화(後庭花)〉·〈호접몽(胡蝶夢)〉·〈노재랑(魯齋郞)〉·〈생금각(生金閣)〉 등이 있으며, 소설에는 〈용도공안(龍圖公案)〉 및 《경세통언(警世通言)》 중의 〈삼현신포용도단원(三現身包龍圖斷寃)〉 등 여러 가지가 있다.

　다만 〈진주조미〉의 주제(主題)는 포증의 활약보다도, 힘없고 헐벗으며 굶주리는 백성들을 짓밟고 자기 배만 불리던 당시의 악한 관리들의 횡포와 부정을 드러내는 데 주안(主眼)을 두고 있다. 외족의 지배 아래 원대의 백성들은 갖은 고난과 억압 아래 숨돌릴 여유조차도 없는 형편이었다. 여기의 포증은 이처럼 짓밟히고 고통받고 있던 한족(漢族) 백성들의 분노를 대신하여 종국적(終局的)으로 그러한 횡포를 다하는 관리들에게 철추(鐵鎚)를 가하기 위하여 등장한다.

　이 작품의 얘기 줄거리는 대체로 다음과 같다. 때는 송(宋)대, 진주(陳州) 땅에 큰 가뭄이 들었다. 조정에서는 그곳의 백성들을 구제하기 위하여, 청렴한 관리로써 당시의 권세가 유아내(劉衙內)의 아들 유득중(劉得中)과 사위 양금오(楊金吾)를 진주로 파견하여 정부의 창고 곡식을 헐값으로 방출하도록 한다. 그러나 유득중과 양금오는 진주에 가서는 그들의 권세만 믿고 정부에서 지정한 곡식값의 배액(倍額)에다가 저울과 말을 속이면서 정부미를 방출하여 크게 치부한다. 그리고 그들은 백성들의 굶주림은 아랑곳없이 주색(酒色)으로 나날을 보낸다. 이에 진주의 한 백성이 그들에게 항의하자 그들은 그를 때려 죽인다.

　한편 조정에도 그들의 부정 소식이 전해지고, 죽임을 당한 백성의 아들이 서울로 가서 고소를 한다. 조정에서는 황제의 특명으로 포증(包拯)을 진주로 특파하여 부정을 조사하여 결과에 따라 처결케 한다.

유아내는 그의 권력을 이용하여 갖은 방법으로 포증의 조사를 방해하나, 결국은 권력의 압력에도 불구하고 유득중과 양금오의 부정을 확인한 뒤 백성들이 보는 앞에서 처형하고 만다.

《송사(宋史)》 열전(列傳) 권 75 포증전에는 "그의 사람됨이 방정하고 엄격하였으며 의혹사건을 잘 해결하였다"는 정도의 기록이 있을 따름이다. 〈진주조미〉에 관한 얘기는 전혀 보이지 않는다. 그리고 소설 〈용도공안〉 중에도 진주조미 사건이 보이나 얘기 줄거리가 이 극과는 전혀 다르다.

또 작품에 등장하는 인물 중 대관(大官)들은 대개가 실제했던 인물들인데, 행적이 사실과는 일치하지 않으며, 유아내 같은 인물처럼 전혀 사적(史籍)에 보이지 않는 사람들도 있다. 이상 여러 가지 조건을 종합하면 〈진주조미〉 얘기는 대체로 당시의 부정한 관리들을 풍자하기 위하여 작자가 꾸며낸 것이라 여겨진다.

이 작품의 작자는 누구인지 알 수 없으나, 그가 작품의 문장보다는 상연을 위한 작품을 쓴 것이라 여겨진다. 잡극을 공연의 대본으로 생각하며 작품을 짓던 극작가들을 흔히 '행가(行家)'라 부른다. 작품의 전체적인 짜임새도 빈틈이 없다고 할 정도이고, 악한 관리들의 부정과 탐욕을 보면서도 웃음을 터트리게 하는 재미있는 구성이다. 그리고 대사인 빈백(賓白)은 쉬운 일상용어를 사용하여 등장인물의 성격을 생동(生動)하게 표현하고 있고, 창사(唱辭)까지도 알아듣기 쉬운 일상용어에 가까운 말을 주로 쓰고 있다.

이 작품의 제1절에서는 주인공 정말(正末)이 진주의 백성 장(張)고집이어서 그가 노래를 부르지만, 제2절 이후에는 장고집이 죽은 뒤라 포증(包拯)이 정말(正末)이 되어 노래부르고 있다. 이처럼 일반적인 격식에서 벗어나는 구성을 보여주는 것도 작자가 행가(行家)였다는 데에도 원인이 있다 할 것이다. 원잡극(元雜劇) 중에는 작자가 누구인지 알 수 없는 작품이 자그만치 61종이나 전해지고 있는데(羅錦堂《現存元人雜劇本事考》의거), 〈진주조미〉는 그 중에서도 빼어난 일품(逸品) 중의 하나이다.

진주(陳州)는 지금의 하남성(河南省)에 있던 부명(府名)으로 그 밑에는 회녕(淮寧)을 비롯한 일곱 현(縣)이 있었다. 그리고 '조미(糶米)'란 조정에서 난민(難民)을 구제하기 위하여 헐값으로 정부 창고의 양곡을 나누어 주는 것을 말한다. 구호미(救護米) 방출(放出)과 비슷한 뜻이다.

······ 등장인물

범중엄(范仲淹) 작품에서는 호부상서(戶部尚書) 겸 천장각대학사(天章閣大學士).《송사(宋史)》열전(列傳) 권73에 그의 전기가 실려있다. 다만 《송사》에는 그의 벼슬이 천장각대제(天章閣待制)라 하였고, 죽은 다음에 병부상서(兵部尚書) 벼슬이 추증(追贈)되었다 하였다.

한기(韓琦) 평장정사(平章政事)에 위국공(魏國公)이란 봉작(封爵)을 받았던 사람. 송(宋)나라 인종(仁宗 : 1022~1063년 재위)과 영종(英宗 : 1063~1067년 재위) 시대에 범중엄과 함께 명신(名臣)으로 조야에 이름을 떨쳤다.

여이간(呂夷簡) 중서동평장사(中書同平章事)란 벼슬을 거쳤다. 송나라 인종조에 활약한 사람. 그러나 실제로는 여이간이 재상이었을 적에 범중엄과 한기는 아직 높은 벼슬에 오르지 못하고 있었다. 그리고 범중엄이 재상 자리에 올랐을 적에는 그는 이미 벼슬을 그만둔 뒤였다. 따라서 이들이 함께 활약한 것으로 묘사된 작품의 내용은 사실과 약간 다르다.

유아내(劉衙內)　당시의 세도가. 확실한 벼슬이 무엇이었는지는 밝히고 있지 않으나, 황제의 신임을 받고 있는 고관 중의 한 사람. 가공적인 인물이다.

유득중(劉得中)　유아내의 아들.

양금오(楊金吾)　유아내의 사위.

포증(包拯)　용도각대제(龍圖閣待制)에 개봉부윤(開封府尹)을 지낸 사람. 성품이 강직하여 부정을 눈감지 못한다. 《송사》 열전(列傳) 권75에 그의 전기가 실려있다. 그는 후세까지도 중국 사람들에 의하여 포대제(包待制) 또는 포용도(包龍圖)라 불리우는, 부정을 척결하고 민원을 해결하는 중국 민중의 영웅처럼 알려지고 있다.

큰말잡이　정부의 곡식 창고에서 곡식을 되는 관리.

작은말잡이　큰말잡이와 함께 정부의 곡식 창고에서 일하는 관리.

장고집(張固執)　진주(陳州)의 백성으로, 성미가 곧아서 창고의 쌀을 사러 가서 바른 말을 하다가 유득중에게 맞아 죽는다.

장인(張仁)　장고집의 아들.

진주의 백성　세 사람 이상.

왕분련(王粉蓮)　진주의 술집 여인. 유득중과 양금오가 그의 단골손님이다.

사령(使令)　2, 3명.

하복(下僕)　포증의 하복.

관원(官員)　유득중과 양금오의 부하들.

요화(蓼花)　진주의 지주(知州).

외랑(外郎)　지주(知州)의 속관(屬官).

설자 楔子

범중엄 [사령들을 거느리고 등장, 시를 읊는다.]

많은 책을 널리 읽고 모든 경서 꿰뚫었으며,
조정에서의 벼슬은 높이 뛰어났네.
임금님께는 승평책(昇平策)을 올린 일이 있고,
과거에서는 일찍이 장원급제 했었네.

나는 성이 범(范)씨이고, 이름은 중엄(仲淹), 자는 희문(希文)이며, 본적이 분주(汾州)1) 사람입니다. 어려서부터 글공부를 하여 경사(經史)에 정통하였고, 과거에 응시하여 진사(進士)로 급제하였습니다. 그 뒤로 조정에서 수십 년 동안 벼슬하였는데, 성상께서 기특하게 여기시고 호부상서(戶部尙書)에 천장각대학사(天章閣大學士)라는 벼슬을 겸하여 내려주셨습니다. 지금 진주(陳州)의 관원이 글을 올려 말하기를, 진주 땅엔 3년이나 가뭄이 들고 있어 거의 곡식을 거두지 못하였고, 백성들은 도탄에 빠져 거의 서로가 잡아먹는 형편에 이르렀다 하는군요. 그래서 제가 대궐로 들어가 상주(上奏)하였더니, 성상께서 하명하시기를 제게 중서성(中書省)으로 공경(公卿)들을 모아 상의해서 두 사람의 청렴한 관리를 진주로 파견하여, 나라 창고를 열고 쌀 한 섬에 은(銀) 다섯 냥의 값으로 구제미

---

1) 분주(汾州) : 산서성(山西省)에 있던 부(府) 이름. 그 밑에 분양(汾陽)을 비롯하여 일곱 현이 있었다.

(救濟米)를 방출토록 하라는 것입니다. 저는 이미 사람을 보내어 공경들을 소집해 놓았습니다. 여봐라! 너희들은 문밖에서 기다리고 있다가, 어느 대감이건 도착하거든 바로 와서 내게 알려라!

사령 예!

한기 〔등장〕 나는 성이 한(韓)씨이고, 이름은 기(琦), 자는 치규(稚圭)이고, 상주(相州)[2] 사람입니다. 인종(仁宗) 가우(嘉祐) 연간 스물한 살 때 진사에 급제했는데, 그때의 태사관(太史官)이 "해 밑에 오색 구름이 나타났습니다"하고 황제께 상주했다 합니다. 조정에서는 저를 중히 등용하여 평장정사(平章政事) 벼슬을 내리시고, 위국공(魏國公)에 봉해 주셨습니다. 오늘 조회에서 돌아와 집에 잠깐 앉아있는데 범학사(范學士)께서 사람을 보내와 부르시니 무슨 일인지 모르겠군요. 어떻든 가봐야지요. 이제 다 왔군. 여봐라! 한위공(韓魏公)이 문앞에 당도했다고 아뢰어라!

사령 〔아뢴다.〕 상공께 아룁니다! 한위공께서 당도하셨습니다!

범중엄 안으로 모셔라! 〔둘이 만난다.〕 대감! 앉으시지요!

한기 학사님께서 저를 부르셨는데, 무슨 공사(公事)이신지요?

범중엄 대감! 여러분들이 다 모이신 다음 상의드릴 일이 있습니다! 여봐라! 다시 문앞에 가서 기다려 봐라!

사령 예!

여이간 〔등장〕 나는 성이 여(呂)씨이고 이름은 이간(夷簡)인데, 과거에 장원급제한 이래 많은 벼슬을 거쳤고, 성상께서 기특하게 여기시어 지금은 중서동평장사(中書同平章事)란 직위를 맡고 있습니다. 오늘 아침에 범학사께서 사람을 보내어 부르셨는데 무슨 일인지 모르겠군요. 어떻든 가봐야지요. 이미 다 왔군. 여봐라! 여이간이 왔

---

2) 상주(相州) : 지금의 하남성(河南省) 안양현(安陽縣)에 있던 고을 이름.

다고 아뢰어라!

사령 〔아뢴다.〕 상공께 아룁니다! 여평장께서 당도하셨습니다!

범중엄 이리로 모셔라! 〔만난다.〕

여이간 어! 대감님께선 먼저 와 계시는군요. 오늘 저를 부르신 것은 무슨 의논할 일이라도 있으신 것입니까?

범중엄 대감! 앉으시지요! 여러분들이 다 오시면 말씀드리리다!

유아내 〔등장, 시를 읊는다.〕

> 난봉꾼 호족(豪族)으론 첫째가고,
> 집안 망칠 건달짓으론 세상의 으뜸.
> 이름만 들어도 골치가 아픈
> 내가 바로 권세가 유아내일세.

나는 유아내입니다. 나는 권세있는 집안의 대대로 벼슬해 온 집 자식이어서, 사람 하나 때려죽인다 해도 사형을 당하지 않음은 물론, 그런 일은 지붕 위의 기왓장 하나 들치는 것처럼 쉬운 일이오. 나는 마침 집에 한가히 앉아있는데, 범학사께서 사람을 보내어 부르시니 무슨 일인지 모르겠군요. 어떻든 한번 가봐야지요. 그럭저럭 하는 사이에 벌써 다 왔군요. 여봐라! 내가 왔다고 여쭈어라!

사령 〔아뢴다.〕 상공께 아룁니다! 유아내가 도착하셨습니다!

범중엄 이리로 모셔라! 〔만난다.〕

유아내 여러 대감들 모두 여기 계시군요. 학사(學士)님께선 무슨 일을 의논하시려고 저희들을 부르셨나요?

범중엄 대감! 우선 앉으십시오! 제가 대감들을 오십사 한 것은 다름이 아니라 지금 진주의 관원이 글을 올려왔는데, 진주는 가뭄으로 곡식을 거두지 못하여 백성들의 고초가 말이 아니라는군요. 제가

대궐로 들어가 상주하였더니, 성상께서 하명하시기를 두 사람의 청
렴한 관리를 진주로 파견하여 창고를 열고 쌀 한 섬에 은 다섯 냥
씩을 받고 구제미를 방출하라십니다. 제가 여러 대감님을 초청하여
상의코자 하는 것은 어떤 사람을 창관(倉官)에 임명하여 진주로 파
견 구제미를 방출하도록 했으면 좋겠느냐는 것이오.

한기 학사님! 이건 국가에서 긴급히 백성을 구제하는 일이니, 반드
시 청렴하고도 충성되며 능력도 있는 사람을 골라 보내야만 할 줄
로 압니다.

여이간 대감 말씀이 옳소이다!

범중엄 아내 대감! 대감께선 어떤 의견이 없으신지요?

유아내 여러 대감님들이 위에 계시니, 제가 두 사람의 가장 청렴하고
충성되게 일할 사람을 추천하겠습니다. 바로 제 집안의 두 아이지
요. 하나는 사위 양금오(楊金哥)요, 다른 하나는 아들놈 유득중(劉
得中)입니다. 그애들 둘을 보낸다면 실수가 없을 터인데, 대감들의
의견은 어떠신지요?

범중엄 대감님들! 아내 대감이 자신의 두 아이를 추천하여 진주로 보
내어 구제미를 내주도록 하려는데, 하나는 아드님이요, 다른 하나는
사위 양금오입니다. 저는 아내 대감의 두 아이를 본 일이 없으니, 번
거로우시겠지만 그들을 불러오십시오! 제가 한번 만나봅시다!

유아내 여봐라! 우리집으로 가서 두 아이를 불러오너라!

사령 알겠습니다. 그런데 그 두 사람이 어디 있을까?

유득중 〔양금오와 함께 등장, 시를 읊는다.〕

맑고 푸른 하늘이 무언지 내가 다 알지!
높이는 367척(尺) 정도인데,
사다리 놓고 올라가 두드려 보니

푸르고 흰 돌덩이에 불과하데나!

　　나는 유아내의 아들로 이름이 유득중이며, 이 사람은 제 매부 양
금오입니다. 우리 둘은 오직 우리 아버지의 권세를 믿고, 농간 잘
부리고, 남의 것 횡령 잘하고, 사기 잘 치고, 남 골탕 잘 먹이기로
유명합니다. 어느 누가 우리 이름 모르겠나요? 남의 좋은 그릇이
나 좋은 골동품 같은 것을 보면, 금은보화는 말할 것도 없고 값나
가는 것이기만 하면, 나는 우리 아버지 성격처럼 덮어놓고 가져가
고, 덮어놓고 달라 하고, 덮어놓고 차지하고, 덮어놓고 뺏어갑니다.
만약 내게 주지 않는다면, 바로 걷어차고 치고 머리를 꺼들고 넘어
트려놓고는 몇번 짓밟고는 좋은 물건을 집어들고 그대로 도망칩니
다. 뒤에 그가 관가에 고소장을 낸다 해도 내가 겁이 난다면 두꺼
비새끼게요? 지금 아버지가 부른다는데 무슨 일인지 모르겠군요.
어떻든 한 번 가봐야지요.

양금오　형님! 오늘 아버지가 부르시는 것은 우리 둘을 어딘가로 일
　하러 보내려는 것 같아요. 우리 틀림없이 잘 맡읍시다! 벌써 다 왔
　군. 여봐라! 우리 유공자(劉公子)와 함께 그의 매부 양금오가 와서
　말에서 내렸다고 아뢰어라!

사령　[아뢴다.] 상공께 아룁니다! 두 공자께서 오셨습니다!

범중엄　이리로 모셔라!

사령　들어가십시오!

유득중　[양금오와 함께 나와 뵙는다.] 아버님! 우리 둘을 무슨 일로 오
　라 하셨습니까?

유아내　너희들이 왔구나! 점잖게 여러 대감님께 인사드려라!

범중엄　유대감! 이 두 사람이 바로 대감의 아이들입니까? 제가 이
　두 사람의 외모와 거동을 보니 안될 것 같은데요?

유아내 대감님들! 학사님! 제 말씀 좀 들어보시지요! 어찌 제 아들을 제가 모르겠습니까? 저는 이 두 아이를 청렴하고 충성되며 능력도 있어서 구호미를 내주러 보낼 수 있다고 책임지고 추천합니다!

한기 학사님! 이 두 사람을 보내서는 안됩니다!

유아내 대감! "자식을 아는 이론 애비만 한 이가 없다"는 말 못 들으셨습니까? 애들 둘은 보내도 좋습니다!

여이간 이 일은 학사님 의견에 따르겠습니다.

유아내 학사님! 제가 바로 보증서를 한 장 쓰겠습니다. 제 두 아이가 곡식을 내주러 가는 것에 대하여 보증을 하고, 만약 잘못이 생길 경우에는 저까지도 죄를 지도록 하면 되지 않습니까?

범중엄 유대감께서 보증 추천하신다니, 두 사람은 대궐을 향하여 꿇어앉아 성상의 명을 들으시오! 진주는 가뭄으로 곡식을 거둬들이지 못하여 백성들이 고초를 겪고 있으므로, 그대 두 사람을 파견하여 창고를 열고 쌀 한 섬에 은 다섯 냥씩을 받고 구제미를 방출하도록 한다. 그대들은 공익(公益)을 위하여 법을 지키며, 형벌은 쓰지 않고 백성을 다스려야 한다! 오늘은 일진이 좋으니 바로 떠나기로 하라! 대궐을 향하여 천은(天恩)에 감사드리시오!

유득중 〔양금오와 함께 절을 하면서〕 여러 대감님께서 천거하여 주심을 감사드립니다! 이번에 저희들이 가서는 얼음처럼 맑고 옥처럼 깨끗이 일을 하고 돌아와 틀림없이 여러분의 칭찬을 받도록 하겠습니다. 〔문을 나선다.〕

유아내 〔귓속말로〕 애들아! 이리 다가오거라! 지금 내 벼슬을 본다면 충분하다 할 수 있으나 다만 집안 재물이 약간 부족하다. 이제 너희 둘이 진주로 가서는 공사(公事)를 빙자하여 사복(私腹)을 채워야 한다! 저 학사가 정해준 쌀 한 섬에 은 다섯 냥이라는 관정가격(官定價格)을 쌀 한 섬에 열 냥 정도로 바꾸고, 속에는 다시 흙과 쌀겨

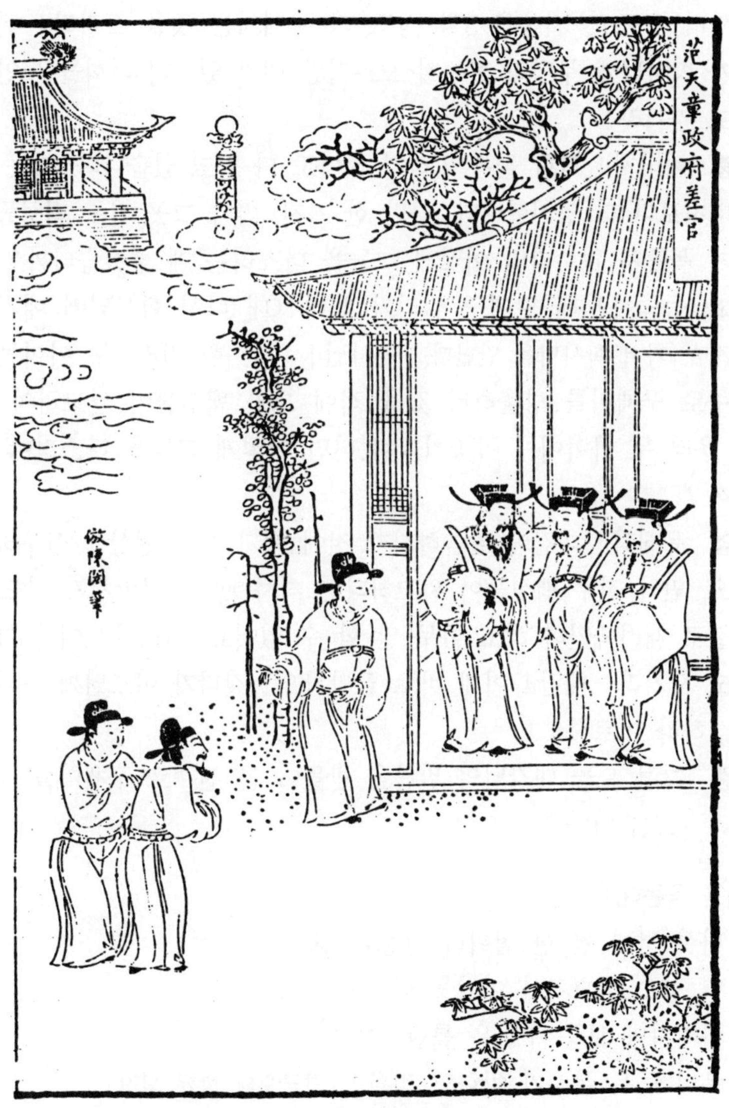

명간(明刊) 《원곡선(元曲選)》의 〈진주조미〉 삽화

를 섞어서 나눠 주면 많은 수량이 떨어질 것이다. 그리고 말은 여덟 되짜리를 쓰고, 저울은 3할 정도 더 보태지는 것을 쓰거라! 뒤에 누가 학사님께 무어라 할는지 모르지만 내가 있으니 너희들은 안심하고 가거라!

유득중 아버지! 저희 둘은 말하지 않아도 다 알고 있습니다. 저는 또 아버지보다 더 영리합니다. 다만 한 가지, 만약 그곳 진주 백성들이 내게 복종치 않는다면 어떻게 그들을 다스리는 게 좋겠습니까?

유아내 득중아! 네 말에도 일리가 있다! 내 다시 학사님께 얘기해 보지! [가서 학사님을 만난다.] 학사님! 다만 한 가지, 두 아이들이 진주로 구제미를 방출하러 갔을 적에 그곳 백성들이 완고하여 만약 우리 두 아이에게 복종치 않는다면 어떻게 그들을 다스려야 합니까?

범중엄 유대감! 대감이 말씀하시기 전에 제가 이미 성상께 상주하였지요. 만약 진주 백성들이 완고하다면 칙사(勅賜) 금망치가 있으니, 그걸로 때려죽인다 해도 아무 말 할 수 없어요. 여봐라! 어서 그걸 갖고 오거라! 대감! 이게 바로 금망치요! 갖다가 아드님께 드리고 조심하라 이르시오!

유득중 그럼 오늘 대감님의 말씀을 받들어 곧 진주로 구제미를 방출하러 가겠습니다.

[시를 읊는다.]
  다섯 냥에 쌀 한 섬이라 결정한 것을
  열 냥으로 고쳐서 이익을 남기고,
  아버지의 보증 추천은 틀림없는 일,
  우리 둘은 본시가 악한인 것을! [양금오와 함께 퇴장]

유아내 학사님! 두 아이들이 떠났습니다.

범중엄 유대감! 대감의 두 아이가 결국 떠났군요.

　[노래 ; 仙呂 賞花時]
　　오직 여러 해 연이어진 천재 때문에 곡식 수확 못하여
　　한 고을 백성들이 반은 억지 유랑하게 되니,
　　진주로 구호미를 방출하러 사람을 보내게 되었네.
　　당신은 자신의 아이들을 보증 천거하였는데,
　　임금님의 걱정을 제대로 덜어드릴 수 있을는지 ?

　　여봐라! 말을 채비하라! 나는 성상께 결과를 아뢰러 가야 하겠다. [유아내와 함께 퇴장]

한기 대감! 두 녀석이 진주로 가긴 갔는데, 백성들을 구제하기는커녕 틀림없이 백성들을 해치러 간 것만 같소이다! 뒷날 만약 그 고을에서 상소라도 올라온다면 나는 제대로 처리하려 마음먹고 있소이다.

여이간 그저 대감의 나라를 위하고 백성들을 구제하려는 정성만 믿소이다!

한기 범학사께서는 이미 대궐로 결과를 성상께 아뢰러 가셨으니, 우리도 집으로 돌아가십시다!

　[시를 읊는다.]
　　가뭄으로 굶주림 구제하는 것 간단하지 않으니,
　　반드시 청렴한 사람으로 하여금 백성들 구제토록 해야 하는 것을.

여이간　[시를 읊는다.]
　　뒷날 만약 허튼 소문 들려오면
　　우리는 모든 것 하나하나 성상께 아룁시다! [함께 퇴장]

제1 절

유득중 〔양금오와 함께 관원들을 이끌고 금망치를 들고 등장, 시를 읊는다.〕

나는 정말 영리한 벼슬아치,
공정한 도리 따르지 않고 오직 돈만 좋아하네.
어느 날이건 일 발각되면 목 떨어질 것이니,
미리 고약이라도 크게 모아 붙여둘까나?

나는 유아내의 아들 유득중이외다. 매부 양금오와 함께 이곳 진주로 둘이서 창고를 열고 곡식을 나누어 주러 온 거지요. 아버지께서 우리 두 사람에게 말씀하기를 쌀을 내어줄 때에, 본시는 한 섬에 다섯 냥을 받기로 되어 있으나 한 섬에 열 냥을 받고, 쌀 속에 흙과 겨를 섞어 수량을 늘이고, 쌀을 되는 말은 여덟 되 드는 작은 말을 쓰고, 은을 다는 저울은 3할이 더 나가는 무거운 저울을 쓰라는 것입니다. 만약에 백성들이 복종치 않아도 두려울 게 없어요! 이 임금님께서 내리신 금망치를 한 방 먹이면 그만이니깐요. 여봐라! 쌀을 되는 말잡이를 불러오너라!

관원 여기의 말잡이는 어디 있느냐?

말잡이 〔두 명 등장, 시를 읊는다.〕

나는 손재주 많은 말잡이,
창고 쌀을 남겨다가 처자 먹여 살리네.
그러나 훔쳐 둘러메고 가는 게 아니라

오직 쌀을 될 때 깎아내는 것이지.

저희 둘은 이 창고의 말잡이입니다. 윗사람들은 우리 성질이 착실한데다가 한 톨의 쌀도 탐내지 않는다 하여 여러 해 동안 오직 우리 두 사람만을 쓰고 있습니다. 지금 두 창관(倉官)이 새로 부임해 왔는데 대단히 무서운 사람들이라는군요. 우리를 부르는데 무얼 시키려는지 모르겠군요. 어떻든 한번 가봐야지요. 〔가서 만난다.〕 나으리! 소인들을 무슨 일로 부르셨습니까?

유득중 너희가 말잡이냐? 내 너희들에게 이르겠다! 지금 관에서는 쌀 한 섬에 열 냥을 받고 내주라는 것인데, 이 숫자대로 하다가는 우리는 조금의 여유도 없게 된다. 그래서 말과 저울을 몰래 바꾸는 수밖에는 다른 방법이 없다! 말은 여덟 되짜리 작은말, 저울은 3할을 더 보탠 무거운 저울을 쓰기로 한다. 만약 내가 얻는 것이 많으면 너희들도 적게나마 얻게 된다. 우리와 너희들이 사륙제(四六制)로 먹기로 하면 어떨까?

큰말잡이 알겠습니다! 그렇게만 하신다면 우리 두 말잡이도 작은 부자가 되게 해주시는 것입니다! 이제 이 창고를 열어놓고 어떤 사람이 오는가 보기로 하겠습니다!

백성 〔구호미를 받으려고 세 사람이 등장〕 우리는 이곳 진주의 백성입니다. 우리 고장은 3년이나 가뭄이 들었기 때문에, 모든 농사가 되지 않아 우리 백성들은 정말 고난을 겪고 있습니다. 다행히도 천자께옵서 두 관원을 이곳으로 파견하여, 창고를 열어놓고 쌀을 팔도록 하였습니다. 윗사람들 말을 들어보면 나라에서는 다섯 냥에 한 섬으로 쌀값을 정하여 내주라 하였다는데, 지금은 열 냥에 한 섬으로 바뀌었고, 또 쌀 속에는 흙과 겨가 섞이고, 내줄 적에는 여덟 되짜리 작은말을 쓰고 받을 적에는 3할을 더 보탠 무거운 저울을 쓴다

하는군요. 우리는 그렇게 그놈들과 거래를 해서는 안된다는 것을 잘 알지만, 다만 창고의 쌀 이외에는 또 다른 곳에서는 쌀을 살 곳이 없으니, 우리가 어떻게 굶고만 있을 수가 있겠습니까? 하는 수 없이 여러 집이 은을 모아가지고 쌀을 사다가 목숨을 부지하려 합니다. 어느새 다 왔군요.

큰말잡이 당신들은 어디 사는 백성이오?

백성 우리는 이곳 진주 백성입니다! 일부러 쌀을 사러 왔지요!

유득중 너희들은 은을 자세히 살펴보아라! 특별히 가짜가 보기에 그럴싸한 법이다. 오직 겉칠한 은덩어리에 조심하거라! 저놈들에게 속아서는 안되지!

작은말잡이 여봐요! 당신들은 은을 얼마나 모아가지고 쌀을 사러 온 거요?

백성 우리는 여럿이서 스무 냥의 은을 모아가지고 왔는데요.

큰말잡이 가져다 저울에 달아봐! 적어! 적어! 당신들 은은 열네 냥이야!

백성 우리 이 은은 닷 돈이나 더 나가는 것인데요?

유득중 이 백성들 버릇이 없군! 저 금망치를 가져다 저놈을 쳐라!

백성 나으리! 치지는 마십시오! 우리가 더 갖다가 보태면 되지 않습니까?

큰말잡이 당신들 빨리 갖다 보태어야 돼! 나는 관원과 사륙제로 나눠야 되니까!

백성 [은을 더 갖다놓는다.] 여섯 냥을 더 보탠다?

작은말잡이 그래도 아직 좀 모자라는데? 그냥 봐주자!

유득중 은이 충분하다면 저들에게 쌀을 내주어라!

작은말잡이 한 말, 두 말, 세 말, 네 말.

유득중 가득히 되지 마! 말을 좀 기울이고 싹싹 깎아 주어라!

큰말잡이 소인들이 다 알고 있습니다. 손에 익은 일인데요!

백성 쌀이 한 섬 열 말밖에 되지 않고, 속에는 또 흙과 겨가 섞였으니 손질하고 나면 한 섬 남짓밖에 되지 않겠구나! 아이고, 아이고! 이것도 이곳 우리 백성들의 운명이 이런 학대를 받도록 되어 있기 때문이리라. 정말 "눈 아래 흠집 고치려고 가슴팍 살 도려낸다"는 격이로구나! 〔모두 함께 퇴장〕

장고집 〔아들 장인과 함께 등장, 시를 읊는다.〕

> 가난한 백성들은 누더기 옷,
> 더러운 관리들은 옷자락 길게 땅에 끌리네.
> 농사는 누가 망친 건지 알 수 없으니,
> 어찌 비바람만이 곡식 망쳤다 하랴?

나는 진주 사람으로 성은 장(張)가인데, 내 성미가 고약하대서 사람들은 모두 나를 장고집이라 부르지요. 내게는 장인(張仁)이란 아들이 있읍지요. 이곳 진주는 양식이 부족하대서 근래에 두 창관을 파견해 왔어요. 듣건대 조정에서는 쌀 한 섬에 은 다섯 냥을 받고 우리 고을 백성들을 구제해 주라고 쌀값을 정했다는데, 두 창관은 지금 쌀 한 섬에 은 열 냥으로 고치고, 또 여덟 되짜리 작은말과 3할을 더 보탠 무거운 저울을 쓰고 있다는군요. 어떻든 동리에서 있는대로 모두 긁어모아 몇 냥의 은을 마련하였으니 쌀을 사러 가봐야겠소이다!

장인 아버지! 한 가지만 부탁드리겠습니다! 아버지는 평소에도 성격이 외고집이시니, 만약 쌀을 파는 곳에 가시더라도 아무 말씀도 하지 마셔야 합니다!

장고집 이건 조정에서 백성을 구제하려는 은덕으로 마련된 일인데,

그들이 공사(公事)를 빙자하여 사욕이나 채운다면 내 어찌 가만히 있을 수 있겠느냐?

〔노래 ; 仙呂 點絳脣〕
　이 관리들이 사실을 알면서도
　안팎으로 짜가지고
　곤궁한 백성들을 등친다면,
　종이에 이름을 쭉 써가지고
　나는 곧장 중서성(中書省)에 고발하리라!

장인　아버지! 우리가 이런 관청 아래 있는데, 무슨 말을 하겠습니까?

장고집　〔노래 ; 混江龍〕
　윗물이 맑지 못하다 하여
　남을 해치고 자기 배만 채우려 든다면 사람들의 미움을 사게 되는 것.
　그들이 만약 우리가 생트집 잡는다고 한다면
　내가 가만히 있을 거라 생각치 마라!
　부드럽기론 개울물보다 더한 것이 없지만
　고르지 못한 곳을 만나면 역시 큰소리를 내는 법.
　그들은 임금님의 명을 고의로 어기는
　모두 창고 곡식 갉아먹는 쥐새끼들이요,
　피고름 빨아먹는 쉬파리들이라!

　이제 다 왔구나. 〔말잡이에게로 간다.〕
큰말잡이　여봐, 노인! 쌀 사러 왔으면 먼저 은을 달게 내놔요!
장고집　〔은을 내어준다.〕 은 여기 있어요!
큰말잡이　〔은을 달아본다.〕 여봐요, 노인! 당신의 은은 여덟 냥밖에 안

　되는구려!

장고집 열두 냥 은이 여덟 냥밖에 안 나가다니? 그렇게나 많이 틀
　려요?

장인 아저씨! 우리 이 은은 열두 냥인데, 어째서 여덟 냥밖에 안나간
　다는 겁니까? 잘 달아 보십시오!

작은말잡이 이 녀석! 방귀뀌지 마! 저울이 여덟 냥이라는데, 그럼 내
　가 네 것을 한 덩어리 집어먹었단 말이냐?

장고집 허! 본시 열두 냥 은인데 어째서 여덟 냥 나간다는 걸까?

　〔노래 ; 油葫蘆〕
　　그러면 말잡이 양반 버틸 것 없이
　　내게 직접 달아보도록 할 수는 없소?

큰말잡이 이 늙은이 정말 분별도 모르네! 당신의 은이 본시 적은 걸
　내가 어떻게 더 나가도록 달아주어요? 머리 위에 하늘이 보고 있
　어요!

장고집 〔노래〕
　　요새 사람 누가 약지 않은가?
　　내 여기 와서 살펴보니
　　분명히 알게 되고,
　　내 여기 발들여놓고 보니
　　모든 게 환해지는구나!

큰말잡이 이렇게 달아보면 여덟 냥도 좀 모자라요!

장고집 〔노래〕
　　은 저울질이 참 후하구려!

작은말잡이 〔쌀을 된다.〕 쌀을 되어 주리다! 싹싹 깎고도 좀더 긁어내

야겠어!

장인 아버지! 저 사람은 또 쌀을 긁어내는군요!

장고집 〔노래〕
　아이고! 쌀을 되는 되질도 공평치 않구나!
　알고 보니 여덟 되 작은 말에 3할을 더 보탠 저울이네!
　내 은이 네 냥이나 모자라는데
　어찌 저자들과 다투지 않으랴?

큰말잡이 우리의 이곳 두 분 창고를 연 관원께서는 청렴해서 백성들
　의 재물은 받지 않고, 드러내놓고 돈을 벌어가지고 백성들을 위해
　일하려 하고 계시오!

장고집 당신들의 그 관원이란 어떤 관원이오?

작은말잡이 당신은 모르는구려. 저 두 분이 바로 창관(倉官)이시오!

장고집 〔노래 ; 天下樂〕
　너희들은 저 개봉부(開封府)의 포용도(包龍圖)님께 걸리기만 하
　면 끝장나리라!

큰말잡이 여봐요, 노인! 함부로 말하지 마시오! 저 두 분은 권세가
　당당한 분들이오! 저분들 건드리지 말아요!

장고집 〔노래〕
　너희 관리들이 깨끗하게 법대로 올바르게 행하는 체하려 하지만,
　아무리 해봐야 죄명을 벗을 길은 없으리라!

작은말잡이 이 쌀 아직도 수북하네. 더 긁어내자!

장인 아버지! 저 사람이 또 긁어내네요!

장고집 〔노래〕

이쪽에서 반 말 덜어내고
저쪽에서 몇 되 긁어내니,
몸 가벼이 와서 또 몸 가벼이 돌아가겠구나!

작은말잡이 자루를 벌려요! 쌀을 되어 주잖소?
장고집 당신은 어떻게 쌀을 되는 거요? 우리는 사사로이 쌀을 사러 온 것이 아니잖소?
큰말잡이 당신도 사사로이 쌀을 사러 온 것이 아니고, 우리도 관청의 명을 받들어 일하는 것이니 사사로이 쌀을 파는 것이 아니오!

장고집 〔노래 ; 金盞兒〕

당신은 당신이 관청의 명 받들어 일하는 거라는데,
내가 보기엔 당신은 개인의 명을 받들어 일하고 있네!
우리에겐 한 홉의 쌀도 소중하니,
8, 9명의 목숨이 달려있다네.
그러니 여러 사람들이 다투어 잡으려는 산노루나 들사슴보다 더
귀중하네.
그대들은 바로 굶주린 이리 입에서 연한 뼈다귀 뺏어가고,
거지 밥그릇의 찌꺼기 음식 터는 격일세.
나는 되로는 밑질지언정 말로는 밑지지 않겠네.
그대들 어찌 이익만을 돌보고 명예는 돌보지 않는가?

큰말잡이 이 늙은이 분별도 모르네! 어째서 창관을 욕하는 거요? 내 가서 알려야겠네. 〔가서 알린다.〕
유득중 너희 두 말잡이들이 무슨 말이 그리 많으냐?
큰말잡이 나으리께 아뢰오! 한 노인이 쌀을 사러 왔는데, 은도 적게

갗고 온 주제에 오히려 나으리를 욕하고 있습니다.

유득중 그 늙은이를 잡아오너라!

장고집 〔유득중 앞으로 끌려온다.〕

유득중 네 이 강도 같은 놈! 명을 재촉하고 있구나! 너는 은도 모자라게 가져온 주제에 어째서 감히 나를 욕하느냐?

장고집 이 백성을 해치는 두 도적놈들아! 백성들에게도 해가 되려니와 나라에도 유익하지 못한 자들이야!

큰말잡이 나으리! 보십시오, 소인이 거짓말 합니까? 저자가 나으리를 욕하잖아요?

유득중 이 늙은 놈이 무례하구나! 금망치를 가져다가 저 늙은이를 쳐라! 〔장고집을 금망치로 친다.〕

장인 〔장고집의 머리를 감싸며〕 아버님! 정신 차리세요! 제가 무어라 그랬어요? 아버님께 말씀하시지 말라고 그랬잖아요? 금망치로 한 대 얻어맞으셨으니, 아버지! 사실 수가 없겠네!

양금오 너무 가볍게 때린 거야! 내 성질대로라면 한 대에 골이 쏟아져 나와 다시는 주워담지도 못하게 하였을 거다!

장고집 〔서서히 깨어난다. 노래 ; 村裏迓鼓〕
　　금망치에 얻어맞고 보니
　　마치 벼락이 머리 위에 떨어진 듯,
　　온몸의 피가 솟구쳐
　　내 어찌 견디겠는가?
　　얻어맞은 곳이 등줄기인지,
　　뒤통수인지, 어깻죽지인지 알 수 없지만,
　　그저 어금니가 뽑히듯 시큰하고,
　　심장을 도려내듯 아프고,

뼈를 뽑아내듯 아프네!
아이고! 하나님!
이 늙은 목숨 끝장나는 듯하네!

나는 쌀을 사러 온 사람인데, 어째서 나를 치오?
유득중 네 그 목숨쯤은 풀뿌리나 같다! 무슨 상관이야? 내가 너를
 쳤으니 마음대로 어디 가서 나를 고발해 보려무나!
 장인 아버지! 이를 어쩌면 좋아요?

장고집 〔노래 ; 元和令〕
 우리 쌀사러 온 사람이 무슨 죄가 있는가?
 당신들 쌀을 파는 사람들이 깨끗치 않은 거지!

유득중 내가 너를 쳤다! 그뿐이야, 그뿐이야! 네 멋대로 어디든 가
 서 나를 고발해 봐라!

장고집 〔노래〕
 형벌로 유배(流配)를 가는 것과 곤장 맞는 게 있는데,
 그대 범한 것은 더 엄한 형벌감!
 누구에게나 사람을 떨어트릴 천길 구덩이 있다 않던가?
 그 구덩이 메워야 할 것 생기면 메워야 하는 것,
 그대도 남에게 밀리기만 하면 끝장일 거네!

양금오 우리 둘은 맑기가 물 같고, 희기는 밀가루 같아서, 조정의 문
 무대신 모두가 칭찬하고 있소!

장고집 〔노래 ; 上馬嬌〕
 아이고! 그대들은 무 귀신인가?
 겉으로 나온 머리만 파랗구나!

유득증 내가 야채로 보인단 말이지? 어째서 나를 무 같다고 욕하
느냐?

장고집 〔노래〕
앉아서 돈만 밝히는 관원들아!
밀가루 반죽으로 거울을 닦듯 더욱 더러워지네!

양금오 우리 두 사람은 지극히 청렴하기로 이름이 났어!

장고집 〔노래〕
아이고! 그래도 너희들이 청렴하다고?
옥병의 얼음보다도 더 맑다는 건가?

유득증 모두가 우리 두 사람은 지극히 청렴하다 하여 온 조정의 재상
과 대신들이 우리를 추천하여 보낸 거야!

장고집 〔노래 ; 勝葫蘆〕
하늘에 날고 있는 기러기 멀리 가리키며
저것으로 국을 끓이겠다고 하는 격,
조정 위해 무엇을 했단 말인가?

양금오 이 늙은이가 조정을 들먹이며 우리를 누르려 하는군! 우리는
겁 안나! 우린 겁 안나!

장고집 〔노래〕
어느 날이건 법에 따라 칼을 받는
올바로 법이 시행되는 날 있으리라!
그때 가서는
돈과 재물도 다 날라가고

사람은 죽고 집안은 망하게 되리니,
비로소 청렴하게 일하지 않았음 뉘우치리라.

유득중 나는 저런 비렁이 같은 녀석 보면 눈에 박힌 못 같고, 살에 찔린 가시 같더라! 내 저런 놈쯤 해치우는 것은 그저 홍시를 뭉그러뜨리는 것이나 마찬가지지! 무엇이 어려워?

장고집 입 닥쳐!

〔노래 ; 後庭花〕
네게는 궁한 백성들이 눈 안의 가시 같고
착한 사람들이 턱 밑의 혹 같다구?

어찌 너의 집안에만 국법이 통하지 않겠느냐?

〔노래〕
너희들이 술집에서 술과 고기를 먹는 것은 몰라도,
누가 너희들에게 은을 그렇게 저울질하여 받으라더냐?

애야! 너는 가서 이들을 고발하거라!

장인 아버지! 저들은 권세가 대단하여 고발해도 소용없을 것 같습니다.

장고집 〔노래〕
애야! 너 빨리 가서 고발하라!
겁낼 것 없다!

장인 아버지! 저들을 고발한다면 누구를 증인으로 세워야 하지요?

장고집 〔노래〕
오직 금망치로써

증거를 삼아라!

장인 아버지! 증거는 있다 해도 어디 가서 저들을 고발한다지요?

장고집 〔노래〕
곧장 중서성(中書省) 고발처로 가서
억울한 일이라고 몇 번 소리치고
우리의 이 실정을 호소하거라!
어찌 공경(公卿)들이 안계시겠느냐?
반드시 고발이 받아들여질 것이다.

장인 만약 받아들여지지 않는다면 다시 어디 가서 저들을 고발하
나요?

장고집 〔노래〕
설혹 저 도적 같은 더러운 놈을
온갖 방법을 다 써서
여러 관가에 고발해도 되지 않거든
대궐 문앞으로 가서 등문고(登聞鼓)를 두드리어 억울함 아뢰
어라!

〔노래 ; 靑哥兒〕
비록 누가 지고 이길지는 알 수 없으되,
응보(應報)는 분명함을 알려야 하네.
어찌 금망치가 멀쩡한 사람 때려죽이라는 것일까?
내 비록 죽어 저승에 가있게 되더라도
결코 이 일 잊지 않고,
신령님께 고하여

저들 잡아다 섬돌 밑 마당에 꿇어앉히고
죄를 다 불도록 하리라!
내 남은 목숨 다 바치더라도
그래야만 사무친 한 풀리리라!
그러지 못한다면
내 이 한 쌍의 매눈 같은 눈 감기지 않으리라!

애야! 나는 곧 죽을 것이다. 너는 가서 고발해야 한다!
장인 알았습니다!
장고집 이 백성들 해치는 두 도적놈들은 나라의 많은 녹을 먹으면서
도, 천자의 근심은 덜어드리지 못하고 도리어 이곳의 우리 백성들을
괴롭히는구나! 하나님!

〔노래 ; 賺煞尾〕
벼슬아치들이 돈을 먹게 되면 엉터리가 되고,
돈을 먹지 않아야만 청렴하고 바르게 되는 법.
수많은 너희 같은 탐관오리들은
공연히 나라의 녹만을 축내는구나!

이 백성들 해치는 도적놈들아! 그래도 한번쯤은 생각해 봐라!
너희들을 파견하여 창고의 쌀을 풀도록 한 것은 무엇 때문인가?

〔노래〕
그건 흉년의 굶주림 구제하기 위해서가 아니었나?
너희들 스스로 반성하거라!
어째서 내 머리를 망치로 쳐서 깨어놓는가?

장인 언제 고발하러 갈까요?

장고집　〔노래〕

　　오늘 바로 출발하여

　　곧장 서울로 가라!

　　속담에 "싸움엔 부자(父子) 군사만큼 센 군사가 없다" 했다.

　　맑고 밝은 관리를 한 사람 골라 그에게 고발하여

　　저 백성들 해치는 도적놈들에게 본때를 보여주자!

장인　아버지! 그럼 어떤 관원에게 가서 저들을 고발할까요?

장고집　〔탄식하며〕 우리 진주 백성들의 이 피해를 없애주자면,

　　〔노래〕

　　바로 포용도(包龍圖) 같은 무쇠 얼굴을 지닌

　　인정사정없이 법을 다스리는 분이어야 한다! 〔퇴장〕

장인　〔통곡을 한다.〕 아버님이 돌아가셨네! 어디 두고보자! 내 생각해
보니 진주에서는 저들 근처에 얼씬도 할 수 없네. 이제 곧장 서울로
가서 커다란 관청을 찾아가 저들을 고발해야지!

　　〔시를 읊는다.〕

　　창고를 열도록 한 것은 굶주림 구제하려는 것이라는데,

　　도리어 우리 아버지만 돌아가셨네!

　　내 몸은 뽕나무밭에서 주워온 것 아니니

　　원수 갚지 못한다면 장(張)가가 아닐세. 〔퇴장〕

유득중　말잡이야! 그 늙은이가 우리를 고발하러 가라고 했으니, 나는
먼저 서울에 알리어 우리 아버지가 나서시도록 해야겠다. 더욱이
범학사(范學士)님은 우리 아버지와 친한 친구시니, 한 놈쯤은 그만
두고 열 놈을 때려죽였다 하더라도 다섯 쌍밖에는 더 되나? 우리

둘은 아무 일도 없을 것이네. 개다리골 왕분두(王粉頭)네 집으로 술이나 마시러 가자! 옛날부터 말하기를 "관의 창고는 스치기만 해도 부자가 된다" 했어. 왕분두네 집이야말로 좋은 단골손님 만났지! [퇴장]

제 2 절

범중엄 [사령들을 데리고 등장] 나는 범중엄이오. 유아내가 자기의 두 아이를 보증 추천하여 진주(陳州)로 창고를 열고 쌀을 나누어 주도록 파견하였는데, 뜻밖에도 그들 둘이 진주로 가서는 재물이나 탐하고 법을 어기며 술 마시고 비행을 일삼는다 하는군요. 성상께서는 명을 내리시어 다시 한 정직한 사람을 진주로 파견하여 이에 관한 일을 처결토록 하셨소이다. 그리고 세검(勢劍)과 금패(金牌)까지 내리시어, 먼저 참(斬)하고 뒤에 아뢰어도 되는 권한을 주셨어요. 오늘은 이곳 의사당(議事堂)에서 여러 공경(公卿)들과 그에 관한 일을 의논하기로 하였소이다. 어째서 아직도 오지들 않나? 여봐라! 문앞에서 지키고 있다가 오시는 분이 있거든 내게 알리어라!

사령 예!

한기 [등장] 나는 한위공(韓魏公)이오. 오늘 범학사께서 사람을 보내어 의사당으로 오라고 부르셨는데, 무슨 일인지 모르겠소. 어떻든 가봐야지요. 어느새 문앞에 다왔군.

사령 [아뢴다.] 한위공께서 당도하셨습니다!

범중엄 안으로 모셔라!

한기 [들어와 인사한다.]

범중엄 대감! 어서 오시지요! 이리 앉으십시오!

여이간 〔등장〕나는 여이간이오. 마침 집에 한가히 앉아있는 중이었는데, 범학사께서 사람을 보내어 의사당으로 나오라고 부르시는군요. 그러니 가봐야지요. 벌써 다왔군요.

사령 여평장께서 도착하셨습니다!

범중엄 안으로 모셔라!

여이간 〔들어와 뵙는다.〕대감께서도 와계시군요? 학사님이 오늘 저희를 부르신 것은 무슨 일 때문인가요?

범중엄 두 분 대감님! 전에 진주에 구호미를 방출하기로 했던 일 때문이라오. 유아내가 그의 두 아이를 추천하여 창관(倉官)으로 파견했는데, 지금 그곳에서 재물을 탐하여 법을 어기며 술이나 마시고 비행을 일삼고 있다 하오. 성상께서 명을 내리시어, 제게 여기에서 회의를 열어 여러 대신들과 의논하여 한 정직한 관원을 뽑아 진주로 파견하여 이 일을 처결토록 하라는 것입니다. 여러 대신들이 다 모인 다음에 한 분을 뽑으십시다.

한기 학사님께서는 이미 사람을 물색하셨을 것이니, 저희는 그 사람을 그대로 추천하면 될 성싶습니다.

장인 〔등장〕저는 장인입니다. 저는 아버님과 쌀을 사러 갔었는데, 뜻밖에도 아버님이 두 창관에게 맞아 돌아가셨습니다. 아버님이 임종하실 때에 제게 포용도(包龍圖)님을 찾아가 고발하라 이르셨습니다. 듣건대 그분은 흰 수염이 난 분이시라는군요. 이 큰 길거리에 서서 어떤 사람이 오는가 지켜보려 합니다.

유아내 〔등장〕제가 유아내이에요. 두 아이놈은 진주로 쌀을 방출하러 간 이래 지금껏 아무 소식도 없네요. 조금 전에 범학사께서 사람을 보내어 나를 부르셨는데 또 무슨 일인지 모르겠네요. 어떻든 한번 가봐야지요.

장인 이 흰 수염이 난 사람이 포용도님이 아니실까? 가서 한번 여쭈어 보자. 〔가서 꿇어앉는다.〕

유아내 여봐! 젊은이! 자넨 무슨 억울한 일이라도 있는가? 내가 잘 해결해 주지!

장인 저는 진주에 사는 사람입니다. 저는 아버지와 둘이서 열두 냥 은을 가지고 쌀을 사러 갔었는데, 그곳의 창관이 금망치로 저의 아버지를 때려 죽였습니다. 그곳에서는 아무도 그들 근처에 감히 얼씬도 못합니다. 할아버지는 혹시 포용도님이 아니십니까? 저희들의 억울함을 풀어주십시오!

유아내 여봐, 젊은이! 내가 바로 포용도야! 너는 딴 곳에 가서는 얘기하지 말아라! 내 자네의 억울함을 풀어주지! 너는 저쪽에 가 기다리고 있거라!

장인 〔일어서며〕 알았습니다!

유아내 〔혼잣말로〕 허! 우리 아이녀석들이 일을 저질렀군! 여봐라! 가서 아뢰어라! 유아내가 문앞에 와있다.

사령 유아내께서 도착하셨습니다!

유아내 〔들어와 모두 만난다.〕

범중엄 아내님! 대감께서 추천하신 그 두 사람은 정말 청렴한 관리인 듯합니다.

유아내 학사님! 제 두 아이들은 정말로 훌륭한 청렴한 관리입니다. 감히 거짓말은 못합니다!

범중엄 아내님! 제가 들은 바에 의하면 대감의 두 아이들은 진주로 가서 오직 술이나 마시며 비행을 일삼고 올바로 일은 하지 않으며 재물을 탐하고 법을 어기면서 백성들을 괴롭히고 있다 합니다. 아내님은 아시는지?

유아내　학사님! 남의 말은 듣지 마십시오! 제가 천거한 사람이 그런 짓을 할 리가 없습니다.

범중엄　두 분 대감님들! 저분은 믿지 않는데요?

장인　[사령에게 묻는다.] 아저씨! 방금 들어가신 분이 포용도님이십니까?

사령　그분은 유아내야! 네가 묻는 포용도님은 아직 안 오셨어!

장인　아이고! 내가 이 유아내에게 고발하려 했으니, 바로 호랑이 입 안으로 뛰어든 셈이었구나! 나는 틀림없이 죽었다!

포증　[하인을 데리고 등장] 나는 성이 포(包)씨이고 이름은 증(拯)이며 자는 희문(希文), 본향은 금두군(金斗郡)3) 사망향(四望鄉) 노아촌(老兒村)입니다. 벼슬은 용도각대제(龍圖閣待制)인데 마침 남아개봉부윤(南衙開封府尹) 직도 맡고 있습니다. 성상의 명을 받들어 오남(五南) 지방4)으로 가서 민정을 시찰하고 돌아왔습니다. 의사당으로 가서 여러 공경(公卿)들을 뵈어야지요.

하인　상공(相公)께서 어느 시각에 출근을 하시고 어느 시각에 퇴근을 하실런지요? 소인에게 시각을 말씀해 주십시오!

포증　[노래 ; 正宮 端正好]
　　구름이 뭉개뭉개 떠다니는 새벽 묘시(卯時)5)부터
　　해가 져서 어둑어둑한 신시(申時)6) 이후까지 줄곧,

---

3) 금두군(金斗郡) : 지금의 섬서성(陝西省)에 있던 고을 이름.

4) 오남(五南) 지방 : 송(宋)대의 행정구역에서 회남동로(淮南東路) · 회남서로(淮南西路) · 강남동로(江南東路) · 강남서로(江南西路) · 형호남로(荊湖南路)의 다섯 개 지방을 가리키는 말. 지금의 강소(江蘇) · 안휘(安徽) · 절강(浙江) · 강서(江西) · 호남(湖南)의 다섯 개 성에 해당한다.

5) 묘시(卯時) : 지금의 새벽 여섯 시.

쉴 새 없이 문서 속에 머리를 묻고 있다네.
더욱이 자색 관복은 손도 마음대로 못 들도록 나를 구속하지만
나는 관청의 모든 일 다 꿰뚫고 있다네.

[노래 ; 滾繡毬]
돈을 받지 않으려니
여러 사람들의 정 저버리게 될 것 같고,
돈을 받자니
그건 내 본뜻에 어긋나네.
그런데 내 매달 월급만으로는 교제비가 모자라는 판이네.

하인 상공께옵서는 평소에 권세있는 사람들도 꺼리지 않으시는 어른
이시지요?

포증 [노래]
나는 권세가들과는 산과 바다 같은 원수가 맺어졌으니,
일찍이 비행 많은 권세가 노재랑(魯齋郞)7)을 장터에 끌어내어
참하였고,
악덕 세도가 갈감군(葛監軍)8)을 감옥에 잡아넣었으니,
여러 사람들의 욕과 저주를 먹고 있네.

하인 상공께옵서는 비록 연로하시다 하나 아직도 의기가 왕성하십

---

6) 신시(申時) : 지금의 오후 네 시.
7) 노재랑(魯齋郞) : 원잡극(元雜劇) 관한경(關漢卿)의 〈포대제지참노재랑(包
待制智斬魯齋郞)〉의 주인공. 그는 당시의 세도가로 유부녀를 겁탈하는
등 비행을 일삼았는데, 포증의 계략에 걸려 처형되었다.
8) 갈감군(葛監軍) : 원명(元明)대의 희극(戲劇)에 자주 등장하는 세도가. 역
시 권세를 믿고 비행을 일삼던 자이다.

니다!

포증 〔노래〕

이제는 모두 그만두어야지.

이제부턴

내 일에 관계가 없으면 입도 열지 않으리라!

나는 만나는 사람들에게 머리나 끄떡이고 다니며

유유히 노닐며 살아가리라.

벌써 의사당 문앞에 이르렀네. 여봐라! 말고삐를 잡아라!

장인 듣건대 이분이 바로 포대제시라는군요! 〔앞에 꿇어앉아 소리친다.〕 억울합니다! 할아버지! 제 억울함을 풀어주시옵소서!

포증 이봐, 젊은이! 그대는 어디 사람인고? 무슨 억울한 일인가? 사실대로 말하라! 내 너의 억울함을 풀어주리라!

장인 저는 진주 사람이온데, 저희 부자 두 사람에 관한 일이옵니다. 아버지는 장고집이십니다. 지금 두 관원이 진주로 와서 창고를 열어 쌀을 팔고 있습니다. 나라에서는 한 섬에 은 다섯 냥이라 값을 정하였다는데, 그들은 한 섬에 열 냥을 받고 있습니다. 저희 집안에서도 간신히 열두 냥의 은을 모아가지고 쌀을 사러 갔었는데, 그들은 겨우 여덟 냥으로 달지 않겠습니까? 저희 아버지는 사실을 알아보려 하였는데, 그들은 금망치로 아버지를 때려죽였습니다. 제가 신원장(申寃狀)을 내려 하자 모두들 말하기를 그들은 권세있는 집안이어서 사람들은 전혀 근접도 못한다 합니다. 저희 아버지께서 임종 때 말씀하시기를 "얘야! 내 목숨이 끊어지거든 너는 곧장 서울로 가서 포용도 할아버지를 찾아가 고발하라!"고 하셨습니다. 제가 할아버지를 뵙게 되니 바로 해를 가리고 있던 구름이 걷히고, 흐린 거울이 다시 닦여진 듯하옵니다. 꼭 저희들의 억울함을 풀어주십시오!

　[시를 읊는다.]
　　본시는 마음속을 상세히 털어놓으려 하였으나
　　목이 메고 말문이 막혀 다 얘기하지 못하였네.
　　금망치에 맞아 아버님이 돌아가셨으니
　　정말로 억울하고 괴롭기 짝이 없네.

포증　너는 우선 한켠에 기다리고 있거라!

장인　[포증의 옷자락을 부여잡고] 할아버지가 저희 억울함을 풀어주시
　지 못하면 다른 누가 또 할 수 있겠습니까?

포증　내 잘 알았다.

장인　[부여잡고 세 번이나 더 당부한다.]

포증　여봐라! 가서 아뢰어라! 포대제가 문앞에 와있다!

사령　[아뢴다.] 포대제께서 오셨습니다!

범충업　잘됐군! 포대제가 오셨다니 속히 모셔라!

포증　[들어와 만난다.]

한기　대제님께선 오남 지방을 시찰가셨다 방금 돌아오셨다니 여로에
　수고가 많으셨지요?

포증　두 분 대감님과 학사님! 별고없으셨습니까?

유아내　부윤께선 먼 길에 수고 많으셨습니다.

포증　무슨 수곱니까?

유아내　[혼잣말로] 이 늙은이가 어째서 나를 흘겨보나? 혹시 그 고발
　하러 왔던 녀석을 만난 것은 아닐까? 나는 그저 모른 체해야지.

포증　저는 오남 지방으로 민정을 살피러 갔다가 돌아와서 어제는 천
　자님을 뵈었고 오늘은 일부러 두 분 대감님과 학사님을 뵈러 온 것
　입니다.

범중엄 대제님은 몇 살 때 벼슬을 시작하셨고, 지금은 춘추가 얼마나 되셨는지요? 천천이 저희들게 한번 말씀해 주십시오!

포증 학사님께서 몇 살 때 벼슬을 시작했고 지금은 몇 살이냐 물으시니, 학사님께서 귀찮지만 않으시다면 서서히 말씀드리지요!

〔노래 ; 倘秀才〕
　저는 서른대여섯에 과거에 급제하여
　지금은 일흔여덟아홉이지요.
　사람은 중년이 지나면 만사가 끝장이라 안했던가요?
　저도 당(唐)나라 한(漢)나라 시대 역사와
　춘추(春秋) 같은 책 읽었습니다만,
　모두가 제 벼슬살이의 본이었습니다.

범중엄 대제님은 그토록 여러 해 벼슬을 하셨으니 겪으신 일도 많으시겠군요.

여이간 대제님은 충성을 다하여 나라에 보답하며, 흐린 것은 물리치고 맑은 것은 끌어내는 일들을 하셨지요. 지금 조정 안팎의 권세가들이 대제님 이름을 들으면 어느 누가 놀라서 떨지 않나요? 진실로 옛날에 일컫던 직신(直臣)이지요!

포증 저 같은 거야 애깃거리나 됩니까? 옛날에도 몇 사람의 어진 신하들은 억울하게 죽었으니, 저와 같이 강직한 것은 아무래도 보신(保身)의 길은 못되는 것이지요.

범중엄 대제님! 자세히 말씀해 주십시오!

포증　〔노래 ; 滾繡毬〕
　옛날 초(楚)나라의 굴원(屈原)9)은 강물에 투신하였고,

---

9) 굴원(屈原) : 초(楚)나라의 삼려대부(三閭大夫)이며, 〈이소(離騷)〉의 작

하(夏)나라 걸(桀)왕 때의 관용봉(關龍逢)[10]은 칼에 맞아 죽었
으며,
은(殷)나라 주(紂)왕 때의 비간(比干)[11]은 심장이 도려내어졌고,
한(漢)나라 한신(韓信)[12]도 결국은 미앙궁(未央宮)에서 억울한
죽음 당했네.

여이간 대제님! 장량(張良)[13] 같은 분은 군막(軍幕) 안에 앉아 천
리 밖 전쟁을 승리로 이끌면서 고조(高祖)를 보좌하여 천하를 평정
하였는데, 한신(韓信)이 죽음을 당하고, 팽월(彭越)[14]은 몸을 소금
에 절여지는 형벌을 당하는 것을 보자, 마침내 벼슬을 다 버리고 선
인(仙人) 적송자(赤松子)[15]를 따라 노닐었으니 정말 선견지명(先見

자. 나라에 충성을 다하였으나 간신의 모함으로 조정에서 쫓겨나 강호(江
湖)를 방랑하다가 결국은 멱라수(汨羅水)에 몸을 던져 죽었다 한다. 〈이
소〉는 그가 강호를 유랑하면서 자신의 우국(憂國)의 정과 분만(憤懣)을
노래한 것이라 한다.

10) 관용봉(關龍逢) : 하(夏)나라의 현신(賢臣). 걸(桀)왕의 폭정을 간하다가
   결국은 잡히어 죽고 말았다.

11) 비간(比干) : 은(殷)나라의 충신(忠臣). 주(紂)왕의 제부(諸父). 주왕의
   잘못을 계속 간하자 주왕은, 성인(聖人)의 심장에는 구멍이 일곱 개가
   있다는데 사실인가 보자고 가슴을 쪼개고 심장을 꺼내어 보았다 한다.

12) 한신(韓信) : 한(漢)나라 고조(高祖)의 장군. 고조는 그의 힘을 빌어 천
   하를 통일하여 한나라를 세웠으나, 뒤에는 늘 그를 위험인물로 간주한
   끝에 조그만 꼬투리를 잡아 죽이고 말았다.

13) 장량(張良) : 한(漢)나라 고조(高祖)의 재상. 한신(韓信)·소하(蕭何) 등
   과 함께 고조 밑에서 활약한 한나라의 개국공신(開國功臣)이다.

14) 팽월(彭越) : 역시 한(漢)나라의 개국공신 중 한 사람. 뒤에 양왕(梁王)
   에 봉해졌었으나, 결국은 고조(高祖)에게 죽음을 당하였다.

15) 적송자(赤松子) : 한(漢)나라 때의 선인(仙人) 이름.

之明)이 있는 분입니다.

포증 〔노래〕

그 장량이 만약 빨리 벼슬을 버리지 않았다면,

한기 월(越)나라의 범려(范蠡)16)가 오호(五湖)에 숨어 조각배를 타고 놀았던 것도 비슷한 일이지요.

포증 〔노래〕

범려도 만약 몰래 도망치지 않았다면,
장량과 두 사람 모두 온전한 시체조차도 보전 못했을 거요.
나는 그물에서 빠져나온 물고기 같은 몸,
어찌 다시 감히 낚시를 삼키겠소?
되도록 일찍이 산 속으로 들어가야지,
나도 끝까지 벼슬을 할 수는 없을 것이니
늦기 전에 사표를 낼 것이오.

두 분 대감님과 학사님! 저는 나이도 많아 벼슬을 더 이상 할 수 없으니, 다음에 천자님을 뵈면 곧 벼슬을 그만두고 은퇴할 것입니다.

범중엄 대제님! 잘못된 생각이십니다! 지금 조정에 대제님처럼 청렴하고 올바른 사람이 몇이나 있을 수가 있겠습니까? 더욱이 연세에

---

16) 범려(范蠡) : 춘추시대 월(越)나라의 상장군(上將軍). 월왕 구천(勾踐)을 도와 원수이던 오(吳)나라를 쳐부순 뒤, 그는 월왕 밑에서는 편히 지낼 수가 없음을 깨닫고 벼슬을 버리고 오호(五湖) 근처로 가 숨어 살았다. 오호는 강소(江蘇)와 절강(浙江) 두 성에 걸쳐있는 호수로 태호(太湖)라고도 부른다. 경치가 아름다우며, 옛날에는 오나라와 월나라 사이에 걸쳐 있었다.

비하여 근력도 쇠하지 않으셨으니, 벼슬을 하셔야 합니다. 어째서
곧 벼슬을 그만두시겠다는 겁니까?

포증 학사님! 이 늙은이도 이유가 있습니다.

유아내 부윤님 말씀이 옳으십니다. 연로하셨으니 당장 벼슬은 그만두
시고 한가히 사시는 게 훨씬 즐거울 것입니다.

범중엄 상공께선 무슨 이유가 계신지요? 제게 들려주십시오!

포증 〔노래 ; 呆骨朵〕
제가 천자님께 아뢸 한 가지 일은
오직 권세가들이 저와는 원수지간이라는 것이지요.

범중엄 그 권세가들이 상공을 어찌하겠습니까?

포증 〔노래〕
그들은 남의 집 터는 강도와도 같고,
나는 그 집을 지키는 무서운 개 같은 셈이지오.
그들은 재물과 돈을 훔치려 하나,
이 개가 바싹 뒤쫓고 있으니 어이 견디리?
오직 내가 오늘 죽어 버리거나
내일 없어져 버리어,
그들 멋대로 하고 싶은대로 할 수 있기만을
바라고 있는 것을!

범중엄 대제님! 댁으로 돌아가시지요! 저희는 이곳에서 다른 의논할
일이 있습니다.

포증 〔작별 인사를 한다.〕 두 분 대감님과 학사님 용서하십시오! 이
늙은이는 그만 돌아가겠습니다! 〔문밖으로 나간다.〕

장인 〔문앞에 꿇어앉아 있다가 소리친다.〕 할아버지! 저를 도와주십시오!

포증 이 일을 잊을 뻔했구나! 애! 너는 먼저 진주로 돌아가거라! 내 뒤에 곧 뒤쫓아 가마!

장인 [절을 한다.] 오늘 포대제님을 뵈었으니 반드시 저희 억울함을 풀어주시리라 믿습니다. 포대제님이 먼저 돌아가라 했으니 더 머물 것도 없이 바로 오늘 먼저 진주로 가서 포대제님을 기다려야겠습니다.

> [시를 읊는다.]
> 나는 오늘 포대제님 뵙고
> 아버님이 죄없이 억울하게 돌아가셨음을 고발하였네.
> 진주로 돌아가 그분 오시기만 기다리어
> 역시 금망치로 그 도적놈들 쳐죽이리라. [퇴장]

포증 [몸을 돌려 다시 들어간다.]

범중엄 대제님은 돌아가시다가 무슨 일로 다시 오셨습니까?

포증 제가 돌아가다가 들었는데, 진주란 고을에는 탐관오리가 있어서 심히 백성들을 해치고 있다 합니다. 대감님들께서는 어떤 유능한 관리를 그곳으로 파견하셨는지요?

한기 학사님께서 전번에 두 관원을 파견하신 일이 있지요.

포증 그렇다면 그 두 관원은 그곳으로 갔습니까?

범중엄 대제님은 모르시는군요? 대제님이 오남(五南) 지방으로 민정을 살피러 가 계신 동안 조정에서는 한때 사람이 부족하여 유아내의 아들 유득중과 사위 양금오를 진주로 파견하여 쌀을 방출토록 하였습니다. 그런데 오래도록 아무런 보고가 없군요.

포증 듣건대 지금 진주란 고을은 관리들이 탐관오리이고, 백성들은 완고하고 어리석다 하오니, 다시 한 사람을 진주로 파견하여 관리들을 감독하고 백성들을 돌보아주어야 할 것 같습니다.

한기 대제님은 모르시는군요! 오늘 우리 여러 사람이 모인 것도 바로 그 일 때문입니다!

범중엄 성상께서 명을 내리시어 제게 다시 한 청렴하고 올바른 관원을 진주로 파견하여, 한편으로는 쌀을 나누어 주고, 다른 한편으로는 이 문제를 처결토록 하라는 것입니다. 제 생각으로는 딴 사람은 가 봐야 이 일을 감당 못할 것이니, 번거로우신 일이나 대제님께서 한 번 가 주셨으면 하는데 어떻게 생각하시는지요?

포증 저는 못갑니다!

여이간 대제님께서 못가시겠다면 누구를 보내야 좋겠습니까?

범중엄 대제님께서 굳이 가시지 않으려 하시니, 유아내님! 아내님께서 대제님께 한번 권해보시구려! 대제님이 안가시겠다면, 아내님이 가시구려!

유아내 알았습니다. 부윤님께서 진주를 한 번 가주시지요! 안될 것 없잖습니까?

포증 아내님께서 제게 가라시니, 아내님 체면을 보아 수락하겠습니다! 여봐라! 말을 준비하라! 바로 진주로 가봐야겠다!

유아내 〔놀라면서, 혼잣말을 한다.〕 아이고! 만약 이 늙은이가 간다면 그 두 녀석들이 어찌 되나?

포증 〔노래 ; 脱布衫〕
　　나는 본시 성미가 외곬이라
　　마치 불에 기름을 끼얹는 듯,
　　나는 세도있는 관리들만 골라 싸우려 드니,
　　대감께서 조정에 천거하심 감사히 여기네.

유아내 나는 대감을 천거한 것 아니외다!

포증 〔노래 ; 小梁州〕

나는 온 마음 다하여 나라 걱정하나니,

여봐라! 말을 끌고 오거라!

하인 알겠습니다!

포증 〔노래〕

바로 오늘 진주로 가야지,
이미 마음이 가버려 머물러 있기 어렵네.
저들이 모두 뒤로 연락해서
저들 계략에 빠져 헛수고하게 될까 두렵네.

두 분 대감님과 학사님께 말씀드립니다. 제가 가기는 가겠으나,
만약에 권세와 결탁한 무리들이 있어 처치하기 곤란할 적에는 어찌
하면 좋겠습니까?

범중엄 대제님! 아무 걱정마십시오! 성상께옵서 하명하시기를 대제
님께 세검(勢劍)과 금패(金牌)를 내리시어, 먼저 참(斬)하고 뒤에
아뢰어도 되는 권한을 주도록 하라 하시었습니다. 대제님께서는 여
기 세검과 금패가 있으니, 받아가지고 바로 진주로 가시지요.

포증 〔노래 ; 幺篇〕

성상께서는 황공하게도 백성들 구제하시네.
이 칼이
진주에 가서 어찌 그대로 있을까 보냐!
아마도 너는 산 사람의 고기맛 보게 되리라!
아아!
보라 저 무지한 금수 같은 인간들,
내 그들 역신(逆臣)의 머리 먼저 자르리라!

유아내　부윤님! 진주에 가시면 그곳의 두 창관(倉官)은 바로 우리집 아이들이오니, 제 체면을 보아 잘 좀 보아주십시오!

포증　[칼을 보면서] 알겠습니다. 나는 이것으로 그들을 보아드리지요! [세 번 칼을 휘두른다.]

유아내　부윤님은 정말 인정도 없으십니다. 제가 거듭 대감님께 부탁 드리는데, 그 세검을 가지고 그 애들을 봐주시겠다는 겁니까? 대감께서 감히 우리 두 아이를 죽이겠다는 것입니까? 벼슬로 말하더라도 나는 당신만 못할 게 없고, 재산으로 말하더라도 나는 당신만큼은 있소이다!

포증　저를 어떻게 대감에 견줄 수가 있겠습니까?

　[노래 ; 耍孩兒]
　당신은 금은을 하늘 높이 쌓아놓고
　영원토록 부귀영화 누리려 들면서,
　나라 위해 일하려는 마당에
　하시는 말씀은 염치도 없구려!
　나는 붓끝으로 쌓아올린 대감 벼슬이지만
　당신은 어찌 칼끝으로 뺏어온 제후 벼슬이라도 된단 말이오?

유아내　부윤님! 나도 당신은 겁나지 않소이다!

포증　[노래]
　여기서 큰소리치지 마시오!
　당신은 비록 한 사람이 해를 보는 것이지만,
　나는 온 진주 백성들 위하여 근심 덜어주겠소!

유아내　부윤님! 그 창관이란 짓은 하기가 힘들다는 것을 모르시는군요?

포증 창관의 폐해에 대하여는 제가 잘 알고 있습니다!

유아내 아신다면 그 폐해를 말씀해 보십시오!

포증 〔노래 ; 煞尾〕
　　쌀을 나를 적에는 운하(運河) 가에 쌀을 좀 떨어트려놓고,
　　창고 속에 가서도 여러 가지 잔꾀를 부려,
　　오직 자기 주머니만을 살찌우고,
　　백성들 고난은 돌보지도 않나니,

　　내 이제 그곳으로 가면,

　　〔노래〕
　　아마도 저들의 못된 짓 끝장나리라! 〔하인과 함께 퇴장〕

유아내 여러 대감님들! 이거 큰일났습니다! 그 늙은이가 그곳에 가
　면 우리 아이들은 볼장 다 보는 것입니다!

한기 아내님! 괜찮습니다. 학사님께 여쭈어 보십시오. 저와 여대감은
　먼저 돌아가겠습니다.

　　〔시를 읊는다.〕
　　아내님은 너무 당황치 마시고
　　학사님과 천천히 상의해 보시구려.

여이간 〔시를 읊는다.〕

　　봉황새가 오동나무에 날아와 앉아도
　　이러쿵 저러쿵 말이 있는 법이라. 〔함께 퇴장〕

범중엄 아내님! 안심하십시오! 제가 바로 성상께 가서 말씀드리어,
　아내님이 직접 사자(使者)가 되시어, 죽은 자는 용서 않되 산 자는

용서한다는 칙서를 한 장 가지고 가시도록 하여드리겠습니다. 아무 일 없도록 해드리지요!

유아내 그래주신다면 고맙겠습니다, 학사님!

범중엄 아내님! 나와 함께 성상을 뵈러 가십시다! 〔시를 읊는다.〕

포대제를 걱정말지니
먼저 사면서를 요청하리라!

유아내 〔시를 읊는다.〕

반 장 종이로
우리 집안 재앙 면해보자! 〔함께 퇴장〕

제 3 절

유득중 〔양금오와 함께 등장, 시를 읊는다.〕

낯에 마음에 거리끼는 짓 하지 않으면
밤중에 누가 문을 두드려도 놀라지 않는 법.

나는 유아내의 아들이오. 우리 둘은 진주로 창고의 쌀을 나누어 주러 와서 아버님 말씀대로 쌀값을 올리고 겨와 흙을 쌀에 섞어 많은 돈을 긁어모았지요. 집에 가져간대야 어떻게 다 쓸 수가 있겠나요? 그래서 요새는 오직 술타령이지요. 그런데 소문에 성상께서 포대제를 이곳으로 파견하였다는군요. 매부! 이 늙은이는 대처하기 곤란한 자야! 걸핏하면 먼저 목을 치고 뒤에 보고하니까! 이번에 오면 우리 뒷구멍이 드러날까 겁이 나는구나. 우리 이제 십리장정

(十里長亭)17)으로 포영감 마중하러 가야지!

[시를 읊는다.]
  포영감은 성미가 외곬,
  그에게 걸려 살아남은 자 적으니,
  만약 우리를 봐주지 않는다면
  우리는 도망을 쳐야지! [함께 퇴장]

하인 [세검을 둘러메고 등장]

포증 [말을 타고 앉아서 듣고 있다.]

하인 저는 대감님의 하인입니다. 저는 포대제님을 모시고 오남(五南) 지방으로 가서 민정을 시찰하고 돌아왔는데, 이번에는 또 세검과 금패를 받아가지고 진주의 쌀을 나누어 주는 곳으로 갑니다. 대제님은 제 뒤에 계시고 제가 이처럼 약간 앞서서 갑니다. 여러분은 이 대감님이 얼마나 청렴결백하고 백성들 재물을 탐하지 않는가 모르실 것입니다. 비록 돈이나 물건은 마다하더라도 음식은 좀 얻어먹어도 괜찮을 것 아닙니까?

그러나 이 어른께서는 어느 고을에 가시든지, 말을 내려 관청에 들어가시면 그곳 벼슬아치나 유지들이 마련한 음식은 거들떠보지도 않으시고 하루 세 끼 그저 죽만 잡숫기 일쑤시지요. 어르신은 노인이시니 못 잡수시겠지만 저는 젊은 사람 아닙니까? 내 이 두 다리는 네 개의 말발굽을 쫓아다니는지라, 말이 50리 달리면 저도 따라서 50리 달리고, 말이 백 리를 가면 저도 백 리를 갑니다. 저는 묽

---

17) 십리장정(十里長亭) : 옛날의 역마(驛馬) 제도에는 고을과 고을 사이에 5리(里)마다 단정(短亭) 하나, 10리마다 장정(長亭) 하나씩을 만들어놓아 급한 연락에 편리하도록 하였다.

은 죽 한 그릇 먹고 나면 5리도 못가서 벌써 배가 고파집니다.

지금 제가 앞서가고 있으니, 저쪽 민가로 가서 "나는 포대제 영감님을 모시는 사람인데 지금 진주로 쌀을 내어주러 가는 길이오. 내가 등에 메고 있는 것이 세검과 금패인데, 먼저 목을 치고 뒤에 아뢰어도 되는 권한이 주어져 있소! 당신들은 속히 식사를 마련하여 대접하도록 하시오!"하고 말하기만 하면, 살찐 암탉을 잡고 좋은 술을 내놓을 겁니다. 그 술을 마시고 고기를 먹어 배만 불룩하면 50리는 그만두고 2백 리가 넘는 길이라 하더라도 이를 악물고 단숨에 달려가겠습니다. 참, 저도 어리석은 녀석이지오. 먹어보지도 못하고 주둥이만 놀리다가 잘못 하여 뒤에 계신 포대제 영감님께서 듣기라도 하는 날이면 큰일만 나지요.

포증 애! 넌 무얼 중얼거리고 있느냐?

하인 [겁을 내며] 제가 무어라고 말했습니까?

포증 살찐 암탉이니 뭐니 안하였느냐?

하인 나으리! 저는 살찐 암탉이니 뭐니 하지 않았는뎁쇼. 저는 조금 전에 한 사람을 만나 진주가 몇 리나 남았느냐고 물어보기는 하였습니다. 그 사람 말이 아직도 멀었다 합니다. 언제 살찐 암탉이니 뭐니 하였겠습니까?

포증 좋은 술이 이렇고 저렇고 하지 않았느냐?

하인 나으리! 제가 언제 좋은 술 얘기를 하였습니까? 걷다 보니 한 사람이 오기에 진주를 가려면 어떻게 가면 되느냐고 물어본 일은 있습니다. 그의 말이 한 줄처럼 길이 곧장 진주로 뻗어 있으니 그저 가기만 하라고 하더군요. 저는 좋은 술 얘기 한 일이 없습니다.

포증 애! 내가 늙어서 잘못 들은 모양이구나? 우리 늙은이들은 밥은 못먹고 그저 묽은 죽밖에는 못먹는다. 앞으로 생기는 것들은 네 멋대로 먹고 멋대로 쓰도록 해주마! 그리고 내 네게 한 가지 배가 불룩해질 물건을 주리라.

하인 나으리! 배부를 물건이라니요?

포증 한 번 알아맞혀 보아라!

하인 나으리께서 앞으로 생기는 것은 제멋대로 먹고, 멋대로 쓰라 하
시고, 또 제게 한 가지 배부를 물건을 주시겠다니 혹시 엽차(葉茶)
가 아니옵니까?

포증 아니다!

하인 무말랭이인가요?

포증 아니다!

하인 그럼 죽이겠군요?

포증 그것도 아니다!

하인 나으리! 모두 아니시면 그럼 무엇이옵니까?

포증 네 등대기에 메고 있는 것이 무엇이지?

하인 메고 있는 건 칼입지요.

포증 내 네게 그 칼을 먹여주겠다는 거다.

하인 [두려워하며] 나으리! 저는 죽만 먹는 편이 더 좋습니다!

포증 애! 지금 온 천하의 벼슬아치들과 군인 백성들 중에는, 내 행동
애기를 듣고 기뻐하는 자들이 있고 근심하는 자들이 있단다.

하인 감히 한말씀 여쭙겠습니다! 지금 백성들은 포대제 영감님께서
진주로 쌀을 나누어주러 가신다는 말을 듣고 어느 누가 엎드려 절
하지 않습니까? 모두가 우리를 구해 주실 어른께서 오신다고 말하
고 있습지요. 이렇게 기뻐하는 것은 무엇 때문이겠습니까?

포증 애! 네가 무얼 알겠느냐? 내 말을 들어봐라!

[노래 ; 南呂 一枝花]
　　지금 부림을 당하고 있는 백성들은 기뻐하고

공짜로 녹만 먹고 있는 관원들은 원망하는 거지.
갑자기 이 포대제의 비위는 맞출 수가 없는 것,
여러 가지로 임금님 명이 잘 행해지지 못하고 있기 때문이네.
그래서 나는 지금 노경에 들어섰는데도
말안장 위에서 실로 고달프게 지낸다네.
지금 온 천하 사람들이 모두 말하기를
포대제 한 사람의 암행(暗行)이
관리들 놀라서 전전긍긍하게 한다고 하네.

〔노래 ; 梁州第七〕
5, 6만 관(貫)의 녹을 받으면서
2, 30년 동안 사람들 잡아죽이며,
크고 작은 온 고을을 다 돌아다녔네.
우리 어진 천자께서 세상을 다스리시고
내가 권세를 잡게 되어,
몇번의 행정감사를 통하여
모든 부정의 뿌리 다 밝혀 놓았네.
모두가 겨우 농사짓는 백성들 논밭 다투는 일이거나
형제들 유산 싸움이 주였네.
우리는
송나라 조정의 관원이요,
저들은
지주들에게 이자와 재물을 빼앗아 더 보태주는 자들,
너희들이
어찌 궁한 백성들 괴로워 부르짖는 억울한 원성을 듣겠는가?
이제 진주도 얼마 남지 않았는데,

어떤 자가 나를 업신여긴다 하더라도
너는 그저 못본 체하고,
말을 몰고
금패를 들고
앞으로 가기만 하지
팔을 걷고 주먹 휘두르는 일 있어서는 안된다.

애! 진주도 얼마 남지 않았다. 네가 말을 타고 금패를 가지고 먼저 성안으로 들어가거라! 민가에 폐를 끼쳐서는 안된다!

하인 알겠습니다, 영감님! 제가 말을 타고 가지요.

포증 애! 이리 오너라! 한 가지 네게 부탁이 있다. 내가 뒤에 따라 갈 터인데 혹시 누가 나를 업신여기거나 때리거나 하더라도 너는 와서 아는 체해서는 안된다. 절대로 잊지 말아라!

하인 예![앞서 간다.]

포증 애야! 다시 이리 오거라!

하인 나으리! 하실 말씀이 계시면 어서 말씀하십시오.

포증 내 분부 절대로 잊지 말아라!

하인 예, 나으리! 먼저 성안으로 들어가겠습니다. [퇴장]

왕분련 [나귀를 몰고 등장] 저는 왕분련이란 사람이에요. 이곳 남관(南關)의 구퇴만(狗腿灣)에 사는데, 다른 생업이나 장사는 아무것도 할 줄 모르고 웃음을 팔고 살아가고 있어요. 그런데 우리 이 고장에 위로부터 두 분의 창고의 쌀을 나누어 주는 관리가 파견되어 왔는데, 한 분은 유득중이라는 사람이고 다른 한 분은 양금오라는 사람이에요. 그들 두 사람이 우리집에 와서 돈 쓰는 솜씨를 보면, 제가 하나를 달라면 열을 줄 정도로 돈을 잘 뿌리지요. 그들은 권세 있는 집안 사람들이라 다른 잡인들은 감히 우리집 문앞에 얼씬도 못하게 되었어요. 우리 집에서는 정성을 다해 그들을 떠받들어, 그들의 금과 돈은 아마도 모두 우리집에 와서 써버리게 될 것 같네요.

머칠 전에는 금망치를 하나 가져와서 우리집에다 잡혀놓았는데, 만약 그들이 찾아갈 돈이 없게 된다면 그걸로 반지나 비녀를 만든다 해도 괜찮을 것 같네요. 좀전에 언니 동생하고 지내는 여자들이 제게 술을 내어 몇 잔 마시고 있었는데, 그들이 사람을 시켜 나를 오라고 나귀를 보내왔네요. 그런데 내가 그놈의 나귀를 타자마자 갑자기 나귀가 소리를 치면서 펄떡 뛰는 바람에 나는 거꾸로 떨어져 이 버들가지처럼 가는 허리를 다쳤네요. 정말 아파죽겠어요. 아무도 나를 부축해 주지 않아 혼자서 간신히 일어나 보니, 나귀는 벌써 달아나 버렸네요. 나는 뒤쫓아갈 수도 없는데, 어떤 사람이 와서 그놈 좀 붙잡아 주지 않으려는지요?

포증 이 여잔 양갓집 여자가 아닌 듯하군. 내 저놈의 짐승을 붙잡아 주고서 저 여인에게 여러 가지 자세한 내용을 물어보자. 이거 어떻게 된 거요?

왕분련 〔포증을 보고서〕 여보세요! 노인! 저 나귀 좀 붙잡아 주세요!

포증 〔가서 나귀를 붙잡는다.〕

왕분련 〔절을 하며〕 할아버지, 수고많으셨습니다.

포증 아가씨는 어디 사시오?

왕분련 정말 시골 노인이네. 나를 몰라보시다니! 나는 구퇴만에 살고 있어요.

포증 집에선 무슨 장사를 하오?

왕분련 할아버지, 알아맞혀 보세요.

포증 내 알아맞추지!

왕분련 어서요!

포증 기름짜는 집 아닌가?

왕분련 아니요.

포증 전당포?

왕분련 아닌데요.

포증 포목점?

왕분련 아니예요.

포증 모두 아니라니 그럼 무슨 장사요?

왕분련 우리집에서는 여자 몸을 팔아요. 할아버지는 어디 사세요?

포증 아가씨! 이 늙은 것은 오직 마누라 하나와 살아왔는데 죽어 버렸고, 아이들도 없어서 사방을 돌아다니며 밥을 빌어먹고 있소이다.

왕분련 할아버지! 그럼 나와 함께 가십시다. 나도 할아버지를 쓸 곳이 있으니깐요. 우리집에 계시면 좋은 술과 좋은 고기를 마음껏 자실 수 있을 테니까요.

포증 좋지요! 좋아요! 아가씨를 따라가리다. 이 늙은 것을 무엇에 쓰려는 게요?

왕분련 할아버지! 우리집엘 가시면 우선 할아버지 몸단장부터 해드리지요. 빳빳한 새 저고리를 한 벌 지어드리고, 또 새모자 한 개와 다갈색 바지 한 벌, 새 양가죽 신 한 켤레를 사드리겠어요. 그리고 걸상을 하나 갖다놓고 문앞에 앉아 우리집 대문이나 지켜주시면 돼요. 얼마나 편한 일이에요?

포증 아가씨! 지금 당신에게는 어떤 사람들이 찾아다니고 있소? 아가씨! 내게 먼저 좀 알려주구려!

왕분련 할아버지! 보통 건달들이나 장사꾼들은 아무것도 아니예요. 제게는 두 사람이 찾아오는데, 모두 창관(倉官)이고 또 권세도 있고 돈도 있는 사람들이지요. 그분 아버지는 지금 조정에서 큰벼슬을 하고 있다잖아요? 그들은 이곳에서 쌀을 팔고 있는데, 한 섬에 열 냥이라는 비싼 값에다가 말은 또 여덟 되짜리를 쓰고, 저울은 3할을 더 보탠 무거운 저울을 쓰고 있지요. 무엇이든 있을 것은 다 있는 사람들이지만, 나는 그들에게 무얼 달라고 해보진 않았어요.

포증 아가씨가 그들에게 돈을 받지 않았다면 그들의 물건이라도 받았을 것이 아니요?

왕분련 할아버지! 그자들은 내게 돈은 한푼도 주지 않고 내게 금망치를 하나 맡기잖아요? 할아버지가 보시면 놀라 자빠질 거요.

포증 난 이렇게 늙도록 살았지만 그런 금망치 같은 것은 본 일도 없어요. 아가씨! 내게 단 한 번만 보여주면 아무 소원도 없겠소. 안되겠어요?

왕분련 보기만 하더라도 소원이 없겠다면 나와 함께 우리집으로 가십시다. 내 보여드리지요.

포증 가고말고요!

왕분련 할아버지! 밥은 먹었어요?

포증 못먹었소이다!

왕분련 할아버지! 나와 함께 가요! 바로 저 앞인데 그들 두 사람이 술상을 벌여놓고 나를 기다리고 있어요. 거기 가면 술과 술안주를 맘껏 먹을 수 있어요. 나귀를 타게 나를 좀 부축해 줘요!

포증 〔왕분련을 부축하여 나귀에 태워 준다. 속으로 말한다.〕 온 천하에서 누가 이 포대제가 남아개봉부윤(南衙開封府尹)의 벼슬을 받았다는 것을 모르는가? 지금 여기 진주로 와서는 오히려 이런 여인의 나귀시중을 하고 있으니 정말 우스운 일이로군!

〔노래 ; 牧羊關〕

　조정을 떠나온 지 얼마나 되었기에

　오늘 구퇴만에서 이런 짓을 하는가?

　그러나 말 뒤건 나귀 앞이건 어떤가?

> 안찰사(按察司)에서 마중나오거나
> 어사대(御史臺) 사람 만날까 두렵네.
> 사실은 높고 존귀한 용도각(龍圖閣) 대제인데
> 어째서 화류계 여인에게 빌붙게 되었나?
> 먼저 풍류죄(風流罪)를 범하여
> 봉록(俸祿)이나 깎이는 신세 되는 건 아닐까?

왕분련 할아버지! 나와 함께 가신다면 그 금망치를 할아버지께 보여 드리지요!

포증 좋소이다! 내 아가씨를 따라갈 터이니, 내게 그 금망치를 보여 주기만 한다면 소원이 없겠소.

[노래 ; 隔尾]
> 말을 듣고 나니
> 화가 치밀어 내 마음 떨리고
> 한참동안 기가 막혀 말이 입 안에서만 감도네.
> 바로 저 창고 안의 나라 쌀을 멋대로 처분하고 있으니,
> 그들은 동정할 여지도 없는 놈들,
> 나는 반드시 백성들 위하여 일하리라!
> 뚱뚱보들이 서로 싸움할 때처럼
> 내 그들 숨 할딱이게 해주리! [왕분련과 함께 퇴장]

유득증 [양금오와 함께 말잡이를 데리고 등장, 시를 읊는다.]

> 두 눈꺼풀이 뛰니
> 틀림없이 재앙이 오겠네.
> 만약 청렴한 관리가 오면
> 틀림없이 들보에 목매달리라.

우리 둘이 여기서 포영감을 접대하려 하는데, 어찌된 셈인지 눈꺼풀만 자꾸 뛰는군요. 배갈을 몇잔 들이키어 담을 키워가지고 서서히 그를 기다리기로 하지.

포증 [왕분련과 함께 등장] 아가씨! 이곳은 접관청(接官廳)이 아니오? 나는 여기서 아가씨를 기다리고 있겠습니다.

왕분련 여기가 바로 접관청이지요. 할아버지! 나귀에서 내리게 붙잡아 주세요! 할아버지는 여기서 나를 기다리고 계셔요. 내가 안으로 들어가서 술과 고기를 가져다가 할아버지께 드릴 터이니 이 나귀나 잘 보고 있어요! [들어가서 유득중과 양금오를 만난다.]

유득중 [웃으면서] 아가씨! 어서 와요!

양금오 내 예쁜이가 예까지 이렇게 먼 길을 와주다니!

왕분련 쳐죽일 사람들 같으니! 어째서 나와 마중도 않는 거요? 오다가 나는 나귀에서 떨어져 자칫하면 죽을 뻔했어요! 그놈의 나귀 그래놓고 달아났는데, 다행히도 한 노인이 와서 나귀를 붙들어 주었지요. 참, 자칫하다간 그 노인 잊을 뻔했네. 그분은 아직껏 밥도 못 먹었다니 고기를 좀 먹도록 갖다주어요!

양금오 여봐! 말잡이! 술과 고기를 갖다가 나귀를 끌고 왔다는 노인에게 주어라!

큰말잡이 [술과 고기를 갖다가 포대제에게 준다.] 여봐요! 나귀몰이 노인! 이리 와서 술과 고기를 좀 먹어요!

포증 당신의 창관들에게 가서 말하시오! 술과 고기를 나는 안 먹고 모두 나귀에게 먹였다고.

큰말잡이 [노한다.] 허! 이 시골 늙은이가 참 무례하구나! [들어가 유득중에게] 나으리! 방금 술과 고기를 갖다가 그 나귀몰이 노인에게 주었더니, 그 노인은 조금도 먹지 않고 모두 나귀에게 주었습니다.

유득중 말잡이야! 그 노인을 끌어다 저 느티나무에 잡아 매어달아

놓아라! 포영감을 접대한 뒤에 천천히 매를 치겠다!
큰말잡이 〔가서 포대제를 잡아묶어 나무에 매단다.〕

포증 〔노래 ; 哭皇天〕
　　그 유아내가 아들놈을 추천한다 해서
　　범학사는 어째서 바로 그를 임명하였는가?
　　지금 도적 창관들은 부귀를 누리며
　　가난한 백성들이 겪고 있는 고난은 전혀 아랑곳없이
　　그저 기녀들만 좋아하고 있네.
　　저놈들은 조정에서 정한 값은 따르지 않고
　　멋대로 값 올리고 농간질로
　　창고의 쌀을 도적질 해내고
　　관청의 돈 횡령하여
　　모두 기생에게
　　기생 왕분련에게 쏟아붓네.
　　이제껏 내가 친히 보았으니
　　어찌 가벼이 저들을 놓아주리!

　〔노래 ; 烏夜啼〕
　　머리에 먼저 내 이 무서운 칼을 먹이면
　　너희들 목숨은 이 세상에서 사라진다!
　　유아내야!
　　어떻게 나보고 봐달라 했느냐?
　　이 사건은 완전히 조사가 다 된 셈,
　　소문으로 들은 것 아니니,
　　그대들이 범학사님 통하여 바로
　　천자의 특사를 빌려 궁전으로 간다 해도 두려울 것 없네.

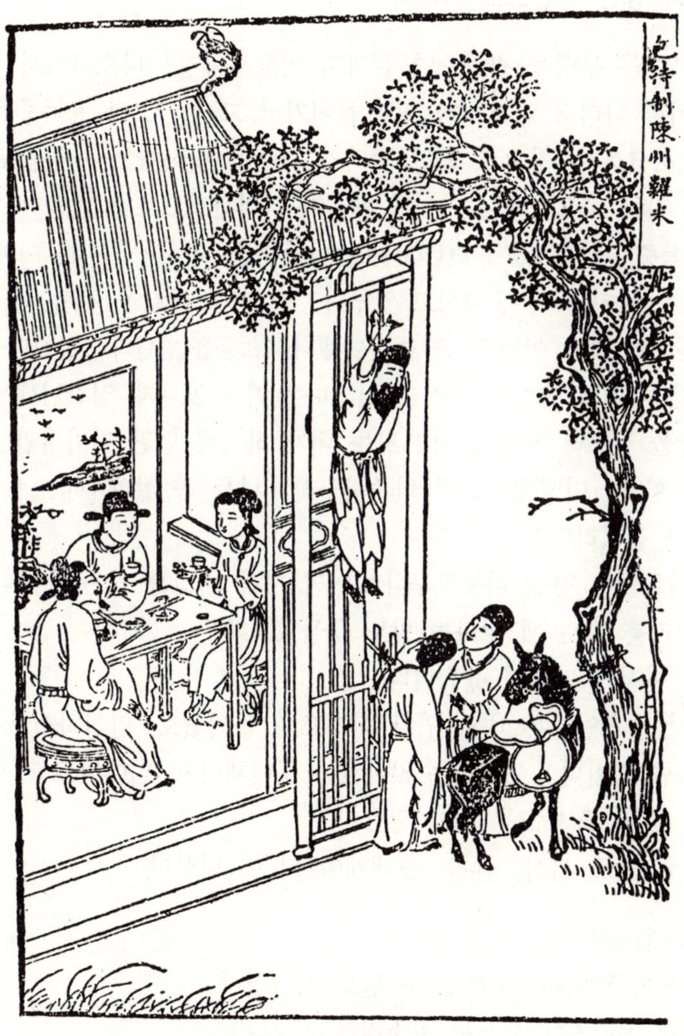

명간(明刊) 《원곡선(元曲選)》의 〈진주조미〉 삽화

나 이 포대제는 본시 무쇠 얼굴,
곧 너희들 이름 조정에 알려지고
너희 몸은 황천으로 가리라!

하인 사람의 부탁을 받았으면 끝까지 이행해야지! 나으리께서 분부
하시기를 나더러 먼저 성안으로 들어가서 그 양금오와 유득중을 찾
으라 하셨겠다. 창고로 곧장 달려가 그들을 찾아봤으나 한놈도 없
네요. 지금 나으리께서는 어디 계실가? 접관청으로나 가볼까? [가
서 유득중과 양금오를 발견한다.] 내 이자들을 찾아다녔는데, 이제 보
니 모두 여기 와서 술마시고 있구나! 내 가서 공갈을 쳐서 저들 술
을 좀 뺏어먹고 여비도 좀 뜯어야겠다. [그들을 만난다.] 잘한다! 너
희들은 여기서 술이나 마시고 있구나? 이제 포대제 영감님께서 너
희 둘을 잡으러 오실 거야! 모두 내가 하기에 달린 일이지만!

유득중 형님! 어떻게 좀 잘 봐주시구려! 나를 좀 살려주시오! 우선
술이나 올리리다!

하인 너희들은 정말 바보로구나! 어찌 자라 머리를 잡는 것보다 자
라 꼬리를 잡는 게 낫다는 말도 못들었느냐?

유득중 아저씨 말씀이 옳습니다!

하인 당신 집안일은 내가 귀가 아프도록 들어왔소. 안심하시오! 내
잘 봐줄 터이니! 포대제는 앉아있는 포대제이고, 나야말로 서서 다
니는 포대제요! 모두 내게 달렸지!

포증 너야말로 서서 다니는 포대제이지! 이 녀석아!

[노래 ; 牧羊關]
　이놈이 말머리에서는 아무 말도 못하더니
　이제 접관청에 와서는 큰소리를 치누나!
　정말 사람이란 권세없이는 안되나 보다!

아아! 너는 신선 심부름하는 가짜 신선인데
어찌 신선이 될 수 있겠느냐?

하인 〔술을 땅에 쏟으면서〕 내가 너희들 둘을 못 구해 주면 이 술이 바로 내 목숨이다! 〔그러다가 포대제를 보고는 두려워한다.〕 이건 정말 나를 놀래어 죽이네!

포증 〔노래〕
놀라서 얼굴은 금종이가 되고
손발은 바람에 나부끼듯 떠는구나!
쥐새끼는 담이 없고
원숭이는 좌선(坐禪) 못한다더니!

하인 이 바보같은 놈들아! 진주로 쌀을 내어주러 왔으면 조정에서 정한 한 섬 다섯 냥의 값을 그대로 받을 것이지 어째서 열 냥으로 고쳤느냐? 그리고 장고집이 뭐라고 했기에 그를 때려 죽였느냐? 또 술을 하인에게 사먹이면서 함부로 나귀몰이 노인을 나무에 매어 달았지? 지금 포대제님이 혼자 동문으로 들어오시고 계시다. 빨리 가서 영접 못하느냐?

유득중 뭐라고요? 뭐요? 포대제님이 들어오신다면 우리는 영접을 나가야지요. 〔양금오, 말잡이와 함께 퇴장〕

하인 〔가서 포대제를 풀어준다.〕

왕분련 그자들이 모두 가버렸으니 나도 집으로 가야지! 여봐요! 노인! 내 나귀를 끌고 와요!

하인 〔왕분련에게 호통을 친다.〕 이 계집년! 너는 죽었다! 그래도 나으리보고 네 나귀를 끌고 오라 하겠느냐?

포증 쉿! 아무 말 마라! 아가씨! 나귀에 태워 드리지요! 〔왕분련을

부축하여 나귀에 태운다.]

왕분련 할아버지! 수고하셨어요! 바쁘시면 하는 수 없지만 틈이 있
다면 우리집으로 와서 금망치 구경을 하세요! [퇴장]

포증 이 백성들을 해치는 도적놈들! 정말 대담하구나!

[노래 ; 黃鐘煞尾]
　　임금의 근심과 백성의 원망은 걱정도 않고
　　쓸 돈과 술값만을 좋아하누나.
　　이제 곧 집안 망하고 사람 죽는 꼴 구경하게 되리라!
　　내 이 백성들 해치는 매와 솔개 같은 자들
　　하나하나 잡아내어
　　세검으로 목숨 날려 버리리라!
　　내가 인정없다고 탓하지 마라,
　　왕분련이란 천한 계집에게 물어봐라,
　　내게 나귀를 끌고 그토록 먼 길을 걷게 할 일은 아니었지! [하인
과 함께 퇴장]

제 4 절

지주 [외랑과 함께 등장, 시를 읊는다.]

　　지주(知州) 노릇 잘못하는 것도 없지만
　　일 처단은 엄벙덤벙.
　　오직 먹기 좋아하는 두 가지 물건은

술에 찐 고기 완자와 게일세.

　나는 성이 요(蓼)씨이고 이름은 화(花)인데, 황송하게도 진주의 지주(知州) 벼슬을 하고 있습니다. 오늘은 포대제 영감께서 청사로 나오시어 일을 보신답니다. 외랑(外郎)! 여러 가지 문서들을 잘 정리해 주시오! 서명을 해야지요.

외랑　제게 이 문서들을 잘 정리하라고요? 저는 일자무식인데 어떻게 정리를 하겠습니까?

지주　좋아! 이놈을 매우 쳐라! 네가 일자무식이라면 어떻게 외랑이 되었느냐?

외랑　영감님은 모르시나요? 저는 돈받고 고용되어 온 대리 외랑입니다!

지주　쳇! 빨리 공문서를 깨끗이 치워라! 대감께서 오실 때가 되었다!

하인　〔관아 문을 밀치고 등장〕 여봐라! 관청 사람과 말은 모두 평안하신가?

포증　〔등장〕 나는 포증인데, 진주 고을은 탐관오리들 때문에 백성들이 해를 입고 있어서, 성상께서는 명을 내리시어 나로 하여금 관원들을 감사하고 백성들을 보살펴 주라시는데, 쉬운 일은 아니구나!

〔노래 ; 雙調 新水令〕
　조정에서 친히 천자의 명으로 파견되어
　진주로 백성들의 피해 없애주러 왔네.
　위엄있는 명성은 땅을 진동시키고
　살기는 서릿발 내리듯하네.
　손에는 세검과 금패 들었으니
　아아! 유아내야, 내 탓은 말아라!

여봐라! 그 유득중의 무리들을 모두 끌어내어라!

하인 알았사옵니다! 〔유득중, 양금오와 두 말잡이를 끌어내어 끓어앉힌다.〕 머리를 들어라!

포증 너희들은 죄를 아느냐?

유득중 저는 죄가 없습니다!

포증 이놈아! 조정에서 정한 쌀값은 한 섬에 몇 냥을 받고 내주라는 거냐?

유득중 아버님이 말씀하시기를, 조정에서 정한 값이 한 섬에 열 냥이라 하였습니다!

포증 조정에서 정한 값은 본시 한 섬에 다섯 냥이다. 너는 멋대로 열 냥으로 고치고, 또 여덟 되짜리 작은 말에다 3할을 더 보탠 무거운 저울을 썼다. 어째서 너는 죄를 모른다는 거냐?

〔노래 ; 駐馬聽〕
　너는 돈과 재물만을 알고
　전혀 백성들의 가난함은 돌보지 않고,
　가혹한 짓만 해왔지?
　이제 형벌을 받는다 해도
　네 스스로 한때의 영화로 반생(半生)의 재앙을 만든 것이다.
　저놈 꼴 보니 앞으로 나올 때에는
　혁혼대(嚇魂臺)18) 오르는 놈 같고,
　뒤로 물러날 적에는
　동해의 물속으로 들어가는 놈 같구나!
　장터에서 네 몸이 능지처참되어

---

18) 혁혼대(嚇魂臺) : 전설 속의 대. 그곳에 올라가기만 하면 사람이 놀라서 혼이 달아난다고 한다.

네 영혼을 저 푸른 하늘 밖으로 날려보내 주리라!

여봐라! 남관으로 가서 왕분련도 잡아오라! 그리고 금망치도 함께 압수해 오라!

하인 예!

하인 〔왕분련을 잡아다 꿇어앉힌다.〕 왕분련은 머리를 들어 보아라!

포증 여봐! 왕분련! 너는 나를 알아보겠느냐?

왕분련 저는 모르겠습니다.

포증 〔노래 ; 雁兒落〕
어찌 너 왕분련은 그토록 미련한가?
포대제의 많은 계책은 몰랐을 터이지?
너는 창관(倉官)을 대접하면 큰돈이 생긴다 했는데,
어째서 부윤(府尹)에게는 교태도 부리지 않았나?

왕분련! 이 금망치는 누가 네게 준 것이냐?

왕분련 양금오가 제게 준 것입니다.

포증 여봐라! 큰 매를 골라 이 왕분련을 끌어내어 30대만 치거라!

하인 〔끌어내어 때린다.〕

포증 다 쳤거든 쫓아내라!

하인 〔쫓아낸다.〕

왕분련 〔퇴장〕

포증 여봐라! 양금오를 끌어내라!

하인 〔양금오를 앞으로 끌어낸다.〕

포증 이 금망치에는 천자의 표지가 있는데, 너는 어째서 왕분련에게 갖다주었느냐?

양금오 나으리! 살려주십시오! 제가 준 것이 아니라 잡혀놓고 떡을 몇 개 먹은 것일 따름입니다!

포증 여봐라! 먼저 양금오를 끌어내어 시장 안에서 효수(梟首)를 하
고는 보고하거라!

하인 알았사옵니다.

포증 〔노래 ; 得勝令〕
아아! 너는 돈 때문에 눈에 가시가 박히어
오늘 칼에 목숨 잃고 시체가 되누나!
너는 국법을 범하였으니
관대히 놓아줄 수 없네.
비록 괴통(蒯通)19) 같은 꾀가 있다. 하더라도
어찌 구할 것인가?
너는 죽음을 거역 마라!
내 세검은 바람처럼 빠르나니!
너는 죽어도 마땅하니
누가 금망치를 술값에 잡히라던가?

하인 〔양금오를 끌고 가서 죽인다.〕

포증 여봐라! 장인을 데려오거라!

하인 장인아! 머리를 들어라! 〔잡아다가 장인을 꿇어앉힌다.〕

포증 애! 네 애비가 누구에게 맞아 죽었느냐?

장인 저 유득중이 금망치로 저희 아버지를 때려 죽였습니다!

포증 여봐라! 유득중을 끌어내어라! 장인으로 하여금 저 금망치로

___

19) 괴통(蒯通) : 한(漢)나라 때의 변사(辯士). 무신(武臣)은 그의 책략을 따
름으로써 연(燕)나라와 조(趙)나라의 30여 성(城)을 빼앗고, 한신(韓信)
은 그의 꾀를 사용하여 제(齊)나라를 평정하였다.

이놈을 때려죽이도록 하여라!
하인 알았습니다!

포증 〔노래 ; 沽美酒〕
유득중이 못된 짓 한 것을
장인이 어찌 그냥 두랴?
모두가 스스로 맺은 원수인데 어이 벗어날 수 있으랴?
내가 너무 심한 것 아니니,
너의 친아비 원수는 갚아야만 하는 거지!

〔노래 ; 太平令〕
본시 사람의 목숨이란 하늘에 매인 중대한 것,
어찌 저자가 호랑이 승냥이처럼 생령(生靈)을 죽였는데 그냥
두랴?
금망치 여전히 그대로 있으니,
그것으로 저자의 머리통을 쳐서
당장 골 깨지고 피흘리며,
죄값을 갚게 해야지!
아아! 이제사 진주 온 고을이 바로잡히는가?

장인 〔유득중을 금망치로 친다.〕
포증 여봐라! 때려 죽였느냐?
하인 때려 죽였습니다!
포증 여봐라! 장인을 체포하라!
하인 예!〔장인을 잡는다.〕

유아내 〔특사서를 가지고 급히 등장. 시를 읊는다.〕
마음 바쁘니 오는 길 멀기만 하고

일 다급하여 바로 달려왔네.

　나는 유아내요! 내가 성상께 말씀드려 산 자는 용서하고 죽은
자는 용서 않는다는 특사장을 받아가지고 밤을 도와 내 두 아이를
구하러 진주로 달려왔소이다. 여봐라! 사람을 건드리지 말아라! 특
사장이 여기 있다! 산 자는 용서하고 죽은 자는 용서치 않는다는
것이다!
포증　여봐라! 죽은 자란 누구지?
하인　죽은 자는 양금오와 유득중입니다!
포증　산 자는 누구지?
하인　장인입니다!
유아내　이런! 마침 딴 사람만 용서받게 되는구나!
포증　여봐라! 장인을 풀어주어라!

[노래 ; 殿前歡]
　특사장이 왔다는 소리 들으니,
　시원한 바람에 고개 돌리듯 웃음 저절로 나오네.
　저들 부자(父子)는 권세만 믿었는데
　이제는 시운이 다하였구나!
　그는 특사장 가져오면 다 될 줄 알았지만,
　특사장 오기도 전에
　먼저 죽여 버렸을 줄 뉘 알았으리?
　이번에는 결국 남 좋은 일만 하고 말았으니,
　모두 하는 짓이 착하지 못한 때문이라,
　언제건 천리(天理)는 분명히 드러나는 것.

　여봐라! 저 유아내를 체포하고 내 판결을 따르라!

〔사(詞)를 읊는다.〕
　　진주는 가뭄으로 곡식이 안되어
　　가난한 백성들 사방으로 흩어져 유랑하게 되었네.
　　유아내는 본시가 올바른 인재 못되니,
　　양금오는 더욱이 건달이었는데도,
　　칙명을 받들어 진주로 쌀을 방출하러 와서
　　조정에서 정한 값 무시하고 멋대로 돈을 더 받고,
　　착한 사람을 금망치로 공연히 때려죽이어
　　원성이 하늘과 땅에 사무치었네.
　　범학사가 어찌 간신들을 용납하리?
　　임금님께 아뢰어 죽은 죄수 용서않토록 하였네.
　　오늘 공정히 심문하여
　　장인으로 하여금 아비 원수 직접 갚게 해주니,
　　비로소 국법의 무사(無私)함이
　　만고천추에 전해지게 되었네.

제목(題目)　범학사(范學士)는 조정에서 관원을 파견하고,(范天章
　　　　　　　政府差官)
정명(正名)　포대제가 진주에서 쌀을 방출하다(包待制陳州糶米)

원元잡雜극劇선選

初版 印刷●2001年	10月	10日	
初版 發行●2001年	10月	15日	

編譯者●金 學 主

發行者●金 東 求

發行處●明 文 堂
서울특별시 종로구 안국동 17~8
대체　010041-31-001194
전화　(영) 733-3039, 734-4798
　　　(편) 733-4748
FAX 734-9209
Homepage www.myungmundang.net
E-mail　　om@myungmundang.net
등록　1977. 11. 19. 제1~148호

●낙장 및 파본은 교환해 드립니다.
●불허복제.

값 20,000원
ISBN 89-7270-663-9 93820

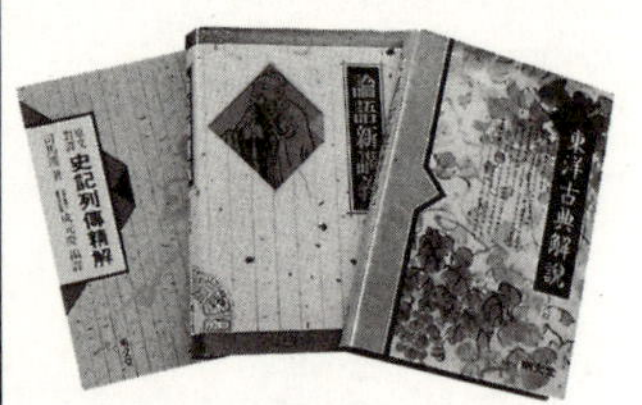

東洋古典解說
李民樹 著/신국판 양장

論語新講義
金星元 譯著/신국판 양장

原文對譯 史記列傳精解
司馬遷 著/成元慶 編譯/신국판

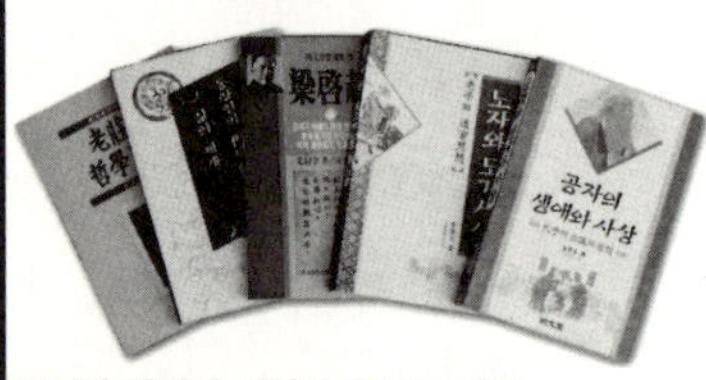

공자의 생애와 사상의 올바른 이해
공자의 생애와 사상
金學主 著/신국판

노자와 도가사상의 현대적 해석
노자와 도가사상
金學主 著/신국판

梁啓超
毛以亨 著/宋恒龍 譯/신국판

동양인의 哲學的思考와 그 삶의 세계
宋恒龍 著/신국판

임어당의 신앙과 사상의 여정
東西洋의 사상과 종교를 찾아서
林語堂 著·金學主 譯/신국판

老莊의 哲學思想
金星元 編著/신국판

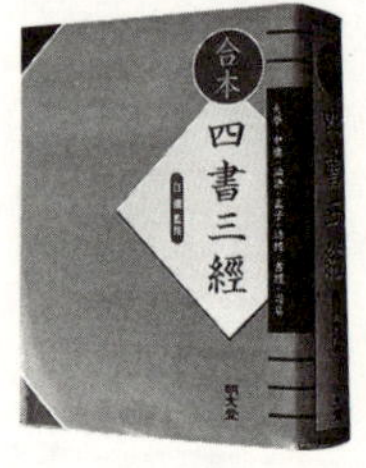

合本 四書三經
동양 고전의 精髓!
이 책은 오랜 각고의 세월을 거쳐
대학·중용·논어·맹자의 四書와
더불어 서경·시경·주역의 三經을
그 眞髓만을 모아 엮었다.
原文의 정확함은 물론 난해한 語句는
註를 달아 풀이 하였다.
白鐵 監修/4·6배판 양장

천하일색 양귀비의 생애
小說 楊貴妃
井上靖 著/安吉煥 譯

自然의 흐름에 거역하지 말라
장자의 에센스 ## 莊子
安吉煥 編譯

仁과 中庸이 멀리에만 있는 것이드냐
孔子傳
김전원 編著

백성을 섬기기가 그토록 어렵더냐
孟子傳
安吉煥 編著

영원한 신선들의 이야기
神仙傳
葛洪稚川 著/李民樹 譯

한 권으로 읽는
東洋古典 41選
안길환 편저

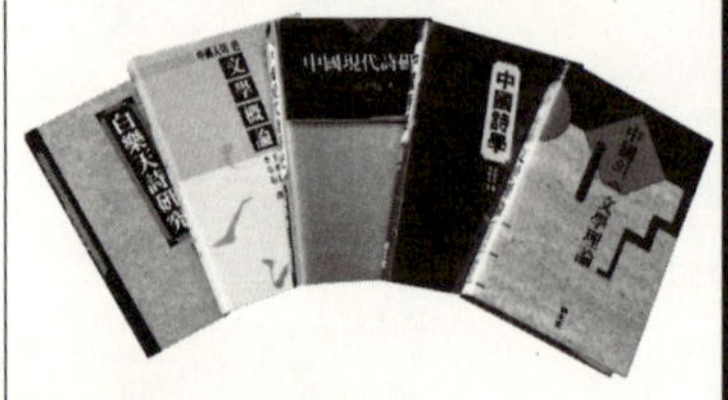

白樂天詩研究
金在乘 著/신국판

中國現代詩研究
許世旭 著/신국판 양장

中國人이 쓴 文學槪論
王夢鷗 著/李章佑 譯/신국판 양장

中國詩學
劉若愚 著/李章佑 譯/신국판 양장

中國의 文學理論
劉若愚 著/李章佑 譯/신국판 양장

小說 孫子
鄭麟永 著/文熙爽 解

小說 칭기즈칸
李文熙 著/高炳翊 解

小說 孔子
宋炳洙 著/李相殷 解

小說 老子
安東林 著/具本明 解

戰國策
김전원 編著

宋名臣言行綠
鄭鉉祐 編著

人間孔子
행동으로 지팡이를 삼고
말씀으로 그림자를 삼고
李長之 著/김전원 譯

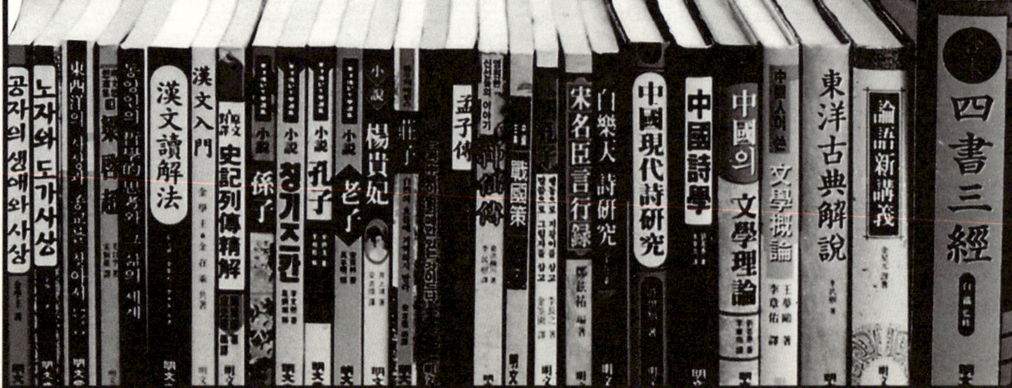